Van Hylke Speerstra verscheen eerder

De koude erfenis

Hylke Speerstra

Het wrede paradijs

Het levensverhaal van de emigrant

2000
Uitgeverij Contact
Amsterdam/Antwerpen

Dit boek kwam tot stand met steun van het Fonds Bijzondere Journalistieke Projecten.

Vertaaladviezen Fries-Nederlands: Hylkje Goïnga

Omslagontwerp Artgrafica
Omslagillustratie Walter de Maria, *The lightning field*, 1977
Typografie Arjen Oosterbaan

ISBN 90 254 9777 2
D/2000/0108/611
NUGI 300

Inhoud

'Voor de zwalker ligt er geen pad,
zijn pad ontstaat al zwalkend.'

Voor onze kleinkinderen Sietske, Anna, Berber en Bartle Jan

De gebroken vrijheid

Kornwerderzand, woensdagochtend 23 oktober 1946. De zon kwam op zoals het in de schippersalmanak stond aangegeven: om 7.18 uur. De Waddenzee veranderde van donkerpaars in wazig geel, boven de eilanden werd een bui zichtbaar en de vloed stond al op het punt te keren. Op dat moment maakte de zon zich los van het oude land en was het dag.

Sluiswachter Andries Schaafsma van Kornwerderzand zag dit alles aan en was zich niet bewust van een samenhang. Hij was een forsgebouwde, stille man die zich onder het gezag van de wetten der natuur stelde. Zo leefde hij daar op de Afsluitdijk met de zon, de maan, de getijden en de luchten boven Wad en vasteland. Een enkele keer verbeeldde hij zich dat er onrust over hem kwam op momenten dat de zon opkwam en tegelijkertijd de vloed kenterde.

Het was die ochtend twintig over zeven geworden toen er van de Friese kant een autobus met het kenteken B-826 naderde. Dat moest de tweede lading Friese oorlogsvrijwilligers voor Nederlands-Indië zijn. Schaafsma kende bus B-826. Niet dat het wegverkeer bij de sluiswachter in hoog aanzien stond, maar zijn vijf dochters noteerden spelenderwijs zoveel mogelijk autonummers van passerende voertuigen. 'Soldatenbus B-826' vonden de kinderen van Kornwerderzand zeer bijzonder, ze hadden hem meteen in hun boekje genoteerd. Een paar jaar later zou de B-826 een hoger B-nummer krijgen en als 'emigrantenbus' dienst gaan doen. Minstens twintigmaal zou hij nog over de brug van Kornwerderzand ratelen.

Autonummers noteren en opsparen; wat was dat voor vreemde bezigheid? Schaafsma had er diep over nagepiekerd. Was het een kinderspel, geboren uit het isolement van de kleine dorpsgemeenschap? Of was het een primitieve vorm van verwondering over de nieuwe tijd? Volgens Schaafsma was het heel wat anders: een soort oerdrang om orde te scheppen in de chaos. Want een chaos, dat was het.

De sluiswachter wierp die ochtend een blik op de soldatenbus. Sommige van de Indiëgangers waren meteen na de oorlog op klompen en in boerenoverall het schieten, marcheren en gehoorzamen gaan leren, maar nu moesten ze voor de sluis en brug van Schaafsma wachten. Een autobus met inmiddels groen geüniformeerde kerels, klaar om te vechten voor het behoud van een ver wingewest. In Amsterdam lag een boot klaar die de manschappen in een week of vier naar de tropen bracht.

Andries Schaafsma wist het: ze noemden het politionele actie, maar het was oorlog. De sluiswachter wist wat oorlog was. In mei 1940 waren hij en zijn gezin ternauwernood aan het geweld ontkomen, toen ze in de schemerochtend met een kleine motorboot van Kornwerderzand naar Makkum vluchtten. Nog vanaf het IJsselmeer zag hij hoe het sluiswachtershuisje met hun hele hebben en houden zo'n tachtig meter de lucht in vloog. Een paar minuten later stond de hele Sluisweg van Kornwerderzand in lichterlaaie. Toen Schaafsma voor het eerst weer op het gehavende sluizencomplex terugkwam, zag hij het opgedroogde bloed van de waanzin tegen de buitenwand van de bunkers zitten.

De sluiswachter vond het die ochtend in 1946 een beetje vreemd dat de botter ST 49 van schipper Gerrit Mulder zich naar buiten liet schutten. Sinds de afdichting van de Zuiderzee voelde hij zich toch niet meer zo thuis op het Wad. Was het een duister ontwijk van een visserman, die de veranderde getijstromen niet meer begreep? Of was de spoeling op het IJsselmeer hem te dun geworden?

'Ik zie, je gaat de zeehonden achterna!' riep de sluiswachter Mulder toe. De visserman keek vanuit de diepe sluiskolk omhoog en knikte begrijpend. De mannen hadden voor de oorlog samen iets bijzonders met zeehonden meegemaakt. Een voorval dat het waard was een spraakmakend verhaal te worden. Toch hadden ze de vreemde ervaring maar voor zich gehouden; de mensen zouden het niet geloven, laat staan begrijpen.

In het begin van de jaren zeventig ontmoette ik Schaafsma af en toe in het Makkumer bejaardenhuis Avondrust. Een zwijgzame weduwnaar van tachtig die, eenmaal op de praatstoel, veranderde in een bewogen verteller. Zijn verhalen hadden vaak een dubbele, soms een driedubbele betekenis. Zo vertrouwde hij mij op een keer ook het zeehondenverhaal toe. Het was alsof een verloren zee tot leven kwam en de samenhang der dingen duidelijker werd.

'Het was in de crisis,' begon de verteller. 'We waren blij dat we bij de Zuiderzeewerken konden komen, en op een middag tegen twee uur smeten we het laatste gat in de Afsluitdijk dicht. Vanaf dat moment begon alles om ons heen te veranderen. Naderhand kreeg ik er een schuldgevoel over, want ik heb nooit meer die ziltige luchten boven Urk terug zien komen.'

Het was 1933 geworden en de economische crisis bereikte zijn dieptepunt. Van tijd tot tijd proefden de voormalige Zuiderzeevissers een lik IJsselmeerwater. En telkens weer moesten ze vaststellen dat hun wereld anders begon te ruiken en te smaken. Ze walgden van dat weeïge water, de visserlui. ''t Is alwéér brakker,' riep Gerrit Mulder op een ochtend Schaafsma verontwaardigd toe. De sluiswachter begreep de visserman. Het was niet de smaak van de zee, het was het gebrek aan ruimte, aan bewegingsvrijheid. De zee veranderde en de visserman was als de vissen; het lukte hem niet zich aan te passen aan de veranderende omstandigheden.

De sluiswachter en de visserman stonden op een ochtend voor het wachthuisje de lucht te schouwen. Er hing iets onstuimigs in de lucht. De maan stond in het laatste kwartier, boven het oude land wrong de zon zich moeizaam uit de kim te voorschijn, tegelijkertijd kwam de kleurloze schemerwereld in een gelige gloed te staan en begon de wind te krimpen. Schaafsma voelde zich onrustig worden. Samen met Mulder liep hij de dijk op. Met een schok bleven beide mannen staan. Verderop zagen ze een grote koppel zeehonden uit het IJsselmeer bij het basalt van de Afsluitdijk omhoogkruipen. De beesten staken de Afsluitdijk over, op naar de Waddenzee. Een stuk of vijftien waren het er. De beesten konden zich niet langer aanpassen aan de rare ingrepen van de mens en gingen op zoek naar lotsverbetering.

''t Is de natuur,' sprak Mulder hees van emotie. De sluiswachter stond minutenlang sprakeloos naast hem naar het schouwspel te staren. Toen brak hij de spanning: 'Ik had de beesten best naar buiten willen schutten, maar als ze eenmaal de trek in de kop hebben, moet je de natuur zijn gang laten gaan.'

Daar in Avondrust bracht Andries Schaafsma de zeehondentrek

in verband met 'een ander natuurlijk verschijnsel, emigratie'. Vanaf zijn jeugd had hij al van tijd tot tijd de drang gevoeld om weg te trekken. Niet in de eerste plaats omdat de verten lonkten; het was alsof het oude land hem verstootte. 'Later, toen ik aan de Afsluitdijk werkte en bij helder weer eens een schip achter de kim zag verdwijnen, schoot het gemoed me vol. Ik schrok van mezelf. Alsof ik overspoeld werd door een zee van verlangens, alsof ik niet langer wilde zijn waar ik was.'

Ja, hij wilde emigreren, maar tussen droom en werkelijkheid stonden wetten in de weg, en praktische bezwaren. Zo bestond er de wet tussen een Zuiderzeeman die weg wilde en de sterke vrouw van wie hij hield, en die alleen Kornwerderzand wenste te verlaten als ze naar Makkum konden verhuizen.

'Ik denk dat ik weg wilde omdat ik als kind van negen al op de panwerken stond te beulen. Kinderarbeid op de Makkumer dakpannenfabriek. 'Na een paar maanden van lange dagen kon beppe me 's morgens vroeg alleen nog wakker krijgen met een natte dweil. 's Avonds lag de dweil al in de week voor de dag van morgen.'

De winter van 1946-1947 pakte genadeloos uit. De Afsluitdijk was door stuifsneeuw af en toe voor alle verkeer gesloten. Dan worstelde de sluiswachter zich met zijn broodtrommeltje over de kruin van de dijk naar de sluizen.

Op een maanloze, koude nawinteravond fietste hij naar de kop van de Afsluitdijk, klom op de hoge zeedijk en nam in de duisternis van het vasteland vale lichtstrepen waar. Schaafsma zag noodsignalen, uitgezonden door een naar binnen gekeerde boerenwereld: rijen stalvensters waarachter de laatste petroleumlantaarns van de eeuw brandden. Met de noordoostenwind iets achterlijker dan dwars fietste hij terug naar zijn Joke en de kinderen. 'Thuisgekomen kon ik niet verklaren waarom ik daar zo had staan turen. Ik weet het nóg niet. Stond ik naar het verleden of de toekomst te staren?'

***

Met zijn metaforen en sfeerschetsen maakte de oude man verdrongen herinneringen in mij wakker. Immers, een van die signalen uit dat duisterland kwam uit de koestal van mijn ouderlijke boerderij in het buurtschap Iemswâlde. De sluiswachter vertelde, en ik voelde weer dat vreemde verlangen naar het lichtere land uit mijn jongensjaren; alsof ik me daar gevangen had gevoeld in een weeïg ruikend reservoir dat nooit meer ververst en verruimd zou worden. Aan de andere kant van de zeedijk – die band die het Friese land omklemde – moest nog een andere wereld zijn. Op onze boerderij waren we met vier broers. Een ongeschreven wet gebood ons zelfstandig boer te worden. Maar waar en wanneer? Het probleem was even groot en voelbaar als onbespreekbaar. In stilte werd er gehoopt, gevreesd, gewacht, verwacht.

Bij helder oktobernachtweer en noordenwind zag ik hoe de Terschellinger Brandaris om de vijf seconden een lichtveeg door onze duistere wereld achter de zeedijk streek. Een fractie van een tel was alles licht, daarna was het viermaal zo lang weer duister.

Niet ver van onze boerderij woonde een veefokker die over een dertig meter lange, witgekalkte stalmuur beschikte. Om dit kwetsbare decor van spatten koeienstront te vrijwaren, liet de boer voor iedere stalperiode de muur met krantenpagina's beplakken. Als lijm werd karnemelk gebruikt. Zo hoefden hij en zijn drie knechten in het voorjaar alleen maar een laagje oude kranten los te weken om de wanden weer schoon te krijgen.

De stalmuurkrant stond vol nieuws en achtergronden uit de gemeente Wonseradeel en de rest van de wereld; berichten uit het *Bolswards Nieuwsblad*, de *Leeuwarder Courant* en het *Handelsblad*, aangevuld met knipsels uit de landbouwpers en – later – *De Lach*. De boer zelf fungeerde als hoofdredacteur en zorgde geregeld voor verse aanvoer van nieuws. Op vaste plaatsen plakte hij actualiteiten over de door strontspetters verminkte teksten, maar er waren ook teksten die vier seizoenen bleven staan.

Over lezers had de stalmuurkrantboer niet te klagen. Sinds de kolenschaarste in de oorlog was de stal, waarin vijftig warme koeienlijven voor verwarming zorgden, het domein van leergierige, vertellende en luisterende dorpsbewoners.

Vanaf eind mei 1945 hing niet ver van de staldeur een afdruk van een affiche met reclame voor annexatie van een stuk Duitsland. 'Duitsch geld, Duitsche Handteekeningen en Duitse Beloften zijn Waardeloos! Voor onze verdronken polders, vernielde havens, spoorwegen en steden verlangt het Nederlandsche volk Duitsch grondgebied zonder Duitschers!'

Inmiddels bestond het Nederlands Comité voor Gebiedsuitbreiding. Secretaris dr. ir. F. Bakker Schut van het comité stelde dat het probleem van overbevolking alle andere Nederlandse problemen gedurende de rest van de jaren veertig zou gaan overheersen. 'Deze overbevolking zal leiden tot structurele werkloosheid en landhonger.' Volgens Bakker Schut moest er gekozen worden tussen annexeren of emigreren.

Schuin onder het affiche had de boer een waarschuwing geplakt van minister Drees, die eveneens wees op 'de ernstige gevolgen voor overbevolking van het land'. Naderhand waarschuwde Drees vanaf de stalmuur 'dat Nederland niet in permanente tegenstelling moest komen tot Duitsland, waarmede wij door onze ligging op den duur onvermijdelijk toch weer in intens verkeer zullen komen'.

'Waar blijven nu de grote heren in Den Haag met hun annexatieplannen,' riep de later naar Canada geëmigreerde boerenknecht Rintje Kroontje uit Tjerkwerd opstandig. 'Als het niks wordt, ga ik wel ergens anders naar toe.' Op een dag was Rintje vertrokken en niemand in het dorp wist waar hij uithing.

Drees reageerde terughoudend op de brochure 'Land om Land', waarin mr. G.B.J. Hiltermann pleitte voor een vaderlandse gebiedsuitbreiding 'tot aan de Wezer, met Bremen als grensstad'. De Duitsers mochten van Hiltermann het Ruhrgebied wel houden. Als je al te veel ging eisen, zou Nederland zich als de oude koloniserende, zeevarende natie gedragen. Dat zou men van zo'n klein land niet accepteren. Ook de schrijver-journalist Piet Bakker haalde met hetzelfde onderwerp de stalmuurkrant. 'Annexeeren in plaats van pauperiseeren, emigreeren of vegeteeren,' schreef hij in een pamflet.

Pas later zou ik me ervan bewust worden dat in de jaren vlak na de Tweede Wereldoorlog de hele dertig meter brede en twee meter hoge stalmuurkrant in het teken stond van een panische vrees voor overbevolking. Een collectief gevoel van onrust was het gevolg. Tien jaar crisis en vijf jaar oorlog drukten een zwaar psychologisch stempel op de samenleving. Tijdens de oorlog verdoezelde tegenstellingen begonnen weer op te spelen. Het was alsof er nog nooit zo veel teleurgestelde Nederlanders waren als toen ze pas waren bevrijd.

Negen maanden na bevrijdingsdag 5 mei 1945 spatte de geboortegolf van de stalmuur. In tientallen kleine advertenties maakten dankbare ouders de geboorte van hun welgeschapen zonen en dochters wereldkundig. Niet ver van de staldeur kwam een foto te hangen van een schip vol knappe, uitbundig wuivende oorlogsbruiden. Zij reisden hun bevruchters achterna naar Canada en Amerika. Vaarwel, bloem der natie. Die zagen we niet weer terug. Bij de duizenden jongelui die snakten naar een eigen dak boven het hoofd, wekten beeld en tekst onbestemde verlangens op.

Een kwart miljoen gezinnen van twee of meer personen had geen eigen woonruimte en woonde vaak bij (schoon)familie in. Dat was de 'samenleving' van toen. De watersnoodramp van 1953 moest nog komen en de Gezinsraad vond dat de gehele natie gemobiliseerd moest worden 'tegen volksvijand nummer 1, de woningnood'. In de oorlog waren 150 000 woningen verwoest of zwaarbeschadigd en grootscheepse woningbouwprogramma's kwamen maar niet op gang.

Het kon niet uitblijven: zoals die singuliere koppel zeehonden na het dichten van de Afsluitdijk in een ultiem verlangen naar betere oorden het benauwende bestaan verliet, zo pakten nu tienduizenden Nederlandse burgers hun koffers. Op de stalmuur werden de vertreklijsten almaar langer. Tientallen emigrerende gezinnen, waarvan we sommige goed kenden, groetten in kleine advertenties 'al hun vrienden en kennissen', en bedankten voor alle lidmaatschappen, inclusief dat van De Laatste Eer.

En nog steeds liepen er in Nederland naar schatting een tweehonderdduizend erfelijk belaste boerenzonen en -dochters rond die bleven hopen ergens boer of boerin te worden. Terwijl het ook zonder hen zou doordraaien, bleven ze op het ouderlijke bedrijf meewerken van 's ochtends vroeg tot 's avonds laat. Waar anders? Tussen vier van die verschrikkelijke fabrieks- of kantoormuren? Alles beter dan dat.

***

Cijfers kunnen een hard verhaal vertellen. Midden in de eerste landverhuizersgolf van de vorige eeuw, in 1849, telde de totale Nederlandse beroepsbevolking 905 000 personen. Veertig procent daarvan verdiende zijn brood in de landbouw en visserij. Hoe oneindig groot de wereld in die dagen ook moet zijn geweest, het verre Amerika werd voor duizenden het land van droom en wensen. Dertig jaar later sloeg opnieuw een crisis toe. Een nieuwe emigratiegolf was het gevolg, en weer was het Amerika, Amerika!

Halverwege die landverhuizing, in 1889, waren er in ons land 1,3 miljoen mensen met een beroep. Daarvan was vijfendertig procent werkzaam in de landbouw en visserij. In het begin van de crisisjaren dertig van de twintigste eeuw was de Nederlandse beroepsbevolking – inclusief de honderdduizenden werklozen – tot 2,4 miljoen personen gestegen. Een kwart van de bevolking verdiende nog steeds zijn brood in de landbouw en visserij. Een nieuwe emigratiegolf bleef in de jaren dertig uit doordat de economische crisis ook grote werkloosheid in de emigratielanden had veroorzaakt.

In 1947, aan het begin van de derde emigratiegolf, had Nederland een beroepsbevolking van ruim 3,8 miljoen personen. Er werkten nog altijd 770 000 – bijna twintig procent – in de sector landbouw en visserij. In Friesland vond toen nog bijna veertig procent een bestaan in de agrarische sector.

We waren bevrijd, dat wel. En we hadden Indië nog. Meer dan 135 000 jongens voeren er – vrijwillig of verplicht – naar toe om met geweld tegen geweld te proberen de kolonie te behouden. Ruim duizend jongens voelden niets voor een militaire taak in Indië en vonden in een vroege naoorlogse emigratie een uitweg.

De 135 000 die wel naar Indië gingen, keerden – minus de 4751 gesneuvelden – terug. Om in het thuisland verder te strijden, maar nu voor werk, een woning, een toekomst. In hun kielzog kwamen nog eens 120 000 repatrianten en spijtoptanten uit de verloren Gordel van Smaragd. Ruim dertienduizend jongens uit Indië hadden het bij thuiskomst snel bekeken en emigreerden nu ook. Een paar duizend hadden dat overigens al rechtstreeks gedaan vanuit het soeverein geworden Indonesië. Zij gingen vooral naar Australië en Nieuw-Zeeland.

Op de zestig vierkante meter stalmuurkrant was het tussen de regels door te lezen: in het Koninkrijk der Nederlanden is het huis vol en de koekjestrommel leeg.

Op de strenge winter van 1947 volgden een heftig voorjaar en een hete, kurkdroge zomer. Op veel plaatsen ging de droogte vergezeld van een veldmuizenplaag. De herfst kwam met een ware explosie van de rundveeziekte mond- en klauwzeer. Waaraan hadden we al deze boze uitspattingen van de natuur te danken? Het zou de atoombom weleens kunnen wezen. De natuur had die verschrikkelijke paddestoelwolk in Japan al niet kunnen verwerken, en nu begonnen ze ook nog met geheime atoomproeven. De Russen, die grootmeesters in het dam- en schaakspel, zouden vast en zeker ook over zo'n alles vernietigend wapen beschikken. Het kolossale Rode Leger lag al vlakbij op de loer en kon binnen een etmaal bij ons zijn. Een NIPO-enquête, gehouden in de winter van 1947, wees uit dat zeventig procent van de Nederlandse bevolking ervan overtuigd was dat er een Derde Wereldoorlog voor de deur stond.

Onze naar het socialisme doorgebroken gereformeerde landarbeider Wiebe Tilstra kon zijn vrouw niet mee de oceaan over krijgen. Hem stond nu nog maar één ding te doen: zich aanmelden bij de Bescherming Burgerbevolking (BB). Oefenen deed je toen nog niet in de boer zijn tijd, dus de boer had geen bezwaar. Al kon Wiebes BB-uniform het niet halen bij het indrukwekkende habijt van onze bevrijders, hij voelde zich er waardig in. De vrijheid was gebroken, de Koude Oorlog was ervoor in de plaats gekomen. De motor achter de emigratie begon op volle toeren te draaien.

In de winter van 1949 beleefde de stalmuurkrant zijn laatste editie. De boer had in een nieuwe melkmachine geïnvesteerd. Een installatie van Amerikaanse makelij; wat uit het land van de bevrijders kwam moest wel perfect zijn. In de stal was ineens geen tijd meer om al handmelkend van de muur te lezen, te praten, te zingen of gewoon na te denken over de dingen des levens. In een van de laatste muurberichten stond dat volgens het NIPO één op de drie Nederlanders ernstig overwoog het land voorgoed te verlaten.

Tijdens het losweken van de laatste kranten speelde majoor-vlieger Flinterman van de Koninklijke Luchtmacht het klaar om in zijn nieuwe Closter Meteor-straaljager in één minuut en achtenveertig seconden van Kornwerderzand naar Holland te vliegen. Op slechts dertig meter hoogte boven de Afsluitdijk. Flinterman haalde de recordsnelheid van 953 kilometer per uur. Andries Schaafsma schrok zich die ochtend lam en schreef een briefje naar de directie van Rijkswaterstaat met het vriendelijke verzoek dat hij en zijn mannen in het vervolg verschoond wensten te blijven van dit soort grappenmakerijen. 'De mensen dragen in zich al voldoende onlusten, het ongerief is al groot genoeg.' Zo voltrok zich in het aanzwellende kabaal van straalmotoren de stille revolutie in de koestal: met vier melkmachine-apparaten bestond de muurkrantboer het om in één uur en drie kwartier al zijn vijfendertig melkkoeien te melken. Alleen.

Als de Nederlandse koopvaardij meteen na de oorlog niet over een door een duikbootoorlog gehavende koopvaardijvloot had beschikt, was er al in de herfst van 1945 een ware exodus van landverhuizers op gang gekomen. Blijkens een van de eerste NIPO-enquêtes wilde ook toen al een kwart van de Nederlanders het land uit. Maar ze konden niet wegkomen, er waren te weinig schepen. Alles wat zee kon houden, werd in een geallieerde *shipping pool* ondergebracht en moest worden ingezet om mee te helpen de geallieerden met hun materieel uit Europa te repatriëren. Daarna werd de onder Nederlandse vlag beschikbare vloot ingezet voor troepentransporten naar Nederlands-Indië.

Volgens directeur Hartland van de meteen in 1945 geïnitieerde Stichting Landverhuizing Nederland (SNL) en andere autoriteiten die nauw bij de emigratie waren betrokken, zouden zonder die kink in de kabel tussen 1945-1950 rond de 2 miljoen Nederlanders zijn geëmigreerd. In werkelijkheid werden het er van 1948 tot en met 1965 ruim een half miljoen. Pas in 1952 zou met 48 690 emigranten naar Canada, de Verenigde Staten, Australië, Nieuw-Zeeland, Zuid-Afrika en Brazilië het topjaar worden bereikt.

Eind jaren veertig waren er trouwens meer belemmeringen om het land te verlaten. In 1948 kostte een bootkaartje enkele reis Amsterdam-Sydney het jaarloon van een landarbeider. Evenals tijdens de emigratiegolven van de achttiende en negentiende eeuw hebben de zeevaartrederijen ook na de Tweede Wereldoorlog weer goed aan het emigrantentransport verdiend. Niet zelden was er sprake van overbelading. Alle beneden- en middendekken van de in allerijl aangepaste troepenschepen werden volgestouwd met emigranten. 'Nies en ik waren al getrouwd, maar de bokken en geiten werden van elkaar gescheiden en sliepen op verschillende dekken. Voor de kinderen was het ook geen pretje. De po hadden we nodig om ons erin te wassen, te braken en om eruit te eten.'

De rederijen beschikten over lucratieve retourlading zodra 'onze jongens' plus andere repatrianten en spijtoptanten bij duizenden tegelijk op kosten van de staat uit Nederlands-Indië terug naar Nederland moesten worden getransporteerd. In de loop van de jaren vijftig had de reder ook nog zijn 'eigen' retourvracht gecreëerd: de naar schatting ruim honderdduizend naar Nederland terugkerende, gedesillusioneerde emigranten.

De naoorlogse regering probeerde de emigratie meteen te stimuleren en te sturen. De SNL werkte hierbij samen met de rijksarbeidsbureaus. Natuurlijk werden in het verzuilde Nederland nu ook meteen een Christelijke Emigratie Centrale (CEC), een Katholieke Emigratie Centrale (KEC) en een Algemeen Emigratie Comité (AEC) opgericht. Achteraf beschouwd zijn deze sterk voor eigen parochie prekende instituten er niet in geslaagd de aspirant-emigranten adequate en toereikende voorlichting te bieden. Vooral in de beginjaren van de emigratiegolf schoot de voorlichting ernstig tekort, vooral wat betreft Australië en Nieuw-Zeeland. Voor Zuid-Afrika had gedurende een aantal jaren de in Amsterdam gevestigde rederij Union Castle Line samen met een paar reisagentschappen een al te grote vinger in de pap.

In sectoren waar veel werkloosheid dreigde kreeg de emigratievoorlichting van de overheid het karakter van lichtzinnige propaganda. Veel fragmenten uit de levensverhalen in dit boek getuigen daarvan. De overtochtskosten van overtollig geacht personeel zoals kantoormensen, chauffeurs, bakkers en ongeschoolde oudere (sic) arbeidskrachten werden door het rijk gesubsidieerd. Als er ergens werkers te veel waren, werd de subsidielijst onmiddellijk verder uitgebreid. Mensen die ongeschikt waren om te emigreren, werden aangemoedigd, terwijl meer gemotiveerde en geschiktere kandidaten het af en toe bijna onmogelijk werd gemaakt om te landverhuizen. Zo ontaardde het naoorlogse emigratiebeleid in een ineffectieve vorm van arbeidsmarkt-politiek.

Emigreren is toch al ontberen, maar een onverantwoord uitgevoerd Nederlands emigratiebeleid is debet geweest aan veel familietragedies. Ook hiervan getuigen veel vertellers in dit boek. Van de honderdduizenden Nederlanders die in de jaren 1947-1966 naar Canada, de Verenigde Staten, Brazilië, Zuid-Afrika en Oceanië vertrokken, is er ongeveer 22 procent teruggekomen. Uit Australië en Nieuw-Zeeland keerde zelfs zo'n dertig procent weer. En dan te bedenken dat men in deze landen soms jarenlang moest werken om de terugreis te kunnen betalen.

Eind jaren veertig leek iedere levensbeschouwelijke richting zijn eigen emigrantenparadijs voor ogen te hebben. Althans, dat was de indruk in ons dorp en wijde omgeving. De gereformeerden, die in de emigratiecijfers naar schatting viermaal zijn oververtegenwoordigd, leken het liefst naar Noord-Amerika, en dan met name naar Michigan te gaan. In die staat vestigden zich immers al bijna twee eeuwen lang duizenden afgescheiden protestanten, op zoek naar een meer puriteinse wereld. Doordat al na de Eerste Wereldoorlog de Amerikaanse deur voor immigranten op een kier kwam te staan, werd voor de calvinisten Canada een gewild alternatief.

Nederlands hervormden, en dan vooral zij die lid waren van de Christelijk-Historische Unie, voelden zich nogal eens aangetrokken tot Zuid-Afrika. Af en toe bleek het heldendom uit de Boerenoorlog nog tot de verbeelding te spreken. Rooms-katholieken hadden een voorkeur voor Nieuw-Zeeland en Brazilië. Overigens waren het bij deze levensbeschouwelijke groeperingen vaak de emigratiecentrales die een beslissende invloed op de keuze van het emigratieland hadden.

De calvinistisch getinte CEC onderhield sterke banden met de Christian Reformed Church (CRC) in Canada en Noord-Amerika. Voorzitter Teake Cnossen van de CEC streefde vanaf 1947 naar objectieve en onafhankelijke voorlichting, maar zou daar nooit echt in slagen. Deze markante redenaar met grote overtuigingskracht was nu eenmaal een fervent bewonderaar van Canada. 'Emigreren naar dat land is alleen al verantwoord omdat de Canadezen ons zo dapper onder het Duitse juk vandaan hebben gehaald,' sprak hij in 1947 in 'emigrantendorp' Tzummarum voor een stampvol vergaderlokaal achter de gereformeerde kerk. 'Het is toch een voorrecht om zich op den duur Canadees te mogen noemen.'

'Roomsen zijn niet zo emigreerderig,' stelde de muurkrantboer al in 1946 vast. Inderdaad vertrokken in onze gemeente Wonseradeel verhoudingsgewijs weinig rooms-katholieken. Op de stalmuur hing vlak na de bevrijding een knipsel uit de *Katholieke Illustratie*, waar de scepsis van afdroop: '... de heerschende ziekte genaamd landverhuizing'. Twee vergeelde archieffoto's van afgeladen emigrantenschepen versomberden het artikel. Paus Pius XII mocht dan een voorstander van emigratie zijn, het Nederlandse episcopaat bleef zich terughoudend opstellen. Waarom de kudde uiteenjagen? Waarom de gestaag veroverde macht van het getal door landverhuizing tenietdoen?

Ook in de grote rooms-katholieke gezinnen zou het bloed kruipen waar het niet gaan kon. Vanuit sommige katholieke streken vertrokken de emigranten groepsgewijs, zoals naar het Braziliaanse Paraná. Overigens deden Groninger en Drentse gereformeerden dat ook. Zij stichtten er, op één dag rijden van elkaar – dat wel – hun eigen immigrantenkolonies. Groepsemigratie maakte het bestaan gedurende de eerste jaren heel wat overzichtelijker. En de kerk, de eigen kerk nog wel, kwam weer midden in het dorp te staan. Echter, in een aantal gevallen zou er na verloop van tijd te weinig vers 'Neerlands bloed' aan de kolonie worden toegevoegd, waardoor 'bloedvermenging' plaatsvond met Brazilianen. Groepsemigratie mag dan in eerste instantie de integratie vertragen, na een generatie lijkt er een versnelling op te treden.

Individuele emigratie kan ook zo zijn gevolgen hebben. In 1952 deed de bisschoppelijk commissaris rector Van der Hoogte, op bezoek bij rooms-katholieke immigranten in de buurt van het Australische Perth, een onthutsende ontdekking: 'Reeds zestig procent van de immigranten hebben hun geloof verloren.' De eerste Nederlandse emigratiebisschop J.M.J.A. Hanssen wist er wel raad mee; hij zette de overwegend rooms-katholieke Canadese provincie Québec nu bovenaan op de voorkeurslijst. De natuur bleek sterker dan de leer, want hoe rooms Québec ook mocht zijn, de Nederlandse katholieke emigrant was met geen stok naar Franstalige gebieden te krijgen. Om te leren leven met het Engels, de taal van de bevrijders, was al moeilijk genoeg.

***

Op de kop van de Afsluitdijk, waar sluiswachter Andries Schaafsma naar het verleden en de toekomst stond te turen, floepte de spaarzame brander van de petroleumlamp uit. Zelfs ons als super-onrendabel aangemerkt buurtschap Iemswâlde, waar ik opgroeide en *Fernweh* kreeg, kwamen 'nieuw licht' en nieuwe kansen. Toen de sluiswachter in 1946 de brug voor de ST 49 omhoogdraaide, vond één op de vijf Nederlanders zijn bestaan nog in de landbouw en visserij. Vijftig jaar later waren het er nog maar drie op de honderd. Rapportenschrijvers verwachtten dat dit percentage voor 2015 zal zijn gehalveerd. De landverhuizers die het in den verte en vreemde niet klaarden en in de loop van de jaren zestig terugkeerden, konden hun ogen niet geloven en schrokken van de welvaart. Was dit het land dat ze hadden verlaten?

De ideologische teleurstelling en dat onbestemde, zwaarmoedige levensgevoel van de jaren vlak na de oorlog waren weggeëbd. De ruim 9 miljoen Nederlanders die in 1947 nog worstelden om boven te blijven, dijden uit tot 16 miljoen bewoners van Huisje Weltevree. Zij gingen profiteren van een onvoorstelbare economische groei in een van de allerrijkste landen van de wereld.

Nou tabee dan, land van boeren en schippers. Nederland werd van emigratieland immigratieland. Pas als het zoete weer zout wordt, zullen er opnieuw grote koppels tegelijk de moeizame tocht over de dijk ondernemen.

Het gebroken voorjaar

HENRY JAMES BARON, GRAND RAPIDS (MICHIGAN), NOORD-AMERIKA

De dag kwam dat de koffers ingepakt klaarstonden. Bagage van een vader en moeder met vijf kinderen. Het boerderijtje, de beesten, het land, niets was al meer van hen. Alsof ze vreemden waren in hun eigen huis, zo zaten ze daar in de huiskamer op de Scheiding in Groninger Opende uit het raam te staren. Totdat ook de klok, die de laatste uren wegtikte, zweeg.

Een gebeurtenis in de tweede helft van mei 1948, meegemaakt door een jongen van veertien. Het was op een prachtige voorjaarsavond, de geur van de meitijd zweefde over de weilanden, de zon liet zich heel langzaam zakken, om zo de dag zo lang mogelijk te laten duren.

Er verscheen volk op het pad naar de boerderij. Eerst twee mannen. De een hield een trompet onder zijn arm, de ander was de pistonblazer. Nog geen kwartier later stond de complete christelijke fanfare Crescendo van Groninger Opeinde op het boerenerf: de grote en kleine bas, de grote en kleine trommel, de tuba's, baritons, trombones, hoorns, bugels, trompetten en de piston.

De mannen van het korps stelden zich op, maar het was alsof nog gewacht moest worden op een teken van hogerhand. En toen tikte de man van de grote bas met zijn trouwring op het ijzeren deksel van de regenput en werd het oorverdovend stil. En daar barstte het laatste voorjaar uit elkaar. Het was muziek die zo statig werd gespeeld alsof het de dodenmars uit de Derde van Beethoven was.

In de opening van de lage zijdeur in de schuur stond de familie het aan te horen. Op één na. De vader, die de kaartjes voor de boot naar Amerika al op zak had, kwam niet te voorschijn. De kinderen begrepen niet waarom.

***

De jongen van veertien is een Amerikaan op leeftijd geworden. Henry James Baron: hij woont met zijn gezin in een riant huis in Grand Rapids, in de Noord-Amerikaanse staat Michigan. De beelden van de laatste uren voor het vertrek staan hem in het geheugen gegrift als een filmfragment dat voor altijd op het uur van de serenade is blijven stilstaan.

Maar als hij terugkijkt, is het alsof de film weer begint te draaien. Eerst in zwart-witbeelden, dan in volle kleuren. De gebeurtenissen op het erf probeert hij opnieuw te ordenen en te projecteren. Wat waren de motieven van zijn vader, zijn heit, om te gaan? Ineens ziet hij ook de mem van toen voor zich, de vrouw die het gezin dapper in voor- en tegenspoed zou blijven bestieren.

Het fanfarekorps Crescendo van Groninger Opeinde had die avond de laatste noten geblazen, en daarmee was het voorjaar gebroken. Stilletjes verlieten de muzikanten het erf van het boerderijtje, voor de laatste keer ging het gezin naar binnen, in de woning die al niet meer van hen was. Zwijgend zocht ieder nog eenmaal zijn plaats op. Pas op dat moment kwam de vader te voorschijn, de heit die niet naar de loftuiting van Crescendo had willen luisteren. Met de pet in de hand trad hij binnen, liep naar de klok en zette het uurwerk stil.

Het werd nacht, het kon niet lang meer duren of de bus zou komen om hen naar het zeeschip in Amsterdam te brengen. Henry Baron kan zich niet precies meer herinneren hoe de laatste uren zich voltrokken. Heel lang heeft hij niet geweten waarom de noten van muziekkorps Crescendo zijn vader zo weerzinwekkend in de oren klonken; valser dan het wetten van de zeis in het laatste Friese voorjaar.

Pas de laatste jaren begint hij vaker en dieper over dat afscheid na te denken. Vrijwel nooit was het in het geëmigreerde gezin onderwerp van gesprek.

Zijn verhaal stokt, Henry stelt voor even met me rond te toeren op de motorfiets. Het is mooi motorfietsweer, al een paar weken is het snikheet in de Amerikaanse Midwest. We zien hoe het maïs onvolgroeid op de kurkdroge akkers staat te verkommeren. ‘Ik wou geen boer worden, het beroep lag me niet zo, maar het oog van de boer is er nog wel. En het valt me op hoe de maïsoogst zo goed als verloren is.'

We passeren landbouwbedrijven die geordend in het lichtglooiende landschap verspreid liggen. Het zijn de velden die nog geen twee eeuwen geleden aan de indianen toebehoorden. Zo werd de oorspronkelijke bevolking handig, zo niet hardhandig, weggekocht door de in het zweet des aanschijns ploeterende pioniers uit het kille polderland. Verderop liggen de velden er bijna even vlak bij als in het oude, koude vaderland van de pioniers. De motorfiets dendert langs Kalamazoo, we drinken koffie. *Made in Holland.* 'De mensen hier wensen blijkbaar nog altijd iets te proeven van het oude land.'

Als we tegen de avond in Grand Rapids terugkeren, ontwaar ik in- en uitvalswegen die de stad als een kransslagader omklemmen. Overal op deze steeds kleiner en voller wordende planeet moet je aan de randen van de grote stad dezelfde hectiek ondergaan: op de afritten massa's voertuigen die zich in de huizenzee storten en zich er even verderop weer van bevrijden. Zo zag ik het in Amsterdam, Auckland, Melbourne, Johannesburg, Rio de Janeiro, Detroit en nu zelfs in Grand Rapids.

Een agglomeratie van zo'n 200 000 inwoners, in een gebied met veel Nederlandse immigrantenfamilies van de tweede, derde en vierde generatie. In het zuidoosten van de stad liggen buitenwijken met statige lanen. Hier pronken de stenen villa's van de gereformeerde grandeur. Het bestaan verloopt er even kalm en conservatief als rechtzinnig en republikeins.

Henry Baron duwt zijn zware motorfiets in de openstaande garage, gaat me voor naar het achterbalkon, zoekt gemakkelijke stoelen en probeert nog eens bij het begin van het verhaal te beginnen. Ja, zo moet het zijn geweest, die avond waarop het muziekkorps speelde. De klok stond stil, de tijd stond stil, er kwam geen eind aan het wachten. Het moet in een nanacht in mei zijn geweest; het was zover, het gezin van heit en mem, twee zonen en drie dochters, stapte van het stolpboerderijtje naar de provinciale weg. De bus stond klaar.

Toen in Groninger Opeinde de klok stilstond was er geen weg terug. Natuurlijk volgden hun vijf opgroeiende kinderen, ook al was hen niet gevraagd of ze ervoor voelden mee te gaan. Hendrik was de middelste van het groepje, zat net op de mulo.

Er was in het dorp zo veel gebeurd wat de familie Baron niet onberoerd had gelaten. In de jaren twintig toen Jeen en Afke naar het gemeentehuis fietsten en zich onder de geboden stelden, waren ze zielsgelukkig. Er bestond geen twijfel, ze zouden het in eigen land best redden. Maar toen kwam de crisis en het werd voor de kleine boer met te weinig weiland, dat ook nog eens van matige kwaliteit was, een genadeloze tijd. Op het moment dat de tijden wat leken aan te trekken, rammelden de wagens van de Duitse Wehrmacht over de straatweg.

In de contreien langs de Fries-Groningse grens braken tijden aan vol van terreur. Verraders als de NSB'er Pier Nobach leken niet alleen wraak te nemen op de crisis maar op al hun persoonlijke teleurstellingen. Liquidaties en moordpartijen waren het gevolg.

In de oorlog bleef vader Jeen Baron niet stil in een hoekje zitten, hij maakte keuzes, wees als ouderling van de gereformeerde kerk Nobach ongezouten terecht. Dat was geen risicoloze vermaning. De kleine boer en veevoerkoopman Baron en zijn onderduikers zouden meermalen door het oog van de naald kruipen.

Maar ook in Groninger Opeinde ratelden op een zonnige ochtend in april de Canadese tanks over de klinkers. Nu zou er een nieuwe tijd aanbreken. 'Nu zal de boter zijn geld opbrengen,' zei Jeen Sytses. Maar het kwam er maar niet van. Waar bleven nou de betere tijden?

Baron had, op zijn Fries gezegd, een vin meer dan een baars. Hij was een belezen boer, zeker als het over kerkelijke zaken ging was hij in staat erop los te citeren. Hij was een bestuurder met ook een goede pen. 's Avonds zat hij niet zelden lange brieven aan de theoloog dr. Klaas Schilder te schrijven.

Een man waar muziek in zat. Als trompetblazer van de militaire kapel in mobilisatietijd had hij immers de eerste partij leren blazen. Op de fiets blazen, muzieklezen en trappen. Dan moet je een knaap zijn. Na zijn legertijd richtte hij in zijn dorp het christelijk fanfarekorps Crescendo op. Het was Jeen Sytses Baron zelf die nieuwe arrangementen schreef. Hij werd dirigent van Crescendo. 'Korpsdirecteur.'

Als ouderling zette hij zich niet alleen in voor de leden van zijn eigen gemeente, maar hielp ook mensen van andere signatuur. In het Opende van ruim een halve eeuw later spreken oudere Openders dan ook met eerbied over Jeen Sytses Baron. Maar welke processen spelen zich af in een dorp temidden van landbouwgronden die meter voor meter ontgonnen moesten worden? Het draait uit op een gevecht op de vierkante meter. Een stevige strijd om de economische en maatschappelijke posities.

Al tijdens de Tweede Wereldoorlog kwam het in de gereformeerde kerk tot een akelig conflict tussen de synodalen en vrijgemaakten. In Opende liep het uit op een bizarre splitsing. Terwijl bij wijze van spreken de wereld in brand stond, brandde hier de strijd los over de interpretatie van delen van bijbelteksten. We schrijven voorjaar 1944: ouderling Baron kwam terecht in het kamp der vrijgemaakten ofte wel bezwaarden.

Vanaf dat moment zouden op het schoolplein de 'bezwaarde' en 'synodale' meisjes niet meer touwdansen in de boog van een en hetzelfde springtouw. Hun vaders en moeders voerden een proces over wie nu eigenaar was van kerk en pastorie, de vrijgemaakten of synodalen. Een jaar later hadden de vrijgemaakten hun eigen kerkgebouwtje gesticht. Jeen Baron was weer een van de voormannen.

Scheiding op de Scheiding: de kerksplitsing was als een waterstroom, als een rivier die een zijarm krijgt. Stroomafwaarts lijken beide wateren niets meer met elkaar van doen te hebben, ook al bestaan zij bij de gratie van een en dezelfde bron.

Vier jaar na de kerkscheuring, toen Jeen en Afke en hun gezin het dorp verlieten, leek het kerkconflict aardig geluwd. De scheuring zal dan ook niet de hoofdreden van de emigratie zijn geweest. Nee, er was meer gebeurd, iets wat de kleine boer en veevoerkoopman diep had gekwetst. Pas veel later zouden zijn kinderen van de hoed en de rand te weten komen.

De kiem van dat andere conflict werd gelegd toen de leden van Crescendo oefenden voor het muziekconcours dat in het naburige Grijpskerk zou worden gehouden. Crescendo zou toch eens officieel zijn naam eer aan moeten doen, zou toch eens naar de eerste afdeling moeten promoveren.

Als één Opender familie reisden de korpsleden af. Zij kenden de ingestudeerde stukken bijna uit hun hoofd. Met het stuk *Au printemps* (In het voorjaar) zouden ze furore maken. Hoe interpreteerde Baron het voorjaar: zoals een boer die veel in de natuur verkeert, in het voorjaar van de Friese Wouden en het Groninger Westerkwartier. Een voorjaar dat begint met ingehouden kracht: langzaam en zachtjes, dan gestaag tot bloei komend. Crescendo!

Heel Crescendo was muzikaal overtuigd van de vertolking van hun voorman Jeen Sytses Baron. En ze bliezen zich de longen uit het lijf.

***

Verbijsterend. Anders was de uitslag van de jury niet te omschrijven. De hoge heren achter de jurytafel – van die deftige signoren die de voorjaarszon misschien nog nooit hadden zien opkomen – konden zich niet in Barons vertolking vinden. En al op de terugweg, ja al vóór Grootegast, vroegen enkele leden van het korps zich af of het niet was gekomen doordat Jeen Sytses geen muziekdiploma's had. Die jury had er toch voor doorgeleerd! Kortom, was het niet beter een modernere directeur te benoemen?

Een paar dagen later stuurde het rebellerende korpsdeel een 'afgevaardigde' naar de boerderij aan de Scheiding met het besluit op zak: de boer-directeur werd ontslagen. Jeen Baron voelde zich diep vernederd en verraden. Het allerergste was dat ze het hem niet recht in de ogen durfden zeggen, nee ze hadden een derde, een 'afgevaardigde' gestuurd. Vanaf dat ogenblik raakte Jeen Baron niet alleen zijn dirigeerstokje nooit meer aan, ook zijn trompet zou nooit meer geluid geven. Voor hem was de harmonie verbroken, de muziek tot zwijgen gebracht. En elk daaropvolgend voorjaar, als in de Friese Wouden en het Groninger Westerkwartier de natuur zich eerst nog probeerde in te houden maar dan langzaam crescendo in een magistrale uiting van levenskracht van zich liet horen, zien en voelen, had de kleine boer en veevoerkoopman van de Scheiding in Groninger Opende te lijden.

Zijn zoon vertelt op het achterbalkon aan de Coulon Avenue in Grand Rapids. 'In de nanacht verlieten we de boerderij. *Au Printemps.* Het zal de dertigste mei 1948 geweest zijn. Met z'n vijven als kinderen liepen we naast en schuin achter heit en mem aan naar de provinciale weg. De kisten met huisraad waren al naar de boot vooruitgestuurd. Later bleek dat in een van de verhuiskisten nieuwe muziekinstrumenten zaten voor heit, Sytse en mij. Speciaal in Leeuwarden besteld. We begonnen immers een nieuw leven met een nieuw geluid in een nieuw land. Het hele leven moest daar worden overgedaan.

Op het pad naar de grote weg heb ik de herfstroep van een vogel gehoord. Dat klaaglijke geluid in de stille voorjaarsnacht, ik zal het nooit vergeten. Er hing een zware deken van dauw over de weilanden. En toen, zomaar ineens, hoorde ik mezelf zeggen: "Never again, never again." Viermaands mulo-Engels.

Ik voelde de hand van mem op mijn arm. Alsof het was afgesproken bleven we staan. Allemaal. "Wat zegt die jongen daar!" Een gebroken stem. "Never again, never again!"

Het was de bus van ome Marten uit Veenwouden. Marten Hoekstra, die graag grapjes maakte. De deur van de bus stond open, de motor was stopgezet. "Rotterdam, chauffeur!" grapte heit. De spanning moest worden gebroken. Onze grootste koffer werd op de treeplank gezet, ome Marten sleepte het gevaarte de bus in, in de schemer rezen gezichten op van mijn beste schoolmaten, ik ontdekte neven en nichten die dwars door de ernst heen probeerden leuk te doen. Ome Marten achter het stuur, de motor gestart, op naar Rotterdam.

Na een halve eeuw vervagen en verschuiven de beelden, dialogen, gedachten. Alles is te verdrongen en te verwrongen, misschien. Bepaalde herinneringen beginnen soms een eigen leven te leiden. Maar ik voelde dat we een nieuwe dag tegemoet reden, en wist hoe het oude land meter voor meter onder me vandaan gleed.

Ineens was er die mondharmonica. Wilde oom Marten, die van achter het stuur probeerde de boel wat op te vrolijken, mij nú laten spelen? Was ik het die de mensen in de bus moest laten zingen?

We gingen met de Veendam van de Holland-Amerika Lijn, kwamen te weten wat eersteklas varen op een passagiersschip inhield. Kaartjes eersteklas; die had heit wel moeten kopen, omdat we anders pas een halfjaar later konden vertrekken. Nee, we moesten weg. Dáárom moesten we onze beste plunje aan. We werden verpletterd door de deftigheid, door satijn op tafel, kristal naast de driedubbele borden. Wijnglazen. Wij kleine luyden, die nog nooit uit kristal hadden gedronken; we waren al in een andere wereld.

Ik zie mem nog aanzitten aan het diner. Een beetje verlegen, maar misschien was dat ook een beetje gespeeld. Ze las zogenaamd de Franstalige menukaart. Heit naast haar, in zijn donkere kerkpak, altijd dat donkere kerkpak. Heit keek vrijmoedig rond, dat was zijn aard. Een man van dik vijftig jaar, die niet voor niets in de mobilisatie van 1914-1918 had gelegen. Maar zijn grote boerenwerkhanden hield hij in deemoed zo lang mogelijk onder de tafel.

Het bedienend personeel boog tijdens het inschenken en het opdienen. Mannen met blauwzwarte haren en een bruine huidkleur. Zulk soort volk hadden we alleen nog maar op schoolprenten gezien. Na het inschenken van de wijn maakten ze een lichte buiging, een soortement ouderlingenknikje dat de collecteloper in de nieuwe vrijgemaakte gemeente van Opende ook maakte tijdens het collecteren met de kerkzakhengel. Ik durfde heit en mem niet attent te maken op het gigantische misverstand waarin ik me waande. Hier moest immers sprake van een misverstand zijn: die bruine bediendes vergisten zich, zij dachten dat we baron wáren.

Arme moeder, ze heeft zich op weg naar Amerika geen barones gevoeld, dag in dag uit was ze zeeziek. Voor moeder was de zware smalle weg begonnen.

Broer Sytse was de oudste, een jongen die allang wist wat hij wilde. Hij was geïnteresseerd in het elektrisch, wilde een eigen zaak in Friesland opzetten. Immers, bij alle boerenbedrijven in de buurt moest hoognodig het "nieuwe licht" worden aangesloten. Toch ging hij als vrijwel volwassen jongeman zonder veel gemok mee. Onze Lies, de oudste van de ploeg en op dat moment al twintig, moet de emigratie als een persoonlijk drama hebben ervaren. Haar wortels zaten het diepst verankerd. Voor Grietje en Marijke zal het anders zijn geweest, zij waren ukken die amper wisten wat hun overkwam.

Een emigrerende vader van middelbare leeftijd die wist wat hij wilde, maar niettemin geen notie had van wat hem en zijn gezin te wachten stond. We kwamen in het verre westen terecht, in de staat Washington, vlak bij het dorp Lynden. Eerst met zijn allen werken bij de boer. We troffen een wrede zuiplap. Voor heit moet dat een kwelling zijn geweest. In Opende was hij baas op eigen erf, hier moest hij zich schikken naar onredelijke wetten, doen wat een domme dwaas schreeuwend in onverstaanbare woorden van hem eiste. Een man die het boerenvak nauwelijks kende. Het zal een obsessie zijn geweest. Enfin, we waren groot geworden met het credo dat je maar moest kijken naar mensen die het nog slechter hadden getroffen dan wij. En zulke immigranten bleken er ook nog te zijn.

Om het Engels zo snel mogelijk onder de knie te krijgen, zetten ze mij in de achtste klas van de lagere school. Mijn honger naar kennis, die ik op de mulo had gevoeld, werd alleen maar groter. Studeren, het stond haaks op vaders wil. Hij wilde met zijn zonen een boerenbedrijf opzetten. Sytse en ik moesten hem helpen. "Eerst bij een boer, dan zelf boer!"

Als knaap van een jaar of vijftien ga je dwarsliggen. "Ik wil studeren." "Werken!" zei vader. Er zijn tussen ons toen spanningen ontstaan. Ik begreep niet dat hij zich onzeker voelde zonder inzet van zijn kinderen. Hij had ons nodig om te overleven en zag niet of wilde niet zien dat er geen boer in me zat.

Meewerken op de boerderij en in de schaarse vrije uurtjes schriftelijk de high school proberen te halen. Tussendoor voor wat zakcenten ook nog eieren schoonmaken bij de kippenboer verderop. Onder het boenen stond ik aan de vrienden en vriendinnen van Opende te denken. Soms voelde ik de hectiek van de oorlog, dan bevond ik me ineens in de gespannen sfeer van die roerige tijd. In gedachten zag ik hoe mannen van de ondergrondse per ongeluk de zoon van NSB'er Pier Nobach doodschoten. Ze hadden alleen Pier zelf te grazen willen nemen. Kon de zoon van Pier helpen dat zijn ouweheer zo'n minne hond was? Trouwens, hoe kon die Pier nou zo slecht zijn? Was hij gefrustreerd geraakt omdat hij er voor de oorlog niet in was geslaagd de show te stelen met zijn grote Cadillac waarmee hij uit de States was teruggekomen? In plaats van tot koning van Doezum te worden gekroond, kreeg hij het stempel van de mislukte emigrant opgeplakt. En toen werd het oorlog en nam hij genadeloos wraak.

Die kerkscheuring, hoe zat dat eigenlijk? Je zaagde je ouders er in die tijd niet op door. Het was grotemensenwerk, van die dingen bleef je af. Ik was tien jaar en op een zondagmorgen zag ik hoe geloofsgenoten, die eerst onze vrienden waren, ons met afgewend gelaat voorbijliepen. Ze waren op weg naar hun eigen gereformeerde domein. Als bezwaarden weken we met nog veertien gezinnen eerst uit naar het dorpscafé. Een bezwaarde kerkdienst in het café in de buurt van berenburg en jonge jenever. Onder het bidden hoorde ik buiten andere kinderen spottend schreeuwen: "Van de kerk naar de kroeg, van de kerk naar de kroeg!" Zo waren m'n schoolmaten van de ene dag op de andere veranderd in boosaardige vijanden. Er was maar één God, zoveel was zeker, hoe kon dit gebeuren?

Veel gekwelde vrijgemaakte gereformeerden zouden een uitweg in emigratie vinden. Bij ons in de buurt kwam er niettemin eerst een eigen vrijgemaakte kerk. Na een paar jaar waren de scherpe kanten van de Opender scheuring af.

Hier in de staat Washington sloot vader zich echter weer aan bij, laat ik zeggen, de gereformeerde hoofdmacht. Immers, de gemeenteleden hier hadden niet die dogmatische strijd gevoerd. Hier bestond nog zijn ideaal van één gereformeerde gemeenschap. Maar nu we gewoon aanschoven in de Christian Reformed Church werd hij door de Nederlandse vrijgemaakten als verrader beschouwd.

"Ik wil heit zo nu en dan nog weleens helpen," zei Sytse op een avond, "maar ik ga vanaf nu m'n eigen gang!" Dat kwam hard aan. Tegen de wil van zijn oudste zoon van bijna twintig was vader niet langer opgewassen. Sytse trouwde een emigrantendochter van Friese afkomst en zou in de buurt van Lynden een gewiekste zakenman worden.

Dan Lies, hier meteen Betty genoemd. Toen ze in Opende een smoorverliefd famke van zestien was, heeft vader een ingrijpende beslissing voor haar genomen. Hij maakte haar verkering uit. Ze ging met een synodale jongen en dat kon niet. "Lies," zei hij, "je verkering is uit! Voor nu en voor altijd!" Dat heeft wat teweeggebracht. Vrij snel daarna verloofde ze zich met een jongen die haar later naar de States zou volgen.

Mijn twee jongste zussen, Griet en Marijke, hebben zover ik weet als enigen geen grote problemen gehad met hun gebroken voorjaar.

De eerste immigratiejaren verstreken, heit naderde zijn doel: boer op een eigen boerderij. Ik zag licht aan het eind van de tunnel, want die jaren ervoer ik, tegen mijn zin werkend op het boerenbedrijf, als beklemmend. We konden zelfstandig boeren met behulp van een kapitaalkrachtige jurist, die op fifty-fiftybasis met ons in zee ging. Weer rekende vader op mij. Hoe hard er daarna ook werd gewerkt, het partnerschap met de jurist werd een fiasco. Tot overmaat van ramp kampte de veestapel met ziekten. In plaats van winst moesten we een verlies delen.

Vader waagde de gok om elders een boerderij te huren. Hier werd, opnieuw met mijn hulp, heits vakmanschap wél verzilverd. Er werd een puike veestapel opgezet. Toen heb ik wel degelijk even voldoening van mijn inzet gevoeld. Ook al is het door tijdgebrek nooit zover gekomen dat er een concert voor twee trompetten en een saxofoon kon worden gegeven, er kwam meer fleur in het gezin. Het was in die dagen dat mijn ouders gewag maakten van een trip naar het oude land.

Voor mij was er nu ook eens wat tijd om te lezen en meer te studeren. Schriftelijk studies. Er was blijkbaar ook nog tijd om in het kerkelijke jeugdwerk te duiken. Alleen als de postman eraan kwam met het uit Nederland gestuurde geïllustreerde blad *De Spiegel*, stoven we om het hardst naar de kamer en vochten we bijna om iedere letter. Dat waren momenten van vreugde en intimiteit, zo waren we eventjes met zijn allen aan de andere kant van de oceaan.

Ik rekende erop dat voor mij het Amerikaanse leger de springplank naar de toekomst zou zijn en gaf me op als vrijwilliger. De *army* betaalde veel studies. En stel dat ze me als militair naar Duitsland zouden sturen, dan zat er vast een uitstapje naar Opende in. Daar moest nog altijd dat famke rondlopen dat iets in me wakker had gemaakt.

Maar hoe gehard ik ook in het boerenwerk was, de zware militaire training in Ford-Ord in Californië heeft me genekt; ik liep tbc op. Eerst belandde ik in het militaire hospitaal in Denver, vandaar ging het naar het Veterans Hospital van Portland. Toen ik weer was opgeknapt maar nog niet aan het werk kon, heb ik met beide handen de kans aangegrepen de studie te doen waar ik al jaren naar verlangde: op de Western Washington University van Bellingham-WA. Nog wel moest ik een toelatingsexamen doen. Ik heb alles op alles gezet en slaagde.

Mijn ouders hadden nu een florerende boerderij. Té mooi? Op een morgen, toen heit op het erf bezig was, werd hij onwel. De dokter werd geroepen, maar er werd een verkeerde diagnose gesteld; het bleek dat we geen arts maar een kwakzalver op het erf hadden gekregen. Zestien uur later stierf heit, negenenvijftig jaar oud, aan een blokkade in zijn darmen. De loodzware opdracht die hij zichzelf en zijn gezin had gesteld, was zo goed als volbracht. Hem was niet de tijd gegeven om nog eens over zijn diepere roerselen, die ten grondslag hebben gelegen aan zijn ingrijpende besluit om uit Opende te vertrekken, met ons te praten. Zijn thuisreis samen met mem naar het oude land ging niet door, zijn Thuisreis was gekomen.

Het was in zijn laatste uren dat ik heel dicht bij mijn heit ben gekomen.

En daar zat de moeder die altijd trouw de kant van haar man had gekozen, de vrouw die het gezin door de grote stormen naar een nieuw bestaan had geleid. Over een oceaan die haar kwelde, naar een land dat haar zo vreemd voorkwam. Aan mij werd de vraag – bijna het dilemma – voorgelegd of ik dan toch maar als opvolger van heit op de boerderij zou blijven werken. Maar dat vond ik geen rechtvaardige vraag. Ik weigerde, en daarna bleek dat iedereen in het gezin mijn besluit respecteerde.

De boerderij werd verkocht. Van de opbrengst kon moeder een mooi huis in Lynden kopen. Marijke, de jongste, was pas negen. Zo heeft onze mem nog jaren de kost moeten verdienen. Ze werkte in het verzorgingshuis Lynden Christian Rest Home, waar ze nu zelf op zeer hoge leeftijd wordt verzorgd.

Op de universiteit in Bellingham kwam ik in contact met Shakespeare en de Amerikaanse literatuur. Ook de genetica kreeg mijn bijzondere belangstelling. Ik studeerde af, trouwde met Ruth Bosman, wier grootvader van de Zeeuwse eilanden naar Amerika emigreerde. Ik werd vader van een mooi gezin, behaalde in Illinois de doctorsgraad in de Engelse taal en ben nu dan professor aan het Calvin College hier in Grand Rapids.

Het kon in de nieuwe wereld met nieuwe verbindingen niet uitblijven, mijn "never again" zou worden gelogenstraft met een comeback. Zo kwam ik terug op de Scheiding, op het weggetje dat nu veel smaller en korter leek dan in die nacht, toen er een zware deken van dauw over de weilanden hing.

Halverwege de boerderij bleef ik staan, rook het hooi zoals ik dat in al die jaren niet had geroken. De vogel, die mij ooit zo droevig had nageroepen, zweeg. Ik liep verder, stapte het erf op. En ineens galmden flarden van een statig gespeeld koraal door mijn hoofd. Ik draaide mij om en mijn oog viel op heit. Hij stond in de voorkamer uit het raam te kijken. Terwijl bij de zijdeur de fanfare speelde, drukte hij de handen tegen zijn oren. Zo stond hij daar, en keek voor de laatste maal over de weilanden.'

Frisian Nick

NICK DE JONG EN ALIE TEN BOOM, TE AROHA, NIEUW-ZEELAND

Op een zondagochtend in juli werd Nick de Jong wakker, en goed wakker ook. Het was alsof hij voor de tweede maal in een andere wereld terecht was gekomen. Hij schoot in zijn broek, opende het venster en zag tot zijn verwondering dat in het diepe zuiden van Nieuw-Zeeland Koning Winter het roer had overgenomen. De varenpalmen waren omgetoverd in zwaar verzilverde kunstwerken.

In het woeste heuvelland van de Otago kwam de zon op en het was bitter koud. Nick liet zich bijna bedwelmen door winterse geuren, liet zich betoveren door de smetteloze wereld om zich heen. Niet eerder overrompelde hem zo het verlangen te gaan schaatsen, nog nooit hunkerde hij zo naar het ijs. Of het moest die keer zijn geweest toen hij als jongetje van zes op de ochtend na sinterklaasavond zijn nieuwe schaatsen van de firma Vonk had aangebonden. Daar stond hij op zijn nieuwe doorlopertjes, en ineens doemde er een Grote Uitdaging voor hem op: de glinsterende wintervloer van ijsclub De Volharding in Oudeschoot, het dorp aan de straatweg vlak ten zuiden van Heerenveen.

Maar waar in vredesnaam lag hier in de woeste Nieuw-Zeelandse Otago een ijsvlakte? Hoe ver van hier waren de bergmeren? Dag en nacht was Nick de Jong met honderden anderen in de kolossale bouwput van de stuwdam in de weer en dit was zijn eerste vrije zondag.

Nicks vader Lyckele de Jong senior was in Oudeschoot zo ongeveer de discipel van koning Thialf en daarmee voorman van ijsclub De Volharding. De oude man had dus toch gelijk gekregen toen hij, een halfjaar geleden, op het allerlaatste moment de schaatsen van Nick in de koffer stopte. Een paar scherp geslepen doorlopers uit de plaatselijke schaatsenmakerij van Vonk.

Nick stond erbij te mopperen. 'Een paar schaatsen heb ik in dat land niet nodig, ik ga een nieuw leven beginnen, heit!' Maar heit Lyckele drong aan, stopte ze ten slotte zelf in de koffer: 'Als er in dat land mooie polderslootjes zijn, of je loopt tegen een lapje ondergelopen weiland aan, en het hééft gevroren, en je hébt geen schaatsen bij de hand, dan word je toch stapelgek.'

En zo gingen de 'Vonkjes' mee naar de andere kant van de wereld. Uitgerust met nieuwe vetleren teen- en hakleren.

De in aanbouw zijnde stuwdam ten zuiden van de Nieuw-Zeelandse Alpen moest onder meer de wilde rivier de Clutha tot bedaren brengen. Nick beschouwde de put als een meesterwerk, maakte er meer overuren dan wie dan ook. Geld verdienen, genieten van de mooie natuur en de ruwe kameraadschap om zich heen. De eerste drie maanden was er nauwelijks tijd voor heimwee geweest. De maten op het werk hadden hem duidelijk gemaakt dat er verderop prachtige blauwe meren waren. En achter de hoge berg met de sneeuwkop bulderden nog wildere rivieren dan de Clutha, hoorde hij. 'Voorbij de hoogten zijn zelfs plaatsen waar nog nooit een sterveling is geweest.'

Nick besloot in de vrieskou van zijn eerste vrije zondag de Mount Whitecomb te beklimmen. De berg met de witte kruin had hem al zo lang uitgedaagd. Hij huurde een levendige, voskleurige merrie, en ging vroeg op pad. Al in het begin van de middag bereikte hij de top. Beneden zag hij de rivier en de bouwput: een kronkelende zilverdraad met een kolossale knoop erin.

Die avond schreef hij zijn grote liefde Alie ten Boom uit Sintjohannesga 'dat de toren van Sintjut samen met die van Oudeschoot wel honderd keer in de bouwput aan de Clutha kon'. 'En de Clutha is honderdmaal woester dan de Tjonger. Ja, alles is hier woester, Alie.'

'Maar,' zo vroeg hij zich in dezelfde brief af, 'welke Grote Werken, gemaakt door mensenhanden, zijn werkelijk groot in dit indrukwekkende landschap! Alie, we hebben hier gebergten, fjorden, schitterende meren. En puik weiland. En er zijn verbijsterbaarlijke bloemen en beesten. Dit land is niet van deze planeet, het is ooit losgedreven van de Zuidpool, het is anders dan anders, het is niet te bevatten in wat voor een paradijs ik terechtgekomen ben. Kom gauw, Alie, want de Otago is zo mooi.'

Toen ze de brief driemaal gelezen had, barstte Alie bijkant van verlangen. Ze zag niet het landschap voor zich, maar die lange, lenige jongkerel met zijn diepblauwe ogen en rode wangen. Ze wilde naar Lyckele junior, intussen bijgenaamd Frisian Nick in Nieuw-Zeeland.

***

In de jaren vlak na de Eerste Wereldoorlog was Nick een van de duizenden emigranten die als vrijgezel naar Nieuw-Zeeland trokken. Om kwartier te maken, om een dak boven het hoofd te verdienen. En om vervolgens, na ongeveer een jaar, de grote liefde over te laten komen. Wie dat volhield, was al bijna een autochtone Kiwi geworden.

In de Otago ging de tijd langzamer, duurde het wachten eindeloos. Hoe lang moest er nu nog gehunkerd worden? De winter had de Otago in zijn greep en opnieuw kwam er een vrije zondag. Nick huurde dezelfde voskleurige merrie en trok er weer op uit. Met in de flank van het paard een zak haver, tien boterhammen en de doorlopers van de firma Vonk, op zoek naar een ijsvlakte. De merrie volgde een soort jaagpad door een kloof. Toen het pad bijna onbegaanbaar werd, zag Nick ineens een ijsvlakte voor zich zo groot als het Tjeukemeer. Een blauwe spiegel in een lijst van besneeuwde toppen.

Nick slingerde het leidsel om een boomstam, liet de voskleurige merrie van de sneeuw eten, bond de doorlopers aan en waagde zich voorzichtig stampend op het ijs. Hij keek, luisterde en voelde. Ja, het hield. Het ijs was een handbreedte dik. Steeds verder waagde hij zich op de eindeloze vlakte. Uit de peilloze diepte van het meer hoorde hij de symfonie van de vermaningen opstijgen. Het was geen kraken, het was orgelend bulderen. Voor Frisian Nick uit Oudeschoot bestond er geen meeslepender concert. Terwijl hij zich overgaf aan het ijs, terwijl hij zijn slagen almaar langer maakte, kwam hij tot de overtuiging dat de componist van deze muziek de Schepper zelf moest zijn.

Na een kwartiertje had hij nog steeds geen gevaarlijk litteken in het ijs gezien. Geen wakken. Over klunen hoefde hij zich hier ook geen zorgen te maken. Dit was het ultieme schaatsen.

De eerste ronde over het grote meer legde hij binnen een halfuur af. Toen hij terugkwam bij zijn paard op de oever, zag hij twee mannen uit de kloof te voorschijn komen. Ook zij bleken schaatsen bij zich te hebben. Friese doorlopers. Bestond er zoiets als toeval? Het waren immigranten uit Frieslands Lage Midden: een boerenknecht uit Akmaryp, een bouwvakker uit Huizum en een Sneker slagersknecht die na een enerverende onderduiktijd bij een keuterboer in Earnewâld in de buurt van Grou bij een boer was blijven hangen, maar op een ochtend met de noorderzon was vertrokken.

De mannen hadden weinig woorden nodig. Er volgde een vluchtige handdruk, alsof ze deze ontmoeting vooraf hadden georganiseerd, alsof ze elkaar al jaren kenden. Ze zagen elkaar voor het eerst maar stonden als uitverkorenen op het ijs. Alsof het ingestudeerd was, zo molken ze tussen duim en wijsvinger de neuzen leeg. En daar ging het los: als een vlucht ganzen in formatie scheerden ze zich weg over het meer. De zon scherpte alles wat kleur had aan, het ijs glinsterde en ging beter glijden, de dondermuziek uit de kelders van het meer klonk wat gedempter. Er was maar één toeschouwer, een tamelijk ongeïnteresseerde: de voskleurige merrie.

Toen de ploeg er drie ronden op had zitten en de eerste donkere zweetvlekken op de ruggen zichtbaar werden, werd besloten even 'een pijp vol tabak leeg te praten'. De gewezen slagersknecht uit Sneek zei: 'Wij begrijpen er alle vier geen donder van hoe het mogelijk is geweest dat wij elkaar hier troffen. Wij weten stuk voor stuk dat dit een mysterie is.'

Toen zei de boerenknecht uit Akmaryp: 'Ik denk dat ik weet hoe het zit: zoals een bijenvolk een insectenradar in de kop heeft om de honingvelden te vinden, zo hebben wij boerenjongens ook een radar in de harsens. Met die radar worden wij gewoon naar het ijs geloodst. Dat moet het wezen.'

***

Frisian Nick is een grijze rentenier-boer geworden en woont met Alie op het Noordereiland dat nog nauwelijks klimatologische seizoenen kent. Een lange, lenige man nog steeds, geen gram vet te veel; nog altijd dezelfde rode konen als op die magistrale winterzondag op het bevroren bergmeer. Vol vuur verhaalt hij over de ontdekking van het ijs. En over de aankomst van zijn Alie, over de eerste zware jaren in de Otago. In het vuur van zijn verhaal staat hij op uit zijn stoel. Dan is het alsof het hele ruige landschap met al zijn beelden en geluiden tot leven komt.

'Het was in het eerste jaar, en de Clutha River en ik waren nog wild. De Clutha bruiste, ik bruiste, dag en nacht dacht ik aan Alie die nog in Sintjohannesga zat. De eerste Otago-zomer bracht droge perioden en de rivier kwam tot bedaren. De Clutha zong nu even bedeesd als het koor De Wâldsang van Oudeschoot, dat traditioneel op iedere zanguitvoering zo schuchtertjes begon. Maar o wee, als de krachten loskwamen.

Dat gebeurde in de herfst met de Clutha. Het werd een beest dat oeroude bomen met zich meesleurde. Die kracht moest omgezet worden in beheersbare energie. Na de oorlog zat Nieuw-Zeeland te springen om energiebronnen. En om werkvolk. De stuwdam in het diepe zuiden moest een van de trekpaarden van de economische ontwikkeling van het Zuidereiland worden.

Meer dan duizend mannen werkten aan de Roxburgh-dam. Als mieren, dag en nacht. Nou, het was een mooi zooitje ongeregeld, er waren op zijn minst twintig nationaliteiten, het merendeel tussen de twintig en veertig jaar, kerels die op de een of andere manier kans hadden gezien aan het brandende Europa van 1939-1945 te ontkomen. Sommige van mijn maten hadden de invasie in Normandië overleefd, andere namen daarna ook nog maar even de Koreaanse oorlog mee. Doug McIntyre bijvoorbeeld, Doug hoorde ik op een nacht om zijn moeder roepen. Dan droomde hij van vijandelijke vliegtuigen, van mitrailleurs, van stinkend vlees.

Waar zijn ze gebleven, mijn makkers van de Roxburgh-dam. Waar zitten al mijn dierbare Schotten en Ieren en Polen en Litouwers. Sommige van hen begonnen later een schapenfarm op het Zuidereiland. Ik weet dat een van de jongens met wie ik optrok chauffeur werd, en later eigenaar was van een paar zware trucks die hier eeuwig tussen noord en zuid pendelen. Een van de jongens op de betonwagens bij de dam kwam ik later tegen, hij was nu pianist in een trendy café in Auckland.'

Alie onderbreekt hem: 'En dan hebben we het nog niet over de dertig procent immigranten die het niet kon bolwerken en de boot terug naar Rotterdam nam.'

'Zo!' Frisian Nick herinnert zich dat van de lading kerels waarmee hij van Rotterdam was vertrokken en er vijf weken later mee op het Zuidereiland aankwam, er tien nooit hun koffer hebben uitgepakt. 'Vooral de mannen uit de grote stad, de jongens die aan boord de grootste bek hadden maar zich in de ruige Otago niet overeind konden houden.'

***

Het huis van Nick en Alie ligt tegen een heuvel bij het dorp Te Aroha. In hun tuin vol bloemen staat een houten bord: ORANGEWOOD. Een knipoog naar het chique Oranjewoud bij Heerenveen. Alie de Jong-ten Boom begeeft zich tussen bloeiende, exotische planten die nog eens extra worden opgefleurd door viooltjes, afrikaantjes, goudsbloemen en Alie zelf. Want ze is nog altijd mooi.

Diep beneden ons kronkelt een riviertje het dorp Te Aroha binnen. Een rechte hoofdstraat, met haaks daarop rechte zijstraten. Een witte kerk, een standbeeld voor de gevallen jongens uit een verre, vergeten oorlog, een golfbaan. ('Wat? Nieuw-Zeeland is één grote golfbaan.') Verderop tegen hellingen hier en daar een boerderij met daaromheen zwermen zwartbont melkvee. En op de horizon de eigenwijste berg van de hele wereld: de Ruapehu, die vuur kan spugen terwijl zijn kruin bedekt is met sneeuw. Een berg met een witte pet op en een groene voorjaarsjas aan.

Alie: 'Nick zat al een tijd in de Otago toen in Sintjohannesga de bus van de firma Slof uit Joure me kwam halen. "Dan is het nu zover," zei mem heel rustig. Ik verwachtte dat beide ouders me tot in de bus zouden brengen, maar vader kon niet uit zijn stoel opstaan. Verweesd bleef hij zitten. "Heit," zei ik nog, "gaat heit niet even mee naar de bus?" Maar hij was als verlamd, begon te huilen. Een kus, een natte wang. Toen de bus even later met me wegreed, toen ik op de boot zat, met Nick diep de Otago in trok, overal waar ik mij later zou begeven, steeds proefde ik het zout van vaders tranen.'

Zelfs nu, terwijl ze het vertelt, proeft Alie ten Boom de tranen.

Nick zegt bewogen: 'Jouw vader wilde zijn bloem, zijn enige dochter, bij zich in Sintjohannesga houden. En toen kwam ik, die rotzak die hem zijn dochter afpikte. Jouw mem, Alie, mijn goede schoonmoer Geertje, die zal je ook niet makkelijk hebben laten gaan, maar zij was van het slag dat niet zo kwetsbaar is.'

'Vertel van die zondagavond, toen je in feite bij ons kwam om met me te vrijen.'

'Zondagavond was op het platteland de scharrelavond voor het jongvolk. Ik kwam die keer binnen en de ouwe vroeg of ik even met hem mee naar buiten ging. "Om te overleggen." Hij trok de pet iets achterover en zei: "Luister eens hier, je moet er niet op rekenen dat je haar meekrijgt naar zo'n ver land."

Zonder dat ik het besefte, smeet ik meteen mijn sterkste wapen in de strijd: de liefde tussen Alie en mij. "Als ik ga, dan ga ik, en dan zullen we nog weleens zien of ze me achternakomt of niet." De oude man keerde me zwijgend de rug toe. Schoonvader Jan Hendriks ten Boom liep z'n huisje weer binnen, en het was alsof ik niet meer voor hem bestond. Het was een man voor wie ik respect had, ik twijfelde even of ik het kon maken om ook weer naar binnen te gaan. Toch maar doen. In het donkere gangetje liep ik bijna tegen hem op. Het klonk hees toen hij zei: "Sommige dingen heb je als ouder niet in de hand, maar één ding zal ik je inprenten: vóór haar eenentwintigste verjaardag zal ik mijn enigste dochter niet laten gaan."

Een paar weken later ving hij me op bij de voordeur. Voor het eerst hoorde ik hem mijn Friese voornaam noemen: "Lyckele! Kom met me mee naar het voorkamertje!" En daar stond hij vierkant voor me. Alle kleur was van z'n mooie kop verdwenen. "Kijk," hoorde ik, "mem en ik hebben duizend gulden gespaard. Kunnen jij en Alie hier mooi iets mee beginnen. In Heerenveen, of in Joure. Er is hier straks werk bij de vleet."

"Mis," hoorde ik mezelf meedelen. "Alie en ik gaan naar Nieuw-Zeeland. Ik eerst, en een jaar later Alie."

Jan Hendriks ten Boom stond als een geslagen hond voor me. Maar toen vermande hij zich. Op het moment dat ik de deur uit wilde gaan, stond hij ineens weer voor me en stak beide handen vooruit, kolossale handen. "Met deze klauwen moest ik als kind van elf meehelpen het Schar te ontginnen," sprak hij met gebroken stem. "Tóén waren er geen kansen. Ik heb me bijkant kapotgebeuld, heb een beste vrouw gevonden, we hebben een dochter gekregen, ja ik heb een hele beste vrouw gekregen en een hele beste dochter, en nou zal jij me in een blauwe maandag het geluk ontnemen." Zijn stem klonk gebroken. "Maar dat zal me niet overkomen, ongeluk dat je bent!"

De man verloor zijn stem, kon alleen nog fluisteren. "Lyckele jongen, kijk me nou recht in de ogen en luister goed: Nieuw-Zeeland is zo ver, wie eenmaal op dat eiland zit, komt er nooit weer af."'

Nick, nu ouder dan Jan Hendriks ten Boom toen, staat op uit zijn vertelstoel, loopt met gebogen hoofd naar de tuindeur. Overrompeld door zijn herinneringen schiet zijn gemoed vol.

Alie: 'De bus van Jaap Slof reed met me weg. Dat was twee dagen voor mijn eenentwintigste verjaardag. "Die laatste twee dagen schenk ik je," had heit later gefluisterd.'

Nick staat nog bij de tuindeur. Het decor buiten is een indrukwekkend landschap.

'Mijn eerste jaar in de bouwput van Roxburgh, het ruige leven zonder Alie. Op een warme zomeravond liep ik met een stel kerels terug naar de barakken, de zon had de hele dag boven de Clutha staan branden, in de verte bij Cool Creek stonden wel achthonderd man herrie te maken. Wij ernaar toe. Het ging om de grootste weddenschap aller tijden, zeiden ze. Wie kon tegen de stroom van de Clutha in zwemmen, wie kon de rivier bedwingen. Zo op het oog was de stroom matig. Een paar honderd gingen het proberen. In hun lange ondergoed, in de korte onderbroek, spiernaakt. En er was er een die het presteerde: Doug McIntyre! Ongelooflijk, wat een kracht en souplesse. De pot was voor Doug McIntyre. Die avond werden er een paar tankauto's vol bier en whisky soldaat gemaakt. Alles ter ere van Dougy, die later zou verzuipen.

De herfst kwam, het werd koud, de Clutha werd groter en woester. Op een nacht hoorde ik de stroom als een beest tekeergaan. Het was vlak na het weekend dat ik met een kleine groep mannen opnieuw overuren had gemaakt. Ik wou dubbel loon beuren, dan zouden Alie en ik straks een dak boven het hoofd hebben. Zo lag ik die avond in mijn kooi, en kon van verlangen niet slapen. Dat heb je als jongkerel, dan wil je weleens bij de vrouw wezen. Ineens hoorde ik dat er stomdronken kerels op de barak af kwamen. Vloeken en redeneren over die bloody Frisian Nick, die zoveel overuren draaide en daarvoor cash werd uitbetaald in Nieuw-Zeelandse ponden.

Ik hoorde het zuigen van laarzen in de blubber, even later zelfs het samenzweerderige gefluister. Tijd om een broek aan te trekken gunde ik me niet, ik greep m'n tweedehands jachtgeweer, verborg mijn papiergeld onder de matras en banjerde in onderbroek het gezelschap tegemoet. "The hell! Sodemieter op!" Het hielp niet, ze wouwen me te lijf. Toen heb ik ze met ontgrendeld geweer meegedeeld dat ze eraan gingen. Eén voor één. Op zijn Fries. Daarna klonk een schot, en nog een schot. De drek spatte hun tegen de kop en weg waren de heren. Het was vanaf dat moment dat ze me Frisian Nick noemden.

Als het herfst was in de Otago, dan wás het herfst, als het er donkere maan was, dan wás het donkere maan. Als er gezopen werd, dan wérd er gezopen. De Otago, dat is alles of niets.'

Alie: 'En voor jou was de Otago alles!'

'Wij zijn er samen gelukkig geweest. Toen jij er aankwam, God, dat was zo mooi. Het wachten had al zo lang geduurd, die schuit moest zonodig eerst aanleggen in Wellington, daarna nog eens in Christchurch, en eindelijk kwam hij in Dunedin aan.'

'Zesendertig dagen en nachten had ik gevaren. Ik knapte bijkant van de spanning. Nick moest daar ergens aan wal staan om me af te halen.'

'Ik zag je de *gangway* afdalen, famke, het was alsof de grond me onder de kont vandaan schoof.'

'Hij was wel een mooie jongen, ik bedoel zijn gestalte en mooie ogen, hij had zich glad geschoren maar achter zijn oor zat nog een restje scheerzeep; ja, hij rook naar scheerzeep. We moesten te paard de woeste Otago in, ik dacht: waarom vraagt hij nu niet meteen of ik met hem wil trouwen. Weet je wat hij zei? Hij zei: "Verderop in het Zuidland is een farm te koop! Best weiland, Alie, hele beste grond. Maar duur. We moeten eerst nog even beiden aan de slag. Maar dan zijn we boer en boerin. Ik heb werk voor je: op een fruitkwekerij voorbij Roxburgh."'

'Je moet hier alles durven te vertellen,' onderbreekt Nick haar. 'We gleden van 't paard, er was geen harsens te zien, we lagen in de woeste natuur, en daarmee waren we man en vrouw. Zo ver waren we in Sintjohannesga nog niet gegaan. Tjonge jonge, dat was wel de moeite waard.'

'En toen heb ik gezegd: En nou eerst een dak boven ons hoofd. In het barakkenkamp bij de bouwput waren de bokken en de schapen gescheiden. Harde wetten. Het was behelpen. Ik moest alleen in mijn eigen hutje verderop, hoorde 's nachts de betonauto's brullen, zag in de ochtendschemer Nick binnenkomen. Toen hij wegging, zei hij: "God o God, wij moeten als de bliksem trouwen."'

'Nick had de eerste damesfiets van Roxburgh voor me gekocht. Daarop karde ik 's ochtends in alle vroegte naar de fruitkwekerij. 's Avonds om zeven uur had ik het eten klaar. Samen eten. Maar apart slapen.

"En nou heb ik wat moois op de kop getikt," hoorde ik. "Een soortement huis op wielen, een mobilhome. Voor tweehonderd ponden." Het ding zou op het erf van de fruitkwekerij kunnen staan; hadden we meteen elektrisch licht. "Dan zijn we verder dan de mensen in het Schar bij Sintjut," zwetste Nick.'

Nick: 'Dat mobilhome stond in Ashburton. Ouwe Brian O'Casy had een Dodge 1932 en bood aan het kreng te halen. Tegen de avond vertrokken we naar Ashburton. Als het niet zo gruwelijk was gaan regenen, hadden we de klus in anderhalve dag geklaard. Nu stonden we op de hoogten van Tuapeka letterlijk met twee wielen over de rand van afgrond. "Put on the brakes, Brian!" gilde Alie. Maar die ruige opsodemieter kon remmen wat ie wou, de hele firma schoof verder richting ravijn. We hadden een touw aan de voorbumper gebonden, Alie en ik hingen als touwtrekkers voor de Dodge. De motor begon te koken. Opnieuw hing de Dodge half over het randje. "Eruit, Brian!"

"Vasthouden!" schreeuwde hij terug. Hij bleef in zijn Dodge als de kapitein op het zinkende schip.'

Alie: 'Langer dan een etmaal zijn we bezig geweest de Dodge weer op de weg te krijgen. Veel later koppelden de mannen het mobilhome achter de Dodge, en drie dagen en nachten later stond onze villa op wielen op zijn plaats: op het erf van de fruitkweker. En we noemden ons onderkomen Heavy Metal Mobil Home, want het kleine kreng woog tonnen. Op een avond kwam Brian kijken. Nick en ik zaten toevallig net zielsgelukkig voor de open deur van Heavy Metal Mobil Home na te praten. Brian, die pruimtabak kauwde, zag ons gelukkig wezen. Met drie dagen oud pruimsap in de kingootjes riep hij: "God's blessing gained, all is obtained!"'

Nick: 'Die Ierse fruitkweker, Alie!'

Alie: 'De kweker eiste zoveel staangeld dat ik ten slotte enkel voor de huur aan het kersenplukken was. Zodra ik het bestond om onder het werk een kers in m'n mond te steken, werd ik op m'n nummer gezet. Ja, van de kers die de spreeuwen voor de helft hadden opgepikt, mocht ik proeven. Op een avond zei de kwekersvrouw: "Morgen is het zaterdag, ik zal je dan tegen de avond wat kersen meegeven voor thuis!" De volgende ochtend nam ik dus een halvelitermaat mee naar de kwekerij. Geen hele liter, want thuis hadden ze me geleerd dat je beter te weinig dan te veel kon vragen. En wat denk je? Dat mens vult de kop maar voor de helft. "Hij is nog half leeg," durfde ik te zeggen. "Hij is meer dan half vol!" bitste ze.'

Nick: 'Nog diezelfde avond hebben we met hulp van Brian Heavy Metal Mobil Home van de kwekerij gesleept en op een verderop gelegen erf met meer vriendelijkheid gebracht.'

Alie: 'We wilden trouwen, maar de Kiwi's zeiden dat ik dan eerst een *bridesmaid* en Nick een *bestman* moest zoeken. Nick was snel klaar: Brian O'Casey. Ik had nog geen tijd gehad voor vriendinnen, dus schoot ik een wildvreemd wijfje aan. Nou, ze wou me best gerieven, zei ze. Een stadhuis? Was er niet. Maar op het postkantoor, waar ook een telefoon hing, kon je ook trouwen. Nick sprak van een bruiloft en vroeg de kantoorhouder koffie met koek te serveren.

"Wie verwacht je allemaal op onze bruiloft," wilde ik weten. "Let maar op!" zei hij, "Brian neemt nog wel een paar gasten mee."'

Nick: 'Het is een onvergetelijke bruiloft geworden, er waren wel een man of acht.'

Alie: 'Binnen tien minuten waren we getrouwd. Ik hoor het Nick nog speechen: "Well, zo krijgt ons bestaan wat meer fundation."'

Nick, bijna een gouden bruiloft later en met tranen en opnieuw geëmotioneerd: 'Wat hebben we een geweldige *honeymoon* gehad, Alie. Vertel toch: we waren koud getrouwd en trokken in één ruk naar Queenstown. Daar in dat Alpendorp is het mooier dan in het Zwitserse Davos. Voor een fles whisky en een paar zakken pruimtabak bracht Brian ons in zijn onverwoestbare Dodge. Die aankomst 's avonds in Queenstown. Onvergetelijk. De oude bliksem had een huwelijkscadeau naar Ierse boerentraditie in de kofferbak meegebracht: een koperen ketel vol eieren. "Twaalf eieren," riep hij. "Vier voor Alie, acht voor jou Nick!"

We hadden dat huisje voor een schappelijke prijs gehuurd. De muren bleken met bier- en wijnflessen te zijn gemetseld. Ingemetseld met de open halzen naar buiten. Als dan 's avonds de wind aantrok, zong en floot ons hele huis. Overdag, wanneer de zon de bergwind opat en het bladstil werd, trokken we samen het bergland in. We kwamen eens op een plaats waar het zo mooi was dat we nauwelijks adem durfden te halen. We gingen door dalen, klommen langs kloven naar de hoogten, kwamen bij diepblauwe meren met helder water. We deden de kleren uit, we waren gewoon in het paradijs, en er was niks verboden.'

Alie: ''s Avonds in ons flessenhuisje zagen we door de glazen wanden het maanlicht. Het huis zong een soortement ballade. En toen, toen is Nick voor het eerst onwennig geworden. Een beetje heimwee.'

Nick: 'Dat is maar half waar. Heimwee, daar ben ik de man niet naar, maar uitgerekend in het flessenhuisje droomde ik over Oudeschoot, over heit en mem. En dan werd ik midden in de nacht wakker en vertelde mijn verhaal aan Alie. In mijn dromen verkeerde ik in een strenge oorlogswinter, maakte mijn eerste zwerftocht langs het eeuwenoude kerkenpad, sjokte door de weilanden van Nieuweschoot. Met koude handen en oren liep ik daar bijna van de kou te creperen. Ouwe Gabe Westra kwam me pijprokend tegemoet. "Jij deugniet bent de jongen van Lyckele en Jantsje, dat zie ik aan je kop. Nou, dan mag jij Gabes hete kop van mijn pijp even vasthouden, krijg je weer lekker warme handen." In mijn droom voelde ik de kou, rook ik de Friese winter, snoof ik de rook uit de pijp van Gabe Westra op, en zo werd ik wakker in het flessenhuisje van onze honeymoon.'

Alie: 'Jonge emigranten dromen over hun kinderjaren, oude emigranten over de beginjaren van hun nieuwe bestaan. Zo droom je twee levens.'

Nick: 'Ja, de laatste tijd droom ik vaak over de ruige Otago-tijd. Onze oudste jongen was twee jaar geworden en in het zuiden lag vijfenzeventig acre land te koop. In een wat ongerieflijke uithoek, dat wel, maar het was puik grasland, we konden er tien koeien en vijftig schapen houden.'

Alie: 'Je hád het al gekocht. Samen met Kees en Aafje de Bruin, een Noord-Hollands echtpaar. Ik heb maar niet geprotesteerd, wilde weleens ergens anders wonen dan in Heavy Metal Mobil Home, wilde tenslotte boerin worden.'

Nick: 'In de gammele kar van Kees en Aaf zijn we met ons hebben en houden diep de Atago in naar de boerderij gereden. Regen, kou, storm met natte sneeuw ten slotte. Woester en woester werd het landschap. In velden noch wegen was een huis, laat staan een mens te zien.'

Alie: 'Het waren alleen nog de mannen die af en toe een zin formuleerden. Kees reed een plukje verlaten huizen voorbij. Gelukkig, dacht ik, hier is het niet. Ten slotte een onverharde weg vol plassen, een erf met een skelet van een koebeest, metershoge brandnetels, brokken rots in het weiland vlakbij. En een huis. Nou, een huis? Kees en Nick pochten elkaar moed in: "Dit zou inderdaad weleens een hele beste plaats kunnen wezen" en "Waar netels bloeien, bloeit het boerengeluk."

Aaf en ik zijn zeer schuchter door gordijnen spinrag naar binnen getreden. In de kamer kon Nick niet rechtop staan. "'t Is van Schotten geweest. Dat is klein volk," zei hij. Ik zei: "Nou moet je wél de kop omhooghouden!" Ik zocht naar zoiets als een aanrecht. Toen zei Aafje: "'t Komt wel goed, de deuren zijn er al uit, dus we kunnen ook niet met de deuren slaan." Op dat moment had ik pas goed door dat we hier met twee jonge gezinnen moesten huizen. Maar goed, er lag puik grasland.

Nick heeft nooit de muffe geur van het huis geroken, hij snoof alleen avontuur op. Drie weken leefden we met de De Bruins samen, toen begonnen het te wringen. Op een ochtend riep Kees dat hij nog liever met de hele santenkraam de boot terug naar Rotterdam nam. Nick was op dat uur helder bij zijn hoofd en nam meteen voor een schappelijke prijs ook de andere helft van de farm over. "En nou benne we zelfstandig boer," zei hij die avond. En zo werd voor mij het huis mooier en mooier.'

Nick: 'In de Otago kon je als boer niet overleven zonder goede buren, dus struinde ik te paard de omgeving af. In de contreien bleken acht boeren te zijn. Goed volk, beste buren. We overlegden, sloegen de handen ineen, zorgden samen voor telefoonaansluitingen. Het werd een soortement *party line*: als de bel één keer ging, was het voor de Camerons, rinkelde hij twee keer, dan was het voor de oude Milton Kennedy, drie keer voor de Langley's, vier keer voor ons. En toen we 's avonds tegen bedtijd de bel zeven keer hoorden gaan, wisten we het wel: nieuws uit Ierland voor de O'Leary's.

De konijnenplaag, dat leek onze eerste grote tegenslag te worden. Het land zag bruin van de konijnen. Met zijn achten stapten we naar de Board, zeg maar het polderbestuur. We wilden geld voor een bestrijdingsplan. In die dagen was Nieuw-Zeeland nog trots op zijn boeren, we kregen een zéér behoorlijk bedrag voor elk dood konijn. Dus, op jacht. Het ging zo van dik hout zaagt men planken dat we aan de konijnenjacht meer overhielden dan aan alle koeien en schapen bij elkaar.

Op een avond kreeg ik buurman Geoff Henderson aan de telefoon: "Nick, als we ze allemáál doodmaken, roeien we onszelf uit." Kort daarna hebben we een kalm-aan-plan ontworpen. Niet lang daarna wemelde het weer van de konijnen.

Het kon niet uitblijven: ambtenaren kwamen poolshoogte nemen. Resultaat: ze wilden ons op vast loon zetten. Ho ho! We stonden als één man naast elkaar en sleepten er een compromis uit: vast loon, plus wat provisie voor elk dood konijn. Willy Cameron onderhandelde voor ons over de laatste strubbelingen en het resultaat mocht er zijn: een best vast loon, plus een knappe provisie per dood beest, plus voor elke bunder land die we cleanden nog een portie. Daar bovenop versierde hij daggeld voor elk paard en elke hond die meedeed aan de jacht. We weten het: iedere subsidieregeling dient zichzelf uit te roeien, maar bij ons heeft dat lang geduurd. Leve de konijnenplaag.

Mijn eigen krijgsmacht tegen het konijnendom bestond uit drie paarden en zesendertig honden. Samen met anderen bestreken ze een gebied van vierduizend hectare. We deden ook aan public relations: aan journalisten vertelden we hoe erg het wel niet met de konijnenplaag was gesteld. Vervolgens kregen we de publieke opinie en de politici mee. We gebruikten ook arsenicum. Daarmee krijg je zo'n tachtig procent dood. Het is als met het mensdom: de gehaaidsten blijven over. Die laatste vijftien procent bejaagden we overdag met honden en 's nachts met lampen. Toch bleek een procent of tien ongrijpbaar. We gebruikten nu speciale konijnenvallen. Op de állerslimsten moet je niet blijven jagen, die hebben recht op leven. We hebben de operatie ook nog wat kunnen rekken door het vermenigvuldigen te stimuleren. Ik bedoel: er wat bij fokken door een achterdeur. Toch zijn we later overeengekomen om zelf niet tegen de lamp te lopen. Als indirect gevolg van de konijnenplaag trokken intussen de melk- en schapenprijzen zo aan dat het echte boeren weer interessant begon te worden.'

Nick staat naast zijn stoel en probeert duidelijk te maken hoe geweldig hij het boerenbestaan in de Otago vond.

Alie: 'Je ziet het, er zit nog steeds "Otago" in Nick. Als dat er eenmaal in zit, krijg je het er nooit weer uit.'

Nick: 'Dat gaat er niet uit, dat moet eruit rotten. Wij zijn naar hier, naar het milde Noordereiland gekomen. We zijn diep tevreden met onze drie flinke zonen, met ons best boerenbedrijf hier, met onze mooie kudde melkvee, met Orangewood, met alles. Maar de Otago zal me nooit verlaten. De Schotten zeggen: Al wordt de schapenboer van de Otago zo dement als een pad, al is hij zo kinds dat hij de naam van zijn eigen vrouw niet meer weet, de naam van zijn eerste schapenhond zal hij nooit vergeten.'

***

De nacht valt over het heuvelland van Te Aroha. De verteller staat weer in de open tuindeur, op de drempel van de nacht. Alsof hij is uitverteld. Even later verlaten we het erf met de tuin vol slapende bloemen. Samen met Nick en Alie wandel ik door de milde nacht de heuvelweg af. Bij een reusachtige oude boom blijven Nick en Alie staan.

'De Maori's beweren dat deze woudreus ouder is dan vijfhonderd jaar,' zegt hij. 'De boom heeft volgens de Maori's *mana*. Dat betekent zoveel als status. Bij deze boom blijven we altijd even staan. Geen mens weet wanneer de dood komt van deze boom, maar we moeten hem wel de tijd geven.'

Alie: 'Mijn vader en moeder in Johannesga waren oud geworden toen er een brief kwam met het nieuws dat ze ons in Nieuw-Zeeland zouden bezoeken.' Zwijgend laten we de boom met mana alleen en wandelen verder. 'En ze zijn gekomen. Ze zagen hier de vreemde vruchten, de sneeuw op de berg die ook rook uitspuugde, de velden met gele bloemen achter het meer, onze grote farm met zoveel weiland, ons mooie huis hier tegen de helling van Te Aroha. Heit en mem: ze bleven in onze bloementuin staan. Helemaal verwonderd. Ik wilde koffie zetten, ging samen met mem naar binnen, zag even later de oude man naast Nick in de tuin staan. Ze stonden heel dicht naast elkaar, Nick steunde heit even, het was als een zachtjes beroeren, ik stelde vast dat ze samen de bloemen bespraken. Wat ik waarnam was een eenheid.'

Nick: 'De volgende morgen zei de oude man: "Weet je, Nick, ik moest de grote schuurdeur van je boerderij maar eens met een paar zandlopers beschilderen. Ik bedoel, zoals de boeren van Gaasterland dat eertijds deden." Ik zei: "Dan laat ik de jongens voor pake standgroene, witte en seinrode verf halen." Jan Hendriks ten Boom heeft de volgende dag nog op de ladder gestaan, maar stierf terwijl hij bezig was de zandloper te voltooien.'

We nemen afscheid. Bij de oude boom met de mana blijven Nick en Alie opnieuw nog even staan. Daarna lopen ze samen terug naar het huis met de slapende bloemen.

Avondrust

SIENTJE RANDEL, MELBOURNE, AUSTRALIË

'Soms ben ik de draad even kwijt. Kan je zo hebben. Maar nu weet ik het weer, dus blijf nog even, dan zal ik je alles vertellen. Dit wou ik zeggen: ons dochtertje ligt in Groningen begraven, onze jongen ligt hier in Australië, en nu zou ik zo graag willen dat de jongen en het meisje dichter bij elkander komen te liggen. Mijn man was Tinus Bierman, die ligt hier ook op het kerkhof. Alles wat dichter bij elkaar; zou u niet eens voor mij in Melbourne willen vragen of dat mogelijk is?

Nee, ik zei het verkeerd, we hadden niet zes kinderen, we hadden er acht. Later nog zes, en daarvan kwam er een nooit meer thuis. Laatst liep hier een soortement dominee, geen echte hoor, maar eentje die het goed bedoelde. Hij wilde me troosten. "Mijnheer," zei ik, "ik heb ongelukkig genoeg een goed geheugen." Hij begreep het niet, hij zei: "Dan mag u van geluk spreken." Toen zei ik: "Iemand als ik, die al dat vreselijke moest meemaken, zou op haar ouwe dag toch de genade moeten ontvangen om kinds te zijn, om alles te vergeten."

Vlak voordat we op de boot naar Australië stapten, gooide onze oudste jongen Sip de kop in de wind. Amper zeventien was hij. Had omgang gekregen met een meid van negentien. Wij aan boord, die jongen beneden ons op de kade. Wou niet mee. Tinus was zo overstuur dat hij op het bovendek van de Fair Sea stond te trillen. "De viskar is weg, de goodwill is weg, de oudste zoon zien we nooit weer terug, en toch gane we!" De twijfel sloeg toe, maar het was te laat, we waren al los van de wal.'

In de gangen van het bejaardenhuis Avondrust in Frankston, een uur rijden ten zuidoosten van Melbourne, staan de deuren open. Schuin tegenover de kamer van de achtentachtigjarige Sientje Bierman-Randel schuifelt een broze man voorbij. Hij zoekt, hij is twintigduizend kilometer verdwaald. 'De Jong,' weet Sientje. 'Hij is zo vergeetachtig geworden. Als de stakker de treurige dingen des levens nu ook maar vergeten is.'

'Dat van de dominee, heb ik je dat verteld? Laatst zat hij me hier te troosten. Ik zeg: "De leiding hier in huis begint de laatste tijd zo moeilijk Engels te praten, dominee." Nou, dat zag ik helemaal verkeerd, de dominee zei: "Hele oude mensen vergeten vaak hun tweede taal. Op het allerlaatst blijft alleen de taal van je moeder over." Dat zei de dominee. Dus het komt nog zover dat we hier straks alleen nog Amsterdams, Limburgs, Gronings of Fries verstaan. Nu begrijp ik het waarom hier 's maandags, woensdags en vrijdags vrijwilligers komen die naast het Engels in het Limburgs, Gronings en ga maar door kunnen kletsen. Maar wat heb je aan dat gedoe? Gisteren zat hier al zo'n jong ding dat zogenaamd in het Grunnings met me begon te redeneren. Maar het kind had nog nooit van de Korfstraat in de stad gehoord. En ze had er geen notie van dat er achter het Paterswoldse Meer verscholen weilanden liggen.

Toen ik hier nog op mezelf kon zijn, kwam mijn dochter heel af en toe uit Perth over. Dat is zo ver als van Groningen naar Noord-Afrika. En op een keer was ik gevallen, in het halletje, en daarna kon ik me niet meer redden. "Sientje, we hebben iets voor je," zeiden de Hollanders, "in Frankston hebben ze Avondrust geopend." Maar ik wilde zo graag op m'n eigen blijven en dat kan niet, beweren ze. Ik kom er niet achter waar de Friese klok is gebleven, en het schilderijtje van het Zuiderdiep.'

Ze is een kleine, blozende vrouw met ronde, bruinfluwelen ogen. Ik moet haar even alleen laten, er wacht iemand op me bij de receptie. Ineens is ze bang dat haar gast niet terug zal komen zodat ze haar verhaal over de Groningse Korfstraat, de weitjes achter het Paterswoldse Meer en de viswinkel niet meer kwijt kan. Argwaan in fluweelbruine ogen die drijven in de tranen. 'Ik wil zo graag dat u wat blijft. En dat u iets regelt zodat het graf van ons meisje en dat van de jongen in een en hetzelfde land komen.'

Een kwartier later vertelt ze verder: 'Vader Randel was donker van uiterlijk, zat in de handel, dus dacht iedereen dat we joden waren. Maar nee hoor, we waren doopsgezind geworden hugenoten die in het Friese Gaasterland en later in Sneek de veehandel in gingen. Jaccard, zo noemden ze pa op de veemarkten, maar het hoe en waarom van die bijnaam heb ik nooit begrepen. Aan de Friese en Drentse boer kon Jaccard nooit een cent verdienen, maar in Groningerland lukte dat hem wel. Hoe dat kwam? De doorsnee Groninger boerenzoon had in de stad gestudeerd, stond verder van de praktijk af, had dus te weinig kijk op een koe. Zo kon Jaccard die Grunninger herenboeren knippen en scheren waar ze bij stonden.

Moeder was nog jong toen ze een vreselijke ziekte onder de leden kreeg. Op de dag van haar begrafenis was ik net dertien geworden en werd voor de eerste keer ongesteld. Er waren twee oudere zussen en een jongere zus. We konden goed met elkaar overweg, bleven een gezin vormen. Achteraf ervaar ik het als een wonder: een hardwerkend veekoopmannetje dat zijn gezin met vier opgroeiende tienermeisjes overeind hield. Een vader uit één stuk, die doodsbenauwd was dat we zwanger thuis zouden komen. Ik kan je verzekeren, we waren alle vier bloedmooie, vrolijke grietjes, hadden altijd een kolonne jongkerels in 't kielzog. Nog hoor ik het vader op de avond van de gymuitvoering van Vlugheid en Kracht in de Stadsschouwburg voorzichtig zeggen: "'t Zou niet best wezen dat ik een van jullie straks met de buik vol armen en benen thuiskrijg." Er hielp niets aan: twee van de vier zussen moesten trouwen.

Het was in 1924, ik moest nog vijftien worden, en vader had een mooie baan voor me gevonden. Verkoopster in een goede damesmodezaak, met een best loon. Na een week begon de jonge baas aan me te zitten. Toen ik me afweerde, heb ik de man een watjekouw verkocht. Die was genezen. Maar een week later voelde zijn vader, de oude baas met de keurige witte baard, me aan de borsten. Ook hem gaf ik meteen een flinke opsodemieter. En wat dacht je? Ik mocht gewoon blijven en bleef hetzelfde verdienen. Kortom, weerloos was ik niet.

Ik wenste geen contact met jongens, moest niets van mannen, was er als de dood voor. Nooit van mijn leven trouwen, zo had ik me voorgenomen. Ik dacht na over het korte leven van moeder, die ik zo miste, de moeder die piepjong trouwde en daarna alleen maar zwanger was of ziek, of beide. Wat had die jonge vrouw aan haar leven gehad? De onafhankelijkheid die zij had gemist, was mijn doel. Me vrij voelen, dat was mijn ideaal. Mijn hele doen en laten was daarop gericht.

Denk niet dat ik wist wat er in de wereld te koop was. Een jongkerel hoefde me maar aan te raken of ik dacht in verwachting te zijn. Ik wilde sparen, mezelf bedruipen, ik wilde uitblinken op Vlugheid en Kracht, ik had een stel leuke vriendinnen, maakte plezier. Op mijn zestiende stond ik dan op het grote podium van de Groningse Stadsschouwburg te gymnastieken. Voor een stampvolle zaal.

Na afloop stond me een grote blonde jongen op te wachten voor de schouwburg. Onschuldige blauwe ogen. "Ik kon de hele avond de ogen niet van je afhouden," kreunde hij. "Donder op, ik wil niet." Dat was mijn commentaar.

De volgende dag stond diezelfde jongen voor de dameszaak te wachten. De winter was ingevallen, het vroor dat het kraakte, dus hoopte ik dat hij daar vernikkelde. Maar nee hoor, hij hield stand, kwam tegen sluitingstijd de winkel binnen. "In godsnaam, donder op jij." Hij ging de deur uit maar hij droop niet af, hij stapte fier naar buiten.

"Wat een knappe jongen," zeiden de collega's, maar ik zag het echt niet – zeg maar: ik wilde het niet zien. 's Avonds aan tafel vertelde ik het vader: "Er loopt een jongen op me, maar hij krijgt me niet." "Zo! Dat mag ik horen!" zei pa. "Sla van je af." En dat deed ik.

Op een avond in het vroege voorjaar stond dezelfde jongen ineens vlak voor me in de Heerenstraat. Wat er toen gebeurde; er ging wat door me heen. Alles was mooi aan die vent: zijn ogen, zijn mond, zijn helemaal.

"Kijk eens wat ik heb!" Hij zwaaide met twee kaartjes voor het toneelstuk *De Suikerfreule* in de Stadsschouwburg. Een voorstelling met Indische taferelen. Een kwartier later zaten we in een grote zaal waar het licht uitging, en voor ons begon een droomwereld. Ik voelde zijn hand in mijn nek, hij trok me naar zich toe en kuste me. Halverwege de voorstelling zei hij: "Kom maar mee!" Ik was al helemaal verloren, ben gewoon achter hem aan naar buiten gelopen. Het was aardedonker, even later voelde ik hem helemaal tegen me aan, ik stond op mijn benen te trillen. "Ik wil niet zwanger worden," zei ik bits. Hij lachte, legde de hand in mijn nek, maakte mijn opgestoken haar los. "Je kunt op mij vertrouwen," zei hij. En dat heb ik gedaan.

In één klap had ik stijf verkering met Tinus, de zoon van vishandel Bierman uit de Korfstraat in de stad. Een jaar later verdiende ik in de dameskledingzaak honderdvijfenzeventig gulden in de maand. Dat was in de jaren twintig het jaarloon van een boerendienstmeid. Het hele loon droeg ik af aan mijn vader, die het voor me bewaarde en belegde. Met zuinig zakgeld probeerde pa zijn mooie dochters zo lang mogelijk aan het ouderlijk huis te binden.

Het werd Pinksteren, Tinus en ik fietsten rond het Paterswoldse Meer en we kwamen op de weitjes. Als ik eraan denk, ruik ik het hooi, voel ik het warme weer van toen in de leden, zie ik weer hoe hij was. Van het een kwam het ander, en later die middag is hij tot me ingekomen. We hadden gedaan als man en vrouw, konden er later niet meer zonder, en ik voelde dat we maar beter als de weerlicht konden gaan trouwen.

"Er zijn van die rubberen dingen, Tinus. Zo'n ding moet je erom toedoen," zei ik. "Geen sprake van," begon hij uit te varen, "daar krijgen we later ongelukkige kinders van." Dus gingen we maar snel trouwen. Ik wilde mijn moeder niet achternagaan, wilde geen hok vol kinderen, dat heb ik Tinus bezworen. Immers, zodra je in verwachting was, kon je bij iedere baas je biezen pakken.

We trouwden, gingen beiden in de viszaak werken, breidden de zaak uit. En verder was het een kwestie van voor het zingen de kerk uit. Twee jaar ging het goed, toen kreeg Tinus de indruk dat hij aan zenuwzwakte begon te lijden. Dat kwam, dacht hij, doordat we bij het vrijen tegen de natuur in gingen. We hebben Gods water maar over Gods akker laten lopen.

In 1931 kwam het eerste kind, in 1945 waren het er acht. Daarna konden we doen wat we wilden en kwamen er geen kinderen meer bij.

Het had een mooie tijd kunnen zijn, maar na de crisis kwam de oorlog en Tinus begon last van de kou te krijgen. Altijd moest hij zich warm inpakken tegen de reuma. Naweeën van de mobilisatietijd. Tijdens de bewaking aan de Duitse grens achter Stadskanaal had de landmacht niet voldoende wollen winterondergoed in voorraad en zo heeft Tinus in strenge vorst in katoenen goed op wacht gestaan. Hij was in mei 1940 trouwens nog aan het grensbewaken toen de Duitsers al door Alkmaar marcheerden.

Tinus heeft ook nog gevochten. Aan de Friese kant van de Afsluitdijk. Hij moest met een officier de gesneuvelden afleggen en daarmee heeft hij zich verknoeid, want na de oorlog heeft hij een hele tijd niet kunnen lachen. Misschien kwam het helemaal niet van de oorlog maar doordat we ons dochtertje hadden verloren. Terwijl ik het aan de borst had, strekte het kindje zich en ineens stroomde het leven eruit. De dokter had het over een mysterie, een tante zei dat mijn moedermelk zuur en verkeerd moest zijn geworden. Het was zo verschrikkelijk, en ze hadden er geen naam voor.

Bij Tinus begonnen de viskisten met ijs zwaarder en zwaarder te wegen. 's Avonds deed zijn hele lijf zeer, dus breide ik zware wollen hemden en broeken met extra lappen op de knieën. Dat hielp, maar er kwam een andere pijn bij: onze jongens wilden Tinus niet in de zaak helpen. Omdat zelfs de centen van de visboer naar vis stinken. Ja, dat heeft Tinus heel zeer gedaan. Zouden ze er op school mee zijn gepest? Ze wilden een ander vak leren en keerden zich af van de zaak.

Het liep tegen de jaren vijftig en Tinus zei: "Je wilt het niet van me aannemen, maar ik zit in het verkeerde land in het verkeerde vak." Bij hem begonnen de onrust en de wrevel toe te slaan. Hij wou weg, ik was ertegen. "Je wilt niet naar me luisteren," riep hij. Maar ik wees hem er alleen maar op dat de dokter had gezegd dat hij ook helemaal niet zo'n sterk hart had.

"In een beter klimaat floreer ik ook beter," hoorde ik steeds vaker. Nou moet ik toegeven dat Tinus met mild weer zelf ook mild werd. Hij droomde altijd van mooi zomerweer, zoals in de weitjes achter het Paterswoldse Meer.

Op een morgen is hij zomaar uit zijn werk gestapt en naar het reisbureau van Jaap Sanders gelopen. Sanders maakte hem gek van Australië. Een groot en vrij land met haast altijd prachtig weer. Geweldige vooruitzichten. Hij kreeg me zover dat ik meeging naar een voorlichtingsavond. Wij kwamen thuis, gingen liggen en ik zei: "Laat ons er een nacht over slapen."

"We gaan," zei hij. "Ik wil niet," zei ik. We kregen woorden, er kwamen een paar slechte dagen, op een keer lagen we beiden in bed te huilen. Op 't laatst heb ik gezegd: "Toe dan maar, dan moet het maar."

Het is raar dat ik het zeg, maar er was nog hoop: we konden worden afgekeurd. Tinus had eens over pijn op de borst geklaagd, ik had als kind door een armbreuk een knikje in het bot vlak boven de rechter elleboog. De keuringsarts heeft wel vier keer die arm van me bekeken. “Je hebt toch geen tbc gehad?” wilde hij weten. “Ik zou het u niet kunnen zeggen,” zei ik. Er werd een collega-arts bijgehaald. Niets aan de hand. Goedgekeurd. Tinus baadde in zijn eigen zweet terwijl hij beklopt en beluisterd werd. Hij wou graag en zijn wens ging in vervulling, want drie dagen later was er bericht dat er over veertien dagen een boot van Amsterdam naar Sydney ging. Het reisbureau had alles binnen tien dagen geregeld.

De verhuiskist was ingepakt, met zeven kinderen en vijf koffers stonden we op het Centraal Station van Amsterdam op de trein naar IJmuiden te wachten. En toen wilde dus onze Sip niet mee. “Nee nee, geen tranen!” zei hij heel luid. “Wij doen wat we doen, wij hebben allemaal ons volle verstand!”

Het was net alsof Sip de wijste was van ons allemaal. Wou die jongen niet hetzelfde als wat ik op mijn zeventiende wilde? Hij wou vrij zijn en onafhankelijk. Ik kan het u nu zonder tranen vertellen, want ik voel dat Sip heeft bereikt wat voor mijn moeder en mij niet was weggelegd.

Onze reis naar Australië ging om de West, door het Panamakanaal, en kostte ons meer dan een jaarinkomen. Voor ons geen emigratiesubsidie, we hadden immers al zoveel verdiend. Maar omdat Nederland in de jaren vlak na de oorlog een groot tekort aan deviezen had, mochten we nog geen honderd gulden meenemen. Kortom, bij ons vertrek waren we alles kwijt wat we in al die jaren bij elkaar hadden gewerkt. Nog erger, de hele viszaak waren we ook kwijt.

Ik herinner me nog wat Tinus zei toen we die avond onder Colón voor het Panamakanaal voor anker lagen en het tropisch warm was. “Sientje, ik voel nu al dat de reumatiek wegtrekt.” De jongen, hij was zo hoopvol, de tranen liepen hem over de wangen. Op dat moment dacht ik dat hij intens gelukkig was, later kwam ik erachter dat het bij zijn kwaal hoorde.

Voor Sydney moesten we om onverklaarbare redenen een tijdje op de rede voor anker blijven, en nog altijd was het kostelijk weer. Ze zeiden dat het op het vasteland van Australië weleens veertig graden kon wezen. Tinus kwam bij me in de hut, trok zijn goed uit en zei: “Knip maar af.” Dus knipte ik de mouwen en lange pijpen van zijn ondergoed. Zelf droeg ik mijn mantelpakje van blauwe wol, want ik wilde bij aankomst netjes wezen. Maar het bleek dat iedereen de zomerjurk aanhad. Op het allerlaatste moment gingen we ons kleden naar het weer.

Tinus had op de formulieren als voorkeur de bouw ingevuld. In de trein van Sydney naar Parramatta dachten we dus nog op weg naar de bouw te zijn. Bloedheet was het, en Tinus kon maar geen rust vinden, praatte honderduit. Voor het eerst in jaren begon hij over de doden aan de Afsluitdijk, over welke blik ze in hun ogen hadden toen hij ze aflegde. Voor het station van Parramatta stonden er bussen klaar die de emigranten naar het opvangkamp Bonagilla brachten. Laat het daar die nacht tegen het vriespunt zijn. Gelukkig had ik de lange mouwen en broekspijpen van Tinus' ondergoed bewaard. Hup, er meteen weer aangenaaid. Het was vier uur in de morgen, we kregen een kamer van vier bij vier meter, zonder aanrecht of keukentje maar wel met twee aparte kleine slaapruimten voor de kinderen. Toch was er voor ons gezin een brits te weinig. Een van de kinderen sliep op de vloer.

De volgende morgen ging Tinus in alle vroegte met andere immigranten naar de eetzaal, want ze konden meteen daarna de bossen in. Hout hakken voor kost en inwoning. Op dat moment besloten al de eerste emigranten om terug naar Nederland te gaan. Later hoorde ik dat dertig procent van alle emigranten aan boord van onze Fair Sea is teruggekeerd.

We hadden niet negen weken in kamp Bonagilla hoeven blijven, maar Tinus weigerde te tekenen voor de asbestmijnen bij Perth. Tekende je wel, dan kreeg je een huis toegewezen. Ook wilde hij niet naar de ijzergieterijen. Dus nog steeds geen huis. Zo kwamen we met het gezin in een garage terecht waar net een personenauto in kon. Tinus kwam in de bouw terecht, moest het hele vak nog leren, werkte soms tot diep in de nacht aan een huis naast ons noodonderkomen. En al was het soms koud, over pijn in zijn gewrichten hoorde ik hem niet, over heimwee evenmin. Toch had hij pijn, toch had hij heimwee, toch wisten we toen beiden al dat we de misstap van ons leven hadden gemaakt. Dat gevoel bleef toen de kinderen al gewend waren en absoluut niet meer terug wilden.

Na zijn eerste hartaanval kon hij zijn werk niet meer zo goed aan en dat betekent in Australië dat je ook niet zoveel meer verdient. Gelukkig waren de kinderen nu van school en begonnen ook te verdienen. Zelf stond ik als verkoopster in een porseleinwinkel en maakte 's avonds met onze dochters het kantoor van een transportbedrijf schoon. De lonen trokken een beetje aan, financieel kregen we het ruimer en we kwamen in een mooi huis te wonen. Achteraf bezien waren we toen heel gelukkig. De achtergebleven zoon stuurde nu ook vaker een brief. Tinus werkte nu halve dagen, rustte 's middags anderhalf uurtje en begon aardigheid in zijn tuin te krijgen. Vijftien verschillende soorten rozen kweekte hij. De tuin was zijn paradijs.

Maar de tijd kwam dat we helemaal niets meer van onze op één na oudste zoon hoorden. En toen reed een dronken Ier onze jongen van zestien dood. Daar zou Tinus niet meer overheen komen. Hij werd wat vergeetachtig, moest vaker huilen. Toen hij vijfenzeventig jaar werd, wilden de kinderen verderop in een zaaltje een feestje organiseren, maar Tinus wilde niet meer van huis. "We kunnen niet weg," zei hij, "want als onze jongen thuiskomt, mag hij niet voor de dichte deur komen."

Nog vier jaar heb ik mijn man verzorgd, hij werd steeds hulpbehoevender, er bleef voor mezelf helemaal geen tijd meer over. En toch hebben Tinus en ik het ook toen weleens heel goed gehad.'

***

De vrijwilligsters van Avondrust lopen struis langs de open deuren. Er klinken vriendelijke woorden in vele talen. In de eetzaal staan de borden op tafel. In de deuropeningen staan ouden, der dagen zat, hunkerend te kijken naar de man die hun verhalen wil aanhoren.

'Eigenlijk wil ik nog maar één ding,' herhaalt Sientje Bierman-Randel, 'de graven zouden niet zo ver van elkander moeten liggen.'

Klein Driefontein

ANNE EN JO BOOTSMA, WEST-KAAP, ZUID-AFRIKA

Hoe ver is het nog naar Klein Driefontein, de boerderij waar de Bootsma's hun oude dag slijten? Er kruipt een zinderende asfaltweg over heuvels en door dalen de oneindigheid in, en ik kruip mee. Het laatste dorp ligt al kilometers achter me en nog altijd moet de eerste zijweg komen.

Een hete wind trekt door de valleien, door het landschap van groene en vaalbruine vlakken. Midden in het groen pronkt hier en daar een Kaaphollandse boerderij. Witte landhuizen met rieten daken. Met hun sierlijke halsgevels zijn ze gewild als afbeelding op het etiket van de wijnfles. De wereld vindt de afdronk van de Afrikaner wijn blijkbaar fluweliger dan in de jaren zeventig.

In de verte doemen onder de staalblauwe lucht leiblauwe bergen op. Ik tel de Zeven Apostelen, ontwaar de Tafelberg, probeer de afstand te schatten.

Links van de weg, tegen de helling, een lieflijk wit boerenhuis, met aan de voorgevel zoiets als een bonte vlag. Dichterbij gekomen blijkt het de Friese te zijn. Pompeblêden, sidderend in de hete bries. Het asfalt gaat over in een zandweg, rode stofwolken achtervolgen me op weg naar de *plaas* Klein Driefontein. Links en rechts knokige wijnranken, met druifjes zo klein als een speldenkop. Stokoud kan nog vrucht dragen.

Er wordt een bovendeur geopend, twee grijze mensen leunen op de onderdeur, zonnige gezichten, een oude taal. 'Kom der mar yn!' De man doet moeite zijn waakhonden tot kalmte te manen. 'Baie goed volk!' probeert hij de dieren en gasten duidelijk te maken.

Binnen de geuren van koffie en oude fotoalbums. Aan de muur tikt een sobere schippersklok de eeuwigheid in. Het is langer dan een eeuw geleden dat dezelfde klok de uren, dagen, maanden, jaren wegtikte in het binnenscheepje van haar ouders, Marten en Tryntje Hoekstra. Dat was ergens in het Friese waterland, in het roefje van de dertig-tons tjalk, die bij stormweer moest worden gelost bij een boer in het gehucht Keimpetille, die op een snikhete julidag aan de zomerse terpafgraving van het Noord-Friese Ferwerd blauwzwarte aarde in moest nemen, die lag ingevroren bij de Dillebrug op de Elfstedenroute tussen Leeuwarden en Sneek. En altijd was het deze klok die blijde en bange uren registreerde. Ook de lange uren, zoals die aan het slot van de Grote Winter van 1891, toen zelfs de tijd bevroor en de honger toesloeg.

'U is baaie geboeid door ons klok,' begint Anne Bootsma, 'maar hij loopt niet meer zoals vroeger.'

'Hij loopt steeds weer een tikkie achter,' zegt zijn vrouw Johanna Hoekstra, de schippersdochter.

'De tijd heeft geen middagpauze, de tijd doet zijn werk,' zegt Anne.

Samen met zijn Johanna, zijn Jo, besloot hij op zoek te gaan naar een vrijer leven. Toen ze in Sneek tien jaar getrouwd waren, wilden ze dat zoeken niet langer in eigen land doen, ze wilden naar een licht en vrij land, naar de zon. Het werd een sprong in het duister.

'En nu zijn we als deze klok,' gaat hij verder, 'we beginnen dus ook een tikkie langzamer te lopen. Jawel, ik zie u prakkiseren, ik zie u denken van: waarom wonen zulke gammele ouwe mensen nog midden op de vlakten achter de Kaap. In tijden nog wel dat er vrijwel dagelijks eenzame boerenplaatsen worden overvallen. Die Boere wordt geregeld de strot uitgesneden, en wij wagen het erop.'

'We blijven,' zegt Jo zachtjes maar resoluut. 'We hebben ons overgegeven. Trouwens, onze zoon Gerard, die mijn man als boer opvolgde, zegt ook dat het best zal meevallen. Zodoende gaan wij 's avonds met vertrouwen te kooi. Anne is immers altijd goed voor de swartmense geweest, de vrouwen stonden 's ochtends tegen halfzeven al voor onze andijvie, Chinese kool en radijs in de rij. We verkochten hun tegen schappelijke prijsjes. Wanneer er een hoogzwangere tussen stond, stopte Anne haar met voorrang wat extra's in de tas. Moeten we nu dan bang wezen dat ze ons dood doen?'

Anne: 'We zijn naar Zuid-Afrika gekomen met de bedoeling het nooit weer zo beroerd te krijgen als in het Sneek van mijn jeugdjaren. Op een gegeven moment was dat doel hier bereikt, waren we rijk.'

Jo, plagerig: 'Heb ik niet veel van gemerkt.'

Hij doet alsof hij het niet hoort. 'We waren miljonair, maar intussen teerden we weer flink in, gingen veel dure reizen oërsee maken, stopten onze kinderen af en toe flink wat toe. Ja, we hebben al heel wat doorgeschoven. Waarom? 'k Zal het uitleggen. Als een van je jongens een grote technische uitvinding doet, er patent op krijgt en vervolgens belazerd wordt door een lepe Japannees, moet je hem helpen. Er was een half miljoen naar de knoppen, de jongen kwam in financiële problemen. Er moest even een gat worden gestopt.

Je helpt wie in nood zit en wie niet in nood zit, krijgt even niks. Sommige van onze vrienden snapten niet dat dit geen spanningen in de familie opriep. "Gebeurt niet," zei ik. "En dat komt omdat we van elkaar houden."

Nou ja, laatst ben ik even heel pissig op een schoonzoon geworden. Hij vond mijn nieuwe auto eigenlijk wat te groot uitgevallen. "Voor een tachtigplusser zou het best wat bescheidener kunnen," hoorde ik hem oordelen. "Aha," bitste ik terug, "in een goedkopere is de kans inderdaad groter dat je goedkoop van me af raakt. Immers, als je schoonpa en -ma hier 's nachts met pech in de verlatenheid blijven hangen, worden ze afgemaakt. Welke kant wil je met ons uit, jongkêrl!" Dat heb ik hem gezegd.'

Anne Bootsma haalt een oude foto te voorschijn. 'Bekijk deze Friese kop-hals-rompplaas maar eens goed. Deze prachtboerderij bouwde mijn oudere broer Teake hier.' Wat ik zie moet het ideaal zijn van de volksverhuizer van het Friese platteland. Een indrukwekkende boerderij, met op deuren en luiken zandlopers geschilderd in seinrood, standgroen en hagelwit. Het monument van de emigrant waarin een van zijn idealen, verlangens en ook rechtvaardigheidsgevoelens verbeeld wordt.

Op de boerderijfoto zie ik geen linden en oude appel- en perenbomen op het erf. Het zijn cipressen, Kaapse kamperfoelie en blousuikerbossies.

Jo, weer met zachte stem: 'Op een nacht kwamen de zwarten op de kop-hals-romp van Teake af en staken de plaas in brand. Ze hebben in de vorm van de boerderij duistere machten ontwaard, ze zagen in de kleine ramen van de opkamer boze ogen. Staande op de puinhopen was Teake van een krachtige kerel met gouden handen veranderd in een gebroken oude man. "Wat ik liefhad, bleek hier toch niet te gedijen," hoorden we hem zeggen.'

Onderwijl raapt Anne stapels fotoboeken bijeen. Drieduizend herinneringen in woord en beeld. Pas nu zie ik hoe slecht ter been hij is. Hij en Johanna, ze verdelen de rollen van alledag: zij zet thee, hij schenkt. Later zal zij de wijn ontkurken nadat hij de flessen van achteren haalt. Twee flessen in één loop.

Het blijkt een koele witte chenin te zijn, de wijn van de stokoude ranken langs de zandweg naar Klein Driefontein. Anne legt uit hoe de naar Holland gevluchte en vervolgens naar hier verbannen hugenoten deze druivensoort uit de Loire-streek wisten te halen.

'Weet je wel dat de wijn zal smaken naar de grond waaruit hij geboren wordt? Dat is zeker het geval met onze eigen rode cabernet: de grond waarop we als wijnboer wonen geeft smaak aan dat wat erop groeit. Begrijp je nu waarom we Klein Driefontein niet een-tweedrie verlaten? Wij zijn één geworden met de grond.'

Ik ruik de witte chenin, proef ervan, word bevangen door de bezonken geuren van rode aarde. Ik proef Klein Driefontein, de plaas waar Anne en Johanna niet meer los van kunnen komen. Mijn oog blijft hangen op twee verweerde, vleesloze handen, ik zie weer de oude ranken aan weerszijden van het zandpad dat naar de dubbele voordeur leidt. Handen als knokige takken, die een leven lang vastpakten, loslieten, gaven en ontvingen.

'Wij maakten een heel mooi bouquet van verschillende druiven,' vertelt ze.

En hij: 'Verschillende soorten druiven in één bouquet; het past bij elkaar of het past niet bij elkaar. Het is een beetje als het leven van man en vrouw: het moet passen, het moet goed smaken, het moet zich verbinden.'

'Je moet het ook een beetje lekker wíllen vinden,' zegt Jo nog net hoorbaar.

Boven zijn stoel hangt een schilderij waarop het Grootzand in Sneek is vastgelegd. Begin van deze eeuw: een smalle gracht, een wipbruggetje, de zuivelwinkel van Rein Kasemier bij de ingang van het Hoogend. Het rode huis daarnaast moet Volkers schildersbedrijf zijn geweest. De joodse veehandelaar Sjakkie de Wilde zat er met zijn vrouw ondergedoken en ontsnapte zo aan Buchenwald.

'Ja,' zegt hij opmerkzaam en zonder naar het schilderij te kijken, 'dat is onze zuivelwinkel van toen. Daar in de zuivelzaak zou het allemaal gebeuren, maar wij vertrokken dus.'

'Je moet bij het begin beginnen, Anne.' Hij schenkt de wijn bij, proeft en zegt nadenkend: 'Terug naar Sneek! Heit was een meegaande man, er zat wel een beetje handel in de kerel, maar hij was niet hard genoeg. Hij was vast en zeker het liefst schipper geworden, zoals mijn schoonvader Marten Hoekstra. Die had als lijfspreuk dat varen vrijheid was. Toen er in de kleine binnenvaart geen droog brood meer was te verdienen, werd Marten Hoekstra schipper op een van de Stânfries-boten, voer ermee van Sneek naar Leeuwarden, van Sneek naar Amsterdam zelfs.'

'Over je vader, Anne. Het klompenverhaal,' souffleert Jo.

'De klompenhandel, dat was dus vaders eerste faillissement. Er waren zeven kinderen, vier jongens, ik zat in de achterhoede van de groep, zag dus heel wat ellende passeren. Het uur kwam dat ik bij mezelf dacht: zo wil ik later niet leven.

In 1914, toen de Eerste Wereldoorlog was uitgebroken, dook vader in de klompenhandel. Hij kreeg een kans nadat een ander er van ellende was uitgestapt. Heit bestelde meteen een treinwagon vol. Mem zei nog: "Je stapt van de vloer op de zolder, dit kan toch niet!"

"Een koopman mag niet te benauwd wezen, Geertje," lachte hij. Eigenlijk lachte heit om alles, vooral als hij een neut had gehad. Eén wagon lang ging het goed. De lading klompen moest steeds vooruit worden betaald, de tweede lading is nooit aangekomen, werd in het brandende Vlaanderen aan splinters geschoten. In huize Bootsma was het weer armoe troef.'

'De leren tas vol rijksdaalders.' Jo kent de hele reeks mislukte experimenten.

Anne: 'Heit werd een kleine handelsreiziger, fietste met een tas vol zilveren rijksdaalders van klant naar klant. Hij wist wel dat het zijn geld niet was, maar toch voelde hij zich nu rijk. Het bleef armoe. Hoe kon zulks nou? 't Ging niet goed. Vervolgens ventte hij met de broodkar en met melk en karnemelkse pap. In de zuivel.

Wat ik uit die tijd voor me zie, is een stad vol hondenkarren, hoepelende kinderen en armoe. Een tijd ook van kille herfsten, ijzige winters en op hete zomermiddagen verlaten straten.

Op een namiddag, toen heit wat te diep in het glaasje had gekeken, kruiste een stel opgeschoten knapen zijn pad en ze trokken hem van de kar. De hele firma kantelde. Die rotjongens gingen ervandoor met een deel van zijn handel. Heit kon er nog om lachen, hij was tenslotte zelf ook jong geweest. Ja, ik geloof dat ik op dat moment dacht van: dit zal mij later niet overkomen.

'De varkens,' souffleert Jo verder.

'De varkens straks. Eerst de ellende van dat moment. Al die omstandigheden dreven mij en mijn broers in de rode hoek. We werden anti-militaristisch ook. "De regimenten gaan uiteen!" hoorde ik Teake vol overtuiging declameren. Wij werden lid van de JVO en sloten ons aan bij de drankbestrijding. Actief en serieus waren we.'

'En nu de varkens.'

'Toen de kleine varkensmesterij van oom Lolke naar de sodemieter ging, kwam de aap uit de mouw: vader had zich voor Lolkes avontuur borg gesteld. Opnieuw armoe. Die keer kwam hij ontdaan binnen. Een herfstige avond, de gordijnen gesloten, onder de zuinig brandende lamp een gebogen hoofd. Ach, de man moet gedroomd hebben van een betere wereld met betere mensen en die droom kwam niet uit. In die periode waren ze vijfentwintig jaar getrouwd. Ik zie heit en mem nog voor me: gedesillusioneerd oud.

Achter vaders stoel hing aan de wand een foto met daarop zijn beste schoolkameraad Sibe Boersma. Sibe in het prachtige uniform van de Afrikaner stationschef. Sibe op het pittoreske stationnetje van Franschhoek, hier in Zuid-Afrika. Op de achtergrond zag je een schim van de Kaapse hoogten. Voor heit was dat beeld een onbereikbaar paradijs.'

'Voor jullie allemaal, denk ik,' zegt Jo.

Anne: 'Ik droomde toen nog niet van emigreren, ik ontworstelde me aan de armoe, huurde de groothandel in zuivelproducten, margarine en delicatessen van Rein Kasemier die op de hoek van Grootzand en Hoogend stond. Werkte er van 's morgens vroeg tot 's avonds laat, verdiende achttien gulden in de week, niet slecht voor crisisjaar 1938. Maar de huur was niet mis.'

Jo: 'Zestien was ik toen. Mooi jong. En ik was dus winkelmeisje in die zaak. 'k Zag Anne werken. Een gewiekste, nette jongen. 'k Moest "ja mevrouw" en "goed mevrouw" en "dank u wel, mevrouw" leren zeggen, ook als ze onheus waren. Het was een rol die mij als vrije schippersdochter niet op het lijf geschreven was. Maar ik kreeg verkering met Anne, dat verzachtte veel.'

Anne: 'Op een zaterdagavond kwam eigenaar Kasemier langs. "Ik wil de zaak verkopen, Anne." Op dat moment had ik het gevoel dat het dieptepunt van de crisis voorbij was. Ik rook mijn kans.

"Wat doen we," zei ik die avond tegen Jo. "Ik koop de zaak, maar Kasemier wil dat we bij overname getrouwd zijn." "Ben ik niet op tegen," zei ze. Er moest tienduizend gulden geleend worden. Van Kasemier. Tegen 4,5 procent rente. Daar zou later nog één procent overheen komen. Veel in die dagen.'

'En toen zijn we haastig getrouwd,' zegt Johanna.

'Een kwestie van dag en nacht werken. Groothandel, kleine marges, na verloop van tijd twaalf personeelsleden. We boerden niet hard vooruit, het kreeg iets beklemmends, we waren in wezen niet vrij. Zo. En toen werd het oorlog.

Alles op rantsoen, zonder distributiebonnen kreeg je geen pond boter, zonder dat gedonder met de bonnen raakte je het ook niet kwijt. Of je moest bikkelhard de zwarte handel in. Wouwen we niet.

Lange rijen mensen voor de winkel, met af en toe de politie erbij. Kijken of alles ordelijk verliep. Zoveel bonnen, zoveel boter. Totdat je erachter kwam dat die politie met wat extra boter je vrienden werden.

Kerels van het Bedrijfschap voor de Zuivel kwamen langs om de bakolie te keuren. Nou, daar zat zo een laagje schimmel op. Afgekeurd. Dus ik schepte, vlak voordat ze kwamen dat laagje schimmel met een schuimspaan weg. Zo was het weer prima bakolie. Maar na verloop van tijd moest ik die controlegasten wél zo'n veertig liter bakolie meegeven om handel te blijven doen.

Als je braaf bleef, werd je vermorzeld door de oorlogsomstandigheden. Op een dinsdag gingen grote kruideniersgrossiers als Simon de Wit tegen de kleine grossiertjes tekeer met advertenties in de trant van "Laat U niet misleiden door reeds afgekeurde olie!"'

Jo: 'We moesten soms wel een tikkie ondeugend wezen, maar wilden niet de profiteur uithangen door te zwarthandelen. Het werd je bijna opgedrongen, want voor een kilo roomboter zónder bon werd driehonderd gulden neergeteld. In plaats daarvan gaf Anne transporteur Willem Kniep uit Aalsmeer iedere week voor een habbekrats een auto vol boter mee. Want in Holland verrekten ze van de honger. We hadden ons in baar goud kunnen laten uitbetalen, we hadden na de oorlog de zolder vol antiek kunnen hebben liggen, maar we wilden zo eerlijk mogelijk door die tijd.'

Anne: 'We namen steeds grotere risico's om zoveel mogelijk voedsel zo goedkoop mogelijk naar Holland te krijgen, maar na de oorlog zouden we keihard door Den Haag worden aangepakt. Het beleid was erop gericht de kleine grossier de nek om te draaien. De grote jongens zouden de dienst uitmaken.'

Jo: 'Daarom wilden we ook weg.'

Anne: 'Daar kwamen nog wat dromen bij, dromen over de mooie foto waarop Sibe Boersma op het treinstation van Franschhoek stond te pronken. En misschien droomde ik ook een beetje van een eigen grote boerderij, een ideaal dat je als klein middenstandertje in Sneek nooit kon verwezenlijken. Ooit waren de Bootsma's in Sneek en omgeving gezeten boeren. We hadden al een paar kinderen. Stel je voor dat onze zonen boer in Zuid-Afrika zouden worden.

Intussen was Teake al naar Zuid-Afrika vertrokken. Het eerste schaap was over de dam, de eerste brief van Kaap de Goede Hoop belandde in Sneek, binnen de kortste keren verkeerden Jo en ik in een emigratieroes. We verkochten de zuivelzaak op 't Grootzand.'

Jo: 'Maar hoe slecht zijn we door de emigratie-autoriteiten voorgelicht, en hoe schandalig heeft de scheepvaartmaatschappij Union Castle Line (UCL) ons behandeld. Voor een armoedig plekje aan boord van de Edinburgh Castle naar de Kaap moesten wij tienduizend gulden neertellen. Toen!'

Anne: 'En we mochten niet meer dan zeventig Zuid-Afrikaanse ponden meenemen. We moesten en zouden arm aankomen. Toen de UCL een fors voorschot op de reissom binnen had, stelden ze onze reis steeds weer uit. Konden ze rente op ons geld vangen. Als we op dat moment de zaak al niet hadden verkocht, waren we vast niet gegaan. Reclameren. Het UCL-agentschap in Amsterdam stuurde ons de wachtlijst. Ja, we stonden op de wachtlijst. Rustig afwachten.

Ik werd het zat, reisde naar Amsterdam om te horen wat er nou werkelijk aan de hand was. En wat bleek? We konden met de eerste de beste boot mee, maar dan moesten we wel even vijftig gulden onder de tafel door schuiven. Daar stond ik met mijn stijve Friese harsens. Maar ik wilde die avond toch ook graag met goed nieuws terug in Sneek aankomen. Kortom, ik ging door de bocht. Ik schoof vijftig gulden door het loket, en wat bleek me een uur later? Dat ik bij het reisbureau in een straat verderop met dezelfde UCL-boot mee kon. Zónder smeergeld.'

Jo: 'Holland was niet zo eerlijk.'

Anne: 'Zeker niet eerlijker dan Zuid-Afrika. Je mocht dus maar zeventig Zuid-Afrikaanse ponden meenemen, maar in de Kaap wilden ze onze verhuiskisten alleen lossen wanneer er vijfenzeventig pond smeergeld werd betaald. 'k Werd overstuur, begon te schreeuwen dat ze stommer dan een ezel waren, dat ze iemand die maar zeventig pond mocht meenemen, niet vijfenzeventig pond kunnen afpersen. Ik hield de poot stijf en kisten werden niet gelost. Ten slotte kwam Teake uit Durbanville.'

Jo: 'Om ons los te kopen. We kwamen eerst met onze kinderen inwonen bij Teake en Jeltsje. Dat was, met al die spruiten bij elkaar, niet makkelijk. Na verloop van tijd kon je de spanning snijden. De mannen waren altijd buiten bezig, wij vrouwen kregen het moeilijk. Met elkaar, met onszelf, met de kinderen die weleens ruzie maakten.'

Anne: 'Met Teake ging ik de bouw in. Timmeren en metselen, dat werk was ik niet gewend. Na twee weken had ik geen vel meer op de handen. Intussen treiterden de blanke Afrikaners ons bijkant van de steiger. Wie denkt dat de blanke Afrikaners de blanke immigranten met open armen hebben ontvangen, zit er mooi naast. Het was benepenheid troef, blank Afrika was in die tijd toch zo in de watten gelegd, men kon niet hebben dat Teake en ik veel harder werkten, meer wilden presteren dan zij. Ze vernielden onze waterpassen, verbogen onze rij, zaagden kleine stukjes van onze duimstokken, saboteerden ons bijna kapot. We hebben ons hier letterlijk in moeten vechten.'

Jo: 'Onze mannen roeiden tegen de stroom in, haalden de overkant, verdienden best. Anne kon een plaats in Durbanville kopen. Prima land, geschikt voor tuinbouw. Anne werd zomaar van bouwvakker tuinder. We leverden nu groente en fruit aan de groothandelaar die op de Kaap zeeschepen bevoorraadde. We deden dus hetzelfde als wat de Boeren tweehonderd jaar geleden met de VOC-schepen deden.

Intussen lieten we ons de binnenlandse markt niet ontglippen. We verkochten groenten aan lange rijen zwarten. Een beetje als in de oorlog in Sneek: lange rijen. Anne was pas in z'n element wanneer hij zo'n colonne vrouwen voor niet te veel geld een tas vol groenten kon meegeven. Ik zie hem weer vrolijk heen en weer rennen, grappen maken.'

Anne: 'Tot voor kort waren het hier niet de zwarten en kleurlingen die ons het leven zuur maakten. Dat deden blanke Afrikaners. Niet in de laatste plaats zij die 's zondags vooraan in de kerk zitten. Een verrekt klein beetje moraal hebben die gasten. Neem een boer als Piet Steenkamp. Die had zijn kwekerij boven ons op de heuvel. Hij legde een groot waterreservoir aan achter een niet zo robuuste ringwal.

"Piet," zei ik, "die dam staat bijkant op springen, straks komen mijn vier bunder groente nog blank te staan."

"Ik sta ervoor in," riep hij, "je zult van mij geen stuiver schade krijgen!"

"Dus ook niet als die dam het begeeft en ik schade oploop," zei ik nog.

"Ik sta ervoor!" herhaalde Piet Steenkamp. Niet veel later brak de dam door. Tonnen schade had ik. Voor ons een catastrofe. Pieter Steenkamp bleek een kerkbank vol juristen tot zijn beschikking te hebben. Ze hebben mij, zonder een spoor van schuldbesef, laten barsten. Mensen zonder hart en geweten.'

Anne Bootsma staat hoestend op uit zijn stoel, sloft naar de slaapkamer, komt na verloop van tijd terug met een kleine vierkante doos, gaat weer zitten, houdt de doos gesloten op zijn schoot en zegt: 'Je hebt mensen in soorten. Goede en minne en nog wat dat daartussenin zit. Men is hier nogal wreed voor elkaar. Blanken zijn op een andere manier wreed dan zwarten.

De laatste tijd komt er een golf van geweld uit de zwarte hoek. Ze komen als ontheemden uit het noorden van zuidelijk Afrika naar hier. Sommige van hen kennen geen genade.' Anne Bootsma maakt voorzichtig de doos open. Een fors automatisch pistool komt te voorschijn. 'Een Walther. Acht kogels. Als ik de kranten goed lees, moet Klein Driefontein bijna aan beurt zijn.'

Johanna: 'We hebben ook nog de drie honden, hoor. Goede honden. En onze zoon Gerard, die hier dus nu boer is en in het huis hiernaast woont, heeft hele nieuwerwetse geweren, Gerard weet precies hoe die werken. Gerard slaapt heel licht, is waaks als de honden. Het zal wel wat meevallen.'

Anne: 'De zwarte killers komen 's nachts, smijten eerst een handvol steentjes op het dak. Floept dan niet meteen het licht aan, dan komen ze binnen. En dan? O jongen, dan barst de hel los.'

Johanna: 'De nieuwe wet zegt dat Anne eerst in het plafond moet schieten, en dan op de overvallers. Maar dat doen wij niet. De eerste zeven kogels zijn voor de gast, de laatste kan altijd nog het dak in.'

Anne: 'De veiligheidspal heb ik er niet op.'

Johanna: 'De honden, Anne, op de honden kunnen we ook vertrouwen.'

Anne: 'Rhodesische rifruggen zijn het. Schatten van beesten hoor, maar voor de overvallers zijn ze onverbiddelijk.'

Johanna: 'Vertel eens over onze beide zwarte boys, Anne, vertel hoe onze oude knechten Langwan en Nalha ons in dezen goede raad hebben gegeven.'

'Een tijdje terug zeiden Langwan en Nalha: "Oubaas, oubaas is altijd goed voor ons geweest, daarom zouden we het vreselijk vinden als oubaas en zijn beste moedervrouw dood werden gedaan. Daarom hebben wij de rifrughonden betoverd. Voortaan ruiken ze al van verre dat er vreemd zwart volk in aantocht is."'

Jo: 'Langwan en Nalha zeiden: "Oubaas moet de honden voortaan alleen nog maar 's morgens bij zonsopgang voeren. Alleen dan voeren. Vlees, bloed en water. De rifruggen moeten met honger in de hals de nacht in."'

Anne: 'Wij doen het zoals Langwan en Nalha ons gezegd hebben.'

***

De dag loopt ten einde, de honden moeten al hongerig worden. Als ik langs de oude ranken het pad af ben gereden, ligt de plaats van Klein Driefontein als een oplichtende klip tegen de heuvel. In het westen, boven het Zwartland, zakt een roodgloeiende ballon trillend in de einder en loopt langzaam leeg. Nog net is te zien hoe twee oude mensen een bonte vlag binnenhalen. Dan verdwijnen ze door de dubbele voordeur naar binnen.

De boshut

BOB BOONSTRA, NORVAL (ONTARIO), CANADA

Er verrijzen wolkenkrabbers aan de kim. Een dozijn zonovergoten dozen, met in het midden de 533 meter hoge zendtoren. Toronto. Zelfs het onmetelijk grote Canada heeft kennelijk uitspattingen van stadse grootheidswaan nodig.

Welke krachten en verlangens trekken mensen naar de uitdijende agglomeraties? Waarom blijven mensen in dit land van 10 miljoen vierkante kilometer niet ergens rustig en verspreid wonen? Hoe bestaat het dat in deze onmetelijke ruimte toch weer 3 miljoen mensen op een kluitje gaan zitten?

Rommert Boonstra, alias Bob, begrijpt het niet. Hij zou niet kunnen floreren zonder de rust en stilte van zijn afgelegen erf, hier onder het dorpje Norval in Ontario. Mochten hij en zijn vrouw Lea Schrama behoefte krijgen aan de dynamiek van de grote stad, dan zijn ze in ruim een uur in het steeds heftiger bonzende hart van Ontario: Toronto.

Hun huis staat halfverscholen in het bos, aan het eind van een slingerend grindpad. Bob getuigt van zijn haat-liefdeverhouding met de grote stad. Als kind van het polderland van de benauwde jaren dertig en veertig bestaat voor hem nog altijd de weerzin tegen het stadse. Maar intussen heeft hij wel mooi een graantje meegepikt van het economische trekpaard dat Toronto heet. Als makelaar verdiende hij er goud.

Hij: een jongen uit een groot gereformeerd gezin in de Friese Wouden. Ze hadden het niet ruim. Zij: een dochter uit een katholiek Hollands gezin met zeventien kinderen. Hier was de spoeling nog dunner. 'Met een vrouw uit een nest van zeventien red je het overal. Onder alle omstandigheden.' Hij spreekt op opgewekte toon. Op hetzelfde moment rijdt vrouw Lea wuivend het weggetje af, richting dorp. Om een kofferbak vol boodschappen te halen.

In de schaduw, op Bobs veranda, is tegen twaalven de koffiekan leeg. Hij verdwijnt en komt met een fles berenburger terug. Af en toe wenst hij iets van het oude land te proeven.

'Tussen haakjes, ik pluk hier zojuist via internet het bericht uit de computer dat er bij jullie in Friesland een jongen is doodgeschopt. Een uur geleden. Gewoon doodgeschopt. Deze rare wereld wordt verrekt klein; in Norval worden we even snel of nog sneller als in Grou zelf op de hoogte gebracht van wat er in de dorpsstraat van Grou gebeurt. Oh boy, we have the whole world on our fingertips.'

Hij kwam dikwijls voor een paar weken terug in zijn geboortedorp Garijp, en elke keer was er een moment van vreugdevolle emotie. 'Maar altijd ook gevolgd door zoiets als een desillusie. Gek is dat. Steeds weer ontstaat er het verlangen om even terug te wezen, om meteen daarna te ontdekken dat het dorp dat je verliet, niet meer bestaat. Op dit punt is de emigrant ontzettend hardleers. Het is als iemand die op zoek gaat naar zijn oude liefde en daarmee een zware tegenvaller incasseert. Je vindt iemand met wie je niets meer hebt, die allang aan een ander toebehoort.

Iedere emigrant kent volgens mij die vage hunkering naar hetgeen niet meer bestaat. Noem het inderdaad lijden aan een onbeantwoorde liefde. Degene die ik liefhad – mijn moederland – houdt niet meer van mij. Kent me niet eens. Zo onderga ik het als ik weer eens terug ben. Denk niet dat ik daar dan vol hartzeer en bitterheid rondzwalk. Ik leef híer, ben híer gelukkig, heb híer mijn kinderen, mijn toekomst. Niettemin weet ik zeker dat sommige immigranten niet over hun onbeantwoorde liefde kunnen of willen praten. Het is alsof ze zich door hun oude liefde bedrogen voelen.'

Bob Boonstra is een tengere, watervlugge zeventiger en lijkt taai en slim, blijkt te beschikken over de vertelkunst en beweeglijkheid van de Friese Woudman.

''k Was een jongen van amper negentien toen ik als soldaat naar Nederlands-Indië vertrok. Vrijwilliger in het Friese Bataljon. Toen kwam die vreselijke zevenentwintigste november 1946. Even buiten Tjilampeni op Java moesten we 's ochtends op patrouille. Ik liep vlak achter Jappy Strikwerda, die uit het kleidorp Schraard kwam, dat ligt tussen Bolsward en de kop van de Afsluitdijk.

We liepen aan de schaduwkant van het bospad. Het is alsof ik weer Jappy's stem hoor: "Waar speelt mijn leven zich eigenlijk af? In de crisis kon mijn heit op de boerderij de pacht niet langer opbrengen, we trokken naar Duitsland. Melken en nog eens melken. Met het gehele gezin. We doolden er van de ene boerderij naar de andere. De oorlog, de vlucht. We kwamen in Noord-Holland terecht. Ook daar melken en nog eens melken, maar nu was ik oud genoeg om door de Duitsers opgepakt te worden. Onderduiken in Friesland. Zeg het mij, Rommert, waar hoor ik eigenlijk thuis? Ik zou zo graag ergens boer worden. Maar waar? Denk je dat het me ooit zal lukken."

We stonden op scherp, ieder moment kon de hel uitbreken. De vijand zat overal: in de boom, achter de boom, in de grond, achter het dichte struweel. Of er lag een landmijn. Je lette op alles wat bewoog, maar op de morgen van de patrouille bewoog er niets. Het was een prachtige ochtend.

Jappy en ik waren maatjes geworden. "Jappy," zei ik, "als ik hier levend uit kom, zal ik me nooit meer ergens zorgen over maken!"

"Inderdaad, dan zullen we ons nooit meer zorgen maken. Dan zullen we léven!" Dat zei Jappy.

We liepen verder, het pad kronkelde omhoog, later werd het breder, vlakker. Ik zei: "Je moet in de schaduw blijven lopen, makker, je banjert als enige in het licht van de zon."

"Kijk, Rommert, zie je daar de sinaasappelbomen? Ze zijn bijna rijp, vriend, de sinaasappels zijn bijna rijp." Hij keek om en ik zag een glimp van een hoopvolle lach.

Op hetzelfde moment was het alsof ik in een bel van lawaai en luchtledigheid werd opgetild. Ik voelde me van de weg getrokken, werd ergens neergesmakt, voelde het dreunen. Even moet ik verdoofd zijn geweest, totdat ik met een mouw het stof uit mijn ogen kon wrijven. En toen zag ik, vlak voor me, zijn kapotte lichaam. Hij keek me aan met dezelfde hoop nog in de ogen.

Ik kom uit een familie van kleine mensen, ik bedoel klein van positie. Hard werken, sober wezen, goed gereformeerd zijn en blijven. De neiging bestond om degenen die boven je gesteld waren te gehoorzamen.

Vader kreeg het op zijn boerenbedrijfje amper voor elkaar om voor zijn gezin de kost te verdienen, dus gingen we het met een dorpswinkeltje proberen. Pas nu ondervonden we hoe weinig een dorp als

Garijp had te bieden. Op mijn zeventiende liet ik me tegen een van mijn beste maten ontvallen: "We leven in een wereld zonder grote plannen. We moeten zien weg te komen."

Met de Johan van Oldenbarnevelt voer ik naar Nederlands-Indië. Al in 1946. Ik voelde dat rechtzinnig Garijp een beetje trots was op zonen die zóveel voor hun vaderland, zóveel voor het behoud van onze koloniën over hadden. Op weg naar de tropen begon ik kindaf te worden, leerde ik van de Hollanders en "openbaren" het duivelse spel van het kaarten, begon ik te beseffen wat er in de wereld te koop was.

Ruim twee jaar later, in de herfst van 1948, werden we als jongens uit Indië weer op de Hollandse kade gezet. Nog eenmaal gewassen en geschoren aantreden, recht in 't gelid staan, een gewichtige toespraak aanhoren. En toen was het: "Ingerukt, mars!"

Na een uurtje wachten kwam de autobus die ons over de Afsluitdijk naar huis zou brengen. Toen ik het ouwe land zag opdoemen, voelde ik, geloof ik, al zoiets van: wat in vredesnaam moet ik in Garijp. Tegen de maat die naast me zat, herhaalde ik de woorden die ik tegen Jappy Strikwerda sprak: "Luister goed, makker, ik zal me nooit ergens meer ergens zorgen over maken."

De bus stopte in ieder Fries dorp waar er eentje van ons uit moest. Soms stond er iemand onze maat op te wachten, soms niet. Zo passeerden we Pingjum, Kimswerd, Witmarsum, Makkum. In Schraard reed de bus door, want Jappy was onder het kort gemaaide gras van de begraafplaats in Bandung achtergebleven. Later vernamen we dat de toenmalige burgemeester van Wonseradeel het te druk had om persoonlijk de ouders van Jappy van de catastrofe op de hoogte te stellen. De burgemeester schoof de opdracht door naar het hoofd van de school, en doordat deze ook iets belangrijkers had te doen, gaf de ondermeester het doodsbericht door.

Als blijk van waardering en medeleven kreeg de familie Strikwerda van de gemeente trouwens nog wel een potje van heus Makkumer aardewerk. Het was beschadigd aan de hals, dat potje, maar vooruit, de Strikwerda's waren per slot van rekening ook zeer eenvoudige lieden.

Anderhalf uur later werd ik de Friese Wouden in gereden. Met nog maar een paar man zaten we in de bus. In een slapend dorp moest ik eruit. Duisternis. Een tuinpad dat smaller en korter was geworden, een onwaarschijnlijk lage achterdeur, geen grendel op de deur, een losklikkende klink, de vertrouwde geuren van vroeger. Het was vier uur in de ochtend.

“Och, mijn lieve jongen, ben je thuis.” Mijn mem. Bevend trok ze me naar zich toe. Misschien voelde ik me op dat moment weer even kind. Vader, mijn oude heit; hij leek kleiner geworden, was zo te zien lichtelijk aangedaan uit bed gestapt. De broers en zusters stonden klaarwakker achter hem. Het huis was te klein. Ja, ik zou wel veel te vertellen hebben, ik moest hun verslag doen van wat ik in twee jaar had meegemaakt. Al die absurditeiten. Het lukte me niet, ik kwam niet op gang. Nou, dan moest ik maar naar bed. Het was alsof ik me weer bevond in een luchtledigheid, zoals toen met Jappy. Ik was thuis, eindelijk thuis, en kon niet tot rust komen. De volgende ochtend niet, de volgende avond opnieuw niet. Zodra het pikkedonker was, zag ik overal gevaar. ’s Avonds rond halftien, wanneer het hele gezin te bed ging, bleef ik bij het zuinige lampje zitten lezen; zitten wachten op betere tijden die niet kwamen.

Nog hoor ik in het holst van de nacht heit, die in die twee jaar brozer was geworden, de trap af schuifelen. In lang winterondergoed bleef hij in de kamerdeur staan. Een verontruste vader. “Beste jongen, wat wil je nou eigenlijk!”

Op dat moment ben ik, zo goed ik me kan herinneren, heel rustig gaan staan. “Ik ga op patrouille!” Dat heb ik gezegd. En ik griste een jas uit het bijkeukentje, trok een oude fiets uit het schuurtje en ben de duisternis in gepeddeld. Ik moest proberen het gevaar te bezweren. En de dreigende zorgen de baas te blijven. Een hele tijd later, toen het licht was geworden, haalde ik in een ver dorp een wapenbroeder uit zijn kooi. “Ik lag toch wakker,” zei hij. Min of meer bevrijd fietsten we die week van dorp naar dorp, van dorpsfeest naar dorpsfeest waar ze zongen van: “Roza, Roza, bloemen op je hoed”. Een vrolijker lied bestond in ons calvinistische vaderland niet.

We kwamen in Wons, Woudsend, Wommels, Wijtgaard. Noem maar op. En op een van deze patrouilles liep ik dus wapenbroeders als Tiede Haringsma uit Oudega (Gaasterland) en Tsjerk Joustra uit Oosterend tegen het lijf. In een kroeg sloten we een pact: een monsterboekje voor de kustvaart bemachtigen. Maar vlak voordat we in zee zouden steken, kwam Tiede met de verheugende mededeling dat hij moest trouwen met dat geweldige meisje met wie hij laatst een avond op stap was geweest. Toen hebben we in goed overleg de kustvaartplannen afgeblazen. We moesten immers naar de bruiloft van Tiede.

Als Indiëgangers waren we toch wel fors beloond: een maand gratis reizen met het openbaar vervoer. Die maand was allang voorbij en van mijn ouders wilde en kon ik niet afhankelijk zijn, dus zocht ik werk. Dat was er op de Frico-zuivelfabriek in het naburige Wergea. Wie het bestond om het veertig jaar zonder onderbreking op de "boterfabriek" vol te houden, kreeg uit naam van de leden van de coöperatie een sigaar uit de middenklasse. Dat was nog niet alles: van de Bond van Zuivelarbeiders kwam een zilveren speldje.

"Wat moest jij vandaag in de stad; je bent naar Leeuwarden geweest." Af en toe stelde moeder kritische vragen.

"'k Ben bij het reisbureau geweest, mem." In feite had ze naar de bekende weg gevraagd. Die jongen voerde wat in zijn schild, hij wilde weg. Naar Holland? Daar was altijd al meer toekomst dan in Friesland.

"O mijn lieve help, nu hebben we al zoveel zorgen om je gehad, en nu moeten we ook nog afstand van je doen."

Betrekkelijk kort daarna pakte ik de koffer. Eén koffer, meer had ik niet nodig.

"Is dit wel genoeg, jongen? Moet je niet zondagse kleren mee?"

"In Canada heb je alleen maar werkkleren nodig," zei ik.

"En de kerk dan?"

De belofte aan mijzelf – nooit meer zorgen – zat me hoog. Om dat te bereiken stond me maar één ding te doen: werken, werken. Omdat ik kort op de zuivelfabriek had gewerkt, kwam ik niet in aanmerking voor een subsidie op de reiskosten naar Canada. Dit in tegenstelling tot de zoon van de plaatselijke dierenarts, die nog nooit een schop in zijn klauwen had gehad en ook ging emigreren. Maar waarom zou ik klagen? De staat had twee jaar lang volledig voor me gezorgd; in Indië verdienden we een dubbeltje per dag.

Mijn reisdoel was het Canadese hoge noorden; daar woonde mijn boer en werkgever Allis Francis. Meer wist ik ook niet van mijn nieuwe werkgever. Jawel, de winter was daar al in het land. De boer zou me afhalen van het dichtstbijzijnde stationnetje. Toen ik er na een ommelandse reis rond vier uur in de ochtend uitstapte, was er geen kop te zien. Van de oude stationschef, die voor de zoveelste maal klaar was met het sneeuwvrij maken van het perron, begreep ik dat de volgende trein pas over twee uur zou binnenlopen. Mijn nieuwe baas zou wel op dat tijdstip gerekend hebben. De stationschef zinspeelde erop dat hij even lekker achter het gebreide vrouwenbroekje ging liggen en verdween. De grote thermometer op het perron wees twee graden onder nul, er stond een harde wind. Zo kwam het me goed uit dat mijn enige koffer wat klein was uitgevallen; de drie jassen en twee broeken die ik er niet meer bij had kunnen stampen, droeg ik aan mijn lijf.

Er stapten twee mensen uit de trein van tien over zes, een echtpaar. De boer had de boerin dus meegenomen.

"Francis?" vroeg ik schuchter.

Ik kende tien woorden Engels en weinig schroom.

"Yea!" In de stem van de vrouw klonk verbazing door. Pas vijf minuten later kwam ik erachter dat het de boer en boerin helemaal niet waren, maar dat mens had als voornaam toevallig Francis. Ik probeerde hun duidelijk te maken dat ik maar één ding wilde: werk.

Het echtpaar zou zo meteen door een bevriend echtpaar met de auto worden afgehaald. Boerenvolk, dat was duidelijk. Ik zou hun kunnen vragen of die mensen een goede knecht nodig hadden. Jazeker, die boer verzoop bijkant in het werk. Al had ik ook in twee dagen en twee nachten geen wenk in de ogen gehad, ik ging niet eerst te bed maar meteen aan de slag. Ineens had ik een baas van Poolse origine: Cobinsky. Hartelijk, slonzig, niet zo piep meer, kinderloos. De werkkleren van de man hadden zo te zien en te ruiken al twee jaar glad van het vuil aan een spinmolen boven de gigantische kookkachel gehangen.

De boerin was een gulle, zwaarlijvige sloddervos met vuile werkhanden. Drinken, slapen, werken, zuipen. Meer was er daar in het koude noorden blijkbaar niet van te maken.

Aan het eind van de maand ontving ik uit handen van boer Cobinsky vijfenveertig dollar plus een etiketloze fles drank. Toen we die gedrieën soldaat hadden gemaakt, was ik zo ongeveer van de blauwe knoop. Cobinsky's wodka was inferieure eigen kweek en had alle kenmerken van surrogaat-spiritus.

Na een paar maanden werken en slapen begon ik bij de Cobinsky's behoefte te krijgen aan schone kleren en vrouwenvlees. Hoe aanhalig vrouw Cobinsky in vlagen van dronkenschap ook was, er hielp geen lieve moedertje aan. Waar was hier op de vlakten een meid te vinden die de moeite van verkering waard was?

Op een vroege zaterdagochtend had ik mijn zelf uitgewassen kleren droog en besloot van het ene moment op het andere om ertussenuit te gaan. Cobinsky's boerderij lag een halve mijl van de grindweg verwijderd. Trouwens, waar begon de grindweg, en waar eindigde die?

"Kom in godsnaam bij ons terug," smeekte de ouwe Cobinsky. Ik beloofde terug te komen.

Na anderhalf uur zwalken over de grindweg, naderde in de verte een stofwolk. Het bleek een luxe auto met een kleine laadbak te zijn. Ik kreeg een lift naar reisdoel van de chauffeur: het zuidwesten. In de vallende avond stond ik voor een wegcafé Cosy Corner. Onbereisd als ik was, had ik ineens mijn hoop gevestigd op de meid Cosy, maar toen ik binnen was, ontwaarde ik in een schemerhoek alleen maar een stel ruige mannen in bonte wollen houtvesterskielen.

Eentje zat me, onderuitgezakt en met beide laarzen op tafel, dreigend aan te staren. Geen zorgen Bob, hield ik mezelf voor. Er stond een kleurloze, moddervette meid van rond de honderd kilo achter de bar. Ik bestelde voor twaalf centen een hotdog en voor een stuiver een flesje coke. Dat waren de prijzen. Toen de moddervette meid me de bestelling voorzette en ik per ongeluk "please" zei, brak in de hoek de hel los.

"Hé you! Friese Woudman!" Ik zal eerlijk zijn, op dat moment spoelde er een zee van eigenheid over me heen. Daar in de hoek bleek een stel verloren diep-Friezen te zitten: Gerrit Jeninga, Harm Wagenaar, Jouke Zuidema en anderen.

Tot halftwaalf bleven we hangen. We hadden op dat moment zoveel verteerd dat we iets minder dan een halve dollar de man moesten afrekenen. We waren dronken geworden van onze eigen taal, onze eigen verhalen, onze eigen grote plannen.

Probleempjes waren er ook. Zoals de boer van Gerrit. Die had in de Eerste Wereldoorlog de Noord-Franse loopgraven overleefd maar sukkelde met twee halfvergane gaslongen en verschrikkelijke syndromen. "Af en toe heeft de hufter de frontkolder in zijn harsens."

"Emigreren is ook oorlog," vond Jouke Zuidema. "Je wordt hier rijk of je krijgt hier de emigrantenkolder." Harm Wagenaar vertelde hoe ziek hij soms was geweest van de heimwee. Maar Harm zou zich niet laten kennen, hij zou doorgaan tot het bittere einde.

Pas anderhalve dag later was ik bij de Cobinsky's terug. Niet doordat we samen de beest hadden uitgehangen, ik kon eerst de plaats waarin Cobinsky woonde, laat staan zijn boerderij, niet terugvinden. Toen ik de keuken binnenkwam, zaten beiden in nachtgewaad – in gebreid ondergoed dus – aan tafel. Ze waren als torren zo dronken.

Dankzij Cosy Corner raakte ik goed bevriend met Jouke Zuidema, een goedhartige, rondborstige weesjongen uit Birdaard, die me later zelfs eens bij de Cobinsky's kwam opzoeken. Jouke kwam met het voorstel samen in de mijnen te gaan werken. "Wij motte niet aan de boeren ten onder gaan, Bob, we motte money make!" Ik vond het geen goed plan, voor mij niet en zeker niet voor Jouke. Als deze man eenmaal onder de grond zou werken, kwam hij nooit weer boven. Voor een ijzersterk natuurmens als hij moest wat mooiers te bedenken zijn.

Van een houthandelaar vernamen Jouke en ik dat ergens diep in de bossen zes dollar per man per dag was te verdienen. We lieten ons uitleggen wat we daarvoor moesten presteren. Okay, houthakken om het leven. Waarom gingen we dat bos niet in? In het geval dat sterke Jouke en ik samen per dag een Canadese eenheidsmaat aan hout kort en klein konden krijgen, zouden we tweemaal zoveel verdienen als bij welke boer dan ook.

"Je hebt gelijk, Bobby," huilde Cobinsky dronkenmanstranen. 'Als je ons maar niet helemáál in de steek laat, als je af en toe maar eens langskomt. Dan gaan we samen wat drinken."

Jouke en ik schaften ons twee trekzagen, een paar handzagen, drie bijlen en een serie vijlen aan. Cobinsky zou ons, in ruil voor mijn belofte hem niet voorgoed in de steek te laten, naar het bos brengen. Het begon zo'n tien kilometer voorbij het eind van de grindweg en was zo midden in de winter alleen per paard bereikbaar.

"O ja, ik ken zelfs de boshut daar," riep Cobinsky schor, "er is slaapgelegenheid, er moeten nog voldoende dekens zijn, ik breng jullie met mijn platte paardje, dan kunnen we meteen voor een week proviand voor twee gezonde kerels meenemen. Over een week kom ik opnieuw met voldoende leeftocht." Jouke had ook al geen zorgen, dacht alleen maar aan die zes dollar per man per dag. Wie verdiende er nou zoveel?

Het kleine gedrongen paard van Cobinsky droeg op weg naar de boshut twee jutezakken vol blikken erwten en bonen en een grote kunstmestzak vol aardappelen. Daar moesten we het voorlopig mee doen.

De hut was zeer krap bemeten, er was maar één bed: een extra smal eenpersoonsbed, waarmee de kamer ook direct barstensvol was.

Jouke, de aartsoptimist, zei: "Zo houwen we gelukkig nog een meter ruimte over. Ons kacheltje ziet er trouwens ook degelijk uit, Bob."

"Hoe moeten hier twee man slapen, Jouke?" We hadden de stap samen genomen, maar ik wilde mijn makker toch met de neus op de feiten drukken.

"We snurken om de beurt, Bob."

"Okay. En hoe moeten we aan water komen? Je hebt hier geen waterleiding."

"Buiten ligt er een metertje sneeuw, Bob. Sneeuw is in feite water, je zet een pan sneeuw op de kachel en je hebt het zuiverste drinkwater, Bob."

"Hier en daar kan ik door een kiertje naar buiten kijken, Jouke. Als het zo meteen dertig graden vriest en de kachel gaat 's nachts tegen middernacht uit, dan lig je 's morgens rond vijf uur stijf bevroren in je nest."

"Ik heb een wekker meegebracht, Bob, een mirakels betrouwbare wekker. We voeren kachelwacht in, ik bedoel, als we beiden slapen, laten we ons wekken en houwen de kachel aan de praat. Kaphout zat."

"We hebben een wekker, maar geen elektrisch, geen radio," zei ik.

"We laten ons toch niet kisten, Bob."

"Nee, we laten ons niet kisten."

Vanaf dat moment waren Jouke Zuidema en ik tot de boshut en tot elkaar gedoemd.

De avond viel, de kachel snorde, we ontdekten een kist vol kaarsen, staken er een op en Jouke roemde de gezellige sfeer die de hut van binnen uitstraalde. Het eenpersoonsbed begon te lonken.

"Hoe lossen we dit op, Jouke?" Ik sliep nog liever dicht tegen het lijf van een stokoud wijf dan tegen dat van een jongkerel.

"Jammer dat er maar één goede stoel is, op twee stoelen kan ik altijd mirakels slapen."

We besloten inderdaad bij toerbeurt twee uur te gaan liggen, dus stak ik er nog een kaars bij aan, diepte een uit Garijp meegenomen, Friestalige oorlogsroman op waarvoor ik nog geen minuut de tijd had gehad, en begon te lezen. Jouke pelde de bovenkleren van zich af, schoof in degelijk jaeger onder het pak wollen dekens en na een kwartiertje begon het bed te wasemen.

"'t Is een onbeslapen, wat dampig bed, Bob. Daar komt het van." Jouke had geen slapen in de zin, hield me uit mijn boek. "Ouwe Jim," begon hij, "ouwe Jim McClean vertelde hoe streng hier de winters kunnen wezen. Twee jaar terug zijn bij de McCleans alle katten doodgevroren. En ze zaten ook nog wel in het hooi weggekropen. Ik bedoel, de kachel mag niet uitgaan Bob!"

We kwamen de nacht door en het werd dag. En we hakten, kapten, zaagden en stapelden van 's morgens vroeg tot 's avonds laat. Binnen een paar dagen verstonden we de kunst de bomen om te kappen, ze te laten vallen zoals wij dat wensten. Al op de vierde dag hadden we de productie opgevoerd tot twee gekapte eenheden van zes dollar per stuk, een prestatie die we daarna dagelijks zouden herhalen. Ook toen het zo hard vroor dat er af en toe een staalsplinter van de bijl vloog.

"Dan vriest het meer dan twintig graden," zo had Jouke van oude Jim McClean opgestoken.

We deden op verkapte wijze aan zondagsheiliging; gebruikten de dag om de bijlen en zagen piekfijn te vijlen. Toen 's maandagsochtends bleek dat we de zagen helemaal verkeerd hadden gevijld, wist Jouke het zeker: het was Gods straf. Vanaf dat moment heiligden we de zondag als absolute rustdag.

Het was een Canadese koudegolf van de eerste categorie die me bij Jouke in het eenpersoonsbed dreef. Het gebeurde in de nacht van vrijdag op zaterdag, de dag waarop Cobinsky weer met een nieuwe lading aardappelen, erwten en bonen zou verschijnen. Eerst lagen we met de konten naar elkaar toegekeerd, van lieverlee veranderde de ligging in het lepelbakjesysteem. Geregeld droomde Jouke hardop over zijn reis-met-hindernissen in de oude Chevrolet naar de Far West. Soms leek hij de moddervette meid van Cosy Corner dicht in de buurt te hebben.

Cobinsky hield als bevoorrader steeds woord, op exact dezelfde tijd waarop we waren gekomen, was hij er weer met nieuwe proviand. Als grote verrassing had hij die zaterdag een bikkelhard bevroren varkenslever en een fles eigen kweek wodka meegebracht. Bij ontdooiing bleek de lever bedorven, zelfs geflambeerd met de Cobinsky-wodka was hij niet te vreten.

Voor mij waren er die keer twee poststukken: een brief van moeder en een kaart van Tiede Haringsma voor ons beiden. Een foto van een verlaten boerderij, een vooroorlogse truck op de voorgrond. "Greetings From Me In The Middle of Nowhere!"

Schuchter vroeg Jouke of ik hem iets uit de brief van mijn moeder wilde voorlezen. De eerste zin dan maar, de eerste zin die me nooit en te nimmer meer zou verlaten. Er stond: "Geliefde zoon Rommert, met vader gaat het wat op en af, hij wordt minder. Maar wij blijven toch ook op Gods genade rekenen, ook ten aanzien van jou."

Het zal in de derde week zijn geweest toen ik 's avonds de Friese oorlogsroman voor de tweede keer ter hand nam. *Om it heechste* (Om het hoogste), een verhaal van de Noord-Friese aardappelkweker en auteur Harm Lodewijk. Jouke hield zeer van literatuur, maar niet van lezen, dus vroeg hij me keer op keer voor te lezen. Op zijn minst vijftig keer heb ik hem *Om it heechste* voorgelezen.

Na een paar weken kenden we allebei complete fragmenten uit ons hoofd. Jouke bestond het alinea na alinea voor te dragen, dan had hij mijn voorleestaak overgenomen. En steeds opnieuw moest hij tijdens ernstige zinnen zijn uiterste best doen niet te huilen. Het was ook zo romantisch, zo ontroerend en levensecht. Gek genoeg voelde ik dat veel minder sterk dan Jouke. Had ik in Indië eelt op de ziel opgelopen?

Toch ken ik na een halve eeuw nog steeds fragmenten uit mijn hoofd. "Hoog in de lucht zong een leeuwerik en langs de wallenkant lagen de koeien dromerig te herkauwen." Halverwege de roman was er sprake van een, volgens mij, lichtgetint, homo-erotisch fragment. En omdat we als simpele hetero's week in week uit het smalst denkbare bed moesten delen, zagen we er de humor wel van in. Een fragment uit het boek: "En zo brachten de twee kameraden de nacht door. Als David en Jonathan, door een hechte vriendschap verbonden, zaten ze dicht tegen elkander aangedrukt. Ja, het gebeurt niet vaak dat een Fries zo zijn hart uitstort bij een ander, maar als men samen al zoveel heeft medegemaakt, en opnieuw in een gevaarlijke situatie verkeert, dan valt alle schaamte weg...” Zo stond het er.

Het bleef bitterkoud in het bos. En de kost bleef bestaan uit aardappelen, erwten, bonen en gesmolten sneeuw. Pas na zes weken aten we een stukje vlees: een ruw uit zijn winterslaap gerukt en vervolgens gebraden stekelvarken.

In de koudste nachten zetten we, inderdaad uit angst dood te vriezen, om de twee uur de wekker om de houtkachel bij te vullen. Tegen de kerst kwamen, zo bleek uit de sporen, de eerste beren tot aan de voordeur, maar ons geweer bleef – ofschoon geladen – aan de wand hangen. Zo leden we een rustig en evenredig bestaan. De dagen begonnen te lengen, de winter begon nog eenmaal te strengen. Bitter koud werd het opnieuw, maar ook nu bevoorraadde Cobinsky volgens schema.

Dat zou zo blijven tot de twintigste april. Geen Cobinsky. We hadden die dag nog maar voor één dag aardappelen, erwten en bonen. Tijd voor de laatste haal, de laatste te vellen boom, de laatste standaardstapel hout. Terwijl we de laatste stam stonden te zagen, klonk er even verderop een geweerschot. Het bleken amateurjagers te zijn die achter groot wild aan zaten.

“Waarom staan jullie te werken op King George Day!” klonk het beschuldigend. Wij domme, onbeschaafde immigranten; we waren weggedreven van de beschaving.

Twee dagen later stonden Jouke en ik gladgeschoren en in onze beste plunje in het kantoortje van houthandelaar Sam Steiner. Ons loon te vangen. Intussen had de koopman onze formidabele oogst al geïnspecteerd.

“De prijs die ik vorige herfst noemde, geldt natuurlijk niet voor hout dat ik zo ver uit het bos moet laten halen!” Ik wist niet wat ik hoorde. “De stomme Pool Cobinsky heeft het jullie natuurlijk weer verkeerd uitgelegd.”

“U heeft het ons zelf goed uitgelegd.” Tot mijn verbazing reageerde Jouke het snelst. “U heeft perfect omschreven hoe groot de eenheden gestapeld hout hoorden te zijn. Die van ons zijn hoog, breed en diep zoals ze horen. Wij hebben woord gehouden. Van u verwachten we hetzelfde!” Joukes Engels was beter dan ik had gedacht.

Steiner dreigde de poot stijf te houden, maar op dat moment stond Jouke Zuidema al achter ’s mans bureau om de slotvraag te stellen:

waar en in welke conditie wilde de houtkoopman ter aarde worden besteld. De houthandelaar koos eieren voor zijn geld en heeft ons onder bedreiging uitbetaald. We reden weg. Ver weg.

We reden een kort en hevig voorjaar tegemoet. Overal bleek er werk bij de vleet te zijn. Ik wenste te verdienen; geen geld uit te geven. Ik wilde sparen, sparen. Jouke had zijn Chevrolet 1937 uit een boerenschuur opgediept. Zijn "âlde Chev". We karden ermee naar de Far West, konden achter in het laadbakkie eindelijk weer eens *apart together* slapen. Al ver voor British Columbia zagen we mooie meiden lopen, zagen we het land groener en groener worden. We vonden werk, verdienden wat, trokken verder, leefden ruig en tevreden in een bewoonde wereld.

Tot de ochtend van oudejaarsdag 1953. Ik overhandigde Jouke de sleutel van mijn eigen sobere houten huisje, zodat hij niet langer in de laadbak van zijn Chev hoefde te slapen, kocht een vliegretourtje Amsterdam en bleek meteen op het vliegtuig te kunnen stappen. Een half etmaal later stond ik met beide benen in een onbesneeuwd en somber Nederland zoals ik dat in de herfst van 1946 had verlaten op weg naar Indië.

Ik nam de trein naar Leeuwarden, stapte daar op de bus en werd een eindje voor het dorp, schuin tegenover de boerderij van Bokke Algra, gedropt. Alles was anders, tot aan de reactie van Bokke Algra toe.

"Lieve hemel," riep de man, "het nieuwe jaar begint ruig, Rommert Boonstra is terug."

Ik vroeg hem of ik z'n fiets even kon lenen.

"Op voorwaarde dat ik hem terugkrijg!" Een jongen die in Indië had gezeten, het daarna thuis niet kon uithouden en het zonodig helemaal in Canada zou proberen; zo'n knaap mocht je in de peiling houden.

Een kwartier later stond ik in mijn bont geruite Canadese kiel en op cowboylaarzen in de kleine huiskamer. Het waren weer dezelfde geuren, dezelfde dingen op dezelfde plaats. Een portret van heit op de schoorsteenmantel; dat was er nog van hem. En zoals altijd: geen kruimeltje op mems pluchen tafelkleed. Gestaag ging er een deur open. Moeder. Alleen zij was er nog. Zo rustig was ze; alsof ze me gewoon had verwacht. "Rommert. Het jaar is goed begonnen," zei ze zachtjes.

In *Canadian style* en met spijkerharde dollars op zak banjerde ik over de Leeuwarder veemarkt van café naar café. Niet om te zuipen en te spenderen, maar om de dikke boerenzoons eens even een poepje te laten ruiken. Zo van: vergeleken bij ons zijn jullie hier allemaal keuterboeren van niets. Ik kom uit het land waar alles groter en mooier en rijker is. Dat wou er in die dagen in Friesland wel in. Iedereen had het over Amerika, Canada, de prairie, de welvaart aan de overkant van de grote plas.

Toevallig maakte mijn Canadese kennis Dick Boersma ook een trip naar Friesland, dus klonk in alle veemarktcafés het volgende in Canadees accent door de luidsprekers: "In het Oranjehotel is farmer Mr. Bob Boonstra from Canada waiting for farmer Dick Boersma from Brampton, Ontario, vroeger Rinsumageest!"

Je zag die boeren denken van: potverdorie, die knapen hebben het daar in Canada al gemaakt, op zijn ergst hebben ze al een grotere boerderij dan wij hier.

Terug in Canada bleek Jouke zich niet een toegewijd huisman te hebben getoond: mijn enige twee stoelen had hij opgestookt en de keet zag er smoezelig uit. "Ik wist dat je vandaag terugkwam, Bobbie," sprak hij met trouwhartige blik, "dus heb ik de room maar eens heel netjes opgeruimd."

Al kon het tussen Jouke en mij niet stuk, het was tijd om ieder ons weegs te gaan. En zo trof ik dus Rinus Joose, een emigrant uit Zeeland, met wie ik in Alberta voor niet te veel centen vierendertig ossen kocht. Alleen al het brandmerken van de beesten draaide uit op ruige taferelen. Maar het lukte ons ze J&B in de huid te branden. Zo, we waren farmers geworden. We slaagden erin voor weinig pacht aan een flinke lap weiland te komen en lieten de beesten zelf het werk opknappen: ze graasden en zouden vet worden. Na die investering had ik geen rooie cent meer en moest dus weer op zoek naar een boer. Liefst iemand die royaal uitbetaalde.

Na omzwervingen, die niet zonder avontuur en spanning verliepen, belandde ik in het hoge noorden van British Columbia waar de uit Zweden afkomstige veeboer Frederic Stroman naam had gemaakt als iemand die een bijzonder hoog loon betaalde. De ontberingen op en rond zijn erf zouden wel navenant zijn, maar soberder dan in de boshut kon het er niet zijn.

Het was laat in de midzomeravond toen ik mijn vierdehands auto het Stroman-erf op reed. Het dichtstbijzijnde bouwsel was ik tien mijl eerder al gepasseerd: een half ingestort stalen windmolentje, waaraan – naar me later zou blijken – de Zweedse schoonvader van Stroman zich uit eenzaamheid had opgehangen.

Stroman bleek een stille, grijzende boer met rode konen te zijn. De grote magere man trad me uiterst bedaard tegemoet; sprak alsof hij me al jaren kende. Bij de rondleiding over het erf aanschouwde ik de chaos en hoorde in gedachten de stelregel van mijn vader zaliger: een rommeltje op boerenerf, een rommeltje in boerenbeurs. Waar bleef vrouw Stroman nou? Ik had best trek in een bord eten.

Een uitgestrekt erf. "We zouden meteen moeten accorderen over mijn loon," begon ik gedreven door de honger. De man ging tegen een halfbezweken houten hek staan pissen, stopte halverwege een zin, zweeg zolang hij piste, en het duurde nogal. Ik noemde hem de hoogte van het door mij gewenste loon, en dat was niet niks. Stroman maakte aanstalten een eind aan de lozing te maken. "Plus uiteraard kost en was en inwoning," riep ik.

"Maar dan blijf je ook de komende winter; de vrouw en ik willen hier niet met z'n tweeën overwinteren."

Stroman was zo te zien uitgepist en riep: "Okay."

Binnen ontwaarde ik een vrouw. Opgestoken haar, zilverdraden tussen goud. Een innemend gezicht met daarover een zweem van argwaan. Ooit was ze bloedmooi geweest. Donkerblauwe ogen. Grote ogen. Hoe had Stroman deze gevonden; hoe had hij haar zo gek gekregen hier met hem te overleven? Ze droeg een korte overgooier, wellicht eens onderdeel van een traditioneel Zweeds boerenkostuum. De vrouw ging me ietwat weifelend voor naar de ruimte waarvan ik dacht dat het mijn slaapkamer zou zijn, maar de Duitse herder had zojuist jongen in het bed geworpen. Blijkbaar moest hier de natuur zijn beloop krijgen, want ik werd naar een hok gebracht waarin speciaal voor mij een kermisbed was opgemaakt.

Iedere dag – week in, week uit – stonden er pannenkoeken op vrouw Stromans menu. Altijd alleen maar pannenkoeken, en toch mooie rode konen zoals het echtpaar Stroman. Het zou wel gezond wezen. Louter pannenkoeken; het kan je driften en verlangens niet temperen, zo bleek me. Op een zondagochtend, toen ik even niet hoefde te werken, kreeg ik zo'n onbedaarlijke zin in vrouwenvlees dat ik de boer meedeelde te willen afrekenen. Het was alsof ik de boer en boerin de dood had aangezegd, zo ontdaan reageerden ze. Toen Stroman me had uitbetaald en ik afscheid ging nemen, zag ik natte ogen. Grote grijze natte ogen.

"'k Had 't wel gedacht," stamelde de oude. "Steeds dacht ik al: deze houd ik niet tot 't voorjaar."

Een etmaal later zat ik in een goedkoop hotelletje vlak bij de city van Vancouver en binnen een paar dagen verkeerde ik in een soort netwerk van Friese jongens die steeds opnieuw op zoek gingen naar werkgevers die nóg meer wilden betalen dan de vorige. Zo reisden we terug naar de contreien van Toronto in Ontario. Daar kwamen steeds meer goede banen los. En zo trof ik dus de mooie meid die mijn vrouw zou worden: Lea Schrama. Ik vertel erbij: 't was meteen raak.

Als katholiek wilde ze liever niet met me mee naar de dominee. Nou, dan ik maar naar de pastoor, want we wilden zo graag trouwen. Kort daarna voelde ik de hand van de pastoor op mijn schouder. "En nu zijn jullie getrouwd," sprak hij.

Wat ons huwelijk betreft: je hoeft niet tienmaal om een stamboekkoe heen te lopen om er zeker van te zijn dat het een beste is. Ik voelde meteen dat het goed was.

Eenmaal getrouwd was het zo goed als afgelopen met de wilde jaren. Toen ik er, na vele jobs, achter was gekomen dat er behalve een houthakker ook nog een koopman in me zat, ben ik voor makelaar gaan studeren. Dat was even doorzetten, want tijdens de studie kon ik niet werken en dus ook niet verdienen. Maar geen zorgen. Ik wilde de belofte aan Jappy Strikwerda en mijzelf zo goed mogelijk nakomen: geen zorgen maken. Helemáál lukte het niet, maar het is me niet slecht afgegaan. En dat terwijl ik me toch af en toe in het licht van de zon heb gewaagd.'

De boerderij van Beetgum

PIET EN ANNEKE BRAAKSMA, TERRIGAL, AUSTRALIË

'De dag van het afscheid viel niet zo gelukkig. Veel vrije dagen had ik op de boerderij niet gehad en nu was het Pasen en moest er worden ingepakt. Toch was ik opgelucht dat ik weg kon. Wat had ik langer in het dorp te zoeken? Op de boerderij voelde ik me gepasseerd. Zeg maar: bedonderd. Waarom zou ik langer blijven? Over een jaartje zou Anneke me achterna reizen, dan begonnen we samen een nieuw leven in Nieuw-Zeeland.'

Piet Braaksma uit Beetgum reisde naar Holland. Alleen al dat avontuur had het gros van de Beetgumers nog nooit meegemaakt. In IJmuiden lag het passagiersschip Johan van Oldenbarnevelt al met draaiende motoren op hem en nog een kleine duizend emigranten te wachten. Zondagochtend 25 maart 1951: bij de sluizen van IJmuiden wapperden de vlaggen bijkant stuk in de straffe noordwestenwind. Af en toe joeg een maartse bui boze rimpels over het grijze water.

Een schip vol jeugdige hoop. Op de ochtend van paasmaandag was het om kwart over zes hoogwater. Tijd om van wal te steken. Maar de trossen werden niet losgegooid en niemand begreep waarom.

Tegen de middag kwamen de geruchten op gang. 'Het is en blijft een mysterie,' zei een medepassagier op het voordek gewichtig. De man droeg een moderne overjas en een zomerse hoed. Piet Braaksma van Beetgum moest niets van deze welbespraakte, stadse figuur hebben. Zeker niet nadat hij Piet naar een zwarte brandplek in het teakhouten voordek bracht. 'Kijk, hier is vannacht de bliksem ingeslagen!'

Piet, vijftig jaar na dat curieuze moment: 'Ik zei tegen die vent: "U komt uit de stad, dat kan ik zo zien en horen. Ik ben maar een gewone boer, maar ik weet wel dat de weerlicht niet in dit voordek slaat. Dat kan niet omdat overal stalen masten, pijpen en zware ankerlieren boven het dek uitsteken! Dat zijn echte bliksemafleiders. Zelfs de domste boer, die voor het eerst met beide poten aan boord van een schip staat, begrijpt dat dit geen blikseminslag is." Dat heb ik tegen die vent gezegd.'

Pas in de loop van paasmaandag werd de Johan van Oldenbarnevelt door de zeesluizen naar buiten geschut. Piet Braaksma voelde zich bevrijd. Een dikke streep onder een getergd bestaan. Weg. Al bleef hij met de vraag zitten hoe die brandplek in het teakdek op het voorschip was ontstaan.

'De geruchten bleven. Er zou zich een pyromaan aan boord bevinden. Had ik, op weg naar een nieuw leven, een rampschip getroffen? We waren op volle zee, de avond viel, ik ging te kooi en was ook meteen van de wereld. Tegen melkenstijd werd ik wakker – dus zo rond vier uur 's ochtends – en ik zocht het voordek op. Er bleek opnieuw brand geweest te zijn, nu vlak achter de ankerbak. Toen de eigenwijze man in de moderne regenjas zich tegen koffietijd liet zien, zei ik: "Vannacht is jouw bliksem weer in het voordek geslagen. Ga maar eens kijken."

"Heb ik al gezien," zei hij, "maar nu is het inderdaad geen blikseminslag."

We schoven het Kanaal uit, de straffe noordwester was wat gaan krimpen, de buien kwamen nu van stuurboord. Af en toe kwam er al eens een zeetje over het voordek. Ik stond er naar te kijken en ineens begon de scheepshoorn een paar stoten te geven. Even later merkte ik dat de scheepsmotoren langzamer begonnen te lopen. Tegelijkertijd veranderde het schip van koers. Nog geen halfuur later koersten we het noorden in. Terug naar IJmuiden. Ik had zwaar de pest in.

"We hebben een pyromaan aan boord," hoorde ik toen we weer vastlagen in IJmuiden. Sommigen raakten overstuur, hadden al spijt van hun avontuur en wilden van boord. Voorgoed terug naar huis. Tegen de avond van 1 april zag ik hoe een persoon door twee agenten over de kade werd afgevoerd. Het was de man in de moderne overjas en met de zomerhoed op. Met deze en nog een paar emigranten in spe minder staken we drie uur later opnieuw in zee.

Was ik nu dan eindelijk van het land verlost? Had je gedroomd.

Opnieuw zou op volle zee aan boord brand uitbreken. Alsof ik niet weg mócht.

Goed, we waren opnieuw van IJmuiden vertrokken en er zouden aan boord opnieuw een paar geheimzinnige brandjes uitbreken. Tussen de bedrijven door was het een complete *Love Boat*. Duizend, meest jonge, mensen aan boord. Voor hen was er lekker eten en mooie dansmuziek. Hoe verder het schip het zuiden in voer, hoe mooier de maan ging schijnen. Wat ik zag waren liefdesparen die openlijk tegen de reling stonden te vozen. Trouw en overspel, spanningen en roddels, mysterieuze verhalen en valse beschuldigingen. Want wie was de brandstichter?

In Port Said bood een moeder mij een kind te koop aan. En op volle zee stierf een meisje van elf. In een kleine kist moest het kind overboord worden gezet. Dat was halverwege de Indische Oceaan. Ik zag en hoorde een moeder die aan de reling stond te schreeuwen en een dominee die een onverstaanbare preek brabbelde. Daarna volgde nog een rituele cirkelgang van de Johan van Oldenbarnevelt. Sommigen hoopten op dat moment dat we opnieuw terug zouden gaan naar IJmuiden.

Verliep elke zeereis zo bizar? Moest een reis naar de andere kant van de wereld dan zo lang duren? Een eeuwigheid later lagen we een paar dagen in Perth. Een meid, die op weg was naar haar partner in Nieuw-Zeeland, zag ik met een alleengaande emigrant voor Australië de wal op gaan. En ze kwam niet terug aan boord. In wat voor wereld leefden we eigenijk?

Ik was nog lang niet in Nieuw-Zeeland. Eerst naar Melbourne. Opnieuw zag ik de ontrouw de wal op gaan. Een paar dagen later werd ik met een vliegboot over stuiterende golven naar Nieuw-Zeeland gebracht. Het begon in Down Under herfst te worden, er stond veel wind. Het was een reis die ik mijn grootste vijand niet zou willen aandoen.'

***

Het is bijna vijftig jaar later. In de buurt van de Australische kustplaats Terrigal, een uurtje rijden boven Sydney, wonen Piet en Anneke Braaksma. Voor de tweede maal geëmigreerd, want ze hebben ruim vijfendertig jaar in Nieuw-Zeeland gewoond. Nou, gewoond.

Het was verhuizen van het ene honk naar het andere.

Zullen ze nog eens echt wortel schieten, dan moet het hier in Australië gebeuren. Hier, in hun kleine mobiele bungalow.

'Nee, alstublieft, niet meer verhuizen,' verzucht Anneke. 'Mijn hele leven was het inpakken en uitpakken, we verhuisden op het Noordereiland van Nieuw-Zeeland van de ene boer en werknemer naar de andere. Al dat gesleep en gezwalk, ik heb het altijd een ramp gevonden. Bijna ging ik eraan onderdoor. Nog niet zo lang geleden was ik overspannen, want ook hier in Terrigal moest ik opnieuw beginnen. Alles was zo vreemd en anders. Een paar van onze kinderen bleven achter in Nieuw-Zeeland.'

Een wandbord met de spreuk: 'Waar ter wereld men ook gaat, het is overal dezelfde zon die aan de hemel staat.' 'Ja ja,' schampert Piet Braaksma, 'overal dezelfde zon, maar niet overal dezelfde eerlijke mensen.'

'Een emigrantenvrouw moet een sterk hoofd hebben,' stelt Anneke vast als Piet de deur uitgaat voor zijn vaste bowlingmiddag. 'Een sterk hoofd is een ijzeren voorwaarde, en ik heb niet zo'n sterk hoofd. In Nieuw-Zeeland voelde ik me tot het laatst toe o zo eenzaam, en daarom zijn we maar weer verder getrokken. Je kinderen hebben toch ook niks aan een moeder die zo'n last van heimwee heeft. Intussen woonde er een dochter in Australië en die kon ons altijd erg steunen, dus hakten we opnieuw de knoop door.

Op de boerderij in Wijtgaard beleefde ik gelukkige kinderjaren. Maar het was op een vrijdagmorgen vlak na de oorlog toen het noodlot toesloeg. Ik was negentien, had die ochtend samen met moeder vaders donkerblauwe pak geborsteld, een schoon overhemd met rode stropdas en blauwe sokken klaargelegd. Hij zou immers naar de vrijdagmarkt in Leeuwarden. Ik heb nog gezien hoe hij zich voor de spiegel stond te scheren. Wit scheerschuim op een blozende kop. Ik zag nog hoe hij even later zijn bijna deftige pak aantrok. En daar ging mijn kwieke heit de deur uit. Naar "de stêd". Ja, het was wel een mooie man, hoor, onze heit. Mijn beide zussen waren ook trots op hem. Zoals hij trots op zijn drie dochters was.

De vent in dat legertruckje, met wie hij naar de stad liftte, moet veel te hard hebben gereden. Ze vlogen over de kop en kwamen in een diepe sloot terecht. Vader is erbij omgekomen.

Somber en loodzwaar werd daarna het leven op de boerderij. Moeder werd zwaarmoedig, en die zwaarmoedigheid hing overal. Laat in de middag, als het manvolk de koeien molk en in de appelhof de schaduwen langer werden, zat mem altijd in de opkamer naast het Friese kabinet te bidden. Ze vroeg om genade en verlossing, maar haar gebeden werden niet verhoord. Achteraf bezien is het hoofd van de oude vrouw Statema niet sterk genoeg geweest om over het verlies van haar man heen te komen. Dat gevoel van neerslachtigheid kan ik wel enigszins thuisbrengen.

Wat heeft mijn leven zo zwaar gemaakt? Mijn eigen aard waarschijnlijk. Ik ben iemand van faalangst. Op de hbs verwachtte ik steeds weer een laag cijfer te halen, terwijl de werkelijkheid juist anders was. Goede cijfers. Maar bij ieder knap cijfer dacht ik meteen: nét niet genoeg om het volgende cijfer, dat extreem laag zal uitpakken, te compenseren. Ik kon goed leren, maar een universitaire opleiding zou ik mentaal niet aankunnen. Dat voelde ik toen al. Ik ben dus maar kooklerares geworden. Daarmee was ik trouwens zeer tevreden.

Tussen kerst en nieuwjaar 1950 trok ik met een stel vriendinnen naar een operettevoorstelling in de Leeuwarder Harmonie. Na afloop dansen. En daar zag ik dus die mooie boerenjongen, eentje met een schone kop. Ik zou hem zo willen omschrijven: een persoonlijkheid die kracht uitstraalde, en zelfbewustheid. Ik zag hem, en hij zag mij. Hij kwam recht op me af en vroeg me meteen ten dans. De vloer op. Het was alsof ik zweefde. Zodra ik bij Piet in de buurt was, voelde ik me zeker. In alles. Dertig jaar was die kerel al, dus hij mocht me gelijk naar huis brengen.

Zo was ik van het ene op het andere moment smoorverliefd geworden. Ik gaf me aan hem over, we zijn getrouwd en ik ben hem altijd trouw gebleven. Ook toen ik zo'n spijt had gekregen dat we waren geëmigreerd en ik wel maar hij nooit, nooit, nooit terug wilde.'

Al op die eerste avond in de Harmonie liet Piet Braaksma het woord emigreren vallen. Het was hem in Beetgum, nadat zijn vader jong was overleden, immers niet naar de zin gegaan. Hij had het bedrijf willen overnemen. Als oudste zoon had hij daar toch recht op? Zijn moeder, de weduwe Braaksma, was een twijfelaarster en wist zich, volgens Piet, omgeven door slechte raadsheren. Ach, er was meer dat hem niet lekker zat. En nu dan wou hij weg. Het liefst zo ver mogelijk. Nieuw-Zeeland.

Anneke: 'Ik heb in mijn aanhankelijkheid en afhankelijkheid onvoldoende beseft wat voor een enorme stap het was en ben samen met Piet enthousiast geworden. Hij ging, en ik beloofde hem over een jaar achterna te reizen. In wezen waren we daarmee tot elkaar gedoemd. Moeder wist amper van mijn heftige verkering toen ze reuk kreeg van onze plannen. Vreselijk vond ze het. Absurd. Ze moest dan ook niets hebben van die vent uit Beetgum. "Je waagt je op flinterdun ijs," waarschuwde ze. Inderdaad, we hadden een blauwe maandag verkering toen Piet de trein naar IJmuiden nam.'

***

Piet Braaksma heeft zijn vaste bowlingmiddag erop zitten. Een sterk ogende, blozende man in witte pantalon. Het is de achtenzeventigjarige niet aan te zien dat hij 'op zijn minst tienmaal zwaar werd besodemieterd en daarom steeds weer moest verhuizen'. Boosdoeners waren doorgaans zijn Nieuw-Zeelandse werkgevers.

Maar daarvóór was er ook het een en ander gepasseerd. Zijn vader was na de Eerste Wereldoorlog op ruim vijftien hectare land met vijftien melkkoeien en wat tuinbouw in de volle grond begonnen. Daarnaast was hij voerman met een goed stel paarden.

'Toen ik in 1927 zeven jaar werd, voelde ik me al een kleine boer. Ja, ik was heit zijn kleine boer en opvolger. Maar er kwam een verschrikkelijke kink in de kabel, vader liep een zware longontsteking op. Na een week werd zijn situatie kritiek. Tweemaal ging de knecht al met een dringende boodschap naar dokter Heineman in het naburige Marssum: Aebe Braaksma van Beetgum zit in de crisis van de longontsteking. Maar de dokter kwam niet, hij moest paardrijden. Voor zijn part kon die jonge boer sterven. En aldus geschiedde. Vanaf het moment dat heit daar in de bedstee lag te ijlen, begon er een woede in me te sluimeren die nooit helemaal verdween. Ik had nog een broertje, Dirk. Toen Dirk naar school moest, moest ik eraf. Misschien is dat er mede de oorzaak van dat wij als broers langs elkaar leefden.

De crisis van de jaren dertig kwam en ik was nog te jong om samen met moeder het bedrijf te runnen. Er was een knecht gekomen, iemand die volgens moeder precies wist hoe het moest. Het zal in 1937 zijn geweest – ik was al zeventien – en ik kreeg het gevoel dat er iets scheef zat. Waarom werd er niet meer rekening met mij en mijn toekomstplannen gehouden? Ze speelden onder één hoedje.

"Ik wil straks boer op de plaats van heit worden, mem!" Het was op een avond in het voorjaar dat ik ermee voor de draad kwam. Eerst reageerde ze niet, maar de volgende ochtend zei ze: "Veel, veel later misschien kun je boer worden."

Ik ging landbouwcursussen volgen, wist intussen aardig wat van de melkveehouderij, akkerbouw en vollegrondstuinbouw. Boer en ondernemer wilde ik worden, dus ging ik ook nog naar de handelsavondschool in Leeuwarden. Dat was in 1939. Overdag werken op de boerderij, 's avonds leren. Vlak voor het examen brak de oorlog uit en vorderden de Duitsers het schoolgebouw.

Ik stelde moeder maar eens heel robuust voor om boer en kostwinner te worden. Voor de dure knecht konden we dan een goedkopere jongen nemen. Maar nee hoor. Zelfs toen de ouwe knecht in de oorlog niet helemaal schoon op de graat bleek te zijn, moest hij van moeder blijven. Ik liep vaak met de schurft in. Die rotoorlog duurde ook nog eens veel langer dan iedereen had gedacht. Ik zat in de gevaarlijke leeftijd en moest alles op alles zetten om uit handen van de moffen te blijven. Later heb ik me er weleens over verbaasd dat ik thuis niet meer in opstand ben gekomen. Na de oorlog probeerde ik keurmeester van akkerbouwgewassen te worden en dat lukte. Maar ik onderging het als een uitvlucht; ik wilde boer worden.

Nog eenmaal vroeg ik moeder of ik het bedrijf kon overnemen. Nu kwam ze met een onmogelijke voorwaarde: ik zou in één keer haar en broer Dirk moeten uitkopen. Nou, dat was financieel niet rond te breien. Een onmogelijke opgave. Mijn reactie was van: barst allemaal maar.

Als *assisted emigrant*, die de reiskosten naar Nieuw-Zeeland vergoed kreeg, heb ik later Friesland verlaten. Als tegenprestatie voor de gratis reis moest ik me twee jaar contractueel aan een boer en werkgever op het Nieuw-Zeelandse Noordereiland binden. Mijn eerste slavencontract. Ik trof een incapabele, drankzuchtige rotboer: Ted Marche. Inderdaad, ik verstond hem niet, sprak nauwelijks Engels, dus liet ik me van 's ochtends vroeg tot 's avonds laat voor bastaard uitschelden. Als ik zaterdagavond mijn vijf pond maar kon beuren, dan zou ik er wel doorheen komen. Als Anneke over een jaartje kwam, zou er een huis moeten zijn.

De hufter Ted Marche dacht dat zijn koeien meer melk zouden geven als hij het melkapparaat, dat aan de vier koeientepels hing, met een baksteen verzwaarde. Ik had genoeg praktische en theoretische kennis om te weten dat hierdoor de koe alleen maar werd getreiterd, dat de tepels langer werden en de melkopbrengst lager. Het duurde niet lang of Ted en ik stonden elkaar naar het leven. Ik deed mijn best de man duidelijk te maken dat ik me niet langer door een dwaas zou laten uitkafferen, dat ik niet voor niets hoge cijfers op de melkerscursus in Beetgum had gehaald. Maar met mijn tweejarige werkcontract kon ik toch geen kant uit. Ik probeerde er het beste van te maken.

Dat lukte me ook nog. De zware steen ging van het melkapparaat en na een paar weken ging de melkproductie met sprongen vooruit. Ted Marche liet me mijn gang gaan en ik begon wat meer lol in mijn werk te krijgen. Waar maalde ik om? Als er straks maar een fatsoenlijk huis voor Anneke en mij betaald kon worden.

Af en toe banjerde hufter Ted halfbezopen over het erf. Op een ochtend kwam hij met het halfgare plan om een paar bomen te vellen. Akkoord, maar dan wel hij een kettingzaag en ik een kettingzaag. Dus stond ik even verderop toen hij zijn linkerhand eraf zaagde. Nou, dat zag er afgrijselijk uit, maar tegelijk had ik zoiets van: nou zijn de rollen omgekeerd, nu sta je bij mij onder contract, vader. Omdat je ineens heel afhankelijk bent van die bastaard uit Beetgum. Eindelijk ging ik dan ook verdienen waar ik recht op had.

Met een KLM-kist van hetzelfde type als de Uiver kwam Anneke een jaar later in Nieuw-Zeeland aan. Ik moet eerlijk toegeven, er was op dat moment nog niet genoeg geld voor een redelijk huis. Zij besloot ook te gaan verdienen. Bij een boer. Nou, die was niet veel beter dan Ted Marche, want hij kon zijn tengels niet thuishouden. Ze heeft zitten melken totdat de armen haar bijkant van het lijf vielen. Op een ochtend vroeg, toen hij haar opnieuw lastig viel, is ze weggelopen. Diezelfde dag hebben we een advertentie in de personeelsrubriek van de plaatselijke krant geplaatst. "Goed in de landbouw opgeleid, ervaren Nederlands echtpaar zoekt werk bij een en dezelfde melkveehouder. Woning moet aanwezig zijn."

Het was boer Davidson in een dorp verderop, die zich meldde. In zijn brief stond dat er een prima woning was. Wat we toegewezen kregen, was niet veel meer dan een koestal. Vooruit, accepteren maar; we wilden zo snel mogelijk een dak boven het hoofd hebben.

Intussen wist mijn schoonmoeder, de weduwe Statema, niet anders dan dat we het beter en mooier hadden dan in Friesland. Ze had al een paar keer om een foto van onze Nieuw-Zeelandse villa gebedeld. Ten slotte heeft Anneke het er maar op gewaagd en een kiekje van het gammele onderkomen gestuurd. Pas veel later hebben we vernomen dat het oude mens nachten wakker heeft gelegen van dat krot. Dat trouwens zo lekte, dat bij regenachtig weer overal potten en pannen in de drup stonden.

Na een paar maanden kwamen we erachter dat Davidson ons alleen maar had ingehuurd om zijn zieke vaste werknemer te vervangen. De man werd beter en Anneke en ik konden opsodemieteren.'

'En zo ging het met ons nu altijd,' zegt Anneke. 'Wij troffen nooit eens een boer die ook mens was. Piet werd er nukkig en dwars van, en dat werkte ook weer averechts. Telkens als we ergens een tijdje in dienst waren, barstte weer de bom. Heibel. Dus, wegwezen.'

Piet: 'We troffen eens een milde boer. Hier zouden we het lang kunnen uithouden. Toen bleek op een zondagochtend dat ons drinkwater vol wormen zat. Werden we niet weggepest, dan werden we wel ziek van de wormen.'

Anneke: 'We kregen kinderen, waren toch ook gelukkig, maar echt een poot aan de grond krijgen, dat was er niet bij. Ik bedoel, ik wilde graag terug, maar voor Piet was dat ondoenlijk. Nee, Piet wilde niet met hangende pootjes terug. En zo kwam er een schrijven uit Beetgum. Van Piets moeder. Jawel, ze wilde overkomen om haar kleinkinderen te zien. Ze zou bij ons geen rozengeur en maneschijn aantreffen; we moesten met de billen bloot.

Ze kwam, liep over het erf, bukte zich, nam een paar korrels aarde tussen duim en wijsvinger en keek zorgelijk. Alsof ze al meteen de grond waarop we woonden afkeurde.'

Piet: 'Ik had zo'n gloeiend verlangen om eens iets voor mezelf te beginnen, dus op een avond in de eerste week van haar verblijf heb ik mijn bloedeigen mem nog maar eens gevraagd of ik wat geld van haar kon lenen. Ik beloofde haar tien procent rente te betalen. Maar ze ontweek mijn vraag. Toen ik aandrong, zei ze: "Nee, de grond hier is niet al te best, op deze grond is niet te bouwen." Ik werd licht in mijn hoofd van teleurstelling, ik zei: "Op Friese grond was voor mij ook niet te bouwen." Ze zweeg. Ik kreeg geen cent.'

'Hoe vaak moesten we daarna niet verhuizen,' laat Anneke zich mijmerend ontvallen. 'Op een keer had Piet een mooie job. Een goed loon, vast werk, veel vrijheid. Hij was chef-tuinman in dienst van een groot hospitaal geworden. Daar hadden we moeten blijven.'

'Geweldig!' zegt hij schamper. 'Na een tijdje bleek dat ik langere dagen maakte dan de mensen onder me, terwijl ik niet veel meer verdiende dan zij. Ik dacht: verrek met de hele troep.'

Anneke: 'Je was soms misschien ook weleens een beetje wispelturig, dan kwam je al te snel in opstand.'

Piet: 'Ze hebben het ernaar gemaakt, die Kiwi's. Ze dachten steeds dat ze het beter wisten dan een jongen uit de streek waar de beste aardappelen vandaan komen. Vergelijk nou de aardappels van Beetgum eens met die van Papatoetoe. Die Kiwi's wilden alles zelf uitzoeken terwijl wij hun met onze landbouwsystemen jaren vooruit waren. De manier waarop wij rooiden. Nou, het heeft me heel wat zweet gekost voordat ze wilden inzien dat onze werkwijze beter was.'

Anneke: 'Ze hebben best naar je geluisterd. Die boer, je weet wel, die pootte en rooide de aardappelen zoals jij het hem aanried. En toen ging het geweldig.'

Piet: 'Zeker. En toen donderden de aardappelprijzen in elkaar. Stond ik weer op straat. We hadden meteen voor onszelf moeten beginnen, maar hoe kom je op gang als er niet even een van de familie met wat geld over de brug komt.'

Anneke: 'Later zijn we nog met zeshonderd kuikens begonnen.'

Piet: 'Toen ik met die kuikenmesterij begon, waren de prijzen nog nooit zo laag geweest. Ze kunnen nu alleen nog maar stijgen, dacht ik. Maar dit soort logische wetten gelden voor iedereen behalve voor deze jongen. We werden er geen cent beter van. Van die kuikens.'

Anneke: 'Toch waren de jaren met de kuikens onze beste jaren. Ik bedoel: onze mooiste jaren. Toen Piet geen toekomst zag en eraf wilde, kregen we maar geen goed bod. En daar gingen ons mooie huis, de beide silo's en de hokken. Ze moesten voor een habbekrats verkocht worden. Toen heb ik het een tijdje heel moeilijk gehad. 'k Ging bijkant dood van verdriet en heimwee.'

Piet: 'Ze lagen me wel, die kuikens, achteraf bezien had ik nog iets langer moeten doorzetten, later trokken de prijzen aan. Ik had al een beetje spijt toen ik daarna op de taxi reed.'

Anneke: 'Piet kon niet zo goed overweg met dronkenlui in de taxi.

Dat had je in de weekends: ruige figuren halen en brengen. Als taxichauffeur moet je klanten – jong en oud – helpen met in- en uitstappen. Nou, daar is Piet niet voor in de wieg gelegd.'

Piet: 'Oude mensen vond ik prima. Waar ik een gruwelijke hekel aan had, was het rijden met dronken hufters. Die schopte ik er liefst halverwege de rit vierkant uit. Eerst verdiende ik op de taxi aardig mijn brood, maar het werd minder toen er een spoorlijn naar de dorpen verderop werd geopend. Op dat moment kocht de betere klasse zelf een auto. Het werd geploeter. Weg, die taxi! Maar daarmee was de goodwill ook weg.'

Anneke: 'Tussen Hamilton en Rotarua stonden een soortement eetcafé en snackwagen te koop. Nou, dat leek wel wat. Het werden zes jaren van 's morgens vroeg tot 's avonds laat. Eten klaar maken voor de vroege en late vrachtwagenchauffeurs. Die jongens eten veel, dat wel, maar het mocht niet te duur wezen, want zoveel verdienden ze nou ook weer niet. Wat heb ik lange dagen gemaakt, daar tussen Hamilton en Rotarua.'

Piet: 'Aan de Maori's is nog het meeste te verdienen. Gemakkelijk volk. Niet gemeen, leven bij de dag, hebben grote gezinnen, grote magen. Maar doorgaans een lege beurs. Als hun de kinderbijslag werd overgemaakt, moesten we er als de kippen bij zijn. Het kwam zo ver dat wij de kinderbijslag voor ze beurden. Daar word je op den duur natuurlijk wel stapelmesjogge van. Ten slotte hebben we de handel verkocht, we wilden minder uren maken.'

Anneke: 'Uiteindelijk heeft de snackhandel ons nog centen gekost ook.'

Piet: 'Op de aluminiumfabriek verdiende ik, het aantal werkuren in ogenschouw genomen, dik geld. Meer dan toen ik als buschauffeur overuren maakte. Maar in die werkplaats werd ik beroerd van het lawaai aan mijn harsens. De hele dag krijsende slijpmachines, bonkende hamers, dreunend stapelen van kozijnen. Op een ochtend kwam ik binnen en maakte meteen rechtsomkeert. In zo'n kabaal wilde ik mijn brood niet verdienen.'

Anneke: 'Piet zat nog met wat wrevel over de boerderij thuis. In 1974 kreeg hij het te kwaad, ging terug naar Beetgum, wilde zijn verhaal kwijt, wilde de mensen daar recht in de ogen kijken. Nou, die thuisreis had hij ook wel verdiend. Hij had in Nieuw-Zeeland jarenlang hard gewerkt.'

Piet: 'Dus ben ik naar huis gevlogen. Alleen, want met het gehele gezin, dat kon Bruin niet trekken. Om een lang verhaal kort te maken: in Nederland ben ik me dood geschrokken. Wat een welvaart. Zelfs in Beetgum zag ik grote auto's rijden. Ongelooflijk. Had ik dan zo'n welvaartsparadijs verlaten?

Ik heb oude kennissen uitgelegd waarom ik teleurgesteld was vertrokken. Nou, ze begrepen het wel. Dat deed me goed. In die paar weken in Friesland beleefde ik veel dingen uit mijn kinderjaren nog eens opnieuw. Ik zag me weer een wedstrijdje schaatsen tegen kleine Sjoerd Rijpstra, ik voelde weer hoe ik doodmoe over de finish gleed. Er was geen vader die me opving, die was net begraven.'

Anneke: 'Je hebt als jongen later om gouden horloges gekaatst. Vertel eens.'

Piet: 'Ik stond bij de bovenlijn op het kaatsland, ik zag de bal naar de tegenstanders vliegen, ik zag de bal hoog door de lucht terugkomen, recht op me af, ik dacht: Piet, nou moet je laten zien dat je de oudste jongen van boer Aebe Braaksma uit Beetgum bent. Mijn heit was dood, maar toch voelde ik dat hij vlakbij was. Hij zou zien dat zijn oudste zoon de eerste prijs won. Nou, ik raakte die bal vol in de palm van mijn hand. En hij suisde opnieuw door de lucht. Hij ging zo ver en zo hoog terug dat je hem nog amper met het blote oog kon waarnemen. Het was een ware bovenslag. Ja, toen heb ik echt gewonnen.'

De goudzoeker

OBE VELDMAN, CORSICANA (TEXAS), NOORD-AMERIKA

'Wij konden niet langer op Kippenburg blijven. Op een avond hoorde ik vader tegen moeder zeggen: "Grietje, wij barsten hier uit onze voegen."

"Ja," zei moeder, "in het voorend elf kinders en in het achterend twaalf koeien."

"Jazeker," murmelde vader, "elf kinders, twaalf koebeesten, vier kalveren, plus de drachtige zeug!" Goed, er lag twaalf hectare weiland achter het boerderijtje.

Die zeug kreeg dertien biggen, een mirakel dat op een zondagochtend plaatsgreep. We waren net met de hele schare terug van de mis en stonden vol dankbaarheid de mooie worp te bewonderen. Wat een mooie roze biggen, wat een genade, er zat geen enkele magere schijterd tussen. En moeder zei: "Maar als we hier zo doorgaan, als alles zo gloeiende vruchtbaar blijft, moeten we als de weerlicht op zoek naar meer ruimte."

En er kwam meer ruimte, de Voorzienigheid had het zo beschikt. Vader, onze heit, kon in het buurtschap Haskerdijken, halverwege tussen Heerenveen en Akkrum, een grote boerderij met zesendertig hectare land huren. En zo kwam onze eerste grote volksverhuizing. Van Gaasterland helemaal naar Mid-Friesland, waar het land lager en natter en veniger was. Maar met warm weer kon je er het gras horen groeien, dacht vader. Zó vruchtbaar was het er.

De boerderij was eigendom van de Limburgse familie Treemans die de scepter scheen te zwaaien over een van de Limburgse dagbladen. Er bestond in Nederland toen nog zoiets als een fijnmazig *Roman Catholic network*. Die Treemans-familie zag het natuurlijk goed: zet een groot, zuinig, hardwerkend, Fries, stijf rooms-katholiek gezin met een leger opgroeiende zonen op de plaats. Dan zullen de pachtcenten met gemak kunnen worden opgebracht.

Het boerde goed op Haskerdijken, spoedig werd het twaalfde kind van Lútzen Veldman en Grietje Agricola geboren. Het twaalfde en laatste. Daarvan was ik nummer vier, ik zat dus tussen de drie oudsten en acht jongsten in. Onder deze omstandigheden ben je gevrijwaard van te veel aandacht. Zo word je sneller zelfstandig.

Ik herinner me uit die tijd een vroeg ingevallen, kletsnatte herfst. Het vee stond nog niet op stal zodat we 's ochtends om vier uur in het aardedonker over onbegaanbare modderpaden de weilanden in trokken. Het is alsof ik het nóg voel: een van mijn klompen had zich vastgezogen in de weke modder en ik banjerde op een sok en een klomp verder. Die ochtend heb ik voor het eerst bij mezelf gedacht: ik vertrek, ik wil weg.

Onder het melken zat ik te dromen van een mooi en warm land, een land zonder natte voeten. Intussen had onze heit ons wel duidelijk gemaakt dat hij zijn grote koppel zonen niet stuk voor stuk boer zou kunnen maken. "Jullie moeten jezelf boer maken!" Hoe speelden we dat in vredesnaam klaar op de dure Friese grond?

Boer worden zat ons in het bloed, het was ons voorland. Zelfs mijn oudste broer Maurits, die geweldig kon leren, wellicht ingenieur of priester had kunnen worden, wou en zou naar de landbouwschool. Zelf kwam ik terecht op de katholieke middelbare landbouwschool in Didam. Rooms. Ik schrok er van mijn eigen hoge cijfers.

De onthechting was begonnen, en zette door toen ik tankbestuurder in militaire dienst werd. Ik zag een paar van mijn maten als vrijwilligers naar de Korea-oorlog afreizen en voelde het avontuur in me bruisen. Gelukkig, ik bleek ongeschikt voor het militaire bedrijf; kon niet tegen de domme praat en hatelijk klinkende commando's van platte korporaaltjes.

"Ik geloof dat ik emigreer, heit, ik moet maar naar Canada." Zoiets liet ik me bij thuiskomst ontvallen.

"O," zei heit.

Moeder stond op dat moment voor het aanrecht, nog met de rug naar me toegekeerd. Stokstijf en zwijgend stond ze daar, en er viel een oorverdovende stilte. Toen zei ze: "Je moet het zelf weten, jongen, maar je moet héél ver reizen om het beter te krijgen dan thuis!" Het was de reactie van een goede moeder, een vrouw die vroom was tot in het diepst van haar ziel.

Ik was blijkbaar niet te houden, niet veel later kwam het afscheid. Het was een paar weken nadat Jeen van den Berg de Elfstedentocht van 1954 won. Het was me wat op Haskerdijken, Obe ging helemaal naar Canada. Gelukkig, mijn neven Bertus Agricola uit Hemelum en Koos Haarsma van Texel zouden me binnen vier weken volgen.

In de oude DC 3 van de KLM moest ik boven de oceaan in een zware onweersbui meteen al denken aan de woorden van moeder: "Je moet héél ver reizen om het beter te krijgen." Ik weet nog hoe ik plotseling mijn beurs uit de kontzak trok. Om te zien of mijn kolossale bedrag van honderd gulden er nog in zat. Zoveel zakgeld had ik nog nooit bij elkaar gezien.

Over de eindeloze Canadese vlakten ging het per trein verder. Tot over de Rocky Mountains in het verre westen. Nog hoor ik de roep van de machtige locomotief door het winterland. Tegenover me in de coupé zat een jong emigrantenstel almaar somber voor zich uit te staren. "Wat een machtig landschap," liet ik me ontvallen. "Dit is heel erg," begon de man. Zijn vrouw was het met hem eens: "Dit is niet meer te overzien, het is om bang van te worden. Waar in godsnaam komen wij terecht!" Veel later zou ik vernemen dat deze lui door heimwee gedreven berooid terug naar Nederland zijn gegaan.

En ik zag alleen maar de zon schijnen. Pas later, toen ik niet alleen over de toekomst maar ook over het verleden droomde, zouden er allerlei gebeurtenissen uit mijn kinderjaren bovenkomen. Ik zag mezelf weer schaatsen over de Luts, het smalle Gaasterlandse vaarwatertje op de Elfstedenroute. In de oorlogswinters schaatsten we over de Luts van Kippenburg naar school in Balk. Een kleine colonne kinderen op de schaats. Zwarte kousen, gebreide mutsen, kleine doorlopers, knopjesschaatsen. Als kind van acht moest je je plaats in het peloton weten: ergens achteraan. Zwoegend en dromend, je handhavend en met het kopje naar beneden, turend naar scheuren in het ijs. Je kwam te vallen, de rest krabbelde voort. Zien dat je er weer bij kwam.

In de ochtendschemering doemde uit tegenovergestelde richting een koppel woeste schaatsers op. Het waren grote kerels die aan kwamen stormen.

"Elfstedenmannen!" riep Maurits, voorrijder van ons peloton. Op hetzelfde moment voelde ik hoe een van de tegenliggers met de scherpe ijzeren knop op de punt van zijn houten schaats in mijn gebreide linkerkous haakte. Nog voel ik hoe de draad heftig begon af te rafelen. Doorschaatsen, natuurlijk. Het rafelen ging door totdat ik geen linkerkous meer aan had. De Elfstedenrijder joeg voort terwijl er blijkbaar nog een draadje aan zijn schaats zat.

Hoe onwaarschijnlijk ook, dit incident komt, waar ik me later op de wereld ook zou bevinden, steeds weer boven. Moraal van het verhaal: alles wat mis kán gaan, gaat ooit een keer mis. Soms is het een geluk, soms ongeluk, een heel enkele keer betreft het een absurditeit.

In tegenstelling tot de gereformeerde landverhuizer stond er voor ons rooms-katholieke jongens op het spoorwegstation van Vancouver geen vertegenwoordiger van de Christian Reformed Church te wachten. Je moest je eigen pad effenen.

Ik stapte van de trein, vroeg en vond de weg naar het arbeidsbureau. Met mijn twintig Engelse woorden kon ik me nét redden. Iemand wilde voor mij wel een paar boeren bellen met de vraag of er een flinke boerenknecht nodig was. Binnen een kwartier hadden ze een boer voor me. In het dorp Ladner. En weer een kwartier later zat ik in de Greyhound-bus.

Ladner bleek niet meer dan een benzinepomp annex schuin gezakt woonhuis ergens in de negorij te zijn. De boer had gezegd me bij aankomst van de bus af te halen, maar geen boer. Wat was ook alweer zijn naam? Het was donker geworden, ik snoof de vrieslucht op. Zou je hier kunnen schaatsen? Ik had mijn doorlopers toch niet voor niets meegenomen? Nergens was een dichtgevroren sloot, laat staan een meer te bekennen.

Eindelijk, daar was de boer.

"Obe Veldman."

"Clifford Wright."

Ik koesterde me in de warmte van de grote Chevrolet. We reden amper toen de boer over mijn loon begon. "We beginnen met vijfentachtig dollar in de maand. Plus kost en inwoning."

"Als ik goed voldoe, maken we er over drie maanden honderd van," probeerde ik duidelijk te maken. Mijn ouwelui hadden me het goed ingepeperd. Op zijn Fries: wie van zichzelf een schaap maakt, wordt door de wolven opgevreten.

"Hundred dollar, mister Clifford Wright!" De man duwde zijn pet naar achter, maakte rochelende geluiden, keek even later geamuseerd mijn kant op en glimlachte vaderlijk. Geen antwoord.

We reden het erf op. Melkveehouderij en akkerbouw. De boer liep niet, zoals echte veeboeren graag doen, via de koestal naar het woonhuis, hij ging me meteen voor naar de woonkamer. "It's a Dutchy," zei Wright terwijl hij plaatsnam in zijn zetel bij het raam.

Een warme vrouw Wright, een deftig gedekte tafel, een lekker geurende pot eten. Veel vlees. Clifford Wright kwam stram uit de stoel, trok achteloos een fles rode wijn open. Zelden had ik op Kippenburg en Haskerdijken het geluid van een ontkurking gehoord. Ik voelde me als een prins ingehaald. De vrouw ging me voor naar mijn slaapkamer, sprak me moederlijk toe. Ik wist niet wat me overkwam.

Zowel in het vooreind als het achtereind van de boerderij kreeg ik het bij de Wrights geweldig naar de zin. Hard werken, dat wel, maar ook veel waardering en vrijheid. En warmte. De drie opgroeiende kinderen in het gezin leerden mij bijna methodisch de Engelse taal. In woord en geschrift. En na een kwartjaar beurde ik boven kost en inwoning inderdaad honderd dollar in de maand. Soms was er een extraatje.

Op een zaterdagochtend viel er een brief van de neven Bertus en Koos in de bus. Bepaald geen fleurig nieuws; ze hadden een rotboer getroffen. "Het eten is niet te vreten." En: "Je weet het, Obe: thuis waren we niet veel gewend, we moesten schijten in een hokkie boven de giersloot, maar hier? Hier moeten we het tussen de varkens doen. We worden als varkens behandeld."

Toen beide neven later langskwamen, konden ze hun ogen niet geloven. Ze noemden me een zondagskind. En ik dacht terug aan de waarschuwende woorden van mijn moeder.

Anderhalf jaar later kwamen opnieuw beide neven langs. Ze waren weinig vooruit geboerd.

"Hoog in Alaska ligt goud op ons te wachten," riep neef Bertus Agricola. Dat ene werkwoord, goudzoeken, heeft kennelijk iets in me wakker gemaakt, ineens wilde ik met Bertus en Koos mee naar de goudvelden in Alaska. De Wrights waren als een vader en moeder voor me geweest; ik blijkbaar als een zoon voor hen. Ik voelde me de ondankbare hond, durfde geen ontslag te nemen.

"Je zit ergens mee, Obe," zei Cliff op een ochtend aan de broodtafel.

"Valt best mee."

"Nee, je zit ergens mee," zei de vrouw. Nu moest het hoge woord eruit. "Ik wil met de jongens mee naar Alaska. Goudzoeken. Maar eigenlijk schaam ik me er ook een beetje voor."

"Hoe spijtig we het allebei ook vinden, je hebt recht op je eigen avonturen." Even kon ik geen brok door de keel krijgen. Cliff werd emotioneel toen hij zei: "En de deur blijft hier altijd voor je open."

Twee weken later vloog ik met Bertus en Koos met een tussenlanding in White Horse City naar Dorson City in het Yukon Territory. We landden in een midzomernacht, in een wereld vol lompe zuiplappen ook. Op naar onze barak, naar onze slaapkooi. De eerste massale knokpartij. Slapen met een ijzeren staaf onder je hoofdkussen. En ik kwam voor goud. Dat zuipen en knokken was trouwens snel afgelopen, want wie zich in de Yukon niet gedroeg kon meteen opsodemieteren. Ik werkte en werkte en droomde van dikke stapels dollars, eigen land, eigen koeien, een mooie ouderwetse auto.

Goudzoeken bleek neer te komen op het boren van twintig meter diepe gaten in eeuwig bevroren grond. Met de hogedrukspuit ontdooien. Er kwam inderdaad veel goud boven. In vuile staat was het nog steeds veel waard. Zelf moesten we van het spul afblijven, het goud was enkel en alleen voor de *company*, wij beurden alleen maar een best loon.

Eerst kwam de delfstof in een goudbed, dan in een trommel, dan moest het gespoeld worden. Er waren dagen dat de baggermolen voor 30 000 dollar goud per uur boven de grond kreeg. Lang leve de company.

Het werk ging door, ook toen medio augustus de eerste sneeuwvlokken vielen. Toen de thermometer min 40 graden wees, hielp zelfs dynamiet niet meer en begon de lange winterstop. Die maanden werden benut door in beschutte loodsen allerlei werktuigen te repareren. Techniek bleek mijn lust en mijn leven te zijn. En maar dollars sparen.

Op een avond hield Koos het niet langer vol: "Mannen, ik wil niet mijn hele leven in de borstrok verkeren, we gaan naar Californië." Op dat moment was ik ook aan wat nieuws toe. Maar eerst naar het heitelân, naar Friesland. Om een mooi famke te zoeken. Want ik moest daar in Alaska almaar denken aan de mooie boerendochter van Kimswerd, aan Hiske van der Tol. Ik had genoeg bij elkaar geschraapt om een paar weken als een prins in het oude land rond te banjeren. Bertus, Koos en ik vonden in Canadian Pacific de goedkoopste vlucht naar Schiphol. Over de noordpool.

Dat hebben we geweten. Er viel een motor uit, met de dood in de ogen haalden we Goose Bay, moesten een noodlanding maken in de sneeuw, zaten die avond later met een buil op de kop en een blauw oog ergens in een verlaten kroeg, mochten daar zoveel whisky drinken als we maar wilden en werden dronken. Hiske van der Tol leek onbereikbaar.

Maar na een ommelandse reis kwam ik in Haskerdijken. Een surprise voor de Veldmannen: Obe even thuis! Ik kwam er snel achter dat in café De Doele in Bolsward een feestavond voor de katholieke boerenjeugd op het programma stond. Daar zou Hiske van der Tol uit Kimswerd schitterend aanwezig zijn, daar zou ik de slag van mijn leven moeten slaan. Op naar Bolsward.

"Alle kaarten al een week lang uitverkocht!"

"Ik kom helemaal uit Alaska. En mijn meisje is binnen."

"We kunnen geen uitzondering maken," zei die hufter.

"Ik heb een noodlanding bij Goose Bay overleefd, en jij laat me hier in de gore regen buiten staan?" Ik werd woest, ik zou binnenkomen, en ik kwám binnen. En ik danste de finale met Hiske van der Tol. De foxtrot op zijn boeren-Canadees. En het was met Hiske nog veel mooier dan ik had durven dromen.

Hiske en ik droomden nu samen verder. "Ik wil wel overal met je naar toe, maar onze heit heeft zo zijn bedenkingen tegen emigreren," zei ze. Nog diezelfde week zou haar moeder een beroerte krijgen. In de mannenhuishouding Van der Tol was de dochter in één klap onmisbaar geworden.

Het nieuwe vaarwel zou het moeilijkste afscheid van mijn leven worden, maar toch wou en zou ik weg. Alleen dan maar. In een landbouwblad las ik over grote toekomstmogelijkheden in Rhodesië. "Een land met een prachtig klimaat, een indrukwekkende natuur, enorme perspectieven, lage belastingen." In de beschrijvingen werd gewag gemaakt van "hooglanden, laaglanden, tropisch en subtropische gebieden, grote meren, kolossale watervallen, in één woord een indrukwekkende natuur".

In Den Haag hadden ze me duidelijk gemaakt dat er werk bij de vleet was. Van de weeromstuit maakte ik duidelijk dat ik wat in mijn mars had: "In verschillende klimaten beheers ik het management in de melkveehouderij, het gemengd bedrijf, de groffe tuinbouw. En ik heb praktische ervaring in het herstellen van alle soorten werktuigen. Trouwens, vergeet niet dat ik een noodlanding op Goose Bay heb overleefd."

Voordat ik de aftocht blies, was er nog net de gelegenheid om met drie broers de Elfstedentocht van dinsdag 14 februari 1956 te schaatsen. Mooier had mijn vaarwel niet geregisseerd kunnen worden, het was alsof ik onder luid applaus en streek voor streek afscheid nam. Zo kwam ik langs de plek op de Luts waar in de winter van 1942 een wedstrijdrijder mijn zwarte kous ontrafelde. En langs het dorp van Hiske, Kimswerd. Nog ruik ik soms in mijn dromen weer het winterland van februari 1956. De winterreuk, vermengd met de geuren van zweet en warme chocolademelk. En dan word ik koud en warm tegelijk en helemaal aangedaan.

De Waterman bracht me naar de Kaap, ik trof reisgenoten met zeer romantische ideeën over zuidelijk Afrika. Terwijl de laatste wilde leeuw van Transvaal al langer dan een halve eeuw geleden was geschoten, zagen ze zich bij Paul Kruger op de ossenwagen zitten en op jacht gaan. Ik was in Alaska kennelijk al wat afgekoeld en bekeek het nuchterder.

Van Kaap de Goede Hoop ging het met de trein door de grote Karroo naar Transvaal. Zo'n eindeloze tocht naar een nieuw woonoord heeft zo zijn nut: langzaam ontvouwen en presenteren de gebieden zich. We passeerden de grens van Botswana, spoorden verder en verder. In Rhodesië was ik toch een beetje in de ban geraakt van het mysterie dat Afrika heet. De Haagse propaganda leek werkelijkheid te worden: wat een natuurpracht, wat een kleuren, wat een land. De okerig rode grond, de vlakten waarop de hitte alles wat groeide kort hield, de luchten van de ochtend, de luchten van de vroege avond. En alles wat leefde bewoog zich zo stadig; loom en toch sierlijk.

Hijgend nam de locomotief een heuvel, samen met nog een paar immigranten hingen we uit de coupéramen en konden in een flauwe bocht zien hoe lang de trein wel niet was.

Een paar jongelui in onze coupé kwamen van de tropische landbouwschool in Deventer en hadden zich voor een stage bij een Rhodesische tabaksboer opgegeven. Op een tussenhalte stapte een vertegenwoordiger van het Rhodesische landbouwministerie in. Hij zou de nieuwkomers interviewen en vervolgens zien waar een geschikte werkplek was.

Nadat hij iedereen had ondervraagd, ging de man zwijgend tegenover me zitten. Waarom sloeg hij me over? Ik voelde me buitenspel gezet, maar liet me niet kennen. Het zou minstens een uur duren voordat de interviewer weer tot leven kwam.

"Mr. Fieldman," konk het luid, "vertel eens, wat je allemaal op je conto hebt."

Het was een lepe gozer, had kennelijk iemand mijn naam horen noemen, scheen zo het een en ander over me te weten. Ik vertelde in grote lijnen over het boerderijtje op Kippenburg, over de nieuwe plaats in Haskerdijken, de landbouwschool in Didam, de ervaringen in Ladner BC, het gebagger naar goud, de halve crash op Goose Bay. En ik sloot af met mijn wens om nooit weer natte voeten te krijgen.

"Ik heb wat speciaals voor jou bewaard," zei hij. "Je wordt bedrijfsleider op een plaats van meer dan duizend hectare, maar dan moet je als Friese boerenjongen niet zelf je handen laten wapperen. Handwerk, dat past een blanke baas in Rhodesië niet. Knoop dat nou in je oren, Fieldman: zwarten doen hier het zweetwerk en jij gebruikt je harsens."

Het was avond geworden, de zon stond laag boven een hobbelige kim, de interviewer was twee stationnetjes geleden al uitgestapt, de trein wrong zich nu over hoogten en door kloven. Ik moet hebben geslapen, want ik schrok toen we piepend tot stilstand kwamen. Umtali. We dronken lauwe thee op het perron. Ik stond op het punt weer in te stappen toen ik me de naam Umtali ineens beter herinnerde. Dit moest het dorp zijn waar ik op gezag van de interviewer uit moest stappen. Snel sleurde ik mijn koffer uit de trein, was bijna te laat, sprong met de hele handel op het perron, ging op zoek naar een hotelletje, vond er een, spoelde me af onder zoiets als een douche en kroop onder een smetteloos wit laken. Ik zonk weg, werd wakker toen het alweer licht begon te worden en wist niet waar ik was.

Voor de eerste keer in mijn leven was ik getuige van de geboorte van een Afrikaanse dag. Er rolt een grote bol uit de oosterkim, de natuur gaat weer spreken: de vogels, je medemensen. Onbekende stemmen, vreemde geluiden. Ik trok de tuindeur van de kleine slaapkamer open, stond buiten en was getuige. Op dat moment kwam een bestofte auto het erf op stuiven. Een kaarsrechte grijze man deed moeite achter het stuur vandaan te komen. Het was een persoon die zo te zien nog nooit ongelijk had gehad. Het moest de boer zijn die me kwam halen.

Ik schoot in mijn broek, propte mijn spullen in de koffer, sprong over het verandahek en liep naar de auto. De hotelrekening werd bewaard voor de boer, zo was er de avond tevoren afgesproken.

"Petrus Odendaal."

Ik antwoordde met het noemen van mijn naam.

"Het is nog geen twee uur rijden." De ietwat hol klinkende Afrikaner stem. De zware auto botste over onverharde paden door onbewoonde streken, ik voelde de lauwe wind door de open ramen gieren, voelde mijn lege maag om eten zeuren. Petrus Odendaal: een scherp getekende strenge kop. Overal haar, tot op zijn blozende neus. Een zwijger. Na een halfuur kwam hij met een voorstel. "Ik had het me zo voorgesteld: boven kost en inwoning laat ik je tien Engelse ponden per maand verdienen. Maar pas op, daar komt vijfentwintig procent van de jaaropbrengst van het bedrijf overheen. In baar geld uitbetaald."

Ik ging akkoord en probeerde mijn euforische stemming te onderdrukken. Odendaal zweeg. Totdat hij naar een purperen bergketen in de verte wees. "Dankzij die bergen stroomt hier water," zei hij. "Zonder water kun je niet boeren."

Tegen het middaguur hobbelden we het erf van de Odendaalplaats op. Het werd me snel duidelijk dat de boer en ik in Chitinga tot de zeer unieken konden worden gerekend. We waren beiden blank. Het zwarte personeel raakte door mijn komst in een opgewonden, bijna samenzweerderige stemming. Er was immers een nieuwe boss gekomen en die witkop leek behoorlijk wereldvreemd, want hij lachte hen vriendelijk toe. Welke blanke deed dat nu.

De ruim veertig zwarte boerenarbeiders waren stuk voor stuk slaven. Hoe hoog ik nu ook geplaatst was, ik voelde me niet op mijn gemak. Odendaal loodste me zijn prachtige woning binnen. De tafel was met veel satijn gedekt, even later bleek dat ik kon doen en laten wat ik wilde. ("Je moet héél ver reizen om het beter te krijgen dan thuis.") Viel ik nou opnieuw met de kont in de boter?

Bij de boerderij hoorde een kruidenierswinkel waarop al het personeel was aangewezen. Odendaals interessante tweede bedrijfstak. Ik moest denken aan de sinistere verhalen over de gedwongen nering van de Drentse en Zuid-Friese veenbazen, het eerste besef drong door dat ik de rechterhand was geworden van een machtig heerschap, van een Zuid-Afrikaner Boer die in Rhodesië opnieuw een paradijs gevonden had.

Mijn andere ik waande zich in hetzelfde paradijs. Immers, al dat werkvolk oogde zo blij en tevreden. Ik beleefde de eerste zwoele nacht, de stilte, tot de bruine hyena sprak. Een van de zwartmannen vertelde de volgende ochtend op hese, bijna fluisterende toon dat je op de Odendaal-plaats de hyena soms ook kon rúíken. Ik luisterde in stadig Afrikaans naar verhalen over het sluwe en wrede wild, voelde hoe de wereld van traag en lieflijk plotseling wreed kon worden. Zo voelde ik me door Afrika verslonden, en het voelde zalig aan.

Odendaal bleek rechter in Zuid-Afrika geweest te zijn en wenste uitsluitend in het Engels met me te overleggen. Na een week kondigde hij aan dat de tijd van coaching wat hem betrof voorbij was, ik moest als bedrijfsleider zelfstandig verder.

"Ik heb een grote leesachterstand," hoorde ik. De oude rechtsgeleerde bleek leesverslaafd.

Zo had ik alleen de zorg over een groot beslag vee, velden met bananen- en andere fruitbomen en veel soorten groente. De Odendaalplaats zag ik als een goudmijn midden in het paradijs. Er liep zelfs een beek door de landerijen. Maar toch schortte er iets aan: de wegverbinding tussen Chitinga en de consumentenmarkt was slecht. Ik begon me lichtelijk zorgen te maken over de winstkansen. Vijfentwintig procent van niets is helemaal niets.

De oude Odendaal zat in korte broek op de veranda te lezen toen ik hem voor het eerst over de kans op bedrijfswinst polste. Hij keek nauwelijks op uit zijn boek toen hij me ronduit meedeelde dat er inderdaad geen jaarwinst zou worden geboekt.

"Dan hebben we wellicht beiden een probleem." Zoiets heb ik geantwoord.

Voor het eerst in weken reageerde hij in de Boerentaal: "Jij hebt maar één gebrek, je wilt heel snel rijk worden!"

"Je slaat de spijker op zijn kop, Odendaal. En daarom ga ik nú ergens anders naar toe." De man keek nu op uit zijn boek, was *not amused.* Maar hij bood me nog geen pond boven mijn magere basisloon.

Ik wilde meteen vertrekken, maar slechts af en toe kwam er een vrachtauto het Odendaal-erf op. De volgende ochtend vroeg kwam echter die van de Landbouwbank. Ik graaide mijn spullen bij elkaar, liep ermee naar de chauffeur. En daar was Odendaal. Hij gaf me een envelop met honderd pond extra mee. Ik bedankte de rechtsgeleerde in het Afrikaans. Baie dankie. "Je was een goeie," hoorde ik.

Diezelfde middag kwam ik in Salisbury aan, zocht en vond in het telefoonboek de naam van de treininterviewer, draaide zijn nummer en had geluk. Hij wist wel een andere, een betere boer voor me. In Gatooma, niet ver van Salisbury. "Het is een Schotse boer, mister Fieldman, maar daar zitten ook royale tussen!"

"Collin Campbell." Hij sprak zijn eigen naam energiek uit. Hij had een plaas van vierduizend hectare. De loononderhandeling verliep, mede dankzij mij, taaier dan bij Odendaal. Ik wilde honderd pond in de maand, hij stelde eerst een proefmaand van vijftig pond en zou daarna genegen zijn naar honderd pond te gaan. Ik wou een dak boven mijn hoofd, was geneigd akkoord te gaan, maar hield het nog even achter de kiezen.

Collin Campbell ging me voor naar een gammele loods. Met een half oog zag ik dat álles hier gammel was. Geen tractor of werktuig of er mankeerde wel iets aan. Ik hoorde het mijn vader zeggen: rommel op het erf, rommel in de beurs. Ook het voorend van de Campbell-plaats was uitgewoond. Van al die zwarte gezichten op en rond het erf was weinig vreugde af te lezen. Hier bleek alle motivatie en arbeidsvreugde vermoord.

"Je moet hier van alle markten thuis zijn," hoorde ik. De ene tractor zou ik met de andere aan de praat moeten zien te krijgen. In Alaska was me dat bij dertig graden onder nul gelukt, ik kreeg een zwak moment en accordeerde met Campbell over een proefmaand van vijftig pond, om daarna door te gaan met honderd pond. Na een week liepen de eerste tractoren als een tiet, na vier weken kon er weer optimaal geploegd worden.

Collin Campbell hield geen woord. "Honderd pond in de maand is me tóch te veel." Eerst klonk het bijna onhoorbaar, dus ik vroeg of hij de mededeling wilde herhalen. Ik kon me met moeite beheersen, stevende naar mijn slaapkamertje met gammel bed, graaide weer eens mijn spullen bij elkaar, liep naar het telefooncelletje op het erf en belde het hotel van Gatooma. Maar ik had buiten de waard gerekend: de oude rotzak bleek de barkeeper in Gatooma al gebeld te hebben met het dringende verzoek niemand met de hotelbaas door te verbinden. Zoveel macht had Collin Campbell.

Ik hoorde de melkauto naderen, kon dus wegkomen. Maar ook nu bleek Campbell zijn maatregelen te hebben genomen. Hij verbood de zwarte chauffeur mij een lift naar Gatooma te geven. Nu moest ik proberen mezelf in de hand te houden. Woest maar kalm stapte ik de rommelige woonkamer van de Campbells binnen en deelde mee dat ik liever dood was dan slaaf van een minne rotboer. En dat ik voor mijn leven zou vechten. Kortom, even later hobbelde ik op de melkauto richting Gatooma.

In de hotelbar trof ik een jonge Hollander van wie ik me alleen de voornaam herinner, Hans. Hij kon het niet geloven dat ik het langer dan een week bij Collin Campbell had uitgehouden. "Ga het proberen bij John Conway, die heeft in ieder geval meer allure, is voor zover ik weet eerlijk. Een bekwame boer ook, die Conway. Zit te springen om een manager."

Bij de Conway's verzeilde ik in orde en regelmaat. Een schitterend woonhuis, voor mij een chique kamer plus eigen zwarte bediende, en meteen ook maar een automobiel. De verbindingen met de stad lieten hier weinig te wensen over. Conway was een boer op leeftijd, een markant, vriendelijk, zo te zien betrouwbaar heerschap.

"We moeten het eerst even over mijn traktement hebben, mister Conway. Want voor minder dan honderd pond in de maand ga ik nergens op de wereld aan de slag." Terwijl ik het zei, stond de boer net in een la te graaien. Zocht hij soms naar papieren? Ik was nog niet klaar. "En, mister Conway, natuurlijk komt daar een nader te bepalen percentage van de jaarwinst overheen."

"Hoeveel procent van de winst," wou hij weten.

"Hoeveel winst wordt hier gemaakt?"

"Zoveel als maar kan." Conway keerde zich naar me toe, lachte. "Ik wil het goed met je maken, je krijgt geen vijf maar zes procent van de winst boven op je loon. Ik keer traditioneel op oudejaarsdag uit. Laten we het hierop bestek maken, Obe. Ik denk een hele beste manager aan jou te hebben." Nog diezelfde dag ging ik aan de slag.

Het werk hier kwam neer op regelen en organiseren. Van 's morgens vroeg tot 's avonds laat, dag in, dag uit, maand in, maand uit. Af en toe vroeg ik Conway naar winstverwachtingen. "Het ziet er heel best uit," klonk het zonder uitzondering. Totdat hij op een namiddag langskwam en meedeelde dat er helemaal geen winst zou worden geboekt.

"Voor mij geen toeslag?" Ik stond perplex. "Nee, je kunt een toeslag wel vergeten." Ik had kunnen vragen de boeken te mogen inzien, maar ik was alweer op weg om de koffer te pakken. Tegelijk drong het tot mij door dat dit mijn laatste miskleun was geweest. Ik wilde geld verdienen, liefst veel geld.

Het enige dat ik kon doen was om vriendelijk doch dringend te verzoeken mij een sublieme aanbevelingsbrief mee te geven. Stante pede reisde ik ermee af naar Salisbury.

Ik kwam op een sobere hotelkamer terecht, belde het Rhodesische ministerie van Landbouw, vroeg naar de hoogste baas van personeelszaken en verkocht mezelf als een manager met veel goede ideeën op agrarisch gebied. Tot mijn verbazing kon meteen een persoonlijke ontmoeting worden geregeld. Daarbij heb ik alles uit de kast gehaald. Resultaat: een interessante betrekking bij de diergeneeskundige dienst van Rhodesië. Mijn directe baas Russell Roberts bleek behalve een geweldige dierenarts een kerel uit één stuk. Het land zat te springen om een gezonde en productieve rundveehouderij. Samen met Russell zette ik een organisatie van kunstmatige inseminatie op.

1965. Het was in de dagen dat overal in zuidelijk Afrika het ANC de kop opstak. Premier Ian Smith van Rhodesië riep met zijn blanke minderheidsregering eenzijdig de onafhankelijkheid uit en de hele wereld keerde zich nu tegen het land. Smith had een kop waarbij vergeleken die van boeren als Odendaal, Campbell en Conway zachte eitjes waren. Hij zou alles in het werk stellen de zwarte meerderheid er zo lang mogelijk onder te houden.

In 1966 kon hij niet anders dan met zijn natie het Gemenebest verlaten. De enige sympathie kwam van buurman Zuid-Afrika. Alles wat blank was en rijk – of rijk wilde worden zoals ik – probeerde in die dagen alleen maar te overleven. Je was onderdeel van een proces waarin je als blanke werd meegesleept.

Alles raakte in beweging, op de ministeries moest bezuinigd en geprivatiseerd worden. Bij dat laatste rook ik een kans, ik vroeg de landbouwminister of ik de hele KI-organisatie privé kon overnemen. "Met startkapitaal van de regering."

"Je krijgt carte blanche," vernam ik al een dag later van Russell Roberts, "maar geld moet je zelf maar zien te krijgen."

Ik dacht: ik zal die boeren van Rhodesië leren. Dus stelde ik een lijst op van de twintig meest invloedrijke Rhodesische veehouders. In een brief legde ik de heren uit hoe ze op een zeer effectieve manier hun veestapel konden verbeteren. Ze hoefden alleen maar honderd pond de man aan mij over te maken en ze waren meteen lid van de nieuwe nationale inseminatieclub.

De belangrijkste bleken stuk voor stuk mee te doen. Zo kwam de rest van de Rhodesische veehouderij ook snel over de brug. Inmiddels raakte de Rhodesische regering, die haar rechtse boeren koesterde, ook zeer geïnteresseerd. Ik zorgde voor stieren en de stieren zorgden voor zaad, de overheid zorgde ervoor dat ik het alleenrecht kreeg op de inseminatie van de hele Rhodesische rundveehouderij.

De handel begon te bloeien. Hoe kon ik in dit kolossale land over voldoende deskundige inseminatoren beschikken? Ik liep tegen logistieke problemen van je welste op. In alle uithoeken moest ik boeren met diepvriessperma en een inseminator verblijden. Als iedere boer nu eens lid van mijn onderneming zou worden en tegen betaling een cursus insemineren zou volgen? Dan hoefde ik alleen maar diepvriessperma te leveren. Het idee viel zeer in de smaak.

Om de markt goed af te schermen versierde ik ook het alleenrecht op de import van de benodigde technische voorzieningen. Internationale sancties of niet, Philips leverde mij de apparatuur voor de vloeibare stikstof waarin het zaad kon worden bewaard.

Door de internationale boycot kwam de tabaksexport op zijn kont te liggen. Van de nood werd een deugd gemaakt, de tabaksboer ging over op rundveehouderij. Rhodesië werd op zichzelf teruggeworpen, alles werd in het werk gesteld om tot een zelfvoorzienende economie te komen. Zo had het land ook betere vleeskoeien nodig.

Op dat moment was ik er al achter hoe steenrijk de ex-tabaksboer Bob Townsend was, dus ik stelde hem voor naar Frankrijk te vliegen om een puik beslag Charolais-koeien voor hem te kopen. Een week later liep ik door de Franse Saônevallei en werd zelf ook smoorverliefd op die Charolais-koe. Mooie gespierde beesten, die tegen een stootje konden. Hoewel Bob Townsend niet over een stier had gerept, nam ik er wel een hele mooie. Een vliegtuig vol koeien. De

Franse boerenbond had nieuwe exportkansen geroken, had me met de prijs van de eerste zending gematst.

Die ene Charolais-stier bracht ik uiteraard op mijn KI-bedrijf in stelling. Hij heeft me tienduizenden kalveren geleverd. Sperma kan nu eenmaal vele malen worden verdund.

Ik had inmiddels een eigen boerderij met bedrijfsleider. Plus het vertrouwen van de Rhodesische boerenstand. Tijd om de import en export van vee in heel zuidelijk Afrika in handen te krijgen. Ik had inmiddels het idee dat het Oostenrijkse rundveeras Simmenthaler heel geschikt voor Rhodesië zou zijn. Een koeienras met voldoende melk en voldoende vlees. Dus vloog ik naar Wenen om een DC 7 vol van die jonge beesten aan te kopen. De kleine bergboeren daar bleken zo verrukt over een mogelijke nieuwe afzetmarkt dat op iedere boerderij de drankfles op tafel kwam. De enige die na twee dagen nog nuchter was, was ikzelf. Ik wist de mooiste eruit te pikken. Voor niet te veel geld.

Denk niet dat ik op deze expedities geen problemen had te overwinnen. In Wenen moest ik nog altijd met de Simmenthalers de lucht in. In een Iers vrachtvliegtuig. “Eerst cash betalen,” zei men. Geen rekening mee gehouden. Ik naar de Oostenrijkse Bank voor een bedrag van zo’n tienduizend gulden. Toen ik dat eindelijk voor elkaar had, wilde de piloot vóór het opstijgen zijn vrachtpenningen. Ik wilde het anders, wilde eerst vliegen en dan betalen. Omdat je het in de lucht nu eenmaal gemakkelijk eens wordt; omdat je al vliegend lotgenoot van elkaar bent.

Met de Simmenthalers de lucht in. Geen airco, ook niet toen we op het vliegveld van Cairo in 45 graden hitte uren moesten wachten. Zouden mijn mooie Simmenthalers het overleven? Goed dat ikzelf was meegevlogen en dat de piloot nog maar de helft van de vrachtpenningen had gebeurd. Nu kon ik hem voorhouden dat de beesten in het vrachtruim steeds weer met koel water bespoten moesten worden. De piloot hield zichzelf nat met whisky.

We hadden Mogadishu en Somalië nog voor de boeg, het werd een verschrikkelijke reis. Boven Baria en Mozambique kwam de weer nuchtere Ierse piloot uit de cockpit. “It’s over, mister Fieldman!” Hij betwijfelde of we Salisbury konden halen, de brandstof was op. “Trouwens, in Salisbury blijken we ook niet te mogen landen. Ze knallen ons daar uit de lucht.”

"Dan hebben we beiden pech." Iets anders kon ik niet bedenken. We vlogen nog. Een kwartiertje later ben ik naar de cockpit gelopen met het verzoek de verkeersleiders van Salisbury op de hoogte te brengen van het heugelijke feit dat we er aankwamen met een uniek, wereldvermaard vleesras. Simmenthalers! De missie slaagde, we landden veilig op een verre, in onbruik geraakte baan en er klonken geen geweerschoten. Hoe uitgedroogd de beesten op dat moment ook waren, ik had wat moois voor Rhodesië.

Het ging zo goed met de Rhodesische veehouderij dat ik voor de televisie werd gesleept. Enthousiaste verhalen over zelfvoorziening en rundveehouderij. De boeren in Mozambique en Angola zagen na de uitzending scheel van neringziekte. Ze wilden ook aan veeveredeling gaan doen.

Nu had ik een Portugees-Rwandese vriend, een echte kameraad: Guilhermino da Costa. Guilhermino was slim maar betrouwbaar; dat kan ook nog altijd. Samen met hem zette ik een vee-import- en -exportpoot op voor heel zuidelijk Afrika. We handelden in alle veerassen, van Angus tot Charolais en van Sussex tot onvervalste Friese zwartbonten, al of niet met Holsteiner bloed.

Door hier en daar wat onder de tafel door te schuiven, konden we in deze roerige politieke tijden overal wel van een clandestiene landingsbaan gebruik maken. Er kwamen dagen dat we drie vliegtuigen vol vee tegelijk in de lucht hadden hangen. En als er geen vee was, dan wel tabak, tegels of andere bouwmaterialen, koffie, fruit. De bevolking moest eten.

Van Guilhermino leerde ik niet alleen de Portugese taal, hij bracht me bij hoe ik het onmogelijke mogelijk kon maken. Er was maar één echt gezamenlijk probleempje: we wensten beiden nog wat rijker te worden. We vonden de juiste weg om de grote risico's en royale winsten zo eerlijk mogelijk te verdelen. We rekenden met klanten af in onbewerkte, zogenaamd smerige diamanten. Die dingen kun je wegen en naar gewicht verdelen, papiergeld zou in dit land immers van de ene op de andere dag waardeloos kunnen worden. Hier en daar verstopte ik, hopend op betere politieke tijden, mijn diamanten in de grond.

Misschien was het Friese arglist, maar kon ik eigenlijk wel honderd procent vertrouwen op een hoge waarde van smerige diamanten? Ergens in een hotelbar ontmoette ik Isio Melandri, een Italiaan die behalve wat slims iets van de kwajongen over zich had. Wat Isio kon, kon alleen Isio, zeiden ze. "Hoe denk jij over de blijvende waarde van smerige diamanten," polste ik. "Goud jongen, goud, goud, goud!"

"Dan vlieg je nú op mijn kosten met een paar binnenzakken vol van die dingen naar Antwerpen. Doe met de joden jofele handel, kom bij me terug met een zak vol dollars. En een kwart van de opbrengst zal voor jou zijn, Isio!"

Isio stak de diamanten doodnormaal in de binnenzakken van zijn royale regenjas, was van de duvel niet bang, kwam een weekje later in Salisbury terug met een dikke stapel dollars. Guilhermino en ik gingen met frisse moed verder.

Het zal ons wel te goed zijn gegaan want het ministerie van Onderzoek werd over de uitbetaling in diamanten getipt. We hingen. Voor de rechter. Nu kwam het op overtuigingskracht aan. Met Guilhermino zat dat wel goed, en ik had al wat van de jongen opgestoken. Dus ik bekende dat ik inderdaad eens een zakje van die smerige dingen had aangenomen; op het moment dat ik nog niet wist dat dit zeer streng verboden was. "Kijk de boeken maar na, de laatste dagen zijn het weer dollars waarin we worden betaald."

Intussen hadden we al aardig wat invloedrijke relaties, zodat we nog net de dans konden ontspringen. Daarna heb ik alleen nog eens volgens het oude recept tienduizend koeien naar Angola geëxporteerd.

De jaren zeventig braken aan, de hele wereld, inclusief Engeland en de Verenigde Naties, zetten de regering Smith onder zware druk. De verzetsbewegingen werden massaler, heel Rhodesië stond stijf van de spanningen. Maar Guilhermino da Costa en ik handelden uit de losse pols door. Terwijl we voelden dat het verkeerd zou aflopen.

Het geweld was niet meer van de lucht. Op een ochtend zocht ik in mijn hotel telefonisch contact met sir Humphry Gibbs, een redelijk, zeer goed geïnformeerd politicus en oprichter van de Rhodesische Partij. Hij leek me de enige te zijn die het land kon redden.

"Ik wil je alleen maar een hart onder de riem steken, Humphry."

"Obe!" hoorde ik hem roepen, "kom morgen op onze nationale

vergadering!" Ik had de indruk dat zijn partij in geldnood verkeerde, vloog naar Salisbury, vermoedde dat ze een zak vol geld van me zouden willen hebben om te kunnen overleven.

Ik was de volgende ochtend nog maar koud die vergadering binnen of Gibbs stelde de leden voor mij als volksvertegenwoordiger te kiezen. Het enige verweer dat ik nog kon bedenken was dat ik een volstrekt apolitiek persoon was. "Dat treft," zei Gibbs, "wij willen zakenlui in de Kamer."

Op dat moment was ik al parlementslid. Financieel kon ik me wel wat permitteren, ik had drie boerderijen met in totaal vierduizend hectare land, duizend koeien, was eigenaar van een florerend internationaal opererend im- en exportbedrijf in vee en bezat een asperge- en conservenblikfabriek. En ik had, behalve hier en daar een kuiltje vol ruige diamanten, ook nog drie Rolls-Royces. Maar dat was meer voor de aardigheid. Ik was intussen ook eigenaar geworden van een dagblad. Dat is altijd makkelijk, je kunt publiek maken wie het beste vee bezit en over het beste sperma beschikt. Zo werd ik een van de bestuurders van de Rhodesische Boerenbond, de club die onevenredig veel macht bezat.

Het was in 1976 dat ik met Guilhermino in hotel Tropicana in Angola met een stel handelaren zat te overleggen. Verderop in het restaurant zaten groepjes bevrijdingssoldaten van ongelijke signatuur luidruchtig met elkaar te eten en te drinken, en ineens voelde ik dat er iets in de lucht hing. Zo meteen zouden ze met elkaar gaan vechten.

"Ik denk, Obe, dat we nét even te lang zijn doorgegaan," hoorde ik Guilhermino meedelen. "We hadden nu al veilig in Kaapstad, Rio of God weet waar moeten zitten."

Het werd een onrustige, af en toe benauwende nacht. Buiten ging het op leven en dood. De volgende ochtend zag ik het bij wijze van spreken met grote letters boven de kapotgeschoten huizen staan: GET OUT! Maar hóé kwamen we weg? We hoorden dat nu ook in Rhodesië de chaos compleet was. De oude schoolmeester van Balk kreeg toch gelijk: wie het onderste uit de kan wil halen, krijgt het deksel op de neus.

Alles wat ik bezat, inclusief eigen lijf en leden, hing aan een zijden draad. Mijn verschillende paspoorten, ook mijn Zuid-Afrikaanse, waren in één klap ongeldig verklaard, de zwarten wilden heer en meester zijn. Nog maar één ding had ik te doen, het vege lijf zien te redden. Kon ik nog net iemand omkopen die me terugvloog naar Rhodesië? Het had al geen zin meer, daar zou ik opnieuw moeten vluchten.

Het duurde niet lang, toen was ik erachter dat mijn boerderij in Rhodesië al was vergeven van de landmijnen. Al mijn bezit lag al in de uitverkoop. Het zou zelfs blijken dat ik al niet meer bij mijn kuiltjes met diamanten kon komen zonder zelf in een kuil te belanden.

Het liep daar in Angola uit op slapeloze nachten met zandzakken voor de ramen en de revolver onder het hoofdkussen.

Ik was een opgejaagde stateloze zonder bezittingen geworden, stond er slechter voor dan toen ik in het begin van de jaren vijftig van Haskerdijken naar Joure fietste om de eerste emigratiepapieren op te halen.

Ik moest een geldig paspoort op de kop zien te tikken. Hoe dan ook. Had ik eenmaal zo'n ding, dan zou ik misschien een visum voor de States kunnen bemachtigen, een tijdelijk visum desnoods. In een land als Amerika zou ik snel plannen kunnen maken. En vrienden. Als je ergens met goede plannen en goede vrienden het onmogelijke mogelijk kunt maken, dan is het in de States. Dus piekerde ik me suf: hoe kom ik aan een paspoort, hoe kom ik in Amerika.

Al een tijdje geleden was mijn huwelijk op de klippen gelopen. Alleen mijn zoon Roy van veertien had ik op dat moment onder mijn hoede. Die jongen was en is me natuurlijk tienmaal zoveel waard als al die diamanten, dat hele land en alle andere verloren zaken bij elkaar. Ja, ik moest samen met Roy naar de States, omdat hij in Zuid-Afrika al op zijn vijftiende onder de wapenen moest. Hij vechten in een reeds verloren oorlog? Dat niet.

Ik had nog voldoende zakgeld om, met kunst- en vliegwerk, voor Roy en mij een vlucht naar Zuid-Afrika te versieren. In Johannesburg bleek inderdaad dat ook ons Zuid-Afrikaans paspoort in de rest van de wereld ongeldig was geworden. Geen enkele kans op een kortlopend Amerikaans visum.

Het heeft me anderhalve dag list en doorzettingsvermogen gekost eer ze me in Johannesburg zonder paspoort naar Nederland lieten vliegen. In Haskerdijken was alles zo vredig en onschuldig, het deed weldadig aan. "Leen me je paspoort," zei ik tegen een van mijn broers die als twee druppels water op me lijkt.

Zo, nu had ik een paspoort dat nodig was voor de aanvraag voor een kortlopend visum voor Amerika. Op naar de Verenigde Staten. Samen met Roy, zelfs dat kreeg ik voor elkaar. Maar in Londen, waar moest worden overgestapt, volgde een strenge controle. Aan een speciale balie werd mijn paspoort bestudeerd en nog eens opnieuw gecontroleerd. De functionaris stond me aan te staren, bestudeerde nog eens het paspoort en zei toen: "Gefeliciteerd, mijnheer Veldman."

"Hoezo gefeliciteerd!" Even had ik de kop er niet bij gehad.

"U bent vandaag jarig!"

"Inderdaad! Als u tijd heeft, zal ik u en uw mensen trakteren." O nee, dat hoorde niet, lieten de baliemensen lachend blijken.

Acht uren later stonden Roy en ik op het vliegveld van Boston en ik voelde me zo vrij als God in Frankrijk. Na een paar uurtjes bellen had ik het voor elkaar om door vage kennissen in Waxahachie, dertig mijl van Dallas (Texas), te kunnen worden verwelkomd. Mijn verblijf bleek met een paar maanden verlengd te kunnen worden, ik leende geld, kocht een oud huis met amper twintig acre land, zocht contact met rundveefokkers, KI-mensen en veehandelaren en liep tegen een hele mooie Sussex-koe aan. Wat je noemt, een soortige koe. Nou, daar waren wel liefhebbers voor.

We kwamen uit Rhodesië. Voor de plaatselijke televisiezender blijkbaar interessant genoeg voor een uitgebreid interview. In dat gesprek heb ik de basis gelegd voor een soortement hulpprogramma voor mij en Roy, want er volgde een periode waarin we overal welkom waren. Ook bij Laurentz Wood, een boer met centen die helemaal gek was van Sussex-koeien. En trots dat hij was dat er nu ook een echte *Frisian farmer* van origine, een veefokker nog wel, eveneens gek van de Sussex was geworden.

Laurentz en ik werden vrienden, ik mocht dertig van de beste Sussex-koeien voor hem uitzoeken. "En zoek voor jezelf ook een goed veebeslag uit."

"Maar ik heb geen cent, ik kan je niet betalen." Het hoge woord moest eruit.

"Je betaalt volgend jaar. Heb je dan nog geen cent, dan neem ik ze terug."

“Dan moet er meteen ook een beste stier overheen, Laurentz,” vond ik.

“Jij bent een bloody Frisian farmer, Obe, jij neemt er maar een hele beste stier bij.” En ik vond een heel best vaderdier. Laat ik nu omstreeks dezelfde tijd Frank Blankenbeckler treffen; een manager van Chevrolet. Al was Frank de big business in gegaan, hij bezat nog wel grote lappen weiland. Kortom, ik kreeg die jongen helemaal stapel mesjogge van Sussex-vee en kocht ook voor hem een mooie kudde van die beesten. We voeren er allebei wel bij.

Het was de tijd dat er bij ons in Dallas steeds meer Fries boerenvolk over de vloer kwam. Dat kwam in hoofdzaak door het feit dat in het oude land het systeem van superheffing en melkquotering de wakkere melkveehouders steenrijk maakte. Ze waren op zoek naar grote lappen land. Eigenlijk konden ze bij ons in Texas op hun wenken worden bediend, want ik had samen met de immigrant Karst Tamminga al wat land in de vingers. We lieten er wegen naar toe aanleggen, zorgden voor aansluiting op het waterleidingnet en gingen adverteren. Uitventen.

In Nederland zou de ruimte alleen maar krapper worden, zoveel was duidelijk. Ik begreep van thuisgebleven neven dat de natuur- en milieubeweging in Nederland enorm in de mode kwamen, dat de regelgeving zo ingrijpend was dat de boer eerst vergunning moest aanvragen om over zijn eigen weiland te lopen. En daar kwamen ze aan, de Nederlandse quotumboeren met klauwen vol geld.

Intussen had ik in Rhodesië mijn lesje geleerd: wie het onderste uit de kan wil halen, krijgt het deksel op de neus. Hier in Texas is dat mijn lijfspreuk geworden. Al woon ik hier in een mooi huis, al ben ik weer eigenaar van een paar duizend bunder best land, ik besef als nooit tevoren dat er ook nog andere, nog belangrijker dingen zijn dan geld en grote zaken.

Mijn onrust en dadendrang van Rhodesië heb ik ingeruild tegen meer harmonie in mijn leven. Hier in Texas ontmoette ik een geweldige vrouw. Ze is mijn maat, ze is de moeder van mijn kinderen. Laatst kwam een zoon thuis en hij vertelde trots dat hij zijn geluk wil beproeven op een *long-distance truck*, je weet wel, op zo’n kolossale vrachtauto. Ik heb hem meteen mijn zegen en goede raad gegeven. Het schoot op hetzelfde moment door me heen: in wezen was mijn leven voortdenderen op een long-distance truck. Met plankgas. Het werd een bestaan waarbij ik, op zoek naar goud, de rem maar moeilijk kon vinden. Dat is gevaarlijk rijden.

Maar nu dan ben ik erachter dat er meer is in het leven dan goud en smerige diamanten.'

Copacabana

WIEBE MERKUUR, LA CAJA SECA, VENEZUELA

Wiebe Merkuur rijdt mij door een heuvellandschap dat nauwelijks seizoenen kent. Noordwest-Venezuela. Het lijkt er eeuwig vruchtbaar, het is er eeuwig groen. We zijn op weg naar het dorp waar hij zich, na een meeslepend leven, probeert rustig te houden. Het moet een zeer bijzonder dorp zijn, want waar ter wereld vindt Wiebe van Jeep en Maaike Merkuur uit Langezwaag rust? In elk geval niet op de ouderlijke boerderij aan de Wijngaarden, waar hij een mensenleven geleden zag hoe oude Evert Vrieswijk de melkbussen nog met de hondenkar haalde en bracht. En waar Wiebe wel een lokkende horizon maar geen toekomst zag.

Rust vond hij later ook niet in de Achterhoek, waar hij eerste kaasmaker werd op de zuivelfabriek en voetbalsucces boekte als leider van het eerste. Ook niet in Rhodesië, waar je een leven als een prins kon leiden, niet in Argentinië, en op het Braziliaanse strand van Copacabana zou hij het maar eventjes uithouden.

Zelfs aan de zilvergrijze rivier de Tambo in Peru, waar aan de voet van de Andes de kleine bergboertjes hem de melk per ezel brachten; waar de boerendochters hem even wondermooi als onschuldig tegemoettraden, daar kwam de onrust terug. Het zwerversbloed speelde almaar op. Geen plek op deze aardbodem voor Wiebe Merkuur? 'Zo kan het met mij niet doorgaan, het wordt tijd dat ik ergens rustig blijf hangen. Ik geloof nu dat ik mijn dorp heb gevonden. Ik zal 't je laten zien.'

Naast mij, achter het stuur van de oude slee, zit een man met vuur in zijn donder. 'Zoals in Rio de Janeiro beleef ik het nooit weer. Op het strand van Copacabana heb ik een nacht met een vrouw liggen vrijen, nou die beleefde zevenmaal het grote genoegen. Maar goed, ik was toen nog net geen zeventig, ik rookte niet, ik voetbalde bij wijze van spreken de sterren nog van de hemel. En nu – tja, hoe zal ik het je uitleggen – mijn voetballen wordt een tikkie minder, het scoren lukt niet altijd meer.'

Niet alleen het groene heuvelland van Mérida glijdt aan ons voorbij, al vertellend passeert zijn ruige bestaan de revue. Door het vuur van zijn verhaal viel het me pas later op dat er nauwelijks een bodem in zijn kanariegele achtcilinder Chevrolet Camaro 1973 zat.

'Kijk, daar heb je de Pico Bolívar, die berg is ruim vijfduizend meter hoog. Uitdagend als een vrouw ligt ie daar. Waarom beklimmen mensen bergen?'

Door eindeloze suikerrietvelden en weilanden rijden we verder. Loom grazen kleine kudden mestkoeien in zeeën van gras. 'Het is hier zo vruchtbaar, het gras groeit de beesten in de bek. Gek eigenlijk, Venezuela is een land dat hier en daar sterft van de armoe, maar de koe hoeft geen moeite te doen om aan de kost te komen.' Ik zie koeien van alle rassen en kruisingen tussen die rassen. Etnische minderheden vormen de meerderheid.

'Kijk, vanaf hier tot aan die heuvel is allemaal mijn land. En een stukkie van dat bos ook. Dat daar, die blonde koeien, dat zijn mijn vleeskoeien, het zijn er niet veel hoor. En daar in de bosschages staat de boerderij. 'k Zal je er mijn machtige zeboestier laten zien. Zo'n bolle heeft een rijkbewogen leven, hij bedient een heel harem, is de baas en heeft geen concurrentie. Nee, het beestenleven is hier mild, het mensenleven wreed. Neem mijn ouwe bedrijfsleider, dat mannetje ginds, dat kromgewerkte mannetje. Een evangelisch persoon is het, dus hij drinkt niet. De man leeft sober. Die moet je net hebben, daar kun je wat aan overlaten.

Maar een paar weken geleden kreeg ik door dat hij de handen vol heeft aan zijn jonge wijfje. Het mensje is een half mensenleven jonger dan hij, begrijp je?

"Ze lijkt me de laatste tijd te lonken naar sommige van de jonge knechten, baas," vertrouwde hij me bezorgd toe. "O Fernando, pas op!" zei ik. "Blijf baas over de kudde!"

Fernando is een grijze man met een gegroefd gelaat. Op zijn erf krioelt het van de kinderen. Wie is van wie? Opnieuw zijn etnische minderheden samen in de meerderheid. Kinderen in alle mogelijke kleurschakeringen spelen met elkaar.

'Kijk,' zegt Wiebe, alsof hij het hele gebeuren in scène heeft gezet, 'dat is nou Venezuela! Wist je dat dit land vrijwel jaarlijks de Miss World levert? Je kunt nú al zien hoe mooi ze zullen worden.'

Wiebe zit weer met zijn doorleefde kop in zijn doorleefde achtcilinder en buldert verder richting het dorp waar hij rust hoopt te vinden. Maar halverwege, in de hectische stad Valera, moeten we stoppen. De Camaro heeft blijkbaar de hebzucht aangewakkerd van iemand van de zwaarbewapende militaire garde. De man met de meeste strepen wijst met de revolver in onze richting. Wiebe parkeert de Camaro honderd meter verder, pal voor de openstaande deur van een smoezelig café vol luidruchtig volk. Nog net merk ik dat hij een stapeltje bankbiljetten in het doorzichtige zakje van zijn hagelwitte overhemd frommelt. Hij laat de gardeofficier rustig komen, steekt onderwijl een filtersigaret op, kijkt terwijl zijn aansteker al brandt dromerig in de achteruitkijkspiegel, spreekt de militair toe alsof het zijn ouwe trouwe dienstkameraad is.

'Je hebt belangstelling voor mijn Camaro, broer,' lacht hij in het slepende Spaans van het Venezolaanse platteland. 'En u heeft oog voor mooie oude automobielen,' zegt Wiebe prijzend.

'Nou ja, ik rijd ook Camaro, weet je.' En na een korte twijfel: 'Ik heb niet zulke gave chroomstrippen. Kon ik nergens op de kop tikken.' De militair steekt het hoofd door het open achterraam, kijkt quasi-streng naar de gaten in het onderstel van de Camaro.

'U krijgt die mooie strippen van deze jongen. Wij zijn één Camaro-familie. Ik laat de dingen zo meteen voor je achter in de kroeg hier.'

'Dat is geweldig geregeld,' zegt de militair. 'Je kunt zo vaak met je gele Camaro door Valera rijden als je maar wilt. Daar zal ik voor zorgen, begrijp je?'

En zo gaat dat op de lange weg naar het dorp van Wiebe. 'Ik heb er weer een niet onbelangrijke vriend bij, hier in de stad. Zonder vrienden is het leven hier zwaar. Te zwaar. Alleen overleef je in Venezuela niet.'

In de namiddag komen we aan in zijn dorp. La Caja Seca, wat zoiets als 'droge doos' betekent. 'De naam klopt aardig,' zegt hij, 'er komt al dagen geen druppel water meer uit de kraan. Het is zoals ik zei, dit is een vruchtbare en tamelijk chaotische natie.'

Tot diep in de nacht zitten wij in het dorpscentrum op het balkon van zijn flat, driehoog. Geen water meer uit de kraan, wel bier uit de fles. Beneden is het nachtleven van een uit de kluiten gewassen dorp aan de Panamericana.

'Je kunt van hier tot Zuid-Argentinië op brede autosnelwegen rijden. Het continent krijgt zo langzamerhand een infrastructuur. Ze willen zo meteen tol heffen. Ben ik niet tegen. Wegen moeten er komen.'

***

Later die avond ligt er een bedelaar op de parallelweg, waggelt er een dronken kerel rond die kennelijk van de ene kroeg naar de andere werd geschopt. Vroegrijpe meisjes in spijkerbroeken zó nauw en strak dat je je afvraagt hoe ze die dingen zonder hulp aan- en uitkrijgen. Wiebes exotische vrouw heeft een vriendelijk gezicht. Roodbruine tint. Ze brengt ongevraagd steeds op tijd ijskoud bier. La Caja Seca, een doos vol warmte, en niet echt droog.

'Bij deze vrouw heb ik drie kinders,' zegt hij trots. 'Mooie kinders. De oudste, Wieber, is topbasketballer en zit sinds kort in het militaire keurkorps. Reus van een kerel, legt met succes alle zware proeven af. Ben je wat in 't keurkorps, dan ben je wat in dit land, begrijp je.

Dan is er een meisje van zestien, zul je zien, een heel mooi kind. Maike. Ik hou van Friese namen. Die laten zich lekker verspaansen, die doen het in het Spaans goed. Maike wil model worden. "Dat ben je al, lieverd," zei ik. Je houdt je hart vast.

Dan van deze man natuurlijk nog een nakomertje, een klein jongetje nu. Die knaap kwam ter wereld toen ik al op weg naar de zeventig was. 'k Kwam die avond geloof ik thuis met een heel klein borreltje op en het kind was er al. Ik zweer het je, ik kon even geen andere naam bedenken dan Wilford, de naam van een steenrijke Zuid-Afrikaanse vriend van me, een invloedrijke gozer, een mooie man ook. Dus ik roep: Wilford!

Nee, met haar getrouwd ben ik niet. We hebben het samen goed, hoor. Een hele beste vitale vrouw, maar Latino Americo. Ouwe Friese boeren zouden zeggen: "Eigen wordt het nooit." En dan zeg ik: dat is maar goed ook, want al te eigen maakt onvrij, en de vrijheid is me alles waard.'

Recht onder ons balkon op driehoog bevindt zich het café van de oude heren uit La Caja Seca. In goedkope plastic stoelen zitten ze op de brede stoep: slanke, vleesloze lijven, bruine doorleefde koppen, versierd met dun getrimde, witte snorren. Jongensmatenconfectie. Hier zitten de versleten macho's, nadromend van hun buitengewone prestaties op het broeierige strand even voorbij Caracas. 's Avonds wenden ze zich af van de harde realiteit. Met hun melancholieke oogopslag kijken ze naar de televisie, naar de eindeloze mondiale soap *The Bold and the Beautiful.*

Wiebe gaat in zijn verhalen terug naar de boerderij op de Wijngaarden, waar de onrust vroeg toesloeg. 'Mijn oudelui hadden vijf kinderen, vier jongens en een meisje. 't Had beter net andersom kunnen wezen: één jongen. Van het jongenskwartet kon er maar één de ouderlijke boerderij overnemen.

Willem was de oudste, kon heel goed leren, vloog dus al snel de provincie uit en kwam in Zuid-Afrika, werd er vee-inspecteur, kwam later geregeld even in Friesland om beste fokstieren te kopen. Zo zat hij van tijd tot tijd vrijdags in het Leeuwarder Oranjehotel met de grote boys van de vee-export te redeneren. "Tjonge, onze Willem heeft het mirakels goed gedaan," zei heit trots. Hij had Willem zien zitten dineren. Heit was zo integer als wat, hoefde zich nergens voor te schamen, maar durfde geen poot in dat deftige hotel-restaurant te zetten.

Pas later kwam ik erachter dat onze heit als jongkerel ook de wereld in had willen trekken, maar diep in zijn hart was hij ook een beetje bang van die boze wereld. Dat zag je vooral bij de kleine boeren van de lichte grond, die als jonge boer meteen de crisis op hun donder hadden gekregen.

Toen de tegenslag kwam, was bij hem het laatste avontuur vermoord. Hij was tevreden als hij rustig zat te melken en over zijn eigen weiland en vee staarde. Onze heit. En toen, toen reed vlak voor zijn neus een grote groene autobus uit Heerenveen zijn vrouw, onze mem, dood. Zijn Maike in één klap weg. Dat heeft hij nooit kunnen verwerken. Zo op het oog een fleurige man, een oude man op den duur, maar in wezen net als alle ouwe mensen zo dicht onder de zeedijken: zo zwaarmoedig als de pest.

Later reisde ik eens naar Friesland en ging samen met hem op zoek naar zijn ouwe kameraden. Die woonden soms wel vijftien kilometer van hem vandaan. Maar dan bleek dat ze dood waren of ziek, of – nog erger – in een bejaardenhuis waren geplaatst. Op de terugweg begon hij zomaar over een oude kameraad te vertellen die de moed had gehad zich op te hangen. Hij deed verslag van hoe ze hem vonden. Hij had nog vers stro in zijn klompen gedaan, z'n nieuwste klompen; hij had ze, een meter voor de strop, keurig naast elkaar gezet. Als een klein standbeeldje dat het respect voor zijn eigen daad verbeeldde.

"Ja, het was altijd zo'n correcte kerel geweest. M'n beste kameraad."

Toen ik uit Friesland het telefoontje kreeg dat hij er een eind aan had gemaakt, herinnerde ik me pas hoe hij me, als jongen van zeven, acht jaar al had geleerd hoe je een haan in de strop moest kelen. De strop, een handigheidje. Kijk, de ouwe macho *melancholico latino* doet het niet met een stuk touw. Veel te ambachtelijk. Hij heeft zijn revolver, het kunstvoorwerp waarvan hij houdt, waarop hij trots is.

Vind je het gek dat zo'n ding af en toe afgaat? Elke dag smijten ze hier afgeleefde stakkers uit de auto. Dat gebeurt dan ergens in de verlatenheid, op een parkeerterrein. Hup, in de struiken. Ik hoorde dat ze dat bij jullie in Nederland alleen in de bouwvakvakanties doen, en dan met de hond of de kat. Kijk, dat is nou net het verschil met hier. Wij zijn goed voor de beesten, jullie proberen het voor de mensen te zijn.

De laatste tijd denk ik weleens dieper na over het oud worden. Ik bedoel, wie zal mij mijn laatste glas water aanreiken? Jawel, ik had in welvaartsparadijs Nederland kunnen blijven, maar die welvaart was er in mijn jeugd nog niet. Trouwens, wat ís welvaart? Is daar bij jullie de ouwe dag nou zo leuk?

Al op de lagere landbouwschool in Heerenveen kreeg ik door dat in mijn broer Willem meer verstand en in Thijs meer boerenbloed zat. Dus ging ik de zuivel in. Kaasmaken op de coöperatieve fabriek van Langzwaag. Vakdiploma's halen. Naar Vorden gepromoveerd als eerste kaasmaker. En natuurlijk leider worden van het voetbalelftal daar.

Meteen ook maar trouwen met een kind van het dorp. De Achterhoek. Wat naar binnen gekeerd. Trouwen, dat bleek voor deze jongen te veel van het goede. Zij altijd braaf thuis en hij het liefst de hort op. Altijd was ik onderweg.

In het gezaghebbend blad *Zuivelorgaan* werd een eerste kaasmaker gevraagd voor Rhodesië. Ik zag de bloemen al bloeien, trok het nette pak aan en treinde naar Den Haag. "Maar spreek je wel Engels, Merkuur?" "No problem, sir, no problem at all!" Een paar maanden later zat ik kaas te fabriceren in Salisbury, dat is de latere hoofdstad Harare van Zimbabwe. En een jaar later liet ik de Vordense vrouw overkomen. Helemaal mis. Ze had een veel te sterke familieband, kromp van de heimwee. Terwijl ik me in de fabriek uitleefde en mooie successen met mijn kazen en voetballers boekte.

Haar moeder stierf, ze wilde naar de begrafenis in Vorden. Daar kon ik niet tegen zijn, maar er moesten nog wat centen geleend worden om de ticket te bestuiveren. Toen ze in Vorden was, wilde ze niet naar Rhodesië terug. Het moment om er een streep onder te zetten. Ten slotte waren er geen kinderen. Ze had ze niet gewild, had de boot steeds afgehouden. Toch knap van haar, ik bedoel, dat ze de bui heeft zien hangen.

Ondertussen was ik een gekwalificeerd kaasmaker in Umtali, een stad op de grens met Mozambique. Daar ben ik producten gaan maken van grote kwaliteit: vijf eerste prijzen op de Rand Easter Show van Johannesburg. Met de cheddar troefde ik de Friese Frico af, nou dat sloeg wel even in. Prima loon, mooie voetballers daar. En ik kreeg vrienden bij de Field Reserve en het Criminal Department of Investigation, zeg maar de FBI in Rhodesië. Als je wat in die sferen verkeert, hoor je erbij. Het ging om dingen als macht, invloed, vrijheid. Die Engelse koloniale sfeer, weet je. Vrij en onafhankelijk als de neten. Wij streken de Engelse vlag uiterst correct: op het moment dat de zon onderging. Maar we dachten tegelijk: fuck the Queen and I see you later at the bar.

Mijn zwarte boys streken mijn wasgoed en legden het perfect opgevouwen in de linnenkast. Die jongens ervoeren dat ook als een wereldbaan. Als prettige bijkomstigheid verveelden die blanke vrouwen zich daar een ongeluk en het bleek zo te zijn als mijn vader altijd al beweerde: niets doen is des duivels oorkussen. Die vrouwen waren dus wel voor het grote werk te strikken. Het leven van prins Bernhard was vergeleken bij dat van mij een eenzaam en doods bestaan.

Halverwege de jaren zestig kwamen er veranderingen, de hele wereld leek wraak op Rhodesië te nemen. Intussen had ik dik geld verdiend en nog wat gespaard ook. Dus kocht ik een modieus Italiaans kostuum. Hagelwit. En ik zette de Ray Ban-zonnebril op, begrijp je. En zo stapte ik met m'n kontje lekker in m'n broek aan boord van het passagiersschip Trieste. Op naar Rio de Janeiro om uit de band te springen. Je begrijpt het al: naar het strand van Copacabana.

Amper voorbij de Kaap riep de kapitein me al bij zich: "Who the hell is owner of this ship, Mr. Mercury!" Kijk, hij had beter kunnen vragen wie de meeste sex-appeal had. Mijnheer kon niet uitstaan dat ik er met de mooiste vrouwen vandoor ging.

En daar liep ik tussen de bedrijven door tegen Koene van Houten aan, Koene die uit een of ander Fries dorp vandaan kwam, er een boot had liggen en nu met een omweg terugreisde naar Santa Fé, waar hij een machinefabriekje dreef. Dat vrouwtje van hem heette Loltsje, ik zou het wijfje nog zo voor je kunnen uittekenen. Jawel, Koene van Houten had veel voor me over, had wel werk voor me ook.

Maar eerst moest ik toch even op Copacabana rondstruinen. Onderwijl kreeg ik Koene zo ver dat hij een oogverblindend getuigschrift voor me uittypte. Hoe goed ik was in mijn vak. Een getuigenis in het Spaans. Getekend: Conrado van Houten.

Het hielp, ik kreeg vlot werk. Dat kwam trouwens nadat ik Jan Manschot tegen het lijf was gelopen. Jan was een eersteklas zuivelavonturier, had in Zuid-Peru een melkfabriekje laten bouwen, zat te springen om een klassekaasmaker.

Als het lukt, lopen we vlot binnen, dacht Jan. Ik vloog hem dus achterna naar Mollendo in Peru en werd de eerste kaasmaker van zijn Productos Láctos del Sur S.A. Alles wat nodig was om kaas te fabriceren liet ik uit Friesland komen: chloorcalcium, salpeter, kleursel, stremsel, zelfs het zout. Zodat ik weer de beste kaas op de wereld kon zetten.

Jan en ik, dat is de wereld aan aartsoptimisme bij elkaar. Wij zouden er wel even voor zorgen dat Zuid-Peru vruchtbaar en welvarend werd. Wat waren we in een paradijs terechtgekomen. Het melkvee graasde daar op de *alfalfa*, een dertig kilometer lange en vijf kilometer brede strook weiland tussen oceaan en gebergte. Het regende er haast nooit, maar we konden immers water uit de Tambo laten vloeien. Er liep al een oud gemetseld kanaal van twee meter breed naar de alfalfa, naar de velden met luzerne voor het melkvee.

Maar we moesten tradities vermoorden, en dat ging niet. Als het tijd was om te melken, riepen die boeren zoiets als: "Kalfje, kom!" Het kalf schoot dan op zijn moer af. Het koebeest gaf haar melk prijs wanneer het kalf even had gezogen. Nu stond de uier strak en werd het kalf weggehaald. Hét moment om te melken. Ik schrok me dood, aan elke kant van de koe zat er eentje te trekken. De laatste melk uit de uier was weer voor het kalf. "Kalfje, kom!" Ziedaar een meer dan duizend jaar oud compromis tussen mens en dier.

Daar zit je dan met je zogenaamde westerse beschaving en met je diploma handmelken uit Langezwaag, waarvoor je cum laude geslaagd was.

Peru. Wat me voor ogen blijft staan is een poëtisch beeld. Die bloedmooie boerendochters die in de nevelige ochtenden de koeien van het ene weitje naar het andere dreven en ze vervolgens aan een stuk touw aan het spit zetten. Die jonge vrouwen met hun statige gang en onschuldige diepbruine ogen, die roetzwarte vlechten die onder de kleurige hoeden uit kwamen. Die kleine boeren, kaarsrecht wiegend op de ezel, apetrots op dat ene busje met maar liefst twintig liter melk. Ze brachten het naar een fabriek, waar twee geleerde mannen in witte jassen de scepter zwaaiden. Mannen die ervoor doorgeleerd hadden, van de andere kant van de wereld kwamen, uit het land waar ze alles zo goed weten.

De Peruaanse boer kon in die dagen maar drie soles voor een liter melk beuren. Zoveel hadden ze nog nooit verdiend. De directeur riep dat hij nog veel meer melk van hen wilde kopen. Ze moesten maar meer koeien kopen, kunstmest strooien, nog meer water uit de rivier stelen. Maar waarom zouden ze? Ze hadden het nu toch al goed genoeg?

Kortom, we hadden een pracht van een fabriekje, maar er bleef te weinig melk binnenkomen om goed te kunnen draaien. Met onze Productos Láctos del Sur S.A. liep het faliekant mis. Ik had er geweldig gewerkt en goed verdiend, dat wel, maar nu moest ik toch maar weer elders in Zuid-Amerika mijn geluk beproeven.

Ik ging op reis met een stapel overtuigende getuigschriften en een koffer vol perfecte proefkaasjes, zeg maar kaasmonsters. Het lijkt een lullig systeem, maar in de wereld van de handelsreizigers werkt het soms uitstekend. Terug naar Brazilië, naar Paraguay, Argentinië. Daar gaan zitten drinken waar de juiste mensen komen. En tussen de bedrijven door even naar het strand van Copacabana.

Er zijn van die tijdvakken in mijn bestaan geweest dat ik écht leefde. Zo trof ik dan ook Renato Straziotta, een Italiaan die in Venezuela bezig was een zuivelfabriek op poten te zetten. Je laat aan de bar lekken dat je een gekwalificeerde Friese kaasmaker bent, overlegt de bewijsstukken en je hebt de baan in je broekzak. Dus even later zat ik hier, in La Caja Seca in Venezuela.

Renato was een moordkerel, een betrouwbare gozer, een perfecte zuiveldirecteur. "Een schipper moet wind hebben om te zeilen, ik heb melk nodig om zuivelen." En daarop baseerde hij zijn plannen. Renato zou zorgen dat er melk werd aangevoerd. We begonnen met vijfhonderd liter per dag. Moet je nagaan, dat is de productie van één Nederlands melkveehouderijbedrijfje. Maar niet veel later had ik de beschikking over vijfduizend liter op een dag.

En laat op een goede dag nu Jan Dijksma uit De Knipe – dat gat kun je in Langezwaag zien liggen – de fabriek binnenstappen. Jan werkte voor het technische bedrijf Tebel uit Leeuwarden. Via Jan Dijksma lukte het ook om goede Friese zuivelapparatuur, die door zuivelfusies vrij was gekomen, naar hier te versieren. Ik was in die jaren zo bezeten van de fabriek en het kaasmaken dat ik een paar jaar achtereen alle 365 dagen op de fabriek was.

In al die tijd heb ik er alles aan gedaan de mensen in de fabriek verantwoordelijkheid en hygiëne bij te brengen. Maar de dag kwam dat ik tegen mezelf zei: je bent getrouwd met jezelf, makker! Dit kan zo niet langer. Het WK voetbal in Mexico kwam eraan. Acapulco, ik voelde het aan m'n water: hoog tijd voor het inhalen van de schade, tijd voor plezier maken. Aldus geschiedde. Maar o jonge, toen ik na een paar ruige weken terug op de fabriek in La Caja Seca kwam! Ik moest met de schop de ranzige kaas van de planken steken. Drie maanden lang ben ik bezig geweest de hygiëne terug te krijgen.

Het was 1974, het jaar dat mijn beste lieve mem door de groene autobus gegrepen werd. Dat kwam even hard aan. Koud terug stierf hier ook nog mijn grote gabber Renato Straziotta. Maagkanker. Zijn vrouw had snel weer verkering, met een Duitser, een zogenaamde zuivelreus. Een *Herr Doktor*, een nazi van het zuiverste water, je komt die figuren hier in Zuid-Amerika wel vaker tegen. Ik werd op bezoek genood, ontdekte een hakenkruis op de voordeur. Kijk, ik ben in een aantal zaken een meegaande man, maar ik wil niet in de nabijheid verkeren van lui met een hakenkruis op de voordeur. Dus wegwezen.

Nergens had ik één cent pensioen opgebouwd. Achteroverleunen was er dus niet bij. Ik ging als kaasmaker freelancen. Na verloop van tijd kon ik hier, onder een andere baas, ook weer op de fabriek terecht. Een beetje adviseren. Toezien dat de hygiëne in de fabriek op peil blijft. En ik heb natuurlijk de boerenplaats hier verderop nog. Kortom, er liggen nog wel wat dubbeltjes tussen de centen.

En wat is er nou mooier voor een gezonde Friese boerenjongen dan iedere week een paar keer naar je eigen boerenplaats? Zo kwam ik vorige maand dus het erf op, en zei die ouwe bedrijfsleider: "Baas, mijn knecht gebruikt van die lekkere odeur en daar probeert hij mijn vrouwtje mee te lokken. Het lijkt wel dat het de knecht lukt."

"Dan moet jij als de bliksem ook van dat lekkere odeur in je nek smeren, Fernando!"

En wat blijkt begin deze week? Ik kwam op de boerderij en Fernando riep al uit de verte dat het lekkere goedje uitstekend had gewerkt. "Ze is me weer toegenegen, baas."

"Héél goed," heb ik ernstig teruggeroepen. "Het is belangrijk in het leven dat er altijd een lekkere lucht om je heen hangt, Fernando."'

Nacht in Okaihau

MARTEN DIJKSTRA EN SIMONE KOORNSTRA,
OKAIHAU, NIEUW-ZEELAND

'Het sluipt heel langzaam bij je binnen. Het is als het begin van een slepende ziekte, je kunt het gevoel eerst niet thuisbrengen.'

Heimwee. Voor Simone Koornstra, in 1970 in Makkum geboren, wordt het de plaaggeest van haar jonge moederschap. Ze probeert eerst nog sterk te zijn, de jonge boerin, ze bindt de strijd aan met het slopende euvel. Maar dan blijkt dat zelfs het duurste medicijn – een retourtje Nieuw-Zeeland-Makkum – haar geen verlichting geeft.

'Het is eerst alleen maar een vaag verlangen,' begint Simone haar verhaal nog eens opnieuw. 'Als het heftiger wordt, voel je je lamgeslagen. Ik weet nog hoe ik op een avond samen met Marten terug uit de weilanden aan de Bay of Islands kwam. "Wat is de wereld hier mooi," zei hij vrolijk. Ik zag het niet, voelde het niet, het wilde er bij mij niet in.

Zelfs toen die avond in de verte ons mooie huis bij de boerderij opdoemde en we in de heldere avondlucht de varenpalmen op het erf alweer zagen, kon ik het niet toegeven. Het enige dat ik voelde was ziekelijke heimwee. Je verblijft in de verkeerde wereld, de gevoelens van ontheemdheid spoelen in golven over je heen. Eigenlijk ben je bezig gek te worden.'

In Okaihau, in de kop van het Nieuw-Zeelandse Noordereiland, loopt het tegen bedtijd. Door de nog openstaande tuindeuren trekt een lauwe tocht door het huis. Hoe laat is het nu in Makkum? Simone doet haar best de ziektesymptomen te negeren, maar het lukt haar niet. Wacht 'ns even, thuis in Makkum zitten ze nu aan de koffie, dat is 's morgens rond tien uur vaste prik. In gedachten ziet ze de ouderlijke woning, het huis met de gele steentjes aan de Grote Zijlroede, het vaarwater waar in de herfst altijd wel een paar oude rondborstige tjalken de wacht liggen te houden en zomers de watersport-armada passeert.

Daar in Makkum zal de koffiepot intussen leeg zijn, want ze ziet haar moeder de deur uit stappen. Warm ingepakt tegen de herfst gaat ze boodschappen doen. Het heeft geregend, er ligt een glimmend vlies over de straatklinkers. De oude sluis verderop baadt in het licht, ze ziet duizend stenen glimmen in het schijnsel van de lantaarns. Haar dorp, haar paradijs met gouden straten.

Haar moeder stapt met de gebloemde boodschappentas aan de arm over het witte bruggetje, op weg naar bakker Kluft. Roombroodjes halen, want vandaag is vader Johannes jarig. Het zal vanavond aan de Grote Zijlroede een gezellige, ietwat rumoerige verjaarsvisite worden. Boven alles uit zal de krachtige stem van de verteller te horen zijn. Verhalen van visserman Johannes Koornstra van Makkum, die gewend is boven de harde wind uit te redeneren.

Ineens valt ze weer in het duistere gat van Okaihau, voelt weer de lauwe wind van de Grote Oceaan door de kamer trekken. Ze ademt de zilte geur, beseft even niet waar op de wereld ze zich bevindt, maar één ding weet ze zeker: ze wil hier niet zijn.

'Heit is vandaag thuis,' denkt ze hardop.

'Hoe kom je dáár ineens bij!' zegt Marten verbaasd.

Geschrokken van haar eigen woorden drentelt ze naar de keuken. Ze moet zich niet aanstellen. Kop op! Ze heeft hier toch alles wat haar hart begeert? Ze houdt van de man met wie ze zojuist terugkwam uit de weilanden bij de Bay of Islands. Ze zal proberen een goede boerin te zijn. Of zit er in een vissersdochter van Makkum per definitie geen goede boerin? Is ze te veel van de moderne tijd, is ze geen huismoeder die zich kan overgeven aan de orde van een huishouding? Zou ze het op een boerderij in Friesland of Brabant ook moeilijk hebben gekregen? Het is haar door vrienden weleens onder de neus gewreven.

Morgen is er weer een dag. Marten en Simone Dijkstra gaan naar bed. In het kamertje naast het hunne droomt de kleine Jacob Martens Dijkstra, ruim een jaar oud, de droom der onschuldigen. Uren aaneen ligt Simone de duisternis van Okaihau in te staren. Wat zei die buurvrouw in Makkum ook alweer? 'Als je eerst maar een kind over de vloer hebt kruipen, dan ebt de heimwee weg.' Voor Simone ging dat niet op.

***

Een paar maanden later. Marten Dijkstra, boer in hart en nieren, verweidt de koeien. Hier in de buurt van Kerikeri is het nog groeizamer en vruchtbaarder dan dichter bij de plaats. Hij begrijpt zijn Simone soms niet meer. Waarom leeft ze niet meer mee met de boerderij? Ze was er toch bij toen de koeien gedekt werden, ze heeft ze toch drachtig zien worden, ze zien afkalven, ze heeft toch de kalveren een naam gegeven? Waarom bindt dat machtige boerenavontuur haar niet aan het land waarvan ze eten? Trouwens, als ze wil, kan ze nú naar huis bellen, faxen, e-mailen. Als ze geluk heeft, kan ze door de telefoon het klokje van de oude Makkumer Waag horen klingelen.

Als Marten tegen de avond thuiskomt, valt het hem op hoe slecht ze eruitziet. Simone wordt zo mager als een lat. Krijgt last van uitslag ook. Krijgt zijn grootvader, pake Marten, dan toch gelijk toen hij zich eens liet ontvallen dat een echte boerin het verbond met de grond precies zo moet voelen als de boer?

Ze beleven samen een niet zo vrolijke avond, want het zit Marten economisch ook niet mee. 'De melkprijs wordt zo instabiel, de bedrijfskosten zijn hier verrekte moeilijk in kaart te brengen, te beheersen. Dat komt me heel slecht uit, want ik moet deze week per se geld uitgeven. Fosfaatmeststof over het land brengen, omdat de regen van vorige maand veel fosfaat uit de zoden spoelde. Het weiland moet toch krijgen waar het recht op heeft.'

Simone: 'Marten, ik word hier langzaam maar zeker gek, het wordt hier mijn dood.'

***

Weer een halfjaar later. Marten: 'Ik begreep haar nooit helemáál, werd er soms zelf ook beroerd van. Dus ze moest maar eens een reisje naar huis maken. Dan zou het wel beter worden. Volgens mij heeft ze daarna onvoldoende doorgezet. Als een retourreis Okaihau-Makkum ook al niet helpt. We hadden het zo goed kunnen hebben, Simone en ik met de kleine jongen. Boeren in Nieuw-Zeeland, dat is toch het mooiste wat er is? Nee, ik had nooit gedacht dat het dilemma zo groot zou zijn.'

Als jongen van zestien voelde Marten Jacobszoon Dijkstra uit Brantgum al dat hij niet zijn hele leven in Brantgum zou slijten. Hij was enig zoon, zijn oudere zus trouwde met een jongen die een prima baan bij het regionale gasbedrijf had, dus niets lag hem in de weg om vader op te volgen. Goed, het is ook in de late jaren tachtig al geen sinecure om een eigentijds boerenbedrijf met duur weiland plus peperdure melkrechten over te nemen, maar na zijn studie aan de middelbare landbouwschool kon hij al vroeg in maatschap met pa starten. Zo zou de overname van het bedrijf zich geleidelijk kunnen voltrekken.

Vader Jacob Dijkstra rekende zo op het welslagen van dit scenario dat hij er land van de domeinen bijkocht. Om te overleven moet je meegaan met de schaalvergroting.

Wat bezielde zijn zoon toch om weg te willen? En dan ook nog zo vér weg? Marten kon het niemand goed uitleggen. Natuurlijk, in het zo krap bemeten polderland, waar een hectare land straks een ton zou kosten, word je als agrarisch ondernemer bijkant gek van de regels. Je zit meer achter de computer dan onder de koeien. Dáárvoor word je toch geen boer?

'Ik wilde de wereld in, iets beleven, uitdagingen aangaan. Niet alleen vader, de hele goegemeente hield me de nadelen van emigratie voor. Er was ook een oude kennis van de familie, die waarschuwde me: "Je pa was een tiptop boer, stond goed in het leven, heeft een boerenbedrijf met toekomst opgebouwd. Laat ik in één adem ook je grootvader noemen naar wie je genoemd bent: jouw eigen pake Marten Dijkstra. Die zorgde er mede voor dat er in de contreien boven Leeuwarden een goede ruilverkaveling tot stand kwam. Het is je eigen familie die energie stak in een betere toekomst voor landbouw. Jullie hebben als familie een goede naam. Waarom in vredesnaam ga je dan hier niet verder?"

Nu voelde ik de knellende band met Brantgum nog sterker. Kortom, het verhaal van de man werkte averechts. Waarom moest ik opgezadeld worden met sociale, culturele en zelfs morele verplichtingen? Ik wilde vrij wezen, zélf iets opbouwen. En dan liefst in een machtig mooi en ruim land als Nieuw-Zeeland. Ik had er als landbouwstudent immers al stage gelopen. Vader heeft bij mijn vertrek toen gedacht: laat hem gaan, die jongen is straks mooi genezen van zijn zucht naar avontuur. Het pakte precies andersom uit.

Ik kwam in de buurt van Rotarua terecht, bij de Crafters, een boerenfamilie van Ierse afkomst. Wat een land, wat een ruimte, wat een groot beslag vee, wat een vrijheid. Die boer zag niet op een bunder land of een koe meer of minder. Een ziek schaap? Je grijpt je geweer achter uit de Landrover en ruimt het op. Een zieke koe? Van 't zelfde laken een pak. In Nederland moet je een reeks formulieren invullen; alsof je in zesvoud een overlijdensakte moest afgeven. Bij de Crafters ging ik beseffen dat ik in een al te keurig aangeharkt vaderland was opgegroeid. Daar in de buurt van Rotarua voelde ik me één met de natuur. En voelde ik me vrij als boer.

Het was eind jaren tachtig, de acht maanden stage zaten er bijna op, en ik wist het: in Nieuw-Zeeland wil ik boer worden. Amper twintig was ik, maar in gedachten zag ik beide ouders bij me op bezoek in Nieuw-Zeeland komen. Trots liet ik ze mijn eigen jonge bedrijf zien, ik had zelf de fokstieren gekozen, zelf het jongvee geselecteerd, zelf alles met beleid opgefokt, zelf de bloedlijnen van mijn eigen beslag bedacht.

In Brantgum was ik, dacht ik, duidelijk genoeg geweest: Marten blijft niet. In mijn brieven aan thuis repte ik dus opnieuw van emigreren. Achteraf bezien kennelijk te veel tussen de regels door. Niet duidelijk genoeg. Op een ochtend liep ik naar de verharde weg en vond in het brievenbusje van de Crafters een brief uit Brantgum. Vader schreef dat hij er 170 000 kilo melkquotum had bijgekocht. "Zo heb je hier straks nog betere kansen." Het was alsof ik een klap tegen mijn harsens kreeg, alsof mijn morele plichten nog zwaarder wogen dan ze al deden. Die avond heb ik doodgewoon in bed liggen janken.

Er was er een die me misschien nog zou begrijpen: pake Marten, mijn ouwe kameraad die in Dronrijp woonde. Maar nu had ik niet het lef hem te bellen om hem het probleem voor te leggen. Als puntje bij paaltje kwam, zou hij me het liefst in Friesland boer willen zien worden. Ik wilde de stokoude heer geen verdriet doen, hoorde hem in gedachten zeggen: Jij moet je heit opvolgen. Er bestaat een band van minstens tien generaties oud die de Dijkstra's met dit land verbindt! Die band snijd jij toch niet door?

Na mijn stage bleef ik er nog een maand om Nieuw-Zeeland eens goed af te struinen. Wat een land. Toen ik bij de Crafters terug was om afscheid te nemen, had ik mijn kansen al gewogen. "Je kunt hier meteen beginnen," zei Crafter. "Je begint met risicospreiding, je gaat met iemand in zee. *Share-milking*. Dan strijk je al meteen vijfentwintig procent van de winst op."

"Best," zei ik, "dan start ik hier met vierhonderd koeien."

"Okay, dan begin je met vierhonderd beesten." Kijk, dat is Nieuw-Zeeland. Ik was van plan eerst naar huis te gaan, maar ik belde toch meteen naar Brantgum om het alvast mee te delen.

"Je wilt altijd meteen vanuit de hoogste versnelling starten," zei heit. "En daar doe je me geen genoegen mee." Ik nam emoties in zijn stem waar. Het was april 1989 toen ik thuis was. Simone en ik kregen hartstikke vaste verkering, voor de buitenstaanders leek mijn Nieuw-Zeelandse passie te bekoelen. De werkelijkheid was net andersom: ik werd zo onwennig als een kat. Simone luisterde naar mijn mooie verhalen alsof het om een schitterend vakantieland ging. Ze heeft nooit wat dieper nagedacht over het boerin-zijn in een emigratieland.

De kogel ging door de kerk, het afscheid kwam. Maart 1993, ik praat er niet graag over. Tranen over Brantgum. Heit zei: "Ik heb lang gehoopt dat de stage je van de onrust zou verlossen."

Ik vertrok niet met een lege beurs, kreeg flink centen mee. Maar daardoor voelde ik me eerder bezwaard dan bevrijd. Een vriend bracht Simone en mij naar Schiphol. Eenmaal over de Afsluitdijk dacht ik al niet meer aan Brantgum.

Ik begon in de kop van het Noordereiland zoals met de Crafters was besproken. Een bedrijf met zo'n vierhonderd beesten opgezet. Met de landbouwprijzen ging het niet goed, maar aan opgeven dacht ik geen seconde. Na verloop van tijd had ik trouwens ook weinig keus: vader verkocht de boerderij in Brantgum met alles erop en eraan. Om niet te veel belasting over het gebeurde kapitaal te betalen, kocht hij er een mooie kop-hals-romp met veertig hectare weiland bij Holwerd voor terug. Zonder melkquotum; voor de aardigheid ging hij er schapen houden. Hij had immers toch geen opvolger meer. In het boerenkwartetspel waren na tien generaties Dijkstra de kaarten geschud.

Daar in Okaihau hadden we nog een beetje reserve, Simone en ik woonden in een schitterend huis dat intussen 350 000 dollar waard was. Maar mooi huis of niet, die verschrikkelijke heimwee van Simone begon op te spelen. Het kon zo niet doorgaan, eens zouden we de realiteit onder ogen moeten zien. Op een ochtend vroeg belde ik pake Marten, die intussen in de Leeuwarder seniorenflat Nijlân-State bivakkeerde. Vooral de heimwee van Simone kwam aan de orde.

Het was niet meer de pake die ik kende, zijn stem klonk hees, geëmotioneerd en heftig. Met trillende stem zei hij: "Jullie hebben een jongetje gekregen, hoor ik. Ik wil van je weten waar het jou om gaat: om veel koeien en best land of om jullie beider levensgeluk!" Zo goed ik me herinner moest ik steeds om woorden zoeken.

Op dat moment voelde ik geloof ik al dat er voor mij geen weg terug bestond. Bij Simone was het net andersom, ze wilde weg. Toen de heimwee ondraaglijk werd, vloog ze terug naar Holland, naar Makkum. Met de kleine Jacob. In december, toen het volop zomer in Nieuw-Zeeland begon te worden, vloog ik haar achterna. Bij aankomst op Schiphol belde ik meteen pake. Hij had alleen mijn ademhaling nog maar gehoord, niet mijn stem, toen riep hij: "Marten, ik wil dat je hier komt. Mét Simone en de kleine." Een laatste consult, zo flitste het door mijn hoofd.'

***

Pake Marten Dijkstra senior, achtentachtig jaar, een jaar later in Aldlân-State: 'Ik bleef almaar naar de deur kijken waardoor het jonge stel mijn flat binnen zou komen. Zojuist, in de winter van mijn bestaan, was ik er nog achtergekomen wat heimwee was. Mijn verhuizing van de Herenweg in Dronrijp naar de hoge flat in Leeuwarden had me vreselijke dagen en afschuwelijke nachten bezorgd; soms stond ik 's nachts totaal verloren voor het raam naar buiten te staren. Ik was een oude, ontwortelde boom, op sterven na dood.'

Marten Dijkstra junior: 'We kwamen binnen, en ik zag hoe breekbaar de oude man was geworden. Die kop, die oogopslag. De tranen brandden me in de ogen. "Ga daar zitten, recht voor me, met de kleine jongen tussen jullie in." Even zocht hij naar woorden. "Dat liefde alles overwint, wist ik allang, maar nu weet ik ook wat heimwee is. Daarom één vraag: houden jullie van elkaar?" Simone en ik zeiden tegelijk ja. "Dan zijn jullie een heel end op de goede weg. Beslis samen hoe en waar en met wie je gaat en staat in het leven." Daar konden we het mee doen.

Simone kon en wilde niet terug naar Nieuw-Zeeland. Ze was geen boerin in hart en nieren, ze bleek eigenlijk geen emigrantenvrouw te zijn. Ik besloot het bedrijf in Nieuw-Zeeland te verhuren en ging me oriënteren op de mogelijkheid om schapenscheerder in Europa te worden. Schapenscheren leek me een aardig alternatief.'

Maar Marten kon het in Friesland niet meer vinden. Zelfs niet in Europa. Hij vloog alleen terug naar het land van zijn droom en wensen: Nieuw-Zeeland. Simone bleef in Makkum achter met de kleine Jacob. Zo scheidden voorgoed hun wegen; ze gingen uit elkaar. Een scheiding van 20 000 kilometer.

Simone zocht en vond een baantje in de horeca. Intussen was ze bij zichzelf te rade gegaan. Nee, ze was nu eenmaal niet als boerin geboren. Was dat wel het geval geweest, dan zou ze zich misschien over de heimwee heen hebben kunnen zetten.

Marten zette zijn pogingen voort om op het Noordereiland van Nieuw-Zeeland zelfstandig boer te worden. De grote uitdaging zou hem zwaarder vallen dan hij voor mogelijk had gehouden. Vooral nadat het mooie woonhuis bij de boerderij afbrandde.

Pake Marten Dijkstra, ten slotte alles overziende: 'De wereld wordt er niet overzichtelijker op. Jammer voor de twee jonge mensen, heel jammer voor de kleine jongen. Zo moet ik op de valreep nog ervaren dat liefde toch niet alles overwint. Soms werken er mysterieuze krachten op elkaar in: hang naar avontuur, onrust, nieuwe ontdekkingen, vervreemding, niet onder woorden te brengen verlangens.'

Quotum in Michigan

KLAAS EN MARIS VAN DER PLOEG, ITHACA (MICHIGAN) NOORD-AMERIKA

Hij is als een topsporter die met de gouden medaille op de hoogste trede van het ereschavot staat, bij het verlaten van het podium struikelt, een gecompliceerde beenbreuk oploopt, de moed niet laat zakken en opnieuw het allerhoogste zal bereiken. Kortom, een kampioen die ook met tegenwind kan triomferen: rundveefokker, emigrantenboer en uitdager Klaas van der Ploeg.

Zijn vrouw Maris fungeert als de coach die altijd en overal voor de juiste balans zorgt. Maris Kaas, de stille kracht achter een gedreven strever. Klaas en Maris, ofte wel: één plus één is drie.

Ooit liepen ze elkaar letterlijk tegen het lijf. Heel toevallig. Ze raakten in een indringend gesprek verwikkeld. Het ging over het telen van hoogwaardig rundvee. Welk moederdier paste het beste bij welk vaderdier? Boerenpraat. Ze hadden eerst niet eens in de gaten dat ze smoorverliefd op elkaar waren.

Het gebeurde in de jaren tachtig. Steeds vaker kwamen Nederlandse, Noord-Amerikaanse en Canadese boerendochters en -zonen bij elkaar over de stalvloer. Dat gebeurde via uitwisselingsprogramma's van de hogere agrarische scholen in die landen. Een generatie eerder buurtten de boeren nog binnen een cirkel van een paar kilometer, nu lag de boerenwereld open van Varsseveld tot Vancouver. Studente Maris Kaas van de Canadese landbouwhogeschool in Guelph ging op zoek naar een stageplaats en vond in het gerenommeerde Friese veefokbedrijf van Klaas van der Ploeg in Schalsum een goed adres. Op een veeveiling in de Utrechtse jaarbeurshallen spatte de vonk over.

***

Een decennium later, op een milde maandagochtend in Ithaca (Michigan), mag het resultaat er wezen. Voorspoed in het voorhuis, gezondheid in het achterend. Drie levendige, gezonde kinderen en honderden hoogproductieve melkkoeien. Nou ja, het is een wat droge zomer, de maïs staat er wat gammel en uitgedroogd bij. Maar welke zomer is nou normaal?

Uitgerekend vandaag moet de vrouw de man proberen binnen de strengen te houden. Bij Klaas van der Ploeg sloeg vanochtend de onrust toe doordat zijn glimmend zwarte Friese stermerrie Nynke zichtbaar hengstig werd, terwijl het zaad van hengst Piet nog in Californië is. Eerst moet het zaad de hengst nog worden afgetroggeld. Dan moet het over een afstand van enkele kilometers worden vervoerd. Klaas heeft haast. De merrie eigenlijk ook. De natuur zegt dat je het ijzer moet smeden als het heet is.

Hoe ver reikt de moderne techniek? De man van de kunstmatige inseminatie voor paarden in Californië belde Klaas zojuist. Jawel het zaad was al per vliegtuig onderweg naar het noorden. Als het tegen koffietijd loopt, kijkt de boer naar de lucht. Niet om te schouwen welk weer we morgen krijgen maar om te zien of de *plane* er al aankomt.

'Inderdaad, ik ben nu even bezig met een typisch weeldeprobleem.'

Het vliegtuig landt. Tegelijkertijd nadert met grote snelheid een terreinwagen met de inseminator. Het zaad van Piet wordt ingebracht. Een beeldscherm met het inwendige van de merrie, nieuwsgierige blikken van jong en oud. 'Het is minder onnatuurlijk dan je denkt, het inbrengen van het zaad gebeurt hier anders, maar de bevruchting is nog zo natuurlijk als wat.'

Er gaat geen week voorbij of er staat in Kentucky weer een koppeltje Friese stamboekpaarden in quarantaine. Het Friese tuigpaard is van San Francisco tot Boston het statussymbool geworden van de succesvolle Fries-Amerikaanse boer. Van de weeromstuit beginnen ook de Amerikaanse boeren het Friese paard mooi te vinden. Het zou weleens niet lang meer kunnen duren voor er meer oude Friese sjezen en gouden oorijzers in Amerika dan in Friesland zijn.

***

Klaas en Maris van der Ploeg wonen bij het dorp Ithaca, anderhalf uur ten noorden van Lansing (Michigan). Hun splinternieuwe woonhuis in *ranch style* biedt uitzicht op glooiende weilanden, afgewisseld met vlakken donkergroene maïsvelden. 'Best land,' zegt Klaas. 'En je hebt hier de ruimte.'

Het souterrain onder de pas ingerichte woonvertrekken heeft de afmetingen van een dorpshuiszaal. Je zou er trouwens ook een stal voor dertig koeien in kwijt kunnen. Boven, in de woonkamer, ontdekte ik nergens een foto, schilderijtje of relikwie uit het oude land. Wel een luchtfoto van de *plant*, van de grote stallen en schuren, met daarnaast de toren- en sleufsilo's. Deze tamelijk jonge boer en zeer jonge boerin lijken in hun nieuwe wereld geworteld.

'Je moet me beschouwen als een betrekkelijk jonge landverhuizer. Noem me maar een neo-emigrant. Je komt met veel zakgeld hier naar toe en de wereld is veel kleiner dan een halve eeuw geleden. Er zal best ondernemers- en fokkersbloed in mijn persoontje zitten, maar ik had de tijd ook allemachtig mee. Goed, en nu dan ben ik van plan een Friese sjees over te laten vliegen. Van alles wat er op deze wereld wielen heeft, is er niets zo sierlijk mooi als een oude Friese sjees achter zo'n glimmend zwart tuigpaard. Daar kan een grote Amerikaanse auto van een paar honderdduizend dollar niet tegenop.'

Later op de avond worden aan de keukentafel gesprekken gevoerd die het midden houden tussen cultuuroptimisme en -pessimisme. 'Wat was er over van de oude boerencultuur op het moment dat wij Nederland verlieten? Hadden de boeren eind jaren tachtig nog enig aanzien? Nee hoor, ze werden gezien als de grote vervuilers!'

De oude vader en moeder van Klaas, beiden negentigplussers, kregen er nog iets van mee. In hun lange leven verzeilden ze in vette en magere jaren, maar altijd kon er iets van de eigenheid en eigenwaarde van de boerenstand gestalte worden gegeven. Je vond het terug in de architectuur van de stelpboerderij, het sobere en toch trotse langhuis, de kop-hals-romp. Je zag het aan de versieringen op het rijtuig. De eeuw van de auto kwam, de boer kwam van zijn erf. En hij kreeg vreemd bezoek. In de jaren vijftig kwamen uit meer dan dertig verschillende landen boeren en vee-importeurs naar de fokveekeuringen van het Friesch Rundvee Stamboek in Leeuwarden. De sjah van Perzië, geïnteresseerd in de melkveehouderij, reed samen met koningin Juliana over de Leeuwarder Nieuwstad en bleek de stierennamen Súdhoekster Piet en Amarilla Keizer Annes Adema foutloos te kunnen uitspreken.

Na de hoogtij-jaren kreeg de Nederlandse boer steeds meer moeite de status van rentmeester hoog te houden. Hij werd door de milieubeweging, en daarmee ook door de politiek, als een van de grootste, zo niet de grootste milieuvervuiler bestempeld. De landbouw was niet langer een soort oorlogsindustrie, er was voedsel te over en ruimte te weinig. Dat er in de jaren tachtig en negentig steeds meer Nederlandse boeren emigreerden, werd niet in de eerste plaats ingegeven door de hang naar lotsverbetering. Eerder was het een reactie op het statusverlies van de boerenstand.

'In het tijdperk van de melkquotering kon de doorsnee melkveehouder goud verdienen, maar tegelijk ging de glans eraf,' stelt Klaas van der Ploeg. 'Omdat eind jaren tachtig, begin jaren negentig vrijwel dagelijks een vervuilende mestverspreider over het televisiescherm reed. Alles en iedereen werd over één kam geschoren met de intensieve varkensmesterijen die met hun stront geen raad meer wisten en in één klap tegen hun eigen grenzen aan botsten.'

Intussen zetten de laatste novemberstormen van de twintigste eeuw hun ultieme aanval in op de laatste uilenborden van de Friese boerderijen. Er werden nog wel nieuwe uilenborden gemaakt, maar nu waren ze van plastic en werden als versiering gebruikt van de als 'landelijk' aangeprezen recreatiewoningen. 'Buitenplaatsen', die als witte schimmel tegen de bedorven dorpen werden geplakt. Op dat moment had de boer voorgoed zijn rituelen en symbolen verloren.

Klaas van der Ploeg cum suis waren toe aan een nieuwe uitdaging, maar daarvoor was in Nederland geen ruimte meer. Tweemaal stond hij met zijn beslag fokvee aan de top. Hij was nog vrijgezel, voelde zich vrij man en banjerde van tijd tot tijd de Noord-Amerikaanse farmerbars van Stephensville, Silver Springs, Chino en Sioux City binnen. Hier onderging hij de atmosfeer die iets weg had van die uit de tijd dat Leeuwarden nog zo ongeveer het kloppend hart van de agrarische wereld was.

'Hier in de States was en is onder boeren nog sprake van de koestering van een eigen levensstijl. Er hangt nog een mythe over het boerenbestaan. Zo van: kijk eens boys, wij vormen samen de Friese boerenstand. Zelfs hier in Amerika. De brandewijn is blended whisky geworden, de deftige streepjesbroeken van de oude fokkers werden yankees in *country style.* Maar het gevoel is, denk ik, hetzelfde. Wie nu de grote fokveedagen en veilingen van zwartbonten in Noord-Amerika afvliegt, moet constateren dat Frieslands agrarische elite niet meer in Friesland zelf, maar hier aan de andere kant van de oceaan verkeert.'

De neo-immigrant laat voor twintigduizend dollar per paard een lading Friese stermerries overvliegen. *Chevaux Par Avion.* Bij Klaas en Maris van der Ploeg in Ithaca lopen er acht van die pronkjuwelen rond. Op zijn Fries gezegd: wie het breed heeft, laat het breed hangen.

De boeren die in de jaren tachtig en negentig naar Canada en de Verenigde Staten emigreerden, gingen doorgaans met een volle beurs. Waren ze geen pachtboer, dan had hun land alleen al tienduizenden guldens per hectare opgebracht. Ook de melkrechten werden verzilverd. Dat had een boer met ruim een miljoen kilo melkquotum nog eens een slordige 4 miljoen gulden extra opgebracht. Zo kreeg hij voldoende geld om aan de overkant van de grote plas de wereld aan weiland te kopen.

Een flink aantal van deze landverhuizers verzuimde overigens met de Nederlandse fiscus af te rekenen. Zo draaide het uit op een spelletje 'Wie heeft de sterkste zenuwen'. De Nederlandse belastingdienst dreigde dat er op straffe van beslaglegging alsnog moest worden afgerekend. De ontsnapte belastingplichtigen bleven in het ongewisse over eventuele samenwerking tussen de Nederlandse en Canadese belastingdienst. Het gros van de deugnieten begon na een tijdje de hete adem van de fiscus van het oude land in de nek te voelen. Sommigen konden er niet meer van slapen. Wie volhield, landde voor familiebezoek in Brussel, Düsseldorf of Hamburg, uit vrees op Schiphol in de kraag gegrepen te worden.

Eind jaren negentig verschenen bij iedere finale verkoop van land en melkrechten mannen van de belasting bij de aspirant-emigrant op het erf. Vluchten kon niet meer. Intussen hadden de brutaalsten weer de halve wereld: met het restant 'quotumvluchters' dat niet had afgerekend, sloot de fiscus een niet al te onvoordelig compromis.

'Ik heb meteen afgerekend, ik wilde geen gesodemieter,' maakt Klaas van der Ploeg duidelijk. Zijn vertrek was geen vlucht voor de fiscus. Eerder was het dus zoiets als een stap tot behoud van de oude agrarische status. Of zijn er ook nog motieven die Klaas en Maris zelf niet onder woorden kunnen brengen?

De in Friesland gebleven collega-fokker en vriend Boyen de Boer in Stiens: 'Klaas heeft nu eenmaal de mentaliteit van een Amerikaanse manager. Hij denkt strategisch en concentreert zich op de belangrijkste punten. Hij ziet al snel grote verbanden. Trouwens het lijkt wel alsof hij de mazzel, waar ook de veeveredelaar nu eenmaal niet zonder kan, naar zijn hand kan zetten. Klaas stond helemaal aan de top, kreeg ziekte in de veestapel, moest van voren af aan beginnen en slaagde opnieuw. Dat was het moment dat er iets in hem om een nieuwe uitdaging schreeuwde.'

Oud-boer Ieme Bakker van Lollum, met wie Klaas eens een legendarische transactie afsloot: 'Ik had prima doorgefokt vee, maar wilde met het bedrijf stoppen. Het werd me te veel. Nog zie ik die jongen mijn erf op rijden. Hooguit achttien was hij. En hij kwam, zag en overwon: "Ik bied voor die pinken achttienduizend gulden!" We accordeerden op die prijs. Zonder blikken of blozen rukte hij een stapeltje bankbiljetten uit de binnenzak. Op de kop af achttien rooie ruggen. Alsof die jongen ongezien had geweten wat het spul waard was en dat de koop doorging. Beter dan ik en de rest van de hele fokkerswereld wist Klaas dat hij een gouden slag zou slaan. Alleen al die ene pink Feikje was de prijs van achttienduizend gulden dubbel en dwars waard. Met Feikje als basisproduct haalde hij opnieuw de top. Sommige fokkers kunnen in een koe kijken, Klaas kan met één bloot oog een koe scannen.'

Vader Joris van der Ploeg, in zijn negentigste levensjaar: 'Het was nog een snotjochie. Op een keer stond hij naast me in de stal toen ik een beste melkkoe stond te verkopen. Nog zie ik dat kind huilend naar zijn moeder hollen: "O mem, nu verkoopt onze heit onze toekomstkoe!"'

Klaas' moeder, de molenaarsdochter Aukje van der Ploeg-Westra, ook negentig jaar oud: 'Mijn man was een akkerbouwer met een kleine portie veeboer-genen. Klaas had alleen maar een driedubbele portie veeboer-genen. Zo zie je maar hoe onvoorspelbaar het fokken, het vererven verloopt. Klaas had allang de huwbare leeftijd, maar zag alleen maar de koeien. Gelukkig ontdekte hij nog net bijtijds tussen de koebeesten een beste vrouw.'

Maris van der Ploeg: 'Het kwam zo, ik zocht een stageplaats in Friesland, de bakermat van de zwartbontfokkerij. Toen derden Klaas vroegen of er in zijn bedrijf plaats was voor een stagiaire, wist hij niet dat het in dit geval een vrouw betrof. "Als het een goeie is, stuur hem dan maar."

Nooit zal ik de zomerdag vergeten dat ik Friesland binnenreed. Wat ik zag was een land zo vlak als de zee. Een groene zee. Dwars door de weilanden schoven witte zeilen. Liepen er dan zoveel sloten door die vlakte? Mijn ouders waren in 1948 als transporteurs uit Leusden naar Niagara in Ontario geëmigreerd, maar over zo'n landschap hadden ze me nooit verteld.

Tweeëntwintig jaar was ik toen ik het erf van Van der Ploeg op reed. Wat ik aantrof was een in mijn ogen wat oudere man. De boer, hij was een veertiger met rode wangen. Verder trof ik er zijn oude heit en mem aan. Twee hele beste mensen, die de zoon op handen droegen. Iets wat ze mij later ook zouden doen.

De dag kwam dat Klaas een lezing moest houden voor boeren in Madison (Wisconsin). Intussen moest ik met zijn kalf Feikje 89 naar een grote veeveiling, om het te showen en bij opbod te laten verkopen. De namen Van der Ploeg en Feikje klonken, er werden duizelingwekkende prijzen geboden. En het ging maar door. Bij 54 000 gulden was het stop. Ik dacht: ik moet de boer bellen. En daar ging mijn mobiele telefoon.

"Well, Maris?"

Ik noemde het bedrag.

"Zo." Hij vroeg wat voor weer het bij ons was. Ik geloof niet dat hij het bedrag had gehoord; we luisterden alleen maar naar elkanders stem. We waren verliefd, we waren verloren. Ik wilde boerin worden, wilde zijn taal leren, al na een jaar was niet meer te horen dat ik geen Friezin van de vette klei was. Je leert een taal het snelst en grondigst wanneer er een soort hunkering bestaat om één te zijn met alles wat je omgeeft. Noem het *the quest to belong*; de hunkering om erbij horen.'

Klaas: 'Boeren uit de hele wereld – van Zuid-Afrika tot Noord-China – kwamen naar Friesland om de kunst van het fokken te ontdekken. Intussen trok ikzelf ook maar de wereld in op zoek naar goed fokmateriaal, naar nieuw bloed. Het lukte. En op hetzelfde moment sloeg de onrust toe. Ik kon er niet tegen dat het werk af was.

Alsof het in de sterren stond: bij thuiskomst belde auto-importeur en melkveehouder Wijnand Pon. “Ik wil je beslag vee kopen.”

“Wat let je,” hoorde ik mezelf zeggen. “Je kunt alles kopen, het land, de melkrechten, de koeien, alles.”

“Morgenmiddag om twee uur ben ik bij je op de boerderij,” zei hij. Ik pakte papier en potlood en ging onmiddellijk aan de slag. Met land en melkrechten was ik snel klaar: de 1 280 000 kilo melkquotum zette ik op 4 miljoen en de zestig bunder land tussen de 35 000 en 40 000 gulden. Zo lagen toen de prijzen. Toen kwam de echte klus: de prijsstelling van het beslag fokvee. Laat ik het kort houden: het werd een dure boel. De volgende middag liet ik om klokslag twee uur Wijnand binnen. Een uur later was ik geen boer meer.’

De als ondernemer geboren Wijnand Pon zou er niet in slagen de top te halen en te behouden met het fokveemateriaal van Klaas van der Ploeg. De laatste werd behalve als ondernemer ook als veefokker geboren. Nog jaren moest de auto-importeur royalty’s betalen voor iedere nieuwe nakomeling van de stier Feikje Rocket Chairman, bijgenaamd F16. Van de stier lag er namelijk een grote voorraad sperma ingevroren. Zo zou Klaas later de percentages van meer dan honderdduizend door F16 bevruchte koeien opstrijken. ‘Hoeveel geld dat was? Nou, dat weet ik niet precies. Het staat, dunkt me, in Nederland op een rekening. Wij kunnen er in ieder geval de automatische afschrijving van het abonnementsgeld van het *Agrarisch Dagblad* en de *Libelle* mee bestuiveren.’

Klaas en Maris gingen naar Canada en de Verenigde Staten om te kijken waar de nieuwe uitdaging zich het best zou kunnen voltrekken. In het heuvelland ten zuiden van het dorp Ithaca in Michigan dan maar. Hier vonden ze 275 hectare puik grasland en konden ze een gezonde en een paar zeer melkrijke veestapels overnemen. En nu dan is het bedrijf meer dan 10 miljoen dollar waard. Tijd voor een echte Friese sjees of arrenslee, tijd voor een glanzende stermerrie met rinkelende bellen aan de halster.

Welbedagt

DE VEENSTRA'S VAN VEENSTRA MELKERIJ, ZUID-AFRIKA

Nog altijd verschijnen er in Zuid-Afrika boeken vol namen van helden, van mannen die de boot namen naar Zuid-Afrika en zich in het grote avontuur stortten. Complete registers met blanke namen werden samengesteld, dikke fotoboeken zagen het licht, boeken vol stoer bebaarde koppen, met of zonder krugeriaanse pruimsapgootjes in de mondhoeken. De onderschriften willen inderdaad doen geloven dat het alleen mannen waren die in de geschiedenis van Zuid-Afrika 'diep spore getrap het op baie terreine'.

Het is maar de helft van de blanke waarheid. Want waar zijn de namen en beeltenissen van hun heldinnen? Waar kunnen we lezen over de onvoorstelbare spankracht, het doorzettingsvermogen en de offers van de meestrijdende moeders? Het waren de moeders van stavast, die de slopende reis van de Leeuwekop tot diep in het achterland tot een goed eind brachten. Neem het Friese famke Riemkje Heida, de arme boerendienstmeid uit het veendorp Luinjeberd, even ten oosten van Heerenveen.

Riemkje mocht er zijn met haar mooie lijf, haar wondermooie ogen, vrolijke lach, hagelwitte tanden. Maar wat voor toekomst had dat arme weeskind van zestien, die als oudste in een gezin van zeven kinderen beide ouders naar het kerkhof moest brengen. Nu dan was ze in Luinjeberd 'besteld' bij een boer. 'Voor alle voorkomende werkzaamheden.' Kon ze nog hopen op een beter bestaan dan dat van haar arme heit en mem zaliger, Jeep Heida en Grytsje Hooisma?

Riemkje werd besteld bij boer Hendrik Pijlman, bijgenaamd Lytse Hindrik. De boerderij stond aan de Streek, de hoofdweg van Luinjeberd. Op de boerderij was geen plaats voor medelijden. Waar ze later ook kwam te staan, op bergen of in dalen, nooit zou ze het leven zo wreed ervaren als daar bij Lytse Hindrik.

's Ochtends rond vier uur zat ze al in de zompige weilanden te melken. In weer en wind. Zelfs de taaimelkse koeien van Lytse Hindrik waren wreed. Eén geluk, Riemkje Heida hield haar jonge meisjesdromen.

Zo zag ze in gedachten steeds weer dezelfde blonde jongen met prachtige blauwe ogen in een bruinverbrande jongenskop. Fier zat hij op een wagen, een ossenwagen die waggelend zijn weg vond in het land vol avontuur en zon en toekomst. Bestond die jongen echt? Was er ergens zo'n zonnig land? Zou dat alles bereikbaar zijn voor een arme wees en boerenmeid uit Luinjeberd?

De dag zou aanbreken dat ze een schim van de jongen zag. Even maar. Op een zondagmorgen was het, niet ver van de Luinjeberder klokkenstoel. Hij had even haar kant opgekeken, stond op dat moment roerloos stil, alsof hij in één klap bevroor. Op hetzelfde moment ontdooide Riemkje. Droomde ze nou? Nee, het was echt zo.

Niet veel later, op een avond, stond diezelfde jongen in het schemerdonker met een stel kameraden bij de melkfabriek. Hij leunde op het stuur van zijn fiets, en ineens raakten ze weer in elkaars blik gevangen. Het was alsof hij nu met fiets en al bevroor, zo roerloos stond hij naar dat famke te staren. Kijk eens aan, hij had al een fiets. Nou, dat was wat in die tijd. Hij was dan ook Pieter, een van de zonen van boer Jan Linses Veenstra en boerin Wikje Popkema.

Boer Jan Linses Veenstra was niet de eerste de beste, hij was een echte ontginningsboer, had zich als het ware uit het veen omhoog gebeuld. Nee, hij had niet stilgezeten. Hij en Wikje kregen negen zonen en daar kan een ontginner mee uit de voeten. Maar nu aan de Streek al zoveel land was aangemaakt, lonkten nieuwe uitdagingen. Afrika.

Zonder dat Riemkje er weet van had, posteerde Pieter zich tussen de coöperatieve zuivelfabriek en de boerderij van Lytse Hindrik achter een dikke boom. Al langer dan een uur wachtte hij daar. Dan komt het famke. Ze schrikt van zijn silhouet, heeft geen tijd te ontdooien, loopt door, voelt dat hij haar schuchter volgt.

'Ik moet naar de catechisatie,' stamelt ze.

'Waar jij gaat, daar moet ik ook heen,' zegt hij.

Haar droom begint toch niet werkelijkheid te worden. Bij thuiskomst zegt boer Hendrik Pijlman tegen haar: 'Jij blijft op het erf, hoor je. En als je niet doet wat ik je zeg, bestel ik je bij een boer op de klei; de kleiboeren zullen nog uit een ander vaatje tappen! Trouwens, wat bezielt je om te azen op een van de jongens van Jan Linses? Die snuiters stappen de een na de ander op een oceaanstomer naar zwart Afrika. Waaghalzen zijn het.' En zo was het. Niet voor niets noemden ze de Veenstra-plaats De Transvaal.

We schrijven 1923 als Pieter, de jongen met blond haar en blauwe ogen, met kloppend hart in Rotterdam de loopplank op stapt. Zijn reis naar het land vol zon en avontuur is begonnen. Twee dagen daarvoor had hij weer achter de dikke boom op haar staan wachten. Eindelijk verliet ze het erf van Lytse Hindrik en kon Pieter haar opvangen. Samen liepen ze naar het smeedijzeren hek dat van het terpje met het klokkenhuis een veilig eilandje had gemaakt. Piepend ging het hek open. Zij volgde hem tot de binten van de klokkenstoel.

'Ik ga naar Afrika en ik wil je altijd bij me hebben,' zei hij. En zij sprak de woorden die hij de eerste avond had uitgesproken: 'Waar jij gaat, daar moet ik ook heen.' Het was al laat toen het hek opnieuw had gepiept.

Pieter in Afrika. Op het erf van Lytse Hindrik werd een brief besteld. 'Aan Riemkje Heida, per adres Hendrik Pijlman, de Streek in Luinjeberd, Friesland, Nederland.' De boer wilde de nijvere meid, die taaimelkse koeien lichtmelks kon melken, niet kwijt aan een onmogelijke liefde. Hij verstopte de envelop achter de granieten pendule in de voorkamer en beraadde zich. Dagenlang. Maar Riemkje ontdekte de brief toen ze de klok moest opwinden. Ze las en raakte opgewonden, stak de envelop in de zak van haar rok en verliet de boerderij. Voor altijd.

Ze klopte aan bij De Transvaal. Pieters ouders Jan en Wikje Veenstra bleken zeer op Riemkje gesteld. Trouwens, had de oude stamvader bij het afscheid van zijn zevende emigrerende zoon niet opnieuw gezegd: 'Jongen, blijf met beide benen op de grond staan, ook als je op vrouwenjacht gaat. Zoek een Fries famke, een Friese boerin, laat die overkomen naar Zuid-Afrika. Neem, zoals al je broers, ook een Friese stamboekstier en drie beste hokkelingen mee. Met zo'n gevolg zul je heel, héél ver komen!' De zonen volgden de goede raad van de wijze heit.

Pieter was vertrokken, Riemkje verkeerde nog in het oude land, waar ze Pieters brief las en herlas. Hij had een ruige zeereis gehad, bekende hij. In de hoge zeeën voor de Spaanse kust waren de beesten er beroerd aan toe geweest. Nou ja, hijzelf ook, maar dat hoorde erbij. Later kwamen de vlakke zee, de zon, en ten slotte het silhouet van de Kaapse bergen. Ja, Pieter schreef vrijwel uitsluitend over de meegebrachte enterstier, die Titus Adema was genoemd, en over zijn vier 'bêste, soartige' hokkelingen, die volgens hem heel in de verte weer familie moesten wezen van Titus. Kijk, de Veenstra's hielden niet van inteelt, maar je moest toch ook weer streven naar één soort: de goede soort.

Toen de storm op zijn hevigst was, schreef Pieter, had hij bij zijn vee geslapen. 'Want je hebt hart voor de beesten of niet.' De eerste echte lieve woorden vond Riemkje pas in de slotregel: 'Voortdurend in gedachten bij U zijnde, Riemkje, teken ik in grote liefde en met hoogachting, Pieter.'

Zes weken later las Pieter met de warme zon boven de Wittekopberg in zijn nek: 'Ik ben ook voortdurend in gedachten bij U, Pieter, en ik teken in grote liefde en met hoogachting, Riemkje.'

Tegen het decor van de purperen hoogten stond de boerderij Welbedagt, waar Pieter bedrijfsleider werd. Titus had de hokkelingen stuk voor stuk drachtig gemaakt. Dromend van een eigen Afrikaner plaas stond de jonge boer over het heuvelland uit te staren, en hij zag zich al, met Riemkje aan zijn zijde, naar zijn kudde zwartbonten lopen.

In Luinjeberd leek er geen eind aan een natte winter te komen. Er viel een gore motregen toen Riemkje met haar rietgevlochten famkeskoffer richting Heerenveen stapte. Met geheven hoofd passeerde ze de boerderij van Lytse Hindrik. In Heerenveen nam ze de tram naar Lemmer, daar lag de boot naar Amsterdam klaar. En in die grote stad vond ze het stoomschip Oesa Kuma. Het lag al onder stoom.

Een schip vol hoopvolle mensen en, onder in het ruim, opnieuw drie stamboekhokkelingen en een jonge stier. Die kwam bij een gerenommeerd veefokker uit het dorp Hartwerd vandaan. 'Wij zitten om nieuw bloed te springen,' had Pieter niet voor niets in een PS geschreven. Het veetransport was georganiseerd door stamheit Jan Linses, in samenwerking met de gebroeders Schaap uit Deersum. Riemkje was inmiddels boerin genoeg om op het vee toe te zien.

Met de Oesa Kuma deden Riemkje en het jongvee bunkerplaatsen aan als Casablanca, Dakar, Monrovia, Banana en Walvisbaai. Op een vroege ochtend, zo rond melkenstijd, liet het schip het anker vallen in de Tafelbaai. Een paar dagen later zat ze in de trein en gleed de koperkleurige Karroo langzaam aan haar voorbij. En ze zag hoe droog het was. Er moest nodig regen komen, vond ze. Een ploertige zon liet zich aflossen door een magistrale maan. Nog nooit had ze zo'n mooie sterrenhemel gezien. Vanuit de als een bedstee betimmerde coupé zat ze er uur na uur naar te kijken. Hoe ver was deze reis wel niet? Wanneer zou de trein stoppen op het kleine perron van Karingmelkspruit, waar Pieter haar opwachtte? Eindelijk was het zover. Nog net voordat ze wegsmolt in zijn armen, kon ze de woorden uitbrengen: 'De hokkelingen worden nú gelost uit de achterste wagon, Pieter.' Hij hoorde het niet.

Snel kwam de dag dat de eerste sneeuw van de Afrikaner herfst op de Wittekopberg lag te schitteren. Het was op de achtentwintigste maart, op de trouwdag van Pieter en Riemkje. Het werd een ceremonie zoals de Afrikaner Boer dat gaarne zag: een gedragen orgelspel in de grote kerk van Bloemfontein, een niet al te licht op de hand liggende preek, verpakt in luid galmende woorden. Zo luid dat ze met een beetje gunstige wind in Luinjeberd te horen zouden zijn.

De oude Jan en Wikje, nu door vrijwel al hun zonen verlaten, ontvingen in Luinjeberd geregeld een brief met verslaggeving van de plaas Welbedagt. Vooral veel nieuws over het wel en wee van de zwartbonten: 'De zwartpoot kreeg een stiertje.' En 'een greutte kot (een groot luipaard) heeft het pasgeboren kalf van Wikje Adema gepakt en weggesleept naar de hoge klippen. Nooit weer wat van gezien.'

Pieter en Riemkje konden over twee onmisbare raadslieden beschikken. Eerst was er Pieters oudste broer Linse, die al in 1909 – nog maar negentien jaar oud – naar Afrika was vertrokken en in plaats van boer lector was geworden op het Glen-landbouwcollege in Potchefstroom. Een echte voortrekker op zuivelgebied in Zuid-Afrika. De andere raadsman was Simon Lekuto, de oudste zwarte werkman op Welbedagt. Simon mocht dan niet weten in welk jaar en op welke dag hij geboren was, hij kende als geen ander de geheimen van de Wittekopberg. Simon was er dan ook bij toen in de velden bij de berg Titus voor het eerst werd losgelaten bij de Adema-hokkelingen. Samen met zijn nieuwe baas trok hij in zijn kleurige habijt door de velden. Een witman op klompen, gekleed in blauwe kiel en broek, die moest het nieuwe land toch leren kennen. En wat kon Simon wel niet van die geleerde boer uit het vlakke land leren.

Samen waren ze op zoek naar een nieuwe waterbron voor de uitgestrekte en kurkdroge landerijen. Verder en verder, hoger en hoger doolden ze. Simon sloeg met een steen op een rots die op de rug van een schildpad leek, en ze noemden hem de schildpadklip. Hij proefde het vocht van de rotssplinters, keek nadenkend, liet de boer ook proeven, dacht diep na en zei toen dat ze het hogerop nog eens moesten proberen.

Die middag zou er een groot mirakel plaatsgrijpen: even verderop kwam water uit de klippen, helder water dat schijnbaar zinloos in een peilloze kloof verdween. Nu wist Simon het zeker: hier zat zoveel water in de klippen dat er best een stroom naar het droge land boven Welbedagt gevoerd kon worden. Die witmense waren vast knap genoeg om het water ernaar toe te leiden.

'Straks,' zei Simon, 'straks kunnen op deze vlakten zoveel zwartbonten grazen als er 's avonds krekels zingen op het erf van Welbedagt.' Zo werd er uit de bergen water gewonnen om Welbedagt groen te maken.

Simon leerde zijn baas-op-klompen steeds meer woorden uit de Xhosataal. En Simon, taalgevoelig als hij was, sprak al snel een aardig mondje Fries. Toen zijn boer eens met Linse op het erf stond te overleggen en Simon voorbijliep, riep hij lachend: 'O baas, ek het 't lankal gehoor wat jullie sê: die boys moet die koeie haal.'

Al generaties lang bestond op Welbedagt als ongeschreven wet de Apartheid. Zwart en wit leefden ieder in hun eigen wereld. Maar in het dagelijks bestaan leefden ze ook heel dicht bij elkaar. Tot op zekere hoogte vormden ze toch ook een eenheid. Zo liet Simon de boer de plek in de klippen zien waar de jongetjes besneden werden. Pieter zorgde daarna voor een stort, een douche op het erf, waar de jongens zich na de besnijdenis konden wassen. En hij bestelde oërsee befaamde Jouster pruimtabak waarvan een deel voor Simon was bestemd.

Simon op zijn beurt bracht de boer naar de geheime plaats waar hij zijn *dagga*, de hennep, vandaan haalde en rookte. Dat deed hij ook nog toen hij grijs en heel wijs was. Nog maar een enkele keer liet hij een van zijn drie vrouwen bij zich komen om met ze te roken en geslachtsgemeenschap te hebben. Als de oude grijze man dan 's avonds over het erf schreed, ging dat zeer gestaag. Gestaag, zo was het leven op Welbedagt.

Nog steeds dobberden er brieven oërsee, altijd viel er over en weer nieuws te melden. De nieuwe nakomelingen van Titus bleken mooi en sterk te zijn, de stier had nu al dertig koeien drachtig. Verderop in de brief stond dat Riemkje 'ook zwaar was van een kind'. In Luinjeberd wisten ze intussen ook dat er water uit de hoogten naar Welbedagt was gehaald, water dat de wereld aan weiland vruchtbaar maakte. In Luinjeberd zouden ze het weten, de oude pake Jan Linses was trots op de Grote Werken van zijn verre zonen.

Op een dag maakte Simon boer Pieter erop attent dat het grote Afrikaner wild de stier Titus betoverd had. Hij waarschuwde zijn baas ernstig: 'Kijk voortaan uit voor Titus, want hij heeft de grote kat, het luipaard geroken. Hoornvee dat eenmaal de geur van het grote wild heeft geroken, krijgt de bush in de ziel en is voor eens en voor altijd onbetrouwbaar en onberekenbaar.'

Het was op een voorjaarsdag dat er alweer sneeuw op de Wittekop lag. Pieter Veenstra was op weg naar het vee op de groene vlakten. Wat hij aantrof was als een idyllisch stilleven: grazende zwartbonten tegen het decor van imposante hoogten. Gewoontegetrouw telde de boer de beesten, hij schatte hoeveel er nu drachtig waren en nam waar hoe de glanzende stier verderop zelfbewust en gestaag over zijn vrouwvolk regeerde. De stier keek nauwelijks op toen de boer in blauwe kiel naderde. Vredig graasde Titus voort.

De boer waagde zich onder het prikkeldraad door en liep vol trots en vertrouwen naar zijn beesten. Dan, als een slag bij heldere hemel, barstten in Titus de oerdriften los. Met wilde ogen en wijd opengesperde neusgaten kwam de stier op hoge poten richting de donkere gedaante. Eerst Afrikaans ingehouden en stadig, daarna woester en woester. Pieter, die zich de woorden van Simon herinnerde, rende zo hard hij kon terug naar het prikkeldraad. Maar de stier was sneller geweest, had hem een meter voor de draad te pakken. Vier, vijf keer stootte hij op de boer in. Ten slotte hing Pieter Veenstra als een vod in het draad. Snuivend bereidde de stier, nu achterwaarts lopend, zijn ultieme aanval voor.

'Here God, spaar mij,' heeft Pieter toen gesmeekt. Tegelijkertijd lukte het hem zich in een allerlaatste krachtsinspanning onder het draad door te werken. Daar lag hij, met beide benen gebroken, een schouder verbrijzeld, acht ribben plus het borstbeen kapot. Plus een aantal inwendige kneuzingen.

Stadig verscheen een schilletje maan boven de Witkopberg, schijnbaar loom verlieten de eerste luipaarden de klippen. En op Welbedagt trok een ploeg ongerust geworden swartmannen de velden in. Waar bleef de baas? Die nacht, nadat ze hem hadden gevonden, zouden ze met paarden voor een oude ossenwagen, Pieter meer dood dan levend naar het hospitaaltje van Ailiwal-Noord brengen.

'Je moet beter worden!' fluisterde Riemkje die nacht in zijn oor.

''k Word beter, want waar jij gaat, daar moet ik ook naar toe,' stamelde hij. 'Het gaat goed op Welbedagt,' zei ze.

'We gaan samen met onze kleine jongen, onze Jan, op doopreis naar Luinjeberd. Hij moet gedoopt worden in de kerk van Tjalleberd.' Dat zei Pieter.

Jan Veenstra was vier geworden toen Pieter, na een langzaam herstel, in staat bleek de reis naar Friesland te maken. Het Duitse stoomschip Adolf Wörmann bracht hen er in het voorjaar van 1932 gedrieën naar toe. Ze kwamen er aan op zondagmorgen. Precies een week later werd de doopdienst gehouden.

Het is zevenenzestig jaar later, Jan Veenstra, boer in het Transvaalse gehucht Veenstra Melkerij, niet ver van Pretoria, kan zich de doopreis herinneren.

'Ik liep daar aan de Streek tussen heit en mem in, het orgel speelde zoals in de kerk in Bloemfontein, maar dan lichter, wat hoger van toon. Ineens zag ik in de kerk een vogel rondvliegen, van de ene balk naar de andere. Een vogel in de kerk. Ja, ik weet het zeker. En ineens liep er lauw water over mijn wang. En even later mocht ik bij oude beppe Wikje op schoot zitten. Pake Jan Linses had een ringbaardje dat prikte als je het aanraakte.

Later die week zag ik jongens in de weilanden met een stok over een sleuf water springen. Zoveel water was er in dat Friese land, dat alles groen werd. Er kwam een oom die een kievietsei had gevonden en het trots in zijn pet meedroeg. Ze zeiden dat hij de pet met het ei erin 's nachts in bed ophield. De weilanden waren zo vlak als een kalme zee, en ten slotte zo groen als het maar kan. En ik hoorde de taal die heit en mem altijd laat tegen elkaar spraken. Dat alles was Friesland in de meitijd van 1932.'

De zonen van Pieter en Riemkje zijn grijze mannen geworden. Ze spreken vol bewondering over hun ouders. Ze vertellen in een zangerig en stadig Fries over de mystieke band die hun ouders hadden met het land aan de Streek. De twee zonen Jan en Jeep Veenstra hebben geen reëel beeld van dat verre natte land, maar het heeft nog wel steeds met hun hele bestaan te maken.

'Er was baie liefde tussen heit en mem,' weet Jeep Pieters Veenstra, landbouwingenieur in ruste. 'Toen ze later verder het noorden in trokken en ten slotte op Groenkloof gingen rentenieren, had vader het vaak over het prachtige leven dat ze samen hadden gehad. Moeder heeft zich eens tegen ons en haar kleinkinderen laten ontvallen: "Ons leven was als de jacaranda, de boom die zo vroeg en uitbundig bloeit. Als de jacaranda dan eindelijk de bloesem verliest, komen de bladeren en wordt hij zo groen als het maar kan. Vandaag verkeren we in de schaduw van onze eigen jacarandaboom."'

'Ja, dat zei onze mem,' weet ook zoon Jan. 'Die woorden sprak ze in 1964. Een jaar later is heit gestorven.'

In dat jaar had de oudste zoon Jan zijn vader al opgevolgd op Veenstra Melkerij. Zoon Jan mengde zijn Friese beslag melkvee met Jersey-bloed, een fokrichting die aanvankelijk door vader Pieter werd verafschuwd. Jersey stond voor Engels bloed, en van de Engelsen, die zich in de Boerenoorlog zo laaghartig hadden getoond, moest hij niks hebben. Maar toen bleek dat de vermenging behalve een hogere melkproductie ook een hoger vetpercentage in de melk tot gevolg had, kroop bij de oude boer het bloed waar het niet gaan kon.

Jeep: 'Toen mem op hoge leeftijd overleed, vonden we op Groenkloof allerlei dingen onder de dubbele vloer van hun bedstee. Die dubbele vloer was volgens heit nodig geweest tegen de reumatiek. We diepten ook een houten kistje op waarin ze al hun brieven hadden bewaard. Ruggensteuntjes bij al onze oude verhalen. Ook vonden we de tabakspijp die een verre oom en voortrekker als gevangene van de Engelsen op Sint Helena had gemaakt. Wij zien die pijp als symbool van ook onze grote aversie tegen de Engelsen.

Heit en mem gingen ons voor in onze antipathie tegen alles wat Engels is. De Engelsen; ze hadden in de Boerenoorlog de kinderen van de Boeren gevangengezet. Om zo het Boerenverzet te breken. De Engelsen die de Boerentaal vernietigden zoals ze overal op de wereld nog steeds zoveel talen vernietigen.'

Nog zoiets als een symbool tussen de vloeren onder de bedstee van Pieter en Riemkje: zijn eerste op Welbedagt versleten klompen. 'En ik vond een Friese tegel met opschrift. Uit het Fries vertaald staat er: "Waar God een deur sluit, opent Hij een venster."'

Jan Pieters Veenstra: 'We vonden ook een paar grote blikken waarin de Friese pruimtabak van heit en Simon Lekuto had gezeten. Symbool van de symbiose tussen zwart en wit op Welbedagt. En we vonden in een geur van kamfer onze eigen doopkleren. En verder langledig gebreid ondergoed naar Friese snit. Misschien een stille wenk aan het nageslacht om de weg naar het avondland open te houden.'

De weduwen van Abel Tasman

BEJAARDENHUIS BIJ MELBOURNE, AUSTRALIË

Anny Cornelissen was een week geleden jarig, je kunt het nog aan haar zien. Het was een heuglijke dag en aan de opgewektheid komt geen eind. De dag begon met een kleine aubade. Daarna een borreltje, lekker eten, een stel kennissen, nóg een borreltje en zelfs even de benen van de vloer. 'En nu snel vergeten dat je al vijfenzeventig bent.'

In de rokershoek van huize Avondrust, het bejaardenhuis ten zuidoosten van Melbourne, drinkt Anny Cornelissen een kop koffie mee, steekt een sigaret in brand en vertelt haar verhaal. Zeer in het kort, want ze wenst niet uit te weiden en te zeuren. Trouwens, ze heeft niet zoveel tijd, ze was van plan een rondje langs de kamers te maken. Dankbaar werk vindt ze dat, om oude mensen te bezoeken die zich eenzaam voelen en behoefte aan aanspraak hebben.

'Vijfenzeventig jaar oud, dat is een kwart eeuw. Wat erna komt is toegift.' In de rokershoek zijn ze het met de volle, blozende dame eens. De weduwe Anny Cornelissen is er om de fleur erin te houden. Trouwens, haar buurvrouw mevrouw Snijder zet de bloemetjes ook graag buiten. Die is bijna tachtig, maar ze zweeft tijdens een feestavondje van de Hollandse Club de Kangoeroe nog over de dansvloer.

Mevrouw Snijder, pas gepermanent, tenger en vitaal: 'Hij hier, dat is mijn man. Willem. Hij is eenentachtig, ik achttien, ik bedoel zo voel ik me. In 1953 wou ik al uit IJmuiden emigreren, maar Willem had nog wat mitsen en maren. En zo kwam hij op een zaterdagavond terug van Tholen – na de watersnoodramp werkte hij daar op de dragline – en zei ineens: "Goed, dan gaan we!"

Die zondagavond vertrok hij natuurlijk eerst weer naar zijn Tholen, waar hij op een boerderij in de kost lag. Niet veel later stuurde ik hem dat telegram op zijn dak. "Thuiskomen, s.v.p.!" Op het emigrantenschip Johan van Oldenbarnevelt waren een paar plaatsen opengevallen, we konden zo mee.'

Willem Snijder, de eenentachtigjarige IJmuidense vissermanszoon die de zee de rug toekeerde, hoort het rustig aan en zegt kalm: 'Het was op een avond eind maart, het voorjaar hing in de lucht, ik kwam de kamer binnen en had al niet meer de tijd me te scheren. Ze had het huis al verkocht, de meubels waren ingepakt, we konden allenig nog te bedde. Alles geregeld. Anderhalve dag later stond de familie ons op de pier uit te zwaaien.

Mijn vrouw is de motor van alles, en dat mag ik graag lijden. Mede door haar is het ons hier goed gegaan. Na drie dagen kreeg ik niet ver van Frankston werk bij een Engelse firma. Weer kraanmachinist. Dat is een vak trouwens, weet je dat? Een echt vak.'

Zij: 'Willem is een evenredig mens, maar soms ietwat somber. Dan begint hij te piekeren over het afscheid op de pier in IJmuiden. Die familie van hem, die Snijder-boel, die hing zo ontzettend aan elkaar, en daarom ziet Willem in zijn dromen af en toe zijn ouders, broers en zusters op de pier staan zwaaien. Dan is ie melancholiek, en dan zeg ik: "Pas op mijn jongetje, wij krijgen hier op onze ouwe dag geen gedonder meer met heimwee. Dat hebben we gehad!"

Snijder: 'Een pater hier heeft eens een woordje gesproken, hij zei dat de emigrantenvrouw de eerste jaren en de man de laatste jaren van het emigrantenbestaan terug naar Holland wil. Dat zei die priester toen hij met de vrouw van Graat Verschaeren had gesproken. Nou, de weduwe Verschaeren kan erover meepraten, die had in het begin zoveel heimwee dat ze ervan ging stotteren.

En nou voel ik dat ik het op mijn ouwe dag krijg. Zo eens in de veertien dagen merk ik dat... tja, wat zou het wezen? Zwaartillendheid vanwege het leven als zodanig. Heel af en toe golft dat door me heen.'

Zijn vrouw: 'Je moet niet te snel toegeven aan het ouder worden, je moet de moed erin houden. Zal ik er eens heel open over wezen? Als hij wat stilletjes wordt en ligt te somberen, ga ik hem strelen en dan raken we in samenleving en dan is het weer goed.'

De rokershoek, een open boek. Anny Cornelissen hoort het aan, want zij weet allang wat er in het leven te koop is. Al twintig jaar geleden werd ze weduwe. 'Mijn beide kinderen zitten een dag vliegen van me vandaan, maar ik red het best. Maar er zijn hier veel oude mensen die zich op het leven hebben verkeken. De emigrant zal in het leven van alles overkomen, dat is zo, maar uiteindelijk moet je aanvaarden dat het ging zoals het ging. Het voldoet me hier vanaf het eerste uur, schrijf dat maar op.

In Valkenswaard hadden mijn man en ik dertig jaar lang alles op alles gezet, we droomden er al van het wat rustiger aan te doen. En toen kwam hij dus te overlijden en stond ik er alleen voor. 't Is of alles om je heen wegvalt. Nou had ik hier in Australië een zuster. "Kom hiernaar toe, Anny!" stond er onder haar condoléance. Zij en haar man hadden hier een benzinepompstation, ze hadden een pracht van een stacaravan bij Mount Weverly staan, daar kon ik wel in, zeiden ze. Nee, voor mij was het geen poging de ellende te ontvluchten, het was eerder alsof iets me lokte. Laat mijn oudste zoon, net eenentwintig jaar, voor zijn werk naar Sydney worden uitgezonden; laat mijn dochter van zestien er ook zin in hebben. Het was in 1977 en ik ging. Ik wil dit maar zeggen: een weduwe wordt beklaagd zolang haar man dood boven de grond staat. Daarna mag ze zichzelf overeind houden.'

De bijna negentigjarige weduwe Truda Josephina Verschaeren blijft liever op haar tjokvolle kamertje temidden van haar op portretten en groepsfoto's vereeuwigde nageslacht. Haar man was bijna achtenveertig jaar en zij drieënveertig toen ze hier met zeven zonen, een dochter plus tien dollars op zak van de boot stapten. De oudste was bijna twintig, de jongste negen maanden. Ze boekten een novemberreis, zes weken lang was ze door zeeziekte 'tot de dood gekeerd'.

'Mijn man Graat en ik zijn gebleven. Doodgewoon omdat de kinderen na een jaar of vier, vijf niet meer terug wilden. Op dat moment kwamen ook de eerste kleinkinderen, en dan is er helemaal geen weg meer terug.

Het bleef voor Graat Verschaeren een zwaar bestaan. Hij kon niet aan een andere taal en andere omgeving wennen, zijn hart was en bleef in Brabant. Wreed voor zichzelf was hij, en wreed voor zijn naasten. Daardoor hebben de kinderen en ik het extra moeilijk gehad. In wezen was hij een goede man, maar achteraf bezien was hij veel te oud om nog te emigreren. Aan zijn kinderen heeft het niet gelegen; sommige hebben tot na hun dertigste hun loon thuis afgedragen. Om vader maar een eigen bedrijf met een beter leven te bezorgen.

Als emigrantenouders hadden we toch allebei een harde jeugd gehad. Bij ons thuis op een boerderijtje onder in de Peel. Acht koeien, tien zeugen, tachtig kippen en elf kinderen. Zeven meisjes waren er, en die werden een voor een op de gemengde bedrijven van de Peelboeren uitverhuurd. Meid voor dag en nacht. Ik moest nog veertien worden en verdiende op een afgelegen plaats dertig gulden per jaar. Plus kost en inwoning, dat wel. Zo kon je het nog minder treffen dan thuis, waar we in de woonkeuken de klompen mochten aanhouden en uit één pot aardappels zaten te eten. Daarnaast stond de grote pot karnemelksepap. Iedereen een lepel en happen maar. Wie niet mee kon komen, ging vanzelf dood.

Bij die eerste boer had ik het dus nog heel wat beroerder. 's Ochtends tegen vier uur moesten we het veld in om de koeien te melken, daarna de akkers op. Korenbinden en aardappels rooien, weer of geen weer, en 's middags om vier uur moest er opnieuw gemolken worden. Zomers werkte je zolang het licht was, 's winters werd er gewerkt van duisternis tot duisternis. Ik heb later weleens gedacht hoe het mogelijk is dat toen de heimwee in mij niet is vermoord. Want in godsnaam: waar moest ik later zo'n heimwee van hebben?

Graat diende als knecht schuin tegenover de plaats waar ik diende, en toen werd het kermis in Asten. Nou, daar barstte alle lust en onlust van een heel jaar beulen los. Er was een jongen, en hij vroeg of ik een eindje met hem mee wou lopen. 'k Had liever een jongen van de fabriek of zo, eentje in mooie schone kleren, want je kon zien dat hij een boerenknecht was. Maar wel een kop met karakter. Hij kwam uit een arbeidersgezin, ze waren thuis maar met z'n vijven, hoorde ik. Gerardus Verschaeren.

"Goed nieuws," begon hij een week of wat later terwijl hij met de fiets voor de heg stond. "Ik heb werk in de steenfabriek van Schaesberg bij Heerlen. Vrij schoon werk, daar." Zes weken later kwam hij voor het eerst een kort weekeindje op de fiets uit Zuid-Limburg terug in Asten. Hij was zo trots, had een nieuwe carbidlamp op zijn oude fiets gekocht. Ik zag witte zweetringen in zijn nieuwe jasje. Ik begon voor hem te voelen, hij had zo'n mooie sterke kop, mocht er wel wezen. Maar toen bleek, hij mocht er bij ons thuis niet in!

"Hij is gene boer!" riep vader, "Hij komt er nie in." Pa zal gedacht hebben dat hij nooit een stap vooruit zou komen als al zijn dochters arbeidersjongens trouwden. Je weet hoe het gaat, in zo'n situatie laat je elkaar niet meer los. Op het laatst stond de pastoor er ook wel achter en toen een van mijn zusters trouwplannen had, besloten wij tegelijk met hen te trouwen. Uit de kerk gekomen fietsten we meteen naar Zuid-Limburg, waar we niet ver van de steenfabriek een kamertje konden huren. En daar werd me duidelijk wat Graat allang wist: tussen de fabrieksmuren kon hij niet gedijen. Dat werd dus turfsteken in de Peel en dan met paard en wagen de aanmaakturf uitventen in Beek en Donk, Eindhoven, Helmond. We wilden uit alle macht een weilandje bij elkaar sparen, want met een weilandje ben je al een beetje boer. Maar in de turf kwamen we geen stap verder.

Toen mijn vader Rinus van Heugten overleed, kwam er een godswonder achteraan, want ondanks alle armoe bleken mijn ouders flink gespaard te hebben. Elk van hun acht kinderen werd een aardig geldbedrag nagelaten. Nu durfden we in de Peel een oud huisje te kopen en een veldje te huren. Een goede zet, want het zou oorlog worden en wie wat land en varkens had, zou niet veel van de oorlog merken. We verkochten en ruilden kool, aardappelen en rogge en voelden ons helemaal niet arm meer.

De Canadezen en Amerikanen kwamen en alles werd ons bijkant onder de kont vandaan geschoten. Toen we bevrijd waren, viel het bar tegen om van dat kleine lapje land te leven. We begonnen intussen immers al een aardig hok vol kinderen te krijgen. Graat was de aartsoptimist die eens boer dacht te worden. Waarom ook niet? Er waren zeven zonen; als die straks de handen eens flink uit de mouw gingen steken, nou dan zou je wat beleven. Maar we hadden geen ruimte en geld en krediet en zo konden we er ook geen land bijkopen. Even na de oorlog was er ook al niks meer te huur. Alsof toen het land al te vol was. En nou komt het, luister goed: ik had twee zusters in Canada en die schreven mooie brieven. Achteraf bezien wou ik dat ik ze nooit had gekregen, ik bedoel die mooie brieven.'

Truda Josephina Verschaeren spreekt met enige schroom over wat zich vlak daarna, eind 1946, begin 1947, bij de Verschaerens en Van Heugtens in de Peelse parochie afspeelde. Spanning. Emigreren? Dat was in rooms-katholieke kringen bepaald geen geliefd onderwerp. Waarom een uittocht uit het rijke roomse leven, waarom tornen aan de macht van het getal, zoals de 'fijnen' dat massaal deden. Het episcopaat werkte bepaald niet mee. In de jaren tussen de wereldoorlogen werd er in katholieke geschriften ronduit gewaarschuwd tegen 'de heerschende ziekte genaamd landverhuizing', en die waarschuwingen klonken nog door.

Toch kroop bij Graat Verschaeren het bloed waar het niet gaan kon. In de winter van 1951 ging hij toch maar met Truda naar de voorlichtingsbijeenkomst van de in 1947 opgerichte Katholieke Emigratie Centrale, een stichting die voortkwam uit de door landhonger geplaagde Katholieke Nederlandse Boeren- en Tuindersbond.

Jos van Campen, gepensioneerd voorlichter van de Katholieke Emigratie Centrale in Den Haag, weet bijna een halve eeuw later nog precies hoe die avond de veelal op klompen gekomen belangstellenden over Australië werden voorbereid. 'We hebben die mannen en vrouwen er wel degelijk op gewezen dat ze niet naar een eldorado gingen; we hebben donders goed gewag gemaakt van het verschijnsel heimwee. Maar men hoorde alleen maar wat men wílde horen. Heimwee? Dat lossen we daar wel op, dachten ze. Het was alsof in die periode de massa in een onomkeerbare beweging was gekomen. Want zo was het. In 1948 overwoog een op de drie Nederlanders tussen de achttien en veertig jaar om te emigreren. Alleen al in 1952, toen de Verschaerens met hun tienen op de boot stapten, vertrokken er bijna 50 000.'

Truda Verschaeren: 'Er werd die avond in Asten ook nog een mooie film gedraaid. Wat was dat toch een schitterend land, Australië. De pastoor die namens de Noord-Brabantse Christelijke Boerenbond aanwezig was, had het emigrantengebed op papier. Er was die avond namelijk een echtpaar dat al over twee dagen zou vertrekken. Met dat gebed zijn ook wij later de oceanen overgestoken.

"... Heer, Gij strooit ons uit als de gouden tarwe die wassen zal en vruchten dragen. Ons levenslot ligt als de korrel in Uw hand en zoals Gij ons met zegenend gebaar tussen de volkeren verspreid hebt, weet Gij ook hoe wij zullen geven een nieuwe oogst op verre velden. Onze arbeid moge het voedsel verschaffen voor de wereld, onze levenswandel moge het brood voor hun zielen openbaren. En mocht het onkruid ons een plaats in de zon betwisten, Uw oogst, Goddelijke Maaier, zal daarom niet minder zijn. Want Gij zelf geeft ons de kiemkracht..."

Wij kwamen aan en bij Graat en mij wilden de Engelse woorden er niet in. Door de zeeziekte waren we al stokmager, door de taalmoeilijkheden werden we vel over been. Graat trok meteen met de jongens de bossen in. Hout hakken. Geld verdienen. Ik kon ook maar beter aanpakken. Tomaten plukken. Een paar weken later stond ik lange dagen op een gammele ladder appels en peren te plukken. Achteraf voor een veel te laag loon. Kwam doordat we niemand konden verstaan. Weerloos waren we.

Een buurvrouw had iets in het Engels voor me op een boodschappenbriefje geschreven: "Witte kool en meel voor pap." Meer niet. Altijd dat briefje mee. En zo hebben we de eerste maanden alleen maar witte kool en pap gegeten.

Naast de taal waren er meer vijanden: de tijgerslang en die grote hagedissen. Onze Jack werd door de *tigersnake* gebeten, de jongen haalde het in het ziekenhuis kantje boord. Later kregen we een dicht dak boven ons hoofd, dat wel, maar de eerste vijf jaar kwamen we alleen maar binnen om te slapen. In de boomgaard heb ik weleens God gebeden om een vreselijke storm, zodat ik met mijn hele huishouding terug naar Brabant zou waaien.

Graat hield zich niet goed overeind en werd zwartgallig. "We redden het niet" en "We zien de Peel nooit terug." Als je dat maar vaak genoeg zegt, krijg je nog gelijk ook. We kregen het zover dat hij een groentetuinderij kon beginnen. Intussen konden de jongens beter in de bouw gaan omdat daar de lonen hoog waren geworden. Ze werden metselaar. Het waren Ger en Sjaak die heel lang thuis bleven wonen en hun loon afgaven. Als pa nu maar vooruit kon boeren. Maar pa bleef pessimistisch, en dan gaat het niet.

De zware klappen moesten nog komen. Eerst verongelukte onze Huub op weg naar zijn werk. De jongen liet een vrouw met vijf kleinen achter. Een week lang heb ik geen woord kunnen uitbrengen. En wat onze Piet overkwam, dat was toch ook zo verschrikkelijk. Die vrouw van hem kon de heimwee niet meer dragen en ging terug naar Nederland. Er was al een zoontje, voor Piet zat er niets anders op dan mee te gaan. Terwijl hij hier was opgegroeid, kwam hij daar in de ploegendienst van Douwe Egberts in Joure terecht. Doodongelukkig moet hij zich daar gevoeld hebben. Het ging al een tijdje niet goed tussen Piet en die vrouw. Op een gegeven moment kon hij niet anders dan terug naar Australië. En zij wilde natuurlijk dat zoontje houden. Het afscheid van zijn enig kind; Piet kon het niet aan en heeft er zelf maar een eind aan gemaakt. Dus kijk niet vreemd op als ik zeg dat onze emigratie mislukt is.'

Buiten blijkt het warmer te zijn dan in het diepste binnenste van Huize Avondrust. In het wooncentrum zijn de lichten ontstoken, buiten snerpt de eerste boomkrekel de stilte aan flarden, aan de verre noordwestelijke einder spiegelt het verlichte Melbourne zich boven de kim.

***

Tweeënhalve dag later om negen uur. Het morgenlicht tovert een regenboog boven de tuinsproeiers van het grote wooncentrum. De regenboog als het oersymbool waarmee voor alle volken het einde van de rampspoed en het begin van de vrede wordt aangekondigd. Maar hier verdwijnt de regenboog wanneer iemand van hogerhand de kraan dichtdraait.

Het is 28 december en hartje zomer, zo meteen wordt er in het hoofdgebouw van Abel Tasman Village getrakteerd op oranjekoek die eigenlijk geen echte oranjekoek is. Het is ook maar een beetje feest, omdat vandaag precies zesentachtig jaar geleden het meisje Liesbeth Niemarkt werd geboren. En er is in de tussentijd al zo vaak van hogerhand een kraan dichtgedraaid.

Zoals gewoonlijk stond haar vader Age Niemarkt niet aan het kraambed, de man trok op dat moment als sjouwerman in het Friese Irnsum een tot de ijk geladen houtschip door het Rak van Ongemak naar de Wetering. Zo passeerde hij zelfs hotel-restaurant Oudeschouw, waar hij in betere tijden nog kastelein was geweest. Maar dat liep verkeerd af, alles was hem onder de kont vandaan verkocht.

Liesbeth was nummer elf uit een gezin van in totaal dertien kinderen. Toen ze achttien was, trouwde ze Wiebe Boersma, derde machinist op de grote vaart. Wiebe kon het, waar dan ook op de wereld, altijd maar heel eventjes uithouden. Dat was al zo toen hij als jongeman op de schepen van de Koninklijke Paketvaartmaatschappij (KPM) voer.

Het is Liesbeth Niemarkt bijgebleven hoe het ging. 'Het was eind jaren twintig, in Grou was het bal in Oostergo, er stapte een mooie jongen in uniform binnen en ik kon mijn ogen niet van die man afhouden. Toen kwam hij ook nog recht op me af, boog zelfs voor me en vroeg me voor de dans. Het was een polka.' De mooie Liesbeth van toen haalt, licht voorovergebogen en met toegeknepen ogen, haar zoetzure herinneringen op. In die houding kan ze het best nadenken. 'Het was zomer, er lagen wel zes plezierjachten aan de kade, hij droeg een witte zeemanspet. Ik had al zo ongeveer in de gaten dat ik een heel mooi meisje was. Ik raakte helemaal in vervoering.'

Zo liep ze in de armen van de man die steeds maar even ergens was, zich nergens thuis voelde. Veruit de meeste tijd zwalkte hij op de KPM-schepen over de Indische Oceaan. Dat laatste vond de vroeg weduwe geworden moeder Pierkje Niemarkt-Kramer nog niet het ergst; die zeeman was niet rooms! Dus dit kon en mocht nooit wat worden. Maar het werd wel wat. Ze was negentien, hij vijfentwintig, ze besloten met de handschoen te trouwen, ze stuurden elkaar de ringen, hadden daarvoor beiden al een gemachtigde – hij in Tandjong Priok, zij in Irnsum. Maar ineens stond hij dan weer voor haar deur. Zo trouwde Wiebe Boersma 'volop' met Liesbeth Niemarkt. Nou volop, hij werd rooms voor haar en voor de lieve vrede.

'De KPM zetelde nog in Nederlands-Indië en Wiebe voer op de lijndienst Java-Australië. Aan boord wilde hij niets liever dan naar huis, thuis wenste hij naar zee te gaan.

Hij keerde, alweer voor de lieve vrede, voorgoed de zee de rug toe. Hij bezat immers de wereld aan diploma's, had overal verstand van, was heel goed in elektrisch, kon overal aan de wal werk krijgen. Maar een baas wekt onrust op. Op zoek naar beter. Al was het crisis, dan zelf maar een zaak. In de Midstraat in Joure kochten we een fietsenzaak, maar toen bleek dat de verkoper al zijn klanten mee had genomen. Wiebe bleek geen zakenman te zijn en ging failliet.

Dan maar in Leeuwarden in andermans fietsenzaak staan te verkopen. Zo scharrelden we de crisis- en oorlogsjaren door. Na de bevrijding sloeg de onrust weer toe. Vanaf 1947 was het woord "emigreren" niet van de lucht; in 1952 was er geen houden meer aan. Met onze drie zoontjes emigreerden we tegen mijn wil in naar Australië. Pas na twee jaar hadden we de ongesubsidieerde vliegreis naar Melbourne met hard werken terugverdiend.

Eerst vond Wiebe een baan als elektricien bij de spoorwegen, daarna verhuisden we naar Brookvale, waar hij werk kreeg bij een busmaatschappij. Daar in Brookvale dacht ik: eindelijk rust en regelmaat, maar ineens wilde hij terug naar Nederland. Ik had daar, ondanks mijn heimwee, grote bezwaren tegen. De kinderen hadden voor het eerst vriendjes op school gekregen en moesten we ze nu tegen hun zin mee terug zeulen? Maar die drang was bij Wiebe niet te beteugelen. Na een jaar of vier waren we terug in Leeuwarden.

Na anderhalf jaar begon ik me goed te voelen. Het was niet een van de drie jongens die almaar heimwee naar Australië bleef houden, het was opnieuw Wiebe die het niet langer kon houden. Dus maar weer met zijn allen terug naar Australië. Zo zijn we nog driemaal heen en weer gezworven. Daarmee werd ons gezin uit elkaar getrokken. Alle grond was mij en de kinderen ontnomen. Dan weer was een van de kinderen hier en wij daar, dan weer was het net andersom.

Op een dag bezwoer onze oudste zoon Isaäk ons dat hij nooit maar dan ook nooit weer wilde verhuizen. Hij ging voor hem en zijn vrouw een prachtig huis bouwen en we begonnen met hem mee te leven. Toen de meiboom op de nok stond, viel hij van de ladder en stierf een paar dagen later in het ziekenhuis. De tweede zoon Age bekeerde zich tot een vreemd geloof, verhuisde twee dagen reizen naar het noordwesten en zou een hele tijd niets van zich laten horen. De derde zoon Lyckele werd, mede door al die verhuizerij, door vrouw en kinderen in de steek gelaten.'

Bij Wiebe Boersma ging de onrust nooit helemaal over. Hij en Liesbeth Niemarkt waren bijna achtenvijftig jaar getrouwd toen hij ernstig ziek werd.

Liesbeth: 'Vlak voor zijn dood begon hij er zelf over. "Lies, eindelijk zal ik rust vinden!" In Australië wenste hij niet volgens de strenge roomse wetten in gewijde aarde te worden begraven, nee, we moesten hem maar naar een crematorium brengen. Daarna moest zijn as naar Friesland worden verscheept, zodat het boven de weilanden en het Pikmeer kon worden uitgestrooid.'

De thuisreis van Wiebe Boersma over de Zeven Zeeën, zelfs die waarbij hij tot stof was wedergekeerd, bleek niet zijn laatste reis te zijn. Tot na zijn dood zou hij dolende blijven: het pakketje met as was zes maanden met een vrachtschip onderweg geweest, raakte bij de ontscheping een tijdje zoek, kwam weer boven water en werd bij familieleden in Sneek, later in Leeuwarden, afgeleverd. Daar wisten verwanten in de tweede en derde lijn er geen raad mee. Soms stond het pakketje met zijn as ergens als een bizarre geest in de gang en konden de verwanten er niet van slapen. Niemand wilde of durfde wat al zo verstrooid was nog eens opnieuw verstrooien, niemand wenste het pakketje te aanvaarden. Ten slotte werd het bezorgd bij de beheerder van de gemeentelijke Noorderbegraafplaats aan het Schapendijkje in Leeuwarden. Daar zei de man in de deuropening: 'Ik rêd der wol mei', wat zoveel betekent als: 'Ik zie wel wat ik ermee doe.'

Weg uit de Spinnensteeg

FRITS EN ANNE NEWLAND, RICHMOND (ONTARIO), CANADA

Canada zucht onder een hittegolf. Voorbij Richmond in Ontario trilt het heuvelland onder de hete zomerzon. 'Moet je hier 's winters komen, als de harde wind vanaf de meren in het noorden waait. Met deze hitte is nog te leven, maar ik kan niet meer tegen de felle kou. Als je tegen de tachtig loopt, word je openhuidig.'

Canadese verhalen bij de airconditioning. In de voorkamer van Frits en Anne Nieuwlands mooie huis in Richmond verrijzen beelden van een halve eeuw geleden. Er kwam een bus aangereden die Frits en Anne met de twee kinderen van de hoek van de Spinnensteeg in Aldeboarn naar Rotterdam bracht.

Toen ze jaren later voor het eerst weer terugkwamen in het dorp aan het riviertje de Boorne, waren ze de kluts even helemaal kwijt. Het vaarwater, de straten en stegen, ze waren smaller geworden. De dorpstoren leek nog schever gezakt, de huisjes aan de Boorn leken nietiger, de afstand naar Akkrum was zoveel korter. Het was alsof ze ergens anders naar hadden verlangd dan naar dit dorp.

Waarom stonden Frits Nieuwland en zijn famke Anne Berger uit het buurtschap Zestien Roeden bij Heerenveen ooit voor de Spinnensteeg op de bus te wachten? Het antwoord blijft nog even uit.

Frits: 'We hoefden de eerste jaren niet zo nodig terug naar Friesland. Ook al vroren we in het noorden de eerste winter bijkant dood, wat hadden we nog in het ouwe dorp te schaften? Nee, ik gaf geen krimp. En jij ook niet, Anne. Niet op hangende pootjes terug.'

'Toch kon je je ouwe dorp niet loslaten,' zegt ze. 'Zo tegen de septembermaand, wanneer in Aldeboarn de Gondelvaart wordt gehouden, of tegen de tijd dat er weer eens een reünie van de school of de voetbalclub was, lag je soms in bed te woelen. Leg nou maar eens uit waarom we uit Aldeboarn weg wilden.'

Frits: 'Langzaam maar zeker voelden we ons er in het nauw gedreven. Na de oorlog zat er ineens geen leven meer in. De economie was lamgeslagen, allemaal regels, je mocht als ondernemer geen bliksem. Ik was de laatste kuiper van het dorp en er kwamen nog nauwelijks opdrachten. Okay, daar kwam dat akkefietje met veldwachter Monkel nog eens bij. Er moet altijd een laatste druppel zijn die de emmer doet overlopen.'

November 1952. Een absurde belastingaanslag, een formeel optredende veldwachter, kortom, een periode van tegenslag. En op die bewuste avond was het ook nog eens rotweer. Anne wil er liever toch maar niet over praten, begint weer over de eerste jaren in Canada, over die barre winter, de knagende heimwee daar in de eindeloze hel van het hoge noorden. 'We tochtten bijkant uit de houten arbeiderswoning van mijn eerste boer en werkgever.'

Anne: 'Sometimes stond ik lonely het venster uit te staren. Nou nee, ik kon niet door de ijsbloemen heen kijken, maar voelde wel dat schrijnende gevoel van homesickness op de borst. 's Nachts was mijn hoofdkussen nat van de tranen, dan bleef ik roerloos liggen om Frits maar niet wakker te maken. Hij moest zo hard werken.'

Frits: 'Het was zo'n rare overgang: je had in juni het knusse dorpsleven verlaten. We kwamen niet lang daarna in de ijskoude verlatenheid van winterend Canada. Voor de mannelijke immigrant bestond er een ijzeren wet: eerst bij de boer werken. In Mid-Friesland had ik wel vlug even het melken geleerd, maar achter de koeienstaarten voelde ik me toen al niet echt lekker. Ik wilde ambachtelijk bezig zijn. Meubelmaken, timmeren. Zoiets. Dat zou uiteindelijk hier mijn business ook worden.'

'En we hadden nog geen car,' herinnert Anne zich. 'Dat maakt ook lonely.'

Frits: 'De car kwam later. Een Ford 1935. Het was een uur lopen om op een fatsoenlijke weg te komen. 't Liep tegen Kerstmis en we moesten hoognodig eens met de kinderen naar het dorp verderop. Boodschappen doen. De beide jongetjes moesten eens een middagje het erf af. Maar hoe? Toen heb ik van de zware keukentafel een slee gemaakt. De tafel op z'n kop, een vloerkleed om de vier poten gespannen, het paard ervoor. Zo hadden we een slee waar de kinderen in konden. Wat een sneeuw, wat een kou, wat een reis.'

Er valt een stilte, bonzend tikt de klok. Frits blijkt geroerd door plotselinge herinneringen. Tranen over een verweerd gelaat.

'Still we waren happy,' klinkt het zachtjes.

Anne: 'Dit is allang geen heimwee meer, hoor. Er blijft altijd iets vreemds in je hangen. Er kan zomaar emotie loskomen. Het kan ook komen doordat je oud wordt.'

Frits: 'Jij hebt heimwee gehad, jij hebt geleden, jij had hier het gevoel dat je je moeder, ik bedoel de ouwe vrouw Berger, zo akelig alleen had achtergelaten. Jullie hingen zo aan elkaar.'

Anne: 'Op een zondagmorgen zijn we met de kinderen achterop van Aldeboarn naar Mildam gefietst. Daar woonde mem, al jaren weduwe, in een klein huisje. Het hoge woord moest eruit, ze mocht het niet van een ander horen dat we naar Canada wouwen.'

Frits, haar in de rede vallend: 'En wat zei je moeder toen, Anne? Ze zei: "Het is me wat. Maar ik ben ook blij voor jou, Frits en de kinders, want aan de andere kant van de wereld zal vast meer gerechtigheid wezen." Dát zei mijn schoonmoeder toen. Die woorden hebben ons afscheid wel lichter gemaakt.'

Anne: 'Frits had in Aldeboarn de kuiperij van zijn vader Jan Nieuwland overgenomen. Maar na de oorlog was er al bijna geen boer meer die nog houten emmers gebruikte. En de huisvrouw zwoer de houten wastobbe af en de schijttonnen raakten ook uit de mode. "Het moet allemaal blik worden," riep ouwe Jan Nieuwland, "het moet tegenwoordig allemaal hol klinken." Er waren op dat moment in Aldeboarn nog zeven bakkers. Een leegloop van mensen en vechten om de kop boven water te houden. Frits de kuiper was een geweldige vakman, what his eyes zagen, maakten his hands, maar het was doodtij, er gebeurde te weinig in het dorp.'

Wat was het akkefietje met de veldwachter? Wat gebeurde er op die winderige novemberavond in 1952? In het huis van Frits en Anne, op de hoek van de Schoolstraat en de Spinnensteeg, waren die avond de gordijnen al vroeg dicht. Zo bespaarde je een turf per dag. De twee jongetjes sliepen op hun kamertje boven als rozen, beneden hadden Frits en Anne de krant uit. 'Het wordt bedtijd,' opperde Frits terwijl hij zich uitkleedde. 'Kom nou Anne, we gaan erin!' Hij stond in zijn jaeger onderpak, zij deed het licht uit, hij schoof staande in de duisternis het gordijn een eindje opzij, beiden zagen ze nu in het vale schijnsel van de straatlantaarn hoe er natte sneeuw van de vensters dreef. Het dorp sliep, op straat was er geen hond meer te bekennen.

Ze herinnert zich alles precies: 'Tegen bedtijd begon Frits doorgaans te drijven, me bij wijze van spreken achter de broek te zitten. "Kom nou Anne, we gaan erin!" Het was alsof hij me voor zich uit de trap op wilde duwen. Op dat moment werd er venijnig op het raam van de voorkamer geklopt. Ik was dus nog in de kleren, trok de grendel van de voordeur en daar stond veldwachter Monkel.

"Jij naar boven," zei ik tegen Frits. Hij kon Monkel niet luchten, was nodeloos door hem op de bon geslingerd, omdat de koplamp van zijn fiets het niet deed. Dat was alles. Het was ook nog op de verlaten Sminiaweg gebeurd. "De dynamo pakt niet door al die modder op de weg, pliesie Monkel, maar in wezen doet ie het wel!"

"Hij doet het niet. Wet is wet," zei de pliesie.

Goed, rond bedtijd Monkel aan de deur. "Wat krijgen we nou, de pliesie," zei ik.

"Die voorkamer van jullie lijkt wel een etalage," hoorde ik. "Het is bij de wet verboden om in een woonkamer spullen aan te bieden. Ik heb een complete nieuwe sjoelbak, een poppenwagentje, twee ingelegde theeblaadjes zien liggen."

"Het is over een paar weken sinterklaas," zei ik, "en we krijgen nauwelijks nog opdrachten van de zuivelfabriek. Zonder bijverdiensten red ik het niet."

"Frits heeft er geen vergunning voor, heeft trouwens ook geen diploma's voor dit werk," zei hij. Op dat moment hoorde ik Frits de trap af komen. "Naar boven jij," riep ik, maar het was al te laat.

"Man!" schreeuwde Frits, "je hebt gelijk, ik héb geen diploma's en ook geen vergunningen om een sjoelbak in elkaar te timmeren."

Monkel: "Ik wil voor jou, Frits J. Nieuwland, wel even citeren uit de Vestigingswet Kleinbedrijf 1937." En daar begon de voordracht, daar kwam het hele evangelie van de naoorlogse bureaucratie. Alsof hij het eerst letterlijk uit zijn hoofd had geleerd.

"Als dit nog niet genoeg is, Nieuwland, dan zal ik je ook nog de Verordening voor de Middenstand voorlezen. Die stamt uit de oorlog, maar geldt nog steeds."

Ze stonden nu al recht tegenover elkaar, Monkel in zijn mooie uniform, Frits in zijn borstrok en lange onderbroek. Ik voelde de vloer onder me trillen, zo kwaad begon Frits te worden. Dit komt niet goed, schoot door me heen. Dus ik sloeg de deur voor Monkels neus dicht. Klets! De grendel erop. Monkel stond buiten, het werd even heel stil. Gelukkig is de man zo verstandig geweest niet opnieuw aan te kloppen. We gingen naar boven, lagen uren wakker. En ineens hoorde ik Frits zeggen: "We gaan weg, Anne, we gaan emigreren."'

Frits, bijna vijftig jaar later: 'Heb ik dat tóén gezegd? Zei ik het zó? Welnee, je vergist je, die woorden sprak ik op de avond van de dag dat ik die sjoelbak naar een klant bracht. Ik had het ding op de fiets naar een boerderij in het buurtschap Sodom gebracht, moest ook nog iets afleveren bij een gezin met een hok vol kinderen aan de Braksdijk. Toen ik tegen bedtijd thuiskwam, vond ik dus die blauwe brief. Belastingaanslag. Dat jaar had ik nog geen vierduizend gulden omgezet, maar ik werd voor 2200 gulden aangeslagen. Toen, tóén heb ik gezegd: "Ik ga weg. Naar Amerika, of naar Canada, of naar het kan me niet verdommen waar naar toe!"'

Anne: 'Dan moet het díe nacht zijn geweest dat ik Frits op een gegeven moment in bed miste. Ik naar beneden, en daar zat hij in nachtgewaad een brief te schrijven. Temidden van wel tien mislukte experimenten die op de vloer rondslingerden. "Maar nou heb ik het goed op papier," hoorde ik hem tevreden beweren. Hij had zijn neven in Amerika en Canada een vraag gesteld: "Als er bij jullie meer vrijheid is dan hier, komen we. Hoe is het met de vrijheid gesteld."

Eerst kwam er een brief terug van de Van Zinderen-neven uit Amerika. Die schreven alleen maar over mooi weer en lange dagen. Het was Frits' neef Klaas in Canada die meldde dat het nu juist de vrijheid was die het de moeite waard maakte om in Canada te leven. "Het wordt Canada," riep Frits meteen. En hij liet de papieren in orde maken. Niet lang daarna verkochten we ons huis. En uitgerekend op dat moment kwam directeur W.G. de Jong van de zuivelfabriek aan de deur met zogenaamd goed nieuws. De Jong riep: "Frits! Handel! Er moet boter naar het Amerikaanse leger in West-Duitsland, daarvoor heb ik massa's botervaatjes nodig."'

Frits: 'Ik zakte bijna door de vloer, had niet de moed mee te delen dat ik begin juni met vrouw en kinderen op de boot naar Halifax vertrok. Ik heb zoiets tegen De Jong gezegd dat hij op me kon rekenen. Vanaf dat uur zat ik tot ver over m'n oren in mijn eigen ambacht. Dag en nacht kuipen, nog goed verdienen ook. Voor het eerst in mijn leven kon ik mijn werk niet aan, kon ik er niet meer van slapen. Het eten smaakte niet meer, de pijp smaakte niet meer.'

Anne: 'Het afscheid.'

'We hoeven niet over dat afscheid te praten,' zegt hij kortaf.

'Jij was overspannen toen,' zegt ze. 'Toen we uit Aldeboarn vertrokken was je mager als brandhout, kon je je achter de kachelpijp verschonen. Vertel maar hoe raar het allemaal ging.'

Frits: 'Dan zal ik het vertellen. In Rotterdam lag de Waterman klaar voor vertrek, in de haven kwamen de roeiers al in actie, de trossen moesten nodig los, en het waren uitgerekend onze emigratiepapieren die zoek waren geraakt. Dus werd ik meegetroond de wal op. Anne bleef met de kinderen aan dek.

In een kantoor werd alles op z'n kop gezet. Vragen, overleggen, er werd zelfs een telefoon van de haak genomen. Nou, toen werd ik er beroerd van in mijn kop, raakte inwendig overstuur. 'k Stond ergens binnen, hoorde de scheepshoorn van de Waterman over de Rotterdamse havens bulderen, voelde ineens geen grond meer onder mijn poten, en warempel, daar komt iemand met papieren. "Nieuwland, het is in orde!" Ik als de bliksem aan boord. Ik had, onbereisd als ik was, het gevoel dat ik bij de gratie Gods nog mee kon.'

Frits Nieuwland gaat staan, loopt even onrustig in de kamer heen en weer. Natte ogen. 'Ik voel dat ik een oude man word, 'k kan nog niet eens de spanning van een halve eeuw geleden verdragen. Anne, vertel jij wat er daarna gebeurde.'

'Frits en ik stonden met de beide jongetjes tussen ons in aan dek. Schuin achter ons stond een vrouw met twee dochters, twee mooie meiden kan ik je verklaren, de ene zestien, de andere misschien achttien jaar. De moeder was, zo kwamen we later te weten, de weduwe van een bakker uit het dorpje Luxwoude, even ten oosten van Heerenveen. Ze voer met beide meiden naar Canada, naar een slager in Ontario met wie de moeder in Friesland al verkering had gekregen.'

Frits is de emoties weer de baas, kan de herinneringen weer aan. 'De laatste tros werd losgegooid en op dat moment hoorden we die moeder schreeuwen: "Blijf hier, jij! Jij blijft bij ons!"

Het jongste kind wilde ervandoor gaan, werd aan de rok vastgehouden. Maar ze rukte zich los, klom over de reling en zocht de weg naar beneden. De moeder bewoog hemel en aarde, maar dat kind was zo lenig als een aap, stond al op de loopplank die juist op dat moment aan boord werd gevierd. Ze sprong, kwam op de kade terecht, krabbelde overeind en zette het op een lopen.

Die schreeuw van de moeder, uit het diepst van haar ziel; nooit heb ik een moeder zo tekeer horen gaan als de bakkersweduwe uit Luxwoude. Nooit ook zal me het beeld verlaten van de stampvolle kade met wuivende mensen die van het ene moment op het andere ophielden met uitzwaaien. Het meisje holde dwars door de mensenmassa over de kade. Verderop bleek een jongkerel met een motorfiets klaar te staan. Ze sprong achterop en in een wolk van rook en stof gingen ze ervandoor. De hoek om en weg.'

Anne: 'De weduwe van Luxwoude blijkt, nadat de kapitein van de Waterman, een havenautoriteit, en een scheepsdominee zich ermee hadden bemoeid, met één dochter naar de slager in Ontario te zijn gereisd. Pas jaren later is het meisje weer boven water gekomen. Ze woont nu, met die motorfietsjongen, in een dorp op de Veluwe.'

Frits: 'Er is meer met emigrantenkinderen gebeurd dan je denkt. In het voorjaar van 1921 verstopte in het dorp Oppenhuizen bij Sneek een van de zeven kinderen zich een paar uur voor het afscheid. Een nacht en nog eens een dag is er door de dorpsbewoners naar die knaap gezocht. De boot wachtte niet, dus de reis van dat gezin moest een maand worden uitgesteld. Ze vonden de jongen later half uitgehongerd bij een oom in de hooiberg.'

Anne: 'Onze kinderen waren gelukkig heel klein, ze zijn echte Canadezen geworden, zijn ons dankbaar dat we gegaan zijn.'

Frits: 'Wijzelf hebben hier toch ook een goed leven. Het is goed gekomen. Maar op de heenreis wilde ik me, net als die knaap uit Oppenhuizen, verstoppen. Eenmaal aan boord van de Waterman kwam ik mijn hut niet meer uit. Anne ging met de kinderen naar het bovendek, ik bleef in het aardedonker achter. Een week lang heb ik amper gegeten en gedronken. Af en toe een stukje appel, dat was alles. Het was op de zesde dag en ik kreeg het gevoel dat ik doodging. Toen heb ik tegen mezelf gezegd: Frits jongen, je gaat hier hartstikke dood, óf je gaat nú naar boven! Kortom, ik ging me wassen en scheren, trok schone kleren aan en waagde me de trap op naar het bovendek. Alle kracht was weg, ik kon nog amper lopen. Laat ik nou op weg naar boven een bar ontdekken. Ik bestelde een borrel, ééntje maar, en had hem meteen zitten ook. Daarna ging ik op zoek naar Anne en de kids. "Ik ben er weer," zei ik. Die avond waren Anne en ik voor het eerst sinds weken weer bij elkaar, we waren weer zo gelukkig. Op z'n Fries zeggen we altijd: "Het moet eerst op z'n ergst voordat het betert."'

Frits Nieuwland raakt weer geëmotioneerd. 'We waren still happy,' herhaalt hij zachtjes.

Zij lacht, wil de emoties de baas blijven. 'Die eerste jaren waren toch geweldig! Daar hoef je niet om te schreien. We woonden ver voorbij het eind waar de wereld ophoudt en toch hadden we het zo mooi. Soms vroor het zo hard dat we 's avonds de voeten in de asla van de houtkachel moesten steken om warm te blijven.'

De naam Nieuwland werd veranderd in Newland, maar Frits en Anne bleven op hun voorspoedige zoektocht naar meer vrijheid wie ze waren. 'We zijn hier goed vooruit geboerd, kijk maar naar onze mooie tuin, kijk maar naar hoe de kinderen het hier maken.'

Zoektocht naar schone aarde

JAN HAISMA, BALCARCE, ARGENTINIË

Hoe wordt een nieuwe dag geboren aan de kusten van de Andes? Welk wonderbaarlijk schouwspel ontvouwt zich voor je als je vanuit het gebergte de zon ziet oprijzen uit de Stille Oceaan?

Het is als een eisprong die zich ergens diep in de schoot van moeder aarde begint te voltrekken. Daar, in de kelders van de zee, wordt een mysterieuze bol losgelaten. Het gevaarte werkt zich als een reusachtig ei naar buiten en floept bevend door het natte omhulsel. Dan maakt het zich, schijnbaar nadruppelend, los van de kim en zet de Andes in een rosse gloed. Zo wordt de nieuwe dag gebaard.

Ik sta op de zevenduizend kilometer lange, duizenden meters hoge muur tussen Chili en Argentinië en houd de adem in. Dan draai ik me om en tuur het nog naschemerende oosten in. Beseffend dat het op zijn minst twee dagen en nachten rijden is naar Balcarce. Op weg naar een curieuze gastheer. Een autoreis met tussenstops in plaatsen als Mendoza, San Luis, Rio Cuarto, Venado Tuerto en Buenos Aires.

Eerst gaat de tocht over smalle wegen naar lager gelegen gebieden. Soms buldert achter een scherpe bocht wild rivierwater dat misschien wel tegelijk met mij de hoogten verliet. Wanneer al dit kostelijke water de vlakke pampa's in het oosten van Argentinië heeft bereikt, zal diezelfde magistrale zon het al voor de helft hebben verdampt.

Na twee dagen kom ik aan in Buenos Aires als de avond valt. Buenos Aires, ofte wel Goede Lucht. Maar zo fris is op dit uur de lucht niet meer. Het is een nachtstad die stinkt uit zijn adem, nagloeit als een veenbrand na een zinderende zonnedag.

Het wordt een zwoele nacht met slepende tango's en een branderige afdronk. De volgende ochtend ga ik vroeg op reis naar Balcarce. Naast me zit een zwijgende studentengids achter het stuur. Arturo. Hij voert me door een bijna vlak landschap, we ratelen over een houten brug, over een getemde rivier, bereiken rond koffietijd de stad Dolores. In de student biologie wordt de leermeester wakker. '*Pampa* is het indiaanse woord voor vlakte.' We rijden verder, stoppen op een parkeerplaats. Ik voel en ruik en proef de aarde: geurige, kleurrijke, wellicht zeer vruchtbare lössgrond. Dit moet de schone aarde zijn waarop Jan Haisma zijn zuiverheidsdenken wilde botvieren. Althans, zijn zoektocht naar *Lebensraum* eindigde toen hij zich hier verderop vestigde.

Wij rijden verder met open ramen. Arturo strooit nu al zijn kennis over het onmetelijke land over me uit. Een natie, ongeveer vijftigmaal zo groot als Nederland. 'Zeven verschillende klimaten,' roept hij trots. De jongen schijnt alles te weten van de Argentijnse brilberen, tapirs en poema's. 'We hebben vijfenvijftig verschillende soorten slangen!' Jawel, hij is trots op zijn land.

Maar voor hem bestaat er ook een ander Argentinië. Dat is het land dat hij haat. 'Ik schreef over de politieke situatie kritische gedichten. Ik stuurde ingezonden brieven naar dagbladen als *La Razón* en *Crónica*, maar de redacties waren te laf om ze te publiceren. Zelfs de gezaghebbende *Nación* weigerde iets van de hand van een kritische intellectueel op te nemen. In een land met zó'n democratie, met zó'n journalistieke cultuur, zal het recht van de sterktste blijven gelden.

Arturo wordt ineens een cynisch heerschap. Volgens hem werd de grootste uitvinding van Argentinië in 1871 gedaan: het prikkeldraad. 'Je hoefde niet langer tussen vier muren te zitten, ze konden je nu ook achter prikkeldraad zetten. Zodat je de vrijheid wel kon zien en ruiken en horen maar niet bereiken. Als je vroeger ongevraagd het land van een boer betrad, werd je neergeknald of – als je geluk had – tussen de muren gezet. Met de omheiningen van prikkeldraad werd het doodsschot van de boer nog verder gelegitimeerd.'

Overal zie ik landbouwgrond maar nergens ontwaar ik prikkeldraad. Heeft Arturo het over een situatie in de vorige eeuw? Nu declameert hij fragmenten uit de klassieke gedichten van Martín Tierro. Zomaar uit zijn hoofd. En hij beweert alle ballades over de territoriumdrift van de Argentijn te kennen. 'De mens is een veroveraar en tegelijk een bewaker van zijn territorium.'

Volgens mijn studentenchauffeur was Argentinië voor de Tweede Wereldoorlog het rijkste land ter wereld. Daarna volgde een periode van politiek en bestuurlijk mislukte experimenten. 'Onder de totalitaire regimes mislukte uiteindelijk alles. Perón was alleen maar goed in het vinden van sterke vrouwen. Laat ons ook Perón maar vergeten.'

In Mar del Plata aangekomen zwijgt Arturo weer. Het kan niet ver meer zijn naar Balcarce. Ik zoek het adres van Jan Haisma. In mijn telefoongesprekken met hem kwamen zijn passies meteen aan het licht: het mensdom is nog altijd op een verkeerde manier bezig naar oplossingen voor de wereldproblemen te zoeken. Jan Haisma zette zijn stellingen kracht bij met metaforen, zoals in de gelijkenis van de beschonken dwaas die op weg naar huis de sleutel van zijn voordeur was verloren.

'Met wankele schreden wandelt de man terug en gaat zoeken naar de sleutel op de plaats waar een straatlantaarn de berm verlicht. "Weet je zeker dat je de sleutel hier bent kwijt geraakt," wil een voorbijganger weten. "Nee," antwoordt de man, "maar ik heb hier licht om te zoeken." Welnu, zo zoeken de mensen naar de sleutel om tot een betere en gezondere aarde en een beter en gezonder mensdom te komen.'

Van enkele kilometers afstand lijkt het alsof er geen schoner en zuiverder stukje aarde bestaat dan de omgeving van Balcarce. 'Je voelt dat het hier in het zuiden frisser wordt.' In de verte wazig blauw bergland onder heldere luchten. Een kleine man met een verweerd gezicht onder een grote hoed wijst ons die kant op. Daar is de kwekerij van de oude Hollandse *ingeniero agrónomo.*

Een lange oprijlaan met aan weerszijden vreemde vogels in het groen. Ineens is het witte huis onder de wolvenkap vlakbij. Een erf dat de sfeer ademt van het pittoreske hotel Tjaarda in het Oranjewoud van de jaren vijftig. Verderop bijgebouwen, een paar zomerhuizen, een windmotor die zachtjes meegrient op dezelfde wind waarop witte broeken en hemden aan de waslijn hangen te swingen. Een groot waterbassin, veel bloemen, akkers met groenten in diverse kleurschakeringen, aardappelveldjes.

Jan Haisma is een tachtig-plusser, recht van lijf en leden, een dichte donkergrijze kuif, ogen in bijpassend grijs. De boogvormige, nog zwarte wenkbrauwen geven hem een lichtverbaasde oogopslag. Achter hem zijn jongere wederhelft. Zij is een vitale Duitstalige, die meteen meedeelt dat zij en haar man plus nog wat anderen – mocht de nood aan de man komen – best zouden kunnen leven van eigen verbouwd voedsel.

De vrouw zorgt voor koffie en trekt zich terug. Jan Haisma, de zoon van Haaije en Trijntje uit Burgum, heeft van de praatstoel bezit genomen. Geboren en opgegroeid in Burgum, de hoofdplaats van Tytsjerksteradiel waar het zwoegend werkvolk van woeste heidevelden tussen boomsingels verscholen vruchtbaar weiland maakte. En toen, op 8 april 1917, werd deze eigenzinnige boerenjongen, die anders dacht dan anderen, geboren.

Heel in de verte brandde de wereld. De berichten van de oostelijke en westelijke fronten drongen zelfs door tot in de kolommen van de *Bergumer Courant* van die dagen. Het zou snel duidelijk worden dat de middelste van de drie Haisma-jongens zo zijn eigen ideeën had. Hij liep over van avontuur en wetenschappelijke interesse. De boerenromantiek sprak hem aan. In de ideale wereld van Jan van Haaije en Trijntje won het platteland het van de stad. Volgens Jan Haisma was de wereld een boerenwereld en had ieder de plicht de aarde te bewerken. 'We leefden in een agrarische cultuur.'

Het duurde niet lang of Haisma voerde een achterhoedegevecht. In 1971 schreef hij in *It Beaken* (Het Baken), tijdschrift van de Fryske Akademy, dat de agrarische sector al te ver was ingekrompen. 'Er moeten juist meer mensen in teruggaan.' De hoge heren zouden er volgens hem niet langer naar moeten streven 'dat er in het jaar 2000 nog maar 2,5 of 3 procent van de Nederlandse bevolking in de landbouw werkzaam zal zijn. Liefst zijn het er dan tien of twaalf procent.'

Op dat moment dicteerden in de Nederlandse melkveehouderij de pulsators van de melkmachine het ritme van de tijd. Minder mensen melkten meer koeien, minder koeien gaven meer melk. Jan Haisma zag tot zijn ontzetting dat er in de akker- en tuinbouw dankbaar gebruik van bestrijdingsmiddelen werd gemaakt. En hij trok ten strijde.

Hij zou zich nooit daadwerkelijk aansluiten bij al die bewegingen in de twintigste eeuw die streefden naar zuiverheid van lichaam, geest en cultuur. Maar het waren wel zijn idealen. Zijn eigen theorieën over zuiverheidsdenken sloten nooit naadloos aan bij die van de horden. Daarvoor was hij te veel een aartsindividualist.

Dat Jan Haisma in de Tweede Wereldoorlog toch de reis aanving naar zijn Utopia, naar de door de Duitsers bezette Oekraïne, was eerder het lot van de dromer.

Zoals miljoenen Europeanen al anderhalve eeuw droomden van het grote, vrije Amerika, zo waren er – zeker in agrarische kringen – ook die droomden van de eindeloze vruchtbare vlakten Zwarte Aarde in het oosten. In sommige aardrijkskundeboeken werd de Oekraïne omschreven als 'oervruchtbaar'. De humuslagen waren in die graanschuur van Europa 'metersdik'. Jawel, de Oekraïne hoorde bij Europa.

Om er te komen hoefde je niet wekenlang kotsend over de zeeën te ijlen, de trein bracht je er in een paar etmalen naar toe. In de ogen van Jan Haisma werd ook in dit geval op een domme manier naar de sleutel van een oplossing gezocht. Waarom was het voor de massa eeuwig en altijd Amerika Amerika?

En nu dan was de Tweede Wereldoorlog uitgebroken. In een blitzkrieg had de Wehrmacht de ruim 600 000 vierkante kilometer Oekraïne veroverd. Jan Haisma zag een nieuw en beloftevol stuk Europa geboren worden. Waar generaties lang wrede tsaren de baas waren, waar daarna Lenin en Stalin voor dictatuur en onvrijheid zorgden, zou eindelijk orde heersen. Na de oorlog moest Europa een eenheid vormen. Volgens Jan Haisma zou het noodzakelijke kwaad van deze oorlog maar kort duren.

In eigen dorp kon Jan Haisma niet met zijn idealen uit de voeten. Hij werd onrustig en liet zich overhalen als 'Oostlandboer' onder regie van de bezetter naar de Oekraïne af te reizen. Zodra de vrede was getekend, zou in het nieuwe, deels vernielde, maar kolossale Europa veel voedsel nodig zijn. Daarover waren vriend en vijand het wel eens.

Ook ir. Stephanus Louwe Louwes, tijdens de bezetting directeur-generaal voor de voedselvoorziening en na de oorlog boerenvoorman van de algemene boerenorganisatie. Hij zag in 1941 de voordelen van een goed ontwikkelde landbouw in de Oekraïne. Althans, hij legde zich neer bij wat de bezetter hem omtrent het plan van de Oostlandboeren dicteerde. Ook de latere landbouwminister ir. Cornelis Staf, toen nog de baas van de Heidemij, stelde zich achter het Duitse plan om bij voorkeur op het Nederlandse platteland *Ostland-Bauern* te rekruteren.

Inmiddels had Haisma al het idee uitgedragen dat er gezonde grond nodig was om een gezonde vrucht te kunnen voortbrengen. Die gezonde vrucht zou het mensdom gezonder maken.

***

Zoveel jaren later, in Balcarce-Argentinië, wil hij liever niet over zijn Oekraïne-avontuur praten. Maar zijn oude idealen blijken onverwoestbaar en liggen hem voor op de tong: 'Alleen land- en tuinbouwmethoden die de plant in alle rust en harmonie de kans bieden om tot wasdom te komen, mogen we accepteren. Verander niet de biologische basisprincipes.'

En dan: 'We beleefden een vreselijke crisis, mijn ouders werden in de jaren dertig arm. Intussen zaten er duizenden Nederlanders als koloniaal in Oost-Indië. Indië was voor velen een soortement hoop, een ontwijk, een nieuwe kans, maar ook daarvan werden we in de oorlog afgesneden. Zo kwam er energie vrij die elders benut zou kunnen worden. Niet meer naar Indië? Dan maar naar de Oekraïne. En ik ging, nam in Oldenzaal de trein naar Kiëv. Enkele reis. Een paar etmalen later stapte ik in Kiëv het perron op.'

Marcheren of stappen? Verteller Jan Haisma laat zich niet sturen. Nee, hij wil niet verder praten over het Oekraïne-avontuur. Hij maakt een sprong: 'In de jaren zestig begonnen in agrarisch Nederland de apostelen van de rationalisatie en schaalvergroting te preken. De heren konden hun gang maar gaan.' Volgens Jan Haisma stevenden we toen al als gekken op overproductie en een te zware belasting van het milieu af.

De gevestigde orde reageerde geprikkeld op de ideeën van Haisma. Waar had die drammer het over? Milieuvervuiling door de boer? Waanzin. Als er één categorie bestond die juist belang had bij een schoon milieu, was dat de boer zelf. Stront was goed voor het land, veel stront héél goed. Die landbouwingenieur was bezig zijn eigen boerennest te bevuilen. De politieke voormannen van het Groene Front spotten met die luchtfietser uit Burgum.

Toen agrarisch Nederland in de jaren zeventig dan tegen zijn eigen grenzen aan liep, zat hij al in Argentinië, gezond levend van zijn eigen onbespoten vruchten uit het paradijsje Balcarce.

Al vertellend komt hij steeds weer terug op die singuliere wereldvergissing: de economische crisis van de jaren dertig. 'De tering moest naar de nering worden gezet, maar de kleine boer van de lichte grond in de Friese Wouden had al niets meer in te leveren. Het was in de tijd dat je vlak voor café Het Rode Hert op de tram kon stappen. Op een middag stapte ik eruit met het hbs-diploma op zak. Ik wilde zo graag tropische landbouw gaan studeren. En dan naar Indië, net als oom Mient. Maar ik durfde die wens niet te uiten, er was immers geen geld. Het werd 1937, ik moest halsoverkop trouwen met Klaske van Romke Liezinga. Het hoge woord moest eruit, ik zie nog heit en mem voor me staan...'

De tachtigjarige hapert, moet ineens proberen emoties weg te slikken. Dan: 'Het was in die dagen alsof iedereen bang was voor de toekomst. Iedereen om me heen zat vol van het komende jubileumfeest van de plaatselijke zuivelcoöperatie. Mijn oude heit ook. Wat een geweldig feest zou dat wel niet worden. Een revue vol nostalgie. Burgum durfde niet vooruit te kijken, Burgum staarde achterom.'

Het hbs-diploma op zak, maar geen geld om te studeren. Hij werd tweede assistent van zijn oom Hinne Schaap, die directeur was van de Coöperatieve Condensfabriek in Leeuwarden. 'Oom Hinne kreeg het voor elkaar dat ik toch naar Wageningen ging. Toen ik daar in de voorzomer van 1943 afstudeerde, was al in Londen besloten dat diploma's van na maart dat jaar niet meer geldig waren. Ik zat ernaast.'

Jan Haisma was zesentwintig en bruiste van levenslust. Hij wilde pionieren en avonturieren, raakte in de ban van de redevoeringen van de markante boerenvoorman Geert de Ruiter uit De Knijpe. 'De Ruiter had bij vriend en vijand een goede reputatie, maar werd nu de NSB-directeur-generaal van de landbouw. Volle zalen, indrukwekkende toespraken, enerverende discussies.

"Wat dunkt u van het Russische gevaar, Ruiter?" vroeg een boer hem in een vergadering.

"Het wordt een ramp voor Europa!" riep Ruiter. En hij overtuigde er velen mee. Ook ik geloofde hem. Ik geloof Ruiter en de zijnen nóg: communisme is en blijft een ramp voor de mensheid.'

Hoe was dat rode gevaar te keren? In Nederland werden plannen voorbereid om een immigrantenkolonie in het oosten van Duitsland en de Oekraïne op te zetten. Niet alleen het Duitsgezinde landbouwblad *De Landstand* had er oren naar. De opzet was ronduit pretentieus: er zou daar plaats zijn voor wel 2 miljoen Nederlanders, emigranten die op vrijwillige basis aan de volksverhuizing konden meedoen. Indië zouden we op den duur vast en zeker moeten loslaten. Waar was dan voldoende lebensraum? In de Oekraïne zou een aaneengesloten kolonie van enkele honderdduizenden hectares tot bloei kunnen komen. Nederlands meest ambitieuze emigratieplan aller tijden was geboren.

'Het idee werd ook nog eens leven ingeblazen door een collectief gevoel van onrust dat sinds de crisis onder een groot deel van de plattelandsbevolking heerste; eenzelfde soort onrust als tijdens de emigratiegolf van vlak na de oorlog.'

Was bij sommigen de hang naar het Oostland niet ingegeven door pro-Duitse sentimenten, dan wel door anti-Engelse gevoelens, die sinds de Zuid-Afrikaanse Boerenoorlog in kringen van boeren-romantici opgeld deden. Wat hadden die Engelsen 'ons' daar geflikt? Ze hadden de vrouwen en kinderen van de Boeren in concentratiekampen opgeborgen. Een gemenere manier van oorlogvoeren bestond niet.

'Je bent jong getrouwd, intussen zesentwintig en het tweede kind is onderweg. Maar je neemt wél in Oldenzaal de trein naar Kiëv. Ik was de jongste agrariër op de trein, een van de weinige academici wellicht. We kwamen op een grote boerderij aan de Dnjepr terecht, ik ging vol overtuiging aan de slag. De Wehrmacht had het Rode Leger teruggedreven. Maar ze zouden terugkomen, de massa's van het Rode Leger. De Oekraïne werd op de Duitsers heroverd. En hoe! Het was onvoorstelbaar, het was een hel. Hoe toen beestachtigheid losbarstte.

Bij mijn vertrek uit Burgum had ik bij hoog en bij laag beweerd geen brieven naar huis te zullen schrijven. Omdat in oorlogstijd brieven toch niet aankomen. En ik hield woord, schreef geen letter. En daarom wil ik er nu ook geen woord meer over kwijt. Geen verhalen over de ontberingen in het oosten, niet over het eindeloze gezwalk over de Balkan, niet over de chaos, zelfs niet over de thuisreis.'

Op het door NSB'ers geleide hoofdkantoor van de Nederlandse Oostland Compagnie moet het, vooral na 1943, een janboel zijn geweest. Van de honderden uit Nederland vertrokken Oostlandboeren werden er tientallen door de partizanen omgebracht. Tientallen verloren het leven temidden van de elkaar bevechtende Duitse en Russische divisies. Of ze kwamen om van de honger en winterse ontberingen. Toen de Russen de Oekraïne hadden heroverd, was er van de idealen en de hang naar meer lebensraum al niet veel meer over.

'Het was op 8 april 1943, op mijn achtentwintigste verjaardag. Zonder vee in de nabijheid voelde ik me op de een of andere manier kwetsbaarder, dus ben ik met twee paarden en twee kamelen de Donau overgestoken. Dat moet ergens tussen Wenen en Bratislava zijn geweest. Ik wist geloof ik niet eens of ik nog naar huis wou of niet. 'k Wilde alleen maar overleven. De noordkant van de Donau leek me het veiligst. Je leeft op je gevoel.' Opnieuw stokt zijn verhaal. 'Nee, ik wil er niet meer over praten!'

Jan Haisma zwierf nog een paar jaar op de Balkan rond. Pas in het voorjaar van 1946 stopte weer de tram voor Het Rode Hert in Bergum. Er stapte een broodmagere, maar zo te zien ongebroken jongeman uit. 'Jan van Haaije en Trijntje is terug, hij leeft nog! En hij heeft een paardje en twee kamelen bij zich.' En zo was het.

De verloren zoon kwam thuis en had de dromen bewaard. 'Alleen gezonde grond vol leven kan gezonde, sterke planten voortbrengen. En alleen gezonde, gave plannen kunnen volwaardig voedsel produceren dat goed is voor het mensdom.'

Jan Haisma studeerde opnieuw in Wageningen af, haalde nu een geldig ingenieursdiploma en zou tegen een nieuwe liefde aanlopen. Hij verbrak voorgoed zijn eerste heftige liefde met Klaske Liezinga. Zij emigreerde met hun twee zonen naar Australië.

Jan Haisma betrok zijn oude stellingen, bleef openlijk streven naar zuiverheid van lichaam, geest en cultuur en er volgden jaren van vechten tegen de bierkaai. Totdat hij als volleerd specialist in de aardappelteelt een uitnodiging kreeg van de Duitse professor Ross van het Max Planck Institut om de leiding op zich te nemen van een veredelingsbedrijf in Argentinië. Hij hoefde er geen nacht over te slapen, hij vertrok.

De passie van het veredelen. Het luwt de laatste tijd een beetje. Bij de tachtig-plusser begint de vermoeidheid toe te slaan. 'Niet de idealen slijten, het is mijn lijf. Er zijn van die symptomen. Mijn Spaans bijvoorbeeld, mijn voertaal in dit land. Spaans is mijn eerste taal geworden, maar ik moet steeds vaker naar woorden zoeken. Spaans blijkt alleen maar mijn buitenste taallaagje te zijn, de binnenste laag komt weer te voorschijn. Ik droom alweer in het Fries. Ik ben een beetje op de terugweg.'

Droomt Jan Haisma ervan om terug te keren naar het land van de boomsingels in de Friese Wouden?

Lichtelijk geroerd: 'Zal ik dan toch teruggaan naar het land waar zo meteen om iedere vierkante meter grond wordt gevochten, naar het welvaartsparadijs waar de huizen onbetaalbaar zijn geworden? Inderdaad, ons mooie huis hier is te koop.'

Kieke

AREND EN DINY WIJMA, MIDDELBURG, ZUID-AFRIKA

'De oude Dakota deed er in 1954 nog vier dagen en drie nachten over. Zware etappes waren het. Die kist was zo slap als een vaatdoek. Volgens mij met te weinig nagels in elkaar geklonken. We zwiepten bij tijd en wijle op en neer. Diny deed niets anders dan overgeven. Geradbraakt kwamen wij aan op luchthaven Jan Smuts in Johannesburg. Daar stonden we aan het begin van een volgende etappe. Dwars door de hitte werden we per auto naar onze eerste boer en werkgever gebracht. Uren later, tegen de avond, reden we een rivier over. Een ratelend brugdek. "Zo," riep de chauffeur, "nu zijn we in de Vrijstaat. Maar nog lang niet in Vierfontein."'

Arend Wijma zegt van 1925 te dateren, en dat is hem niet aan te zien. Voor me zit een hecht in elkaar geklonken manspersoon. Hij vertelt in weloverwogen zinnen. Ja, zijn wieg stond in de jaren twintig in Drachten, een van de vele pleisterplaatsen van zijn zwalkende ouders. Vader Jan kon het als boer al voor de crisis van de jaren dertig niet bolwerken en zocht steeds weer ergens anders zijn geluk.

***

Een idyllische achtertuin in Middelburg, in Oud-Transvaal. We staan in de schaduw van een grote, geurende sering. De purperen bloesem valt alweer af. 'Zo is het leven,' zegt hij, 'het verval begint al bij het begin. De zwarte tuinknecht van de Wijma's werkt onverstoorbaar door. 'Van dit soort tref je er niet veel aan in Zuid-Afrika; hij kan werken als de beste.'

'Ik ben niet zo oergezond als Arend,' laat Diny Wijma-de Lange zich ontvallen. 'Arend heeft een ijzersterk gestel, ik voel me zwakker worden. Laatst begon ik te beven en eigenlijk is het niet meer overgegaan. Het is een ziekte waar pillen voor zijn. De dokter zei dat het een langzaam proces wordt; ik bedoel dat het langzaam met me achteruit zal gaan.'

'We hebben niet veel te klagen, we hebben samen heel wat doorstaan. Dat bindt. Toen ik Diny nog niet kende, zat ik bij de politie in de Randstad. Moet je nagaan, je bent als boer geboren en je komt bij de politie terecht. Dat was behelpen. Ik liet een huwelijksadvertentie in het *Nieuwsblad van het Noorden* zetten. Zo in de trant van: "langs deze onsympathieke weg..." en: "foto op erewoord retour..." Er kwam onder meer een brief uit Eelderwolde. Met foto. Van een boerendochter. De brief zat nog dicht, toen fascineerde me al het handschrift. En dan die foto. Het was een jonge vrouw met een innemend gezicht. Meteen regelde ik een afspraak. Bij de tramhalte van Helpman in Groningen, ik bedoel in de stad. En toen ik haar zag staan wachten, dacht ik van: o wat is dat toch een mooi en innemend meisje. Het sloeg meteen aan, en het was wederzijds. Wanneer was dat ook alweer precies, Diny?'

''t Was heel vroeg in de jaren vijftig.' Diny heeft zich de geluksdag altijd kunnen herinneren, maar net nu is ze de datum even kwijt. 'Ik was naaister in het gezin van de Shell-directeur, en die had een connectie in Zuid-Afrika, een boer. Nou, die kon wel een beste Groninger melker gebruiken. Arend en ik, we hoorden over de grote boeren in Transvaal, over kansen voor iedereen. Op de avond dat we voor het eerst man en vrouw waren, ik bedoel bij elkaar in bed lagen, hadden we de KLM-kaartjes onder het hoofdkussen liggen.'

Arend: 'We ratelden dus over de brug in de Oranjerivier en die chauffeur zei trots dat we nu in de Vrijstaat waren. En hij zei er achteraan: "Emigreren is hier ontberen." We zouden erachter komen dat de man gelijk had. Onze eerste boer en werkgever was Servaes van Niekerk. Zijn plaas stond zogezeid op Nergenshuizen. Ons was een huis beloofd, maar we kwamen in een hok terecht. Een piepklein slaapkamertje. Hoog in de muur zaten een paar raampjes met tralies ervoor.

"Waarvoor is dat," wilde ik weten.

"Dat moet," zei Van Niekerk, "dat is voor die diefwering."

Meteen de handen uit de mouw. Vrouw Van Niekerk bracht ons

koffie op het werk; de zwarten moesten zelf maar zien hoe ze aan koffie kwamen. Dat was even wennen.

"Waarom neem je in vredesnaam geen zwarte meid," wilde ze weten. "Het kan toch niet dat je werk doet dat voor de zwarten is bestemd?" En zo nam ik een wasmeid, want die kostte heel weinig. Dat zwarte wijfje droeg van 's ochtends vroeg tot 's avonds laat een kindje bij zich in een doek op haar rug. Het kind plaste geregeld, de urine liep het mens over de kont. Het mensje begon zo te stinken dat zelfs de vliegen er niet goed van werden, dus ik raadde haar aan het kind een luier om te doen. Toen werd ze nog pissig ook: "Missie zal nooit nie kinders krijg nie, missie hou nie van kinders nie."'

'Ik had je toen al in verwachting van Elske,' zegt Arend met robuuste stem. 'We kregen zes gezonde kinderen. Een zit er in Engeland, eentje in Amerika. De blanke toekomst begint zich af te keren van Zuid-Afrika, en dat is niet zo best.'

'Het was altijd al niet best. Laat ons vertellen hoe zwaar het begin was.'

Arend: 'De Afrikaanse taal maakte het de Nederlandse immigrant gemakkelijk. Pas nu we oud worden, komt de ontgoocheling. Zuid-Afrika leert niet van zijn verleden.'

Diny: 'Het begin vond ik zo zwaar. Die boer had niet eens koeling voor de melk. In Nederland probeerde men op de boerderij al eeuwen de melk goed te houden door de melkkelders aan de noordkant van de boerderij te situeren. Hier zetten ze de melk in de schaduw en wachtten af wat de natuur ermee zou doen. Dus wij probeerden eerst de blanken en daarna de zwarten te leren hoe het boerenwerk moest gebeuren. Arend was inmiddels al melkersvoorman geworden.'

Arend: 'Ze leerden het, maar vervolgens verleerden ze het meteen weer.'

Diny: 'De zwarte knecht Jacob verleerde het niet.'

Arend: 'Jacob werd woest op een van de koeien, hij knuppelde het beest bijkant dood. En dat terwijl ik de jongens had geleerd geen geweld tegen de dieren te plegen. Ik kon de koe alleen nog van de dood redden door die knecht met hetzelfde recept te behandelen. "Weg is jij!" riep ik en sloeg hem waar ik hem maar raken kon. De jongen bleef voor dood op het erf liggen. Met zeefwatten waarmee de melk werd gefilterd hebben we zijn bloedende wonden schoongemaakt.

Jacob krabbelde overeind. "Weg is jij!" riep ik opnieuw. Zo hard en duidelijk moet je hier zijn. Ieder ras is hier wreed voor zichzelf en voor de ander.'

Diny: 'Negeer je hier de bikkelharde wetten van de natuur, dan overleef je niet. Voorbeeld: bij ons eerste huis groeide een struik tot in de dakgoot. Ik haalde de ladder om te gaan snoeien en zag in een schim een groene mamba. Dat is een slang die je binnen twee minuten dood heeft. In een seconde was ik de trap af. Daar was Arend met z'n geweer en maakte het beest af. Misschien zeggen ze bij jullie wel dat de mamba goed is voor het milieu en niet dood mag.'

Arend: 'Aan de Witrivier hadden we een kafferschooltje bij de boerderij. Op een middag komt de oude zwarte knecht William aangerend: "Baas, die njonka hè my kleinseun Januari gevang." De njonka is een levensgevaarlijke wurgslang. Ik greep m'n geweer en ging erop af. De kolossale njonka lag onder een boom te loeren. Toen hij zijn gemene kop omhoogstak, zag ik een dikke bult achter z'n strot. Ik legde aan, haalde de trekker over en schoot dwars door z'n hersens. De njonka kreeg stuipen en ging zo tekeer dat de takken van de boom vlogen. Nu moest ik die bult in de slang opensnijden terwijl de opa van het kind erbij stond. De slang maakte nog een wilde beweging en viel dood. Op hetzelfde moment kwam een klein zwart kereltje uit de klippen te voorschijn en riep: "Aupa, aupa!" Het was kleinseun Januari. Hij had de slang gezien, alle kinderen gewaarschuwd en was met ze de klippen in gevlucht.

Januari zou een man worden waar de natuur in zat. Ik heb hem als volwassen man een hele middag in de zon bij een spleet in de klippen op wacht zien staan. Daar wachtte hij op het moment dat de njonka in een flits de kop buiten de klip ging steken. In een nog snellere flits hanteerde Januari het vlijmscherpe mes en was een fractie sneller dan zijn tegenspeler. Van het gif uit de slang maakte Januari een medicijn voor zijn zieke vader.'

Diny: 'Vertel hoe het Jacob later is vergaan.'

Arend: 'Jacob stond, twee jaar nadat hij bij mij in de stal bezig was een koe dood te slaan, ineens weer voor me. "Ek es Jacob, baas, ek hè die koei geslaan." Hij zei het rechtvaardig gevonden te hebben dat zijn boer hetzelfde met hem had gedaan als wat hij met de koe uithaalde.'

Diny: 'Als Jacob onschuldig was geweest, als Arend de jongen onrechtvaardig had behandeld, zou er wraak zijn genomen. Nu kwam hij vragen of hij weer knecht mocht worden.'

Arend: 'Na drie jaar hadden Diny en ik geld voor een beter huis en kon ik bij een andere boer meer verdienen. Dat was op Van Wijkrust, niet ver van Johannesburg. Nog weer later werd ik hier onder Middelburg zetboer op de grote plaas van de Litouwer Kahn. Kahn was een jood, die mocht onder de Russen in Litouwen natuurlijk niet boer worden.'

Diny: 'Een jood is doorgaans meer ondernemer dan boer. Friezen zijn meer boer dan ondernemer.'

Arend: 'Kahn hield 85 000 vleeskoeien, 1200 melkkoeien en 60 000 varkens op 35 000 hectare land. Een bedrijf met een oppervlakte groter dan de Noordoostpolder. Als bedrijfsleider had ik maar vijfendertig arbeiders onder me. Per beest weinig mensen, dus. Mijn taak was iedereen aan het werk houden, en zo werd ik een soortement duvelstoejager. Als ik de boys niet achter de vodden zat, voerden ze geen donder uit.

Kahn wilde niet toegeven dat ik een betere boer was dan hijzelf. Als ondernemer keek hij een beetje op me neer. Dat manifesteerde hij door Engels in plaats van Afrikaans tegen me te praten. Jaren hield ik het vol, maar op een dag pikte ik het niet langer en nam ontslag.'

Diny: 'Dat was een aderlating voor het bedrijf. Kahn kreeg er spijt van. Je bent naar de plaas teruggegaan, Arend, en Kahn sprak je aan in de Boerentaal. Ook daarna heb je alles op alles gezet de zwarten meer kennis van de landbouw en veehouderij bij te brengen. Het bedrijf van Kahn werd een opleidingsinstituut voor de zwarten.'

Arend: 'En toen ineens koos Kahn eieren voor zijn geld en verkocht het hele bedrijf. Waarschijnlijk was hier sprake van een soort samenzwering tussen regering en zakenwereld, want op een ochtend in 1984 kwam landbouwminister Schoenman het erf op rijden. Nog diezelfde avond zei Kahn dat er een grote veeveiling op de plaas zou worden gehouden. "Waarom in vredesnaam," wilde ik weten.

"Er is geen toekomst meer, alle vee zal ik te gelde maken."

"Juist zonder dit soort bedrijven heeft Zuid-Afrika geen toekomst," bracht ik er tegenin. Het was alsof ik tegen een muur stond te praten. Mijn indruk was dat een veiling neerkwam op de tactiek der verschroeide aarde.'

Diny: 'Als een gebroken man kwam Arend die avond thuis.'

Arend: 'Wat ik in vijfentwintig jaar had geselecteerd en gekoesterd, zou in een dag vernietigd worden? Kahn had zelfs verboden dat ik zelf op de veiling koeien zou kopen. Hij kon me nog meer vertellen, ik vroeg een goede vriend om in geheime opdracht de beste beesten voor me te kopen. Als geen ander wist ik welke dat moesten zijn. Met die aankoop werd ik zelfstandig boer. Toen Kahn mij door had gekregen, zei hij doodgemoedereerd dat hij in mijn geval hetzelfde zou hebben gedaan.'

Diny: 'Zo is de zakenmentaliteit hier geworden.'

Arend: 'In de wereld van de kunstmatige inseminatie voor runderen was ik geen onbekende. In Onderstepoort had ik de papieren voor dierenarts gehaald en zo kon ik de zwarte knechten de kneepjes van het vak leren. Het was duidelijk: ooit zouden de zwarten het land in handen krijgen.'

Diny: 'En nu de ontgoocheling. Van de overdracht van kennis is betrekkelijk weinig terechtgekomen. Er is te weinig inzet, te weinig doorzettingsvermogen, te weinig geloof in eigen kunnen. Als er voor vandaag maar genoeg is, dan zien ze morgen wel verder.'

Arend Wijma gaat met enige schroom terug in de tijd, vertelt in weloverwogen en bedachtzaam klinkende zinnen over zijn jeugd in Friesland, Groningen en Duitsland.

'Wanneer ik onder normale omstandigheden was opgegroeid, zou mijn vroegste ideaal zijn verwezenlijkt: boer op een stolp of kop-hals-romp in Friesland. Maar we zijn als gezin meegesleurd door de avonturen van mijn vader. Ik wil mijn eigen heit, ik bedoel Jan Gjaltszoon Wijma, niet de schuld van alles geven, maar hij was wel de man die keer op keer een verkeerde beslissing nam. Nooit de goede raad van een van zijn zes broers en vijf zusters opvolgen, nooit naar anderen willen luisteren.

De enige verstandige zet van heit was dat hij met onze mem trouwde, met Elske Gerrits Veenstra. Zij hield het gezin bijeen. Mem was een mooie vrouw met uithoudingsvermogen, een boerendochter uit Rijperkerk. Mooi en rijk en verstandig, al trouwde ze dus met Gjalt Wijma. Toen haar vader, onze opa Veenstra, plotseling overleed, kon heit hem als boer opvolgen. Wat een gouden kans. Maar hij heeft de weelde niet aangekund. Vader Wijma jakkerde op een spiksplinternieuwe Harley Davidson naar de veemarkt, mat zich de allure van de vergaderboer aan, blies de trompetsolo in de fanfare, reed zondagochtends met twee stamboekpaarden voor het rijtuig naar de kerk. Moet je nagaan, met een dubbelspan voor de sjees naar de kerk van de kleine luyden. Gereformeerd en niet degelijk, hoe kon dat nou. En toen kwam de crisis van de jaren dertig.

In 1936 waren we al zo diep gezakt dat we als kinderen met zeep langs de deuren moesten. Op mijn elfde van school en venten. Niet in het Friese land, maar in den vreemde, in Groningerland. Het leek wel alsof heit de armoe opzocht. Op een avond hoorde ik hem zingend thuiskomen. Hij zong het lied van de heldhaftige boeren:

> Kent Gij dat volk van heldenmoed,
> en toch zoo lang geknecht,
> het heeft geofferd goed en bloed,
> voor vrijheid en voor recht.

In het Groninger Engelbert hield hij zich als caféhouder niet aan de drankwet. Hij had te jeugdigen bier getapt. De politie in de jachtweide, verhuizen naar de Paterswoldseweg onder Groningen. De crisis won het op alle fronten, we konden zelfs de rekening van de waterleiding niet meer betalen. Voordat bij ons de hoofdkraan werd afgesloten, liet vader de kelder vol leidingwater lopen. Zo konden we nog veertien dagen vooruit.

In 1937 nam hij een zeer diep ingrijpend besluit: met het gehele gezin naar Eringerfeld in het Duitse Sauerland. Hij kon er melkknecht worden. "Wat een mooi huis," stelde hij bij aankomst vast. Moeder zweeg, wetende dat het werk buitenshuis was en niet binnen, dat we in dat ouwe kasteel alleen maar korte nachten zouden doorbrengen. Twee keer per dag moesten we met het hele gezin de honderdtwintig koeien melken. Zeven paar grote en kleine melkershanden. Ook zusje Kieke, een mongooltje, ging mee. 's Nachts om halfdrie vlogen we ons bed uit. Ik was twaalf. De lege bussen op de wagen, het paard aanspannen en dan door het aardedonker langs smalle paden en steile hellingen naar het weiland aan de bosrand. Soms konden we bij nacht en ontij de koeien niet vinden. "Laat ons blindvaren op de Heer," zei heit. Als ik aan die tijd terugdenk, hoor ik het klingelen van koebellen. Een treurlied.

We verhuisden opnieuw, nu naar een boerenbedrijf in de buurt van Lippstadt. Bepaald geen vooruitgang, want de bedrijfsleider was een nazi en de boerderij stond vlak naast de kazerne. "Alleen een totale oorlog kan Duitsland en Europa redden," riep die *Bauer* voortdurend. Het was voorjaar 1939.

"Laat ons terug naar Friesland gaan," zei mem. "Daar zal ik met een heel klein beetje tevreden zijn." Te laat, even later viel de Wehrmacht Polen binnen. De Tweede Wereldoorlog was uitgebroken, de kazernes waren te klein, we kregen het huis vol rekruten, er was geen bed meer onbeslapen.

"Ik zou zo graag naar huis willen, Gjalt." Mem zei het voorzichtig.

"Het zal niet lang duren, dan zijn Duitsland en Nederland één," zei heit. Als buitenlanders moesten we ons nu tweemaal per dag bij de Grüne Polizei in Lippstadt melden. Vluchten kon niet meer. Intussen had heit een bloedhekel aan de nazi's gekregen. "We kunnen hier beter dan in Nederland de Gestapo tegenwerken. Let maar eens op!" Langzaam maar zeker werd er een andere kant van onze heit zichtbaar; hij ging, daar in het hol van de leeuw, in het verzet.

Hij zocht en vond bij Körtlingshausen, niet ver van Warstein, een nieuwe werkgever uit de boerenadel: baron von Fürstenberg. We kregen opnieuw een kolossale woning tot onze beschikking. Oorlog of geen oorlog, we konden er nog best verdienen ook. Maar opnieuw bleek er vlakbij een kazerne te zijn. Verder was er de voorwaarde dat ook hier alle kinderen tweemaal daags mee moesten melken.

Er was niets veranderd, in de nanacht trokken we weer naar de weilanden. Totdat in de herfst de eerste luchtoorlog boven onze hoofden losbarstte. Bombardementen, Engelse jagers, afweergeschut. Als hazen holden we naar de wagen, schoten onder de zware ijzeren plaat die heit op de draagberrie van de melkwagen had gelegd en voelden hoe vlakbij de aarde openscheurde. Granaatscherven raakten het paard, vlogen door de volle melkbussen, de nog lauwe melk droop ons in de nek. "Laat ons blindvaren op de Heer." We bleven ongeschonden, almaar ongeschonden. Boven het lawaai uit hoorde ik Kieke krijsen, voelde dat we wegzonken in de ijskoude blubber. Zo lagen we in elkaars armen. Totdat de vliegtuigen weg waren.

Het was moeders taak voldoende eten op tafel te krijgen. Hoe ze dat heeft klaargespeeld weet ik nog niet. Heit had een geheim netwerk opgezet om gevluchte Nederlandse dwangarbeiders uit handen van de Wehrmacht te houden. Zo kregen we zeven onderduikers in huis. Diep onder het huis bruiste een woeste beek door de spelonken. Via een deur in de kelder kon je bij deze onderaardse beek komen. Daar waren de mannen veilig. "Een huis waar muziek en spanning in zit," spotte vader. Overdag hoorden we buiten de marcherende soldaten boven alles uit zingen, want de kazerne was vlakbij.

Intussen had heit het risico genomen de baron in vertrouwen te nemen. Nu gokte hij goed: von Fürstenberg bleek een anti-nazi te zijn en gaf heit zijn zegen. Zijn zegen, meer ook niet.

Op een avond stuurde heit ons kinderen naar de kazerne. "Om een beetje bevriend met de soldaten te worden. Zing desnoods mee!"

Later bleek dat in dat uur heit en mem een zware vleeskoe uit het weiland hadden gehaald, haar door de gang naar de keuken hadden gewurmd en met een list in de kelder hadden laten sodemieteren. Met een bijl sloeg heit daar de koe de hersens in en begon meteen te slachten. Die nacht zag de beek verderop rood van het bloed, maar bij het krieken van de dag was alles weer normaal. Een week later stond er in de spelonken boven en naast de beek voor "eigen volk" voor een halfjaar vlees in de weckflessen.

Het was op een avond in het vroege voorjaar dat er een overvalwagen het erf op stoof. Er sprongen een officier en twee soldaten uit. Nog zie ik hoe mem weifelend naar het grote zijraam met uitzicht op het erf liep, zinloos het gordijn dichttrok en zachtjes begon te huilen. Op dat moment wist ik al dat er iets vreselijks stond te gebeuren. Kieke werd onder de bedstee verstopt, maar het was al te laat. De Gestapo sleurde het mongooltje naar buiten. Moeder rukte zich het haar uit het hoofd.

Ach boerin, "*die bedauernswerte Kreatur*" hoefde ze geen kleren mee te geven, ze zouden goed voor haar zorgen, ze zouden haar wel terugbrengen. Lijkbleek stond heit het aan te zien. Toen liep hij met grote passen naar voren, naar de officier, nam zijn pet af en vroeg beleefd of hij zijn dochter mocht houden. Heit stond nog met de pet in de hand toen de overvalwagen met Kieke al het erf had verlaten.

In de waan dat ze zo hun eigen grote ras zuiver konden houden, hebben ze onze Kieke vermoord. In het hospitaaltje even verderop. In hun Duizendjarig Rijk was geen plaats voor mongooltjes. Als ik, hier in Transvaal, een half mensenleven later weer eens luidop het onzevader bid; het “Lei ons nie in die besoeking nie” uitspreek, dan doemt de smalende lach op van die Duitse Gestapo-man. Dan wil ik het weerloze kind wreken. Omdat het in die gelouterde huishouding Kieke was die ons aan elkaar bond. Alsof zij de enige vrede en rechtvaardigheid die er nog bestond, belichaamde.’

‘Je moet maar niet langer praten over wat al zo lang geleden gebeurd is,’ zegt Diny. Arend hoort het niet. ‘Het was opnieuw op een avond. Heit had de bovenkleren al uitgetrokken, stond op het punt zijn sokken uit te trekken, toen er opnieuw een overvalwagen voor de deur stopte. En weer was het mem die zinloos dat gordijn dichttrok. Nu sprong heit op als een geschrokken dier, trok dat gordijn juist ruw open en liep toen naar de deur. Als ze hem moesten hebben, nou dan was hij er! Frank en vrij stiefelde hij de mannen tegemoet. Wat ik, zoveel jaren later, nog voor me zie is een ontklede, tengere heit, die zelfs in zijn witte winterondergoed gezag uitstraalde. Maar het hielp niet, hij werd de overvalwagen in getrapt.

“Hij zit al vast in Rüten,” meende een van de arbeiders de volgende dag te weten. Moeder ging naar de baron. “Help, mijnheer de baron, help mijn man en mijn kinderen.” Mem sloeg zichzelf altijd over. Er volgde een beklemmende tijd. Veertien dagen later zagen mijn oudere broertje Gjalt en ik een stokoude man de heuvel op strompelen. We konden niet geloven dat het onze eigen heit was. Veertien dagen lang had hij geweigerd een hap te eten. Mem zag hoe hij het erf op strompelde, deed de deur voor hem open, en het was alsof er een geest binnenkwam. Het was een andere heit geworden.’

‘Je moet niet meer praten over alles wat voorbij is en er niet meer toe doet,’ zegt Diny. ‘Een hemel op aarde zal het nooit worden, maar we hebben hier in Zuid-Afrika toch zoveel mooie dingen beleefd, we hebben zulke flinke kinderen.’

Arend Wijma is nog niet klaar: ‘De zeven onderduikers in de spelonken bleven uit handen van de Gestapo. Mem had dus voor een enorme huishouding te zorgen.

Er verstreek een jaar, het was weer vroeg in het voorjaar, het gerucht ging dat de Amerikanen de Rijn al over waren. Vlakbij zaten ze, zo werd gefluisterd, in Alte Rüten. Zo dreigde onze boerderij een laatste Duitse vesting of mitrailleursnest te worden. Of de Wehrmacht zou de hele zaak vlak voor de aftocht in brand steken.

Heit was nog onvoldoende aangesterkt om de Limburgse, Rotterdamse en Friese onderduikers op de vluchtroute naar Alte Rüten te begeleiden. Omdat ik al als kind alle bospaden kon dromen werd besloten dat ik de klus zou klaren. Als verkenner trok ik steeds voor de ploeg uit. Ik geloof dat ik iets rook, voorzichtig kroop ik verder. Ineens ontwaarde ik vlak voor me gecamoufleerde Duitse Tijgertanks. SS'ers hielden de wacht. Als de weerlicht sloop ik terug en moest de jongens voorstellen een omweg naar Alte Rüten te maken. Opnieuw stuitten we op een pantserlinie, opnieuw zocht ik een ander sluippad. Toen het begon te dagen, lagen we net weggekropen in de achtertuin van het eerste huis van het dorp. Het was alsof de vogels niet meer durfden te zingen, het werd zo onwezenlijk stil dat het me zeer deed aan de oren. De jongens lagen in een leeg kippenhok, ik kroop naar een tuinmuur om te zien of het daarachter veiliger was, hees me omhoog en zag voor het eerst van mijn leven een zwarte; een Amerikaanse negersoldaat die met de rug naar mij toegekeerd bezig was een sigaret op te steken. Maar met een ruk draaide hij zich om, richtte het geweer op me en riep: "Hands up!" Een paar minuten later zat ik met het hele stel in het Amerikaanse officierskwartier rekenschap en verantwoording af te leggen. Al was ik de jongste, ik werd er meteen als leider uitgepikt. Ze geloofden mijn verhaal en ik werd als informant voor het Amerikaanse legeronderdeel ingezet. Op een stuk papier moest ik uittekenen waar in het bos de Duitse tanks zich hadden verscholen.

In de dagen die volgden raakte ik gedesoriënteerd en kwam ik erachter hoe een nog warme dode ruikt die vlak daarvoor in tweeën werd gescheurd. Mijn werkelijkheid was als een bange droom, ik kroop langs doden die me verbaasd lagen aan te staren, ik wist allang niet meer waar ik naar toe moest. Later zou ik erachter komen dat de baron rond die tijd al tegen heit had gezegd: "Wijma, jullie moeten er zeer ernstig rekening mee houden dat jullie je zoon niet levend terugzien."

Pas tegen de avond van de vijfde dag wist ik weer waar ik me bevond: vlak bij een pad langs het riviertje de Aar dat ik uit mijn kinderjaren kende. De boshut van de baron moest vlakbij zijn. Kon ik het erop wagen door de rivier te waden? Ik belandde in een natte greppel, vlakbij begon een mitrailleur te roffelen, ik deed de ogen dicht, deed alsof ik dood in de greppel lag. Roerloos, uren aaneen roerloos. Het schieten begon weer, de hel moest nog even voortduren. Het was alsof er iets knapte in mijn linkerkuit. Een snerpende pijn volgde. Voorzichtig trok ik de broekspijp een eindje omhoog en zag hoe mijn onderbroek felrood was geworden. Nu rook ik de weeë geur van mijn eigen bloed en angstzweet.

Een eeuwigheid heb ik daar gelegen, misschien wel een dag en twee nachten. Eindelijk wist ik me weer te bewegen en kroop verder door de greppel. Totdat er vlak voor me helder stromend water opdoemde. Hoe uitgedroogd ik ook was, ik durfde er niet van te drinken. In het water weerspiegelden schimmen, ik liet me zachtjes voorover vallen; als de dood. Iemand greep me vast, ik zag omhoog en keek een grote Amerikaanse militair recht in de ogen. Hij liet me weer los, moest kennelijk verder. Terwijl hij in de richting van Rüten verdween, keek hij voortdurend achterom; alsof hij er niet zeker van was dat ik hem met rust zou laten.

Wat er daarna met me is gebeurd, weet ik niet meer precies. Ik moet instinctmatig in de richting van onze boerderij zijn gekreupeld. Onderweg heb ik nog een van de jonge soldaten uit de kazerne bij de boerderij ontmoet. Hij huilde. "Anton" – zo heette ik in Duitsland – "Anton, waar zijn de Amerikanen?" "Ze zijn richting Rüten gelopen," heb ik gezegd.

Later die dag was nergens meer een soldaat te zien, zelfs niet toen ik midden in het open veld stond en ineens de heuvel met de huizen en onze boerderij voor me zag. Die avond kwam ik thuis, op hetzelfde late uur waarop anders op het erf het noodlot kwam aangereden. Ik klopte op het grote zijraam. Het duurde een tijdje, toen ging de deur heel langzaam open. Heit verscheen. Hij huilde zonder geluid te geven, hij stond met de pet in de hand, net zoals die keer toen de Gestapo Kieke meenam.'

'In 1946 zijn de Wijma's terug in Nederland gekomen.' Diny Wijma-de Lange wil met grotere passen door de geschiedenis. 'Daarna zijn er ook veel goede dingen gebeurd. Je ouders zijn, toen ze al aardig oud waren, hier geweest, Arend, bij ons in Zuid-Afrika. Toen was je bedrijfsleider, toen hebben ze hier hun ogen uitgekeken.'

'Ik weet nog,' gaat Arend Wijma verder, 'ik weet nog hoe heit zich in 1946 weer als arbeider bij een Groninger boer bestelde. "Het avontuur is eruit," liet hij zich ontvallen. Hij bedoelde alleen maar: Ik heb mijn les wel geleerd.'

Diny: 'Over de handel en wandel van zijn vader koestert Arend geen wrok.'

Arend: 'Het was nu eenmaal zijn aard, zijn lot, zijn levensloop. Heit was een kind dat op reis ging, ik ben een kind dat op reis ging en onze kinderen gaan ook weer op reis. Iedereen is op zoek naar geluk en zodoende zal er nooit een eind komen aan het landverhuizen. We wilden onze kinderen natuurlijk graag bij ons in de buurt hebben, maar ze denken dat het met Zuid-Afrika nooit wat wordt. Twee zijn er al weg, misschien gaan er meer emigreren. Het onderwijs schiet hier ernstig tekort, de productiviteit is te laag, de corruptie te hoog.'

Diny: 'De wereld is nog altijd even onoverzichtelijk als vroeger, maar vandaag vlieg je wel in een halve dag van Jan Smuts naar Schiphol. Laat de kinderen maar oërsee hun geluk zoeken. Zolang we leven, blijven we hier.'

Arend: 'Zolang we leven, blijven we hier, maar we hebben besloten om oërsee begraven te worden.'

De vlucht van Sijbrandahuis

HETTY LETTINGA, GRAND RAPIDS (MICHIGAN), NOORD-AMERIKA

Grand Rapids zucht onder een hittegolf. In de schaduw wijst de thermometer 31 graden. Een paar dagen geleden was het nog draaglijk, toen wandelden hier de broze bewoners van het bejaardenhuis in korte broek en op witte sportschoenen door de lanen. Nu liggen de avenues er verlaten bij. Zelfs de rozentuinen achter rusthuis Luther Home zijn uitgestorven.

In het Home draaien de luchtkoelers op volle toeren, maar negentig-plusser Hendrikje Lettinga weet zich op haar kleine kamer te behelpen met een propeller. 'Hot? Had je in de jaren dertig op de boerderij moeten komen. Toen was het droog en hot, toen was het erop of eronder.'

Niets in haar kleine kamertje roept herinneringen op aan het ooit verlaten oude land. O ja, er moet nog ergens een familiefotootje uit het begin van de versleten eeuw liggen. 'Kijk hier.' Een kind, zittend op een schapenvacht, kijkt me met verbaasde ogen aan en heeft er geen benul van hoe moeilijk haar kinderjaren zullen worden.

'Het allereerste begin was goed,' vertelt ze. 'Maar toen kwamen de jaren met tegenspoed. Nog weer later, veel later, werd het weer goed. Ik zie nu immers hoe goed de kinderen en kleinkinderen het hebben. De Lettinga-boys in Michigan hebben grote boerderijen. Er zijn zat miljonairs in onze familie, er is er eentje die een embryofabriek heeft. Ze zeggen dat men daar in feite koeien maakt. Geloof je dat? Denk je dat de mens een dier in elkaar kan knutselen? Als dat zo zou zijn, weet ik niet wat ik nog van de schepping moet denken. Ik vind dat we dat soort dingen aan God moeten overlaten. Hoewel, op deez' aard lopen hier en daar ook rare schepsels rond.

Ik heb nog een oudere zus die in Florida is blijven hangen. Dat is onze Selly, ik bedoel Sytske. Selly is wereldser dan mijn persoon.

Laatst belde ze me op, die meid. "Ik zou," begon ze, "ik zou nog zo graag eens op een olifant de circustent binnen willen schrijden, weet je. Met muziek erbij en onder daverend applaus. Een intocht van de beroemde vrouw van de circusdirecteur. Een binnenkomst met alles erop en eraan. Die stunt zou ik niet alleen overleven, het zou me goed doen, weet je!"

Selly trouwde een circusdirecteur, kwam zodoende in de glamour terecht en kan nog steeds moeilijk afscheid nemen. Het kind is intussen bijna honderd, dus ik zei: "Zal je dat nou wel doen, Selly? Op je negenennegentigste? Wacht dan liever tot je zo meteen honderd wordt" "Okay," zegt ze, "ik heb nog mijn meisjesdromen."'

Heeft Hetty ook nog haar meisjesdromen? 'Iedereen reageert weer anders op een moeilijke jeugd.' Wat moeilijke jeugd? Ze praat liever over haar vrolijke en optimistische gemoed, over haar vermogen de bange uren van toen een apart plekje te geven. Zodat het kinderleed niet naschrijnt.

***

Het begin. Haar kleuterjaren op de grote boerderij in het gehucht Sijbrandahuis aan de boorden van de Dokkumer Ee. Ze was erbij toen op zaterdag 2 januari 1909 koppeltjes doodvermoeide Elfstedenrijders voorbij worstelden. Zo zijn er meer beelden die in haar herinneringen gegrift staan. Zelfs zijn er af en toe nog de geuren en geluiden van toen: de zoete reuk van verse melk, de gepeperde geur van klaverhooi, dan het raspende geschuur van koeienlijven tegen schuttingen in de stal, het rammelen van melkemmers in het weilandje achter de appelhof. Soms zijn het beelden, geuren en geluiden tegelijk: een milde zomerochtend in de hooitijd, een kolossaal bruin zeil dat vlakbij over de rietkragen van de Ee voorbijglijdt.

Maar toen kwamen de naargeestige, tragische momenten. Een herfstige nacht laat in oktober, met storm in de hoge iepen en de appelhof.

'We werden uit bed gehaald, uit onze eerste slaap. Nog zie ik in de opkamer die kaars flakkeren, nog voel ik het onheil op me afkomen. De kamer was al leeg, alle deuren stonden tochtend open, meubels waren weggehaald. Vader banjerde op strontklompen tot aan de tafel toe. Dat was toch ongehoord, met klompen aan in de pronkkamer komen. Was heit boos? Waarop was ie dan boos? Hij klompte in en uit. Moeder stond het met natte ogen aan te zien en daar kon vader niet tegen. "Mensje, begin me hier niet te janken! De stallen zijn leeg, het is zover. Zorg er liever voor dat de drie kinderen zo meteen klaar zijn."

We moesten meekomen naar de schuur. Een koude schuur. Daar stond ik in het vale schijnsel van een petroleumlamp met mem, met onze Sytske van acht die later dus Selly zou heten, en broertje Haebele van twee. In augustus dat jaar was ik zes geworden, had witte klompjes gekregen en die mocht ik nu aan.

De grote schuurdeuren werden opengetrokken. Voor het eerst in mijn leven zag ik de maan: een soort uitgebluste zon die recht tegen de jagende wolken in ging. Op het erf achter de boerderij stond de zwarte ruin met de lange manen klaar. Het moet hebben geregend, het paard glom in het maanlicht. Vader duwde uit alle macht de boerenwagen met de grote achterwielen de schuur uit, het paard werd ervoor gespannen. Op de wagen stond de kist en lagen pakken hooi en stro. We moesten in het hooi, dicht tegen de kist, kruipen. Zo lagen we daar achter de gebogen ruggen van onze heit en mem.

"Sa!" riep heit. "Het sein van vertrek. Voor eens en voor altijd." Nu ik hier zit te vertellen, voel ik onder me weer het denderen van de wielen op de grindweg, voel ik mijn hele oude lijf weer trillen.

Eerder die avond – het moet op een donderdag zijn geweest – hadden koeien- en schapendrijvers uit het dorp Rinsumageest al het vee van de boerderij gehaald. Wybren Lettinga van Sijbrandahuis was boer-af. Het hele beslag werd met de veeboot naar de Leeuwarder vrijdagmarkt gebracht. Het was geen emigratie, het was een vlucht.'

De reconstructie van een familietragedie 'die ons als kinderen er niet onder zou krijgen'. Reconstructie, want hoe bestaat het dat deze kleine oude vrouw in het kamertje met de propeller het zich allemaal zo goed kan herinneren? Haar moeder sprak later zelden over de aftocht. In Friesland – Sijbrandahuis, het nabijgelegen Rinsumageest en Bartlehiem – zijn nog maar weinig mensen die het Lettinga-verhaal kennen. En dan vertellen ze ook nog uit overlevering. Oude neven wisten het van hun ouders, de oude melkvaarders en veedrijvers hoorden het van hun vader en vertelden het drama in ruwe anekdotes verder.

Goed beschouwd ging het altijd ruig op de plaats van Wybren Lettinga. Het heeft de jonge boer en zijn gezin erg tegengezeten, maar hijzelf was er debet aan. Hij toonde zich geen boer in hart en nieren en verkeerde af en toe een half nachtje onder water. Toen hij eens op een winterochtend tegen vier uur de koestal binnen banjerde, lagen er twee koeien tegen de stal. Morsdood. Was het miltvuur? Een uitbarsting van mond- en klauwzeer? Het mysterie zou de zoveelste tegenslag in het beslag van de boer van Sijbrandahuis betekenen.

Wybren wenste als een prins te leven, ook toen hij in geldnood kwam te verkeren. Waarom wilde zijn schoonmoeder, de weduwe Sytske Postma, niet bijspringen? De Postma's waren rijk, dat wist iedereen. Wybren had zo graag de boerderij, een vruchtbare zate, van schoonmoeder willen overnemen. Maar nee hoor, de weduwe had kennis gekregen aan een markante weduwnaar uit de Friese greidhoek. Klaas Tamsma, de vleesgeworden onkreukbaarheid. Tamsma wees zijn nieuwe geliefde op de onstuimige handel en wandel van haar schoonzoon. Die jongkerel moest eerst maar eens die honderd gulden, geleend van de melkvaarder van Bartlehiem, terugbetalen.

Het was diezelfde melkvaarder, die op *the day after the night before* bij de verlaten Lettinga-boerderij kwam. Hij kwam de melk halen die er al niet meer was. Wat de melkvervoerder aantrof was een spookhuis: alle deuren stonden wagenwijd open, de harde wind had vrij spel gekregen. Op de schoorsteenmantel zag hij een gebroken marmeren pendule staan, met een half afgebrande kaars in een van de bijbehorende kaarsenstandaards. De regulateurklok met gebroken glas stond stil op even over middernacht.

Diezelfde vrijdag was het in de kroegen aan de Langemarktstraat in Leeuwarden het gesprek van de dag: Wybren Lettinga, de zwierige boer van Sijbrandahuis, was er midden in de nacht vandoor gegaan. Met vrouw en kinders. Uitgeslapen als hij toch ook was, had hij de dag tevoren zijn hele veebeslag verkocht. Handje contantje was er met de veehandelaar en de schipper van de veeboot afgerekend.

'Hij is naar verre familie in Duitsland vertrokken,' meende de fouragehandelaar van Rinsumageest te weten. Vroege vogels in het dorp hadden immers de boerenwagen met de hele santenkraam het oosten in zien rijden. 'Aha, dan heeft Wybren voor een boot vanuit Bremerhaven gekozen. Daar in Duitsland weten ze niet van zijn schulden en zullen ze hem aan boord nemen.'

Hetty Seif-Lettinga: 'Ach, decennia later ging ik voor een trip naar Friesland, kwam nog eenmaal op de boerderij, sprak met oude mensen, met familie ook. Het moet op een donderdagnacht laat in oktober zijn geweest.

Op de boerenwagen op weg naar Duitsland verloor ik een van mijn mooie nieuwe witte klompjes. Toen vader het merkte, snauwde hij: "Kom hier!", en hij trok me ook het andere klompje van de voet en keilde het zo de sloot in. Ik gilde van ontzetting. Later fluisterde mijn moeder: "Och kind, je heit heeft gelijk, aan één klomp heb je toch niets."

Het werd een vlucht van jaren. De eerste dagen en nachten van die reis staan in mijn geheugen gegrift als een tijd vol vragen. Kindervragen. Selly vroeg steeds of beppe Sytske nou wel wist dat wij waren weggegaan. Moeder wist niets te zeggen, werd er radeloos van. Hierdoor werd heit nog onberekenbaarder dan hij al was.

Later tilden sterke mannen in alle vroegte de verhuiskist over de kade. Ik zie vader nog staan onderhandelen over de prijs van paard en wagen. Verkocht. We kwamen op een veerboot terecht die eerst getrokken werd door paarden. We maakten lange dagen, sliepen in vreemde bedden, in vreemde steden, hoorden mensen vreemde woorden spreken.

Ik herinner me ineens dat ik bij heit op schoot mocht zitten. Dat overkwam me niet vaak: Selly werd altijd voorgetrokken, dat was ook zo'n mooi en lief meisje. Ik zag eruit als een verlepte herfstkat, zei hij altijd, maar nu aaide hij me en zei almaar: "Famke, famke."

Er doemde een kolossaal schip op, er kwam een man met papieren, er waren grote mensen die heen en weer liepen en belangrijke dingen hadden te doen, het woei, er viel een gore regen.

En toen kwam de zee. Soms probeerde moeder door haar tranen heen te lachen. Dat was nadat ze gekotst had en volgens haar enige verruiming genoot. Zo heeft ze zich kotsend door november 1909 geworsteld.

Onder in het schip sliepen joden, wist heit. Poolse joden die smerig waren en onder de luizen zaten. De reis Sijbrandaburen-New York blijkt een maand te hebben geduurd. Selly hoorde later moeder zeggen dat ze ons en haar lot aan boord in de handen van de

Here Jezus had gelegd. Slechts eenmaal heeft ze hardop haar gramschap over het vertrek geuit. Vaders ultieme verweer was dat de stallen in Sijbrandahuis leeg waren.

In New York voeren we op ruim honderd meter afstand langs het Vrijheidsbeeld. Mem vertelde ons later dat heit bij het aanschouwen van het beeld had gehuild. "Hier in Amerika kan ik meer dan op Sijbrandahuis, hier zal ik boer worden. Op een plaats waar de bedoening van Klaas Tamsma en schoonmoeder bij in het niet valt."

We kwamen in eindeloze rijen te staan, er waren dokters, klerken en nog eens klerken, we moesten met kleine boten naar de wal van Manhattan worden gevaren, belandden op een treinstation, er kwamen kooplui die ons van alles wilden aansmeren, we konden ze niet verstaan. Heit moest begrijpen dat er een strenge winter in aantocht was en kocht voor zichzelf en ons allemaal zwaar wollen winterondergoed. De reis naar de Midwest zou een begin zonder eind worden. Vaag herinner ik me iets van Pennsylvania, Ohio, Indiana, Illinois, Missouri. Maar we moesten almaar verder.

Als ik me niet vergis, stapten we vroeg in de morgen uit de trein in Dodge City. Dat is een eind in Kansas, want we hadden al heel wat kale prairie aan ons voorbij zien glijden. "Als er stront op het land komt, zal het zichzelf terugbetalen," zei heit.

Mijn moeder droeg een rond zwart hoedje. Nu ik het erover heb zie ik er ineens een rouwvoile aan hangen. Heit droeg een streepjesbroek die hij waarschijnlijk in Manhattan van een jood had gekocht. En op zijn hoofd droeg hij een strohoed, zoals hij die op het perron van het spoorstation in Missouri had gekocht. Een hoed die niet bij de winter paste. Later, toen ik een meisje van twaalf was en allang had leren lezen, zag ik de naam staan van de stad waar de hoed gemaakt was: Saint Louis.

Diep in Kansas viel de winter in en werd het bitter koud. Ruiters kwamen ons tegemoet. Ze hadden een stuk of vijf verse paarden bij zich. De woordvoerder spuugde steeds pruimsap in de sneeuw. Eerst dacht ik dat het bloed was. Vader werd met een vreemd scherp geluid toegesproken. Hij begreep het heerschap maar niet. Waar was onze verhuiskist? Zou die later worden gebracht? Waarom was de kist niet met de trein meegekomen? Hoe ver was het nog naar het dorp en de boer waar vader eerst zou werken?

Eindelijk werden er paarden voor buggy's gespannen. Met z'n vijven konden we net in een van de wagentjes. Voor het eerst in vijf weken hoorde ik onder me weer wielen op een pad knisperen. Het geluid en de geuren van de buggy waren anders dan in Friesland. Alles was hier anders.

"Het land hier lijkt me ietwat aan de ruige kant, 'k ben benieuwd wat er volgend voorjaar uit de sneeuw te voorschijn komt," waagde moeder.

"Op de Duitse mannen van de papieren moeten we vertrouwen," bitste vader.

's Avonds laat konden we niet verder, we bleven voor een smal maar wild riviertje staan. De paarden vonden er hun drinkplaats, de mannen probeerden vader duidelijk te maken dat de bedding twee dagen geleden nog helemaal droog stond. Het moet een zijriviertje van de Arkansas zijn geweest of een kreek die van Smody Hill kwam en het zuiden in kronkelde. De mannen waren het onderling niet eens. Konden we er nog met de buggy's doorheen of niet?

Er werd een vuur aangelegd, eten klaargemaakt en we moesten in de buggy slapen. "We treffen het," zei heit, "om deze tijd van het jaar vriest het hier meestal veel harder."

De volgende dag staken we een halfuurtje zuidelijker het riviertje over en kwamen te paard op de plaats van bestemming. Volgens mij was het Big Bow, maar het kan ook dichter in de buurt van Lakin zijn geweest. Eén ding weet ik zeker: we kregen een plaggenhut toegewezen, een woning half in de grond, met zoden als dakbedekking. Mem zweeg. Heit had meer in de melk te brokkelen, bleek zich enigszins overeind te kunnen houden in de taal die niet alleen in Bremerhaven maar ook hier door de kolonisten werd gesproken: Duits.

Achter de heuvels lagen de uitgestrekte landerijen van de uit Duitsland afkomstige boer waar vader eerst zou gaan werken: Gerald Hitchmann. Aan de Dokkumer Ee genoot hij de status van een melkveehouder, hier was hij een ontheemde cowboy die mee moest helpen de grote kudde vleeskoeien van Herr Hitchmann in toom te houden. Bij dag en dauw klom hij 's maandags te paard en bleef soms dagen weg. En onze mem; zij was van een boerin van goede komaf gedegradeerd tot plaggenhutbewoonster.

Toen heit die eerste week na een dag of drie voor het eerst weer thuiskwam om een nacht in de plaggenhut door te brengen, heb ik onze mem voor het eerst zien huilen. Toen ik haar daar later eens over aansprak, zei ze: "Heit had het ook zwaar, hij liet zich met het bloed in de hemdzoom uit het zadel glijden."

Toen de eerste sneeuwstorm uit Nebraska over de hutten gierde, zat mem daar met drie kinderen te kleumen. Heit had inmiddels een werkcontract bij een grote melkveehouderij verderop en was de dag tevoren vertrokken. We werden ingesneeuwd en nog verder van de buitenwereld afgesloten. Mem presteerde het ons uit te graven. Er werd een sleuf naar de dichtstbijzijnde plaggenhut gegraven en zo kreeg ze contact met een buurvrouw. Heit kwam later halfbevroren thuis. Te voet. Hij bleek zijn paard te hebben verkocht om aan geld voor brandstof te komen. Die thuiskomst: het was voor het eerst dat ik de man heb zien huilen. Op dat moment had mem al geen tranen meer. Later, veel later heeft ze weleens verteld dat ze 's nachts zoveel heimwee had, dat ze naar buiten ging en de maan toesprak. Want daar waar de maan aan de westerhemel stond, daar moest ergens beppe Sytske wonen. Toen Selly twaalf was en al vloeiend Engels sprak, heeft ze mem uit de droom geholpen: niet in het westen, maar in het oosten woonde beppe Sytske. "Dan heb ik altijd de verkeerde kant op staan bidden," verzuchtte ze.

We hebben deze mem zelden horen klagen. Alsof ze zich in haar lot had geschikt vanaf het moment dat in Sijbrandahuis de wagen met de kist uit de schuur werd geduwd. Dat lot was onder meer om samen met Wybren Lettinga door het leven te moeten gaan. Ze moet zielsveel van de man hebben gehouden; hij moet iets onweerstaanbaars voor haar hebben gehad. Ik kan me daar nu ook wel wat bij voorstellen: heit was een kerel bij wie je je niet hoefde te vervelen. Een mooie man met overtuigingskracht.

Vader zei: "Als het voorjaar wordt, trekken we naar Iowa, dat ligt voorbij Nebraska, daar heb je hele beste zavelgrond. In Iowa, aan de andere kant Omaha, word ik boer."

Voordat het zover was, kwam er een kennis met een slee vader afhalen. Helemaal uit Burlington. Samen konden ze bij een melkveehouder minstens vijf dollar in de week verdienen. "Omgerekend is dat meer dan een driedubbel arbeidersloon in Sijbrandahuis," zei hij. Zo bleven we weer alleen achter.

"Wie huilen daar zo?" vroeg Selly op een avond.

"Dat zijn hondjes, ze doen geen kwaad." Het waren wolven. Die winter waagden ze zich steeds dichter in de buurt van de plaggenhutten. Toen vader na enkele dagen op een nacht thuiskwam, bleek hij een geweer te hebben meegebracht. Buiten de hut legde hij moeder uit hoe het ding werkte. We hoorden tweemaal een knal. "In het vervolg red je je er zélf mee!" In vaders afwezigheid heeft moeder zich 's avonds eenmaal buiten de hut gewaagd en er klonk een droge knal door het winterland, gevolgd door een aanzwellend wolvengehuil. "Ze zijn niet gevaarlijk, ze zijn alleen maar maanziek," zei ze hijgend.

Eindelijk kwam het voorjaar. Alles werd anders, alles kreeg weer kleur. Vader kon een stukje land huren en kocht een melkkoe. Het weer werd mild, het was alsof je het gras kon horen groeien. "We kunnen maar het beste hier boer worden," zei hij.

"Er zal weer een winter komen," waarschuwde mem.

"We blijven," zei hij.

Op een dag kwam tegen het middaguur de postwagen met de eerste brief van beppe Sytske. Jaren later kreeg ik dit eerste levensteken uit het oude land onder ogen en één zin ben ik nooit vergeten: "Ik heb, mijn geliefde dochter, immer pijn in 't hart van hartzeer en onwennigheid."

Het werd een hete zomer. Moeder hield de koe in de schaduw en molk haar driemaal daags. Ze slaagde erin af en toe wat boter en kaas te maken. Om de melk niet te laten verzuren, groef ze een keldertje. Op een morgen zagen we hoe een slang de room van de melk slurpte. Voor moeder het moment om voor de tweede maal naar het geweer te grijpen. Ze schoot. De melk spatte uit de kuil, de melk die overbleef was vermengd met het inwendige van de slang.

"We kunnen hier maar beter niet blijven, Wybren!" Wij hadden vader die zaterdagavond tegen zonsondergang in de verte te paard zien aankomen. Selly en ik waren hem tegemoet gehold. Nog zie ik de zweetringen in zijn jaeger borstrok. Hij sprong van zijn paard en het was alsof de goede raad van moeder hem niet bereikte. "Nog een paar weken hard werken en ik kan er nog twee melkkoeien bijkopen." Een paar uurtjes verderop had hij een blikken schuur gekocht of gehuurd, zo bleek later. "Als ik dat spulletje voor de winter dichtkrijg, zodat er geen sneeuw naar binnen stuift, hoeven we niet weg."

Er kwam een kink in de kabel: de tornado. Op een zondagmiddag. Als een dinosaurus kwam hij uit de richting van Ulysses onze kant op en verslond alles wat hij op zijn weg tegenkwam. Nog even leek hij van koers te zullen veranderen, maar toen laadde hij zich opnieuw op met stof en water en stevende recht op ons af. We stoven naar binnen, hielden de handen tegen de oren en voelden hoe de aarde van onze hut werd gerukt. Vanaf dat moment woonden we buiten.

"Het klaart wat op, zo meteen schijnt weer de zon," hoorden we vader beweren.

"Wij moeten zo snel mogelijk naar Iowa!" Moeder begon van zich af te bijten.

"Dan moeten we maar weg." De tornado had vader schrik aangejaagd. "In de streek van Marshalltown en Waterloo is de grond trouwens ook beter dan hier."

"Hoe is het daar met het weer!"

"Ietwat betrouwbaarder dan hier." Zo verlieten we Kansas.

Voorbij Des Moines in Iowa bleek de winter ook onbarmhartig te kunnen huishouden, maar we woonden nu in elk geval in een houten huisje. Los van de woning, zo'n vijftig meter verderop, stond de stal. Om niet in sneeuwstormen het spoor bijster te raken en om er te komen, had vader een touw tussen stal en woning gespannen.

Na barre avonturen en slopende verhuizingen heeft ten slotte de almachtige God ons gezin naar Michigan geleid. Er kwamen nog twee kinderen bij: August en Tina. We waren in de jaren twintig beland. De tijd had ons veel geleerd. Onder meer dat vader geen agrarische ondernemer in hart en nieren was.'

Op een zaterdagochtend tegen etenstijd bracht de postman een telegram uit Rinsumageest: beppe Sytske, de hertrouwde weduwe die op advies van haar nieuwe liefde geweigerd had schoonzoon Wybren aan geld te helpen, was overleden. Haar hart had het verdriet om het verlies van haar dochter niet kunnen verwerken, zo zou er met zoveel woorden in de brief staan die volgde. Op dat moment had vader zijn eisen al gesteld: het kindsdeel van zijn vrouw moest nú naar Michigan worden overgemaakt. Aldus geschiedde.

Niet veel later stierf ook de vader van zijn vader, pake Haebele.

"En nu zal ik zelf mijn rechtmatig deel uit Friesland halen, anders krijg ik het niet!" riep mijn vader nadat hij het doodstelegram had gelezen. Terwijl moeder 's nachts bij vollemaan ziek van de heimwee over de heuvels zwalkte, nam vader de trein naar New York en liet zich inschepen bij de Holland-Amerika Lijn. Het zal zo rond 1928 zijn geweest. Gelukkig stonden wij als oudste kinderen intussen op eigen benen en konden samen met moeder het gezin enigszins op de been houden.

Bijna een halfjaar later was vader terug in Grand Rapids, samen met zijn neef Gijsbert Lettinga uit Hijlaard, die hij ervan had overtuigd dat Amerika een vetpot was. Heit had voor mem een streng van gitten kralen meegebracht, dat wel. Later zou blijken dat de rekening van het in Dokkum gekochte geschenk nooit is voldaan. Vader had overigens ook veel minder geld geërfd dan waarop hij meende recht te hebben. Dat kwam doordat grootvader de openstaande oude rekeningen van Wybren had betaald. En die werden op zijn erfdeel ingehouden.

Bovendien was de gedupeerde melkvaarder van Bartlehiem bij de spraakmakende terugkeer van Wybren dreigend aan de deur verschenen om zijn honderd gulden op te eisen.

Toch hield vader nog net genoeg geld over om in Michigan een behoorlijke farm te kopen. Met een forse aanvullende hypotheek, dat wel. De akte voor die lening werd kort voor donderdag de vierentwintigste oktober 1929 getekend, de dag waarop de effectenbeurs op Wall Street instortte. Het was het begin van de vreselijke crisis van de jaren dertig. Heit ging bankroet, de farm moest worden verkocht, de droom van heit, om een zesmaal grotere boer te worden dan de tweede man van zijn schoonmoeder, zou niet in vervulling gaan.

Mem stierf toen ze eenentachtig jaar oud was. Vanaf dat moment bleek heit zonder mem niet te kunnen leven. Een jaar lang liep hij als een gebroken man rond, toen hebben wij hem naast onze mem in het graf gelegd.'

De kermisreiziger

JAN VELSTRA, CANBERRA, AUSTRALIË

'Alles wilde ik vergeten. Nooit meer wilde ik aan mijn geboortestreek terugdenken. De oude taal van Het Bildt had ik bij het vuil gezet, meteen al. Alleen het mooie famke van de Ouwedijk in Sint Jacobiparochie bleef in mijn gedachten. Zelfs nog toen ik hier in Australië een vrouw aan de haak sloeg. Op dat mens was ik na twee jaar trouwens finaal uitgekeken. Jawel, ik heb een zwaar leven gehad, ben er zogezegd diep door gezeild, mijn eigen te pletter gewerkt. Al met al heeft het me weinig meer opgeleverd dan een afgepeigerd lichaam.

Een reis terug naar de Ouwedijk zat er financieel dus niet in. Maar het kan toch gek lopen want op een dag dat ik krap in de centen zat, kreeg ik in Canberra Thijs Balt uit Drachten aan de lijn. "Jan, we gaan een reünie van de lagere school aan de Ouwedijk houden." Hij sprak in het dialect van Het Bildt, het klonk zo eigen. "Alle jongens en meiden van toen komen nog eens bij elkaar. Dus Jan, bestel gelijk maar je retourticket." Daar stond ik duizelig van verlangen en schaamte te wezen. Waar moest ik een ticket van betalen? "Oh no!" Meer kon ik op dat moment niet uitbrengen.

Ik legde de telefoon op de haak, liep de deur uit, ging hier in Canberra ronddolen en verviel in oude zonden. Af en toe klonk er een stevige vloek. Jazeker, ik had nog een paar dollar op zak, dus draaide het uit op gokken. Laat ik mijn inleg terugwinnen! Nou, dat gaf de burger moed. Ik naar huis. Dankzij mijn nieuwe degelijke Engelse vrouw, ik bedoel Dinha, zouden we het bij een avondje bingo laten. Maar dat was dan ook genoeg, we kwamen met duizend dollar schoon thuis. Dat was rond middernacht, dus belde ik meteen Thijs Balt in Drachten op. "Thijs, ik kom!" De schoolreünie was al geweest, maar ik wenste niet te wachten op de grote Friezenreünie van zomer 2000. "Misschien lig ik dan allang en breed onder de zoden," riep ik Thijs toe. "It's now or never. Wij komen."

Het was op 5 mei 1998, 's ochtends rond een uur of elf, op de kop af zevenenveertig jaar na mijn vertrek, dat ik samen met mijn vrouw de Ouwedijk bij Sint Jacobiparochie op reed. Vanaf dat moment begreep Dinha waarom zelfs ik, ondanks alles, toch nog hing aan mijn verdomde vaderland. "Oh my goodness, het lijkt wel of de huisjes hier uit de zeedijken omhoog zijn gegroeid! Wie bouwt nu huizen tegen de zijkant van een zeedijk."

En daar waren Thijs Balt en Hans Marra. En andere klasgenoten, zoals Maartje Groeneveld, Neeltje Feenstra, Tjeerd van der Zee en noem maar op. Ze kwamen in grote auto's, zagen er rijk uit, leken stuk voor stuk wel miljonair. Wat hadden de mensen het in Nederland geweldig. Wat een welvaart. Waarom had ik dat land toch moeten verlaten?

"Je wordt met dat nieuwe wijfje van je in café De Oosthoek verwacht, Jan." Ze wouwen dus meteen met me naar de kroeg. Ik kwam binnen en was in één klap van de kaart. Die klasgenoten van me; ze bezorgden me een serenade, speciaal voor mij zongen ze op vier stemmen en onder accordeonbegeleiding van Jan Balt het Bildtse volkslied.

En het was nou net dáár aan de Ouwedijk waar ooit de ellende begon. 't Was op een koude novemberdag in 1947 toen mijn vader zich even de rijkste bakker van de hele wereld voelde. Op die bitterkoude ochtend nam hij de eerste nieuwe naoorlogse motorbakfiets in gebruik. Een zware hypotheek op een splinternieuwe Batavus-fiets met toebehoren. Inclusief een royale broodbak erop gemonteerd. Zo was er ook nog een wonder gebeurd. Pa kreeg de boel meteen aan de praat en ging ermee de kale wildernis in. Venten.

Maar eerst moest dat ding starten. Wat ik nog voor me zie is een zwarte rookwolk, gevolgd door een grijswitte rookwolk. Met een sprong kon de ouweheer nog net bijtijds in het grote zadel springen, en daar stoof bakker Jochum Janszoon Velstra van de Ouwedijk nummer 664 onder Sint Jacobiparochie over 's heren wegen. En hij liet een vrouw en vijf kinders achter; ik bedoel, we stonden hem voor de bakkerij na te staren. Zo koud als het was. We zagen een schim over het smalle wegdek vliegen, langs de zool van de oude binnenzeedijk ging het richting Zwarte Haan. Daar ging de wereld niet verder. Met een bang hart stond mem alles aan te zien. "Als er op weg naar de Zwarte Haan maar niet ergens een hek dicht zit, want het zicht is matig en heit weet niet waar de rem zit."

"Sterker, hij zal ook niet weten hoe de motor uit moet," zei ik.

Die avond zagen we hem ongeschonden thuiskomen. Met een kop als een boei, dat wel. "Geweldig, Berta," riep hij hees. "Ik kan, als het moet, het brood warm aan de deur afleveren." Maar zo geweldig was het niet, onze vader was niet opgewassen tegen de ingewikkeldheden van het bestaan. De snelheid van die bakfiets ging zijn voorstellingsvermogen te boven. Onze heit was een ambachtsman in de bakkerijbranche, een man die hele beste broden kon bakken. En hij kon goed met de klanten overweg. Dat was het.

Het werd de dertiende januari 1947, mijn verjaardag, en ik hing nog altijd op de lagere school aan de Ouwedijk rond. Nee, ik was geen leerder, eerder een dromer en verteller. "Jan, ik weet niet wat ik met je moet beginnen," zei de meester teleurgesteld. "Ga naar je vader, ga in de bakkerij werken!" Rekenen lag me niet, schrijven vond ik ook niks an. De volgende ochtend trok ik, tegelijk met de ouwe, om halfdrie de sokken aan. "En nou zal ik je leren wat bakken is," klonk het.

'S Morgens tegen koffietijd waren we klaar met bakken. Staande een bak koffie, dik inpakken want het was barre winter, en daarna met de nieuwe motorbakfiets venten. Hier en daar had de harde noordooster messcherpe sneeuwduinen dwars over de weg getoverd. De bakfiets zat boordevol brood, speciale lange zoete koeken die we ook wel kalverpoten noemen, beschuit en koekjes. Jawel, de broden waren nog warm. Eerst maar vijf kilometer de Oosthoek in. Tot de Noorderweg. Rond twaalf uur moesten we thuis zijn voor het middagmaal, daarna meteen de Westhoek in. Als ik het me goed herinner, was het Westhoekse volk ietsje minder arm dan de Oosthoekers.

Ik startte de bakfietsmotor, zou al in het zadel springen, maar pa wou zelf aan het roer. Als een raket gierden we over de zeepgladde weg, nog zie ik links en rechts de metersdiepe, met sneeuw volgestoven bermsloten. "Minder gas geven, terugschakelen!" Ik waarschuwde de man keer op keer. Wat natuurlijk geen moer hielp. Met volle vaart smoorde de motorbakfiets in een metershoge sneeuwbank, ik sloeg over de harsens en belandde in de volgesneeuwde sloot.

Voor mij was de wereld even zwart. En daarna wit. Ik kwam boven en miste mijn vader. En daar, even verderop, kroop hij worstelend uit de sneeuw.

"'t Is me wat!" Alleen al dat zinnetje; het maakte me woest. Het huilen stond hem nader dan het lachen. In velden en wegen was geen mens te bekennen. Wat wil je. Machteloos stond hij aan die in de sneeuw weggezonken bakfiets te rukken, en verstijfd van de kou stond ik het aan te zien. Vader probeerde bij de steile berm omhoog te klauteren, bleek een klomp kwijt te zijn, liet zich moedeloos terugvallen, probeerde nu de kap van de broodbak op te lichten. En toen gaf hij het op. Hij gaf álles op. "We gane met de hele huishouding naar de bliksem!"

"Die boer daar heeft wel een paard en een trekzeel," stelde ik voor.

"De boeren van Het Bildt helpen geen bakkertjes," hakkelde hij.

"Zo meteen komt bakker Dragtstra van Sint Annaparochie langs. Die helpt ons eruit." En ja hoor, nog geen minuut later verscheen collega Dragtstra met zijn ventwagen aan de horizon. Pa vermande zich, was zijn klompen kwijt, stond op sokken op de weg en woof Dragtstra bedelend tegemoet. Maar deze zeer kerkse, vrome bakker deed alsof hij sneeuwblind was en schoof zonder op of om te kijken met zijn handel voorbij. Dat was de eerste keer dat ik vader heb zien grienen.

Toen ben ik dus zelf maar naar die grote akkerbouwer verderop gelopen. Een groot boerenhuis, een deftige voordeur, een lange gang, een sceptisch ogende landbouwer. Maar toch een en al behulpzaamheid, want hij gaf een van zijn arbeiders in de schuur opdracht onmiddellijk een op scherp staand werkpaard in te spannen. Een uur later tuften Velstra & Zn op de motorbakfiets verder richting Sint Jacobiparochie. Voorzichtig nu. Een sneeuwschop hadden we van de boer meegekregen. Toen we daar bij de eerste, de tweede en de derde vaste klant aanbelden, hoorden we steeds hetzelfde: "Maar Dragtstra is deze keer geweest, hij zei: 'Wegens omstandigheden vent Jochum Velstra vandaag niet.'"

Toen we thuiskwamen was alles, op de gebroken beschuit na, stijf bevroren. Mem sloeg van kwaadheid met beide vuisten op de keukentafel, wenste de Dragtstra's in de hel en ons hele gezin in een ver land waar de zon zou schijnen en de mensen beter waren dan in Het Bildt. Maar voorlopig moest er iedere dag nog een dodelijke concurrentieslag worden geleverd. Omdat het daar, in de uitgestrekte, dunbevolkte Noordwesthoek, net leek of er op iedere tien woningen een broodbakker probeerde zijn brood te verdienen. Zo had je bakker Siesling in de Westhoek, De Jager in de Oosthoek, Balt in Nij Altoena, en daartussenin nog Peereboom, Stienstra en niet te vergeten Dragtstra.

Als pa weer eens de slag had verloren, kon je het verdriet en de weerloosheid van zijn gezicht aflepelen, maar zodra hij 's morgens – ik bedoel eigenlijk 's nachts rond halfdrie – de geur van de bakkerij in de neusgaten kreeg, straalde hij van geluk.

Ik was de oudste van de vijf kinderen, na mij waren er nog twee jongens en twee meisjes gekomen. "Als alles meezit, kan ik veul aan je hebben," vertrouwde hij me weleens toe. Hij kocht, speciaal voor mij, een zesdehands transportfiets. Nou, daar kon zo'n grote mand voorop dat ik op de trappers moest staan om over die mand heen te kunnen kijken. Zelfstandig venten. Het ging me niet slecht af, maar mijn klanten vormden zo ongeveer het uitschot. Ik kon met twaalf uur werken nog niet mijn eigen boterham verdienen.

Nog hoor ik op een avond na de broodmaaltijd zonder veel beleg moeder voorzichtig zeggen: "Jochum, anders moeten we toch maar de stap wagen." Op dat moment had ik nog niet in de gaten dat ze emigreren in de zin had. De reactie van vader: "Ik wil me, zo voor de nacht, de kop niet gek prakkiseren." Die opmerking maakte mem pisnijdig, er klonk een verwijt: "Je ligt er zelf nachten over te zemelen, over emigratie naar Australië, je zeurt er zelf over dat onze oudste niet kan leren maar wel kan bakken, en dat er straks voor twee man in de bakkerij geen monden genoeg zijn. En nu houd je de boot weer af. Weet je wel dat we hier geen cent over kunnen houden?"

Ik ging niet meer naar school, was in de bakkerij gekomen, at nog meer dan vader en ging me schuldig voelen. Ik bracht immers niets in.

Het werd zomer en er kwam een brief met opgetogen verhalen van het al naar Australië vertrokken bakkersechtpaar Jan en Atsje Vlietstra. Vanaf dat moment waren aan de Ouwedijk de beelden van een nieuw en zonnig bestaan elders onuitwisbaar. In dat nieuwe land Australië had je meer monden en minder gemene collega's, daar waren geen diepe sloten, laat staan sloten vol stuifsneeuw, daar scheen altijd de zon. Ikzelf was ook enthousiast en zag me op goudgele stranden onder staalblauwe luchten voetballen.

Heit en mem vulden papieren in, besloten met de hele huishouding voor de emigrantenkeuring te gaan en hadden daarvoor al de "Brood, koek en banketbakkerij" plus woonhuis aan de Ouwedijk 664 verkocht. Dus ze kwamen zeer ontdaan van de keuring terug toen bleek dat zuster Hanneke van twaalf een gaatje in een van de hartkleppen had. Afgekeurd. Ze mocht niet mee. Intussen moesten we het huis uit. Zo waren we onze laatste bron van bestaan kwijt.

Een paar dagen later was er toch nog hoop: de emigratie hoefde alleen maar een jaar uitgesteld te worden; Hanneke kon het volgend jaar in Australië geopereerd worden. Heit vond snel tijdelijk werk in een andere bakkerij, ik mocht zolang knechtje worden bij de nieuwe bakker op 664. 's Morgens tegen halfdrie tegelijk met de wat oudere bakker beginnen. Beloning: kost en inwoning.

"Waar wil je hier slapen, jongen?" vroeg de bakkerin, een vrolijke vrouw met grijzend haar die ik als een soortement koningin-moeder beschouwde.

"O zo graag op mijn ouwe plekkie." Achteraf bezien was ik nog een kind, ik begreep niet dat ik op dat ouwe plekkie vlak bij het ledikant van bakker en bakkerin kwam te liggen. Tussen hun ledikant en het mijne werd een stuk bordpapier bevestigd.

Zo kon ik 's avonds dat echtpaar in bed horen, zo begon er bij mij iets te dagen. "Toe nou," hoorde ik mijn koningin-moeder vragen, "toe nou, ik heb het zo graag. Ga nou door!"

Hij: "Ik heb zo'n pijn in de maag."

Dan bleef het een tijdje stil, dan lag ik te trillen op mijn kooi, ik kon ze horen ademhalen, ik begreep dat de vrouw de man vleiend naar zich toe haalde: "Ja toe dan, ga door. Ja." Ik lag er zo dichtbij, ik lag er bij wijze van spreken bovenop. En zo droomde ik dan later die nacht van het mooie famke van de Ouwedijk waarop ik blijkbaar stapelverliefd was geworden.

Op 5 mei 1951 was de spanning in ons gezin te snijden. Vader wilde vier uur voor vertrek nog naar alle kerkhoven waarop zijn ouders en andere familieleden tot in de derde lijn lagen. Zo had hij in de Eerste Wereldoorlog binnen één week zijn vader en broer aan de Spaanse griep verloren. Op de valreep stak het sentiment de kop op. Al die treurnis zorgde ervoor dat ik voor het eerst voelde hoe ingrijpend onze emigratieplannen waren.

Hoe we voor het laatst de Ouwedijk af reden. Nog één keer heb ik omgekeken en zag hoe een enkeling ons stond uit te zwaaien. Het waren geen klanten. Die hadden op de laatste ventdag al gezegd: "Nou Jochum, kerel, succes daarginds." Een van de uitwuivers keek helemaal niet onze kant uit, die schouwde alleen maar de lucht. Om te zien wat voor weer hij morgen zou krijgen.

Met de Soerabaja van de KLM was het vierenhalve dag vliegen naar Sydney. Voorbij Darwin was de stemming gedrukt, want beneden ons leken bosbranden heel Australië kaal te vreten. "Wat blijft er zo van dit land over," verzuchtte moeder.

Laat in de avond van de elfde mei stapten we in Sydney bekaf op de trein naar Bathurst, een opvangkamp in New South Wales. Sinds het vertrek van de Ouwedijk, zes dagen eerder, hadden we misschien tien uren geslapen. Traag kropen we die nacht door de Blue Mountains. De volgende morgen, toen de trein om onverklaarbare redenen uren voor Bathurst stilstond, ontdekte ik rijp aan de bomen. Alles wat ik verwacht had, maar geen winter. Verderop stonden armoedige, gelijkvormige barakken in een negorij. "Ik zie niet de bananenbomen waar heit altijd over pochte!" zei ik. Witheet was hij. En waarschijnlijk diep ongelukkig.

Het kamp bij Bathurst had iets weg van een strafkamp. Sommige Nederlandse en Deense emigranten raakten helemaal van slag toen ze kampcommandanten in het Duits en gebroken Engels hoorden commanderen. Alsof we voor een concentratiekamp hadden getekend. Tien dagen zaten we daar, toen kreeg vader werk bij de hoogovens van Port Kembla. Terwijl ik almaar had gedacht dat hij er meteen een grote bakkerij zou betrekken. Toen we in Port Kembla aankwamen bleken daar de Friese bakkers, die heit zo enthousiast over Australië hadden geschreven, niet in huizen maar in tenten te wonen. Men moest eerst maar eens een dak boven het hoofd verdienen. Later kwam ik erachter dat de Nederlandse regering een grote overcapaciteit in de bakkersbranche verwachtte en daarom deze sector sterk had aangemoedigd te emigreren. Wie ging kreeg de reiskosten voor een groot deel vergoed. De voorlichting over de situatie in Australië was ver onder de maat.

Eén sprookje kwam uit: het zonnige weer. Maar we waren meestal binnen, omdat het gehele gezin zich ging inzetten om een eigen bakkerij bij elkaar te verdienen. Moeder had een baantje in het gezin van huisarts Millgrow gekregen. Niet dat ze er een noemenswaardig loon verdiende, maar miljonair Millgrow, een man met een groot hart, bleek een waardevolle raadgever.

Moeder: "O, dokter Millgrow, my man is so homesick! What can I do?" Inderdaad, onze heit dreigde onder de heimwee te bezwijken. Het was net geen huilen wat hij af en toe deed, het was stilletjes grienen. "Kop op," zei mem dan, "we doen allemaal ons best met sparen voor de bakkerij."

Ik ging bij een andere bakker werken, draaide zestig uur in de week, verdiende negen pond en zeven schilling. Zakgeld had ik niet nodig; tot de laatste cent was alles voor heits toekomstige bakkerij. Ook al was er een heel regiment Nederlanders dat ook voor een eigen bakkerij spaarde. Op een avond laat werd ik zo dwars als een aap: "We hadden beter op de Ouwedijk kunnen blijven, hier heb je zo meteen nog meer concurrenten dan daar." Op dat moment reageerde vader al niet meer boos. Hij was down. Mem zei: "Rustig maar, het komt allemaal goed."

Goed nieuws: dokter Millgrow kwam mijn ouders tegemoet met een geldlening voor een huisje met oven en deegmachine. Het hele gezin ging nu in eigen huis bakken. Bij dag en bij nacht, en zondags ook, zodat we drie venters extra nodig hadden. Dat ging nog met paard en wagen. "Wij zijn de eersten op het zuidelijk halfrond die venten," pochte vader. "Zo meteen zijn we heer en meester." Hij werd weer moedig.

Af en toe had ik een vrije zondagmiddag en ging ik naar Tarawanna, waar meisjes met het badpak nat en strak om hun mooie lijfjes over het strand paradeerden. Daar stond ik dan schielijk en doodongelukkig naar te kijken. Outcast, want ik sprak zo bedonderd Engels. Wel hormonen, geen durf om contact te maken. Zo ging dat tot mijn achttiende. God, wat ben ik eenzaam geweest, daar op de beach van Tarawanna.

FIRST CAR FOR DUTCH BAKER VELSTRA. Het stond met een grote kop in de krant van Port Kembla. Pa, zo trots als een aap, knipte het artikel uit en stuurde het naar de Ouwedijk, maar de heimwee bleef hem kwellen. In melancholieke buien zagen we hem nu huilen als een kind. Op een dag kwam het hoge woord eruit: "Eigenlijk wil ik liever naar huis."

"Om de bliksem niet," riep mem. "De kinders zijn hier gewend, die willen niet meer terug. En nu mág jij niet terug."

Het was dokter Millgrow die raad wist: de bakker zou genezen zijn als hij een retourtje Ouwedijk had gemaakt. Alleen terug naar Het Bildt, want geld voor twee retourtickets was er niet. Zo arriveerde pa aan de Ouwedijk, waar het nu zomer moest zijn. En wij, wij werkten stug door. Zesmaal heeft onze heit in zijn strijd tegen de heimwee zo'n retourreisje naar Friesland gemaakt. Nooit samen met moeder, die het ook zwaar had, maar altijd alleen. Kortom, al onze zuurverdiende centen stoven tussen Port Kembla en de Ouwedijk door de straalmotoren het heelal in. Maar ach, werkte de man al in de bakkerij, dan bakten wij brood dat doorweekt was van zijn tranen.

Op een goede dag heb ik geroepen: "Jullie bekijken het maar, ik werk niet langer voor de airways." Ik ben mijn eigen weg gegaan. Bij pa opnieuw emoties. Hoe kon ik hem en de anderen nou in de steek laten! Ik had toen net dat gedonder met die eerste vrouw, had kennelijk nog niet in de peiling dat ik op mijn eerste grote mislukking afstevende, dus ik besloot voor mezelf te beginnen.

Achter de Blue Mountains, in het verlaten dorp Newbridge, was de enige bakker met de noorderzon vertrokken en ik zag er kansen. Het lukte me bij een bank geld los te krijgen. Voor het eerst van mijn leven kreeg ik een paar duizend dollar in de klauwen en ik had het gevoel dat het ook nog mijn eigen geld was.

In dat onderkomen in Newbridge stond een stokoude, houtgestookte steenovenbakkerij. Waterleiding was er niet, maar achter het huis stond een lange rij regentonnen onder het grote blikken dak. Nu de regen nog. Inderdaad, zo af en toe regende het in Newbridge. Dan was ik de hele nacht in de weer om zoveel mogelijk water op te vangen. Met dezelfde moeite en inspanning moest ik voldoende goed stookhout op de kop tikken. Mijn dag begon twee uur eerder dan aan de Ouwedijk: 's nachts om twee uur.

In de omgeving van Newbridge woonden grote, zo op het oog welvarende boeren en de verwachting was dat het dorp zou groeien. In geen velden en wegen was een concurrent-bakker te bekennen; reden voor optimisme. Maar na een paar dagen kwam ik erachter dat die grote boeren gewend waren eenmaal per jaar de bakker te betalen: zo tegen oudejaarsavond. In mijn geval betekende dat tien maanden wachten op mijn eigen centen.

Die vrouw van me was jammer genoeg nog niet vertrokken, ze zag ineens het licht en wilde naast de bakkerij een general store, waar dorp en omgeving van alles en nog wat konden krijgen. Natuurlijk ook van die minder courante blaadjes. Iedere zondagavond kwam steevast de uit Ierland overgewaaide priester Foley op bezoek. Niet om mij rooms te maken, nee Father Foley was van hetzelfde merk whisky als dat vrouwtje van me.

"Nou moet je 'ns goed naar me luisteren, Father," zei ik toen we 'm eens alle drie goed hadden zitten, "ik moet van twee van die roomse Ierse boeren van je nog zo'n vierhonderd dollar beuren. Ian Edwards en Jerry Smith nog wel! Als je een vriend van me wilt wezen, moet je ze op hun plichten wijzen."

"Ik zal voor je bidden, Johnny."

"Dan meteen," zei ik. Okay, wij gingen ter plekke gedrieën met een stuk in de kraag op de knieën, en verdomd, twee dagen later kwamen de boerinnen Edwards en Smith met een stapel dollars aanzetten. Zo bleven Foley en ik toch nog maar vrienden.

Die vrouw van me kreeg er gelukkig toch genoeg van; van het dorp, van de bakkerij, van mij, van alles. Ze ging ervandoor en liet aardig wat financiële problemen achter. In mijn verlangen naar wat meer geld ging ik dus weer gokken. Eerst maar eens naar het agentschap van de New South Wales Lottery. Nu werd ik in Newbridge ook nog ongelukkig in het spel. Het was 1964 geworden, met de bakkerij ging het bergafwaarts.

Ik scharrelde verder en er zouden een paar mirakels gebeuren. Eerst ontmoette ik Dinha, die een geweldige vrouw bleek te zijn. Niet lang daarna kwam er op een namiddag een klant de bakkerij binnen en riep: "Get 'm Johnny!" Die kerel bedoelde dat ik een prijs in de loterij van New South Wales had gewonnen.

"Rot op!"

Maar even later kwam er al een telefoontje van het agentschap: "Goed nieuws, Mr. Velstra, haal uw lot maar voor de dag, u bent winnaar!"

Het werd een bezopen avond, gevolgd door een afgrijselijke nacht: Dinha en ik konden nergens dat lot vinden. Alle broekzakken binnenstebuiten gekeerd, alles overhoopgehaald, ruzie, moedeloosheid, radeloosheid, redeloosheid, het zweet op de rug, de wasmachine op z'n kop, opnieuw alle broek- en jaszakken binnenstebuiten. En laat Dinha na vijf uren zoeken nou toch een gewassen propje vinden dat het lot blijkt te zijn. Het nummer was nog te lezen, dus karde ik meteen naar het loterij-agentschap. En daar kreeg ik opnieuw een rolberoerte: het meisje dat mij altijd loten verkocht, had ditmaal mijn naam fout gespeld; er stond Velsta in plaats van Velstra.

"Zo is het ongeldig, mister Velsta," hoorde ik steeds weer. Ik was helemaal van de kook, sprong in die ouwe kar van me en reed naar priester Foley.

"Bidden, Father!" Ik legde hem het drama uit.

"Dat doen we," zei hij meteen. Het werd een zeer intens gebed. Daarna sloegen we er een paar achterover en ging Foley met me mee naar het agentschap. Nog weer vier uur later stond ik met zestienduizend harde dollars in m'n poten.

En wat gebeurde er daarna? Juist! Binnen de kortste keren kreeg ik mijn hele familie op de nek. Vader belde me op en zei: "Eerlijk gezegd mag je dat geld niet helemaal voor jezelf houden, Johnny. Wij delen alles toch altijd met elkaar?" Broers en zussen vonden dat ze wat anders hadden verwacht van een family man als ik. Ja, iedereen vond eigenlijk dat ik het grootste deel van het bedrag eerlijk over de familie moest verdelen. Immers, als zij later een mazzeltje hadden, zou ik ook meedelen.

Voor hen allemaal heb ik toen een liedje gezongen. Telefonisch: "This time, Johnny is wise..."

Zestienduizend dollar. Onmiddellijk verkochten Dinha en ik de bakkerij in Newbridge. Gebouw, oven en goodwill; het was niet meer dan tweeduizend dollar waard. In Bathurst konden we een royale woning kopen waarin plaats was voor minstens vier kostgangers. Kostgangers leveren in Australië geld op. Intussen had ik besloten werknemer in een bakkerij te worden. Geen sores meer.

En wat gebeurt er op de eerste zondagavond in ons nieuwe onderkomen in Bathurst? Jawel, Foley drukt op de bel. "Come in, Father!" Hij wilde een borrel, ik zei: "Best, maar jij en ik gaan eerst samen bidden."

"Bidden voor wie?" wilde hij weten.

"Voor mijn vader, die niet van de heimwee afraakt."

Ons gebed werd niet verhoord, want tot zijn dood, in 1982, heeft bakker Jochum Jans Velstra van de Ouwedijk heimwee gehouden.

Aan de Highway 24, in het plaatsje Blayney, werd een ervaren bakkersknecht gevraagd. Ik werd aangenomen. Mijn nieuwe baas was al niet piep meer. Een beste kerel. Ik werkte hard en verdiende een prima loon. Zo goed als in Blayney hadden Dinha en ik het nog niet gehad. Het was ook de eerste bakkerij in mijn leven die echt goed liep. Dat was ook nog zo toen de baas moeite had acht uren achter elkaar te werken.

Op een ochtend vroeg ging hij voor me staan met de mededeling: "Johnny, ik ga dood, ik heb kanker." Nog geen drie maanden later heb ik hem naar het kerkhof gedragen. En nog diezelfde week verkochten we ons huis in Bathurst en namen zijn bakkerij in Blayney over.

De een zijn dood is de ander zijn brood: nog nooit hebben we het beter en mooier gehad dan de volgende drie jaren in de bakkerij van Blayney. Onze zoon Lennart John – die zou later trouwens een uitstekend bakker worden – werd geboren en oude klanten uit Newbridge kwamen brood bij me inslaan omdat daar de bakkerij naar de bliksem was gegaan.

Ach, ik ben zo'n man die de ellende altijd te laat ziet aankomen, want op een dag reed er zo'n grote truck met fabrieksbroden over de Highway 24 richting Blayney. Met als doel alle bakkerijen van New South Wales met fabrieksbrood te bestoken. Nog diezelfde week stortte mijn omzet in.

"Verkopen de handel," zei Dinha resoluut. Ik had naar haar leren luisteren, zette een advertentie in de krant, verkocht de bakkerij en hield nog net genoeg dollars over om een huis te kopen waar we weer een stelletje kostgangers konden houden.

Bakken. Zelfs toen ik al niet meer op mijn poten kon staan van de slijtage in de botten. Maar ik deed het voor mijn zoon Lennart John, een jongen op wie ik trots mag wezen vanwege zijn bakkersbloed, dus zijn we naar Canberra verhuisd. We lieten een oud pand verbouwen, kregen halverwege de verbouwing dikke tegenvallers, gingen de zaak nu maar verhuren, trokken zelf in een kleiner huis en zien nu hoe onze zoon een hele flinke bakker is geworden. Hoe krap ik verder ook zit, ik voel me happy.

Het was tijdens die tegenvallende verbouwing dat ik Thijs Balt uit Drachten aan de telefoon kreeg met het nieuws over die schoolreünie aan de Ouwedijk. En daarna ging ik dus samen met Dinha naar de zaterdagavondbingo van Canberra. Ineens werd alles anders, niet veel later stond ik daar in café De Oosthoek de serenade, speciaal voor mij, aan te horen.

Terug in Het Bildt ben ik ook nog even op bezoek geweest bij tante Geertje in Dronrijp. Zus van mijn vader.

“Zo jongen,” begon de oude vrouw, “ben jij nou Jan van broer Jochum! Nou, die heit van je was toch wel een kei. Een echte landverhuizer. Zeven zomers achter mekaar kwam hij even bij me langs. Hij reisde alle kermissen af. Zo’n gewone jongen van de Ouwedijk; hij had het daar in Australië toch maar gemaakt. Op iedere dorpskermis was onze Jochum de gevierde emigrant.”’

Bloem op de bast

WILLEM EN AALTJE VAN DIJK, DURBANVILLE, ZUID-AFRIKA

Het is een warme dag in oktober. De bergen en dalen, kloven en beken, dorpjes en gehuchten, alles draagt de naam van wat het voorstelt. De Klapmutsberg is een oude boerinnenmuts, de Tijgerberg een tijger. Hier geldt nog een verbond tussen taal, natuur en logica.

Verderop stroomt de Groenrivier met zijn groene water, en dan is er nog de Platteklip, een hoogte waar ooit een reus de kop van af moet hebben geslagen.

Wij landen op de Hoge Kop, waar diep onder ons de Atlantische Oceaan zich als een blauwe oneindigheid uitstrekt. Een zilveren rand omzoomt het Afrikaanse continent. In de verte blinkt Robbeneiland. Hoger het noorden in, op de kust, staat de atoomcentrale, een verschijning die geen enkele gelijkenis vertoont met iets anders in het aardse bestaan. Het ding heet dan ook *atoomstaasie*.

De stad Durbanville. Tegen de helling een waterreservoir zo groot, dat de kinderen er in bootjes op kunnen spelevaren. Op de glooiing ertegenover de villawijk met brede asfaltlanen. Eigenzinnige huizen in rood, bruin en geel. Bij een hoge witte muur pronkt een boom met bloeiende parasieten op een ruige stam. Rode bloemen zo wonderlijk en uitbundig, dat we het deze plant moeten vergeven dat hij tot de parasieten behoort.

Een erf als een lapje oërsees stamland, een royaal woonhuis achter een uit ijzer gesmeed opschrift: Fryslân Hiem. De tuindeuren staan open, binnen klingelt een uurwerk: het is de Friese klok die twee uur in de middag slaat. De exotische merel die niet wipt maar schrijdt, foerageert ongeschrokken voort. De grijze negentigjarige Willem Linseszoon van Dijk schrijdt ons op het tuinpad tegemoet. Op sportschoenen.

Hij is niet klein, niet groot, niet dik en niet dun. Achter hem de vrouw met wie hij drieënzestig jaar geleden trouwde: Aaltje van Essen. Tenger, beweeglijk, diepblauwe ogen. Ze is verrast haar oude taal te horen.

Op het eenpitspetroleumstelletje, dat een halve eeuw geleden met hen mee reisde op Harer Majesteits Pretoria Castle naar Kaap de Goede Hoop, wordt thee gezet. In de keuken ruikt het naar het Swichum van direct na de oorlog, waar Jan Petrolie eenmaal per week met de hondenkar langskwam. De kamerdeur staat op een kier, ik ontwaar een lange en hoge boekenwand. Afrikaans, Engels, Duits, Fries.

'We zijn gezond gebleven en ook nog aardig goed bij ons verstand,' laat ze zich achteloos ontvallen.

'Het had ook anders kunnen uitpakken,' zegt hij. Zijn stem heeft de robuustheid van een man in de kracht van zijn leven.

'Neem nou Dries en Ine, ik bedoel de Douwinga's. Ken je de Douwinga's? Die kwamen ook uit Mid-Friesland, woonden bij de Tútsebrêge, dat is tussen Grou en Warten. Ine kwam Dries na een jaar achterna, had net een kleintje gekregen. Zware reis. En toen sloeg hier het noodlot toe.'

Willem van Dijk probeert de tragedie samen te vatten, maar sommige tragedies zijn niet samen te vatten: 'Ine kwam Dries dus op een van die stampvolle Fonteinboten achterna naar de Kaap, ze hadden zo goed en zo kwaad dat ging een dak boven het hoofd. Mijn god, het was me wat.'

Aaltje: 'Ze hadden een blauwe maandag bij ons ingewoond, Dries kreeg een kleine duizend kilometer noordwaarts werk op de melkfabriek. Tegen de grens van Lesotho stond hun armetierige woning. En daar kreeg Ine zo'n heimwee. Alsof het als een ziekte werd doorgegeven aan het zogende kind. De kleine werd doodziek. In dat verlaten oord was blijkbaar geen betrouwbare dokter voorhanden. De brief die we kregen was een noodkreet van twee radeloze jonge mensen. We reisden er meteen naar toe, maar toen we dat kamertje binnenkwamen, was het kind al gestorven.'

Willem: 'Twee ontredderde jonge mensen. Op de tafel het kistje met het dode kind. Ine kwam er niet overheen, ze stierf zo jong.'

'Dries moet daar nog ergens wonen,' denkt Aaltje. 'Ik schrijf hem af en toe een brief. In het Fries, dat stelde Dries zo op prijs. Er komen geen brieven meer terug, maar dat kunnen we hem niet kwalijk nemen. Hij zei dat hij geen man van de pen was. “Ik kan,” zei hij eens, “ik kan al niet veel meer geven, ik kan alleen nog ontvangen.”’

Boven de deur van de huiskamer van Willem en Aaltje hangen borden met Friese spreuken. Verderop een ets van de Franeker kunstenaar Abe Gerlsma: een ingetogen dorp zoals het was toen ze vertrokken. Boven de theetafel een zilveren beugeltas versierd met duizend kralen, relikwie uit het boerengeslacht Van Essen. In de destructie van de crisisjaren dertig verloor het hier en daar een tak.

Aaltjes vader was een exponent van de boerencultuur uit die dagen. Hij werd winnaar van het Gouden Viooltje, de cultuurprijs die tevens als aanmoediging gold om het toenmalige professionele Friese symfonieorkest in leven te houden. De boer gaf zijn status gestalte in een mooie kop-hals-romp. En in zijn boerendracht. Toen het crisis was en de boer tweeënhalve cent voor een liter melk beurde, zat Tymen Gerbens van Essen in de witte broek te melken.

’s Winters bracht hij persoonlijk wat liters overbodige biest – de eerste melk voor het pasgeboren kalf – naar de arme gezinnen in het dorp. Wanneer het donker was, want hij wenste niet in het openbaar de weldoener te spelen. Van Essen zou voor deze daden worden afgestraft. Omdat de economische crisis geen genade kende. Hij kwam in geldnood en kon de pacht niet meer opbrengen.

Aaltje van Dijk: ‘Je schudt je verleden niet zomaar van je af. Ik niet, Willem, als arbeidersjongen en later timmermansknecht, ook niet. Wij hebben ervoor gezorgd dat onze kinderen en kleinkinderen hier weten waar wij vandaan komen; waaruit wij zijn voortgekomen. Zo begrijpen ze beter wat wij hebben doorgemaakt en wat er in ons omgaat.’

Willem: ‘Toen wij wat royaler in de centen kwamen te zitten, namen we onze kinderen en later ook de kleinkinderen mee naar oërsee, naar de dorpen Raard, Deersum, Oosterwierum, Wieuwerd.’

‘En naar Swichum!’ vult ze aan.

Willem: ‘“Kijk,” zei ik tegen de kleinkinderen, “hier, in dit kleine pepernotenhuisje woonden pake en beppe. Armoe heerste toen. En hier, in dit woninkje in Raard, stierf mijn vader toen hij nog maar achtenvijftig was. Hij werkte tot hij niet meer kon.”

Ik had onze kleinkinderen er al zo vaak over verteld, maar nu begonnen de verhalen echt te leven. “De brief, beste kinderen, waarover ik jullie zo vaak vertelde, die brief die ik helemaal van Raard naar Wieuwerd moest brengen! Dat ging te voet. Kijk, dan liep ik langs dat rijtje huizen daar, dan naar die toren, dan helemaal naar het dorp daarachter. Op klompen. Kinderklompen."

Een van de kleinkinderen – ik geloof dat het Anthony was – kwam met een voorstel. Hij zei: "Pake, dis vroeg in die dag, ons sal loop so pake ooit die pad geloop het, ons sal hierdie foel al die doen en late van pake en beppe in Fryslân!" En ze liepen die dag de weg van Raard naar Wieuwerd en weer terug. Toen ze 's avonds thuis waren en enthousiast vertelden over alles wat ze hadden gezien en gedacht en gevoeld, wilden ze nog meer weten.'

Aaltje: 'En pas toen hadden Willem en ik niet meer zo'n – hoe moet ik het zeggen – napijn wanneer we terugdachten aan Friesland. Wij vonden het zo mooi dat niet alleen wij ons verleden kenden, maar ook ons nageslacht.'

Op een prominente plaats in de boekenkast staan de Engelse en Friese versies van de werken van Shakespeare. Onder de glazen rooktafel ligt, half zichtbaar, de *Kroniek van een Friese boer (1821-1856) – aantekeningen van Doeke Wigers Hellema van Wirdum.*

Willem: 'Ja, je ziet het goed, dat zijn de aantekeningen van Hellema. Die legde alles vast. Als onze zoon Gabe, die hier opgroeide en een Engelstalige vrouw trouwde, weer eens een bezoekje aan Friesland brengt, is zijn eerste haven boekhandel De Tille in Leeuwarden. Hij tikte alle zes delen van de Friese jaarboeken van 1771 op de kop. Ze staan hier in Afrika. Buiten-Friezen lijken wel trotser op hun oude land, hun cultuur dan autochtone Friezen.'

De oude verteller onttrekt onbewust zijn door huidkanker aangetaste handen aan het oog van de gast. Handen die ooit konden maken wat zijn timmermansoog zag, handen waarmee hij honderd huizen bouwde en duizenden boekbladzijden omsloeg. Handen waarmee hij voorzichtig de naald op de grammofoonplaat zette. Caruso's Rudolfo uit *La Bohème*. Op His Master's Voice. De huidkanker, aangewakkerd door de Kaapse zon, vernietigde al één vinger. Zo te zien lopen er nog een paar gevaar. De getekende handen van een man die een mensenleven lang van 's morgens vroeg tot 's avonds laat stond te arbeiden, een aannemersbedrijf uit de grond stampte, er een eigen flatgebouw plus nog zo het een en ander aan overhield.

'Toen wij voorgoed uit Oosterwierum wegreden – het was me wat!' Aaltje begint met een fragment midden uit een lang verhaal: 'Mijn familie was er faliekant op tegen dat ik ging. Misschien voelden ze dat ik er tegenop zag. En toch ging ik. Met Willem en de twee jongens die toen nog klein waren. Er stopte in Oosterwierum een autobus voor de deur, we stapten in, zagen bij Werpsterhoek tante Trijn nog staan zwaaien. En weg waren we. De avond tevoren was ik in het dorp mevrouw Spekman van het plaatselijke café nog tegen het lijf gelopen. Het mensje moet haarfijn hebben aangevoeld hoe ingrijpend onze stap was. Ze wilde me troosten.

"Wat nemen jullie allemaal mee naar het nieuwe land, Aaltje?"

"Alle huisraad, vrouw Spekman," zei ik. "Alle lakens en slopen, ja ons hele hebben en houwen gaat mee."

Toen kneep ze me in de arm en zei: "Dat is goed, met zoveel mogelijk spullen om je heen ben je daarginds sneller gewend, Aaltje."'

Willem: 'Na dertien dagen varen op de Pretoria Castle doemde de Tafelberg op. Sommige passagiers raakten in een hoerastemming, maar in mij kwam een soortement bange emotie naar boven. Zo van: wat zal het leven ons daar achter die bergen brengen? Ik was al diep in de veertig, het jongste was eraf, het allerwildste ook.

Ons eerste onderdak was een sobere caravan. Elke dag fietste ik vijfentwintig kilometer naar en van mijn werk. Zes, soms zeven dagen per week. We hielden bovendien kostgangers en woonden niet zelden met twee gezinnen onder één dak. Ieder kwartje werd bevochten, iedere cent werd twee keer omgekeerd voordat hij werd uitgegeven. We moesten zien geld te krijgen om grond te kopen, om er een huis op te bouwen. Met eigen handen.'

'Het is gelukt, en het is toch niet allemaal voor niets geweest,' zegt Aaltje zachtjes.

Hij: 'Wij konden het ons later dus permitteren om af en toe een reis naar Friesland te maken. Dan logeerden we in Oranjewoud, dineerden aan het water op de Oudeschouw, wandelden en fietsten over het pad van onze vaderen, kwamen in al die Mid-Friese dorpen die nu veel kleiner leken. Zo peddelden we op een mooie nazomerdag ook door het dorp Sijbrandaburen. We stapten af bij een boerenplaats waar een arbeider bezig was de gracht uit te baggeren. Even een praatje maken.

"En waar komen jullie vandaan," wilde de man weten.

"Zuid-Afrika! Van de Westkaap."

"Tjonge jonge," oreerde die kerel vol minachting. "Jullie laten dus die arme zwartjes dit zware werk doen. Hier moet de arbeider zelf de handen nog uit de mouw steken." Dat deed even zeer.'

Aaltje: 'Willem heeft wat afgebeuld en later veel arbeiders goed werk gegeven. Pas na zijn zeventigste kon hij wat meer aandacht aan zijn grote liefhebberijen besteden: de literatuur, de concerten, de muziekschijfjes met de grote tenoren. Toen bleek er nog een andere wereld te bestaan.'

'Voor mij bestond er lang maar één wereld, die van hard werken!' Hij klinkt kortaf. 'En het is nu ook met die andere wereld afgelopen. M'n ogen, m'n oren, m'n handen, alles laat me in de steek. Het ergst van alles is de aantasting van mijn gehoor. De mooiste muziek begint me vals in de oren te klinken en dat is bijkant ondraaglijk. Laatst heb ik het nog eens weer geprobeerd met de Russische bas Fjodor Sjaljapin. Als hij Boris zingt in de opera *Boris Godoenov* van Moessorgski. Zo vreselijk vals klonk Sjaljapin ineens. Dat is toch absurd.

Omdat Sjaljapin ook goed schreef, wilde ik zijn memoires lezen. Zo had ik toch nog wat. Maar nu ineens pakten mijn ogen de letters ook al niet meer. Alles, alles ontsnapt me nu ik een oude man ben geworden.'

Zij: 'Ach Willem, Beethoven was op zijn achtenveertigste al zo doof als een kwartel. En op zijn vijftigste zo argwanend als een gek, en hij en zijn huishoudster schreven elkaar alleen nog maar briefjes. Welnu, zover zijn wij nog niet. Wij hebben het toch zo goed.'

Hij: 'Jawel. Aaltje kan prachtige brieven schrijven. In het Fries. Dat komt uit het hart. Ze gaan voornamelijk oërsee, die brieven.'

De Friese klok slaat voor de vierde maal een vol uur als Willem van Dijk over zijn oude dorp begint. Wieuwert anno 1908. 'Een arme boerenarbeider in die tijd; weet je wat dat inhield? Je zat vast aan je boer. Je zat vast in de kringloop van het bestaan. Je móést wel meezaaien om ook mee te kunnen oogsten. Je zat vast in de greep van de seizoenen, dat vind ik achteraf het meest beklemmende. En tegelijk vind ik het doodzonde dat de Friese boeren zich aan de kant hebben laten schuiven. Ze hadden het beste vee van de wereld. Ze hebben om het leven geëxporteerd. Totdat bleek dat ze zichzelf ook hadden geëxporteerd.

Ach, er is zoveel veranderd. Heit hard werken, mem zorgen dat de huishouding gesmeerd liep. Intussen werd er om het leven gespaard, want ze wilden vooruit, ze wilden het nog beter doen dan hun ouders. Nu denk ik weleens, mijn vader zal toch zijn dromen en idealen hebben gehad. Zoals ik die ook had.

Ik was twee jaar toen ze in 1910 naar Duitsland emigreerden. Daar gingen twee eenvoudige arbeidersmensen naar een ver land. Linse en Teakje van Dijk. Met alles wat ze bezaten: hun kinderen en een kleine kar vol spullen. Van Wieuwerd naar Keulen was toen verder dan vandaag de dag een reis naar Kraalfontein. Maar ze namen de stap, want in Duitsland verdiende de arbeider ruim tweemaal zoveel als in Wieuwerd.'

Willem neemt plaats voor de boekenwand, maar vindt niet wat hij zoekt. Die ogen toch. 'Ik zoek om Bismarck. Het zal wel een hond van een kerel zijn geweest, die Bismarck, maar in zijn nieuwe eenheidsstaat wilde hij wél het beste voor de werkman. In het Duitsland van vlak voor de Eerste Wereldoorlog was dat te merken. Vader kreeg in de Ruhr werk in de kolenmijnen. Totdat er een volle kiepkar over zijn been denderde. Een halfjaar lang kon hij geen poot verzetten, maar wij kregen al die tijd zoiets als een uitkering. Net genoeg voor wat brood op de plank.'

Aaltje: 'In het Duitsland van toen moesten vrouwen die er een huishouding van Jan Steen op na hielden de volle huur betalen. Maar had je de zaak heel netjes voor elkaar, dan kreeg het gezin een korting op de huishuur.'

Willem: 'Ons mem werd dus nog brandschoner dan ze al was. Het gevolg was dat wij later helemaal geen huur meer hoefden te betalen. In 1914 hadden ze al aardig wat harde marken in de spaarpot.

De Eerste Wereldoorlog brak uit en ik moest naar school. Zo zag ik als kind in alle vroegte de colonnes afmarcheren. Soms zingend. Op naar het oostfront, op naar het westfront. Met een roos in de loop van het geweer heb ik ze later zelfs zien gaan. "Ze gaan zingend naar de bliksem," zei vader. Nu zoveel duizenden Duitse boerenknechten tot kanonnenvlees waren gepromoveerd, kon hij verderop goedbetaald werk bij een boer krijgen. Opnieuw verhuizen. Voor mij dus weer een andere school. Ik heb vroeg geleerd wat emigreren is.

Als de meester mij iets vroeg, stond ik al naast de bank. Stram in de houding. "Gott straft England!" roepen. Veel later zou dat "Heil

Hitler!" worden. Op een keer vergat ik de meester snel te antwoorden en kreeg flink slaag. In de handpalm. Zoveel klappen als je jaren telde. Net doen of je niets voelde. Er was alleen plaats voor helden. Op het schoolplein moest ik me als Ausländer proberen te handhaven. Hoe wreed kinderen ook voor kinderen kunnen zijn, denk niet dat ik er een trauma aan heb overgehouden. Wat ik eraan overhield is een uitstekende beheersing van de Duitse taal. Vier grote talen kunnen spreken en lezen, dat is een groot voorrecht.

Zo belandden we in Steele, een dorpje onder Gelsenkirchen, het was in de zomer van de slag bij Verdun. In een paar weken tijd vielen daar alleen al aan Duitse kant honderdduizend doden. Plus zo'n driehonderdduizend gewonden. Op een mooie zomeravond stond ik aan de stille kant van het kleine perron en zag hoe weer een wagonlading gewonde soldaten werd gelost. Geschonden lichamen, mensen die al geen mensen meer waren, en ik stond het daar als kind aan te zien. Ik dacht: God straft niet alleen Engeland.

"Wij kunnen hier niet blijven," zei moeder, "wij moeten met de kinderen terug de grens over naar Wieuwerd." Die dorpsnaam had voor mij een hemelse klank. "Wij hebben de zorg over vijf opgroeiende kinderen," drong mem aan.

"Ja," zei heit, "om de toekomst van de kinderen zijn we juist geëmigreerd. Hier wordt een arbeider een lóón betaald, in Wieuwerd niet."

Vader begon er anders over te denken. Ieder moment kon mijn oudste broer Sipke nu opgeroepen worden voor het front. Maar nu bleek broer Kees tbc te hebben opgelopen en moest het bed houden. Het was in dezelfde tijd dat aan het westelijk front onze boer en werkgever sneuvelde. Op een ochtend vroeg werden de koeien door een slager opgehaald en kreeg vader ontslag. Inmiddels draaide de oorlogsindustrie van Alfred Krupp op volle toeren. Vader kon bij Krupp aan de slag.

Generaal von Hindenburg slaagde er bij Verdun maar niet in de Fransen en geallieerden eronder te krijgen. Het leven werd ondraaglijk. Kinderarbeid – ik weet er alles van. Terwijl sommige andere kinderen speelden, haalde ik de rupsen van de koolplanten. Omdat we als gezin moesten overleven. Wat het eten betreft restten ons nog twee keuzes: Kartoffelbrei mit Wirsingkohl of Wirsingkohl mit Kartoffelbrei. Ten slotte was er geen kind meer dat speelde.

In de winter die volgde zou ik aan den lijve ondervinden wat honger was. Dat was in de nawinter van 1917. Mijn ouders probeerden met ons de grens over te komen. Terug naar Wieuwerd. Ik was nog maar negen jaar maar voelde het haarscherp aan: dit is erop of eronder. Nog zie ik heit aan de Duitse grens uit het douanekantoortje terugkomen. Verslagen. Schouderloos. Mochten we niet verder? Wat gebeurde er nou: jawel, de slagbomen gingen omhoog. Voor ons. Later, pas veel later, hoorde ik van de ramp: de 7500 marken die ze met bloed en tranen hadden vergaard, bleken bij het inwisselen nog minder dan de helft waard te zijn. Zo kwam over de geslaagde thuisreis een grote domper te hangen. Hadden ze daarvoor jaren bij dag en bij nacht gewerkt?

We kwamen doodmoe thuis en kregen onderdak in het kleine pepernotenhuisje van pake en beppe in Wieuwerd. Dat was het dan: Wieuwerd. Alles sliep er dicht tegen elkaar en iedereen scheen gelukkig te zijn, maar ik voelde me opnieuw ontheemd. De school was een obsessie, ik sprak immers met een raar accent, had een vreemd handschrift en werd voor smerige Duitse Poep uitgescholden. Welke idioot sprong nu ook angstig in de houding als de meester hem iets vroeg?

Het pepernotenhuisje was te klein, ik kon maar beter bij tante Anne in Mantgum in de kost. En daar ook naar school. De nieuwe meester ontdekte dat ik goed kon leren, prees me en steunde me. Ineens begon ik me ergens thuis te voelen. Eindelijk een veilig bestaan. Af en toe moest ik een brief te voet naar Wieuwerd brengen. In de brief was mijn wel en wee beschreven. Toevallig – nou toevallig – kwam me onder ogen hoe het er met mij voorstond: “Willem gaat het niet slecht mee, althans niet wat het leren betreft. En ook het eten gaat het goed mee. Hij kan heel wat op, hoor!!”

Zal ik vertellen hoe dat kwam? Ik had kennisgemaakt met het spook van de honger en bij tante Anne heb ik als kind met een verleden mijn maag als hamsterplaats gebruikt. Onbewust. Ik wenste nooit en te nimmer weer de pijn van de honger te voelen.

We verhuisden opnieuw, nu naar Raard. Daar kon vader vast werk bij een boer krijgen. Op een zaterdagavond – altijd een ietwat feestelijk moment omdat vader met zijn loon thuiskwam – kwam er een meneer uit Irnsum aan de deur die veel verstand van geld had. Heit volgde zijn advies en liet wat er nog over was van de Duitse spaarcenten in een internationaal fonds met een klinkende naam beleggen. Diezelfde meneer zou niet veel later terugkomen. Om mee te delen dat de betreffende bank failliet was gegaan. Alle geld weg. Zo was de beloning voor zeven jaar ontheemding, kinderarbeid en honger helemáál naar de bliksem.

Toen ik van school kwam, wist ik één ding zeker: nooit werken bij de boer. Wat restte er voor een dorpsjongen dan nog? Precies, knechtje worden bij de smid. Of bij de bakker, schilder of timmerman. Het werd de timmerman. Inmiddels begon vader met zijn gezondheid te sukkelen. "Ik kan niet goed meer zien," hoorde ik hem tegen mem zeggen. Zij probeerde hem aan te sterken met geklopte eieren en wat al niet. Het ging er wel in, maar het hielp niet. De man werd broodmager, voelde zich doodziek maar werkte door. Op een avond kwam hij thuis en kon niet meer staan. Dat was vlak voor zijn dood. Als ik het probeer te reconstrueren moet vader zoiets als een tumor in zijn hoofd hebben gehad en heeft hij doorgewerkt tot het terminale stadium. Zo waren de mensen, zo waren de tijden.

Ik was inmiddels de oudste in huis, voelde me verantwoordelijk voor moeder en de jongste kinderen die nog thuis woonden. Je bent negentien, twintig jaar, hebt idealen, droomt van een meisje, van een eigen gezin met kinderen. Maar tegelijk ben je huiverig. Waarvoor? Dat zal ik je vertellen: je vreest het ergste wat er voor ouders met kinderen bestaat: honger.'

Het verhaal van Willem Linseszoon van Dijk stokt, ineens loopt hij de deur uit.

'Hij gaat een boek halen, misschien,' oppert Aaltje. 'Maar het kan ook zijn dat hem het gemoed is volgeschoten. Dat had hij vroeger nooit. Toen was hij zo'n sterke man. Toen ik hem voor het eerst ontmoette, voelde ik het meteen: deze persoonlijkheid heeft meer in zijn mars dan een gewone knecht. Toch was hij zeg maar gewoon timmermansknecht. En ik dus een meisje van boerenkomaf. We bleven met elkaar gaan. Dik aan. Willem had bedrijfsleider in de timmerwerkplaats in Oosterwierum kunnen worden, maar hij was niet rooms-katholiek zoals de baas. Die vlieger ging dus niet op.'

Willem van Dijk komt weer binnen, neemt bijna schuchter weer plaats in zijn stoel.

'Inderdaad, drie jaar heeft het me dwarsgezeten dat ik niet die leidende functie in de timmerfabriek kreeg. Ik had er recht op, omdat de organisatie al voor een belangrijk deel op mij dreef. Ik was al negenendertig, we hadden al de twee kleine jongens. En zo besloot ik voor mezelf te beginnen. Maar we leefden immers in die verzuilde, strak gereguleerde maatschappij. Ik bezat wel vakmanschap maar had geen diploma's, kreeg zo geen vestigingsvergunning en dus ook geen krediet. En toen viel het woord Zuid-Afrika. Ze zaten in dat land om vakmanschap te springen. Denk niet dat onze emigratie naar hier iets te maken had met politieke of religieuze voorkeuren. Eerder waren het de verhalen over het mooie klimaat, de ruimte, de vrijheid. Trouwens, als je eenmaal de formulieren voor Zuid-Afrika in huis had, kwam alles in een stroomversnelling.'

'In mijn hart wilde ik niet weg,' zegt Aaltje. 'Ik heb niet zo aan de voorbereidingen meegewerkt.'

'Liefste!' Willem van Dijk raakt even de kluts kwijt. Dan, opnieuw geëmotioneerd: 'Aaltje, we zijn toch hand in hand gegaan, je bent toch geweldig geweest, je stond altijd naast me, we hebben het samen overwonnen, je was een beste emigrantenvrouw. Wat we hier eerst niet hebben doorgemaakt. We hebben het samen zo zwaar en ook zo goed gehad.'

Terwijl Aaltje van Dijk-van Essen me die avond een paar appels voor onderweg toestopt: 'Hij heeft gelijk. Nu ben ik in een stadium gekomen dat ik erg graag terug wil naar Fryslân. Maar wij kunnen niet meer terug. Hier zijn de kinderen die ons hebben geholpen en ons nu opnieuw bijstaan. En de kleinkinderen zijn hier. Trouwens, ze zitten daar bij jullie oërsee ook niet op ons te wachten.'

Bij de plant die op de ruige schors van een oude boom bloeit, blijft ze staan en zegt: 'Zie je wel? Als het moet heeft een bloem maar heel weinig nodig om te bloeien.'

Terug naar Gaastmeer

JAMES JELLE WILDSCHUT, TAMPA (FLORIDA), NOORD-AMERIKA

Loom rollen de golven over het westerstrand van Florida. De Golf van Mexico hijgt in het felle morgenlicht. Dan wordt de stilte verstoord. Grommende machines egaliseren en harken het witte poederzand en dankbaar strijken vluchten steltlopers neer, op zoek naar eten. Als de grote hark naderbij komt, schieten de vogeltjes schrikachtig opzij. Er zitten scholeksters tussen die een beetje hoger op de poten staan dan hun bloedverwanten die foerageren op de vloedlijn van de Nederlandse Wadden. Clearwater Beach heeft zijn eigen flora en fauna.

Het loopt tegen tienen als ook de eerste *snowbirds* arriveren, de in Florida overwinterende Amerikanen en Canadezen uit het koude noorden. Ze komen uit hun tweede huis, villa, appartement of mobilhome. De eersten trippelen al paarsgewijs over het speciaal voor hen geëffende strand. Bejaard en grijs en toch vitaal. Zij schaars gehuld in zoete pastelkleuren, hij in een al te ruim vallende bonte bermuda. Boven op de draagtas met kleine koelbox ligt de zojuist van de pers gerolde *St. Petersburg Times*, het degelijke dagblad in deze regio. Op vrijwel elke tekstpagina in kleine ingezonden mededelingen de hoopgevende Viagra-pil. Welk gat er ook in de Amerikaanse markt wordt ontdekt, het zal gedicht worden.

De nummerborden van de vier-, zes- en achtcilinder automobielen op het vier hectare grote parkeerterrein verraden welke winter deze sneeuwvogels ontvluchtten: die van New Jersey, Ohio, Michigan, Wisconsin, Minnesota, Illinois, de Dakota's, Maine. Er zijn zelfs birds uit het verre Canadese Nova Scotia. Zo gaat de mens in de herfst van zijn bestaan op zoek naar het voorjaar.

Vanavond zullen ze elkaar met iets meer kleren aan het lijf opnieuw ontmoeten. In de kleine tuinen achter hun tweede huizen, op de campings, in de cafetaria's of aan de buffetten van Spring Hill, Holiday, Port Charlotte, West Palm Beach, Miami. Op veel plaatsen mag de grijze golf genieten van kortingen op het eten. Waarom? 'Because we maakten de States strong, you know!'

De woorden rollen de Amerikaan James Wildschut Wilson in Fries-Amerikaans uit de mond. Zijn tweede achternaam heeft hij aangenomen omdat hij honderd procent Amerikaans én honderd procent Fries wil blijven. Als jongetje van zes stapte hij in september 1924 met zijn ouders, vier broertjes en één zusje op de boot naar de States. Eerst ging het met de melkschouw van het dorp Gaastmeer naar Workum. Dat traject was te overzien, want bij helder weer kon je Workum duidelijk zien liggen. Maar van Workum helemaal naar Amsterdam. En vandaar met de Nieuw Amsterdam de oceaan over. Van New York ging het verder over grote meren en door eindeloos heuvelland naar het dorp Zeeland in Michigan.

De reis was het vervolg van een familietragedie. Die begon eigenlijk al in het gezin van de grootouders van Jelle-alias-James: de scheepsbouwer Lourens Roelofs Wildschut uit het niet ver van Gaastmeer liggende Heeg en diens vrouw Aukje Tjipkes van Netten uit Gaastmeer. De tien kinderen van Lourens en Aukje ontkwamen merendeels al niet aan het noodlot; een aantal stierf jong, een aantal anderen werd al vroeg weduwe of weduwnaar. Niettemin resteerden er voor de Wildschut-helling een paar opvolgers.

De tijd zat tegen, de vraag naar het grote vakmanschap in de houten aken, tjalken en Zuiderzeejollen leek overbodig. In de ogen van de oude Lourens waren voor de ijzeren schippers op houten schepen houten schippers op ijzeren schepen in de plaats gekomen. Het werd aanpassen, er ontstonden spanningen in de familie. Wel werden er nu sierlijke ijzeren schepen uitgehaald, maar Lourens' zoon Age, de vader van Jelle, begon over Amerika te dromen. Er zaten al Wildschutten in Amerika, en die zouden er rijk zijn geworden. Het duurde niet lang of Ages vrouw Ytje Luitzens Ykema uit Nijhuizum droomde mee.

We schrijven driekwart eeuw later, James Wildschut, een van de snowbirds van Florida, zit op de praatstoel. Op zijn oude dag is hij begonnen de duistere levensweg van Age en Ytje te reconstrueren. Er komt een oude foto te voorschijn, een afscheidsportret, ruim vijfenzeventig jaar geleden gemaakt voor het huis aan het Hellingpad in Gaastmeer. Age en Ytje met toen zes kinderen. In het midden de dappere moeder, naar later zou blijken, opnieuw zwanger. Daarnaast een mijmerende vader, al niet zo jong meer. Forse snor, gedachteloos starend in het meedogenloze oog van de tijd en de camera.

Rondom de ouders de vijf jonge zonen, gekleed in door mem zelf genaaide matrozenpakjes. Een somber ogende dochter, de oudste. Op de ronde gezichten geen spoor van een glimlach, maar dat hoorde bij de tijd. Pas na de twee wereldoorlogen zouden kinderen lachen op de foto.

'Van de lange reis van Gaastmeer naar Michigan kan ik me niet veel meer herinneren,' vertelt Jelle, die nu in Tampa (Florida) woont. 'Maar achteraf bezien heb ik wel het onbestemde gevoel gehad dat er iets niet in de haak was. Vader was zo stil, zo afwezig, zo moedeloos. Het werd steeds erger met hem.'

De stap van de oude helling met te weinig werk naar een houtfabriek in de nieuwe wereld. Vader Age zat 's avonds uitgeput van het fabriekswerk voor zich uit te staren. Vochtige ogen. Was zijn verdriet soms het gevolg van de Spaanse griep waaraan hij als jongkerel had geleden? Had die ooit zo sterke vent soms heimwee en durfde hij daarover niet te spreken? In het gezin ontstond een sfeer van neerslachtigheid. De dag kwam dat heit het werk en de wereld niet meer aankon. Zo moest mem voor nog meer gezinnen in de buurt de was doen. Inmiddels werd er een zevende kind, een dochtertje geboren. Mem moest maar zien dat er brood op de plank kwam.

'"Wat is er nou in vredesnaam, heit!"

"Ik ben zo raar in het hoofd." Dat was alles wat eruit kwam. Toen de dokter het niet meer wist, werd de dominee geraadpleegd. En toen die ook geen remedie kon bedenken, werd het idee geopperd om alle zuurverdiende centen maar bij elkaar te schrapen. Zodat heit terug naar Friesland kon varen. Daar zouden vast een dokter en dominee zijn die hem beter begrepen en hem nieuwe moed konden inspreken.'

Age Lourenszoon Wildschut reisde, binnen twee jaar na aankomst in Zeeland, terug naar Europa. Alleen, want voor één bootkaartje moest je langer dan een jaar werken.

Met een verweesde blik in de ogen kwam Age, bijgestaan door hulpvaardige medepassagiers, op een namiddag terug op de helling in Gaastmeer. Hij was een vreemde geworden. 'Waar in de vredesnaam zijn je vrouw en kinderen!' Ja, Ytje probeerde zich aan de andere kant van de wereld met haar gezin in leven te houden. Wat was de goede kant van de wereld? Ytje, de wasvrouw als onbestorven weduwe. Want Age kwam maar niet terug.

Op de oude werf wisten ze niet wat ze met de remigrant aan moesten. Werk kwam hem niet uit de handen, de man zat wezenloos voor zich uit te staren. Soms zat hij naar zijn bevende handen te staren en dan begon hij te huilen. 'Ben je onwennig van vrouw en kinders, Age!' 'Nee nee, ik ben alleen maar zo raar in mijn hoofd.'

Een vergeelde foto uit de jaren daarna, opgediept uit een la van Jelle James Wildschut Wilson in Lutz. Age zit in de deuropening van het Heeger armenhuis. Een uitdrukkingsloze blik. Nog een foto: een busreisje met de bewoners van het armenhuis naar hotel-restaurant Tjaarda in Oranjewoud. Een kleine opleving?

In oude Heeger vertellingen zitten de vermoedelijke feiten verborgen: 'Hij maakte op zijn dagelijkse gang door het dorp steeds kortere pasjes.' Hij moet de ziekte van Parkinson hebben gehad. Vast staat dat op dat moment Age Wildschut nog amper wist waar hij zich op de wereld bevond.

In Amerika begon de crisis meedogenloos om zich heen te slaan, in het van visserij en landbouw afhankelijke Gaastmeer was het ook armoe troef. Age kon onder deze economische omstandigheden niet terug naar Amerika. Omdat dat land geen oord voor halve maar voor hele mensen was. In Zeeland (Michigan) had moeder Ytje de handen vol aan haar zeven opgroeiende kinderen. Ze wou ze ook nog laten leren.

Age Lourenszoon Wildschut kon niet meer eten en overleed op de 21ste juni van het oorlogsjaar 1942 in het Dr. Wumkeshuis in Sneek. Door oorlogsomstandigheden zouden Ytje en de kinderen pas in februari 1943 in Michigan te weten komen dat hun man en vader al langer dan een halfjaar geleden was begraven. De sterke jongkerel die zijn bruid Ytje op de elfde mei 1907 in zijn gepavoiseerde melkschouw had gedragen, was niet meer. Ytje Ykema zou nooit meer terug in Friesland komen. Ze werd, negentig jaar oud, aan de roodbruine aarde in Zeeland toevertrouwd.

'Als zeven kinderen van Age en Ytje zijn we eigenlijk heel goed terechtgekomen,' vindt James. 'Dat hebben we voor een groot deel aan onze dappere mem te danken. Onze heit is lang een mysterieus hiaat in ons bestaan gebleven, maar in de jaren tachtig konden we het beter bespreekbaar maken. Als oude broers en zussen zijn we daarom samen teruggegaan naar Gaastmeer. We troffen schitterend zomerweer, Friesland lag er bij als een welvaartsparadijs, overal in het waterland voeren prachtige plezierjachten. In het café van Moeke Ozinga zijn we rond de stamtafel gaan zitten en hebben samen geprobeerd alles nog eens te overzien. Hoe zat het precies? Wat heeft die onzichtbare heit moeten doormaken? We besloten een steen op vaders graf te laten plaatsen. Onder de namen van beide ouders staat nu: "Apart in life, together in death".

We voeren op een rondvaartboot door de Friese Zuidwesthoek. In Langweer konden we niet verder, er bleek op de Langweerder Wielen skûtsjesilen te zijn. Die middag won schipper Lammert Zwaga met zijn Langweerder skûtsje. En laat dat nou uitgerekend het schip zijn dat onze heit in 1914 mee had gebouwd. Hij was toen zevenendertig jaar en droomde nog niet van een gelukkiger leven aan de andere kant van de oceaan.

Wij zaten op die rondvaartboot en zagen hoe die prachtige tjalk over het meer bruiste. Een schip onder grote zeilen en met een witte snor voor de boeg, oh my God, het was een aangrijpend moment. Een dode heit kwam tot leven in een levend schip, in een monument. In het grootzeil was een witte zwaan geschilderd, een vogel die op het punt stond uit te vliegen.

Heit zijn skûtsje veroverde de koppositie, er kwam meer en meer wind, het schip ging vervaarlijk scheef hangen, iedereen hield zijn hart vast, maar het bleef overeind en won. Heit won met het schip de eerste prijs.'

Diaper Hill

RAY PISO, ARLINGTON (NEW JERSEY), NOORD-AMERIKA

Het zou weleens kunnen zijn dat ze in Amerika meer weten van het oude Friese Heeg dan in het dorp zelf. Daar was niemand te vinden die Age Wildschut nog naar het armenhuis had zien strompelen. Maar in Holyday (Florida) kon Ray Piso de arme stakker nog helder voor de geest halen. 'Het was in 1923 toen Age op een ochtend met vrouw en kinderen vertrok. Helemaal naar Amerika. Niet veel later was hij weer terug. Vrouw en kinderen had hij in Michigan achtergelaten. Niemand begreep de scheiding. Steeds hulpelozer zagen we Age rondlopen. "Zie je wel," zeiden de oude mensen, "Amerika is geen land van halve mensen."'

De geschiedenis van Age Wildschut vormt een van de duizenden emigrantentragedies. Zo'n lot bleef Ray Piso en zijn gezin bespaard. 'En daar mag je dankbaar voor wezen, want je hebt niet alles in eigen hand.'

Ray, als Rinze geboren, verruilt laat in de herfst steeds het koude New Jersey voor de witte stranden van Florida. Ook al bouwde hij in het killere noordoosten ooit met eigen handen een goed verwarmde villa aan Lake Hopatcong bij Arlington. Zoek de zon op.

Een kaarsrechte heer van drieëntachtig, nog minstens één meter negentig, gezonde gelaatskleur, donkerblauwe ogen, perfect geknipte zilvergrijze snor, de bovenlip ietsje vrijgelaten. Een man die als twee druppels water op de Franse staatsman Pétain lijkt. Maar dan een Pétain die niet capituleert.

'Ach, die Wildschut. Ik herinner me nog zoveel dingen van toen. We zagen Age als een goede huisvader en flinke vakman uit Gaastmeer vertrekken. En ineens was hij er weer, de hellingbaas. Zijn gezin had hij in Michigan achtergelaten. Hij moet toen geestelijk al in de war zijn geweest. Amerika, een land van enorme mogelijkheden en hartverscheurende tragedies. Niet voor niets is hier literatuur vergeven van proza over het immigrantenbestaan.'

Voor zijn vijfenzestigste was Ray Piso bijna twintig jaar manager-gastheer in de chique wolkenkrabber op de hoek van Fifth Avenue en Central Park in New York. Van de sobere huisjes aan de Zijl in Heeg naar de architectuur van de Amerikaanse grootheidswaan, naar het hart van Manhattan.

Aan Fifth Avenue had Ray Piso de groten der aarde in huis. Wonderbaarlijke vogels van diverse pluimage maar allemaal met veel geld bevolkten de exclusieve appartementen. *Super location.* De latere Amerikaanse vice-president en miljardair Nelson Rockefeller nam hem in vertrouwen. Af en toe werd een bewoner de begeerte om nóg groter te lijken fataal. Dan vonden Ray en een van zijn dertien personeelsleden de hoge meneer of mevrouw als een vod op het brede trottoir van Fifth Avenue. Van boven gesprongen. 'Omdat beroemdheid niet meer leuk is als je het echt bent, en omdat een hoop geld wel makkelijk is maar toch ook weer niet zaligmakend.'

Na de dood van zijn vrouw Saapke Valkena, een paar jaar terug, werd Piso er niet vrolijker op, vindt hij zelf. Hij meldt het maar even vooraf. Niet meer af en toe samen het heitelân missen, niet langer samen herinneringen ophalen aan het oude bestaan, de moeilijke beginjaren. Niet meer samen. Punt uit.

Toch wil hij er ook graag over praten. Tot het laatste uur was ze de dappere bakkersdochter uit het kleine, geïsoleerde vissersdorp Gaastmeer gebleven. Ze nam later de auto en reed alleen dwars door de metropool naar New Jersey. Of ze nam de underground naar het zwembad. Wanneer Ray door de drukte en complexiteit van zijn enerverende job in het kloppende hart van de wereldstad eens wat onzeker en driftig werd, wist Saapke hem met een paar woorden tot kalmte te manen. Ja, ze hadden elkaar zo lief, konden alle leed, avontuur en succes in tweeën hakken en delen.

De eerste tijd in New Jersey had Ray geregeld spijt dat hij de elektriciteitszaak in Heeg voorgoed de rug had toegekeerd. Maar ja, je weet hoe het gaat. Als je als man en vrouw samen met een broer en schoonzuster de ouderlijke zaak voortzet, dan wil het weleens wringen. De ampères waren niet gelijk, de voltages stemden niet overeen. Zeg het zo maar. En dan emigreert er een van de twee gezinnen. En zo is het dan maar het beste.

'In New York hebben Saapke en ik het tot een goed eind gebracht. Met een knap pensioen bleven we 's zomers in New Jersey en gingen 's winters naar hier. Florida. Nog vijftien mooie zonnige winters beleefden we hier.'

Een koppel wintervogels. 'Toen ik die keer laat in maart voor het laatst met Saapke in New Jersey thuiskwam, zei ze ineens: "Wij hebben hier voor ons nog steeds geen graf geregeld, Ray." We hadden het almaar uitgesteld. Waarom toch? Omdat we zo dikwijls met een stel oude bekenden het Friese landverhuizerslied hadden gezongen?

Amerika, jij land van droom en wensen
Hoe groot en rijk, hoe mooi van zee tot zee
Mild toevluchtsoord voor duizenden mensen
Die zuchtten over het vaderlandse wee
Amerika, hoe mooi je ook kunt heten
Jij die mij brood en welvaart gaf
Maar nochtans bid ik stervend de hemel
Geef mij een graf in Frieslands grond...

Alles goed en wel, maar er heeft zich een nieuw dilemma aangediend. Door de kinderen en kleinkinderen zijn we vast komen te zitten aan Amerika. Daar komt nog wat bij: de laatste dorpsreünie van Heeg, in 1987, was een desillusie. De oude bekenden waren dood, aan de nieuwelingen had ik geen boodschap.

Toch maar een graf in Amerika. Saapke en ik namen in Sussex een kijkje op de begraafplaats. En wat bleek? Hier lag een stukje Friesland dat we kenden. Een kerkhof met een Friese hoek. Temidden van het volkje waarmee we ons in de oude taal begaven, waarmee we ons zo vaak omringden, hebben we een graf gekocht. Hoe raar kan het lopen. Niet lang daarna heb ik haar er al naar toe moeten brengen.'

Vakman als hij was, verzilverde Ray Piso zijn kwaliteiten in New Jersey en, later, in New York. Toen het werkzame leven er goeddeels op zat, reden Saapke en hij voor de eerste herfststormen uit naar het zonnige Florida. Ze kochten er een gerieflijke bungalow. De volgende ochtend vroeg zagen ze gefilterd zonlicht door de gordijnen van hun nieuwe slaapkamer vallen. Vanaf dat moment waren ze verknocht aan het singuliere licht, het milde klimaat en de zilte geur van de zee. Hoe luxe hun mooie paleis aan het meer van Hopatcong in New Jersey ook was, hier waaide niet die snerpend koude winterwind.

Soort zoekt soort, dat geldt voor het hele mensdom in de hele wereld. De Friezen uit New Jersey en de andere noordelijke staten van Amerika zouden elkaar ook hier in Florida weer opzoeken. Soms kropen hier zelfs de Zuidwesthoekers bij de Zuidwesthoekers en vormden de Noord-Friezen er ook weer een groep apart. Als de nostalgie de kop opstak, ging het in eerste instantie over de zware beginjaren. In de loop van de gesprekken kwamen dan de jeugdjaren in het oude land aan bod.

Bij Ray en Saapke onder de sinaasappelboom: 'Weet je nog van Owen Aukema, ik bedoel ouwe Oene van Oudega-Wymbritseradiel. Nou, die had in de jaren vijftig in New Jersey al drie boerderijen. Owen liet de ene gereformeerde boerenarbeider na de andere overkomen. Eerst ging dat volk met grote kudden kinderen inwonen in een van de grote boerenhuizen van Owen. Zo kon het gebeuren dat er zoveel luiers aan de waslijnen wapperden dat de heuvel daar Diaper Hill ofte wel de Luier Heuvel werd genoemd.'

De Friezen in New Jersey speelden elkaar de bal toe. Maar op zijn tijd waren ze ook niet mals voor elkaar. Zo gaat dat. Nu de wereld almaar kleiner wordt, zie je dat het groepsgevoel minder wordt. Sommige boeren in New Jersey verkochten hun boerderij met land en trokken met een volle geldbuidel naar andere staten, waar de grond goedkoper en minstens zo vruchtbaar was. Wat ooit een grote stap was, bleek maar een tussenstap. Het emigreren en pionieren en zwalken gaat altijd door.

De laatste tijd denkt Ray Piso veel na over zijn Friese verleden. 'In de mobilisatietijd van de Eerste Wereldoorlog kwam vader Kees Piso helemaal in de ban van alles wat met elektriciteit te maken had. Toen hij in het dorp terugkwam, leek het wel of hij zelf onder stroom stond. Ik was nog een kind en zag de man met haken aan zijn schoenen in de elektriciteitspalen klimmen. Altijd met die levensgevaarlijke draden in de weer, maar ook altijd wist hij het goede met het goede te verbinden. De elektriciteit veroverde het platteland en de Piso's waren erbij. Zo werd de basis van een nieuwe bedrijfstak gelegd. "Piso maakt nieuw licht," zeiden de oude mensen in het Wymbritseradiel van toen.

Begin jaren twintig kreeg vader een briefkaart van de kasteleinsvrouw Moeke Swop van Oudega. "Aan de man van het nieuwe licht te Heeg. Geachte heer, Wilt Gij ook niet eens bij mij langskomen? Wij willen ook het nieuwe licht." In die tijd installeerde vader ook de eerste radio's op het platteland. De wereld werd kleiner en groter tegelijk. Opa Tjemme woonde een paar huizen verderop. Ten gerieve van de oude man werd er een draad over het dak van buurman Jaring Fortuin naar opa's huisje gelegd. Zo kon pake kennismaken met het wonder van de radio-ontvangst. Die avond verscheen de oude man opgewonden bij de leugenbank op de Zijl en hij worstelde met de woorden van de nieuwe tijd: "Hoe is 't mogelijk, onze Kees heeft de radja en ik heb het geluidding!"'

In de crisisjaren ging het erop of eronder. En toen de tijden wat aantrokken, dreigde er een nieuwe oorlog. Nu dichterbij. Een paar dagen waren Rinze en Saapke getrouwd toen op 10 mei 1940 de Duitsers het land binnenvielen. Hij moest zich melden op het gemeentehuis van Wymbritseradiel. Met de Chevrolet-autobus van zwager Bote Westra uit Heeg.

'We moesten naar de Afsluitdijk, waar we uit Oost-Nederland gevluchte mensen naar Noord-Holland zouden moeten rijden. Maar de chaos was al compleet. Van enige organisatie en heldendom heb ik niet veel gemerkt. De een zat te bidden, de ander te vloeken en weer een ander riep om zijn moeder.

Intussen hadden we niets anders te doen dan onze mooie autobussen in de sluis van Kornwerderzand te dumpen. Via Makkum vluchtten we, eerst dekking zoekend achter de oeverpalen van het IJsselmeer over Workum, Nijhuizum en Gaastmeer naar Heeg. De Duitsers waren al heer en meester. Maar het was ook alsof alles bij het oude bleef. Ik kroop bij Saapke in bed en we waren zo gelukkig als wat.'

Het is avond geworden in Clearwater Beach, de kaarsrechte Ray troont me mee naar Buddy Freddy's Country Buffet in Holyday (Florida). Snowbirds staan snaterend in de rij of zitten al te bikkelen. 'Senioren krijgen hier korting. Nou, dat kan voor de kastelein wel uit, want de meesten zijn zo oud dat ze al niet veel meer eten. We noemen dit restaurant ook wel "Waitingroom for heaven".'

Hoe minder ze eten, des te meer vertellen ze. Dat wijst de praktijk uit. 'Voor mij en Saapke was de taal, het Engels, een obsessie.

Waren we te oud geëmigreerd? De kinderen pikten de woorden bij bosjes op, ik voelde me doof en stom. In Heeg was ik iemand, een belezen iemand zelfs. Ik las uit de bijbel voor alsof het een lieve lust was. Ik las verzen voor van de Friese dichter Jan Jelles Hof uit Gaastmeer. En hier? Ik was een hulpeloze analfabeet. Op mijn werk was het om gek van te worden.

Met mijn vakmanschap zal ik respect hebben afgedwongen, maar zolang je de taal niet vlot spreekt, voel je je een stakker. Na ruim een jaar werd ik chef. Nu moest ik me kunnen redden! Zet 'm op. Op een avond belde me een grote Amerikaanse klant met een opdracht. Ik moest hem de prijs van een klus uit de losse hand voorrekenen. Nu zou het erop aankomen. Saapke en ik zaten nog met de jongens aan tafel. Die knapen spraken inmiddels al vloeiend Amerikaans. Zo moest die ouwe zich ook nog opnieuw als hoofd van het gezin waarmaken. Toen heb ik de hand tegen de hoorn gedrukt en geschreeuwd: "Eruit, jullie! En de bekken dicht!" Nou, ik kreeg het voor elkaar.'

Na anderhalf jaar was de meeste pijn geleden. Ray Piso bouwde een bloeiend bedrijf op dat hij later goed wist te verkopen. Hij werd projectmanager bij een groot installatieconcern en kreeg al snel tachtig man onder zich. Soms was hij van drie verschillende projecten tegelijk de bouwpastoor, verdiende veel geld, maar was maand in maand uit dag en nacht in touw.

'Op een avond laat kwam ik thuis en kreeg de wind van voren. "Dit gaat te bar," zei Saapke, "zo kom je nog in het gesticht terecht. Met mij erbij! We hebben niet eens meer tijd voor het geluk." Ineens was ik wakker, had er niet eens moeite mee om haar gelijk te geven. Ik had al een hele tijd beste dollars gemaakt, wilde nu werken om te leven en niet andersom.'

Ray Piso vernam van een invloedrijke relatie in de bouwwereld dat er een unieke job op hem lag te wachten. Op een unieke plek. 'Ze vroegen een hoofd van de technische en huishoudelijke dienst in een wolkenkrabber, een woontoren waar de upper ten van New York ging wonen. Onder de nieuwe kolos zat een enorme ruimte met technische voorzieningen, die veel weg had van de machinekamer van een oceaanschip. Net wat voor mij.

Een paar maanden later woonde ik met Saapke in een luxe appartement op de hoek van Fifth Avenue en Central Park en zag dagelijks de jetset voorbijgaan. Dertien man personeel had ik maar onder me. Dat was ook weleens erger geweest. Stuk voor stuk waren het goed getrainde, geselecteerde mensen. Onze zonen konden met de underground naar school.

Niet alleen de allerrijksten, zoals de Rockefellers, woonden in die paleisjes boven ons. Je had bekende film- en tv-mensen, moderne Amerikaanse acteurs en auteurs, de top van Warner Brothers, directeuren van wereldbekende maatschappijen. Coleman Dowell hield er op de zeventiende verdieping een relatie met een andere vent op na. Dat zoiets ook nog bestond. Wat gebeurde er niet allemaal achter gesloten deuren. Af en toe werden we met rare dingen geconfronteerd. Zo stierf in een appartement boven ons plotseling een van de topadvocaten van het Neurenberg-tribunaal. Hartaanval. Urenlang was ik betrokken bij identificatie en allerlei andere formaliteiten. De politie moest zeker weten dat meneer niet vermoord was.

De vrouwenarts dr. Fieldman woonde in de flat vlak boven ons. Hij had onder anderen Jacky Onassis, plus de vrouwen van Rockefeller en mij als patiënt. "U heeft mij geen rekening van Saapke gestuurd, dokter," moest ik Fieldman op een dag opbiechten. "Het kan beter van de stad dan van het dorp," zei hij met zoveel woorden.

Dan had je nog drukke mannetjes als Lindsey, die later burgemeester van New York werd, en Charles Gordin, directeur van een grote Amerikaanse luchtvaartmaatschappij. Er woonde ook een beroemd persoon, die zo vrijgevig was zijn vrouw op vakantie naar een duur appartement in Florida te sturen. Zo, nu had hij mooi de handen vrij om met het gescheiden vrouwtje van de baas van Seven Brothers in de kooi te kruipen.

Omdat we nu eenmaal de taak hadden overal op te letten, ontging dit soort intriges mij en mijn personeel niet. Op een avond verloor de Seven Brothers-vrijer zijn goed gevulde portefeuille met daarin zijn naamkaartje op de galerij van zijn vrijster die zo'n vijftien verdiepingen hoger woonde.

Ik vond de portefeuille zelf. Reden om aan te bellen. "Alstublieft, mijnheer. Uw portefeuille!"

"Onmogelijk," riep de man. Maar hij nam het corpus delicti wel dankbaar in ontvangst.

Op een mooie zomeravond gingen Saapke en ik in Central Park

kuieren. Daar liepen we Jacky Kennedy, die geregeld in de flat kwam, tegen het lijf. Nu dan met haar nieuwe vriendje Aristoteles Onassis.

"Good evening, Mr. en Mrs. Onassis." Het was er al uit voordat ik het wist. Ik zag ze beiden glimlachen. "Díe kant op," raadde ik hen aan, "daar kom je alleen maar joggers tegen. Die laten jullie met rust." Zo ging dat.

Later zijn Saapke en ik in de Fifth Avenue koningin Juliana tegengekomen. Samen met dochter Marijke was ze incognito gaan winkelen. "Laat ons doen alsof we ze niet kennen," zei Saapke. "Een moeder wil ook weleens alleen maar moeder zijn."

Oude Nelson Rockefeller had een zoon en schoondochter plus nog wat verwanten in de tweede en derde lijn boven ons wonen. Af en toe trok de oude geldman me aan m'n jasje: "Ray! My fellow! Pas goed op m'n volkje!" Hij bedoelde: Let vooral goed op Spencer, want die is nu eenmaal kwetsbaar.

Met de komst van de Rockefellers zijn de appartementen nog eens extra beveiligd. Altijd waren er portiers en andere veiligheidsmensen bij de ingangen en liften. Altijd ook ging iemand met Spencer mee de lift in en uit. De Rockefeller-deuren kregen speciale sloten. We stonden voortdurend in rechtstreekse verbinding met het politiebureau.

Het hele gebouw was in feite een onneembare vesting. Pas bij de zevende verdieping begonnen de zijvensters. Naast de flat stond ook toen al het wereldberoemde Guggenheim Museum of Non-Objective Painting. Van die kant was de vesting onmogelijk in te nemen. Aan de andere heb je de grote kerk, waarvan de muren tweemaal zo hoog zijn als die van een gevangenis.

Voor inbrekers geen schijn van kans, voor mij en Saapke op oudejaarsdag traditiegetrouw een stapel dollars als dank voor de bewezen extra diensten. Zo'n vorstelijk tantième kon ik trouwens wel gebruiken voor mijn nieuwe huis, boot en aanlegsteiger aan het meer.

Het ging goed, totdat op een morgen vroeg een van mijn mannen beneden kwam met het vreemde nieuws dat de hulp van het zeer vermogende Franse echtpaar op de zevende met geen mogelijkheid binnen kon komen. Zij had toch de sleutel, zij moest toch de bloemen geregeld water geven? De Fransen zaten tijdelijk in het buitenland. Ik er met een paar mannen op af. Er bleken van binnenuit tandenstokers in het slot van de buitendeur te zijn gepropt. En dat terwijl de nachtwachten bij hoog en bij laag bezwoeren dat er absoluut niemand naar binnen had kunnen komen.

Ik liet een propaanbrander halen. Open die deur! My God, alle laden lagen omgekeerd op de vloer, alles van waarde – en dat was héél wat – was verdwenen. Inclusief de kleine brandkast met een x-aantal dollars. Uit het zijraam van de zevende verdieping zagen we nu aan elkaar geknoopte lakens hangen. De inbrekers moesten met enorme ladders op het dak van de kerk gekomen zijn. Vandaar hadden ze, opnieuw met die enorme ladders, met succes het eerste zijraam van de zevende etage bereikt.

Een kwartiertje later had ik een heel leger rechercheurs over de vloer. De heren stelden vast dat de inbrekers avond aan avond vanaf Fifth Avenue hadden waargenomen dat er in het appartement geen licht brandde. Ze konden over de bijzondere ladders beschikken nu werkvolk bezig was het kerkdak te restaureren.

In het appartement duwden de boeven meteen tandenstokers in de sloten. Zo zouden ze tijdig weg kunnen komen in het geval ze zouden worden overrompeld. De lakens waren gebruikt om al het goud, zilver en andere kostbaarheden uit het venster te laten zakken.

“Die rotzakken hebben onze oudejaarsdag verziekt,” zei ik die avond tegen Saapke. Nog diezelfde nacht heb ik een heel nieuw en verbeterd beveiligingsplan ontworpen. Twee dagen later klopte de oude Nelson aan. “Hello, Ray, je hebt zeker al een nieuw plan voor nog betere beveiliging van de appartementen! Laat het me zien.”

“Yeah, mister Rockefeller, here we are!” Ik legde hem het verbeterde plan voor. Met tekeningen en omschrijvingen.

“Ik had niet anders van je verwacht, Ray. Het zijn de boeven die ons scherp houden.”’

Frisian Dream

HENNY EN WIETSKE WESTERDIJK, GOSFORD, AUSTRALIË

Van Baremans Bay is het langs de grillige kust een uurtje vliegen naar Gosford. Het waait erop los, het wordt een benauwd uur. De straffe wind valt het afgedankte vliegtuigje van de Australische posterijen in de flank aan. Af en toe trilt het oude beestje als een halfverzopen hond.

'Het moet niet harder gaan waaien,' roept de piloot met zijn schelle stem. 'Ik heb het eens gehad, ook met zulk weer, toen heb ik de kist maar op de highway gezet. Ik bedoel op de 42 voorbij Goodiwindi. Tegenwinds tipte ik het asfalt en het was meteen ho. Met de hele handel woei ik even later achteruit van de highway. De remmen deugden niet.'

Hoe vaak legde ik niet mijn lot in handen van wildvreemden? En hoe vaak is het niet goed gegaan? Deze keer heb ik zo mijn zorgen. Niet alleen de woeste branding onder me, ook de lucht is van de kook. Maar ik wilde toch zelf vliegen? Ik moest en zou over de kustlijn vliegen, langs Wollongong, ik kreeg het nu eenmaal in de kop om Botanybaai vanuit de lucht te aanschouwen. Botanybaai, waar ooit de ondeugd van Albion de wal op werd gedreven.

Onder mij likt de Grote Oceaan met witgekuifde golven aan het continent. Ik zie een rafelige kustlijn zonder begin en zonder eind. Een oever in duizend bochten, die in de nevelige verte verdwijnt. We vliegen over steile wanden, smalle stranden, geheime inhammen en kleine binnenmeren. En dan ontwaar ik schuin onder me een bel van mist. Dat moet de waterval van Heatcot zijn.

Het vliegtuig zakt, mijn maag komt omhoog, het rillende beest zelf lijkt de adem ook in te houden, we maken een vreemde draai. De piloot naast me is van plan me heel wat moois te laten zien. 'Ik heb het wel gezien, Sammy, laat ons nou naar de noordkant van Sydney vliegen, naar het land achter Gosford.'

Hij lacht in schrille geluiden, wil me niet horen. Zijn naam is Samuel McKinsey, herinner ik me ineens. In gedachten zie ik zijn naam staan in een rouwadvertentie in een of ander regionaal dagblad van New South Wales. 'Met Sammy McKinsey verloor New South Wales een van zijn laatste echte luchtpioniers.' Dat er ook nog een verdwaalde Nederlander de dood in werd gesleurd, was in deze context niet relevant.

'Ik zet de kist straks perfect aan de grond,' roept hij. 'Perféct!' Op hetzelfde moment ontdek ik schuin onder me Botanybaai. Het beeld van de baai ligt me na het lezen van het epos over Australië, *De fatale kust*, op het netvlies bestorven. In dat meeslepende boek beschrijft Robert Hughes hoe twee eeuwen geleden kapitein James Cook deze kust ontdekte, afstruinde en in kaart probeerde te brengen. Hier, op deze plaats, voer hij een verscholen baai binnen.

Wat Cook en zijn mannen aantroffen was een mysterieus Zuidland. De bevolking bestond uit naakte wildemannen. Het gros koos het hazenpad en bleef nomade, een paar lieten zich vangen, gebruiken en misbruiken. Pas in 1967 werd de laatste nomade met zijn hond uit de holen gelokt, omarmd als een relikwie, doodgeknuffeld door de beschaving.

In gedachten zie ik hoe onder me dwarsgetuigde schepen het anker laten vallen. Lange rijen schamel geklede Britse gevangenen strompelen de wal op. Zij hebben een helse reis achter de rug. Met kettingen om de enkels zijn ze aan elkaar geketend. Duizenden mannen en vrouwen gingen hun voor, duizenden mannen zouden volgen. Zwepen kletsen over blote ruggen, maar ze mogen niet klagen. Hier strompelt de onderklasse uit de beschaafde wereld de wal op, om een nieuw continent in cultuur te brengen. In de beschaving aan de andere kant van de wereld deugden ze niet, ze hadden in ruil voor een handvol penny's de liefde bedreven. Of ze hadden de grote schapenboer een schaap ontfutseld. Of ze hadden voor hun hongerende kinderen schaamteloos een paar broden uit de bakkerij van Williams gejat.

De door de armoe en ellende aangewakkerde kleine en minder kleine criminaliteit kwam het koloniale Engeland twee eeuwen geleden uitstekend gelegen. De nieuwe kolonie Australië zat eind achttiende, begin negentiende eeuw om werkvolk verlegen.

Hughes schrijft in *De fatale kust*: 'Achter dat helder schitterende decor van Australië gingen zo'n kleine 160 000 gedetineerden schuil, met hun ketenen rammelend in het halfduister. Maar over wat die mannen en vrouwen hadden gevoeld en meegemaakt was maar weinig geschreven. Het waren cijfers, ze bestonden niet; sterker nog, men schaamde zich ervoor...'

Veel Australiërs van Angelsaksische oorsprong schamen zich er nóg voor. Zo ook mijn transporteur van de dag, de ruige avonturier Samuel McKinsey. Nee, hij heeft dat boek van duizend bladzijden niet gelezen. 'Hughes is hier niet zo populair. Misschien heeft hij de kwestie overdreven.'

We schrijven een slordige acht generaties later, de Australische bevolking wordt gevormd door vrije kolonisten uit tientallen landen. Naar een paar uit die massa, die uit vrije wil kwamen, ben ik onderweg. We glijden over het ietwat hooghartige stadshart van Sydney, dat is omgeven door een eindeloze zee van wegen, bossen en bonte daken. Een open stad met de oppervlakte van half Friesland.

Van de ongeveer 16 miljoen Australiërs wonen zo'n 10 miljoen in de vijf grote steden. Sammy heeft voor de PTT en de veeartsenijkundige dienst gevlogen, zag hoe het platteland zich ontwikkelde en hoe het daarna hier en daar weer ontvolkte. Dat proces lijkt zich in het jonge Australië woester te voltrekken dan in de oude wereld.

De landbouwcoöperatie van het dorp gaat fuseren met die van honderd kilometer verderop. De fabriek met de silo's komt leeg te staan, het kleine zuivelfabriekje kan nu ook maar beter aan de schaalvergroting meedoen. Van de weeromstuit sluit de boerenleenbank de deuren. Zo krijgen de kruidenierswinkel en het postkantoortje te weinig klanten. De grootste dreun komt daarna: de dorpsschool gaat dicht. Dan is het leven eruit. Samuel kent wel zo'n voorbeeld. 'Op de plaats van de vroegere boerenleenbank kwam McDonald's.' Het dorp is een pleisterplaats aan een doorgaande route geworden.

'Er waren Australische dorpen waar binnen drie jaar meer dan een kwart van de gezinnen vertrok. Ver weg en voorgoed.' Ze gingen naar de snel groeiende metropolen, waar de industrie zich concentreert. In een jonge natie is het verzet tegen deze verschuivingen en concentraties nog geringer dan in het stokoude Europa. 'Het is een kwestie van hard groeien of een beetje doodgaan.'

Zo gaat dat op het platteland van Kawerau in Nieuw-Zeeland tot Smithon op Tasmanië; van Rafaela in Argentinië tot Rocky Mountain House in Canada. En het overkomt ook de kleine dorpen in het oude land.

Samuel McKinsey zet zijn vliegtuigje neer in het opwaaiende roodbruine stof op het landingsbaantje van een grote schapenboer bij Gosford. Er is een auto geregeld. Een kwartier later rijd ik, samen met Folkert Popma uit Leeuwarden, die hier toevallig op familiebezoek is, over een kurkdroog heuvelland naar het oude emigrantenechtpaar Henny Westerdijk en Wietske Popma. Na een halfuur worden de velden groener. Verder en verder gaat de reis, langs bossen en door een eindeloos open veld. In de verte doemt het bergland van Mangrove op. Als we er passeren ontwaar ik vanaf de hoogten het wazige blauw van de Stille Oceaan.

Een zonnige bungalow tegen een helling, een groot erf, een vriendelijk grijs echtpaar, de geur van koffie, een zitje in de schaduw van gombomen. Over enkele weken, zo tegen de kerstdagen, zullen ze staan te pronken in het mooiste rood van het zuidelijk halfrond. In het dal bloeiende jacarandabomen die pas bladeren krijgen als de bloesem is gevallen. Ziehier de logica van de warme oorden: het voorjaar wil kleur, de zomer eist wat schaduw.

Koffie. Langzaam op gang komende verhalen. Eerst oude, dan nieuwe. Het gesprek wordt onderbroken door het geruis van een vlucht kleine papegaaien. Het zijn er zo'n zeventig, die neerstrijken in en rond de gombomen. 'Vaste namiddaggasten,' zegt Wietske Popma. Ze zijn uitgedost in zeer gedurfde oranje-groene habijten.

'Luister goed,' zegt ze, 'deze vogels hebben ook heel wat te vertellen.' Vogels die bijna zijn te verstaan. Ze komen uit de doodstille bossen verderop, waar ze 's nachts op de takken van de torenhoge eucalyptusbomen zitten te luisteren.

'Wij zijn op z'n minst twee keer geëmigreerd,' laat Henny Westerdijk zich op weg naar de achtertuin ontvallen. Hij is een kleine, tengere man die zijn beide versleten heupen ontlast met een wandelstok.

'Min of meer,' zegt ze. 'We hebben het onszelf niet gemakkelijk gemaakt.' Zij is mooi en beminnelijk, heeft iets kwetsbaars. Ogen als de bloemen van de jacaranda. 'Henny en ik hebben het goed samen, zijn best tevreden. Maar de wereld zou wat kleiner moeten wezen. Alles wat je lief is, ligt vaak zo onbereikbaar. Ze zeggen dat de wereld almaar kleiner wordt, maar het lijkt wel net andersom.'

Haar man tast even later naar zijn wandelstok, probeert dan kwiek naar de open tuindeuren te stappen. 'De fotoboeken! Ik haal de fotoboeken. Eén foto is meer dan duizend woorden.'

'Zijn heupen zijn stuk, hij werd er viermaal aan geopereerd,' zegt ze. 'Altijd in het zware werk verkeerd. Maar zolang dat je passie is, voelde je het niet.' Werk als opium voor de emigrant? Steeds weer legde Henny Westerdijk de kiel voor weer een nieuw jacht. 'God, die jongen heeft wat nieuwe schepen uitgehaald. Alsof hij het land waarop we woonden, weer wilde verlaten terwijl juist dat werk hem vasthield.'

Hij komt terug met een stapel fotoalbums. Terwijl zij acht slaat op zijn moeilijke gang, fluistert ze: 'Vraag straks niet over een eventuele trip terug naar het Friese eeuwfeest. Hij kan het weerzien met al zijn emoties niet aan. Soms moet hij schreien als er over vroeger wordt gesproken. De laatste keer in Friesland reden we met mijn broer Jentje Popma naar Lemmer. Een zomerdag door dat vlakke, diepgroene land. Voorbij Sneek was de vlakte bezaaid met witte en bruine zeilen. Toen moest hij zo schreien.'

De albums. Honderden beelden. Een huis tegen het decor van een rots, een scheepswerf op Tasmanië, een werkplaats van een carrosseriebouwer, een proefvaart met een ontwerp van jachtarchitect Van der Stadt, een fles champagne, in de zon glinsterende half volle glazen, een hachelijk moment in de zeilrace Melbourne-Hobart-Melbourne. Met bouwer Henny aan het roer van een sierlijk S-spant, de uitreiking van de onderscheiding Sportsman Of The Year aan Henny H. Westerdijk.

Wietske: 'Hij ging helemaal op in zijn ambacht, maar daar op Tasmanië werd ik ziek van ontheemding. 's Nachts het kussen nat van de tranen, overdag soms met beide ellebogen op het tafelkleed. Dan durfde ik niet langer naar buiten te kijken. Dat is tijden zo geweest.'

'We hebben het toch aardig overwonnen,' vergoelijkt hij. 'Goed, ik verloor me in m'n werk, maar jij kreeg al snel goede vriendinnen; Wiets maakte zomaar vriendschap, ze hielden snel van haar, en dan blijft dat zo. Bij Wietske is het al niet meer echt heimwee; het zijn korte momenten van melancholie.'

'Ik kan misschien het beste voor mezelf praten,' zegt ze met een kwinkslag. 'Als dat onbestemde gevoel van verlangen in me opkomt, probeer ik onmiddellijk aan de kinderen en kleinkinderen hier te denken. Niet dat het gevoel dan meteen verdwijnt, maar dan leg ik me erbij neer.'

Hoe kwamen ze zover? Het begon in het Leeuwarden van de jaren dertig. Hij was een jongen van de Hollanderwijk waar de degelijke ambachtslui en treinmachinisten trots waren op hun voortuintje met de grootte van een krant. Jawel, vader Westerdijk zat op de trein.

'Het moet bij ons thuis een beetje saai geweest zijn, want toen ik in de huishouding van de manufacturier en toneelspeler Lammert Popma aan de Ruiterweg verzeild raakte, kreeg ik pas door hoe enerverend het gezinsleven kan zijn. Die vier grote jongens van Popma zaten elkaar weleens in de haren, maar uiteindelijk was het één bonk loyaliteit. En theater, vooral theater. Er werd georeerd en gelachen en toneelgespeeld.'

Wietske: 'Henny's komst bleef niet zonder gevolgen. We werden smoorverliefd. De oorlog zou ertussen komen, we hadden geen dak boven het hoofd, trouwden pas in december 1950. Toen was het woord emigreren al eens gevallen. Naar Tasmanië. Alsof we zo ver mogelijk weg wilden.'

Henny: 'Toen er sprake was van emigratie, was er het een en ander gepasseerd. De crisis, de oorlog, de bevrijding, de eerste moeilijke jaren met de uitdeukerij, de drang om voor mezelf te beginnen. Achteraf bezien zal het met die razzia in de laatste oorlogswinter te maken hebben. De angst die we hadden in het Leeuwarder Huis van Bewaring. Goed, we werden bevrijd, maar wat verdiende een vakman daarna? Geen bliksem. We zijn weggevlogen. Naar Tasmanië. Toen het bar tegenviel, zijn we niet met hangende pootjes teruggereisd. We wilden doorzetten.'

Wietske: 'We hadden een heel bijzondere sfeer in huis. Een markante vader Lammert. Voor het theater in de wieg gelegd. Zijn leven was als een blijspel met een lach en een traan. Als er aan de Langemarktstraat weer eens boeldag moest worden gehouden, was Lammert Popma omroeper en cabaretier tegelijk. Al stond de boedelverkoping ook stijf van de dramatiek, Popma maakte er een blijspel in drie bedrijven van. Lachsalvo's.'

'Je moeder, je moeder was als een rots in de branding.' Henny zou willen dat er een grotere rol aan de moeder werd toebedeeld. 'Ik vond háár een markante vrouw. Een bindende kracht.'

Wietske: 'Mem kwam uit een schippersgeslacht. Altijd onderweg. In het trouwboekje van opa, schipper Jentje Vlietstra van Franeker, werden alle negen kinderen in verschillende los- en laadplaatsen geboren en ingeschreven. Een bewijsstuk van het ambulante bestaan van de binnenvaart. Ik bewonderde mijn heit, maar ik hing erg aan mem. Zij bleef door dik en dun een honderd procent moeder voor me. Ook toen ik twintigduizend kilometer verderop woonde.'

Henny: 'In de oorlog hadden de moffen en de verraders het op de jongens en aanstaande schoonzoon van toneelman Lammert Popma gemunt. Op een ochtend stormde een overvalwagen vol Duitsers de textielwinkel aan de Ruiterweg binnen. De zonen waren er niet, de vader had plaatsgenomen op een stoel midden in de winkel. Het hoofd licht voorovergebogen, ietsje schuin, de lange grijze haren voor zijn afschrikwekkende ogen, de mond half openhangend zodat het kwijl hem van de kin droop. Geschrokken bleven de Duitsers voor hem staan. Hier stonden ze voor een kindse stakker, een halve idioot, misschien gek geworden door de oorlog. Acteur Lammert wenkte de heren alsof ze zijn vrienden waren. Het wrak trachtte uit zijn stoel op te staan, maar het lukte niet. De Duitsers hadden het wel gezien, de officier liet de troep afmarcheren. De winkeldeur uit.

Toen de kust veilig was, haalde Lammert Popma zijn valse gebit weer uit z'n broekzak, duwde het op zijn plaats, streek zijn wilde haren in fatsoen en sprak zijn immer rustig blijvende vrouw toe: "Ik geloof dat ik een goede recensie krijg."'

Wietske: 'Afgezien van alle theater geloof ik inderdaad dat het moeder was die de touwtjes in handen had. Zelfs in de jaren dertig toen we in feite steenarm waren en heit met moeite de rijkdom kon spelen, bleef mem de statige, mooie vrouw die rust en zekerheid bood. Ze moedigde aan, naaide, breide, stopte al die sokken. Als middenstandsvrouw droeg ze de schort. Alleen als er visite kwam, ging het ding af.'

Henny: 'En toen kwam oorlogswinter 1944-1945. Ik zat met de Popma-jongens ondergedoken, bleef er af en toe over de vloer komen. Wiets' zus Sita was koerierster in het verzet en we wisten vaak niet waar ze precies uithing. De oudste drie jongens zaten in de gevaarlijke leeftijd, ofschoon zoon Jan secretaris was van baron mr. B.Ph. van Harinxma thoe Slooten, de Leeuwarder rechter die door de Duitsers met de evacuaties was opgezadeld. De bezetter voelde de nederlaag naderen en begon zich te gedragen als een kat in het nauw. En daarmee liep Jan steeds meer gevaar.

Op de avond van de twaalfde februari 1945 belde de vrouw van baron Van Harinxma naar de Ruiterweg: "Jan moet als de weerlicht verdwijnen." Op dat moment had een groepje Belgische SS'ers de baron al bij het Blokhuisplein met een schot in de rug doodgeschoten. Jan was even eerder van plan geweest ertussenuit te knijpen, maar het was al te laat. Ook Wietske en ik zaten nog in de kamer. Zoon Jentje bleek veilig ondergedoken in een afgelegen woonarkje bij Eernewoude en broer Fré zou wel bij Het Tolhuis, een uitspanning even ten oosten van de stad, weggekropen zijn. Goddank had koerierster Sita het niet in haar hoofd gehaald thuis te komen.

Schoonmoeder had de telefoon nog niet opgehangen of daar stormden zestien Duitse militairen naar binnen. We zaten als ratten in de val. Ik zag nog kans achter het gesloten zware venstergordijn te verdwijnen, maar over mijn kansen maakte ik me al geen illusies meer. We waren verraden.

Ineens voelde ik de loop van een revolver op de borst. Heel rustig trok ik het gordijn opzij en zag de Duitser recht in de ogen. "Hier ben ik!" Op zo'n moment verkeer je in een soort verdoving. Jan werd naar buiten geschopt en naar de Sicherheitsdienst in het Scholtenshuis in Groningen gereden. Nog diezelfde nacht stond hij op de dodenlijst. Schoonvader Lammert en ik werden meegenomen naar het Leeuwarder Huis van Bewaring, met als voorland concentratiekamp Neuengamme. Met klopsignalen probeerden we onderling contact te houden.

Op een avond hoorde ik hoe gevangenen uit andere cellen geslagen werden. Het kwam zover dat ze aan mij toe waren. Martelen met ijskoud water, met slangen, ik zal er niet over uitweiden. Op een ochtend werden we hardhandig naar buiten gebonjourd. Naar Neuengamme. Als slachtvee werden we een vrachtauto in geschopt. In de totaal geblindeerde laadbak was het stikdonker. Ik merkte dat we over het Zuiderplein en de spoorwegovergang de Schrans op reden, richting zuiden. Vaarwel Hollanderwijk. We passeerden de Gerard Terborchstraat. Aha, nu waren we op de straatweg buiten de stad, in Goutum. Zo meteen zou er een flauwe bocht komen. En zo ontdekte ik een kiertje in de houten laadbak en zag de voorjaarsdag, mijn laatste voorjaarsdag, flinterdun voorbijschuiven.

Met piepende remmen bleef de wagen staan. Door de smalle spleet ontwaarde ik twee gezichten. De koppen van de gebroeders Siderius, twee jongens uit het verzet. Ik wilde schreeuwen maar er kwam geen geluid uit mijn strot. Een fractie van een seconde later zag ik op drie meter afstand een hand met daarin een vreemd wapen. Dit moest een stengun van de bevrijders zijn. Als een gek kroop ik over een zooitje lotgenoten naar de voorkant van de laadbak. Er moest toch een raampje tussen ruim en cabine zijn. En jawel, met beide vuisten ramde ik tegen de voorwand. Er rinkelde glas, er scheurde kartonpapier. En daar stroomde de oogverblindende dag naar binnen.

"De Canadezen zijn er!" Het kwam van buiten en klonk met ingehouden vreugde. Op dat moment viel de achterklep naar beneden. Ik zou naar buiten wippen, maar bleef als verlamd hangen. Alle gevoel was uit me verdwenen, alle kracht was weg. Iemand trok me naar buiten, ik stond op mijn benen te wankelen. In de berm bloeiden pinksterbloemen in zachtpaars. Nooit, nooit weer heb ik zo'n mooie wereld gezien als toen, op de ochtend van de bevrijding.'

'Dat was april 1945,' zegt Wietske zachtjes. 'Zes jaar later verlieten we weer de stad. Nu samen. Naar Tasmanië. Opnieuw ging het eerst over Zuiderplein en de Schrans het zuiden in.'

'We werden niet opnieuw bevrijd.' Henny Westerdijk zegt het met schokkende schouders, alsof hij een beetje van zijn eigen opmerking schrikt. Speelt daarna geforceerd de vrolijkheid.

Wietske: 'We troffen weer zo'n mooie dag. Zondag 3 juni 1951. Het afscheid was als een gestileerde werkelijkheid, als een beheerst geregisseerd drama. Theater. Toen we met de bus op de Werpsterhoek, zo'n vijf kilometer buiten de stad waren, stonden daar ineens toch weer vader en moeder. De markante kop fier omhoog en toch betraand. Moeder was de rust zelve en reed met ons mee naar Schiphol. Toen het moment was gekomen, trilde haar stem nauwelijks merkbaar. Haar woorden zal ik nooit vergeten, ze zei: "Jullie moeten goed op elkaar passen. Dan komt het goed." Even later zaten we in de Superconstellation Soerabaja, een KLM-vliegtuig met dubbele staart.'

Henny: 'Voor die dagen een luchtreus. We vlogen met achtenvijftig passagiers en negen bemanningsleden 460 kilometer per uur. Vier dagen en drie nachten zouden we nodig hebben om in Sydney te komen. En dan? Hoe ver was het dan nog naar Tasmanië? Zou er meteen werk zijn of moesten we er een tijdje op wachten? Er waren nog wat onzekerheden. Om niet doof van het motorlawaai te worden kregen we Amerikaanse kauwgom. Zolang je kauwde, overkwam je niets.'

Waarom gingen ze? Het is zo moeilijk te zeggen, het is zo complex, het is zo'n rotvraag. Henny had zo gehunkerd naar het uur van de bevrijding, maar toen het zover was, bleek hij niet verlost van dat beklemmende gevoel. 'Het zou weleens kunnen zijn dat ik een te zonnig beeld had van het naoorlogse Nederland. Er zou rechtvaardigheid komen, de verraders zouden hun straf niet ontlopen, je zou – als in Amerika – loon naar werken krijgen. En dat bleek helemaal niet zo te zijn.

Alles lag aan gruzelementen, ik reed in een tochterige trein met gebroken ramen naar het carrosseriebedrijf van Abe Hainja in Heerenveen. Acht cent per uur kon ik verdienen. Een paar maanden later werd ik twintig. "Je leert snel, je moet er maar twee cent bij hebben," zei baas Abe. Echt trots was ik. Niet om die kostbare twee centen maar om mijn gewaardeerd vakmanschap.

Drie maanden later kon ik bij Anema in de Leeuwarder Roodborststraat een half mannenloon verdienen. Nou, dat was wat voor een jongen van nog maar twintig. En ik zat nu lekker dicht bij Wietske. Niet lang daarna kon ik met een eigen uitdeukerij aan de IJlsterkade in Sneek beginnen. Iedere week zes werkdagen van elf uur. Ik leverde puik werk af, dat wel, maar was te bang klanten te veel in rekening te brengen. Ik kwam niet vooruit. Geen businessman.'

Wietske: 'He is a master in his job.'

Henny: 'Was ik een harde zakenman geweest, dan had ik mijn vakmanschap en harde werken meteen verzilverd.'

Wietske: 'De reis van Schiphol naar Sydney kostte ons vijfduizend gulden.' Als die prijs – de geldontwaarding meegerekend – vandaag nog zou gelden, moest je meer dan een ton neertellen.'

Henny: 'Door de eeuwen heen heeft het internationaal transport klauwen vol geld aan de emigranten verdiend.

We gingen de lucht in op het moment dat het hele vaderland nog apetrots was op de KLM. De hoofdstewardess had toen meer aanzien dan nu de quizmaster op de televisie. Zij hield ons aan boord bezig met raadsels. Hoe hoog vliegen we, hoeveel kilometer is het nog naar Karachi, hoe oud zijn de bemanningsleden bij elkaar opgeteld. En zo ging de reis verder met bevroren vliegtuigraampjes, uit de motoren lekkende vlammetjes en eeuwig bulderende motoren. In Karachi zaten we onder het ongedierte en moest de hele kist met een spuit worden ontsmet. In de stad kregen we een sprookjesachtige hotelkamer. Weer aan boord. Doorvliegen naar Bangkok, waar we onder de klamboe de nacht doorbrachten. Voor het eerst van mijn leven zag ik bedelende zwerfkinderen en ontdekte dat er armoede in soorten bestond.

De reis ging dwars over ons verloren Nederlands-Indië, dwars over Borneo waarvan we de ligging op school hadden geleerd. Feest, want we passeerden hier immers de evenaar. Ter gelegenheid van het heuglijke feit kreeg iedere passagier een kaart met handtekening van KLM-directeur en nationale held Albert Plesman zelf.'

Wietske: 'Een vliegtuig vol jonge emigranten. Op een avond tegen zonsondergang doemde de Australische kust op, maar van euforie was geen sprake want uitgerekend op dat moment begon de Constellation als een zogend lam te trillen. Vlak voor Sydney gebeurde het opnieuw. Met knikkende knieën stonden we later op Australische grond.

We hoefden niet lang te wachten op de trein die ons naar een opvangkamp uren verderop zou brengen. Bonegilla, een barakkenkamp van het Australische leger. Ons werd een kamer van 2,70 bij 3,20 meter toegewezen waarin net twee eenpersoonsbedden konden staan.'

'De volgende ochtend hoorde ik iemand schreeuwen: "Die Männer aufwachen!" Nu werd het me even te veel.' Henny vertelt het met verstikte stem.

Wietske: 'Henny kan nu eenmaal niet tegen schreeuwerige commando's. Uit de oorlog overgehouden. Laat ons niet langer stilstaan bij dat eerste weekje Bonegilla. Er was werk voor hem en mij op Tasmanië geregeld.'

Henny: 'Het vertrek uit Bonegilla was opnieuw een beetje bevrijding. Een door de Australian Airforce afgepeigerde DC 3 vloog ons met een tussenlanding in Melbourne naar Tasmanië. Waarom Tasmanië? Omdat ze daar om vaklui zaten te schreeuwen. In mijn fantasie zag ik Tasmanië als een land dat rook naar het taanhok op de helling, naar het karrelteer van de touwslagerij. Daar was overal de zee en de ruimte. We kwamen aan met twee koffers; het huisraad zou later met de boot komen. Nou, dat werd lang wachten.'

Wietske: 'Er was geen goed onderdak geregeld, ik zal niet licht vergeten hoe we die eerste avond op twee sinaasappelkistjes tegenover elkaar in dat kamertje zaten. Henny staarde het raam uit en zag hoe even verderop de plaatselijke benzinepomphouder een van zijn zeldzame klanten bediende: met zo'n ouderwetse zwengel. "Mijn lieve stumper," stamelde hij.

De Tasmaniërs vormden een gesloten, achterdochtige en zeer verzuilde samenleving. Waren we bij wijze van spreken maar gereformeerd geweest, dan hadden we via de Kerk een poot aan de grond kunnen krijgen. Als onkerkelijke immigranten zouden we het onmenselijk zwaar krijgen. Er was maar één echtpaar dat zich een beetje met ons wilde bemoeien: Max en Dora Ford. Van Dora heb ik in korte tijd veel geleerd: de taal, de gewoonten en het zelf broodbakken.'

Henny: 'En je leerde van haar hoe de strijd tegen de heimwee moest worden gestreden. Wiets werd opgegeten door verlangen naar huis. Na een jaar heb ik sterk overwogen terug te gaan, maar Wiets wenste door te zetten. "Zeg het maar," zei ik op een zaterdagavond. "Gaan we morgen naar de kerk om te proberen zo aansluiting te krijgen, of zullen we nog een tijdje zwemmen?" Toen zei ze: "Ik wil vrij blijven, ik wil samen met jou proberen Tasmaniër te worden."'

Wietske: 'Na twee jaar begon het wat draaglijker te worden.'

Henny: 'Wiets heeft het vermogen mensen voor zich in te nemen. Na twee jaar had ze een kring van hoogstaande vriendinnen om zich heen verzameld. Ik ben iemand die de kat uit de boom kijkt en ondertussen meteen aan het werk gaat.'

Wietske: 'Ik deed mijn voordeel met mijn ervaringen als lid van de keurturnploeg Quick-Huizum. Als werkneemster op de papierfabriek organiseerde ik gymlessen en vormde met andere vrouwen een taalklasje. Het krijgen van kinderen hadden we eerst maar geprobeerd uit te stellen, maar nu werd ik zwanger. We kregen een jongetje, onze Henry. De heimwee boog om naar het bijna ziekelijke verlangen om het kind aan mijn ouders te laten zien. Geen kans, we hadden nog lang niet een ticket bijeengespaard.'

Henny: 'Op een ochtend vroeg ging de telefoon.'

Wietske: 'Mijn jongste broer Folkert aan de lijn. Die jongen heeft altijd maar een half woord nodig gehad om me te begrijpen. Hij zat als makelaar al snel goed in de slappe was. "Ik heb een bootreis Tasmanië-Friesland en terug voor je geregeld. Wiets, je hoeft alleen maar ja te zeggen." Kort daarna voer ik met kleine Henry op een Italiaans passagiersschip naar huis.'

Henny: 'Wietske was een bloedmooie vrouw, had de grootste moeite zich die hanige Italiaanse scheepsofficieren van het lijf te houden.'

Wietske: 'Jij was er niet bij, maar zo was het wel. 's Avonds werd ik voor de galadiners geïnviteerd, en na afloop konden de heren hun handen maar moeilijk thuishouden. Ik heb dit als beklemmend ondergaan.'

Henny: 'Wiets is een aantrekkelijke vrouw. Nóg.'

Wietske: 'Zo! Kortom, in Genua nam ik de trein naar Amsterdam. En ik zou ontdekken dat er geen betere remedie tegen heimwee bestaat dan een slopende reis naar huis; naar het huis dat je huis niet meer is. Na drie dagen miste ik niet alleen Henny maar zelfs heel Tasmanië. Tegelijk bleek dat het nu mijn oude moeder in Leeuwarden was die zwaar gebukt ging onder de heimwee naar haar dochter. Vader Lammert was op dat moment al te kwetsbaar geworden om samen met moeder een trip naar Tasmanië te ondernemen. Maar mem heeft de stoute schoenen aangetrokken. In haar eentje nam de oude onbereisde moeder de boot van Rotterdam naar Hobart op Tasmanië. Toen ik haar bij aankomst vroeg of ze een goede reis had gehad, zei ze: "Ik had het er in ieder geval voor over."'

Er valt een stilte. De *lorrykeets*, kleine papegaaien, zijn teruggevlogen naar het bos vol geheimen verderop, de schaduwen worden langer. Henny verhaalt van zijn eigen auto-uitdeukerij op Tasmanië. Het ging goed totdat de grote dealers zelf met uitdeukerijen begonnen. 's Avonds en 's nachts begon hij nu jachten te bouwen. Investeren. De rente schoot omhoog, Henny kon er alleen nog uitspringen door hun mooie huis-aan-zee te verkopen. Daar ging hun paleisje met uitzicht over de oceaan en de haven, waarvoor zij samen de stenen, stuk voor stuk, zelf hadden gebakken, gemetseld en gevoegd. Het was in het begin van de jaren zeventig.

Henny: 'We zijn naar Australië gevlogen, naar Terrigal hier in

New South Wales. Ik legde meteen de kiel voor het rondspantjacht Marijke, genoemd naar onze dochter. Ik wilde de Aussi's en Kiwi's eens laten zien dat Nederlanders ook jachten kunnen bouwen die mooi en snel en degelijk tegelijk zijn. Toen de Marijke af was, heb ik zelf het roer genomen en meegedaan aan de race Melbourne-Hobart. Ik won dus de Cup en werd dus Sportsman Of The Year. Dat had ik nodig om reclame voor mijn boten te maken.

Toen heb ik voor Peter Rijsdijk uit Holland een ontwerp van Frans Maas gebouwd. Rijsdijk was niet zo schijterig, zag niet op een paar centen. Oh boy, hoe dát schip liep. We hebben het met een harde noordenwind naar Sydney gevaren en troffen 's nachts een dwarse rotzee. En toch geen centje pijn. Toen Rijsdijk er overwinningen mee boekte, kwamen er telefoontjes uit Noord-Amerika, Canada en hier uit Australië. Ik kon gaan bouwen wat ik wou, ik leverde ze all over the world af. Het ging ons nu financieel ook goed. Intussen bleek mijn autodeukerij, die ik op Tasmanië was gaan verhuren, ook nog een aardige cent waard te zijn. Zo is het toch nog voor elkaar gekomen.'

Wietske: 'Maar we gaan niet meer terug; we kúnnen niet meer terug. Henny droomt er nog wel van – van varen op de Friese meren en zo – maar hij wil er niet meer over praten. Trouwens, onze drie kinderen Henry, Robbert en Marijke wonen hier immers. Met de kleinkinderen.'

Henny: 'Nou, hier. Marijke zit helemaal in Perth, dat is drie etmalen met de trein.'

Hij staat stram op uit de stoel, moet zich even aan de tuinbank vasthouden, graait naar zijn wandelstok en roept: 'Kom mee!' Het klinkt kameraadschappelijk, een beetje samenzweerderig. 'Ik zal je wat laten zien!'

We lopen over het afhellende erf langs de gombomen naar een grote schuur verderop. De lauwe wind is gaan liggen, de korte Australische schemeravond sluipt al door de valleien naderbij. Henny Westerdijk gaat me voor langs de hoge achterwand van de loods. En dan rijst een kolossale lemsteraak voor me op. Een tot jacht geëvolueerde vissersboot van de Zuiderzee, tegen het decor van een Australisch heuvellandschap.

'Je ziet dat ik hem de mooie ouderwetse zeeg heb gegeven. De kop wat hoog, wat robuuster, het achterschip ietsje minder laag in de achterzeeg. Hij is niet meer zoals in de nadagen van de Zuiderzeevisserij. De zwaarden heb ik maar weggelaten, want op de oceaan heb je voldoende water onder het vlak voor een zware veertigduims kiel. Hij moet wat wind en zee kunnen sjouwen, zo'n aak. Trouwens, wat heb je op de Indische en Stille Oceaan aan zwaarden.'

Verbouwereerd sta ik te kijken, klim dan achter hem aan de lange ladder op. Hij laat zich stram in de bollestal, de achterkuip van de aak, glijden. 'Je ziet dat de kuip verhoudingsgewijs wat behendig is. En vlot zelflozend natuurlijk. Je ziet ook dat ik met verdomd zware staalplaat in zee ben gegaan. Als je de zuidelijke oceaan achterlijker dan dwars op je donder krijgt, moet alles tegen een stootje kunnen.'

Henny Westerdijk trekt de stalen kajuitdeuren open, glijdt naar binnen en ontsteekt een paar kaarsen. De knusse warmte van een bruine schippersroef ademt me tegemoet. Alles heeft zijn plaats: de kaartentafel en gedigitaliseerde apparatuur voor de navigator, de kombuis, de kooien verderop, de toegang tot de kleine machinekamer, het indrukwekkende vakmanschap van de scheepstimmerman.

'Ik heb hier onder meer jonge en oude jenever en Leeuwarder berenburger van Boomsma in de kastjes. Je moet het maar zeggen, het spul staat zeevast en los tegelijk, ik bedoel, alles moet toch ook voor 't grijpen staan.' Henny Westerdijk giet bevend twee glazen vol.

'Het schip is klaar, alleen de naam moet er nog op.'

In het kaarslicht ontwaar ik even later tranen in zijn grote blauwe ogen. Er wordt even niet gepraat. Mijlen en nog eens mijlen verderop moet de oceaan zijn. De oceaan die almaar groter en onoverkomelijker wordt. Als we tegen middernacht de trap af stuntelen en langs de gombomen naar het licht van de tuindeuren onderweg zijn, houdt hij plotseling de pas in. Dan zegt hij: 'De naam! Het is Frisian Dream.'

Over de Pas van Franschhoek

TIEMEN GROEN, FRANSCHHOEK, ZUID-AFRIKA

De dorpsstraat in het Zuid-Afrikaanse Franschhoek haalt het niet bij het Franse Montmartre. En toch hangt er iets van Parijs over het Kaapse caféterras van Martin Hansen. De koffie is er zelfs beter, het weer bestendiger en het uitzicht – op de Aasvoëlberg – indrukwekkender.

Een vroege gast heeft de ochtendkrant voor de volgende koffiedrinker laten liggen. *Le Soir* van vorige week vrijdag: oud nieuws van het oude continent. Op het pleintje aan de andere kant van de weg lost een reisbus een lading bleke zomergasten. Zo te zien volk van een winters noordelijk halfrond. De vaste ochtendgasten op het caféterras kijken er al niet meer van op, kauwen hun warme croissantje camembert weg, bestellen een tweede kop zwarte koffie en warmen het oude nieuws op tot kleine sensaties. Dat is het caféterras in Franschhoek in de Westkaap.

Tegelijk met de buslading mensen van oërsee waaieren de kleine camelots uit over de dorpsstraat. De kleurlingjongetjes tonen zwaaiend hun vervalste schoolrapporten. 'Ons sijferlijste!' In de hoop dat de dure mijnheren en mevrouwen uit het geordende Europa hen belonen met harde guldens, harde marken, harde dollars of, desnoods, wat broze randen.

'Nog niet zo lang geleden stopte hier een bus met bleekscheten uit het oude vaderland,' begint mijn gastheer op het terras van Martin Hansen. 'In een mum van tijd zat het terras hier vol. Zoals meestal was er nu ook weer eentje die me herkende. Laat die gozer er nu bij geweest zijn toen ik in 1964 in Parijs voor de eerste keer wereldkampioen werd. Ineens herkende ik hém ook. Een rassupporter. Het was in Parc des Princes, 'k was amper over de finish of daar holde die gast met een kolossale Friese vlag dwars over de wielerbaan het middenterrein op.

Het moet voor directie en personeel van dat stadion een raadsel zijn geweest hoe die logge boom van een kerel binnen drie seconden over een vijf meter hoge, onneembare vesting kon klimmen. Het zou best eens kunnen dat zijn prestatie groter was dan die van mij.'

Tiemen Groen, de boerenjongen uit Follega, de als een surrealistische vondst uit de taaie Friese bodem te voorschijn gekomen ruwe diamant, was een natuurtalent op de racefiets, maar hij kon niet leven in een groep. Zelfs kon hij niet hardfietsen in en met een groep. Reed hij daarom als wielrenner het liefst alleen, en dan bij voorkeur ver voorop? Van de rest van de wereld winnen, dat leek zijn grote ideaal. Op het nummer achtervolging was hij de beste: *course-poursuite*. Ziedaar de symboliek: de hele wereld probeerde hem in te halen, maar het lukte niet.

Hij leefde altijd een zeer teruggetrokken bestaan. Zoals hij dat hier, in zijn poëtische villa in Franschhoek, het Wassenaar van de Westkaap in Zuid-Afrika, ook weer doet.

Gefortuneerde Afrikaners en Europeanen tonen zich graag groepsgewijs in dit stukje Zuid-Afrika, ieder in zijn eigen *scene*. Af en toe moet Tiemen Groen hun wegen wel kruisen. Men ontmoet dan een beminnelijk en voorkomend man. Maar waar hoort die man nu eigenlijk bij? Zijn ochtendbezoek aan het terras van Martin Hansen is zo ongeveer de eerste uitspatting in een solitair bestaan dat inmiddels ruim een halve eeuw voortduurt. De landverhuizing van Tiemen Groen kent geen echt motief; zo hoefde hij ook niet te integreren.

Hij proeft van zijn tweede kopje koffie. Een man van ongeveer één meter negentig. Matig in alles. Tijdens die eerste achtervolging op de wielerbaan van Parijs was hij nog een boerenkind. Met een kuif die nog even stug was als zijn aard. Nu is dat haar dunner en grijzend geworden. Zelfs besluipt het grijs zijn scherpgetekende wenkbrauwen, die in de boog van de verbazing zijn opgetrokken. Handen als die van de cellist. Zeer behaard, dat wel. Geen trouwring, of wat voor ring of ketting dan ook. Tiemen Groen heeft, zegt hij, nog exact hetzelfde gewicht als in de jaren zestig. Met dat gewicht versloeg hij op de baan in Zürich Eddy Merckx. De hele wereld dacht dat er een vergissing in het spel was.

'Vierentachtig kilo, dat moet voor mij zo ongeveer het ideale gewicht zijn, dus houd ik dat maar vast.'

Op weg naar zijn huis aan de Baggetellestraat slingeren we langs een onverhard pad. Links een bos.

'Een kennis van me, die wijnboer daar verderop, vertelde dat het gekapt wordt, dat er een van de mooiste golfbanen van de Westkaap zal worden aangelegd. Tot nu toe liep ik niet warm voor golfen, maar nu de gelegenheid zich aandient, moet ik er misschien aan geloven. Als antiekhandelaar struinde ik weleens in Ierland en Schotland rond, daar moest ik bij kennissen in een landhuis logeren en werd meegetroond naar de golfcourt. 't Is een nogal individuele bezigheid, maar iedereen wil toch weer van iedereen winnen. Vast heel leuk als het spelletje je goed afgaat. Het moet een kwelling zijn als je je dag niet hebt.'

Rechts, achter zijn villa, een vallei van duizenden hectares. Een schakering van kleuren, glooiingen met wijngaarden. In de verte de purperen contouren van bergen.

'Zo tegen de winter, eind mei, wil het gebeuren dat de toppen daar soms de witte muts op hebben,' zegt hij. De eerlijke winter met sneeuw en ijs zal hij hier vast missen; ooit zag ik hem in de barre winter van 1963 een wedstrijd bij de junioren winnen. Het ging puur op kracht, de brokken ijs vlogen over de vlakten.

Van een afstand lijkt de architectuur van zijn huis geïnspireerd door het uit 1791 daterende landhuis van baron van Rheede van Oudtshoorn, waarvan de replica een paar honderd meter verderop staat. Het huisvest het Hugenoten Museum van Franschhoek dat door vrijwel iedere bus met vakantiegangers wordt aangedaan.

'Weet je dat de Boeren van het eerste uur hier zeer hun best hebben gedaan Franschhoek en omgeving francofielvrij te houden? In Nederland dumpten ze destijds een deel van de uit Frankrijk vluchtende hugenoten per schip op de Kaap. Misschien vond een deel van de Fransen Nederland ook te koud en kwam uit vrije wil. Eenmaal in de Tafelbaai voor anker handelden de Boeren de zaak eigenzinnig af. De Afrikaner wilde maar één zo'n vreemde gast op zijn erf hebben. Dan immers zouden die krompraters vlot de taal van de Boeren leren. Maar intussen leerden de Boeren wél van de hugenoten hoe ze van goede druivensoorten goede wijn konden maken.

Maar het bloed kruipt waar het niet gaan kan. Op den duur klonk in de Afrikaner spraak toch iets van het Frans door. Neem de dubbele ontkenning in het Afrikaans. En een gehucht als La Province –

kijk, daar in de verte zie je het liggen – kreeg de naam die de hugenoten het hadden gegeven.'

Zijn witte villa met groene luiken is de middelste van een rijtje van drie en staat aan de rand van een hectare grote tuin met bloemenborders. Drie voorgevels. Het dak heeft de blauwgrijze tint van rotsen in de verte. We lopen over een biljartlaken-gazon van stug olifantengras. Ook drie achtergevels. Terrassen met veel schaduw, een zwembad zonder één blaadje erin, tegelplateaus, witte keien op de rand van een grote vijver met witte eenden plus een witte woerd. Op de eveneens uit witte steen gemetselde pilaren, waar het stalen siersmeedwerk van het toegangshek aan hangt, staat nog geen huisnaam. Maar hij heeft er al een bedacht: Fryslân. 'Dat is hierbij besloten.'

Zijn zwarte knecht William heeft bijna een dagtaak aan de tuin. 'Verder houdt William van koper en zilver poetsen. Treffen wij dat beiden even. Bij een antiquair is altijd wel wat te poetsen.' Knecht William woont in de snel groeiende zwarte krottenwijk even buiten Franschhoek. 'In het bestaan van die man kan en wil ik niet doordringen, zoals hij ook niet kan en wil doordringen in mijn leefcultuur. Hij heeft weleens laten blijken dat hij het vreemd vindt zoals ik leef: een man alleen in zo'n groot huis vol rare oude meubels en voorwerpen uit een ver land.'

In de grote woonkamer komt de vroeg-negentiende-eeuwse Friese aristocratie me tegemoet. Verderop liggen perzen met veel rood, staat een Overijssels kabinet. Klokken, veel klokken. Ze tikken door elkaar in het ritme van de zwarte jazz; zelfs de Friese klok met een nogal bijzonder Bourgondisch ornament swingt erop los. In een hoek, niet ver van zijn slaapvertrek, een staand Engels horloge met speelwerk en maanstanden. Jawel, de maan staat vandaag op eerste kwartier. Naast de deur hangt een drieluik van vroeg Makkumer aardewerk. De credo's: 'Recht door zee', Houd uw woord', 'Hoop op welvaart'.

Tiemen Groen volgt kennelijk de blik van zijn gast. 'Inderdaad, aan die raadgevingen probeer ik me te houden.'

In een gang hangt een grote groepsfoto: zes wielerbeloften van de jaren zestig: Harry Steevens, Rini Wagtmans, Tiemen Groen, Eddy Beugels, Leo Duyndam, Evert Dolman. 'WK-ploegentijdrit over honderd kilometer. Het ging even mis, Duyndam en Dolman konden meteen al het wiel niet houden, moesten eraf. Toen we aan de meet kwamen, voelden mijn dijen tweemaal zo dik als normaal.'

Naast het kabinet, op een prominente plaats aan de wand, hangt een getuigschrift. Dwars door de tekst heen gedrukt de afbeelding van een jongen die met de polsstok over de schouder door de Friese weilanden zwalkt. Eronder staat gekalligrafeerd: 'Op 28 maart 1964 vond te Follega Tiemen Groen het eerste kievietsei, en bracht het naar de burgemeester.'

Tiemen loopt naar de keuken, alsof hij aanstalten maakt om opnieuw koffie te zetten. Met de rug naar zijn bezoek gekeerd zegt hij: 'Met dat diploma ben ik zo blij. Een voorjaar eerder had ik dat kievietspaartje al leren kennen. En zij mij. Toen was dat stelletje daar ook aan het slijpen en nestje-maken. 't Was in de buurt van de Follegastervaart, je weet wel, in de weilanden achter de oude Tramweg.

Na de barre winter van 1963 was het span er laat neergestreken, maar nu waren ze dus zeer bijtijds, en ik hield ze van 's ochtends vroeg tot 's avonds laat in de peiling. En toen, op een ochtend, erop af. Raak. Op die nog zo natte, koude greide lag een nest met een schitterend ei. Het voorjaar zou nog lang genoeg duren, er zou nog wel een tweede leg volgen, dus mijn grote vondst ging in de pet. Als de bliksem ermee naar huis. Daar heb ik allereerst pake Tiemen gebeld. Nou, die gaf het grote nieuws onmiddellijk door aan burgemeester Brouwer van Lemsterland. "Jawel, uw kleinzoon is de eerste."

Wie in je eigen contreien het eerste kievietsei vond, was een veldman; dat was iemand die dicht bij de natuur stond en zorg droeg voor de instandhouding van de weidevogelstand. Later nestelden zich ambtenaren in de natuurbeschermingsorganisaties en dat was de dood in de pot. Ten slotte moest de boer een vergunning hebben om op zijn eigen land te mogen eierzoeken. Met als gevolg dat weinigen meer een vogel zien, laat staan herkennen.'

Terwijl Tiemen Groen koek aan het snijden is, roept hij: 'Dat eerste ei van Lemsterland doet me nu meer dan mijn drie wereldkampioenschappen op de fiets, het ereburgerschap van Lemsterland en al die centen en medailles.'

Na dertig jaar internationale groothandel in antiek besloot hij ermee te stoppen. Ineens. Zoals hij ook ineens stopte met het beroep van wegrenner.

‘Ik had al decennia in de antiek gezeten, woonde overal en nergens, verbleef op een gegeven moment een halfjaar in Amerika en begon te voelen dat ik verkeerd in m’n vel zat. Jarenlang had ik in het groot opgekocht, in het groot verkocht, in een grote Mercedescamper de veilingen afgestruind. Van Brugge tot Baltimore. En steeds weer opnieuw eigenhandig een zeecontainer laden, lossen en weer laden. Hup, ermee naar de overkant van de oceaan vliegen. Om weer te gaan inkopen en verkopen.

Het was in de zomer van 1995 en af en toe overviel me zo’n gevoel van lamlendigheid. Vaak was ik niet vrij van misselijkheid. Ik dacht: verrek, dat lijf van me protesteert, dus vloog ik naar mijn antiekzaak in een kop-hals-rompboerderij in Friesland, zette alles op een rijtje en telde op wat ik intussen aan bezittingen had. Genoeg. Stoppen.’

En toen? ‘Weg uit de drukte! Ik had zin om naar het mooiste plekje van de wereld te vliegen. Zeg maar: emigreren om te bouwen. Nou, dan kom je hier in de Westkaap terecht. Ik huurde een huis in Paarl en ging op zoek naar een ideaal plekje. Vond hier een bouwterrein van een hectare. Toch bleef ik me gammel voelen. Tiemen, zei ik tegen mezelf, je moet maar ’ns een blokkie om fietsen; misschien kreeg ik gebrek aan beweging. Dus kocht ik een paar lichte bergfietsen en reed zo om de dag van Paarl over de Klapmutsberg naar Franschhoek en terug. Zeventig kilometer met wat vals plat erin. De ene keer was het een feest, de andere keer een obsessie. Af en toe voelde ik zo’n druk op m’n borst; dan brak het zweet me uit.

Op een avond, toen ik – uiteraard alleen – in mijn huis in Paarl zat, ben ik van de wereld geraakt. Badend in het zweet kwam ik bij. Nou rustig blijven, Tiemen, schoot ’t door me heen. Maar het lukte me niet, het leek alsof ik met iemand had gevochten, alles in de kamer lag overhoop. Na een halfuur was ik in staat de privékliniek van de hartspecialisten De Plooi en De Wet Lubbe te bellen. Die jongens zijn dag en nacht bereikbaar. Ze hebben me meteen laten halen.

“Je hebt een mooi hart,” hoorde ik een dag later. “Maar de boel zit wel verstopt, we moeten een stuk of vijf omleidingen leggen.” Ik vroeg of het van de fietserij kwam, van het afzien in de zware voorjaarsklassiekers in België en Frankrijk, maar nee, die hadden mijn hart juist sterker gemaakt, zeiden ze. “Het is vatbaarheid voor een verstopping, het zit in je genen.” We gingen onze familie na, en ja hoor: het zijn de De Jongs en de Winia's aan moederskant die rond de middelbare leeftijd last met die kransslagader krijgen.

De operatie was niet zwaarder dan de beklimming van de Klapmutsberg, en heel wat lichter dan een voorjaarsklassieker. Een week later was ik weer thuis. De huishoudster, die ik intussen had ingehuurd, hoefde niet lang te blijven. Ik kon weer mooi op m'n eigen.'

Tiemen Groen fietst intussen weer, heeft veel meer lucht en betere benen dan in de maanden voor de operatie. 'Ik moet komende week maar weer eens de Pas van Franschhoek over. Een 1600 meter hoge bult, dat moet met een klein verzetje toch lukken.'

Hij blijft aan de praat terwijl hij naar de keuken gaat om wat eten klaar te maken: 'Dingen waar je goed in bent zijn altijd leuk om te doen. Op mijn allereerste fietsje, een driewieler, probeerde ik pake op zijn gewone fiets bij te houden. 't Lukte. Ik was vier jaar en jakkerde op dat driewielertje door de koestal, ramde emmers vol schuimende melk omver. Iedereen de pest in, maar niet pake Tiemen. Een grotere supporter heb ik niet gekend.

Mijn ouders konden een boerderij aan het Krompad onder Echtenerbrug huren en ik moest nu naar de openbare school in Echten. Een wedstrijd heen, een wedstrijd terug, ik duldde niemand voor me en niemand naast me. Toen heit op pakes boerderij in Follega kon komen boeren, karde ik viermaal per dag door de weke weilanden naar school. Zo ging de strijd tegen steeds weer nieuwe tegenstanders.

Op een zaterdag – ik zal elf geweest zijn – mocht ik op pakes fiets naar mijn vriendje Steffie Diever aan het Krompad. Nou jongen, dát was nog eens een fiets. Voor het eerst in m'n leven had ik het gevoel dat ik zweefde. Ik belandde in een soortement verdoving zoals ik die ook had toen ik die Tsjech in Parijs inhaalde. Ik reed niet rechtstreeks van het Krompad naar huis terug maar fietste veertig kilometer om: over Sneek. De oude man had kennelijk gezien hoe abnormaal hard ik kon, want later hoorde ik dat hij die avond heit en mem had bezworen dat ik een grote hardfietser zou worden. Wie zou ook meer verstand van jong talent hebben dan de oude boer die ooit een veulen van een draversmerrie had gekocht, waarin hij eerder dan wie dan ook een groot kampioen zag. En het wás een kampioen draver geworden: pakes eigen Duco Scott, waarmee hij als pikeur een prijzenkast vol eretekens en een zak vol geld won.

Toen ik twaalf was, wilde ik niet meer met de boerenzonen uit de buurt naar de landbouwschool of de ulo in Lemmer of Joure. Dan liever iedere dag op en neer naar de lts. Die stond helemaal in Heerenveen, en dat was een mooie trainingsrit. Maar één jongen kon me een eindje bijhouden: Marinus Kampen, een schilderszoon uit Scharsterbrug. Beter gezegd: ik gedoogde hem naast me; het was zo'n aardige jongen, weet je. En hij kon nog knap rijden ook.

"En nou gane we samen op de brommer naar een hardfietserij," begon heit op een avond na melken. "Alleen maar kijken hoe dat gaat," riep mem. Er was een koers achter Heerenveen, in het dorpje De Knijpe, en daar zag ik hoe hard ze konden, hoe Anne Koopmans uit Jubbega de sprint aantrok en won. "Kun jij dat ook," wilde heit meteen weten.

"Ik denk dat ik ze kan hebben," zwetste ik, en ik meende het ook. "Dan mot je maar zo'n fiets met een krom stuur hebben," klonk het. Bij thuiskomst heb ik pake uit bed gebeld. "Pake, ik krijg een racefiets!"

"Mooi, jongen. En nou fietsen!"

Nooit zal me het beeld verlaten van het afleveren op de boerderij van die gemoffelde tweedehands racefiets. Het vehikel werd uit de auto geladen zoals een echte topfokker een kampioensstier uit de laadbak op zijn erf laat nederdalen. 't Hele buurtje stond het te aanschouwen. Dit was nou een racefiets, en hij was voor Tiemen van Meine Tiemens Groen.

In mijn eerste koers was ik een piepjonge nieuweling. Nieuwelingen vormden een aparte groep, maar die keer moesten we tegelijk met de volwassen amateurs starten. Helemaal mis: ik bleef in het peloton ervaren amateurs hangen. Zo reed ik mooi met de groten mee. Voor het eerst zag ik gladgeschoren wielerbenen, voor het eerst rook ik masseerolie, voor het eerst spuugde me iemand tegen de kop omdat ik geen kop overnam. Wist ik veel.

Het peloton werd steeds kleiner en overzichtelijker. Ten slotte fietste er nog eentje naast me; we bleken te zijn gedemarreerd. Ineens ging die knaap ervandoor en sloeg een gat van zo'n dertig meter. Vlak voor de eindstreep had ik hem bijna te pakken. Net te laat.

"Je had hem bijna," riep pake, schor van de emoties.

"Wie?"

"De Friese kampioen bij de amateurs."

Een poosje later stond de Ronde van Veendam op het programma en daar startten we weer tegelijk met de amateurs. Na anderhalf uur had ik naar schatting zestig man ingehaald, en ik wist dat er ook niet meer waren ingeschreven. Toen ik finishte, moest het gros van de amateurs nog twee ronden. Dat was voor het eerst dat er grote stukken over me in de kranten kwamen te staan.

Ineens herinner ik me het Nederlands kampioenschap voor nieuwelingen in Wijk bij Duurstede. We troffen op die hoge, kronkelende rivierdijken bar en boos weer. In windkracht acht ontstonden er waaiers die naar iedere bocht weer werden afgebroken en opnieuw geformeerd. Voor mij een verschrikkelijke strijd, want er bleek tegen mij een pact gesloten te zijn. Die boerenlul uit Follega zou eindelijk eens een lesje geleerd worden. Ze duwden me van de weg in de drek, dus moest ik steeds weer hard aanzetten. Totdat de as van mijn linkertrapper brak. Gelukkig zat mijn andere poot nog in het beugeltje. Kortom, ik ben letterlijk met één been kampioen geworden. Helemaal stuk was ik, maar toch weer grote stukken in de krant.'

Hij haalt een stapel plakboeken uit een la van het Overijssels kabinet. Krantenkoppen: 'Oertalent verbaast wielerofficials.' 'Groen pakt anderhalve ronde op Zandvoort.' 'Oerkracht uit Friese klei.'

'Die keer in Zandvoort. Nog nooit was ik in Holland geweest en nu moest ik daar op zo'n breed asfaltcircuit een kampioenschap rijden. Met de amateurs. Nou, zo'n grote voorsprong als ik daar had, dat was niet normaal. Doping? Nee, alleen maar bruine bonen met spek. Het bestuur van de wielerunie ging in conclaaf en kwam naar buiten met de mededeling dat ik dan meteen maar een baanfiets moest hebben. Omdat er over vier dagen in het Olympisch Stadion in Amsterdam nationale baanwedstrijden werden gehouden.

Aan die fiets zonder remmen en vrijloop was het wel even wennen, maar ik had op de kleine polderdijkjes in de weilanden onder Follega al zoveel rondewedstrijdjes gewonnen, dus hier moest het ook lukken.

Nog zie ik na afloop Eef Dolman, die als supertalent de hemel in was geprezen, ontdaan naar de grond staren. Tegen mij had hij geen schijn van kans. De gevolgen ken je: meteen naar het WK op de baan in Parijs, waar ik de grote favoriet op de achtervolging, Jiri Daler uit het toenmalige Tsjechoslowakije, zoek reed. Zo was ik wereldkampioen voordat ik het zelf in de gaten had.

"Je moet prof worden," riep iedereen van hoog tot laag. Er was er maar een die zich er met hand en tand tegen verzette en dat was de oud-renner en bestuurder Joop Middelink. "Die jongen moet nog een paar jaar wachten," was zijn oordeel.

Kennelijk was er geen houden aan want ik was ook prof voordat ik het zelf in de gaten had. Bij de Caballero-ploeg. Pake was het trouwens met heit en al die anderen eens: wat goed is komt snel, en wat snel komt is goed. Rije! Of, zoals pake het op zijn Stellingwerfs zei: "Op een peer dreuge worsten en een half mingel melk fietste ik al van Ossensiel naor Appelsche en weeromme."

'Joop Middelink zou gelijk krijgen. Ik was nog geen twintig, kreeg als professional van de ene dag op de andere etappes van 282 kilometer op mijn nek. Zo werd ik te jong in het diepe gegooid. Ik weet nog die keer van Parijs-Roubaix. Zoals wel vaker was het beestachtig weer. Spiegelgladde kinderhoofdjes. Wie van de weg raakte, verzoop bijkant in de blubber. Die keer viel er natte sneeuw. Voor iemand als ik, die spookbenauwd van stimulerende middelen is, was het een ware lijdensweg. De kwalijke gevolgen van doping zou ik later trouwens wel merken bij tijdgenoten als Eric de Vlaminck. Eric heeft zich zo gedrogeerd dat hij complottheorieën kreeg en tijdens een crisis zijn hele familie wilde uitroeien. Als je maar genoeg slikt, dan krijg je vanzelf het delirium.

Die keer in de Ronde van België. Makkers die ik gewoonlijk best kon bijhouden, reden ineens zo onwezenlijk hard, dat ik zeker wist dat ze doping gebruikten. 's Avonds na de etappe lág ik me te douchen, zo doodop was ik. Dan dacht ik: morgen weer zo'n lijdensweg. Maar goed, na een paar dagen bleek de concurrentie opgebrand te zijn en kon ik, gewoon op mijn bruine bonen met spek, toch nog de groene trui pakken.

Nóg dacht ik van: eerlijk duurt het langst. Het fietsen verdiende goed en ik leefde verder mijn eigen leventje. Ze wisten wel dat ik het liefst op m'n eigen was. Tot die dag in oktober 1968, in de klassieker Parijs-Tours. We hadden er misschien 180 kilometer op zitten, er was een trosje renners ontsnapt, ze zaten drie minuten vooruit. Ik had even overwogen ernaar toe te rijden, maar dat bleek weer eens tegen de regels. Er zaten immers een paar ploegmaten van me van voren.

Zo peddelde ik mooi mee in het peloton en maakte me nergens

meer druk over. Schuin voor me fietste Eric Leman, achter me de oude Rik van Looy, Daniël van Rijckeghem en Noël Foré. We hadden nog wat vals plat voor de wielen en ineens zag ik dat de vluchters het hadden opgegeven. Voor me doemden de truien op van Eddy Merckx, Cyrille Guimard en Jan Janssen. Over een halfuurtje zou ik met nog een paar man tempo moeten maken, er zou een massasprint komen, de jongens uit onze ploeg die de luwte hadden gezocht en rap konden afsprinten, moesten proberen de dagprijzen te pikken.

Het tempo zakte, het was een mooie zomermiddag, ik gunde me de tijd om wat rond te kijken. Tegen de heuvels zag ik een schitterend boerenlandhuis staan. De boer wandelde over zijn akker; een man die kennelijk één was met zijn omgeving, met de natuur waarin hij leefde, waarvan hij genoot. Af en toe boog hij zich naar voren, voelde aan de gewassen. Ik wist meteen honderd procent zeker dat deze geluksvogel de hele wielerkaravaan niet of nauwelijks had opgemerkt; het circus ging letterlijk en figuurlijk aan de landman voorbij. Ja, zo vrij en apart wilde ik ook leven. Het fietsen kon me ineens gestolen worden.

Ik keek al fietsend opzij. Links van me reed nu Henk Nijdam, rechts Piet de Wit. "We moeten zo meteen nog even hard aan de bak," fluisterde Piet.

"Ik stop ermee," liet ik me ontvallen.

"Wááát!"

"Ik rij nog mee naar Tours, maar ik stop vanavond met de fietserij."

Er viel een stilte. In de voorstad van Tours begonnen we het tempo hoog te houden, Guido Reybroeck won de sprint, ik finishte in het peloton, liet me uit het zadel glijden, vond een boom waar ik de fiets tegenaan kon zetten, had nog een beetje water in de bidon, dronk het op. Mijn laatste slok uit een bidon.

Daar was ploegleider Peters. "Wat krijgen we nou!" Mijn eigen mededeling was me blijkbaar vooruitgesneld.

"Ik ga wat anders doen," zei ik. De man heeft niet gepoogd me op andere gedachten te brengen, hij wist allang dat ik deed wat ik had gezegd. "Neem mijn reservefietsen, al die wielen, al de spullen gerust mee," zei ik. Ik ging me douchen, heb nog met de jongens meegegeten, spoorde mijn auto op en reed rechtuit-rechtaan naar tante Antje in Heiloo.

Ik had een sleutel, ik trof ze aan in bed. "Met de fietserij is het afgelopen," zei ik.

"Goed bericht," reageerde ze. Het mensje had misschien nog eerder dan ik in de peiling gehad dat mijn bezetenheid van het wielrennen bezig was om te slaan in bezetenheid van het antiquairsvak.

Voor ik het wist was ik profrenner, voor ik het wist was ik antiquair en haalde ik uit Engeland prachtige spullen die ik in de lege koestallen op de boerderij in Follega uitstalde en veilde. Later huurde ik naast het Lemster Nutsgebouw op de Nieuwe Buren in Lemmer een pandje, nog weer later kocht ik een gave kop-hals-romp als antiekboerderij in Noard-Burgum. Toen de dollar ten opzichte van de Europese munt fors in waarde daalde, kocht ik in de States veel Europees antiek terug want nu was het betaalbaar in Europa. Goed antiek is harder dan de hardste munt en wordt alleen maar mooier.'

***

Met Tiemen Groen maak ik een tochtje over de Pas van Franschhoek. Hoger en hoger voert ons de weg. Onder ons zie ik de Baggetellestraat als een goudkleurig draadje dat wegkronkelt in het groen. Het zwembad achter zijn villa is gebagatelliseerd tot een blauw vierkantje. Hierboven staan aan de kant van de weg grote blauwgrijze baviaanapen als afwezige supporters voor zich uit te staren.

'Ik ben eraan toe om weer stevig te fietsen,' zegt hij. 'De Pas van Franschhoek moet ik weer aankunnen. En mocht er dan iemand me inhalen en bij me opzij komen, dan moet ik dat maar eens proberen te gedogen.'

Die Tragiese Driehoek

HANTSJE SPEERSTRA, LEXUMGARDEN, NIEUW-ZEELAND

‘Hé, je hebt dezelfde achternaam als Old Hansy Speerstra, dat is zeker.’

Het oog van de dikke vrouw van het tankstation van Otahunga in Nieuw-Zeeland was op de vreemde naam op mijn al even vreemde creditcard blijven hangen.

‘Old Hansy Speerstra zit in bejaardenhuis Lexumgarden waar ik tien uur per week vrijwilligster ben. Als Poolse praat ik er met oude Poolse vrouwen die bezig zijn hun tweede taal te vergeten. Zo kunnen ze nog wat Pools met me babbelen. Zijn ze niet zo eenzaam. Hansy is de oudste Dutchman daar, vierennegentig zal hij wezen. Laatst brak hij bij het oversteken van de weg hier een been. Je moet er vlug bij zijn, want van iedere narcose verliezen oude mensen weer een stukje van hun verstand. Kijk, daar heb je de afslag naar Lexumgarden.’

Op weg naar het bejaardenhuis in een buitenwijk van Auckland moest ik ineens denken aan de vermaningen die vroeger af en toe bij ons op de boerderij klonken. Dat was bijvoorbeeld als moeder ons op zaterdagavond een paar lepels van de soep liet proeven die ze had klaargemaakt voor de zondag. Volgens onze heit riekte deze vrijgevigheid naar lichtzinnigheid en verkwisting. ‘Als we vandaag eten wat voor morgen is bedoeld, zal het ons vergaan als de onstuimige Speerstra’s die in de buurt van de Eeuwige Laan woonden.’

Inderdaad, die tak van de familie scheen door dergelijke onbezonnenheden in een verschrikkelijke zondeval terecht te zijn gekomen. Je moest oppassend zijn en degelijk. Ofte wel: je kon beter uit de vensterbank dan uit de dakgoot vallen. Nam je een voorschot op de dag van morgen, dan zou je in de volgende landbouwcrisis, die steevast onderweg was, naar de bliksem gaan.

Met boer Jouke Speerstra aan de Eeuwige Laan tussen de dorpen Scharnegoutum en Ysbrechtum was het niet goed afgelopen. Neergaande tijden, ontluistering. Hoe de vork precies in de steel zat, wisten we als kinderen niet. Het zou wel te pijnlijk zijn om er vragen over te stellen.

Hansy in Lexumgarden moest zoon Hantsje van boer Jouke Speerstra zijn, vernoemd naar mijn betovergrootvader die in de eerste decennia van de negentiende eeuw zo hard kon schaatsen dat enkele van zijn nazaten nog generaties lang zouden teren op zijn roem. ‘Hantsje Jans schaatste als de weerlicht, hij passeerde en was uit zicht,’ luidde zeer vrij vertaald een tweeregelige strofe uit een aan hem gewijd Friestalig heldendicht anno 1815.

Het bejaardencomplex Lexumgarden vind ik halfverscholen in een park. Binnen hangen dezelfde geuren als in Nij-Bethanië te Tzummarum. En ook hier hebben door de bank genomen de vrouwen het ’t langst volgehouden. Ik dool over het linoleum van lange gangen, kleine Eeuwige Lanen, en lees de namen op de deuren: Morrison, McCodrum, McClean, Ferguson, Wright, Lendesey, Degroot, O’Leary en nog eens Morrison.

En dan die handgeschreven naam, in het schoonschrift van de lagere school van Ysbrechtum anno 1912. Voorzichtig duw ik de op een kier staande kamerdeur verder open. Aroma van een goede sigaar, aanzwellend getik van een Friese klok met maanstand, maar recht tegenover het dressoirtje een lege stoel, wellicht zijn stoel. Op het dressoirtje uit de vroege jaren twintig het portret van een zelfbewuste mooie vrouw. Een Makkumer wandbord deelt me in het Oudfries een halve waarheid mee: ‘Waar ter wereld wij ook zijn, overal dezelfde zonneschijn.’

Ik moest voor Hantsje Joukes Speerstra, zeiden ze, in de koffiezaal zijn waar vanmiddag zo’n dertig bejaarden bezig werden gehouden. Ik gok op de man met een ovale Friese kop aan de herentafel, maar dat blijkt een Schot te zijn die niet meer kan praten. Hantsje heeft zich ietwat afgezonderd en staart naar buiten. Een man zonder vet op de ribben. Bruine, oude ogen onder strenge donkergrijze wenkbrauwen. Een half nieuwsgierige, half boze oogopslag.

Ik waag de gok en citeer uit het oude familiegedicht: ‘Hantsje Jans schaatste als de weerlicht, hij passeerde en was uit zicht.’

'Were the hell do you come from!' Het klinkt in afgebeten Nieuw-Zeeland-Engels.

'Niet ver van de Eeuwige Laan.'

Zijn rolstoel wendt de steven, ik sta nu recht tegenover hem, de oude man heft zijn hoofd op alsof hij over een bril kijkt die hij overigens niet draagt. Zijn bruine ogen drijven in tranen, zijn vleesloze handen rusten in zijn schoot.

'The hell, who are you!' Hij wenst zijn laatste schild niet af te werpen, verlaat niet zijn tweede taal. Ik biecht op wie ik ben, waarvoor ik kom, noem de naam van mijn vader, grootvader, overgrootvader, betovergrootvader, en voel even later zijn breekbare hand. Een hand die tien graden kouder voelt dan de mijne.

'Drive me into my room.' Nog steeds is het zijn tweede taal. In de kleine kamer wurmt hij zich in zijn stoel recht tegenover de zelfbewuste vrouw in zwart-wit op het dressoirtje. En daar valt hij met een smak terug in zijn moedertaal, en zijn spraak is mooi en rijk aan oud idioom. Hij heeft zijn schild afgeworpen en moet een beetje huilen. Hij heeft zich de laatste tijd nogal alleen gevoeld, zodoende.

'Ik ben nog gezond, ik ben nog schoon op mezelf, ik kan mijn water nog ophouden. Maar de tranen niet. It's incontinental affection; zo noemen ze dat hier in medische kringen. Hij haalt een zakdoek te voorschijn en kijkt me hulpeloos aan.

'Heit was een man die het leven lustte, me dunkt een mooie, gewiekste kerel, een bon-vivant. *Ein Lebemann*. Zie je het voor je? Een boer in een deftig licht kostuum, die zag je in het boerenland van de jaren vlak na de Eerste Wereldoorlog niet vaak. Wanneer Jouke Speerstra ergens binnentrad, kwám er iemand binnen. Zondags ging hij weleens met de "grootlui" uit Sneek het Snekermeer op. Ik zie hem nog in een witte pantalon aan boord van de boeier stappen. De lichte zomerpet was uit de kamfer gehaald. En altijd waren er vrouwluiden aan zijn zijde, ook nadat onze mem, zijn eerste vrouw, was overleden.

Op zomerse ochtenden met sierlijk weer zat hij soms in het prieel voor onze boerderij. Te pronk, als het ware. Met een dure sigaar in zijn hoofd. Te Scharnegoutum kon je de sigaren van Joukeboer ruiken. Iedereen die de boerenplaats aan de Eeuwige Laan passeerde, zag onze heit als een rijk, gelukkig en dus bevoorrecht persoon.

De werkelijkheid. Ik was nog een kind toen mijn moeder stierf.

Hij hoefde niet om een tweede vrouw te zoeken, ze kwam hem met vaart tegemoet en ze trouwden. "De mensen mogen niet denken dat het eerste huwelijk me slecht heeft voldaan." Dat was zijn humor aan de Sneker stamtafel. Het noodlot zou zich herhalen; ook zijn tweede vrouw stierf jong. Vervolgens kreeg hij kennis aan een Duitse vrouw, die hij overigens met een maîtresse bedroog. Als ik aan mijn kinderjaren terugdenk, stroomt er onrust en ongenoegen door mijn oude donder. En toch houd ik nog steeds van deze vader.

Voor het buurtje waar de boerderij stond, zouden de Afrikaner Boeren de aanduiding "Die tragiese Driehoek" hebben bedacht. De boeren en boerinnen stierven er, een uitzondering daargelaten, zeer jong en op zeer tragische wijze. De grond en de laag over het land drijvende wolken zorgden ervoor dat het volk daar zeer zwaar tilde aan de gevolgen van de crisis. Dus, ze hingen zich op. Aan het spantouw waarmee ze even tevoren tijdens het melken de achterpoten van de koe nog hadden samengebonden. Of aan de ingevette leren leidsels waarmee ze die dag nog naar de stad hadden geleid.

Alle levenslust en flair en gewiekstheid leek aan de Eeuwige Laan verenigd in die ene fleurige boer: Jouke Speerstra. Zijn aard strookte zo te zien niet met de taaie zeeklei. Toch zou ook hij gevangene worden van Die tragiese Driehoek.

Eerst stuurde heit me naar de Sneker hbs, maar er speelde me te veel wildzang door de harsens, ik deed mijn best niet en dreigde te stranden. Heit hield onder alle omstandigheden van decorum, dus sprak hij me bestraffend toe in de deftige opkamer. Ik onderging de reprimande als terecht, als hectisch en emotioneel. Er werd in Harlingen een kosthuis voor me geregeld en we spraken af dat ik daar het hbs-diploma zou halen. Het lukte me nog vrij vlot.

Op een regenachtige herfstdag heeft heit me naar de Rotterdamse Handelsschool gebracht, de latere Erasmus Universiteit. Er was een goed kosthuis geregeld. De ouwe had voor die nacht voor ons een hotel aan de Heemraadssingel besproken, maar voordat we te bed gingen nam hij me mee de stad in. "Ik zal je het beste en mooiste van het leven leren proeven," zei hij. De nacht had iets ongegeneerds en tegelijk iets kameraadschappelijks. Ja, hij was een Lebemann, en de appel viel niet ver van de boom.

"Je gaat als een man studeren," hoorde ik toen hij de eersteklas wagon van de trein terug naar Leeuwarden binnenstapte.

Na een jaar Rotterdam had ik nog geen ene bliksem uitgevoerd, maar er wel een dikke duizend gulden doorgejaagd. Dat was toen veul geld. Bij thuiskomst zag ik voor het eerst een gekwetste vader. "Je mag leven zoals je wilt, maar je eigen familie hoor je niet te plunderen." Hij stond met de rug naar me toegekeerd, ik ben er zeker van dat hij zeer ontdaan was. Misschien was hij toen al wat week geworden; hij had inmiddels zijn tweede vrouw verloren; er waren meer kinderen gekomen.

Ik slaagde voor de handelsschool, werd een tijdje reserveofficier bij de landmacht, trouwde de mooiste en beste vrouw die in Rotterdam en aangrenzende gebieden rondliep en voelde hoe de wereld me toelachte. Jawel, Betty kwam uit het veilige nest van een havenbaron: Elizabeth Smit Schouten. Crisis of geen crisis, er lag in Durban, Zuid-Afrika, een mooie job op me te wachten, dus emigreerden we naar Zuid-Afrika. Onze zoon Jouke werd geboren, het waren gelukkige tijden.

Maar in Die tragiese Driehoek ging het niet goed. De crisis van de jaren dertig haalde de slagroom van de taart en daarna de krenten uit de pap. Op een namiddag is mijn heit in Sneek op de tram naar de Lemmer gestapt. De nachtboot voor Amsterdam lag al onder stoom. Heit heeft een enkele reis gekocht. Een paar dagen later vond een Zuiderzeevisser uit Laaksum, genaamd Visser, hem in een van zijn palingfuiken. Zijn afscheidsbrief moet nog ergens in Friesland in een la liggen.

Het stoffelijk overschot hoefde niet geïdentificeerd te worden, men wist met honderd procent zekerheid vast te stellen met wie ze hier van doen hadden. Immers, uit de binnenzak van het lichte zomerpak werd een doos havanna's van de eerste selectie opgediept. Niemand anders van de zware klei dan Jouke Speerstra durfde in de minne crisisjaren zulke sublieme sigaren te roken.

Het geld was op, de harmonie verstoord, hij heeft geen uitkomst meer gezien.

Toen de Duitsers Nederland binnenvielen, zat ik in Zuid-Afrika gelukkig te wezen. En al had ik ook toen al een grotere hekel aan de Engelsen dan aan de Duitsers, ik besloot toch terug naar Rotterdam te varen. Die Duitsers moest toch worden ingepeperd dat ze niets op de Coolsingel en de Eeuwige Laan te maken hadden. Te laat, de volgende dag was het vaderland al uit handen gegeven.

Gelukkig hadden we Oost-Indië nog. Als reserveofficier met Nederlands paspoort zat er niets anders op dan naar Nederlands-Indië op te stomen. Ik werd in kapiteinsrang Hoofd-materieel te Soerabaja. Op dat moment waren de Jappen bij wijze van spreken al onderweg. Op een avond joeg zo'n rotzak me vanuit een boom een portie dumdumkogels in mijn lijf. Op een haar na dood. Maanden heb ik in een hospitaal moeten doorbrengen. Mijn hele leven lang heb ik daarna nog stukjes ijzer uit mijn lijf zien komen. Kijk hier, kijk naar dit oude lijf, hier zit nog het gat waar een stuk Japans dumdum door naar buiten is gekomen. Je raakt de rotzooi je leven lang niet kwijt.

Toen ik na vier maanden weer op mijn benen kon staan, werden we alle drie – mijn vrouw, zoon Jouke en ik – naar de jappenkampen getransporteerd. Zo was het gezin uit elkaar gerukt; moeder en zoon kwamen in een vrouwenkamp terecht.

Na anderhalf jaar van vernedering en ontbering werd me duidelijk gemaakt dat vrouw en zoon waren omgebracht. Ik werd naar de Birma-spoorlijn getransporteerd. Daar hebben de Jappen erg hun best gedaan alle gevoel uit mijn donder te slaan. Het moment kwam dat ik mijn helm heb afgezet toen de Jap me weer wilde slaan. Dan maar dood, dacht ik. Ik kon opnieuw niet meer lopen. Toch ben ik blijkbaar in staat geweest om, na de Japanse capitulatie, met nog een paar officieren, het aftochttransport te regelen. Als een van de laatsten heb ik, 3100 doden achterlatend, Birma verlaten. En toen bleek dat mijn vrouw en zoon nog in leven waren. Vraag niet hoe. Betty had geen tand meer in haar mond, zo was ze geslagen en vernederd. Ik ben niet wraakzuchtig aangelegd, maar ieder weldenkend mens die in een Japanse auto rijdt, heeft het bij mij voor eens en voor altijd verbruid.'

Hantsje Speerstra kwam ontheemd terug in Nederland, probeerde het opnieuw in Zuid-Afrika, in Nieuw-Zeeland, in Nederland. De tijd van de desillusies was aangebroken. Wat hem betrof omvatte Die tragiese Driehoek nu de hele wereld.

'Het zal eind 1948 zijn geweest toen me een officiersbaan op het Haagse gouvernement werd aangeboden, maar zo'n gecreëerde baan was niets voor me, ik wilde weg, móést weg. Liefst zo ver mogelijk. Nieuw-Zeeland dus. Ik vond er een goedbetaalde baan bij een verzekeringsbedrijf. Wat er voor mijn vrouw, mijn zoon en mij nog aan geluk was weggelegd, probeerden we hier bij elkaar te harken. Maar toen drie jaar geleden de vrouw stierf, hoefde het voor mij ook niet langer. En wat blijkt? Ik leef almaar door. Laatst, toen ik mijn been had gebroken, kwam er weer een stukje dumdum te voorschijn. Wat mij betreft was dat de laatste splinter.'

Verhalen van de fazenda

DE GROEPSEMIGRANTEN VAN PARANÁ, BRAZILIË

In de fazendatuin, het boerenerf van Dieuwertje Meijer in Carambeí, wordt een vertelavond gehouden. Verhalen onder de sterrenhemel van Paraná, verteld in ongeschonden vooroorlogs Fries, Gronings, Drents en Overijssels. Zelfs de eerste en oudste vertellingen, over het zware pioniersleven van de baanbrekers op de dorre *campo*, bleken goed bewaard te zijn.

De verandadeuren staan open, we zitten buiten, aan een grote bruiloftstafel, er flakkeren kaarsen, er is bier. Maar de grote sojaboeren en veefokkers, de opvolgers van de baanbrekers, drinken whisky en hebben het over de nieuwe lijnvluchten naar Florida en Wisconsin. Naar Florida, waar ze af en toe vakantie houden; naar Wisconsin, waar de vooruitstrevende rundvee-exposities worden gehouden.

'Eigenlijk wisten de allereerste pioniers hier in Paraná niet eens waar ter wereld ze zich bevonden. Ja, ze kwamen er na jaren achter dat ver in het westen een hooggebergte was. De Andes. Mannen waren op paarden die kant op geweest en kwamen na dagen van gezwalk terug, met de wonderlijkste verhalen: "Watervallen zo hoog als drie Groninger boerderijen boven op elkaar, en heel in de verte paarse bergen met witte mutsen op. Toen we ernaar toe reden, kwamen ze maar niet dichterbij. Ja, dat moet de Andes wezen."

In het oosten was de oceaan, dat wisten ze ook, want van die kant waren ze immers gekomen. Ze vertrokken van Rotterdam in de herfst en hier bleek het weken later zomer. Hoe kon dat nou? Ze verkeerden aan boord van dat logge zeeschip ergens onder in de midscheeps. De matrozen noemden het de hel van het schip. Op het bovendek stonden twee drachtige koeien vastgesjord in een veekrat, met het zout van de zee in de bange ogen. De meegereisde kisten met huisraad zouden na aankomst nog weken in Rio de Janeiro op de kade staan te verkommeren. Rio, hun droomstad; ze werden er door de ratten verwelkomd.

Na een ommelandse reis over land, eerst met een stoomtreintje en later per *carrosa* – de Braziliaanse vierwielskar, getrokken door twee paarden – streken ze neer op de open plekken in de wouden van Paraná. Die grote kale plekken, daar moesten ze het op den duur van hebben. Het gevecht met de droge campo was begonnen.

De Braziliaanse overheid was zeer gesteld op pioniers in het algemeen en die uit het polderland achter de zeedijken in het bijzonder. Die nijvere boerenmensen uit Holland konden immers de planten zo betoveren dat ze van de weeromstuit harder gingen groeien. Onder Britse regie werden spoorlijnen aangelegd en de financiers van het project hielden harde pleidooien voor ontginning van de campo. Want waar boeren oogsten, ontstaat vervoer van volk en goederen.

Op een dag in oktober 1900 begon het afgrijselijk te regenen en nog geen week later lag de campo van Consalvos junior er diepgroen bij. Zelfs de bamboe schoot in bloei. De pioniers kregen het razend druk, er was zelfs geen tijd bidstond voor het gewas te houden, laat staan een oogstfeestje te vieren. Spijtig, ze hadden hun nieuwe hymne willen zingen. Op de wijze van het Friese volkslied nog wel: "Hoog zijn je heuvels en diep is je dal."

Wat de *caipiras*, de inlandse zwoegers van de campo, al generaties lang wisten, moesten de pioniers uit het verre polderland zelf maar ontdekken: als de bamboe bloeit, komen de ratten. En als de ratten zich hebben volgevreten, komen de wilde zwijnen. In dat proces ging de eerste oogst rijst, maïs en zwartrode bonen totaal verloren.

De ontreddering sloeg toe, de eerste gezinnen van deze vroege voortrekkersgroep moesten de strijd opgeven. Waar ze zijn gebleven, weet niemand. Het verhaal gaat dat ze van de honger zijn gestorven. Mede doordat ze niet van boerenkomaf waren maar in de sloppen van Rotterdam waren geronseld. Voor een tientje per echtpaar. Jawel, als het om emigratie gaat, zijn ook in Nederland de scheepvaartmaatschappijen altijd zeer actief geweest. Niemand spreekt tegen dat in de strijd tegen de natuur de stadsmens het het eerst moest opgeven.

Over hoe de armoe toesloeg, vertellen de Paranezen liever niet. Nou ja, op een avond dronken de mannen zich onpasselijk aan de inferieure *cachaca*, zoiets als surrogaat-brandewijn. Het liep uit op moord en doodslag. De weduwe van een vermoorde verkocht een van haar kinderen om zo de rest van haar kroost van de hongerdood te redden.

Van de twee gezinnen die overleefden, was er een bij met zes kinderen. Ze kwamen van de Zuid-Hollandse eilanden en hadden verstand van veehouderij en tuinderij. Het andere stel, heel jong en nog kinderloos, kwam uit Friesland.

"Elke dag komt het geluk dichterbij," had de jonge boer tegen zijn energieke vrouw geroepen. Het had immers flink geregend en zijn lap campo lag er nu fris en fleurig bij. Hij zag zijn zwartbonte koe al tevreden liggen herkauwen. "In de vallei wordt het ook al groen," zei hij op een morgen. De jonge sinaasappelboom begon vrucht te dragen. Maar op een hete namiddag kwam er een verschrikkelijk ondier aanstormen, een windhoos die alles wat los- en vastzat meezoog. Hagelstenen als vuisten zo groot vlogen dwars door het dak van het scheefgetrokken houten woonschuurtje. Ja, alles lag plat. Behalve de twee jonge mensen zelf. "Elke dag komt het geluk dichterbij," zei de onverwoestbare boer.

Niet veel later gaf de huishouding met de zes kinderen, die een eindje verderop hun geluk beproefde, de strijd op. Het gezin verliet de campo van Consalvos junior. Zonder de moeder; zij was bij de geboorte van het zevende kind in het kraambed gestorven.

Gebroken spande de weduwnaar zijn stokmagere os voor de *sjarrita*, een kar op twee wielen, en vertrok. "Wij gaan naar onze allerlaatste hoop," riep hij zijn kinderen toe. "Verderop is het grote blauwe meer met vissen zo groot dat we nooit meer honger zullen krijgen." Het blauwe meer met de grote vissen was alleen maar een verhaal. Van het gezin werd nooit meer iets vernomen.

De jonge man en vrouw werkten en droomden voort. Ze zagen zich boer en boerin worden op de hellingen van de Groene Kop, de mooiste en vruchtbaarste heuvel van de hele campo. Ze droomden van een veilig huis, een zwartbont beslag stamboekvee met gezonde kalveren en nog veel meer geluk.

En toen lag op een ochtend vroeg hun enige melkkoe dood ter aarde. De Friese stamboekkoe, die een paar herfsten geleden de ontberingen van een kolkende oceaan had doorstaan, was het slachtoffer geworden van een mysterieuze ontginningsziekte.

"Van wat er op de campo kan groeien, kunnen we best in leven blijven. Heb geduld." Het optimisme van de jonge boer kende geen grenzen. Van 's morgens vroeg tot 's avonds laat ploegden ze voort. De stokmagere os toonde zich even taai als boer en boerin.

Op een ochtend zei de jonge vrouw: "Ik geloof dat ik een kind krijg van toen je tot me inkwam. Je weet wel, toen we naakt waren, daar in de luwte van de Groene Kop."

"Ziezo," verzuchtte de boer, "nu krijgen we er misschien wel een flinke zoon bij die kan meehelpen. Of een mooi meisje dat best kan melken."

Af en toe keek de vrouw bewonderend naar haar zo hard werkende man. De hoop en verwachting dropen hem van de kop. Zijn doorzetten zou toch eens beloond worden.

Toen kwam de regen. Twee dagen achtereen viel het bij bakken uit de hemel. En nog geen week later lag er een groen waas over het omgeploegde land. "Luister, je kunt het gras horen groeien," riep de boer met opgewekte stem. De vrouw, die nu elk ogenblik het kind kon baren, zei: "En onze bonen staan er ook zo goed bij, en de maïsplanten komen me al tot boven de knieën, en de cipressen beloven ook heel wat. En kijk eens naar onze sinaasappelbomen!"

Het was een broeierige ochtend. Loom maar volhardend sleurde de oude os de ploeg door de roodbruine aarde van Paraná. Nat van het zweet sjorde de boer aan de ploegboom. Hij merkte niet eens dat er een schrikbarende wolk aan de horizon verscheen. Ineens zag de boer het verschijnsel en schreeuwde het uit: "Wat komt er nu over ons!"

De vrouw rende, zwanger als ze was, resoluut naar binnen en kwam even later terug met de wasketel. "Rammelen," gilde ze, "het zijn de sprinkhanen." Er kwam een groengrijze wolk aan zo groot als een onweersbui op een benauwde zomeravond.

Tot diep in de nacht probeerden de laatste pioniers van Consalvos junior het onheil van zich af te rammelen, maar het ongedierte liet zich niet tegenhouden. Toen er dan toch weer een nieuwe dag kwam, was de hele campo, inclusief de Groene Kop, tot de laatste spriet kaalgevreten. En zo waggelde een dag later de allerlaatste sjarrita de campo af. Op naar het blauwe meer met de grote vissen. Achter op de sjarrita hing slingerend een vormloos gebeukte wasketel.

"En toch komt het geluk iedere dag dichterbij," hoorde de vrouw haar man zachtjes vaststellen. Tegen de helling van de Groene Kop zakte de uitgemergelde os in elkaar. "En ik kan ook niet meer verder," zuchtte de vrouw, "het kind komt eraan."

"Terug!" riep de man opgewonden. En ze waggelden terug naar het eveneens vormloos gebeukte schuurtje met de hagelgaten in het dak. "Morgen zullen we met zijn drieën zijn."'

***

De fazendaverhalen op het erf van Dieuwertje Meijer hebben tot nu toe een open eind. Af en toe horen we de krekels, maar het is net alsof ze onder het vertellen zwijgen en meeluisteren. En dan komt er een heel ander verhaal; de allereersten en oudsten van de kolonies hadden er misschien nog iets van meegemaakt. Of het uit de eerste hand gehoord.

'Het was op een dag dat de hitte trillend boven de campo bleef hangen. De baanbrekers zagen uit naar een verkoelende avond, maar het werd een hele rare avond, de zon kroop terug in de westerkim die de kleur had van de zwartrode bonen van Paraná. De pinheirobomen begonnen op een over de kop gewaaide paraplu te lijken. Zelfs de kromgewerkte boer van de kleine fazenda Santo Antonio veranderde tegen dit angstaanjagende decor in een groteske gestalte.

Het was zijn vele jaren jongere, nogal struise boerin die de macabere beelden met ingehouden adem stond te aanschouwen. Ze dacht: het is me wel wat, dit wordt een ruige avond.

"We zouden weleens regen kunnen krijgen," sprak de boer.

"Dan zijn mijn gebeden verhoord," zei de boerin.

Het was januari, midden in de zomermaand van het zuiden, en de campo lag uitgestrekt te smeken om water. En wat deed de zwartrodebonenlucht? Die maakte weer plaats voor duizend sterren.

Het bleek niet de laatste vreemde avond op de kleine fazenda Santo Antonio. In de namiddag van een zinderende zomerdag begonnen de glooiende velden van kleur te verschieten, over het landschap hing een doodskleur.

"En nu komt er water!" sprak de boer. "Uitgerekend nu vanavond de boeren van Tronco naar ons toe komen om te vergaderen over de oprichting van een zuivelcoöperatie!"

In de vooravond stegen onder vreemde luchten kleine stofwolken op. Dat moesten ze zijn, de mannen van Tronco op hun bruine, witte en zwarte paarden. De boerin liep met ingehouden tred terug naar de met ruwe schroten betimmerde woonstal, het onderkomen waar ze samen met de kromgewerkte man en een paar koebeesten de vrieskoude julinachten doorbracht. Ze zette koffie, zulke sterke koffie, dat straks het lepeltje er bij wijze van spreken recht overeind in zou blijven staan. De nog jonge en sterke boerin genoot er nu eenmaal van als de mannen van Tronco haar koffie prezen als de beste van heel Paraná.

Een kwartier later stampten de eerste hoeven op het erf van Santo Antonio. De mannen lieten zich lenig van hun paard glijden. In één oogopslag nam de boerin waar dat ze leren lappen in het kruis hadden. Terwijl de oude boer van Santo Antonio zich uitsloofde met het drenken van de paarden, zag zijn vrouw hoe de kerels met de rug naar de fazenda gekeerd in de oneindigheid stonden te wateren.

Een van de mannen riep, terwijl hij nog piste en naar de luchten keek: "Het ongedierte bijt, de miereneters doen druk en de lucht is geelgroen, nou, dan krijg je regenwater!"

"Ik voel het aan mijn water," sprak de man naast hem met luide stem, "ik voel het aan mijn hele binnenste: de natuur brengt verruiming."

Weer een ander stelde voor de weersomslag vanavond met zijn allen maar eens goed te vieren. "Ik heb drie flessen cachaca aan mijn paardje hangen, die zullen we vanavond wel even soldaat maken!" De man liep het erf op, in de richting van de boerin. Hun ogen ontmoetten elkaar.

"Eerst vergaderen!" riep de kromgewerkte boer een beetje streng. "Het is vanavond een kwestie van wél een coöperatie of nooit en te nimmer een coöperatie."

De boerin van Santo Antonio stond nu in de deuropening van de gammele woonstal, de kerels kwamen haar kant op, trokken achteloos hun grote hoed van het hoofd, bogen voor de lage schuurdeur, maar misschien ook wel voor de boerin. In de loop legden ze hun pruim tabak op de onderstijl van het buitenkozijn van het kleine stalvenster. De boerin voelde de mannen stuk voor stuk passeren. Ze waren heel dichtbij.

In het gezelschap bevond zich een mooie, kaarsrechte campoboer. De boerin, die nog even in de lage schuurdeur was blijven staan, had ergens een hand gevoeld. En een fractie van een moment had ze een van de mannen in het voorbijgaan in de ogen gezien; grote, vragende, grijsblauwe ogen. Het was de boerin van Santo Antonio niet ontgaan welk van de rij bolletjes pruimtabak op het kozijn van deze gewiekste campoboer was, en ze vocht tegen de verzoeking dat pruimpje in de mond te nemen, te proeven, te ondergaan.

Even onopvallend en handig had de mooie campoboer zijn dubbelloopsgeweer aan de grote haak naast de deur gehangen, dezelfde haak waaraan een vorige eigenaar van de fazenda zich na een lange periode van droogte had opgehangen.

De mannen schikten zich aan de keukentafel. Vanuit de schemerhoek, waar de koffiekan al op de houtkachel stond te geuren, liet de boerin heimelijk haar ogen over de rij koppen gaan. En over de handen; ze hield van grote, droge mannenhanden, van beweeglijke handen waarop aderen kronkelend hun weg zochten naar behaarde polsen. Zulke handen had de man van de dubbelloops.

De boerin ontstak de laaghangende petroleumlamp. Ze kon nu waarnemen hoezeer de Paranese zon haar macht had laten gelden: het voorhoofd van de campoboer met de mooie handen was onder de prairiehoed blank gebleven.

De kromgewerkte gastheer voelde zich ietwat ongemakkelijk: op een vorige campovergadering had zijn vrouw al na het eerste kopje koffie, dat alom werd geprezen, direct een grote fles cachaca op tafel gezet. Met als gevolg dat in het holst van de nacht de laatste ruiters van Tronco pas na zes mislukte pogingen in het zadel konden komen.

"*Aonde nos levanos nosso leite?*" riep de boer. Ofte wel: "Aan wie leveren wij onze melk?" Met zijn Portugees hoopte de boer zijn gezag te laten gelden. Hij moest de boeren zover zien te krijgen dat ze melk aan de inmiddels al opgerichte zuivelcoöperatie van Carambeí gingen leveren. Samenwerking was zijn parool.

"We zetten zelf een coöperatie op," riep de een.

"Daar hebben we hier te weinig boeren voor," vond de ander. De kromgewerkte boer hoorde met weerzin het gekrakeel aan, de vrouw liet zich alleen maar meeslepen door de mooie orgelmuziek uit de mannenkelen.

En toen begon de natuur zich er pas goed mee te bemoeien: met bliksemschichten en aanzwellend gebulder. De om water en cachaca smekende campoboeren beheersten zich en vergaderden door.

"In Carambeí wordt het niks, daar zitten te veel koppige Friezen," riep iemand. "Welnee, het zijn daar juist de bazige Zuid-Hollanders die de zaak kunnen bederven. Hollanders denken het altijd beter te weten."

Het was nu bloedheet in de kleine kamer, het water droop als vergaderzweet van de ramen, de vrouw schroefde de petroleumbrander hoger, zette de deuren tegen elkaar open, trok aan de halszoom van haar lichte bloes zodat die wat rekte, luisterde naar het gebulder in de verte, zag flakkerende silhouetten. Het was alsof de muren bewogen.

"Ik heb goed geluisterd," zei de mooie man. Zijn stem klonk bedaard en zelfverzekerd. "In ons hart zijn we allemaal heel verstandig, dus onze melk gaat naar Carambeí!" Er viel een korte stilte. En de eerste drup regenwater sinds lange tijd viel.

"Dan hebben we nu besloten!" riep de boer van Santo Antonio. "Het is een goed besluit," viel de boerin haar kromgewerkte man bij. En daar was de fles cachaca. Buiten klonk het gerommel nu zachter. "Het onweer drijft over," sprak de mooie man terwijl zijn blik weer die van de boerin ontmoette. "Maar we kunnen ons nu eenmaal niet tegen de natuur verzetten."

De cachaca was voor de derde maal rondgegaan, de blikken van de mooie man en de boerin bleven steeds langer aan elkaar hangen, en tijdens zo'n heimelijk moment riep hij ineens: "Stilte! Ik hoor en ik voel paardenhoeven op de fazenda!"

Even later voelde de boerin, die weer in de deuropening stond, zijn lijf langs zich schuren. Tien tellen later stond het gehele gezelschap Troncoboeren in het aardedonker op het erf. De boerin voelde zich in de nabijheid van de mooie man. Ja, hij stond bijna tegen haar aan. Op dat moment voelde ze lauwe regendruppels in de opengetrokken bloes naar beneden drijven, en het was weldadig.

"Rijdt er een ruiter over de campo!" riep de kromgewerkte boer in zijn krakende Portugees. Zijn boerin hoopte dat de campo zou zwijgen als het graf, maar nu schemerden vlakbij de contouren van twee paarden. De duistere campo antwoordde: "Ja, wij komen van Jaguariauna, uit het noorden dus. We zijn de weg naar ons dorp Nao Me Toque bij Rio Grande do Sul kwijtgeraakt."

"Welkom op het erf van Santo Antonio," riep de boer statig. "Ik hoor aan uw Portugees dat u een Fries bent. Er is hier dus een bed voor u."

"Ik ben niet alleen," klonk het nu van heel dichtbij, "ik ben samen met mijn dochter van zestien."

Vader en dochter bleken samen op één paard te rijden, het tweede paard droeg op beide flanken een koffer. Even later stonden de koffers in het gangetje en zat de woonkamer nog voller dan zojuist. In het vale licht monsterden de mannen in één oogopslag het meisje; een dodelijk vermoeid, broos kind met holle ogen. Meer niet. De vader was klein van postuur en had kleine, kromme handen. Alles wat de man droeg was tot op de laatste draad versleten: zijn jaeger hemd vol gaten en zweetkringen, zijn oude schoenen die rood bestoft waren, zijn laatste tanden die als verroeste spijkers aan de bovenkaak kleefden. Dat alles was de nieuwe gast, en meer niet.

"Als ik het goed begrijp, waren jullie van het noorden onderweg naar jullie dorp in het zuiden," vatte de struise boerin de summiere informatie samen.

"Juist," sprak de kleine man vermoeid.

"Dan moeten jullie bijkant een week onderweg zijn!"

De jongste gast, de dochter van zestien, knikte.

"Ik zal jullie mijn verhaal vertellen," begon de man van Nao Me Toque. "Het is het verhaal van een gekastijde weduwnaar die ooit met vrouw en kinderen pionier was in Jaguariauna. Nadat daar ons zoontje Gerrit in de rivier verdronk, konden we het leven er niet meer aan. We trokken naar het koelere zuiden, naar de contreien van Rio Grande do Sul."

"Waarom ging je dan te paard terug naar Jaguariauna?" wilde de boerin van Santo Antonio weten.

"Achteraf bezien konden we onze Gerrit toch niet alleen laten, daar op het dodenakkertje van Jaguariauna. Mijn dochter en ik zijn hem gaan halen, Gerrit hoort bij ons te zijn in Nao Me Toque."

Behoedzaam en bijna onmerkbaar stapten even later de coöperatieboeren van Tronco met hoog opgetrokken knieën over de twee koffers naar buiten. Zo verdwenen de Troncoboeren zwijgend in het aardedonker van de campo. En daarmee had ook de kaarsrechte mooie man met de droge, mooi beaderde handen de fazenda verlaten.

De kromgewerkte boer en zijn jongere vrouw maakten een maaltijd en een slaapplaats klaar voor hun twee geradbraakte gasten. De hele nacht moest de boerin van Santo Antonio aan de andere kant van de gammele stalschutting het vermoeide ademhalen aanhoren van de gelouterde vader van Nao Me Toque, wat zoveel betekent als "raak me niet aan".'

***

In de vertelfazenda van Dieuwertje Meijer is de cachaca blended whisky en de pruimtabak een kostbare havanna geworden. Veel verhalen getuigen van een onverwoestbaar optimisme. Er wordt muziek gemaakt. Geen samba, maar klassieke noten. De vleugel van Dieuwertje Meijer wordt tot vlak voor de openslaande verandadeuren getrokken en de vroegere concertpianiste onderbreekt de vertellingen met een mazurka van Chopin. En na opnieuw een verhaal, hoe toepasselijk, met de *Wanderer-Fantasie* van Schubert.

Dieuwertjes verhalengezelschap bestaat voor het merendeel uit rentenier-boeren. Sommige van hen hebben handen als die van de mooie man in de boerenvergadering van Santo Antonio. Droge, door de deugd van hard werken getekende handen. Zoals die van de bejaarde Foppe Janszoon de Jong. Meer dan vijftig jaar geleden had hij, als boerenknechtje, zijn dorp Oppenhuizen bij Sneek verlaten.

Verder zijn er de grijs geworden zonen van de pionier-boer Bauke Dijkstra en Doutje de Jong, ook uit Oppenhuizen. Deze tweede generatie Dijkstra's had al niet zoveel eelt meer in de handpalmen, ze zijn geëvolueerd tot manager op boerenbedrijven met honderden hectares akkerbouw- en weiland. En dan zijn er de Greidanussen van Castrolanda, en de markante Goaitsen Jacobi van Carambeí, die merkwaardig genoeg de laatste tijd steeds vaker droomt van het Friese land dat hij als opgeschoten jongen moest verlaten. Omdat er in Friesland geen werk was en geen toekomst. Ook de jonge Jacob Zijlstra is er, een emigrant van de nieuwe lichting, die nooit hoefde helpen de campo te ontginnen en nu ademloos zit te luisteren.

De oudsten van het gezelschap zijn vlak voor of vlak na de oorlog op afgeladen veeboten uit Amsterdam en Rotterdam vertrokken. Voorgoed. Het was in de tijd dat Carambeí nog niet op de kaart stond. In het piepjonge koloniedorp was nog geen arts, waterleiding, elektriciteit, telefoon, krant of verharde weg. 'En voor ons jongens waren er veel te weinig meisjes en voor de meisjes waren er te weinig jongens,' zegt Foppe de Jong. 'Dus zodra er met de veeboten vol Fries stamboekvee ook wat potentieel jongvolk voet aan wal zette, hadden ze nog dezelfde dag vaste verkering. We zaten hier te springen om nieuw bloed.'

'Nóg zitten we te springen om vers bloed,' zegt een van de boeren. 'Als we een dynamische immigratiekolonie willen blijven moeten er meer Nederlandse boeren naar hier emigreren. Waarom komen ze niet? Hier is voor betrekkelijk weinig geld veel best land te koop.'

De laatste tonen van van Schuberts *Wanderer-Fantasie* sterven weg en onder een dunne schil Paranese maan vertelt Foppe de Jong verder. Eigenlijk is het geen vertellen, het is declameren. Alsof de oude boer het proza, opgetekend in zijn lijvige dagboek, uit zijn hoofd heeft geleerd. Hij heeft alles, maar dan ook alles opgeschreven. Opdat zijn kleinkinderen Christiano, Helena, Anderson Fabio, Pedro, Giulia Regina en al die anderen stuk voor stuk van zijn geschiedenis op de hoogte zullen raken.

'Jullie zullen weten wat voor man jullie grootvader was,' schrijft hij op pagina 1 van zijn honderden pagina's omvattende levensverhaal. Al het lief en leed, alle verlangens en teleurstellingen, geeft hij daarom prijs. Op pagina 33 staat, als een ietwat sombere voorbode, dat hij op het schoolplein al te vaak verloor met knikkeren. 'Dan vroeg ik mijn arme moeder, de weduwe Janke de Jong-Zandstra, om toch weer een Nederlandse centavo.' Later wordt duidelijk dat Foppe de Jong in de kolonie Carambeí op zakelijk terrein ook weleens verloor. Hij kwam niet alleen op voor zichzelf en zijn gezin, maar voor de hele dorpsgemeenschap.

Zo vertelt hij het aan zijn kleinkinderen: 'In het oude land was ik een boerenknechtje. Ik was een puber en zat vol gevoelens die ik maar niet kon thuisbrengen. Ik denk dat het allemaal te maken had met de liefde en de erotiek en het verlangen. Op een avond lag ik in mijn slaapkamertje bij boer Johannes de Jong op bed, ik was bezig volwassen te worden. Door een klein venstertje in het dak keek ik naar de sterren, en die sterren begonnen te beven, en het was alsof ik losgelaten werd in een oneindige ruimte. Ineens welde een alles verschroeiend verlangen in mij op, en toen begon ik te beven als de sterren. Vanaf dat moment voelde ik dat ik een man was die zijn dorp zou verlaten. Ik had in het oude land al geen vader meer, was half wees, en daardoor waren mijn kansen klein.

Zaterdag 13 november 1948 werd de dag van vertrek. Er stak een noordwester storm op, de eerste sneeuw viel, op het bovendek van de stoomboot van de Koninklijke Hollandsche Lloyd stonden zestig Friese stamboekkoeien. De stallen en vloeren bestonden uit zware in elkaar geschroefde balken. Alles was versterkt met vastgesjorde staaldraden. In mijn dromen zie ik soms weer de koeien met tegen de kou gekromde ruggen op het bovendek staan. Ze kauwden het hooi met lange tanden, alsof ze in de gaten hadden wat voor een verschrikkelijke reis hun te wachten stond. Had ik zelf trouwens wel door wat mijn voorland was?

Twee korte stoten klonken over de haven, twee sleepboten begonnen de trossen strak te trekken, sleepten ons richting zee, en toen was het alsof de wereld een rondje draaide: de mensen op de kaai stonden ineens aan de andere kant van het schip. Was het schip gekeerd? Ineens zag ik mijn moeder staan, de kleine weduwe die jarenlang moest rouwen omdat er in de familie altijd wel wat te rouwen was. Toch had ze op een zaterdagochtend haar haar gepermanent. Zomaar had ze krullen, mijn moeder, zomaar fietste ze naar het dorpje Hidaard waar de stoere melkrijder en kruidenier Yde Boschma woonde. Zij had een paar keer iets goeds gehoord over de vrijgezel, ze had hem een paar keer gezien, en toen waren ze op een verstandige manier verliefd op elkaar geworden. Niet te geloven dat zulke oude mensen zoiets nog kon overkomen. Maar beste kleinkinderen, ik ben nu al zoveel ouder dan mijn moeder toen, en ik heb geleerd dat niet alleen het onheil maar ook de liefde voor elkander je tot het eind toe kan verrijken.

Het was daar op het hoge bovendek een even mooi als droevig afscheid van mijn mem. Ik zag dat ze daar beneden op de kaai niet alleen stond te huilen, haar nieuwe wederhelft Yde Boschma huilde met haar mee. Toch wel gek, dacht ik, ik heb er op de valreep nog een vader bij gekregen. Had ik dát maar eerder geweten.

Het was alsof de natuur mijn besluit om te emigreren wilde afstraffen. Er stak een harde wind op. Intussen moesten de koeien gevoerd worden. Midden in de nacht kwam er een felle bui, de wind jammerde over het stoomschip en ineens was het alsof ik geen dek meer onder de voeten had. Na een eeuwigheid begon het een beetje licht te worden. Kokhalzend strompelde ik met emmers vol water naar de drachtige vaarzen op het bovendek. De zee kwam maar niet tot bedaren, ze zeiden dat er nu windkracht negen uit het noordwesten stond. De eerste zeeën spoelden van stuurboordzijde over het hele voor- en middendek. Het klaaglijk loeien van de beesten ging over in kreunend janken. Het schip kon niet langer de zuidelijke koers aanhouden en moest "bijgelegd" worden; dat is met de voorsteven schuin tegen de storm in. Om zo de hoge bergen water beter te kunnen pareren. Het voorschip dook af en toe trillend de diepte in terwijl ik me met de veeverzorgers op het achterschip ergens aan vastklampte. Eerst smeet de zee ons een meter of tien omhoog, daarna liet ze ons weer even ver de diepte in dalen. Van een stoere oceaanstomer veranderde het schip in een ondier dat tegen de ondergang vocht.

In de loop van de volgende dag nam de storm wat af en het schip wendde zijn steven weer naar het zuiden. Op dat moment gaf de kapitein opdracht om de eerste drachtige stamboekkoe een zeemansgraf te geven. Het beest had tijdens de storm een achterpoot gebroken.

Op de rede van Casablanca was het prachtig weer en kon ik voor het eerst gebruik maken van de wasgelegenheid met een soortement douche. De matrozen kleedden zich in mijn aanwezigheid helemaal naakt uit, en dat had ik ook maar te doen, zeiden ze. Nou, dat was me wel wat. Terug in mijn hut zag ik dat een van de matrozen intussen naaktfoto's van mooie vrouwen boven mijn bed had gespeld. Beste kleinkinderen, of ik het nu wilde of niet, of ik me er nu voor schaamde of niet, op die beestachtige reis van Rotterdam naar Rio werd iets in mij wakker. Misschien had ik de reis wel nodig om een echte man te worden. En zo kwam ik aan in de baai van Rio, in het land dat nooit helemaal van mij zou worden. Maar het zou wel het land zijn van jullie, mijn geliefde kleinkinderen.

Hier in Paraná noemen ze jullie opa niet Foppe, maar Fopao. Dat komt omdat hij groot van stuk is. Een van de zonen van Bauke Dijkstra – ook een Foppe – was een beetje kleiner en die noemen ze daarom Fopinho.'

Foppe de Jong lijkt zijn dagboekverhalen helemaal uit het hoofd te hebben geleerd, hij formuleert de zinnen zoals hij ze op schrift stelde.

***

De fazendaverhalen lijken onuitputtelijk. Pieter Haagsma, pas vijfenzeventig geworden, begint te verhalen van de jaren dat hij in Oppenhuizen boerenknechtje werd bij de oude Bauke Dijkstra. Toen zijn boer emigreerde, ging hij mee. Voor even of voor altijd? 'Ach, ik zou wel zien. Het waren harde tijden, de nieuwe kolonisten van Carambeí waren zo arm als de luizen, ze konden me goed te eten geven, maar er was geen geld om een behoorlijk loon uit te betalen. Toch bleef je. Er was zoiets als lotsverbondenheid.'

Piet bleef, want hij werd smoorverliefd op Juanita Los, die geboren en getogen was in Carambeí. Met hen samen ging het voortreffelijk, maar het viel voor Piet niet mee om van knecht zelfstandig boer te worden. Toen hij eindelijk een eigen bedrijf had, lukte het niet om boer te blijven. De zwaarste tegenslag die je maar kunt bedenken volgde: ze verloren hun dochtertje. Even waren alle moed en spankracht weg. Piet Haagsma nam, samen met Juanita, de stap om terug te gaan naar Nederland. Verdriet, een beetje heimwee, een beetje nieuwe hoop.

Het was in 1963, in hun ogen was Nederland intussen een onvoorstelbaar rijk land geworden. En al heeft geluk weinig met geld van doen, een geriefelijker natie leek er op de aardbodem niet te bestaan. In Friesland hoefde je maar een uur of acht per dag te werken, je kreeg als werknemer niet alleen zondags maar ook de hele zaterdag vrijaf, en als er geen geschikt werk voor je was, stuurden ze je een loon. Daarvan kon je dik eten. Met een beetje zuinigheid bleven er dan nog genoeg centen over om ieder jaar een nieuwe fiets te kunnen kopen. Bij Piet en Juanita kon er na een tijdje zelfs een auto af, want hij verdiende als brugwachter bij de Nederlandse Spoorwegen een best loon.

'Ik zat op de brug in het Deel tussen Akkrum en Heerenveen en genoot alle dagen van de kolossale ruimte en vrijheid. Daar, op die spoorbrug, had ik helemaal niet het gevoel dat Nederland klein en vol en benepen was.'

Het kon niet uitblijven: na een paar jaar Friesland kreeg Juanita heimwee naar Carambeí. Gelukkig was de wereld al een stuk kleiner geworden. En Neerlands economie groeide maar door. Piet en Juanita konden het zich na een paar jaar al veroorloven om af en toe een maandje in Carambeí te komen logeren. Zoals nu.

Piet Haagsma herinnert zich als de dag van gisteren zijn eerste zeereis van Oppenhuizen naar Rio de Janeiro. Februari 1947 was het, uitgerekend op de dag dat in Leeuwarden het Elfstedenbestuur de grimmige tocht van 8 februari aankondigde.

'We staken met onbarmhartig weer in zee. Met Bauke Dijkstra's veertig drachtige vaarzen plus de fokstier Mina's Adema 19. Niet alleen de vaarzen op het bovendek braken in die vliegende storm de poten, ook de tweede stuurman liep een gebroken poot op. De beesten werden uit hun lijden verlost door ze over de reling te zetten, maar die stuurman moest nog dagenlang liggen creperen van de pijn.'

Even valt er een stilte over de fazenda. Het lijkt wel alsof alle vertellers en toehoorders hun eigen vertrek uit het oude land overdenken.

'Ineens zie ik alles weer voor me,' hervat Piet Haagsma zijn verhaal. 'Die bitterkoude Friese ochtend van het vertrek.

"Er brandt al licht bij je ouweheer," hoorde ik iemand zeggen. De avond tevoren had ik al afscheid van mijn vader genomen, maar nu kon ik toch nog even gedag zeggen. Zoals de oude, door een bedrijfsongeval geschonden man, daar voor het allerlaatst voor me stond. Beiden voelden we dat we elkaar niet meer terug zouden zien.

Hij was met zijn werkkiel achter een drijfriem van de stoommachine in de zuivelfabriek blijven hangen. De drijfriem slingerde hem dwars door een vensterraam naar buiten. Alles wat kon breken was gebroken, maar taai en wilskrachtig als vader was zou hij zichzelf overeind houden. Toen hij zich na lange tijd weer enigszins kon voortbewegen, schafte hij zich een petroleumkar aan. En hij hield aan huis een klein winkeltje. Weer of geen weer, hij leurde scheefgegroeid langs de deuren, rekenend op de goedertierenheid van de mensen in Oppenhuizen en Uitwellingerga.

Hoe rijk werd dit doorzettingsvermogen beloond: de stakker moest al snel zijn vrouw naar het kerkhof brengen. Alleen zou hij het niet redden. Er kwam een huishoudster, maar met dat mens was geen land te bezeilen. Daarna kwam er een veel oudere vrouwelijke hulp, en dat ging beter.

Van deze vader moest ik dus bij nacht en ontij afscheid nemen. Voorgoed. "Piet," begon hij, "ik kan je niet ongelijk geven, maar ik wil je één ding vragen: schrijf mij een brief als het je goed gaat, kom terug als je het niet goed gaat. Als je dat wilt doen, heb ik er vrede mee dat je gaat." Ondanks alles was de man die mij hier gedag zei een tevreden mens. Of was het alleen maar berusting?

En toen kwam de rouwbrief die mij van zijn dood op de hoogte bracht. Het bericht had er een paar weken over gedaan om Carambeí te bereiken. Vader had zijn laatste rustplaats al gevonden. Een hele tijd heb ik met een ellendig gevoel rondgelopen. Als ik bij mijn vertrek ook maar enigszins had beseft wat me allemaal te wachten stond, was ik niet gegaan.

Goed, we waren na een slopende reis in Rio aangekomen. Met een uitgedunde kudde zwaar beproefde stamboekvaarzen. Weken bleven we met de beesten in de stad rondhangen, eerst in de haven, later in het voetbalstadion Parque Marcana. Het vee moest er in quarantaine en het leek wel alsof ze duizend ziekten hadden. We werden bedolven onder de papieren en misverstanden.

Eindelijk mochten we met de hele handel op de trein naar São Paulo. Snikhete dagen en bitterkoude nachten volgden. Tergend langzaam sleepte de locomotief ons over bergen en door dalen het binnenland van Brazilië in. Later kwamen we in een oerwoud tot stilstand. We moesten hout kappen voor de stoommachine. Soms verlichtten de vonken in elke flauwe bocht de nacht. Af en toe schoot een schroeiende vonk door de openstaande ramen de wagon binnen. De nachten duurden een eeuwigheid, want we bleven de zorg houden voor onze levende have. Af en toe stonden we om onverklaarbare reden uren stil, soms midden in een snikheet moeras waar we werden opgevreten door de muggen. De malaria brak uit. Maar het ergste kwam nog: we moesten aanzien hoe een van onze beste fokkoeien afkalfde en vervolgens haar kalf per ongeluk de buik opentrapte. De ingewanden hingen eruit. Weet je dat een kalf kan huilen als een kind in doodsangst?

Op elk flutstationnetje stopte de trein. Dan holden we samen met boer Bauke als een gek het perron op om emmers water voor het vee te halen. In recordtijd moesten we proberen zoveel mogelijk koeien water te geven. Maar telkens als we nog net niet klaar waren, reed die idioot van een machinist weer door. Zo ging het in die schokkende veewagon vol stront en ellende verder en verder. Intussen hadden we geprobeerd het lijf van het kalf dicht te naaien. Het lukte niet. Bij een volgend station heb ik een zware steen moeten zoeken om het beestje uit zijn lijden te verlossen.

Honger is een groot woord, maar met rammelende mannen- en koeienmagen zijn we in São Paulo aangekomen. Daar moesten we weer tijd stelen om het vee te drenken en te voeren. Ik zie nog hoe boer Bauke als een haas de stad in ging om eten voor ons te halen. Bij terugkomst bleek dat hij enkel eieren had kunnen kopen, een tas vol eieren. We hebben er de man tien naar binnen gewerkt.

Boer Bauke Dijkstra sprak nog geen woord Portugees, maar de man straalde zo'n verbazingwekkende overtuigingskracht uit dat hij alle problemen kon oplossen. Zelfs bestond hij het om, ver voor aankomst in Carambeí, een klein deel van zijn Friese stamboekvaarzen te verkopen tegen zo'n ongelooflijk hoge prijs, dat hij van de opbrengst meteen vijftig bunder land kon kopen. Dat gebeurde vlak na aankomst, begin juli 1947.

Bijna vijf maanden waren we met de levende have onderweg geweest van Oppenhuizen naar Carambeí. De eerste vaarzen kalfden tijdens de reis af, zodat de op zee en in de trein gestorven dieren enigszins werden gecompenseerd.'

***

De vertellingen lijken op te lossen in het aardedonker van de Paranese nacht en dreigen verloren verhalen te worden.

'Daarom moet het opgeschreven worden,' klinkt het in het duister. 'Het was in de Tweede Wereldoorlog en de Nederlandse regering-in-ballingschap wilde de Nederlandse jongemannen uit onze kolonies in de Prinses Irene Brigade zien te krijgen. We waren het koninkrijk immers trouw gebleven door niet Braziliaan te worden maar de Nederlandse nationaliteit aan te houden. Zo konden we mooi meevechten op de stranden van Normandië. De invasie, nou daar voelden de jongens hier in Carambeí niets voor. Waarom vechten voor het land dat emigratie naar Brazilië zo lichtzinnig had aangeprezen? Wat deed dat land nog voor de verre Nederlanders? Waarom je leven in de waagschaal stellen voor een land waarvan de koningin zelf was uitgeweken naar veiliger oorden? Waarom dit bevel van de Nederlandse consul kritiekloos opvolgen, terwijl diezelfde mijnheer er maar niet in slaagde reeds toegezegde landbouwkredieten en andere voorzieningen los te krijgen? Trouwens, was iedere flinke jongeman hier niet broodnodig om de kolonie levensvatbaarder te maken?

Jongemannen als Keimpe van der Meer en Henny Borger leken er echter niet onderuit te kunnen. Ze ontvingen een oproep voor de invasie. Keimpe was een immigrant uit de buurt van Franeker, Henny kwam met zijn ouders uit Nederlands-Indië naar Carambeí. Hoe kon de jonge gemeenschap zich nog verweren tegen het afstaan van deze zonen? Juist, een brief op poten schrijven aan de staatsman Pieter Sjoerds Gerbrandy in Londen. De Friese boerenzoon zou als geen ander begrijpen dat Keimpe als enige niet te vervangen onderwijzer in het koloniedorp onmisbaar was. En de ontheemde en vele malen verjaagde Henny Borger had toch zeker al genoeg doorgemaakt.

Op de brief volgde een botte afwijzing. De jongens van Carambeí stond niets anders te doen dan te vertrekken. Ze overleefden de invasie en zouden als bevrijders van het oude en verlaten Europa in Paraná welkom worden geheten.

Voor Henny sloeg bij thuiskomst het noodlot alsnog toe: in het aardedonker sprong hij op het ouderlijke erf van zijn paard en viel voorover in een onzichtbare kuil waarin smeulend houtskool voor de volgende dag werd bewaard. De gloeiende massa was voorzichtig afgedekt met een laagje aarde. Toen zijn verkoolde lijk de volgende ochtend vroeg werd gevonden, was het als de menselijke resten die hij uit de uitgebrande gevechtswagens in Normandië had zien hangen.'

***

Verhalen van de fazenda. Soms eindigen ze grotesk, soms alleen maar vrolijk. In 1959 vereerde prins Bernhard de Paranese kolonies met een bezoek. De erven hadden er nog nooit zo opgeruimd bij gelegen, de tuinen hadden nog nooit zo in bloei gestaan, de vrouwen waren nog nooit zo uitbundig gepermanent. De dag was daar, er kwam drank op tafel. En dure sigaren. Tot in de puntjes had het comité van ontvangst het protocol doorgenomen. Het sobere schijthuisje achter op het erf moest tot een koninklijk poeppaleisje worden omgetoverd, er werd zelfs een speciale goudkleurige wc-bril uit Curitiba gehaald. Maar toen de nood aan de man kwam, hoefde de prins alleen maar te pissen. Tegen de boeren waarmee hij juist zo gezellig aan het redeneren was, liet hij zich ontvallen: 'Wat zou ik toch graag, net als jullie, tegen dat hek daar staan pissen. Maar ja, zoiets is voor mij niet weggelegd.'

Er komt een eind aan de vertelavond, in het oosten gloort al een nieuwe dag, we moeten opbreken. Iemand rijdt me door de lauwe nanacht ergens naar toe, ik krijg een bed toegewezen, word niet veel later wakker gekraaid door de hanige haan van Paraná. Iemand op de fazenda blijkt me die nacht te hebben beloofd me naar de contreien van de Groene Kop te brengen. Ja, ik had gezegd dat ik zo graag de campo van Consalvos junior wilde zien en ruiken.

Maar eerst gaan we naar de kolonies Castrolanda en Arapoti, waar de landverhuizers uit het polderland ten slotte het optimisme hadden laten zegevieren over de dorre vlakten. We schuiven langs welvarende landbouwgebieden die uitgestrekter lijken dan alle nieuwe polders achter de zeedijken van het verre stamland bij elkaar.

Vrijwel niets uit de jonge en heftige geschiedenis van deze Paranees-Nederlandse nederzettingen is aan het papier toevertrouwd. Wel kwam ik met potlood getekende landkaartjes tegen. Kruisjes op vergeeld papier, een potloodtekening met kruisjes waarmee dood en ellende werden verbeeld. Het waren graven waarvan we maar een deel terugvinden.

In de ruim een halve eeuw oude kolonie Castrolanda zit ik in een bejaardenwoning recht tegenover een vrouw van over de negentig en ineens schiet het door me heen: dit kan niet anders dan het kind van Consalvos junior zijn; het meisje dat geboren werd nadat haar ouders in een waggelende sjarrita de aftocht waren begonnen.

'Ik heb geen jeugdherinneringen,' zegt de oude vrouw. 'Ik weet alleen dat mijn ouders van het dorp Rinsumageest kwamen. Daar waren ze zwaar gereformeerd en ze wilden ergens ver weg nog zuiverder leven. Wat ze me ervan hebben verteld dat ben ik goeddeels vergeten, want ik kreeg het zelf zo druk en zo zwaar. Dan luister je liever niet naar het zware verleden van anderen, dan heb je de handen vol aan jezelf.'

Ze is zo vergeetachtig, zeggen de buurvrouwen. Maar na een tijdje blijkt ze zich te herinneren dat ze zelf Griet heet, en dat haar man, ja dat was immers Brant Keegstra. Maar Brant moest al wie weet hoe lang dood zijn. Mijn god, hoe moeilijk het leven soms ook is, de tijd blijft snel gaan. Hoeveel kinderen ze kregen? Hoeveel er in leven zijn gebleven? Tja, daar vraag je me wat.

'In elk geval niet zoveel kinders als bij Eltje Loman! Eltje had hier bij de eerste vrouw zestien, en daar kwamen er uit zijn tweede vrouw nog eens acht bij. Dat zijn er vierentwintig. Waar het leven zwaar is, moet veel nieuw bloed komen. En een vrouw kan veel hebben. In een jonge kolonie zijn er nooit genoeg jonge mensen. Hoe meer jongvolk, des te groter de kans dat er genoeg overblijven en weer kunnen trouwen. Een kleine kolonie bloedt dood.'

Buurvrouw Tine Kiers is amper tachtig en heeft in de loop der jaren veel dingen opgeschreven. Over wie doodgingen in de kolonie, wie erbij kwamen, wie met wie trouwde en hoe het daarna reilde en zeilde. Ze noteerde hoe men elkaar hielp en tegenwerkte, ophemelde en verketterde. Want iedere nieuwe kolonie is per definitie een vechteconomie in tamelijk overzichtelijke vorm. Ja, Brant en Griet hadden een mooie huishouding, weet ze. Maar hun kinderen zijn deels weer uitgevlogen, zoals ooit Brant en Griet zelf ook zijn uitgevlogen. Sommigen zijn 'doorgeëmigreerd' naar Noord-Brazilië, Noord-Amerika, Canada en zelfs naar Nederland, dat zeer vol is en blijkbaar toch ook weer niet.

In voorzichtige bewoordingen maakt Tine Kiers duidelijk dat het gros van de emigrantengezinnen uit Nederland in Brazilië aankwam met een kind waar iets aan mankeerde. 'Had iemand in het gezin een lichamelijke of geestelijke handicap, dan kwam je Amerika, Canada, Australië of Nieuw-Zeeland niet in. Mensen "met een krasje" waren er niet gewenst. Op dat punt was Brazilië toeschietelijker. Nog zie ik voor me hoe indertijd het gezin van Feike Dijkstra uit Appelscha in Rio de Janeiro aan wal werd gezet. Eerst zweefden de koeien in houten kratten de kade op, daarna was vrouw Dijkstra aan beurt. Het mensje stond stijf van de reumatiek en kon ook alleen maar in dat houten krat aan wal worden gezet. Amerika is al wreed voordat je er goed en wel bent aangekomen, Brazilië is wreed nadat je er de eerste mislukte oogst voor je ziet. De vrouw van Feike, de stakker, ze is hier niet oud geworden. Ja, Brazilië is barmhartig en genadeloos tegelijk.'

Een kamer verder in het rijtje bejaardenwoningen stelt de oude weduwe De Jager met gemengde gevoelens vast dat steeds meer jonge boeren uit de kolonies Carambeí, Castrolanda en Arapoti dooremigreren naar Noord-Brazilië. Een aderlating. 'Ze verdwijnen ver weg, het is drie dagen en nachten rijden, dus die jongens zien we hier niet dikwijls meer terug. Zo gaat het in de wereld. Ik denk weleens: houdt het gezwalk dan nooit op? Baanbrekers, pioniers, verhuizers, ze zullen het altijd zwaar krijgen. Maar niemand zal het zwaarder krijgen te verduren dan de mensen hier in het begin van deze eeuw.'

Twee generaties geleden lagen de koloniedorpen Carambeí en Castrolanda twee ruiteruren uit elkaar, vandaag is de afstand met de auto in een stief halfuurtje te overbruggen. Boerin Wimmie Greidanus vangt me op in Castrolanda en rijdt me trots door de nieuwbouwwijken van het dorp. De aanblik komt vrijwel overeen met die in de bungalowwijken van Ameide, Akkrum en Ammerzoden, waar een ietwat bombastische architectuur de koortsuitslag vormt van de warme sanering van de boerenstand met duur melkquotum en peperdure hectares. Hier zijn het riante villa's, bewoond door vooruitstrevende rentenier-boeren. Zij zijn de zonen van de gelouterde pioniers uit het begin van de eeuw. Er zijn weer nieuwe zonen gekomen, en ze ploegen voort, bezitten een paar honderd melkkoeien en/of duizend hectare sojabonen. Sommigen in de bungalowbuurt hebben aan het blauwe meer met de grote vissen een tweede huis met eigen boot aan eigen steiger. Zo werd een mythe toch nog werkelijkheid.

We maken een stop bij een restaurantje dat wordt gedreven door een boerenzoon 'waarin geen boerenbloed zit'. Maar hij mag graag kokkerellen. Zulke boerenzonen bestaan ook, vandaar. We krijgen de voedzame Braziliaanse pot voorgezet: zwartrode bonen met vlees. Royalere brokken vlees dan in Wimmie Greidanus' Friese geboortedorp Lollum. Daar wist haar vader zich met moeite aan de klauwen van de crisis te ontworstelen.

Petrus Greidanus moest vluchten voor de Duitsers, stak op een nacht in een bootje de Lollumervaart over en verstopte zich onder een stapel takkenbossen. Zo zat hij daar in een hoek gedreven, de hardwerkende man met zijn christelijke en coöperatieve idealen. De honden van de Duitse razzia durfden de sprong over de Lollumervaart niet te maken, de Duitsers kregen Greidanus niet te pakken. Het werd vrede. Maar wat bracht die vrede nou?

De bij de Greidanussen inwonende oma kreeg zoveel last van astma dat het gezin maar beter met beppe naar de hoge zandgronden van Appelscha kon verhuizen. Met astma moet je niet vlak onder de dijk op de zeeklei zitten. Maar op de arme zandgronden bleek de armoe nog ondraaglijker te zijn dan op de klei. In de overlevingsstrijd die volgde viel het woord emigreren. Eerst heel zachtjes, want er was een zware hindernis te nemen: een van de kinderen, Piet, leed aan groeistoornissen en zou voor het geliefde Amerika of Canada grif worden afgekeurd. En aldus geschiedde.

Gelukkig was de Christelijke Boeren- en Tuindersbond (CBTB) er nog. Deze standsorganisatie probeerde de afgekeurden voor emigratie naar de Angelsaksische emigratielanden onder één noemer te brengen. Voor hen werd geprobeerd 'vrije groepsemigratie naar Paraná in Brazilië' te verwezenlijken. Dat lukte in nauwe samenwerking met de Christelijke Emigratie Centrale.

De zonen van Petrus Greidanus, Siebe en Teake, reisden het gezin als kwartiermakers vooruit naar Paraná. De verzwakte Piet moest namelijk eerst in Nederland een operatie ondergaan. In de bunkerplaats Las Palmas kregen beide broers te horen dat hun gehandicapte broertje de onschuldig lijkende operatie niet had overleefd.

Siebe en Teake zagen niet veel later een diep verslagen vader en moeder met de dochters Sijke en Wimmie in Rio de Janeiro de wal op komen. Sijke zou later met haar man Sent Gorter terug naar Nederland reizen. Voorgoed. Siebe, Teake en Wimmie legden, mede dankzij hun hard werkende en offergezinde ouders, de basis voor succesvolle carrières in Brazilië. In Siebe bleek een kiene zakenman te steken, in Teake een vooruitstrevende melkveehouder met honderden hectares land. Wimmie werd boerin en de trotse moeder van een paar flinke zonen. Samen met haar jongens runt ze een modern melkveebedrijf. Intussen heeft Wimmie wel het in de kolonies zeer ongebruikelijke besluit moeten nemen om van haar man te scheiden. Het ging niet langer.

'Ik ben in die moeilijke tijd heel begripvol door de dorpsbevolking opgevangen. Ach, het is zo: alles wat aan de ene kant van de oceaan gebeurt, gebeurt ook aan de andere kant. Het dorp is een wereld, de wereld is een dorp.'

***

Daar waar het asfalt van Castrolanda overgaat in onverharde paden, woont Douwe Groenwold. De rentenier-boer staat ons in de open deur op te wachten.

'Het was begin juli 1950 toen we op de plaats in de veenkoloniën alles ingepakt hadden. In onze zondagse kleren brachten we de laatste uren door, want we gingen ten slotte helemaal naar Zuid-Amerika. Het stoomschip Alioth zal op dat moment welhaast onder stoom hebben gelegen. En ineens zei moeder: "Ik moet toch nog even naar 't dorp voor een paar boodschappen."

Een uur later kwam iemand weifelend en met gebogen hoofd het erf op. Moeder was er niet meer, ze was doodgereden door een auto. Het was als in een bange droom, vader moest zich overeind houden door zich vast te klampen aan de schoorsteenmantel. Aan de lege schoorsteenmantel. Even later kwam de dominee en gezamenlijk werd de Almachtige te hulp geroepen. Er was een diepe stilte, een stilte die af en toe nog over me komt. "U staat nu in uw leven voor een uitermate belangrijke beslissing, Groenwold," zei dominee.

Vader is met zijn zes opgroeiende kinderen naar Rotterdam gereisd terwijl moeder dood boven de aarde stond. Het was reizen in een roes, het stoomschip kwam in beweging zonder dat we het merkten, we zaten op zee eer we het wisten. Nu zou de Alioth op volle kracht moeten gaan varen, maar het lukte niet, in het binnenste van de grote scheepsmotor brak een zware stang, het schip kreeg ernstige hartklachten, we moesten terug naar Hoek van Holland. Ik voelde hoe het schip deinend in een wijde boog keerde, en even was het alsof ik terugging naar mijn moeder.

De reparatie nam enkele dagen in beslag, vader kreeg de kans om nog even terug naar de veenkoloniën te worden gereden. Om de begrafenis van zijn vrouw mee te kunnen maken. Na de dag van de gebroken stang in de scheepsmotor heeft hij nooit meer een spoor van twijfel gehad aan het bestaan van een almachtige God. Hij zou hem ieder uur genadig blijven, ook hier. Hoe zwaar de man het later ook kreeg.'

Tusen 1947 en 1960 kwamen er in Castrolanda jaarlijks een aantal Drentse en Overijsselse gezinnen bij. Meestal gereformeerden met veel kinderen van wie de jongens in de meerderheid waren. Het werd, wat Castrolanda betreft, een gemeenschap met een ietwat Drentse mentaliteit: men hielp elkaar vanuit een vanzelfsprekende nabuurschap; men wantrouwde elkaar ook een beetje als een vanzelfsprekendheid. Vooral bij de nieuwkomers en de bewoners van de omliggende dorpen werd de kat uit de boom gekeken. Toch kon men niet buiten hen die wat verderop woonden en vreemder en anders waren. Hoe meer 'anderen', des te meer nieuw bloed.

'Neem nou Carambeí,' zegt Groenwold monter, 'daar zijn sommige boeren bij het wereldse en moderne af, maar ach, er zijn genoeg goeie bij. Sommige zijn erg vooruitstrevend en sturen aan op almaar grotere boerenbedrijven en samenwerkingsvormen. In de coöperatie jagen ze met de ene fusie achter de volgende aan. Je hebt daar ook veel Fries bloed zitten, nou dan weet je het wel. Friezen zitten graag in een bestuur en zijn vanouds gek op coöperaties, Groningers minder, maar die zijn meer zakelijk op eigen erf. Drenten bekijken liever rustig hoe het allemaal afloopt, maar als je ze in de beurs kijkt, vallen ze je als regel niet tegen. En Brazilianen? Die spelen hier ook een rol. En dan heb je luthersen, de Duitsers en doorgeëmigreerde repatrianten uit Nederlands-Indië. Die laatste vonden Nederland alleen maar te koud. Al die soorten vormen daar in Carambeí met elkaar toch een wat ander volk dan wij hier in Castrolanda zijn.'

Op de weg terug naar Carambeí staan de graansilo's en fabrieksgebouwen van de grote coöperatie te glinsteren in de middagzon. Het bedrijf begon met een dagaanvoer van een paar honderd liter melk en is nu een miljoenenbedrijf met meer dan drieduizend personeelsleden. Zo is een boerenstreek met nog geen twintig gezinnen in een paar generaties uitgegroeid tot een van de welvarendste plattelandsgebieden van Brazilië.

De landbouwcoöperatie Batavo is in Carambeí en wijde omgeving tot op zekere hoogte een staat in de staat, waarin de tweede en derde generatie Nederlandse immigranten de teugels strak in handen probeert te houden. Een gezamenlijk zakelijk avontuur als pijler onder het hele sociaal-economische, culturele en zelfs kerkelijke leven. Zelfs het nieuwe bejaardencentrum Eben Haëzer werd door de coöperatie voorgefinancierd.

Natuurlijk maakte ook hier de democratie met bijbehorende inspraak het besturen steeds ingewikkelder. Zo kostte het heel wat gekrakeel eer was besloten in welk dorp de nieuwe vestiging van de landbouwcoöperatie kwam. 'Wéér moest het zonodig Carambeí worden. Zo zie je maar, de duvel schijt ook altijd op de grote hoop.'

Het was een lange reis naar Consalvos junior. 'Hier is het,' zei de gids. 'Ze hebben de kolonie een andere naam gegeven, we noemen het nu Irati.'

Consalvos junior heeft de bijklank van de ontberingen en de dood gekregen. Enigszins bezwaard betreed ik het vrouwenkerkhof van Irati. Ik zie door tijd en verschroeiende zon aangetaste grafzerken. Hier liggen de in de kraamkoorts gebleven moeders en hun aan tyfus, malaria en andere ontginningsziekten gestorven kinderen. En boven al deze tot stof teruggekeerde hoop en ellende bloeien de blauwe hortensia's en rode bougainvillea's als nooit tevoren.

Auke Baukeszoon Dijkstra, rentenierveefokker op een riante fazenda in Carambeí, rijdt me door een doodstille zondagochtend vol bergen en dalen naar de contreien in de buurt van Curitiba. Bedaard en bedaagd chaufferend verhaalt hij over zijn jeugdjaren op de waterlandse boerderij aan de Leijenspoel bij Oppenhuizen. Een crisis, een dwaze oorlog, een voor hem hectische bevrijding, een verwarrende vrede. En dan naar de Rijkslandbouwwinterschool in Sneek, waar de dichter en leraar Douwe Tamminga de boerenzonen heemkunde onderwees, hen liet zingen uit het *Frysk Lieteboek* en hun leerde dat er ook nog zoiets als sociaal-democratie bestond.

'We waren van die echte polderjongens, maar zongen samen met onze grote Friese dichter de pannen van het dak.'

Een jaar of vijftig later reed Auke Dijkstra als excursieleider met een bus vol Braziliaanse boeren over de Afsluitdijk richting Friesland. Kostelijk juniweer. Wijde verten, Kornwerderzand doemde op. 'Ik ontwaarde voorbij Breezand de toppen van torentjes en boomkruinen, zag hoe het land worstelde om boven te blijven, zichzelf boven de zeedijk probeerde uit te tillen, het was alsof mijn hele heiteland me van vreugde tegemoet reisde. Met een briefje in de hand zat ik op de stoel van de gids naast de chauffeur en moest schreien.

Ik was van plan geweest een in het Portugees vertaald gedicht van mijn grote poëten Douwe Tamminga en Obe Postma voor te dragen, ik zou ze trots verhalen over mijn land, maar een levenslang onderdrukte *tristesa* – de heimwee op zijn Portugees – stak de kop op. Iedereen in de bus begreep het; al die Portugezen hadden consideratie, want ze konden zelf zien hoe in dat wonderbaarlijke juniweer de torens en boomkruinen zichzelf boven het land en de dijken uit tilden.'

Auke Dijkstra rijdt al vertellend de auto op een brede bermstrook, stopt en maakt zijn bril schoon. Diep voor ons strekt zich een enorme vallei uit in grijze en groene vlakken. Zilveren draden lopen van het ene dorpje naar het andere. Kan men van twee oorden tegelijk houden, zoals sommigen hartstochtelijk twee vrouwen liefhebben? Hoe polygaam is de landverhuizer?

Auke Dijkstra: 'Er was eens vers bloed onderweg van Rio naar onze kolonie. Een jonge gereformeerde boer en boerin met een grote kudde kinderen. Nou, dat was goed nieuws. Ze hadden een lange, slopende reis over zee en land achter de rug. De eerste aanblik van het nieuwe land viel de boerin bitter tegen. En toen sprak ze de oudtestamentische woorden van de koningin van Seba: "Maar ik heb het niet willen geloven voordat ik zelf gekomen ben en het met eigen ogen heb aanschouwd. En werkelijk: de helft was mij niet aangezegd." Dat zei ze.'

We stappen uit, laten ons opzuigen in een heuvellandschap. En het is alsof je aan het licht kunt merken dat het zondagochtend is. Auke Dijkstra blijkt me een streek te hebben geleverd, heeft me naar de contreien van het Paranese dorp Witmarsum geloodst, naar de mennonieten. 'Ik vond dat je zo'n kerkdienst niet mocht missen. We zullen er zeer welkom zijn, ik ken die boeren daar, leverde hun goedsoortige fokstieren. Het zijn ook hele goedsoortige mensen.'

'Ik heb het niet willen geloven,' zeg ik bij het instappen. 'En de helft was mij niet aangezegd.'

Een wegwijzer met de naam van de hoofdplaats van de Friese gemeente Wonseradeel: Witmarsum. Geboorteplaats van de vader der menisten, Menno Simonsz. Een boerenstreek met eenvoudige woonhuizen, schuren en stallen. Een witte kerk, minder bescheiden van architectuur dan de sobere, weggedrukte vermaningskerkjes in het Friese. Een kleine honderd auto's wachtend op het grind van een keurig opgeruimd parkeerterrein. Kerkvolk in zomerjurk, in witte zijden bloes, volle vrouwenarmen. Mannen in lichte zomerkledij, pezige, door de zon geteisterde armen. En ook een paar oudvaders in donkere streepjespakken die zonder twijfel al eens uit zuinigheid binnenstebuiten waren gekeerd. De ruggen van het colbert zijn toch al weer glad aan het worden van de vele zware preken.

In het voorportaal van de kerk staan gezaghebbende mannen en vrouwen met ingehouden trots naar hun kleinkinderen te kijken. Het is net geen glunderen. Blonde jeugd met violen en gitaren, bedeesder dan de jeugd van het Friese Witmarsum, waar Menno's geest alleen nog in harde monumentensteen gesymboliseerd lijkt te zijn.

Onder begeleiding van de jeugd zingen we 'Die Geist ist der erste Anteil des Erbes' uit het *Gesangbuch der Evangelischen Freikirchen.* In de stokoude, verweerde mannennek vlak voor me lees ik de bizarre geschiedenis van de menistenvervolging. Zijn voorgeslacht werd ooit het oosten in gedreven. Verder en verder trokken ze, naar de Oekraïne. En toen ook daar geen vrijheid van geloof bleek, zwalkten ze nog verder, tot ver voorbij de Oeral. Sommige gezinnen slaagden erin om bij veertig graden vorst de Chinese grens over te komen. Te paard en te voet, verder en verder zwalkend, op zoek naar een zee met een haven en een schip waarop ze konden ontsnappen.

Na de kerkdienst komen de verhalen los. 'Het was in de nazomer van 1929 en we verkeerden met een paar duizend menisten al wekenlang in Moskou. Bitterkoud. Wachten op uitreispapieren. De helletocht ging terug door contreien waaruit we ooit waren weggevlucht. Als we eerst maar in Bremerhaven waren. Maar weet je, wachten in onvrijheid is nog zwaarder dan reizen.'

De man met de verweerde nek herinnerde zich dat in Moskou een gewapende bolsjewiek voor zijn vader ging staan. 'Hij wilde weten wie de voorman van ons mennonieten was. "Das ist unser Herr Gott. Kein anderer!" zei vader. In welk land zouden we echt vrij zijn? In Bremerhaven voeren veel stoombootmaatschappijen op Noord- en Zuid-Amerika. Vrijwel iedereen in de groep had wel een ziekte onder de leden. Sommige geluksvogels kwamen nog door de medische keuring en konden op voorspraak van familie naar Pennsylvania in Amerika reizen. Maar voor het gros brak opnieuw een tijd aan van wachten en ontberen.

Er bestond in die dagen maar één land waarvoor je niet medisch hoefde te worden gekeurd: Paraguay, de natie die ons mennonieten met een regeringsverklaring onvoorwaardelijk vrijheid van geloof beloofde. Uit solidariteit met de gebrekkigen hebben toen ook veel gezonden de boot naar Zuid-Amerika genomen.

In Paraguay gaven we onze nieuwe kolonie de naam Friesland. De hele exodus, de totale operatie, werd door de groep zelf georganiseerd op basis van onderlinge solidariteit. Ieder gezin mocht een paar ossen, twee koeien, twaalf kippen en een haan inbrengen; net genoeg om de dorpsgemeenschap leven in te blazen.

Intussen liggen mijn ouders te Friesland in Paraguay begraven. Zelf ben ik met een groep jonge boeren naar hier gekomen, omdat het er zo vruchtbaar is. We moeten wel voortpionieren, om zo overal onze Herr Gott te kunnen dienen.'

Het kerkvolk van Witmarsum-Paraná lijkt in de stilte van de late zondagochtend te verdampen, ineens is er geen mens meer te zien. Verderop, in de buurt van de stad Curitiba, trekt een grommende tractor een landbouwmachine door de sojavelden. Een variant op een boektitel flitst door mijn gedachten: hoe God verdween uit Juiz de Fora, uit de vruchtbaar en welvarend gemaakte velden van Paraná.

De cicade

WILHELMINA MEIJER, SPRINGVALE, AUSTRALIË

'In Springvale ging het goed.' Dat weet Wilhelmina Meijer-Dingemans in het Australische bejaardenhuis nog best. 'Springvale, dat was geen slechte tijd. Hamke en ik hadden het naar de zin. In de delicatessenzaak ontmoette ik allerhande mensen, en Ham ging helemaal op in zijn werk. Hij zat in de huizenbouw. 's Avonds zaten we aan tafel elkaar de verhalen van de dag te vertellen. Die man van me had zogezeid maar één gebrek: als timmerman kon hij de degelijkheid niet afleren. Op de Hollandse Club waarschuwden ze hem vaak genoeg: "Als je zo oerdegelijk huizen blijft bouwen, ga je naar de sodemieter. In Australië mag het allemaal best wat lichter." Maar Hamke bleef oerdegelijk.'

De weduwe van Hamke Meijer zat vanmorgen bij de kapper. Haar naar blauwgrijs neigende haarspoeling kleurt goed bij haar donkerblauwe ogen; nu ze eindelijk weer eens glimlacht, is ze een innemende dame van tachtig. Nee, ze wenst niet in de zaal mee te eten nu de gelegenheid zich voordoet dat ze aan iemand kwijt kan wat haar al zo lang hoog zit. En ze kan nog in haar moedertaal spreken ook.

'Sommige mensen hier benijden me omdat ik geen kinderen, en dus ook geen kleinkinderen heb. Ze zijn niet zozeer jaloers op mijn kinderloosheid als zodanig, nee ze zeggen: "Willemientje, wij kunnen moeilijk teruggaan vanwege onze kinderen en kleinkinderen hier, maar bij jou ligt dat makkelijker."

Ham werd op het laatst ziek en kinds, kon of wilde niet meer eten. Overal moest ik hem bij helpen en daardoor raakte ik het spoor ook bijster. Dat ging niet over toen Ham er niet meer was. Nooit was ik hier met mijn volle hart geweest, dus ging ik terug naar Nederland. Maar vier maanden later zat ik hier alweer in Springvale. De beide zusters van me in Breda waren zo anders geworden, het was zo kil en oneigen. In Gennep was ook alles vreemd voor me geworden. En in Bozum, waar Hamke had gewoond? Daar had niemand ooit van me gehoord, het was daar zo koud als wat.

Die terugreis naar Australië, waar ik ook niet thuis was, dat was nog eens een desillusie. In het vliegtuig moest ik steeds huilen, en toen heb ik halverwege dus die zenuwinstorting gekregen. Bewusteloos en al. Hier zeiden ze een paar dagen later al dat ik maar het beste naar een bejaardenhuis kon. Avondrust was net geopend. Het nieuwste en mooiste bejaardencentrum van heel Victoria.

Tegen mijn zin zijn hier een neef en nicht mijn mooie huis gaan verkopen. De opbrengst kwam, denk ik, terecht in de begroting van Avondrust. Nu krijg ik om de veertien dagen drieënvijftig dollar zakgeld. Goed, daar kan ik in ieder geval wat drop en de *Margriet* van kopen. En ik kan ervan naar de kapper.

Dat we geen kinderen hebben gekregen, dat is Gods straf. Daar ben ik zeker van. Want in het begin wilde ik ze niet, wilde ik geeneens trouwen. Ik wilde minder armoe dan pa en ma. Het leven was trouwens zonder kinderen al zwaar genoeg. Later, toen Hamke en ik in een mooi huis woonden, wilden we graag kinderen. O, we hebben het zo geprobeerd.

Thuis in de Visserstraat in Breda waren we met zes zusters en die hebben vanaf hun twaalfde stuk voor stuk de handen uit de mouwen gestoken. Vader was handvormer in de ijzergieterij, kreeg al in 1930 ontslag en liep negen jaar lang in de steun. Op vaste tijden sjokte hij naar het stempelkantoortje, want zonder stempel kreeg je de crisisuitkering niet. Met een gaatje in het koperen plaatje aan de fiets hoefde hij geen fietsbelasting te betalen, maar alleen al voor dat plaatje schaamde hij zich. Dus lopend naar het stempelkantoortje.

Wij dochters droegen vrijwel ons hele loon thuis af en zo hoefden we geen honger te lijen, zo konden we tenminste in alle eer en deugd opgroeien. Zolang je niet getrouwd was, bleef je thuis wonen. En al mochten we er stuk voor stuk wezen, we liepen niet zomaar met iedere jongen mee. Het was in die tijd dat ik mezelf heb beloofd zelfstandig te worden, met een eigen inkomen. Nou, daar begon het op te lijken, want ik kon in de Brabantse Tricotagefabriek een goed loon verdienen.

Het werd oorlog en de joodse eigenaarsfamilie Roos van de Tricotagefabriek was te goed van vertrouwen. Ze werden opgepakt en zouden nooit weer terugkomen. Toen ik op 27 november 1944 mijn zevenentwintigste verjaardag vierde, wist ik niet beter dan dat ik nooit zou trouwen. Een jaar later trof ik op de Gennepse kermis Hamke Meijer, die als timmerman voor de wederopbouw in het zuiden uit Bozum in Friesland was komen overwaaien. Ham lag een paar straten verderop in de kost. Een blozende, wat stille jongen, anderhalf jaar jonger dan ik, sprak me bij de kennismaking heel formeel aan, vroeg me een week later mee naar de bioscoop. Heel voorkomend, echt. Hij bracht me desgevraagd naar mijn kosthuis, maar verder dan de voordeur kwam hij niet.

Ach, eigenlijk was er geen sprake van echte verkering. Maar Hamke bleef komen. Over zijn afkomst sprak hij liever niet. Hij had geen ouders meer en daarmee wenste hij niet zoiets als medelijden op te wekken. Een van mijn zussen zei: "Die jongen houdt niet echt van je, hij ziet in jou alleen maar een soortement moeder." Praat van niks. Zoals hij was had hij allang geen moeder meer nodig. Zijn familie, zijn Friesland en het Fries: het zei hem niets.

Op een zaterdagmiddag vroeg hij me bijna achteloos een knoop aan zijn overjas te naaien. Toen ik er 's avonds mee klaar was en we even oog in oog stonden, voelde ik ineens dat ik vreselijk verliefd op hem was. Zo'n gevoel kan op hetzelfde moment wederzijds zijn, want later die avond vroeg hij of ik zijn vrouw wilde worden. Ja, zo vroeg hij het. Dan valt het woord "ja".

Het zal in 1950 zijn geweest, we waren getrouwd, en Ham begon voorzichtigjes over emigreren. Dat nooit, dacht ik. En toch sprak dat ongebondene en vrije, dat verlangen naar een betere wereld, me blijkbaar ook aan. Ik heb me onvoldoende tegen de plannen verzet. Achteraf bezien hadden we er beiden geen notie van waar Australië lag. Hadden we maar geweten hoe ver het was en hoe anders.

Het was in de nazomer van 1952, Hamke en ik liepen in Amsterdam de loopplank van passagiersschip Fair Sea op. Halverwege werden we stevig door een matroos aangesproken. "Wat heb u God vergeef me aan uw kleischepen hangen!" Geschrokken bleven we staan, Hamke keek schuldbewust naar zijn nieuwe schoenen. "Jawel," voer de matroos uit, "u heeft het godganse vaderland aan uw poten hangen." Inderdaad, er zat een dikke klodder half opgedroogde blauwgrijze modder aan Hamkes linkerschoen. Waarschijnlijk modder uit Bozum; tegen wil en dank had hij toch nog afscheid van dat dorp genomen. Hij maakte zijn schoen schoon en op dat moment heb ik iets heel vreemds gedaan: ik stopte wat aardkruimels van Hamkes schoen in mijn mantelzak en heb die mee naar Australië genomen. Het zou weleens kunnen zijn dat dit het teken was dat we niet los konden komen van Nederland.

Vanaf ons eerste verblijf in opvangkamp Bonegilla zijn we hard gaan aanpakken. Eerst dus maar geen kinderen, eerst maar sparen voor een eigen huis. Ham in de woningbouw, ik in de delicatessenzaak. Later konden we nog beter werk krijgen en verhuisden naar Albury. Ham tekende woonhuizen voor particulieren en de gemeente, maar hij was dus te perfectionistisch en te degelijk. Zodoende boerden we niet snel vooruit.

Daar in Albury werd mijn heimwee alleen maar erger. "Als er kinderen komen, gaat het over," zeiden al onze kennissen. Het ging niet, en daarmee werd de heimwee nog erger.

Toen Hamke prostaatkanker had, was hij geestelijk nog wel goed, maar na de operaties werd hij zo verward en neerslachtig. Nooit boos hoor, altijd lief en voorkomend, maar hij moest er 's nachts steeds vaker uit en dat kon ik niet aan. Later zei hij steeds dat hij naar huis wou, en dan dacht ik: waar in godsnaam zou je dan naar toe moeten, jongen. Toen hij kinds werd, begon hij steeds vaker naar zijn moeder te vragen. Op 't laatst dacht hij dat ik zijn moeder was. En hij sprak alleen nog maar Fries. Wanneer ik hem hielp met plassen, zei hij steeds: "Mem, wat is 't wat."

Op een nacht toen het zo warm bleef dat de airco aan stond, kwam er een cicade, zo'n grote boomkrekel, door het open raam de slaapkamer binnen. Ineens begon het beest vlakbij te snerpen. Als een kind dat in paniek raakt, trok hij het laken over zich heen. Het was op dat moment dat ik dacht: ja mijn lieve jongen, je hebt hier hetzelfde als ik. Je hebt een hekel aan de geluiden van dit land, je bent net als ik eigenlijk een beetje bang van Australië geworden.'

Breakfast for champions

JOHN REITSMA, JEROME (IDAHO), NOORD-AMERIKA

'Het is hier even gekkenhuis,' zegt boer John Reitsma. 'Let niet op de chaos.' Filmsterren en cameramensen lopen het grote woonhuis van hem en zijn Ierse vrouw Susan bijna onder de voet. Een filmmaatschappij heeft voor een tijdje hun *farmershouse* afgehuurd. 'Kijk, dat levert dollars op, maar in dit geval gaat het mij niet om de centen. Het is voor een boer en koopman als ik leerzaam te zien hoe zeer kunstzinnige mensen bezig zijn. Film maken is op topsnelheid organiseren met grote creativiteit. En tegelijk is het big business.

Zo beleef ik dezer dagen een spoedcursus topmanagement. Vier dagen lang zetten ze hier de boel op stelten. Een regisseur, dat is een soort dictator die probeert het leven naar zijn hand te zetten zoals hij het leven ziet. Hij bestiert assistenten, cameramensen, licht- en geluidsmannen, schminkers, costumiers, floormanagers en hoe dat volk ook mag heten. En natuurlijk zijn er de figuranten. Weet je, de meeste mensen zijn figuranten.'

En waarom komt dat filmcircus uitgerekend naar het farmershouse van John en Susan Reitsma? Waarschijnlijk omdat er in heel Amerika geen mooiere plek is te vinden. Vanuit het boerenhuis is het uitzicht surrealistisch als een schilderij van Salvador Dalí. Van een afstand is de boerderij groot terwijl hij toch opgaat in het indrukwekkende canyonlandschap van Idaho.

De Snake River wringt zich onder een staalblauwe lucht tussen driehonderd meter hoge rotswanden door. Een zilveren kronkelslang, die verderop in het bruinrode gebergte in het niets oplost. De zon zal zo meteen wegkruipen in verre rotsformaties. Op de filmset stijgt de spanning, zo meteen is het wonder van de zonsondergang te vereeuwigen. 'What a shot!' kreunt even later de cameraman.

In de keuken van de villa, waar een ontbijt is opgediend om gefilmd te worden, staat een stel artistiekelingen naar het bizarre natuurverschijnsel van de zonsondergang te kijken. Wanneer het moment daar is, wordt er over de kleuren van de dag een paarsachtig gordijn uitgespreid. En dan valt in Jerome (Idaho) de avond.

De boer loopt door de paarse avond. Vaag zijn nog contouren van een betonweg te onderscheiden. Boven de onafzienbare rijen herkauwende zwartbonte koeien is geen dak.

'Jazeker, een open stal,' mompelt John Reitsma, 'dat kan hier.' Verderop naderen felle koplampen. Het blijken die van de veevoertrucks te zijn. Ze rijden af en aan.

'De film heeft als werktitel *Breakfast for champions*. Heel toepasselijk, want als mijn koeien worden gevoerd, is dat ook "breakfast for champions". De beesten zijn mijn kampioenen. Zesduizend koeien worden hier gemolken. Driemaal daags. Dat betekent dat ik als boer per etmaal achttienduizend keer een koe bij de uier pak. Nou ja, melken doe ik niet zelf, jammer genoeg niet, dat is het werk van de melkers. Ikzelf ben gedoemd het management te voeren.

John Reitsma's lach klink door de doodstille avond. 'De ouderwetse boeren in Nederland zullen het niet kunnen bevatten: een boer met zoveel melkkoeien. Nog geen twee generaties geleden moest je in Nederland mijnheer zeggen tegen een veefokker met vijftig beesten. Wat is er van zijn status over? De sanering en schaalvergroting in de landbouw gaat in ijltempo door. Op alle continenten. Ik hoor dat er in Friesland al een melkveehouder is met zeshonderd zwartbonten. Over een paar jaar melk ik hier misschien achtduizend. Daarmee zal ik echt niet de grootste zijn. Nu al zijn er in de States boeren met meer dan tienduizend. En dan heb ik het niet over mestvee, want in die sector heb je bedrijven met tienduizenden.

Ja, die vraag had ik van je verwacht. Of het met die open stal 's winters niet te koud voor de beesten wordt. Well, het vriest af en toe een graad of vijftien. Is het stil en droog winterweer, dan maakt dat niet veel uit, maar raast er een blizzard over de prairie, dan krijgen de koeien het even moeilijk. Een paar ijskoude dagen kost je liters en dollars. Toch kun je nog altijd beter buitenboer zijn in dit klimaat dan in Texas. Is het daar in het zuiden niet te benauwd, dan wel te nat of te droog. In Texas komen de sprinkhanen, wormen en andere plagen er nog bij.'

Toch begrijpt John Reitsma wel waarom er de laatste jaren zoveel

Nederlandse melkveeboeren naar Texas zijn geëmigreerd. Opnieuw dringt zijn lach door tot diep in de canyons. 'In Texas hebben de boeren reden tot klagen. En zonder te klagen gaat een boer binnen vier weken dood.'

Dan probeert hij serieus uit te leggen waarom Texas zo in de belangstelling van melkveehouders kwam te staan. Als voortrekkers kwamen er een paar slimme Friese en Groninger boeren over. Voor een habbekrats kochten ze in Texas de wereld aan land, maakten er geschikte kavels van en adverteerden ermee in de Nederlandse landbouwbladen. De agrarische specialisten van de Nederlandse accountantbureaus wilden wel bemiddelen. Voordat een boer is geëmigreerd, is er al heel wat aan hem verdiend.

'Well, de Nederlandse veehouders, zwaar op de huid gezeten door de modieuze milieupolitiek, wisten misschien wel geen raad met hun miljoenen aan quotumgeld. Tegelijk werd het weiland er peperduur. Een geschikte hectare landbouwgrond kost in Nederland zo rond de eeuwwisseling honderdduizend gulden. Van zoveel geld kun je heel wat Texaanse hectares krijgen! Ten slotte raakte het in zwang: emigreren naar Texas. Intussen emigreerden ook veel geïmmigreerde boeren uit Californië door naar Texas. Omdat ook Californië vol wordt en op het gebied van milieu en ruimte tegen zijn grenzen aan loopt.'

Een openluchtstal in Idaho zo groot als van het Friese Wirdum tot aan Swichem. John Reitsma: 'In Nederland willen de boeren best groter, misschien móéten ze wel groter, maar de ruimte is op.' Niettemin vindt John Reitsma dat de boeren er op de drempel van de eenentwintigste eeuw niet weloverwogen en verstandig emigreren.

'Men emigreert achter elkaar aan. Het is zo gauw een hype. Voor de kleine en grote volksverhuizingen zijn de hoofdmotieven wel bekend, maar het meest idiote motief is dat de een gaat omdat de ander ook gaat. Ik bedoel: als je met tien boeren op een kluit woont en drie stouwen de containers vol, dan worden de resterende zeven ook onrustig.'

Hoe verging het hier de emigranten in de negentiende eeuw? In de jaren vijftig en tachtig van de vorige eeuw kwamen in het zuiden van Idaho honderden Nederlandse gezinnen aan. 'Arme moeders, arme kinderen. Eerst hingen ze wekenlang kotsend over de reling, vervolgens hobbelden ze dagen-, misschien wel wekenlang richting Midwest. Als ze geluk hadden, konden ze door verre verwanten worden opgevangen.

Ook in Sun Valley, hier verderop, kwam zo'n groepje mensen aan. Het was in het voorjaar, en ze noemden hun nederzetting New Amsterdam. Drooghuizen was een betere benaming geweest, want het is daar zo droog als de cholera.

In de rouwadvertenties van de plaatselijke kranten hier lees ik af en toe de oude Hollandse namen. Dan zie ik hun voorvaders en -moeders de sprong in het duister maken. Wat hebben die mensen moeten lijden. En moeten aanvaarden. Dat kunnen wij verwende creaturen van de nieuwe tijd niet meer. Nederlanders emigreren vandaag meestal uit weelde en komen zodoende ook nog in de weelde terecht. En wie dan de weelde niet kan vasthouden, neemt de jumbojet terug naar huis. Terug naar het beste land van de aarde, waar je altijd op een of andere manier wordt opgevangen.'

Jan Dirkszoon Reitsma voelde op de ouderlijke boerderij in het Friese Wirdum een gevoel van onrust over zich komen. 'Het was alsof ik in een knellende band gevangenzat. Geen houwen an, 'k wilde weg. Van Noord-Canada trok ik diep Californië in, dwaalde daarna rond in Texas, verdiende klauwen vol geld, vergokte tussen de bedrijven door ook wel het een en ander in Las Vegas, want geld is alles en geld is niets. Blijkbaar verloor ik langzamerhand mijn wilde haren, ontmoette Susan, jawel, een Ierse, dus eentje met een sterke wil, en zo kwam ik hier in Idaho terecht. En eindelijk kreeg ik in de smiezen dat niets, maar dan ook niets in het leven zeker is. Niets is voor altijd. Nou ja, Susan zal wel voor altijd wezen.'

***

Ze zullen het, zo te zien en te horen, samen wel uithouden. 'Het was de Ierse aardappelcrisis die haar overgrootvader en -moeder dwong Ierland voorgoed te verlaten. Het zijn raren, die Ieren, minstens zo raar als de Friezen. Ook Ieren keren blijkbaar snel hun land de rug toe. Om er vervolgens verschrikkelijk van te gaan houden. Het heeft wat tegenstrijdigs, wat sentimenteels ook. Tegelijk zijn het hardkoppen, die Ieren. Het zal bij de Ier precies zo gebeuren zoals hij het in zijn harsens heeft. Ik hoef mijn zonen en dochters niet te dwingen mij als boer op te volgen, ze willen hun eigen koers varen, zoals ik dat zelf ook deed.

Dat allemaal begin ik me nu pas goed te realiseren. Laatst kocht ik een stel Friese paarden voor ze. Niet te goedkoop. Maar ze zien die prachtbeesten al niet meer als typisch Fries. Het emotioneert hen niet zoals het mij emotioneert. O boy, zo meteen rijden er yankees op mijn Friezen.'

Hij was negentien en hield het niet langer uit in Wirdum. 'Sterker, ik was een jongen van zeven, kon al een beetje lezen, zag het woord "Amerika" staan. Het grote lokwoord. Ik droomde van "ver weg", van het land met de vreemde naam. Ten slotte was de drang om op avontuur te gaan niet meer in de hand te houden.'

We lopen verder over de eindeloze betonnen vloer waarop het vee zijn leven slijt. In de verte het verlichte woonhuis tegen de helling. Hij zou er nog graag wat melkkoeien bij hebben. En dan driemaal per etmaal tienduizend beesten melken, hij zou het met plezier (laten) doen.

'Alles wat je doet moet op het juiste moment gedaan worden. Hoe kom ik voor een schappelijke prijs aan een eersteklas koe, dat is de kwestie. En beschik ik over voldoende voer waarmee ik de kostprijs per liter melk zo laag mogelijk kan houden? Bij welke bank kom ik aan het goedkoopste geld? Of kan ik maar beter eerst de investering bij elkaar melken?

Laat een ander de koeien maar opfokken, ik selecteer liever uit andermans beslagen, handel er liever in, struin graag de hele States af om de beste uit te zoeken. Dan vlieg ik naar de veilingen en markten van Minnesota, Sioux City in Iowa, naar Wisconsin. 's Ochtends tegen een uur of elf begint op de veiling het grote werk, dan moet je wakker wezen. Niet staan slapen, ook niet te wild zijn. Niet te rap, niet te sloom, niet uit zijn op het allerbeste product. Een gewone goeie koe voor een hele gewone prijs in handen zien te krijgen. Er zijn dagen dat ik vijf trucks vol beesten tegelijk binnenhaal. Soms laat ik hele koppels lopen, dan kom ik met niks thuis. Moet je tegen kunnen.

Er zijn hier in de States nog Friese boeren die dwars door een koe heen kunnen kijken. Echte kenners. Maar dat zijn niet altijd de perfecte managers, dat zijn liefhebbers die de vergeelde foto van de beroemde fokstier Pietjes Adema-weet-ik-hoeveel boven hun Texaanse of Californische bed hebben hangen. De gloriestier van pake en beppe. Maar wat koop je daar nou voor?

Als ondernemer moet je niet het onderste uit de kan willen. Hier verderop heb ik nog een boerderij, daar staat een Mexicaan aan het hoofd van de melkersploeg. Die gast heeft zo'n inzet, zo'n inzicht ook, dat ik hem partner heb gemaakt. Had ik dat niet gedaan, dan was ie vast en zeker weggelopen. "Ik denk, Mr. Reitsma, dat ik het kan!" Okay. Met zijn mannen melkt hij vierduizend koeien in zeven uur, en dat is echt niet niks, dat is ongeveer hetzelfde als een metselaar die in één dag fluitend vijftienhonderd stenen op de juiste plek kan metselen en voegen.

Laatst struinde ik hier verderop bij een buurman over het erf. Harde werkers, maar het overzicht was zoekgeraakt. Die avond zei ik: "Jongens, ik heb een *dream*. Trek bij me in, dan doe ik voor jullie het totale management en jullie melken gewoon verder. Ik zorg voor een veel lagere kostprijs per liter melk. Als de zaak goed loopt, zien we verder." Okay, we gingen vrijwel meteen in zee.

Er kan ook een tijd komen dat ikzelf het overzicht kwijtraak en dat er een buurman langskomt en zegt: "John, we maken een deal, *take it easy*, jij wordt mijn knecht, ik word je baas en jij bent weer happy."

Een paar weken geleden was ik aan de andere kant, ik bedoel in Friesland, en zo liep ik over de golfbaan van Sint Nicolaasga, dat ligt tussen Lemmer en Heerenveen. Achttien holes, mooi weer, mooie lange dag. Zo trof ik een golfer die oorspronkelijk uit de omgeving van Schettens kwam. Ook een boerenjongen die als monsternemertje bij de plaatselijke melkcontrole was begonnen. Monsternemer, dat was een bijbaantje voor een pittig knechtje of een degelijke ouwe plattelandsbejaarde. Nu was diezelfde knaap onderminister van Economische Zaken in Den Haag. Gerrit IJbema.

Gerrit en ik, we stonden met dezelfde handicap voor de dertiende hole en ik zeg: "Vertel nou eens eerlijk, welke kant gaat het op met de rente, Gerrit?"

"Als ik dát wist, John, ging ik samen met jou in de handel."

De laatste vijf holes hebben we niet eens meer gezien, we hadden het alleen maar over het leven en de economie, over pech en geluk.

Er komt daar uit de buurt nog zo'n aparte figuur: Willem Duisenberg. Maar die heeft al bijna geen tijd meer om te golfen, die was op datzelfde moment in Frankfurt bezig de euro overend te krijgen. Weet je wat Willem eens zei? "Ik kan wel een beetje sturen, maar ik weet vandaag niet wat morgen de rente doet." Diezelfde Willem zei eens dat hij het liefst brugwachter was geworden in het dorp Heeg. Daar op de brug waar de schepen door moeten naar een doodlopend meer bij Oudega in Wymbritseradiel. "Om op het meer te komen zouden de schippers niet meer dan een dubbeltje in het klompje hoeven te mikken. Maar om van dat meer af te komen zou ik ze best een tientje kunnen vragen." Je hebt handel in je donder of je hebt het niet.

Soms loopt alles mee, soms zit het je tegen. Een week of wat terug vloog ik met mijn renpaard Just Take It Easy naar Texas. Paardenkoers en Dallas, daar zie je hele koppels Friese farmers met mooie verhalen rondbanjeren. In de cafés leek het een moderne versie van het Friese volksverhaal over de Gouden Zweep. Zegt er een: "Als die gammele bok van jou zo meteen in de prijzen valt, mag je als boerenlul uit Idaho best even royaal uit de hoek komen." Hij bedoelde dat ik dan zou moeten trakteren. Laat Just Take It Easy vierentwintigduizend dollar winnen. Nou, toen het was nog lang onrustig in Dallas.'

Hoe kan een jongen van zes zo in de ban raken van alleen al de naam Amerika. 'Het is de drang om het onbekende op te zoeken. Het zit in je diepste wezen. Tegenwoordig denk ik vaker aan onze heit; de man was vaak ziek, kon geen kant uit. Dat moet heel erg voor hem zijn geweest. Hij hield van een mooie koe, onze heit. Dus, we gingen met een beslag vee naar de fokveekeuring van Wytgaard-Reduzum. De beste van je dorp wezen, dat was de ultieme uitdaging. Inzet: de wisselprijs van de coöperatieve Friese zuivelindustrie, van de Frico. We wonnen de wisselprijs: een zilveren kruiwagentje. Maar het was meteen de allerlaatste veekeuring, want het pronkerige begon daarna wat van de Friese rundveefokkerij af te gaan. Mijn broer vond het gewéldig, nu konden we de wisselprijs houden. Hij was voor ons. Voor altijd. Ik vond het beklemmend, opnieuw was me een uitdaging ontnomen. Ik was negentien en ben naar Toronto gevlogen. Weg. Het zal in 1967 zijn geweest.'

Na een jaar was Jan als John terug in Friesland. Voor even maar. Heimwee?

'Heimwee? Onze kop-hals-rompboerderij was afgebrand, er waren moeilijkheden met de verzekering in Woudsend, ze wilden er weer zo'n karakteristieke boerderij neerplanten, ik begreep het niet. Iedere tijd heeft zijn eigen boerderij, de kop-hals-romp dateert uit de tijd dat de boerin nog niet lui was en zelf aan huis de kaas en boter maakte.

Het heeft nogal wat geduurd voordat er weer een boerderij stond, ik was veel te ongeduldig. Terug in Canada reed ik met mijn oude Plymouth 1961 naar Chino in Californië. Koeien wassen en scheren. Stukwerk: voor iedere koe 1,25 dollar, honderd koeien per dag. Na een paar weken even "lossen" in Las Vegas. Vrijgezel. Koeienhaar, vrouwenhaar, mooie tijden.

En zo maakte ik dus kennis met jongens als Jack Vanbeek en al die anderen en ze trokken me mee de kalverhandel in. Tot dat moment dacht ik dat alle mensen, op een hele kleine uitzondering na, eerlijk waren. Na acht jaar kalverhandel wist ik dat het net andersom is. Harde leerschool.'

***

Het is al nacht als wij van de uit beton gestorte melkplaatsen van Idaho terug naar de villa van John en Susan wandelen. In de keuken staat het *breakfast* ten behoeve van de filmopnamen nog op tafel. 'Er kan wel wat af,' vindt John. Hoewel, morgen vroeg komen de filmers nog eenmaal terug voor de laatste opnamen. Johns zoveelste les in management en creativiteit.

Failliet

WYTSE EN IJBELTJE REKKER, STANDERTON, ZUID-AFRIKA

Met het krieken van de morgen beginnen de bontrokkies en andere vogels voorzichtig te zingen. Er zit iets swingends in hun lied. Over de parken hangt de geur van pas gemaaid gras op een dauwbed. En dan laat ook de duif zich horen. Hij brengt zijn tekst met eenzelfde bedachtzaamheid als de keren dat ik hem beluisterde in de tuinen achter de duinen ver van hier. Een duif swingt niet, hij roept en eindigt zijn compositie net zo onverwacht als de tango van Buenos Aires.

De dag komt hier snel, maar langzaam passeert een zwarte vrouw. Ze draagt een volle wasmand op haar hoofd. De witgoedvrouw. Met haar massieve derrière naar achter gestoken verdwijnt ze met zware tred in de richting van het huisje aan de rivier de Vaal. Stadig; zo wordt in de taal van de Afrikaners alles aangeduid wat niet snel hoeft. Waarom haast als het bestaan toch al zo kort en wankel is? Stadig kuiert de zwarte vrouw met de volle wasmand haar nieuwe dag tegemoet, stadig kronkelt het rood modderige water van de Vaal door de eeuwigheid. De dag komt niet stadig maar snel, de zangvogels raken er – iedere dag opnieuw – een beetje opgewonden van.

Gisteravond vertelden de wandelaars in het park dat de witgoedvrouw een van de twee vrouwen is van verhalenverteller Petrus Wgabe, de statige oude baas met grijze krullen die in Standerton bij een installatiefirma voor elektriciteit werkte en als eerste zwartman in dit deel van de wereld elektrische stroom door zijn lijf voelde gieren. 'De volgende dag al kwamen mijn eerste grijze haren en nu ben ik zo grijs als oude *witmense*. De dingen van de nieuwe tijd hebben me snel grijs gemaakt.'

Het verhaal van een trotse zwartman wiens huwelijksleven danig in de war werd gestuurd door de ruige economische wetten van het nieuwe Zuid-Afrika. Toen Petrus' blanke baas in Standerton failliet ging, beurde hij geen cent loon meer en stond op straat. Dat kwam Wgabe beroerd uit. Zijn witgoedvrouw maakte aanstalten van hem weg te lopen.

Twintig koeien had Petrus Wgabe destijds voor de witgoedvrouw neergeteld, en zo genoot hij aanzien. Een koe kostte in die jaren twintig rand, dus reken maar uit. 'De centen moest ik van de familie lenen, en een lening hoort te worden afbetaald, zodat ik de helft van mijn leven voor deze vrouw heb kromgelegen. Ze was een rijpe, sterke vrouw. Toen ik op een paar koeien na quitte was met de familie, dreigde ze dus weg te lopen. Dat gaat tegen alle recht en gewoonte en redelijkheid in. Ik mag van haar eisen dat ze me de mannelijke voldoening blijft schenken. En wanneer in mijn oude lijf later de slang niet meer kan bijten en ik verzorging nodig heb, dan is het de taak van deze vrouw om mij bij te staan. Ik ben de man die haar aanschafte, haar bescherming gaf, voldoening schonk, haar nooit pijn deed, haar bevruchtte.'

Petrus Wgabe spreekt de taal van de Boeren, met af en toe een woord van zijn eerste taal erdoorheen gevlochten. Sommige eigen woorden zijn te goed om tegen een ander te ruilen.

'Er zijn al vrouwen die hun verdiende geld in een bromfiets steken, om daarmee hun man te kunnen verlaten. Zo zetten de nieuwe uitvindingen de hele wereld op zijn kop. Jawel, man van oërsee, ik herinner me nog het jaar waarin het boven de Drakensbergen vier weken lang bliksemde. Dat was toen Nelson Mandela vrijkwam. Sommige van mijn kleinkinderen wilden vanaf dat uur nooit, nooit meer de taal van de Boeren spreken. Zelfs wilden ze die niet meer hóren. Nu zijn we zoveel jaren verder, nu willen ze geleerd worden aan de universiteit van Bloemfontein en willen weer de taal van de Boeren leren lezen en schrijven. Alsof ze geen vertrouwen meer in een eigen toekomst hebben, zo begint de geleerde jeugd hier weer het verleden te verheerlijken.'

Het wordt middag en de dag trilt van de warmte. Verderop baggert een kleine kudde nijlpaarden, vet en glad als slakken, door een ondiepe plas naar de rivier. 'Kijk hoe slim ze de zon mijden,' onderwees Petrus Wgabe gisteravond tussen de bedrijven door. 'In de koelte van de nacht vreten ze zich vol met gras en waterplanten, overdag bewegen ze zich traag als oude vrouwen.'

De oude man zei er zeker van te zijn dat veel blanke Boeren hier zijn opgehouden te dromen over de glorietochten van de ossenwagens. 'De laatste tijd verlaten ze het land, vliegen naar verre landen oërsee, naar Australië, Nieuw-Zeeland en nog verder. Om er weer boer te worden.' De Boeren die het diepst met hun ossenwagen Transvaal in kwamen, bleken de hardste kop te hebben. Petrus had het aan den lijve ondervonden. Het waren van die bittereinders, die voor de hoge bergen de wagens uit elkaar haalden, de wielen en andere onderdelen door diepe dalen en over steile klippen sleurden. Verder het noorden in. In de sociale verhoudingen was het volgens hem nog te merken dat hier witmense neerstreken die voor niemand opzijgingen.

'Hier op deze plek staken ze de Vaal over, op zoek naar land en macht, en ze noemden de overkant van de rivier Transvaal. Maar het ergst wat Zuid-Afrika overkwam was niet dat de witmense kwamen, of dat zo vroeg de laatste leeuw van Transvaal werd afschoten; het ergst was dat er goud werd gevonden. Toen begon de ellende van Zuid-Afrika pas goed. Goud maakt van de mensen jakhalzen. Ja, het goud is voor de jakhalzen.'

We zijn op weg naar het gehucht Kromdraai, dat een dagtrek van zo'n twintig kilometer verderop moet liggen. Daar, waar je heel in de verte de hoogten van de Drakensbergen kunt ontwaren, woont de blanke immigrant die Petrus jarenlang werk bood en goed betaalde, zodat de man zich de weelde van twee vrouwen kon permitteren.

Een boosaardige heemhond laat de gast zijn gave gebit zien. De vierkant gebouwde gastheer brengt de hond tot bedaren terwijl hij achteloos zijn revolver weer op zijn plaats steekt: achter de broekriem. Terwijl hij me joviaal tegemoettreedt, blijft zijn tengere vrouw afwachtend in de schaduw van de klapperboom staan. Op sommige boerderijen worden honden gehouden die zijn afgericht alleen op zwarte gasten af te gaan; deze is duidelijk niet gedresseerd en blijft dreigen.

'Hoe heb je ons kunnen vinden?' roept de man in de taal van de Friese Wouden. Inderdaad, het is Wietse, een van de vier kinderen van kruidenier Roelof Rekker uit Burgum. Het Fries van de vrouw blijkt vermengd met zangerig Afrikaans. 'Zij is niet in orde,' deelt hij zachtjes mee. 'Ze wordt almaar vergeetachtiger.'

Een Transvaalse novembermiddag in hof vol bloemengeuren. Bewegingloos en in gedachten verzonken zit IJbeltje Rekker even later naar de verhalen van haar man te luisteren. Het is alles nieuw en vreemd voor haar. Ineens lijkt haar iets te binnen te schieten; een voorval uit de Tweede Wereldoorlog, toen de Duitsers haar vader, de huisschilder Pieter Hendriks Elzinga, in Garijp wilde oppakken. 'Ze zaten heit achterna, maar hij verstopte zich onder de lijkauto. Bij de kerk. En daar durfden de Duitse soldaten niet te zoeken, bang als ze waren voor de dood. In de lijkwagen, daar lag vader.'

Wietse Rekker neemt de draad van zijn eigen verhaal weer op: 'In het voorlaatste oorlogsjaar dacht iedereen in Burgum dat we zo meteen bevrijd zouden worden en dat daarmee de kansen voor het grijpen lagen. Ik hoor het mijn ouwe heer nog roepen: "Straks bouw ik een kruidenierszaak op waar de mensen paf van staan."

Maar toen we eindelijk bevrijd waren, kwam voor ons gezin de domper: de ouwe heer ging vier maanden de bak in omdat hij in de zwarte handel had gezeten. Voor ons als sobere, kleine gereformeerde neringdoenden was dat een rampzalig feit: de eigenaar van winkel De Concurrent was dus stout in de oorlog geweest. Niet fout, maar stout. Terwijl hij toch ook een paar joden uit Amsterdam haalde en in veiligheid bracht.

Zo hadden we er op een ochtend een zusje bij. Duifje Vuisje was haar naam. Het jodinnetje had pikzwarte krullen, die ik steeds opnieuw met waterstofperoxide mocht bleken. Van donkere Duifje maakte ik een blonde Heidewytske, maar als gezin gingen we met Duifje wel langs de rand van de afgrond. Een Duitse soldaat ontdekte dat Duifje onnatuurlijk blond was, maar het kind had mazzel. "Mädchen," fluisterde de soldaat, "Mädchen, aufpassen du. Du farbest deine Haare!" En hij liet haar lopen. Er waren dus ook goede Duitsers.

Burgum vierde een jaar later gezamenlijk het bevrijdingsfeest, maar voor ons gezin was de afdronk dus ietwat wrang. Die teleurstelling schud je niet van je af zoals je het rooie stof van de Karroo van je schoenen veegt. Er blijft wrevel hangen, je emigreert, komt in een land terecht waar lieflijkheid en wreedheid op één kussen slapen. Want jawel, er gebeuren hier de laatste tijd afgrijselijke dingen. Daar valt het Garijpster oorlogsgeweld bij in het niet.'

Wietse Rekker heeft koffie gehaald. Ik citeer Petrus Wgabe, die gisteravond concludeerde dat de witmense en swartmense in hun hart boos en bang zijn.

'Ja!' Wietse Rekker roept het uit. 'Die witmense oër hulle toekoms, die swartmense oër hulle verleë. Het is al een cliché, maar er zit veel waars in. De muren rond de tuinen van de witmense worden steeds hoger, de waakhonden worden bozer, de messen langer en scherper en sneller.'

Hij schenkt koffie. Dan, op zachte toon: 'Ik zit de laatste tijd vaak na te denken over hoe het hier verder moet. Ik kan IJbeltje geen moment meer alleen laten.'

De dag verloopt, de vogels proberen zwijgend de hitte te overleven, in deze verdoofde stilte maakt een insect lawaai. Totdat Wietse Rekker hardop verder mijmert: 'In ons oude Afrikaanse volkslied bezongen wij witmense alleen maar ons eigen Zuid-Afrika, en die nasie lijkt op te houden te bestaan. Hoe vaak zong ik niet uit volle borst "Die Stem van Suid-Afrika" mee. Dan ontroerden me de woorden: "Op u Almag vas vertrouend, het ons vadere gebou." En: "Bij die klink van huw'lik-klokkies, bij die kluitklap o die kis..."

Later voelde ik, al ver voor ik was uitgezongen, de pijn van het hopeloze. Dan dacht ik liever aan mijn eigen volkslied, in mijn eigen taal. Dan hoorde ik de klokken die mijn Friese dierbaren luidden. Het was bij zo'n gelegenheid dat ik besloot nooit de Zuid-Afrikaanse nationaliteit aan te nemen.'

Wat bracht Wietse en IJbeltje ertoe om op die koude vijftiende februari 1957 op de boot naar Kaap de Goede Hoop te varen? Hij: 'Ik kom toch weer bij de oorlog uit. In die vijf jaren ben ik als opgroeiende jongen gevormd. Mijn ouders hadden het beste met hun twee zonen en twee dochters voor, ze wilden ons een toekomst bieden, ze wilden meteen na de bevrijding een gezond winkelbedrijf opzetten. Bezetter of geen bezetter, vader zag overal handel in. Kleren, dekens, boter, tabak. Toen hij het waagde clandestien een schaap te slachten, werd hij gepakt. Hoe groot was die zonde eigenlijk?

Schuin tegenover hotel Het Rode Hert schoot hem een Duitsgezinde politieman aan die brutaal om tabak vroeg. Eigenlijk was het eisen. "Wil jij tabak hebben, jongen? Nou van mij krijg je geen draadje tabak." Ik bewonder mijn heit om die opstelling. Ze zouden hem wel krijgen, maar een bange schijter was ie niet.

Later hielden de Duitsers hem in Hardegarijp aan met de kreet: "Heil Hitler."

"Heil Wilhelmina," riep vader terug. Toen hebben ze hem zo in elkaar geslagen dat hij 's avonds kon zitten noch staan. Maar hij bleef goedgehumeurd, omdat ze hem niet klein hadden gekregen.

Toen de nazi's waren afgemarcheerd, lag het vaderland organisatorisch en moreel in het honderd. Zo zie ik dat. Iedereen wees met de beschuldigende vinger naar iedereen, de goeden werden gestrafd en de verkeerden werden op een voetstuk geplaatst. Vader had alleen maar zijn best gedaan vooruit te komen zonder daarbij een ander te benadelen. Nou ja, wie geld had moest dokken. Na de bevrijding toverde hij ergens een groot vat cacao en een melkbus vol vooroorlogse fietsbanden vandaan. Leve firma De Concurrent van Roelof Rekker. Ik moest in de winkel meehelpen, suiker afwegen, boodschappen naar de schippers op de Burgumerdaam brengen.

Dat suiker wegen: "Denk erom kerel, niet te royaal wegen, want dan zijn we een dief van ons eigen." Dus dan maar een beetje minder afwegen dan eigenlijk zou moeten. Alles was nog op de bon. Ik moest bonnen uitknippen, bonnen opplakken, de valse bonnen eruit vissen, want daar kon je misschien zelf nog iets mee. Het was een kwestie van leven en laten leven.

Het liefst was ik meteen naar de ambachtsschool gegaan, wenste niet langer te sjoemelen, wilde een ambacht leren. Maar mijn ouders zagen meer in de mulo. Was kennis geen macht? Een jaar later zat ik natuurlijk toch op de ambachtsschool.

Achteraf bezien gebeurde er vervolgens weinig, er bestond zoiets als een maatschappelijk vacuüm. Ja, ik kwam trots thuis als gediplomeerd elektricien. En zo trof ik IJbeltje die meteen na de lagere school dienstmeid was geworden en op haar zestiende nog nooit een tientje had gezien. Ze was zo lief, we kregen dik verkering, we droomden van een eigen huis. Maar dat laatste was in die jaren een utopie. Terugkijkend heb ik sterk de indruk dat we toen niet van ons land hielden. Van Friesland nog wel misschien, maar niet van Holland, van Den Haag, waar alles werd bedisseld. Zo was het immers ook gegaan toen Nederland nog stinkend rijk was en we Indië hadden. Ondertussen hadden we de crisis op onze donder gekregen. En meteen daarna was er die rotoorlog.

Amerika en Canada, de landen waaruit de bevrijders kwamen,

werden bejubeld. In 1946 reden de eerste emigranten, die al voor de oorlog naar de States waren gevaren, in hun Amerikaanse slee door Tytsjerksteradiel. Ze waren even thuis, overgoten hun Fries met de taal van de bevrijders en maakten de jeugd de kop gek van emigreren. Op een gegeven moment liep meer dan de helft van al mijn kennissen met emigratieplannen rond. Ik niet – nog niet – 'k moest onder de wapenen. Dat was in 1949. Dan maar naar Indië, waar de lucht ook blauw was. Ik kwam in Steenwijk te liggen en deed stinkend mijn best. Fout, want zo maakten ze me pelotonscommandant. Als instructeur kreeg ik in Steenwijk de taak Indiëgangers voor hun taak klaar te stomen. Toen ik zo ongeveer een schip vol had afgeleverd, werd Indië prijsgegeven. Na mijn afzwaaien kreeg ik een baan bij de PTT in Drachten, en daar sloeg de onrust opnieuw toe. Waarom ging ik niet emigreren? Toen ik het woord Afrika liet vallen, werd IJbeltje enthousiast. Zij droomde van trouwen. En van een woning die er voor ons in Tytsjerksteradiel niet was.'

Terwijl hij het vertelt, kijkt Wietse Rekker met mededogen naar haar die alles niet meer kan volgen. 'Samen gingen we met de bus naar een voorlichtingsavond in de Leeuwarder Groene Weide. Mooie praatjes, mooie plaatjes. In de pauze trof ik Foppe Hooghiemstra, die naar Zuid-Afrika was geëmigreerd en nu even thuis was. "Klopt het wat ze vertellen," wilde ik van hem weten. "Ik zal niet zeggen dat ze liegen," zei Foppe, "maar het zal je daar niet meevallen. Je moet hard zijn, je moet er met je hele donder tegenaan!"

"Kan ik dat?" vroeg IJbeltje later die avond.

Tijdens de voorbereidingen wakkerde de Zuid-Afrikaanse bureaucratie mijn argwaan aan. In verband met een "ondersoek naar egtheid" had ik mijn diploma's moeten opsturen en inmiddels wachtte ik een halfjaar op retourzending. Ook IJbeltje werd op "egtheid" gecontroleerd; ze had nogal donkere krulletjes en uit voorzorg wilden ze haar nu maar eens op de keper beschouwen. Bij de keuring werden vooral haar handen aan een nauwkeurig onderzoek onderworpen. Het was in orde; deze Friese meid was raszuiver. Een rooms-katholieke dienstkameraad die ook naar Zuid-Afrika wilde, kwam niet door de keuring. De reden werd niet bekendgemaakt, maar wij wisten genoeg. Toen later opnieuw een rooms-katholieke wapenbroeder bij me kwam informeren, heb ik hem aangeraden onder het hoofd Geloof "gereformeerd" in te vullen. En jawel, hij vloog door de keuring. Ik heb het over de herfst van 1956.

Heit rook avontuur dat voor hem onbereikbaar was geworden en reageerde positief op onze plannen. "Als zo meteen de Russen hier neerstrijken, ben je mooi weg! De bolsjewieken dat zijn de ergste heidenen, de wreedste barbaren. Ze zullen ons het christendom nog verbieden."

Op onze trouwdag op 17 oktober 1956 voelden we ons met één been in Zuid-Afrika staan, maar pas op 2 februari 1957 was het zover. Het werd een wonderlijk afscheid in een kamer vol familie, waaronder een leeg gehuilde moeder. "En nu wil ik dat we elkander bij de hand vasthouden," sprak heit op gebiedende toon. "Wij moeten gezamenlijk tot de Heer gaan." Zo stonden we in een kring rond de tafel te bidden. Toen ik mijn ogen opende, zag ik heit nog even naar boven staren.

"En nu er geen gras over laten groeien. Weg jullie!" klonk het luid. Het was half grap, half gemeend. Was de man bang voor zijn eigen emoties? Het gebed leek verhoord, want op hetzelfde moment stopte de bus voor onze deur. We stapten in, vertrokken naar Rotterdam, liepen de loopplank van de Waterman op en lieten een winters en somber vaderland achter. Het enige dat ik aan boord af en toe nog van het oude land voor me zag, was een leeg gehuilde moeder.

Op de Waterman kwamen IJbeltje en ik in contact met het wereldse. De losbandigheid onder het jongvolk loog er niet om. Getrouwd of niet, je zag ze hitsig zijn. Dat de mannen en vrouwen gescheiden van elkaar moesten slapen, bleek averechts te werken. IJbeltje was er stil van geworden. Later, toen we met de trein door de Grote Karroo naar Transvaal reden, schrok ze opnieuw. "Het land lijkt me te heet en te droog en te arm," zei ze. Later, op het perron van Letjiesbos, kreeg ze het echt te kwaad. Iedereen had dorst gekregen, maar voor ons was er niet anders te koop dan een kannetje lauw vocht dat het midden hield tussen koffie en thee. Tegen de avond, toen de zon achter verre bergen zakte en het na een korte schemering aardedonker werd, heeft ze voor het eerst gehuild. Ze zei het niet, maar ze bedoelde: Is dit het nou, Wietse?'

Het PTT-bedrijf in Pretoria had me een baan beloofd, maar er bleek geen werk te zijn. Goed, wij hadden onze dertig pond "landingsgeld" nog. We troffen hete nachten; dus huurde ik voor een paar pond per nacht een open veranda als slaapplaats. Dan maar half in de openlucht slapen. Na een weekje kon ik in Klerksdorp werk bij de PTT krijgen.

In 1962 gingen we in Standerton wonen, waar ik een goede baan bij het Transvaalse elektriciteitsbedrijf kreeg. Vijf jaar later was ik opgeklommen tot senior-inspecteur en had vier inspecteurs onder me. Een mooi huis, werk bij de vleet. Er moesten meer dan vierhonderd scholen van een moderne elektrische centrale worden voorzien.

"Ik begin voor mezelf." Dat zei ik op een avond toen ik weer eens laat thuiskwam. "Had ik het niet gedacht," zei IJbeltje. Ze had zo haar zorgen, maar binnen een paar jaar bouwde ik een installatiebedrijf op en begon grote werken aan te nemen. We verdienden veel geld, woonden nu in een kast van een huis, zaten ruim in de bedrijfsgebouwen, hadden vijfentwintig vakmensen in dienst. Ook die zwarte voorman waar ik op kon bouwen. De loodsen die ik te veel had, kon ik goed verhuren.

Na de scholen kwamen de grote boeren als klant. Zij lieten ons koelers in de stal installeren. Na een paar jaar kocht ik een boerderij met dertien hectare land. Als ik zo meteen uit de zaak zou stappen, moest ik wat omhanden hebben. Zoon Roelof bleek een jongen van de praktijk te zijn, dochter Ronèl studeerde als ingenieur af, kortom, mijn kinderen stonden al klaar om het bedrijf over te nemen.

Het was in het begin van de jaren negentig, de apartheid werd afgeschaft, en ik wilde nog even doorgaan zolang dat proces zich niet goed voltrok. Nog hoor ik Frederik de Klerk roepen dat de zwarten straks niet meer in van die lucifersdozen zouden hoeven te wonen, maar in echte huizen. En ons witmense beloofde hij een welvarend Zuid-Afrika.

Het is amper tien jaar later, en ik maak me dus wél zorgen. De zwarten wonen niet meer in dozen, maar in doosjes. En ze stelen geen broden meer maar hele bakkerijen. En de blanken? Het gros van de goede boeren is in ieder geval failliet en/of vertrokken. Toen ik op een zondagmorgen uit de kerk kwam, lag de zondagskrant *Rapport* op tafel, en in één oogopslag zag ik vijf moordberichten op de voorpagina staan. Drie boerenfamilies waren erbij. Allemaal de hals doorgesneden. Voor de rest stond *Rapport* die zondag vol faillissementen. "Het kom nie reg nie," mompelde IJbeltje almaar.

Een bankroet zal me niet overkomen; dat denk je. Maar dan gaat je eerste Boerenklant naar de sodemieter, iemand die vooraan bij je in de kerk zit en je niet eerst even waarschuwt. We hadden vlak tevoren een grote koelinstallatie in een nieuwe aula geïnstalleerd. Een dodenhuis houdt altijd werk, denk je, een aula zal altijd betalen. Vergeet het. Op een gegeven moment had ik 415 000 rand aan rekeningen openstaan en van dat bedrag haalde ik een schijntje binnen. Wie nog geld had, hield het zelf en liet de rechthebbende barsten. Dat heb ik heel sterk in mijn eigen kerk ervaren.

In deze situatie heb ik de stomste streek uitgehaald die een ondernemer maar kan bedenken: ik plukte mijn lijfrentes – al het spaargeld voor onze oude dag – van de bank en stak het in de zaak. Je wilt je levenswerk niet als sneeuw voor de zon zien verdwijnen. Een omslag bleef uit, wel volgde er een kurkdroge zomer waarin ook mijn laatste Boerenklanten naar de donder gingen of er met mijn centen vandoor gingen.'

Wietses stem verraadt emoties. Hoe vertelde hij het geheim van het onafwendbare faillissement aan IJbeltje. Zij had altijd zo meegeleefd. 'Voor haar heb ik de noodsituatie veel te lang verzwegen. En toen moest het hoge woord eruit: "We zijn naar de bliksem!"

Ik geloof dat het nauwelijks tot haar doordrong. "We zijn failliet, IJbeltje." En toen begreep ze het wél. Gebroken was ze. Volkomen kapot. En kijk, daarna is ze zo stil geworden, zo teruggetrokken. Achteraf vermoed ik dat op dát moment haar ziekte is uitgebroken. Alzheimer, weten we nu.

Al het personeel, ook mijn beste zwarte voorman, moest worden ontslagen. Onze kast van een huis werd voor een habbekrats verkocht. Gelukkig zagen de beide kinderen kans opnieuw te beginnen. Maar waar moesten IJbeltje en ik naar toe? Gelukkig hadden we nog vrienden. Rogier de Ville, die voor het rechtse Vrijheidsfront in het parlement zit, zei: "Jullie kunnen op mijn boerderij op Kromdraai komen wonen, anders is het morgen in handen van de zwarten." Zodoende zitten we dus hier. Intussen zijn hier op het platteland meer dan honderd blanke boerenfamilies uitgemoord. Ze komen midden in de nacht met een bakkie je erf op rijden, je hoort de knal waarmee de hond wordt neergeschoten, je hoort je eigen deuren slaan, de glasscherven uit de ramen kletteren, je hoort ze vragend roepen om de boer. Aha, daar is de boer. En dan breekt de hel los.

Ze leggen de boer gekneveld in de badkuip, ze verkrachten hem, zijn vrouw en zijn dochters, ze laten het bad met de boer er nog in vol heet water lopen, ze slaan vervolgens alles dood wat per ongeluk nog ademt, ze gaan er met het geld vandoor.

Maar niet voordat ze in alle vier de hoeken van de kamer hebben gescheten.'

Wietse Rekker rukt zijn nieuwe Rutger Security 6 te voorschijn, de revolver die tijdens het hele verhaal tussen zijn broeksband zat ingestoken. 'Mijn laatste hoop,' klinkt het bitter.

'En nu gaan we naar huis,' zegt IJbeltje mild terwijl ze opstaat. Hij kijkt haar somber aan als hij zegt: 'Het is bijna zover dat we levend onder onze toekomst worden begraven.'

Initialen in de reling

ANNA POSTMA, OAKDALE (CALIFORNIË), NOORD-AMERIKA

Californië ligt er op deze eerste voorjaarsdag uitbundig bij. De velden van Sacramento Valley baden in helder voorjaarslicht. Schone luchten, heldere kleuren. Hoe bevoorrecht zijn de oorden waarin Koning Winter amper wat te vertellen heeft en die toch nog met een voorjaar worden beloond. Of is het alleen maar een korte-termijnvoorschot, een troostprijs op de kurkdroge zomer die wellicht zal volgen en het land weer een vale gedaante geeft?

Verder en verder zweef ik in mijn old-fashioned Chevrolet over brede wegen door het kleurenpalet. Met de radio aan. Johnny Cash.

Hoe kan dit prachtige oord het land zijn van honderd jaar heimwee? De oude boer en immigrant in Red Bluff, hoog in de Sacramento Valley, verwoordde het laatst bijna oudtestamentisch: 'Maar nu dan zijn de tijden van heimwee voorbij, er breken tijden aan waarin het omgekeerde van heimwee ontstaat: een bijna dodelijke tevredenheid. Dat maakt de jeugd op den duur onrustig, dat leidt opnieuw tot emigratie. Jonge boerengezinnen verlaten tegenwoordig met hun hele hebben en houden dit land van melk en honing. Ze emigreren naar Texas. Of, nog liever, naar de noordelijke staten, waar het niet zo rijk, maar ook niet zo vol en druk en decadent is als hier. En waar je nog eerlijke winters hebt en daardoor minder vreselijke ziekten, zoals de BST-bloedziekte bij koeien en aids bij de mensen.'

Voorbij Sacramento verdwijnt de highway in een bloemenzee van koolzaadgeel, korenbloemblauw en klaproosrood. Even stoppen en het portier open, zo voel ik de lauwe adem van de lente. Is het een wonder dat die hier *spring* heet? Ik word bedwelmd door springende geuren en kleuren. Nog een paar weken, en dan is de zon veranderd in een koperen ploert die de heldere kleuren wegvaagt.

We moeten verder, aan de Sky View Drive in Oakdale zit Anna

Postma-Wielenga op me te wachten. Naar Modesta gaat het verder door de San Joaquin Valley. Op de highway is het opletten. Eindeloze stromen auto's schuiven, komend van San Francisco, in de richting Los Angeles. Af en toe ontwaar ik in het glooiende landschap een schim van een grote kudde zwartbonten. Zijn het melkkoeien? Frisian Holsteiners? Zag ik daar een vlag die het land achter de zeedijken toebehoort? Liepen daar, bij die drie voersilo's, geen Friese paarden? Het bloed kruipt waar het niet gaan kan, maar ik moet naar Anna Postma.

Bij Modesto linksaf, werd het me ingepeperd. 'Linksaf het oosten in.' Met zeer helder weer zijn op deze plaats de contouren van het verre hooggebergte van de Sierra Nevada te ontwaren.

Anderhalf uur later. Een zonnige vrouw, klein, ietwat gezet. Een gulle lach achter een royaal uitgevallen USA-bril, forse boezem. Haar oude, beaderde handen vertellen dat ze veel koeien hebben gemolken. Zes koeien per uur melken, dat was Anna's moyenne. Nou, dan moest je flink aanknijpen. Later kwam de melkmachine en deden de handen wat anders. 'Want vrouwenhanden en schapenbekken zijn altijd in beweging.'

Anna Wielenga, dorpskind uit het Noord-Friese tuindersdorp Sexbierum, hoeft nu alleen nog maar de bloemen water te geven. Voor de dagelijkse rondgang door huis en tuin gebruikt ze het Amerikaans-Friese werkwoord *flowerjen.*

Sinds 1993, het zwarte jaar waarin ze haar man Nies Postma verloor, leeft ze samen met haar bloemen, herinneringen en hoop op een weerzien met hem. O ja, af en toe komen de kinderen en kleinkinderen over de vloer.

Haar verhaal begint in het dorp van vlak na de oorlog. Het was er vaak waterkoud. En immer vruchtbaar. Voor de meestal grote landarbeidersgezinnen was er geen meter tuindersgrond te huur, laat staan te koop. Nergens was het land krapper dan in de tuindershoek, alles moest op vierkante meters worden verdiend.

Anna kreeg in de crisis van de jaren dertig verkering met de weesjongen Nies Postma. Ze trouwden in het begin van de oorlog. Op zijn Fries gezegd: Nies en Anna gooiden de lappen bij elkaar. Nies had gehoord hoe zijn voorouders zich bijna letterlijk hadden doodgewerkt op het land en was kaasmaker geworden in de zuivelfabriek van Tzum. Van het zware werk op en in de koude zeeklei had hij al vroeg pijnlijke knieën gekregen. Maar de gedachte dat hij tot zijn dood tussen vier hoge fabrieksmuren moest blijven staan, bezorgde hem het zweet op de rug. Dus waagde hij het in 1946 om naar de functie van commies in de buitendienst te solliciteren. Wat dat dan ook mocht inhouden.

Anna: 'Afgewezen! Nies had te weinig geleerd, zeiden ze. Wat wil je, als je op je twaalfde uit de schoolbanken wordt gehaald. Omdat je je als weesjongen met werken in leven moet houden.'

Toen ze verkering kregen waren ze echt gelukkig. 'We dachten samen over onze toekomst als man en vrouw na. Ik zou al tevreden zijn als ik kinderen kreeg en hij een loon verdiende waarmee ik rond zou kunnen komen. Ik hunkerde ernaar niet langer ergens als inwonend meisje voor dag en nacht te hoeven dienen. Nies wilde meer, had idealen die hij in eigen land nooit zou kunnen verwezenlijken.'

Nies Postma vertrouwde al voor zijn twintigste op nog maar één remedie: landverhuizen. Het motief, zoals hij dat verwoordde, was: 'De Amerikanen en Canadezen hebben ons bevrijd, die mensen wil ik bedanken door hun land te dienen. Dus ga ik ernaar toe.' Hij hing wel aan zijn Friese land – sterker dan hij wilde toegeven – maar van het hele vaderland, van dat Koninkrijk der Nederlanden, moest hij niets hebben. Nies Postma haatte de 'hoge Haagse heren' die het arbeidersvolk in de wingewesten immers eeuwenlang kort hielden en de vrijheid ontnamen.

Anna Wielenga: 'Tijdens de bevrijding in april 1945 was Nies al niet meer tegen te houden. Iedereen was opgewonden, Nies wilde alleen maar weg. En ik wilde niet, remde hem voortdurend af. Maar het was in de tijd dat de stem van de man tweemaal zo zwaar woog als die van de vrouw.

Het was niet zo mooi van mezelf, maar mijn laatste hoop was dat Nies zou worden afgekeurd voor emigratie. Zo hing ik aan mijn familie, mijn dorp, aan alles. Ik wilde nog niet eens verhuizen naar buurtdorpen als Minnertsga, Sint Annaparochie of Stiens.

Intussen droomde Nies al van een eigen boerderij in Canada of Amerika. Van de enorme afstand, van de grote stap die je moest nemen, daarvan had hij geloof ik geen weet. Dat bleek ook wel, want op een avond kwam Nies thuis en zei: "Anna, het hoeft niet per se Amerika te worden, we kunnen ook naar Canada gaan. Canada is het hartje van Amerika." Het rijmde wel een beetje, maar er klopte dus geen donder van. De emigrant zag niet op de landkaart, hij had genoeg aan zijn droombeeld.

Heel even heb ik overwogen me op de emigrantenkeuring onnozel te houden. Immers, het verhaal ging dat sommige emigranten aan een soort intelligentietest waren onderworpen en daarop werden afgewezen. Ze konden je vragen stellen als: "Vertel 'ns, hoeveel kilometer is het ongeveer van Amsterdam naar New York?" Afke Wiersma uit Dokkum, die voor het eerst van haar leven in Leeuwarden was, had de dokter gezegd dat ze het in kilometers niet precies kon zeggen, maar dat het vast nog verder was dan van Dokkum naar Sneek. En daarmee was Afke dus afgewezen. Te dom voor Amerika.

En nu dan reisden Nies en ik naar Den Haag. Voor het eerst in ons leven in Holland. Daar konden we sneller dan normaal de papieren in orde krijgen en worden gekeurd. Tegelijk dokters spreekkamer binnen, want we waren ten slotte al sedert 1941 man en vrouw. De drie kinderen, een meisje van vier en twee jongens van drie en anderhalf, waren in Sexbierum al door de huisdokter gezond bevonden.

Me dom houden, dat was mijn laatste kans. Die dokter vroeg me niets, dus kon ik ook geen domme antwoorden geven. De kans was ook klein dat ik lichamelijk zou worden afgekeurd; ik hoefde mijn ondergoed niet uit. Even de bloeddruk meten, even de mond open en eens flink aaaa zeggen, een paar onverstaanbare opmerkingen van de dokter en klaar was Jetje.

"Ik kom uit een tbc-huishouding, dokter," zei ik nog. Het was een oude dokter, wat afwezig vroeg hij of ik persoonlijk met tbc had gelegen. "Nou nee, dokter."

"U bent goedgekeurd, u bent inderdaad heel weerbaar," hoorde ik hem murmelen.

Nu was Nies aan beurt. Wat hoopte ik hartgrondig dat hij zou worden afgekeurd. Nee nee, het was niet zo dat ik hoopte dat hij iets ergs onder de leden had. Ik hoopte op een onschuldig litteken op de longen van zijn vroege, geheel genezen tuberculose, of zo. Met zo'n handicap was best te leven, thuis, in Sexbierum.

Even later realiseerde ik me dat ik had kunnen zeggen dat Nies al heel vroeg beide ouders had verloren. Van een sterk geslacht aan zijn kant was dus geen sprake. Dat had de dokter misschien kritischer gemaakt. Ik had kunnen zeggen dat hij broodmager van zijn laatste onderduikadres was thuisgekomen en zo langzaam was aangesterkt. En dat hij nog steeds geen gram vet op de ribben had, en zich altijd flink moest inpakken, bang als hij was zich te laten verkleumen. Van zijn lichte vorm van tuberculose op jeugdige leeftijd, waarvan hij helemaal hersteld was, wilde ik bij voorbaat geen gewag maken; dat had ik hem moeten beloven. Tuberculose was zo beladen, al was je honderd procent genezen, je was erdoor getekend. Alsof je nog steeds een besmetter was.

"Kleedt u zich maar even uit," begon hij tegen Nies. Nou, dat was me wat, hij moest ook zijn jaeger onderpak uitdoen. Voor het eerst van mijn leven zag ik Nies helemaal naakt. Daar stond hij, een beetje met de rug naar me toe gekeerd; alleen zijn handen en hoofd hadden de frisse buitenkleur, voor de rest was hij spierwit. Wel recht en goed van lijf en leden, hoor. En ook wel gespierd. Maar geen gram vet.

Het was een verstrooide dokter, hij leek even vergeten dat Nies naakt voor hem stond. Ineens keek de man op van de papieren, wees verbaasd naar de stoel met daarop de dikke vracht kleren van Nies en zei: "Van de heer Postma van zoëven is niet veel over!"

Dit gaat de goeie kant op, schoot het door me heen, maar op hetzelfde moment zei Nies vol overtuiging: "Een warm lijf is een werkzaam lijf, dokter."

"Zo is dat!" zei de dokter. Nies haalde nu alles uit de kast. "Ik heb de Elfstedentocht van 1942 uitgereden," zei hij. "Nou, dokter, dat was een zware, hoor, die van januari 1942. Er zijn er later nog een paar aan doodgegaan. Ikzelf ben nog diezelfde avond vrolijk van Leeuwarden naar Berlicum teruggeschaatst."

"Weleens bloed opgegeven?" vroeg de dokter, terwijl hij allang weer met het hoofd in de papieren zat. "Nóóit, dokter. Ik ben zo taai als de neten."

Mijn lot was bezegeld: Nies ging emigreren, en ik ging mee. Goedgekeurd kwamen we in Sexbierum terug. De volgende ochtend vroeg ging ik naar mijn werkhuis en zegde mijn baan op. De vrouw zei: "Ga jij weg, Anna? Dat vind ik ondankbaar! Heb ik je werk gegeven en je vertrekt als een ondankbare hond?" Op dat moment was ik inderdaad even heel blij dat ik weg kon.

We hadden in het voorjaar van 1947 een uitzonderlijk strenge winter op de donder gehad en er zou een kurkdroge zomer met een veldmuizenplaag volgen. Kwam het van de atoombom? Of was het gewoon ons lot? Volgens mij hebben die slechte weersomstandigheden de mensen nog gekker van emigratie gemaakt dan ze al waren. De hele Friese kleibouwstreek, de arbeidersklasse voorop, raakte in de ban van emigratie.

Onze papieren waren in orde. Het werd Canada. Over tien dagen moest de verhuiskist ingepakt klaarstaan, over twaalf dagen zou de Waterman ons rechtstreeks naar Montreal brengen. Voor mij werden het slapeloze nachten. Ik bleef het Nies afraden. Ik zei dat ik vreselijk heimwee zou krijgen. Tevergeefs. Luister goed, de tijd was er niet naar om te zeggen van: "Ga jij maar, ik blijf mooi thuis." Zo redeneerde de vrouw toen niet. Nog wel ben ik stiekem naar onze gereformeerde dominee gestapt. Ik heb de man duidelijk gemaakt dat ik helemaal niet van huis wilde, naar alle waarschijnlijkheid niet van huis kón. Maar de dominee bleek Nies al zijn zegen gegeven te hebben. "De Here God is er ook aan gene zijde der oceaan voor jullie." Dat was alles wat hij zei.

De verhuiskist was gauw vol: theemeubeltje, kapstok, pendule, potten en pannen. Plus een stapel warme kleren, want Canada was koud en daar kon vooral Nies niet tegen. "Vergeleken bij hier is het een eerlijke kou," dacht hij. Zijn doorlopers, waarop hij inderdaad de Elfstedentocht van januari 1942 had geschaatst, gingen ook nog de kist in. En natuurlijk zijn verdiende Elfstedenkruis. Dat overigens zo degelijk in de kist werd opgeborgen dat het er nooit weer uit kwam. Een mysterie. Spoorloos. Nog.

Het afscheid in Sexbierum viel op een zondag medio juni 1947. De atmosfeer was als bij een sterfgeval in de familie: moeder had op gezag van vader de overgordijnen zo goed als dichtgetrokken. De klok was stilgezet. Door een smalle kier glipte een zuinig streepje zomerweer naar binnen. Tjokvol was het in huize Wielenga; ik kom uit een gezin met elf kinderen. Nies en ik stelden vader nog voor om met elkaar de zonnige achtertuin op te zoeken. Maar dat vond hij ongepast. Leed en twijfel hield je binnenshuis. Vader wilde er iets officieels van maken, hij maakte aanstalten ons toe te spreken. Nog zie ik hoe hij beefde, hoe hij zich met beide handen aan de rand van de tafel vasthield, de familie wilde toespreken, nog hoor ik hoe hij vervolgens smoorde in het eerste woord. En daar huilde mijn heit. Mem huilde niet, die aanvaardde alles wat onder Gods onverbrekelijke wil viel. Deze ingrijpende expeditie viel daaronder. Vlak voordat we voorgoed de deur uit stapten, zei ze tegen iemand achter me: "Zo verlies ik in één klap een dochter met de man en drie kinders."

"Laat ons samen ook bidden voor een kalme zee en een behouden aankomst," preekte de dominee die zondagochtend in de gereformeerde kerk. Het werd een zeer ernstige dienst, er moest afscheid worden genomen van twee emigrerende gezinnen. Een kalme reis? Meteen al in Rotterdam bleek Nies zijn paspoort en papieren kwijt te zijn. Had iemand hem dan niet om de spullen gevraagd en alles ingenomen? De onzekerheid sloeg toe. Het liep uit op zoeken, bellen en veel heen en weer gehol. De ellende duurde tot de matrozen klaarstonden de trossen van de bolders te lichten. Op dat moment stonden wij nog met onze drie kleine kinderen in een kantoortje op de wal. Even leek het erop dat Nies opnieuw de borstrok over de kop moest halen, want waar anders dan in zijn kleren konden de papieren zitten.

Ik keek door het raam en zag hoe de loopplanken van de Waterman omhoog werden gedraaid. Op dat moment had ik kunnen hopen dat dat vreselijke schip zonder ons zou vertrekken, maar ik was alleen maar wanhopig. En Nies? Ik rook zijn angstzweet. Een halfuur later kwam er bericht dat de papieren al aan boord lagen, dat iemand ze inderdaad en passant had opgevraagd en ingenomen.

Voor ons was er alleen nog de touwladder om aan dek te komen. Opschieten, opschieten. Een handige dokwerker bracht eerst de kinderen omhoog. Eén voor één. Daarna was ik aan de beurt; die dokwerker vlak achter me op de touwladder, om me eventueel te kunnen grijpen. Ik dorst niet, knapte bijkant van de benauwdheid. Moest ik nou zó mijn ongeluk tegemoet kruipen? Nog hoor ik ver boven me aan dek de kinderen jammeren. Waar bleef mem nou! Als biggen in het slachthuis, zo krijsten ze.

Aan boord gekomen werd er voor Nies en mij geapplaudisseerd. Ik mag wel zeggen: een daverend applaus. Immers, nu konden ze eindelijk vertrekken. En ik, ik stond er als verlamd. Helemaal leeg. Wanneer hadden Nies en ik voor het laatst wat gegeten? Een etmaal geleden misschien? We werden naar beneden gedirigeerd, kregen in een donkere hoek een schamele slaapplaats toegewezen, stopten de kinderen onder de wol en wachtten tot ze sliepen als rozen. Nies wilde zo graag nog even met me naar het bovendek. Alsof hij goed in zich wilde opnemen hoe we het land verlieten. Een vriendelijke moeder die aan dek al even op de kinderen had gepast, bood aan een oogje in het zeil te houden.

Het zal 's avonds rond tien uur zijn geweest, hoog schoof de Waterman boven land en water uit over de Nieuwe Waterweg naar de zee. En daar stonden we aan de reling. Alsof we verplicht waren te aanschouwen hoe in het avondland voor het laatst de zon onderging. Een deken van dauw rolde zich uit over de landerijen.

Nies was dezelfde Nies niet meer; ik vroeg hem nou eindelijk mee naar beneden te gaan. We moesten toch naar de kinderen, naar die vriendelijke buurvrouw, we zouden toch aan die enge ruimte daar moeten wennen? Nee, hij wilde blijven, dus bleef ik ook. Nog voel ik hoe hij me naar zich toe trok en me met betraande ogen aankeek. Was hij bang soms? Nee, hij begon me emotioneel uit te leggen waarom hij toch zo graag wilde emigreren. De motieven die ik nu hoorde, kwamen me niet allemaal even bekend voor.

In Nederland zou hij voor eens en voor altijd het weeskind zijn, dacht hij. Hoe oud hij ook werd, dat zou hij volgens hem altijd uitstralen. Zijn loon in Nederland was te veel om van dood te gaan, maar te weinig om van te leven en dat lot zou hem in Nederland tot de laatste dag beschoren zijn. Nee, in Nederland geloofde hij er niet meer in.

"Voor zeven gulden in de week stond ik kaas te maken. Maar ik moest ook zeven gulden in de week kostgeld betalen. Het lot van de wees: werken en geen meter vooruitkomen. Iedereen wist dat het nergens naar leek, maar iedereen liet het ook gebeuren. In de fabriek bleef ik stinkend mijn best doen, liep bij nacht en ontij naar de cursus, maar na de oorlog, na mijn onderduiken, had een ander mijn plaats in de fabriek ingepikt."

Zo stond hij daar aan de reling te redeneren. "Anna, ik ben niet gegaan omdat de Duitsers jacht op me maakten, ik ben gegaan omdat ik de armoe beu ben. Door niemand heb ik me laten ompraten, maar ik weet zeker dat voor ons soort mensen in Canada meer rechtvaardigheid en kansen bestaan."

We bleven nog een tijdje aan de reling staan en zagen hoe nu alleen nog de hoogste boomkruinen en daken boven een zware deken van dauw uitstaken. En toen kwam de zee. Ik keek opzij en zag dat hij huilde.

"We gaan naar beneden," zei ik. Alsof hij het niet hoorde. "Kijk," klonk het opgewonden, "hier in de houten leuning staan de initialen van de jongens die naar Indië zijn gegaan." De Waterman was een van de troepenschepen die tienduizenden militairen naar Nederlands-Indië brachten en haalden en nu voor het eerst met emigranten naar Canada voer.

"Ga maar naar beneden," zei hij, "ik blijf nog even."

Toen hij eindelijk beneden kwam, zei hij: "Ik heb de initialen gevonden van een paar maten die in Indië zijn gevallen. Echt, ik heb de voorletters gevonden van Andele Lautenbach uit Berlicum, Lieuwe Greidanus en Wiebe Bruinsma uit Tzum."

Ik zei: "Je moet slapen, je hebt al drie etmalen niet geslapen."

"Misschien komen ook wij niet terug," zei hij, "maar ons lot zal beter zijn dan dat van hen."'

De Waterman vormde met bijna tweeduizend passagiers de eerste vracht naoorlogse emigranten van de Rotterdamsche Lloyd. Hutten waren er niet, het waren zalen stampvol britsen, kooitjes voor de kinderen en hangmatten voor wie erin durfden. Voor de kinderen was er geen enkele speelaccommodatie.

'Nies sliep ergens anders op een mannenzaal. Waar precies, dat weet ik nóg niet. Gelukkig was ik op het allerlaatste moment zo slim geweest de pispot weer uit de verhuiskist te halen. Die had ik nodig om de kinderen te wassen en ze erin te laten poepen, pissen en braken. Het was in de tijd van ouderwets maandverband, dus na vijf dagen waren alle wc's aan boord verstopt. Zo bleven we nog een week in een stank van je welste zitten.

Toen in Montreal het schip lag afgemeerd, stoven de ratten massaal over de trossen van boord. Zo waren die beesten een halve dag eerder Canadees dan wij. Het weer liet zich goed aanzien, dat wel. Mild. Die middag schreven en postten Nies en ik samen de eerste ansichtkaart richting Sexbierum: "Wij zijn aangekomen met goed weder. Het eten a/b van de Waterman was een mirakel. Alle dagen echt wittebrood." En zo was dat. Wittebrood hadden we een oorlog lang en ook daarna niet gezien, laat staan geproefd.

Nies was een paar keer op een avond naar een geleerde boer in Wijnaldum gefietst om een paar woorden Engels op te steken, maar nu bleek dat het geen zoden aan de dijk had gezet. Waar moesten we naar toe? Hoe moesten wij dat vragen? En aan wie? Het stond op de papieren, maar hoe maakten ze ons duidelijk waar het precies was? Gelukkig doemde er een zogeheten Fieldman op, een vertegenwoordiger van de Christian Reformed Church en de Christelijke Emigratie Centrale. Hij zorgde dat we in de juiste trein kwamen te zitten. Als onwetende kinderen reisden we het westen in.

Vijf uren hadden we in de trein gezeten toen Nies en ik voor het eerst woorden kregen. Echt, zoveel heibel hadden we tot dan in ons trouwen niet gehad. Het was alsof ik ontplofte, alsof alle spanning eruit moest. Pas veel later, op het perron van Trenton in Ontario, waar we even later door onze boer werden afgehaald, hebben we elkaar weer in de ogen gezien.

Eerst een jaar verplicht bij die boer werken, dat was wet. Die van ons woonde een paar uurtjes rijden van het dorp. Farmer Kenneth Crews. Crews had een mooi beslag melkvee, een grote varkensstal en een boomgaard. Weekloon: vijftien dollar en licht en brandstof vrij. Dat leek ons een best loon. Nies stond erop dat ik niet op de boerderij zou meewerken; ik was er voor de kinderen, vond hij.

In het royaal lijkende houten boerenarbeidershuis kwam de aap uit de mouw: we moesten er samen met nog een arbeidersgezin in, het echtpaar Streekstra met kroost. Goed volk, daar niet van, maar een dikke tegenvaller. Jarenlang had ik als dienstmeisje de benen onder andermans tafel gestoken. Jarenlang had ook Nies genoegen moeten nemen met een plaats onder andermans dak. Door de woningnood moesten we bij onze ouders inwonen. En nu waren we nog niet vrij. Benauwd dat ik het kreeg.

Een oud houten huis werkt, de deuren sloten niet goed, er zaten kieren in het dak, in bed kon je liggen sterrenkijken, het gevoel bekroop me dat de tuberculose weer zou kunnen toeslaan. Hadden mijn vader en broers in het tochtige huisje achter de zeedijk niet de tering opgelopen door achter tochtende deuren en ramen te slapen. Na een paar weken met de Streekstra's was de spanning te snijden. Volhouden, inbinden. Het was nu zomer, maar hoe zou het worden in de Canadese winter?

Nies stapte iedere ochtend rond halfvijf opgewekt de deur uit en kwam 's avonds rond acht uur even opgewekt en met een grote kan melk thuis. Ik zag hoe hij het naar zijn zin had en verzweeg dat ik van ellende geen hap door mijn keel kon krijgen. 's Nachts droomde ik van de oorlog in en rond Sexbierum, zag hoe de Duitsers achter Nies aan zaten, hoe ze hem sloegen en schopten. Overdag liep ik naar buiten en zag in de hele omtrek geen enkel huis. Toen de kinderen ook nog met een schoolbus werden gehaald, voelde ik me soms totaal verloren.

"Heimwee? Hebben wíj niet!" riepen de Streekstra's in koor. Pas toen had ik in de gaten wat er aan mij schortte: ik ging dood van de heimwee, ik ging met Sexbierum naar bed en stond ermee op.

Na een maand kwam Nies op een avond thuis met de mededeling dat de melk, die de boer hem aanvankelijk gewoon meegaf, alsnog moest worden afgerekend. Voor een extreem hoog bedrag; het kostte ons bijna een weekloon. Die boer had natuurlijk in de gaten dat we zonder auto toch niet weg konden komen. We waren zijn slaven geworden.

Er volgde een korte, heftige herfst en toen kwamen de eerste sneeuwstormen. Oktober 1947. 's Ochtends tien voor vier ging Nies' wekker en zijn eerste taak was om drie emmers vol sneeuw van de dekens te scheppen. Zo lek was dat huis. 's Avonds bij thuiskomst zag hij hoe ik verpieterde en wist er geen raad mee.

Het was november toen op een avond rond halfzes boerin Crews aanklopte en vroeg hoe het met me ging. "I'm busy to be crazy," zei ik. Ze begreep het onmiddellijk: ik was bezig gek van heimwee te worden.

Het is als een verschrikkelijke geslachtsziekte. Eerst weet je niet dat je het onder de leden hebt, dan komen de eerste symptomen en slaat ook een soort ongerustheid toe, dan kun je er niet meer van eten, niet van slapen. Je wordt stokmager, komt onder de uitslag te zitten, je haar valt uit. Op een gegeven moment trekt het je door merg en been. En inderdaad, dan komt de fase dat je gek wordt, dat je nog liever dood bent.

Wanneer Nies 's avonds thuiskwam, zette ik alles op alles om te dragen en niet te klagen. Die jongen had het ook niet gemakkelijk. Hij had recht op een goed huwelijksleven. Kortom, ik was nog weer in verwachting geraakt ook. Nies toonde zich een doorzetter, werkte zes dagen in de week twaalf uur per dag en leerde iedere avond weer zes nieuwe Engelse woorden uit zijn hoofd.

De Streekstra's hielden het voor gezien en trokken verder, maar daarmee waren de kieren in het dak niet gedicht. Het werd een barre winter waar geen end aan kwam. 's Nachts vroor het af en toe dertig graden en Nies kon de kieren in het dak niet afdoende afdichten. Ik voelde hoe ik almaar depressiever werd, kon soms geen woord uitbrengen, merkte al niet meer hoe de kinderen me bang stonden aan te staren. Ik wist het: ik ben gek geworden.

Op een avond kwam Nies vroeger thuis dan gewoonlijk. Ik besefte niet meer waar ik was en schreeuwde het uit: "Ik ben gek geworden!" De boerin werd gehaald en de volgende dag lag ik in het hospitaal. Er zal een flinke tijd overheen gegaan zijn, toen ik voor het eerst weer vroeg hoe het met de kinderen ging. Ze bleken te zijn ondergebracht bij Nederlandse emigranten in de omgeving. De een hier, de ander daar. We waren nog geen jaar in Canada en het hele gezin lag uit elkaar.

Het heeft maanden geduurd voordat ik alles weer op een rijtje had. Ineens was er weer die hang naar de kinderen, dat verlangen naar alles om je heen, naar Nies, die alles op alles zette om me zo vaak mogelijk in het hospitaal te bezoeken, naar de kinderen om te kijken, dus om het gezin nog enigszins bijeen te houden.

Ik kon naar huis. De dominee en anderen van de Christian Reformed Church steunden ons aan alle kanten, dat moet gezegd worden. Intussen was een geëmigreerde zuster van Nies met haar man en vijf kinderen onze kant op gekomen. Dat gaf extra steun. Onze Ed werd geboren, onze vierde, onze eerste echte Canadees. De kinderen voelden dat ze weer een moeder hadden, ik kreeg mijn gevoelens weer terug. O, die kinderen; ze leerden goed op school, namen schoolboekjes mee naar huis en zetten hun moeder er ook mee aan het werk. Omdat emigrantenkinderen zich vaak schamen voor het gebrekkige Engels van hun ouders. Als ze vriendjes mee naar huis nemen, willen ze dat pa en ma niet zo stom praten.

Nies was zijn doel nog niet uit het oog verloren: zelf boer worden op een eigen bedrijf. Hij werkte er keihard voor, en ik legde er iedere cent voor opzij. Nies zag zich als boer al over eigen erf paraderen. Beetje tegenstrijdig eigenlijk, want hij had altijd iets tegen boeren gehad die over hun eigen erf paradeerden. In zijn beleving waren dat de creaturen die hun macht misbruikten. Sterker, die ervoor hadden gezorgd dat ons soort mensen voor eens en voor altijd kleine luyden bleven.

In de schaarse vrije uren had Nies zelf een varkenshok getimmerd waarin drie drachtige zeugen konden. We hadden van bevriende immigranten verderop zeshonderd dollar kunnen lenen. Inmiddels werkte Nies nog steeds vijftig uur in de week bij de Crews. Nog altijd voor vijftien dollar in de week, want meer kon er niet af. De melk voor eigen gebruik kregen we nu voor een schappelijker prijs, dat wel.

Er volgde een onvoorstelbaar strenge winter en de zeugen met hun grote schare biggen dreigden dood te vriezen. Geen nood, we transporteerden de hele levende have naar de kelder onder onze woonkamer. Terwijl het buiten 32 graden vroor, lagen er onder onze bedstee drie zeugen en negenendertig roze biggen tevreden te wezen. En de biggen werden varkens.

Het duurde niet lang of we hadden nu ook een paar melkkoeien. Al was het Nies' bedoeling niet geweest, ik ging nu natuurlijk meehelpen. Melken. Goed tegen de heimwee, die niet meer zo ziekelijk was. Ook de kinderen staken na schooltijd en op vrije dagen de handen uit de mouwen. Nies bleef zo lang mogelijk bij Crews vijftig uur per week draaien, omdat we het zonder die vijftien dollar in de week nog niet aandurfden.

Het geploeter bleef niet zonder gevolgen: we boerden vooruit. Ook al beschuldigde een neringzieke Canadese buurman ons van kinderarbeid. Kortom, de politie te paard kwam het erf op. De Red Canadians, meestal zelf van boerenkomaf, waren snel gerustgesteld.

We waren al een beetje boer en boerin, en dat vond ook ik niet onbelangrijk. Boer met nogal duur land, nog te weinig vee, oude gebouwen en een derdehands tractor, dat wel. Nies noemde zichzelf openhuidig, moest altijd wollen goed tegen zijn huid voelen, begon af en toe last van de reumatiek te krijgen. En laat nou zijn schoolvriend Neal Visser, die al in de jaren dertig uit Tzum naar Californië was geëmigreerd en een boerderij bezat, opbellen.

"Waarom kom je deze kant niet op! Hier is het milder." Ik hoor het Neal nog door de telefoon roepen. Zo duur was in Californië een lap land ook weer niet, zei Neal. Alleen al het woord Californië klonk Nies als muziek in de oren. Je had een borg nodig om naar Amerika te emigreren en Neal wilde die borg zijn. Dus veilden we dat voorjaar onze bedoening in Canada. Dat was in 1954, het jaar waarin de prijzen voor land, vee en werktuigen toevallig verrekte laag waren.

Zo kwamen we dus niet met al te veel dollars op zak in Californië aan.

Wat een goed klimaat niet kan doen. Hier kreeg Nies steeds meer energie. Die zette hij niet om in nog harder werken, maar in slimmer ondernemerschap. In Canada hadden we ons leergeld betaald, hier probeerden we met wat meer handel een slag te slaan. Na een paar jaar kon zelfs de inflatie ons niet meer deren. Immers, onze hypotheek werd er verhoudingsgewijs geringer door terwijl de investeringen in land, vee en werktuigen in waarde stegen. Zo fleurde in de States onze huishouding op. Mijn heimwee ebde verder en verder weg. Er kwamen hier nog twee kinderen bij ook. Ze zouden stuk voor stuk zelfstandige mensen worden met knappe banen.

In 1961 was Nies' ideaal verwezenlijkt: een eigen boerderij met honderd koeien; een boerderij groter dan indertijd de grootste veehouder van Sexbierum en wijde omstreken. Nies was een diep tevreden mens geworden. We woonden hier in de buurt in een mooi eigen huis. De weilanden die we in 1961 hadden gekocht, zouden we in 1982 voor het driedubbele verkopen. Zo hebben we het tij mee gehad.

Ik had een vaag voorgevoel dat het té mooi was. Hier zou weleens een klap op kunnen komen. Hij kwam. Ons jongste kind, een zoon, verongelukte. En daarmee was alles weg. Voorgoed. Het was nu Nies die af en toe depressief werd. Hij kreeg last van zijn hart en moest eraan worden geopereerd. Dat was nog niet het ergste, hij kreeg de kwaal die ik in Canada maar net wist te overleven: brandende heimwee. "Nou weet ik wat jij hebt doorgemaakt," zei hij vaak. In 1993 was hij op en stierf. Ik moest alleen met de kinderen verder, met de kinderen die heel goed voor me zijn, dat wel.

Achtmaal hadden Nies en ik samen nog een trip naar Friesland kunnen maken. Noem het een remedie tegen de heimwee, een medicijn dat bij Nies steeds weer snel was uitgewerkt. Wanneer ik met hem door zijn geboortedorp Tzum wandelde, werd hij steeds een beetje emotioneel, dan praatte hij honderduit over vroeger. Steeds kwam naar voren hoe eenzaam hij zich hier als weeskind had gevoeld. En dan dacht ik: hoe kan iemand heftig terugverlangen naar het dorp waar je je zo verlaten voelde.'

Levenslagen

MELIS VAN DER SLUIS, HAMILTON, NIEUW-ZEELAND

Vlak naast het oude huis werd een nieuwe villa gebouwd. Het oude huis is de werkplaats van de kunstenaar geworden. Als Melis van der Sluis 's ochtends in zijn atelier bezig is, is het alsof hij opnieuw een verbond heeft gesloten met de aarde. De keramist van Nieuw-Zeeland; als pottenbakker geeft hij aardlaag na aardlaag opnieuw vorm. Zo lijkt hij het land te herscheppen waar hij een nieuw bestaan heeft opgebouwd. 'Alsof het al niet mooi genoeg is.'

De villa kijkt met grote ramen uit op de rivier die zich door en langs de stad Hamilton op het Nieuw-Zeelandse Noordereiland wringt. Het is een vroege zondagochtend, trimmers van acht tot over de tachtig trekken hun rondjes langs de paden, vreemde vroege vogels verbreken de stilte.

Melis van der Sluis, stroblond, rank en lenig, midden zestig. Heel vroeger promoveerde hij uit het eerste van voetbalclub CAB in Bolsward naar het Friese jeugdelftal. Dát was nog eens een stap. Bolsward, de stad van de Friese dichter Gysbert Japicx; ze vonden het eigenlijk niet goed dat hij CAB verliet en verdorie naar de andere kant van de wereld trok.

'In Bolsward, daar bij ons op de Stoombootkade, rammelde het aan alle kanten. Rammelende kratten bier en limonade die geladen, gelost en gestapeld moesten worden. Gazeuse noemden wij kûgeltsjebier, het was de drank der onvolwassenen. En het duurde toen nog aardig lang eer je volwassen was. Maar hoe het er ook rammelde, een gouden handel was het niet.

"Als de oorlog maar voorbij is," zei m'n vader, "dan zal het allemaal beter gaan. Zul je zien, dan schiet de omzet omhoog." En de koster van de Martinikerk oreerde in zijn taaie Stadsfries: "Deursette, Van der Sluus jonge, se hewwe it over un geboortegolf na de oorlog! En supe doen se in Bolsert altied, is 't niet uut riekdom, dan wel út armoede."

De bevrijding kwam en dat moest gevierd worden, maar het leek wel alsof de mensen al dronken konden worden van water uit de kraan. Toen het feest afgelopen was, braken opnieuw de sobere tijden aan. Hoe langzaam kwam de economie op gang. Er was geen geld en niets was er te koop. Hoe bestond het nou dat er in onze branche wél nieuwe concurrenten op de markt kwamen?

Toen eind jaren veertig ons grossierderijtje in bier en frisdranken wat aantrok, begonnen de brouwerijen hun distributie te reorganiseren. Op naar grotere eenheden. Ineens was onze zaak klein, je voelde het aan alles.

"Jullie moeten maar flink je best doen op school," zei moeder, "kennis is macht." En heit zei: "Als je geleerd hebt, red je het langer." Bij die mededelingen werd het niet gelaten. Moeder: "Hier is geen toekomst. We zouden moeten emigreren, Abe."

Emigreren. Het woord viel op een namiddag tegen vijven. Vader Abe reageerde eerst licht instemmend. Met gebrom. De man friemelde wat in zijn zak met pruimtabak, propte een paar draadjes in z'n mond, riep: "Jeltje, ik zal maar eens kijken of Willem Visser er al met de Vijf Gebroeders aan komt varen." Even later lag de boot met nieuwe flessenkratten voor de wal. En het rammelde weer.

Heit en mem. Zij was een ondernemende vrouw, een schippersdochter vol avontuur. Een van de negen kinders van schipper Atze Reidinga van Terherne, nou, dan wist je wel wat je eraan had. Aanpakken en niet te benauwd wezen. Vader was bedaarder van aard. Niet dat hij zich alles maar liet welgevallen, o nee, maar toch. Twee mensen, zeer verschillend van temperament die samen een eenheid vormden.

Een opgroeiend gezin met vijf kinderen, drie jongens en twee meisjes. Ik ging naar de ulo, zou later naar de kweekschool. Als kind besefte ik nog niet dat ik de aard van mijn moeder had. Je droomde wat weg, fantaseerde over het land achter de horizon, je zag dat prachtige famke van de winkelier Van den Oever over de Bolswarder Bargefenne treden, je wist niet wat je overkwam, werd in één klap smoorverliefd. Op een goede dag, ja op een mooie zomeravond, slenterde ik met dat kind samen over het hoge bolwerk. Hand in hand. Af en toe zag je opzij en dacht: mijn God. Samen een volle ronde over het oude stokoude bolwerk om het oude stadsdeel heen. De eerste kus, je stond bijna op je schammels te beven; die gevoelens. Tjonge nog eens aan toe, nou ik het erover heb.

De volgende dag stond de pastoor op de stop. "Van der Sluis!" zei hij bij de deur. "Is Van der Sluis er zelf ook?" Ja. En even later: "Van der Sluis, ik heb een ernstige kwestie te bespreken, 't komt hierop neer, er is groot bezwaar tegen het feit dat een van die jongens van je met de dochter van Van den Oever loopt. Je zult, Van der Sluis, zelf wel begrijpen waarom dat absoluut niet kan."

"Ik weet het, mijnheer de pastoor, we zijn niet rooms, we zijn niks!" Ik hoorde het vader zeggen. Hij kwam geruisloos de kamer weer binnen. "Ik heb begrepen dat je een beetje achter die meid van Van den Oever aan struint en dat is nou net een van mijn beste klanten, Melis!"

Hoe noemden jullie dat later ook alweer? Verzuiling. De verzuilde maatschappij van het Nederland van na de oorlog.

Het stadsbeeld van die dagen: er dobberden van die kleine pramen met schijttonnetjes door de stadsgrachten, er rammelden hondenkarren over de Appelmarkt en Bargefenne, er vochten zestien Bolswarder bakkers om de gunst van sober levende gezinnen. Vooroorlogse patronen, ach je weet het wel. Na de bevrijding kwamen nog weer de oude tijden terug en daar had je niet op gerekend, gehoopt, over gedroomd. Misschien voelde de jeugd dat nog sterker dan hun ouders; dat de tijden blokkeerden.

Almaar vaker viel bij ons thuis het woord emigreren. Gevoegd bij het woord Nieuw-Zeeland. Ik kwam erachter dat er al centen voor opzij werden gelegd. Ja, Nieuw-Zeeland dat was een verre, verre reis. Voor de Bolswarders van toen was het verder dan de maan, want de maan kon je met klare luchten nog met eigen ogen zien. Nieuw-Zeeland, een mysterie waarvan we langzaam maar zeker in de ban raakten. Je kon zweren en zwetsen dat Amerika mooi was, maar Nieuw-Zeeland!

Het was praktisch wanneer er eerst een verwant vooruitreisde om kwartier te maken. Eerst moest daar een dak boven je hoofd worden verdiend, maar dan was je ook Nieuw-Zeelander.

"Mem, ik reis jullie vooruit," heb ik op een avond gezegd.

"Wat je hier geleerd hebt, is daar nooit weg." Dat was de reactie.

"Als jij gaat, ga ik met je mee," zei Gretha, mijn jongere zus. "Wie moet er anders voor je koken."

"Tjonge jonge," zei heit, "het gaat echt gebeuren."

Na een jaar zouden mijn ouders met onze Atze, Jan en Sjoerdje volgen.

Het was vlak voor de kerstdagen van 1951 toen Gretha, negentien, en ik, twintig, met elk een koffer op de Bargefenne klaarstonden. Daar was de bushalte. Wat ik er nog van voor me zie is een donkere dag in een kleurloze stad. Maar triestig mag je het niet noemen. Heit en mem maakten grapjes. Met ernstige gezichten, dat wel. Emoties? Nauwelijks. Misschien kwam het doordat Gretha en ik enkele maanden naar dit moment hadden uitgezien en er zelf zo fleurig en kleurig op stonden.

Natuurlijk beseften we helemaal niet waaraan we begonnen. Over ons was een gevoel gekomen dat iets weg had van de schoolreisjeseuforie. Samen helemaal naar de andere kant van de wereld. En de rest van het gezin zou ons zo snel mogelijk volgen. Geen nare gevoelens op het moment dat we de stad verlieten waarvan we, zou later blijken, zo hielden. In Rotterdam lag de Sibajak klaar aan de kade van de Koninklijke Rotterdamsche Lloyd. Bijna lonkend lag-ie daar.

Het schip voer uit. Toen Gretha en ik een week later op een avond op het achterdek van de Sibajak naar het schroefwater stonden te staren, drong het pas goed tot mij door dat dit eindeloze wit schuimende pad ons steeds verder van de Stoombootkade weg voerde. Twee scheepsmotoren van elk tienduizend paardenkrachten, die goed waren voor een voortgang van vijftien mijl per uur, maalden en maalden maar door. Dag in, dag uit, week in, week uit. Wat was de wereld groot. Daar op het achterschip, op die ronde kont van Hare Majesteit de Sibajak, moet ik gevoeld hebben dat er zich wortels losmaakten uit het diepst van mijn wezen. Niet dat het me zeer deed, maar ik moet me op dat moment bewust zijn geworden van de onverbiddelijke breuk met dat wat men in Friesland jonkheid noemt.

'k Was een actief baasje geweest, voetbalde graag, speelde dus mee in het Friese elftal, en dan kon je misschien ook wel in het Nederlands elftal. Je had veel vrienden, je had al een beetje een verleden. Herinneringen. En nu was er niets anders meer dan toekomst.

Later pas heb ik ook beseft hoe sterk de broer-zusterband met

Gretha was. Zo konden we overleven: samen. Gretha, een sterke, evenredige vrouw, zo zou blijken. Ze was mooi ook. Als het orkestje aan boord 's avonds één noot had laten horen, zwiepten wij de dansvloer op. Gretha en ik; we zijn dansend naar de andere kant van de wereld gegaan.

Toen we na vijfenhalve week kielzogje-kijken van boord stapten, was het zomer op het Noordereiland. We hebben van Wellington maar de trein naar Auckland genomen, daar zou wel werk zijn te vinden. "Maar misschien is Auckland wel niet precies de plek voor lui die werk zoeken," hoorde ik Gretha twijfelen. Op dat moment nam ik het besluit een soort enquête in onze treincoupé te houden. Zo van: Naar welke stad zou u op onze leeftijd gaan indien u zeker wou zijn van een goede baan. Ik bedoel: vast werk met toekomst.

Nieuw-Zeelanders jong en oud bogen zich over de vraag. De stad Hamilton kwam veruit als winnaar uit de bus.

"Melis, we gaan naar Hamilton!" Er was een eind gekomen aan Gretha's twijfelmoedigheid.

De eerste uren in Hamilton. Een nog slapende stad op zondagochtend. Doodmoe moeten we zijn geweest. Even voelden we ons er zeer verlaten. Maar op die momenten spraken we elkaar moed in. Daar waren we beiden kennelijk vreselijk goed in.

"We moeten zoeken naar fabrieken, naar bedrijven."

"We zien ze nu niet, omdat er niet wordt gewerkt, maar morgen zal er veel meer bedrijvigheid zijn."

Zo slenterden we met onze rieten koffers langs lange muren, vonden een richel waarop we even konden zitten rusten, bleven elkander moed in praten.

"Het rammelt hier achter de muur," hoorde ik Gretha mompelen. "Toch geen flessen! Ja, er rammelen flessenkratten."

"Klim bij me omhoog," zei ik tegen Gretha, "kijk over de muur!" Van boven mijn hoofd hoorde ik haar verbaasd uitroepen: "Kûgeltsjebier, Melis. Kûgeltsjebier!"

"We zijn weer op de Stoombootkade, Gretha." We hadden cynisch kunnen vaststellen dat we evengoed op de Stoombootkade hadden kunnen blijven, maar we hebben bijna gejuicht. Nog geen vijf minuten later kregen we de baas van de fabriek te spreken. Werk bij de vleet, ja, we konden de volgende ochtend vroeg meteen beginnen. "All right, sir, tomorrow early in the morning!"

Diezelfde dag hebben Gretha en ik samen een advertentie opgesteld waarin ze zich aanbood als coupeuse. Daar had ze voor geleerd. Drie dagen later bleek die ene advertentie voor haar meer dan genoeg. Beiden verdienen, samen sparen. Zeg maar gerust potten. Vrij snel waren er genoeg centen en perspectieven voor een eigen huis. Er gingen enthousiaste brieven naar Bolsward.

In de weekenden gingen Gretha en ik dansen. De Kiwi's hier wisten niet beter of we waren een onverbrekelijk stel, maar ondertussen keken we beiden uit naar een échte partner. Er was keus, er was spanning. De rest van het gezin zou binnenkort afreizen. Achteraf bezien is dat jaartje kwartier maken een gouden tijd geweest.

De arbeidsmarkt groeide hier als kool, ik wilde niet op de limonadefabriek vastroesten. In Hamilton kon ik gratis een lerarenopleiding volgen, sterker, je kreeg zakgeld toe. In het thuisland waren de koffers inmiddels gepakt.

Maar aan de Stoombootkade kwam een kink in de kabel. Heit was inmiddels over de vijftig en op deze leeftijd bleek hij niet meer aan de Nieuw-Zeelandse immigratieformaliteiten te voldoen. Per brief heb ik het probleem voorgelegd aan de toenmalige oppositieleider in Wellington. In mijn schrijven legde ik er de nadruk op dat de Nieuw-Zeelandse overheid in haar voorlichting tekort was geschoten en daarom in deze kwestie niet te formeel hoorde te zijn. De lobby had succes, ze kwamen eraan.

"Goeie reis gehad?" Ik zie heit en mem nog met Atze, Jan en Sjoerdje voet aan wal zetten. Mem: "Week in, week uit hebben we gevaren, wat prachtig was dat. Op een avond stonden we op het achterdek weer eens naar het kielzog te kijken en ik zei tegen heit: "Wat is de zee oneindig groot."

"Ja," zei heit, "hier is geen terugkomen aan, Jeltje."

We reden als herenigd gezin naar huis, en de volgende dag heette onze Sjoerdje Shirley.

We hadden onze heit al gewaarschuwd dat de aardappelen hier niet zo kruimig waren als aan de Stoombootkade, maar dat ze zó slecht waren! Zo stond hij sceptisch tegenover zijn nieuwe wereld. En natuurlijk moest hij wekenlang zoeken naar een winkeltje in pruimtabak. De eerste weken zagen we hoe hij met lichte tegenzin zijn beste sigaren tot pruimtabak knipte. "Dat it sa moat!" foeterde hij dan. Maar zijn gezin was herenigd, als ouders zagen ze dat hun kinderen het in het nieuwe land mirakels goed deden.

Diep in heit moet het hebben geknaagd, diep zaten zijn wortels in de Friese aarde, onzeker moet de man zich hier eerst hebben gevoeld. Achteraf bezien was de man inderdaad te oud om te emigreren, maar nu hij zijn gezin zag bloeien, bloeide hij mee. Maar toch heeft hij hier zijn balans gevonden. Vooral ook toen hij later temidden van zijn kleinkinderen in zijn prachtige tuin vol nieuwe bloemen en vruchten verkeerde. Nooit hebben we hem, zoals zoveel oude emigranten, dan ook horen beweren dat hij in Friese grond begraven wilde worden. Op een of andere manier is hij toch één geworden met de grond waarop alles om hem heen tot bloei kwam.

Nu probeer ik niet emotioneel te gaan doen over het feit dat ik mijn wortels in twee werelden heb, maar zelf wens ik hier niet begraven te worden. Ik weet dat ik daar én hier wortels heb. Dat verknipt me niet, ik zie het eerder als een privilege. Niet iedereen immers kan zich erop beroemen met beide uiteinden van de wereld zoveel affiniteit te hebben. Daarom zal de ene helft van mijn as worden uitgestrooid over de vulkanische grond van Nieuw-Zeeland en de andere over het Friese land. Zo heb ik het inmiddels laten vastleggen.

Voordat ik als kunstenaar mijn brood verdiende, probeerde ik als leraar de kinderen – blanke en gekleurde Nieuw-Zeelanders, immigranten waar dan ook vandaan – de ogen te openen voor de cultuur waarin ze waren opgegroeid en waarin ze hier nu leefden. De jeugdjaren, die basiscultuur, zal de mens altijd met zich meedragen. Verdring of verloochen je dat onuitwisbare – sommige emigranten proberen dat te doen – dan ben je niet eerlijk tegenover jezelf. Erger nog, dan ben je jezelf niet.

Waar ter wereld ik later als kunstenaar, als keramist, ook exposeerde, altijd heb ik de sfeer tot me laten komen van de cultuur waarin ik me op dat moment bevond. Maar altijd bleef ik beseffen waar ik vandaan kwam, waaruit ik was voortgekomen. Het is ook dát fenomeen dat ik probeer uit te beelden. Je ontwaart het toch in de objecten die ik maak. Ze verbeelden niet alleen de lagen van de aardkost, maar ook de fasen, de tijdlagen van het bestaan. In de grondlagen ontwaar je de tijd met zijn uitbarstingen. Uitbarsting na uitbarsting. Met enig geluk word je kind-af, word je ouder en ouder, waag je je verder en verder, word je gelaagd als de boom met zijn jaarringen. Hoe kun je in dat profiel je eerste laag negeren terwijl het deel van jezelf uitmaakt?'

***

Met de inmiddels gerenommeerde keramist Melis van der Sluis verlaten we het atelier en wandelen langs de rivier. We ontmoeten een oude Maori die barrevoets de hellingen afstruint, op zoek naar geneeskrachtige kruiden. Er holt weer een klein peloton joggers over de paden, tien meter lager wagen zich de eerste zondagsvaarders op het water. Melis' uit Denemarken geëmigreerde vrouw Ruth heeft als makelaar een afspraak met een klant, ze groet ons vanuit de verte.

'Nadat heit hier kwam te overlijden, is mem nog lang die vrouw met spankracht en avontuur gebleven. Ze was al een oude weduwe toen ze terug wilde naar het waterland van Mid-Friesland. "Of ben ik daarvoor soms te oud?" "Mem is nooit te oud." Nog zie ik hoe we samen in Auckland in die grote Boeing 747 naar Amsterdam stapten. Toen het gevaarte los van de grond kwam, zei ze: "Weet je, jongen, toen je heit en ik naar hier voeren – het was op schemeravond – was het alsof er geen eind aan de reis zou komen, en nu, op dit moment, is het alsof ik naar huis wordt geschóten!"

We hebben als gezin voor haar in bejaardenhuis Leppehiem te Akkrum een tijdje een kamer gehuurd. Echt zo'n bejaardenoord vol Friese nostalgie. Ik dacht, daar zal ze zich thuisvoelen, daar kan ze met haar oude schoolvriendjes en -vriendinnetjes praten over het knikkeren en hoepelen en schaatsen van toen. Maar zomaar op een ochtend, tijdens een bezoekje, zei ze: "Jongen, ik wil naar huis." En zo is ze weer thuisgekomen.'

Onder ons wordt de rivier smaller, een beetje wilder en rumoeriger. Zwijgend lopen we stroomafwaarts. '"Ruth," zei ik eens op zo'n mooie zondagmorgen, "weet je wat? We boeken met onze kinderen een wereldreis. Met een passagiersschip, met de Canberra. "Toe maar!" En even later: "Ja, dat doen we!" Kijk, in dit land gaan de kogels wat sneller door de kerk dan in het oude land, zodoende.

Twee kubieke meter eigen werk nam ik mee aan boord, want je moet ook weer eens wat van je dingen verkopen. Maar het hoofddoel van de reis was om onze kinderen de plekjes te laten zien waar onze wortels zitten. En zo kwamen we dus terecht in het Deense Odense op de Rosenornsvej en in het Bolswardse op de Stoombootkade. En wat bleek? Het deed de kinderen nauwelijks iets, die ouwe "wortelplaatsen" van hun ouders. Het trof ons beiden bijna pijnlijk toen ze er al slenterend weinig belangstelling voor toonden en – erger nog – over Londen en Oxford Street begonnen. Ja, Londen, dat oude hart van hun eigen Gemenebest.

Ruth en ik, we hebben elkaar daar op Rosenornsvej even diep in de ogen gekeken. En toen werden we wakker, begrepen we het. Hun wortels zaten het diepst waar ze het diepst hoorden te zitten.'

Het gebroken dorp

TZUMMARUM VERTROK, TZUMMARUM BLEEF

Tzummarum was bevrijd. De vlag wapperde van de toren, de marsmuziek klonk van alle kanten. De christelijke en algemene fanfare, De Bazuin en Crescendo, ontmoetten elkaar tussen Het Wapen van Barradeel en de grote kerk. Een halve eeuw lang hadden ze elkaar een beetje met de nek aangekeken, maar nu speelden beide korpsen dezelfde mars in hetzelfde tempo. Zo harmonieus en massief had het in deze bloedige twintigste eeuw in het Noord-Friese Tzummarum nog niet geklonken.

's Avonds was er een revue in de grote aardappelloods, de bevrijdingsrevue. Aardappels uit dezelfde grond, feest uit dezelfde pot. De eensgezindheid won het van de verzuiling. Maar zo bevrijd waren de mensen in Tzummarum en al die andere dorpen en steden in het voorjaar van 1945 niet: een dag later zong ieder weer zijn eigen lied en een week later toeterden beide korpsen weer dapper in hun eigen toonzetting.

Een episode uit het bestaan van een dorp dat sinds 1846 twee emigratiegolven overleefde en nu op de top van de derde balanceerde. Ditmaal zouden van de ruim zestienhonderd inwoners er zo'n tweehonderd uitzwaaien. Uitzwaaien met een wat zuinig opgestoken hand. Het was een kwestie van uit het oog, uit het hart. Elke keer als er weer een bus vol gelukzoekers vertrok, was er maar heel even sprake van verdriet. Wat achterbleef leefde gewoon verder. In de *Franeker Courant* van 1 april 1949 valt te lezen dat de rokken wat korter werden, dat ze nu dertig tot tweeëndertig centimeter vanaf de grond konden hangen. En een paar Robinson-schoenen kostte een tientje.

Het verhaal van een dorp dat in drie segmenten naast elkaar leefde en niet naast elkaar stond. Drie segmenten, omdat er blijkbaar geen middenweg bestond tussen vrijzinnig, hervormd en gereformeerd.

Wat de naoorlogse emigratiegolf in het dorp teweegbracht, is misschien het best duidelijk te maken met het verhaal van de christelijke muziekverening De Bazuin. In een paar jaar verloor de fanfare zoveel bugels, trombones en baritons, dat hij ten slotte niet meer door het dorp durfde te marcheren. Zoals er stukken uit de akkoorden wegvielen, zo vielen er stukken weg uit de hele samenleving. De harmonie was weg.

In Tzummarum zou de naoorlogse exodus het karakter van een negentiende-eeuwse groepsemigratie krijgen. Alsof er een voorganger rondwaarde die alles en iedereen met een mooi verhaal het land uit praatte. In deze episode verloor alleen al de gereformeerde kerk hier 167 belijdende lidmaten. En elke volksverhuizer had een motief plus een geheim aantal bijmotieven.

En zo stond er om de haverklap een groepje mensen op het pleintje bij de Skûtebuorren op de bus te wachten. Soms was het een huishouding met elf kinderen. De verhuiskist was al vooruitgestuurd. De zoon van huisschilder Kees Jouwersma had in grote blokletters het nieuwe adres erop geschilderd: FARMER BURT WILSON, 14 RIVER RD GREENVILLE MI, USA. Voor het huisraad van de gereformeerde landarbeider van de vette zeeklei was één standaardverhuiskist van Rotterdamsche Lloyd of Holland-Amerika Lijn voldoende.

'Daar komt-ie aan, heit,' riep een van de op de bus wachtende kinderen. Maar eerst verdween de bus nog achter het rijtje huizen aan de Zeedijk. Daar stopte hij op De Kampioen om Reinder en Jetske Kamstra op te pikken. Daarna stond hij nog stil voor een gezin dat bij de gasfabriek wachtte. En nu was de halte in het dorp aan de beurt.

Een gordijn schoof opzij, de ventende bakker stapte van zijn transportfiets en stelde vast dat Tzummarum morgen wéér minder monden telde. Een oude vader en moeder bleven op het bruggetje het voertuig nastaren. Toen de bus al bijna in Franeker was, liepen ze schouderloos terug naar huis.

Alsof het volk hier met een virus was besmet, aan een kwaal leed met als bijverschijnsel vluchtgedrag, alsof er sprake was van een euvel waarvoor de kleine luyden driemaal zo vatbaar waren als andere soorten. Sommigen zouden er overigens pas na een halve eeuw achterkomen wat en wie hen tot de grote stap had gebracht.

De Canadees met Tzummarumer accent Jelte Posthumus probeert het aan de andere kant van de oceaan, in Ontario, Canada, onder woorden te brengen,

'Gé en ik hadden de beide jongens al. Met die kleuters woonden we in bij mijn moeder, de weduwe Stevens' Tryntsje. Op een avond rond etenstijd vroeg ze: "Wil jij vanavond bijbellezen, Jelte?" Goed, ik pluk de bijbel van de schoorsteenmantel.

"Lees de belofte van God aan Abraham, Jelte," zei ze. Dus ik zocht Genesis 17, vers 8 op: "En Ik zal u, en uw zaad na u, het land van de vreemdelingschappen geven, het gehele land Canada..." Er stond natuurlijk geen Canada, er stond Kanaän, maar ik versprak me.

"Het zit je erg hoog, hè jongen!" zei ze. Op dat moment wist ik dat het hoge woord er al te laat uit was gekomen. "Ja mem, we willen weg, we gaan ook emigreren."

Ik wilde niet langer blijven in het land van de hondenkar en de kleine marges. Er was beloofd dat er na de oorlog een nieuw begin zou worden gemaakt, maar toen ik eindelijk van de hondenkar was verlost, was er nog altijd geen cent voor wat beters. Alles wat Stevens' Tryntsje nog had, haar enige zoon met vrouw en twee kleinkinderen, zou van haar aardbodem verdwijnen. Ik hoor mem nóg Genesis 17, vers 8 in eigen woorden uitleggen: "Jongen, het kan niet anders, dit moet dan Gods wil wezen. Hier in het dorp is voor ons niets te bereiden." Zo aanvaardde ze ons besluit.'

Jelte Posthumus stapte nog diezelfde avond met een zwaar hart en de koperen bas op z'n schouders naar het repetitielokaal van De Bazuin. Daar kwam hij net te laat aan om het koraal nog mee te blazen, het lied waarmee altijd begonnen werd om de Here te prijzen en de instrumenten te stemmen. Wat onzeker bleef hij eerst nog op de gang naar de akkoorden staan luisteren. Nog nooit had zijn korps zo'n mager geluid voortgebracht. Toen korpsdirigent en boer Jan Goasses Terpstra het dirigeerstokje op de lessenaar smeet, stapte Jelte met de bes-bas het lokaal binnen en zocht ietwat schuchter zijn stoel op. Hij ontdekte hoeveel lege plaatsen er waren bijgekomen. En nu dan zouden ze zo meteen te horen krijgen dat ook Jelte van de weduwe van Steven de oceaan zou oversteken.

Het is allemaal een halve eeuw geleden. Achter in de tuin van zijn huis aan James Street in London (Ontario) zegt Jelte Posthumus: 'Eind augustus 1951 maakte ik mijn laatste korpsrepetitie mee. Op een dinsdagavond. Ze wilden afscheid van me nemen met het spelen van een koraal, maar Marten Terpstra van de grote bes-bas had pas een nieuw bovengebit gekregen en was dus niet present. En de bugels, baritons en trombones záten al in Ontario, British Columbia, en Michigan, USA. Omdat het zo armoedig klonk, heb ik mijn eigen afscheidsserenade maar meegeblazen: "'k Wil U o God mijn dank betalen."'

Een paar weken later stelde Jan Goasses Terpstra na afloop van de wekelijkse repetitie met trillende stem vast: 'Het verband is eruit, we missen te veel stemmen, er zijn al te veel goede blazers vertrokken.' Wat er op dat moment nog van de fanfare over was, bleef sneu in de Van der Lubbe-houding zitten kijken: met de koppen naar beneden.

Amper een jaar later werd de postkantoorhouder en altsaxofonist Ale Travaille op de jaarvergadering van De Bazuin tot korpsvoorzitter gekozen. Bij thuiskomst zei hij mismoedig tegen zijn vrouw: 'Ik ben kapitein geworden op een zinkend schip.'

Van de vijfendertig Bazuinblazers waren er nog negen over. Op de avond dat ook muzikant Willem de Vries aankondigde dat hij met vrouw en dertien kinderen wegging, riep tromslager Auke Walda: 'Op zo'n manier kunnen we niet meer met goed fatsoen door het dorp marcheren', en hij smeet diep teleurgesteld beide tamboerstokkken van de kleine trommel tegen de grond.

Het dorp dat vertrok en het dorp dat thuisbleef. Sybe Sijbesma en Sytske Sijbesma-de Groot bleven. Zoveel later zitten ze nog altijd gezond en wel in de voorkamer van hun huis aan De Tolve in Tzummarum. Het verslag van twee krasse mensen, zij bijna tachtig, hij zesentachtig. Voor hen was een zomers tochtje op de brommer naar Gaasterland al een heel avontuur. 'Ho, wacht even!' roept Sybe. 'In die jaren wilde ik ook weg. 'k Had meer dan genoeg van dat afhankelijke leven bij de bouwboeren, van het harde beulen hier op en in de klei. Maar Sytske wilde niet, was niet om te praten.'

Sybe Sijbesma was geen muziekman, maar hij liep wel voor De Bazuin langs de deuren om de contributie op te halen. 'Zo belde ik eens aan, een vrouwmens verscheen en zei: "Wat heb ik nóú gehoord, Sybe, krijg jij Sytske niet mee naar Canada? Nou, dat is ook wel wat!" Alsof heel gereformeerd Tzummarum naar de andere kant van de wereld móést.'

Jan Haagsma van de tweede piston maakt als rentenier in Canada nog graag eens een ritje met een van zijn trucks van London naar Toronto. Of hij rijdt naar de boerderij van zijn broer Sies om een handje te helpen. Onderwijl fluiten ze samen de wijsjes van vroeger. 'De muziek, ik bedoel De Bazuin, draag ik nog altijd een warm hart toe. Ik zal zeventien zijn geweest toen ik na de korpsrepetitie dirigent Terpstra meedeelde dat het mijn laatste korpsavond was geweest. Nou, dat was me wat.'

Jans vrouw, Hanny Martens Terpstra, ook van Tzummarum, kan beamen dat een dergelijke mededeling emoties teweegbracht. Even is het stil in huize Haagsma, en dan: 'We zijn terug geweest in Tzummarum, en ik ben weer naar de weekrepetitie van De Bazuin gegaan. Wat een fanfare hebben ze daar nu. Wat een sound. Internationaal niveau. So beautiful, they played their hearts out.'

Een paar uur rijden naar het noordoosten van Ontario renteniert Sippe, zoon van klompenkoopman Frans Harkema uit Tzummarum. Het is een doodstille, late zomeravond. Op het balkon van zijn riante huis ziet hij uit op een roerloos Lake Couchiching. Dit moet een van de mooiste huizen zijn in een van de mooiste oorden van Canada. Boven de oeverloze vlakte zwermen wolken muggen. 'Het betekent ook morgen weer mooi zomerweer,' weet Sidney Harkema.

In Sid zit niet alleen muziek, maar ook nog een dominee en een koopman. Uit de verhalen, die aan beide kanten van de oceaan over hem zijn opgetekend, mag geconcludeerd worden dat hij de dominee en de koopman van vader Frans erfde. Pa Frans de klompenboer was ook niet voor de poes, die kon iemand al prekende een paar klompen aanpraten, zeiden ze.

Ineens schiet Sid iets te binnen. 'Ja, onze fanfare. Toen ik mijn trombone bij Jan Goasses Terpstra inleverde, hoorde ik: "Jij ook weg! 'k Voelde 't al aankomen, je bent er eentje met onrust in je lijf. Onrust en handel en zendingsdrang." Nou, de Dichter und Bauer Terpstra had het goed gezien: Sippe van Frans Harkema is niet een mannetje dat vijftig jaar lang dezelfde partij in een en dezelfde fanfare toetert.'

Een andere nog levende getuige van de exodus van de naoorlogse jaren is de oom van oude Sidney, Steven Sippes Harkema. Hij woont, vierennegentig jaar oud, blind en doof in het Amerikaanse Jenison (Michigan). Met nog een ijzeren geheugen, dat wel. Voor een gast uit het oude land gaat hij rechtop zitten. In Tzummarum weet men niet beter of deze Steven en fanfare De Bazuin hebben nooit iets met elkaar van doen gehad. Steven was immers geen blazer. 'Maar let op,' waarschuwt hij. 'In de herfst van 1949 moet het geweest zijn, op een doodgewone dinsdagrepetitie van het korps.'

Een reconstructie. Jan Goasses Terpstra legde de partituur van de ouverture *Wilhelm Tell* van Rossini op de lessenaar. Een ietwat werelds stuk, dat wel, maar het kon er in het zware kleidorp nog net door. Je kon het tenslotte ook nog gedragen spelen.

In de pauze moest de dirigent vernemen dat er alweer een blazersgezin de aftocht blies. Nu waren het de muzikale Van Steinvoorns. Met zwaar de pest in stapte Terpstra na afloop van de repetitie door het dorp. Hij vermoedde een dader. Toen hij op de kade bij Steven en Rinske Harkema nog licht zag branden, belde hij aan.

'Ik liet de boer zelf binnen,' weet Harkema zich te herinneren. 'Al in het gangetje beet hij me toe: "Ik zal je dít zeggen, je brengt met die mooie verhalen van je over Canada en Amerika heel Tzummarum de harsens op hol. Je scheurt het dorp helemaal uit z'n verband!" Op dat moment wist ik al waar boer Terpstra naar toe wilde. Als bestuurslid van de Christelijke Emigratie Centrale wees ik de mensen voortdurend op de voordelen van emigratie.

"Neem een stoel, Terpstra," zei ik rustig. "'k Blijf staan!" hoorde ik. "Terpstra," zei ik, "u bent zelf ook geëmigreerd; van Menaldum naar Tzummarum. Maar daarom maakt u hier de dienst nog niet uit!" Witheet stond hij daar: "Als je een kerel bent, emigreer je zelf ook met je hele santenkraam naar Canada of Amerika. Stap op de boot! Met je hele huishouding moet je op de boot stappen! Dán ben je een held." "Mijnheer de herenboer," zei ik, "u wordt op uw wenken bediend, ik heb de papieren al een week in huis, we gaan mooi naar Amerika."

"Geweldig!" Zijn stem was hees van woede. "Dan is hier in Tzummarum het ergste onkruid eruit!" En daar ging de boer.'

De zesennegentigjarige Reintsje Haagsma-Pasma belandde vierhonderd kilometer oostelijker, in Ontario. Ook al was ze tot vandaag niet op de hoogte van de botsing tussen Jan Goasses Terpstra en Steven Harkema, het verwondert haar niks. Steven Harkema was een groot pleitbezorger voor de emigratie. Maar zonder zijn verhalen waren Reintsje en haar man Auke met hun tien kinderen ook gegaan.

'Auke haalde in de jaren veertig in enen hele minne aardappels uit de grond. Ze zeiden dat er vreemde beestjes in het pootgoed waren gekomen. Aardappelaaltjes. Ze noemden het aardappelmoeheid. Sicco Mansholt was landbouwminister geworden en die had wel verstand van aardappels, hij maakte meteen korte metten, er kwam een wet voor akkerbouwer en tuinder. Voortaan mochten we nog maar éénmaal in de drie jaar op dezelfde grond pootaardappels verbouwen. De grote bouwboeren hadden land genoeg voor wisselbouw, maar voor de kleine tuinder betekende het de doodsteek. Je kon geen kant meer uit.'

De tuinders in de Friese Noordwesthoek vormden een maatschappelijke middenlaag tussen boer en arbeider. Ja, van landarbeider kon je 'gardenier' worden, al moest je ook dan nog altijd keihard arbeiden. Je huurde 'los land' en dat was er in de akkerbouwhoek bij de vleet doordat er in de crisis van de jaren tachtig van de vorige eeuw veel boerenbedrijven naar de donder waren gegaan. Maar wat was het lot van de harde wetten van vraag en aanbod? Door de toenemende vraag naar bouwland konden de grondeigenaren forse pachtprijzen bedingen. Te veel onderlinge concurrentie onder de gardeniers. Als de een het niet langer kon bolwerken, stonden er vijf anderen in de rij.

Na de Eerste Wereldoorlog liep de concurrentie de spuigaten al uit. In 1922 werd daarom de Bond van Landpachters opgericht. In Het Wapen van Barradeel in Tzummarum. Zo probeerde de tuinder wat meer invloed, macht en status te krijgen. Er zaten zelfbewuste, nogal Frieszinnige mannen in het landpachtersbestuur. Politiek sympathiseerden ze met het CDU van Fedde Schurer en Hendrik van Houten. Een van de oprichters was Germ Harkema, ook zeer Frieszinnig.

Tijdens de Duitse bezetting bleek een aantal pommeransen van de Bond van Landpachters zich nogal meegaand op te stellen. Maar doordat ze veel voor de tuinders deden en bepaald geen verraders waren, werden ze met milde understatements beoordeeld: 'Sommigen waren in de oorlog misschien niet al te gelukkig.'

Aardappelmoeheid. 'En zo gaan wij de Ieren nog achterna,' heeft

Auke Haagsma op een ochtend geroepen. De Ieren met hun aardappelcrisis vertrokken en masse naar de nieuwe wereld. Reintsje: 'Op een dag schoof Auke een envelop met papieren voor Canada onder de bijbel op de schoorsteenmantel, en toen was er geen weg meer terug. Inderdaad, dat was voor De Bazuin een hele slag, want onze jongens gingen haast allemaal op 't blazen.'

Niet iedereen die Tzummarum verliet nam de boot, tientallen vertrokken naar de Limburgse mijnen, de Twentse textiel, de Hoogovens in IJmuiden en de pas drooggelegde Noordoostpolder.

NOP-immigrant, oud-boer en oud-trombonespeler Pieter Pasma, vijfenvijftig jaar later: 'Toen bij ons de verhuiswagen voor de deur stond, zat er niet veel leven meer in De Bazuin. Tzummarum was in die tijd een pretentieloos dorp. Waarom zou je nog repeteren en je best doen als er toch geen prijs meer viel te winnen?' Gardenier Pieter Pasma werd met andere Bazuinleden door de aardappelziekte verdreven. In de Noordoostpolder zou hij met andere immigranten een nieuw muziekkorps oprichten: Melodia van Luttelgeest.

Boukje Boonstra-Harkema, zuster van de oude Steven Harkema van de Christelijke Emigratie Centrale in Jenison, stapte in 1952 op de Rijndam naar Amerika. 'Mijn wederhelft Pieter Boonstra had geen maatgevoel, maar iedereen moest ééns proberen het blazen te leren. Een blauwe maandag was Pieter lid.

Wij waren in 1936 getrouwd, maar onze winkel-met-van-alles-en-nog-wat kwam maar niet van de grond. Dus we gingen. En dat hadden we niet moeten doen. Maar weet je, die winkel. Dan kwam er een klant voor een nieuwe keukenmat. Drie gulden vijftig, mevrouw. Op afbetaling. Elke week kwam dat mens met een kwartje. Toen ze quitte was, had ze een theepot nodig. Weer een gebed zonder end. Kun je je voorstellen wat een administratie je erop na moest houden voor al die kwartjes. Mijn vader had vroeger de winkel gedreven, zag dat Pieter geen zakenman was. Het wrong, Pieter zat volgens hem veel te vaak te lezen. Maar wat die man daardoor niet wist! Eigenlijk was Pieter heel geleerd. Dan ben je niet zo geschikt om te emigreren. Een emigrant hoeft niet geleerd te zijn, een emigrant moet nooit moe worden.'

Pieter Boonstra werd in Grand Rapids knecht bij een schildersbedrijf. Na elf niet al te gemakkelijke immigratiejaren kwam hij plotseling te overlijden. Boukje Boonstra keerde later terug naar een bejaardenhuisje in Tzummarum. Alleen, want de kinderen zitten overal. Ze vindt troost in haar rotsvaste geloof.

Sybe Travaille was eind jaren veertig een jongen van veertien. Later zou hij psychologie studeren en in de Kempen tegen de Belgische grens gaan wonen. ''k Was trots op mijn vader toen hij door de dorpsgemeenschap tot voorzitter van De Bazuin werd gekozen. Zijn "Ik ben kapitein op een zinkend schip geworden" onderging ik als kind als een bittere conclusie. Ik weet niet hoe de hervormden en vrijzinnigen in het dorp deze episode ondergingen, maar wij gereformeerden hadden het latente gevoel van: hier wordt het toch nooit wat. Later heb ik me gerealiseerd dat ik als puber niet over de toekomst droomde maar over het verleden. Hoe triest is het wanneer bij opgroeiende kinderen de idealen in het verleden en de zorgen in de toekomst liggen.'

Jacob Lautenbach, leeftijdgenoot van Sybe Travaille, werd niet lang daarna eveneens door de braindrain uit Friesland weggezogen. Ook hem is dat deprimerende gevoel niet vreemd. Lautenbach studeerde economie en sociologie. Soms ziet hij zichzelf weer in de gereformeerde kerk zitten. 'En dan hóór ik weer het orgel. 't Was alsof de duvel ermee speelde, we hadden een orgel met zo'n armetierig geluid. Ik keek die zondagochtend om me heen en miste ineens mijn allerbeste kameraad. Geëmigreerd. Zou nu de zoon van Hamersma mijn maat willen worden? Of de jongen van slager Ourensma? Maar dat laatste kon niets worden, want de Hamersma's vertrokken naar de Hoogovens en de Ourensma's naar Philips. Zo bleef het restant van gereformeerd Tzummarum in vertwijfeling achter.'

Toen de steile dogmaticus dominee Harm Schelhaas eind jaren veertig uit het dorp vertrok, zag zijn milde opvolger Freerk Jansen zich voor de zware taak gesteld troost te preken. Een van die preken zal Jacob Lautenbach nooit vergeten. 'Er zat voor de zoveelste maal een emigrantengezin recht tegenover de ouderlingenbank: een vader, een moeder en een schare kinderen. Met een benauwd hijgen zette het orgel in. Geen informeel menselijk woord, niet eens gelegenheid een hand te geven. Dat laatste mocht alleen dominee doen. Een vlucht in het Woord, zingen met het orgel. Oude Klaas Keizer zette in. Luid en rauw. Wat ik hoorde was geen zingen meer, het was roepen. Roepen, om de tranen en de twijfels en de leugen-ombestwil de baas te blijven. Alsof er ook al een straf stond op emoties.

“Dat ’s Heren zegen op u daal, u bestraal. Hij schiep ’t heelal, Zijn naam ter eer: Looft, looft dan aller Heren HEER.”’

De vader van Jacob, Uilke Sieses Lautenbach, woont in het Tzummarumer bejaardencentrum Nij Bethanië. Een wijze man van vierennegentig jaren. ‘Ik heb ze allemaal mee uitgezonden, de volksverhuizers, als jongetje heb ik ze zelfs mee naar Harlingen gebracht. De eerste keer, dat moet in het voorjaar van 1914 zijn geweest. Met een zak over de schouder, zo reisde mijn broer Piet af naar Amerika. Doorgaans gingen in zo’n golf eerst de grote gezinnen van de landarbeiders, de winkelmannetjes volgden vanzelf, ik bedoel de neringdoenden met de dalende omzet. Ik weet nog, in Harlingen lag die keer een boot onder stoom. Voor Engeland, zeiden ze. Daar zouden ze op een oceaanstomer stappen naar Amerika. Wat was dat toen ver, Amerika. Namen als Ohio, Massachusetts, Wisconsin, het klonk je in de kop alsof het sterrenplaneten waren. Afscheid op de havenkaai. Tranen? Zo goed als ik het me herinner waren die toen nog niet in de mode.’

Was het soms een kwestie van hoe dichter onder de Waddendijk, hoe beroerder het werd? En hoe taaier de grond, hoe zwaarder het landwerk? Bij de bouwboer werkte je niet óp de grond maar ín de grond. En die grond is zwaar en koud en nat. In zijn zeldzame vrije uurtjes kreeg de arbeider de lokbrief van de broer of zwager uit Amerika, door Friezen bezongen als het land van droom en wensen. Op een keer – het was al in de jaren vijftig – zat er een vijf-dollarbriefje in een envelop. Kees Jouwersma nam het magische biljet met zijn beurtkar mee naar Leeuwarden, wisselde het voor de ontvangers in aan het loket van de Zuivelbank en kwam in Tzummarum terug met ruim twintig spijkerharde guldens. Een weekloon voor zeventig uur arbeid in de taaie klei. Zomaar in een brief van verwanten in Amerika met zo’n bankbiljet erin. ‘O lân fan dream en winsken.’ Waar wachten we in godsnaam op!

De hoofd- en bijmotieven begonnen je in de gemeente Barradeel om de oren te vliegen. Het miezerige weer hier, tegenover het zonnige beeld daar. De afhankelijkheid van de seizoenen en de landbouwmechanisatie plus de daaruit voortvloeiende werkloosheid hier. En de neergang in de waddenvisserij, het spook van de overbevolking, de dreigende duivel achter het IJzeren Gordijn, de schaalvergroting in de winkelbranche, de belastingverhogingen van minister

Lieftinck, de crisis die na de oorlog nog voort leek te woekeren, de nooit eindigende crisis- en oorlogsbureaucratie, de angst voor de toekomst van zoveel kinderen in het gezin, de steeds verdere aantasting van de pure christelijke normen en waarden. Maar ook de verstikkende verzuiling, die voor de jongelui de wereld nog kleiner en benauwder maakte dan hij al was. Voeg hierbij de toenemende aanmoedigingen van de overheid om te emigreren. En de aan onbezonnenheid grenzende voorlichting van arbeidsbureaus en emigratiecentrales.

Dit was nog niet alles. Want wat lazen de Tzummarumers over volksverhuizen in de bijbel? Wat ze maar wilden. Het begon al in Genesis 1, vers 28: 'Weest vruchtbaar en vermenigvuldigt, en vervult de aarde...' En het eindigde in Hebreeërs 13, vers 14: 'Want wij hebben hier geen blijvende stad, maar wij zoeken de toekomende...'

En wat schreef hoofdredacteur Hendrik Algra in het *Friesch Dagblad* van donderdag 13 november 1952 over emigratie? Hij is vóór, maar dan moet het niet alleen om materiële lotsverbetering gaan. 'Weest niet alleen de pionier van de dollar, maar ook pionier van Jezus Christus,' zo stelt hij. 'Overal gelden des Heren beloften, overal is een akker, en het zaad is het Woord.' Algra waarschuwt de mensen met emigratieplannen voor 'de terreur van de puur materialistische vakbewegingsdictators'. Eenieder diende, wanneer hij de loopplank op liep, zich af te vragen: 'Wat ben ik van plan met mijn geestelijke erfenis?' En: 'Is mijn hart wel zo vol van die aardse lotsverbetering?'

Wie het afreizend lezerspubliek van Hendrik Algra anno 1952 in het hart had kunnen kijken, zou gewaar zijn geworden dat er maar één antwoord op die laatste vraag was: 'Mijn hart zit ook vol van aardse lotsverbetering.' De Friese gereformeerden waren toen al niet meer zo piëtistisch dat ze niet ook een beter aards leven ambieerden. De kinderen zouden het beter hebben dan hun ouders. Hoe vroom ze aan de andere kant van de oceaan ook verder zouden leven, hoe belangrijk de rol van de Kerk ook was om te wennen in het nieuwe land, ze wilden het maken. En ze hebben het gemaakt.

'Sybe drong aan,' zei Sytske, 'maar ik gaf geen sjoege.' Hier trok de vrouw des huizes aan het langste eind. 'Meestal was het andersom,' dat weet Sytske zeker. 'Veel mensen bleven bijna thuis maar gingen nog nét, bij ons was het een kwestie van bíjna weg, maar nog nét thuisgebleven. Zo gaat het nu eenmaal in 't leven: het is doorgaans soms een verrekt klein beetje dat de doorslag geeft.'

'Natuurlijk,' oordeelt Sybe achteraf, 'ik wist van de schaduwkanten. Toen mijn beide zussen, Griet en Tjitske met al die kinderen vertrokken, was dat voor mijn ouders een zware klap. Daar kwam later de vreselijke heimwee van vooral Griet nog eens bij. De brieven van Griet waren nog nat van de tranen, het was Griet die heit en mem schreef: "Columbus had nooit geboren moeten worden."

Ons gezin moest ook nog het drama met mijn broer Evert beleven. Eén dag voor de bevrijding werd de jongen door de Duitsers neergeschoten. In Noardburgum was dat. Zo was het bevrijdingsfeest van Tzummarum voor ons geen feest. Als ik daarna ook nog met Sytske en de kinderen vertrokken zou zijn, had dat voor heit en mem het einde betekend.'

Sytske: 'En toch, Sybe, wilde je later op een gegeven moment toch weer weg.'

Sybe: 'Tja, het was zo'n drang die niet altijd was te beheersen. Wat was hun ouders en grootouders niet allemaal aangedaan? Onder het arbeidersvolk hier bestond ook zoiets als verborgen rancune.' Het kind in Sybe Sijbesma ziet weer de bedompte ruimten van de hokken voor zich, de ruimten waarin het vlas werd gebraakt. Hij ziet weer de petroleumlampen bungelen, de sombere schaduwen bewegen op de muur. Hij hoort hoe de singel het vlas beukt, hij beleeft opnieuw het gebeul in de braakhokken, voelt de winter naderbij sluipen, de tocht door de eeuwig openstaande deuren trekken, hij hoort het rochelen van de oude arbeiders in het braakhok. Stuk voor stuk liepen ze stoflongen op.

Er waren dominees in de Friese akkerbouwhoek die deze vernielde zwoegers zondags maar liever niet in de kerk zagen. Omdat het gehoest de mooie preek ontluisterde. Beelden van een gebroken dorp doemen voor hem op, een dorp vol breuklijnen. Tussen christelijk en vrijzinnig, arm en rijk, gezond en ongezond, macht en onmacht. Van Tzummarum tot Toronto schrijnen de littekens na.

'Het echte leven, dat moest ergens anders zijn, dát gevoel moet het zijn geweest,' peinst Sybe Sijbesma. 'Ik zocht een uitweg, ging op een gegeven moment met een groentekar venten. Een bakkie op het onderstel van een A-Ford, een plat voskleurig paardje ervoor, en een stuiver verdienen aan dertig sinaasappels. En nog gezever over een rotte ook. Op een dag schoot me de hele handel het majem in, de papieren wikkels om de conservenblikken weekten los, kortom, het liep voor de klanten uit op een soortement *Surprise Show*. Voor wie waren de bruine bonen, voor wie de worteltjes? Kortom, tot de kerstdagen gezanik van clientèle die wat anders kregen dan ze bestelden. Op zo'n moment dacht je weer van: dan maar liever het aardappelveld op, daar heb je wel de wind maar geen gezeur aan je kop. Je wilde vrij zijn.

Dus maar weer bij de boer. Los arbeider bij de bouwboer, dat betekende zoveel als vogelvrij.'

Sytske: 'In die natte herfst toen we bij Piet van der Schaar in het arbeidershuisje woonden, Sybe. Bij Van der Schaar in de Mieden. Vertel 'ns.'

Sybe: 'Bij Piet van der Schaar kreeg ik het wel zó te pakken, ik kwam op een avond thuis en wilde in enen weer emigreren.'

Sytske: 'Je was 's morgens om vier uur op die boerenplaats en kwam zaterdagavond tegen halfzeven thuis. In de herfst met de klompen vol blubber.

Sybe: 'Thuiskomen? Ons huis was het huis van de boer. Wij dronken van de boer zijn melk, aten van de boer zijn aardappelen, ja wij aten uit de boer zijn hand. Maar de melk, de aardappelen en de huishuur werden wel van je loon afgehouden. Piet van der Schaar was geen slechterik, hij was wel oprecht, maar zo waren de tijden. Dat afhankelijke had me die dag razend gemaakt. En daarom, daarom wilde ik weg!'

Sytske: 'Zondagsmorgens vroeg – Sybe had zich de avond ervoor net verschoond en was zo fris – dan begon alweer de nieuwe week. Over het modderpad ging het naar de boer.'

Sybe: 'In de herfst, als Sytske voor het eerst weer naar de vrouwenvereniging Bidt en Werkt ging, moest het leger er haast aan te pas komen om haar met fiets en al op de verharde weg te krijgen. Zij op klompen, ik op klomplaarzen, haar fiets duwend, de doorweekte wagensporen mijdend, om zo te proberen de hele firma in de beschaafde wereld af te leveren.'

Sytske: 'En het was die avond dat je de kop in de nek gooide en zei dat je vertrok.'

Sybe: '"We gaan weg," riep ik overstuur. Ik voelde het, m'n stem sloeg over.'

Zij: '"Ik ben er ook nog," riep ik. "Nooit van mijn leven zal ik emigreren. Als je gaat, ga je alleen!" 'k Wilde het in de kiem smoren, thuis had ik al genoeg kommer en kwel meegemaakt. M'n vader was door de zolder van de koestal gezakt en viel dood op de stenen vloer. Moeder bleef ontredderd achter; ik kon het mens toch niet in de steek laten?'

Hij: 'We waren jong, hadden het samen goed, ik kon vaste arbeider worden bij boer Wiggele Anema. Anema had, zoals de meeste boeren, bij voorkeur een getrouwde arbeider. Getrouwde lopen niet zo snel met een hete kop weg, die hebben een gezin op de nek.'

Zij: 'Anema stelde als voorwaarde dat ik vrijdags zou komen meehelpen. Ramen lappen, erf opruimen. Dat werk.'

Hij: 'En toen, op een vrijdagmiddag, zei Wiggele Anema: "Ik merk, je hebt je vrouw zwaar, Sybe. Ze is zo zwanger als wat!"

"Dat heeft de boer goed gezien," zei ik.

"Zo meteen kan ze haar werk niet meer doen," zei hij, "en dan kan ik jou niet langer hebben."'

Zij: 'Maar naderhand streek Anema toch de hand over z'n hart, Sybe.'

Hij: 'Kijk eens an!'

Er valt een stilte. En dan zegt Sybe: 'Zo bleef ik onder de rook van Tzummarum hangen, begrijp je? Er kwam eens een brief van Ate en Griet uit Ontario. In een PS stond: "Jullie verhuizen steeds zo dat je het wel met de kruiwagen kunt beredderen."'

Hoe komt het dat de gereformeerde landarbeider zo oververtegenwoordigd is in de emigratiecijfers? Volgens Sybe en Sytske komt het doordat de gereformeerde kleine luyden en hun voormannen liever niet met een sterk en brutaal optredend arbeidersfront naar lotsverbetering streefden. Zo stond het volgens hen niet in de bijbel.

De rooien en hun voormannen geloofden eerder in mogelijkheden om hier op deez' aard hun lot te verbeteren. Voor de laatste categorie wellicht reden het emigreren nog maar even uit te stellen.

Sybe geeft toe dat zijn gedachten ook weleens een beetje de rooie kant uit gingen. 'Ik heb in gedachten weleens met die beweging gesympathiseerd.'

Zo bleek de zware zeeklei in de loop der jaren emigratie-gevoeliger dan andere streken. De landbouwmechanisatie had in de akkerbouw een hoog aantal werklozen tot gevolg. Op de lichtere grond leidde dezelfde mechanisatie in samenhang met invoering van de kunstmest tot areaaluitbreiding. Dat betekende daar hogere opbrengsten en meer werk voor meer mensen. En dat drukte de emigratiecijfers.

Niet alleen de kleine boer op de zandgrond, maar ook zijn werknemer beschikten al gauw over een goedkoop lapje grond waarop een paar geiten konden worden gehouden. De geit als arbeiderskoe. En had op de zandgronden het oude systeem van gemeenschappelijk grondgebruik de verhoudingen boer-landarbeider ook niet in gunstige zin beïnvloed? Wie over een klein stukje bouwland in bijvoorbeeld Drenthe beschikte, kreeg de kans te zaaien en te oogsten. Zo had de landarbeider op de lichtere gronden wellicht een sterkere band met de grond waarop hij een bestaan trachtte op te bouwen dan de arbeider op de zeeklei.

Sybe Sijbesma: 'Hier was geen meter grond voor de kleine man, hier was de verhouding bouwboer-landarbeider over het algemeen slecht. Die slechte verhouding, dat moet emigratiebevorderend hebben gewerkt.'

'De sociale verhoudingen in de dorpsgemeenschap zijn nu wel even anders!' luidt het oordeel van thuisblijver Kees Jouwersma. 'Het is nu een beetje de omgekeerde wereld.' Jouwersma was in Tzummarum de man die als schildersknecht de onuitsprekelijke adressen op de verhuiskisten schilderde. 'Ik stond in het dorp aan de kant van het algemene muziekkorps Crescendo. Dat werd honderd jaar geleden opgericht door negen voorname bouwboeren. Vandaag de dag lijkt het wel alsof er onder die categorie een grote opruiming heeft plaatsgehad. De weinige overgebleven boeren hebben amper tijd lid van Crescendo en De Bazuin te zijn.'

Was de gang naar de Skûtebuorren, waar de emigrantenbus van de gemeente Barradeel een vaste halte had, een soort protest met de voeten? Oud-Tzummarumers aan de andere kant van de oceaan proberen ook de motieven op een rij te zetten.

Pistonblazer Jan Haagsma, in zijn huis aan River Street, even buiten London (Ontario): 'Voor mij was het geen protest maar een jongensavontuur. Mijn ouders ging het om de aardappelziekte waarmee hun bedrijf in de problemen kwam. Heit wilde zijn zonen graag boer zien worden. Om in de Noordoostpolder boer te worden, waren voor ons de eisen te hoog. Op een avond hoorde ik heit zeggen:

"In Canada heb ik straks zes gezonde jongens die samen met ons de schouders eronder kunnen zetten, Reintje."

Het zal in het voorjaar van 1947 zijn geweest, onze Jappie kon als oudste zoon ieder ogenblik een oproep voor Nederlands-Indië verwachten. Heit was echter niet zo kolonie-minded. Nog hetzelfde jaar reisde Jappie als baanbreker voor het hele gezin naar Canada af. Zijn eerste brief uit Canada; moeder knipte de envelop open en gaf de brief door aan vader. Als hoofd van het gezin hoorde hij hem eerst te lezen. "Bemoedigend, Reintje, heel bemoedigend!" Vanaf dat uur was er, als je het mij vraagt, niets meer wat ons nog in Tzummarum kon houden.'

De dag van het vertrek der Haagsma's. In het begin van de middag zou de emigrantenbus uit de richting van Oosterbierum komen. 'Er was nog tijd om eerst bij pake Jan Pasma en beppe Brechtje te gaan eten. Maar beppe was zo van de kaart dat ze niet in staat was eten klaar te maken. "Geeft niet," zei moeder, "de jongens halen even een pan zuurkool en wat bonen." Niemand van ons durfde te zeggen dat die zuurkool zouter was dan de oceaan. Zo werd het een galgenmaal dat ons nog lang zou heugen.

Beide oude mensen gingen niet mee naar de bushalte. De dochter, de schoonzoon, de tien kleinkinderen, ze moesten pake en beppe één voor één een hand geven. Pas op dat moment voelde ik hoe erg het voor deze ouwe mensen was. Ineens, nu ik het vertel, ontroert het me. Niet veel later zouden ze ook nog hun andere kinderen – Gerrit en Tjipke Pasma – met de rest van hun kleinkinderen zien vertrekken. "We zijn weer even ver als toen we samen begonnen," zei pake.

Tom Patric was hier onze eerste boer en werkgever. Een maand later kwamen er zeven gezinsleden thuis met een knap loon. Alles in één pot betekende dat een hoop centen. En mem was zo zunig. Twee jaar later bleek vader in staat een farm met honderd acres land te kopen. Dat was in Ilderton. "Ik heb een Tzummarumer boer als Wybren Oosterbaan in feite al in mijn broekzak," hoorden we heit oordelen. "Die heeft de aardappelen beter dan wij hier," zei moeder. Op de eerste trip van heit en mem naar Fryslân hebben ze stiekem een selectie puike Friese pootaardappelen mee naar hier genomen. Bildtstar. Dat ras zou het hier ook doen. "Nou zijn ze hier ook goed," zei vader.

In Ilderton was geen gereformeerde kerk, dus gingen we zondags naar presbyterianen. Nog zie ik die dominee tevreden glimlachen toen we met twaalf Haagsma's een hele kerkbank vulden. Die dominee hoorde tot zijn onuitsprekelijke vreugde dat er nog meer van onze soort zouden volgen: moeders broers Gerrit en Tjipke kwamen immers ook met hun kroost. Plus Reinder en Akke Kuiken en nog ander volk uit de gemeente Barradeel. Maar de Friese gereformeerden waren nu mans genoeg om een eigen gereformeerde kerk op te zetten. Eerst behielpen we ons nog in onze voorkamer. Dat waren wonderbaarlijke reünies met een lang voorspel en een nog langer naspel. Al gauw verscheen een gereformeerde dominee uit Michigan en daarmee waren er ook bouwplannen voor een eigen Christian Reformed Church. Zo ging dat op meer plaatsen.

Geen Canadese boer kreeg zomaar geld van de bank, maar een Frisian farmer met zo'n leger hard meewerkende zonen en dochters kon erop los investeren. In Ingersoll lag een mooie lap grond te koop met wat bos erbij. Vader waagde de gok en het pakte goed uit. Onze eerste Canadese stamboekkoe van Friese origine was Reintje 1. En ze zouden volgen: Reintje 20, Reintje 50, ga maar door. In die jaren zouden ze het in Tzummarum weten: Auke en Reintje doen het in Canada mirakels goed.'

Sommige kinderen van Auke en Reintje Haagsma werden zelf boer, andere kwamen in de transportsector terecht, of in de bouw, of de fabriek. Jan: 'In 1954 kwam ene Henny Terpstra uit Tzummarum hier in de buurt op familiebezoek.'

Henny nu: 'Ik zag Jan Haagsma lopen, en hij zag mij, en zo trouwde ook hier weer Tzummarum met Tzummarum. Is het niet singulier?'

Hoe verging het al die anderen? Hoe liep het af met Sippe, de zoon van klompenboer Frans Harkema die zo vlot zijn trombone bij De Bazuin inleverde? Hij wist van wanten. En dat, zegt hij, terwijl hij het toch volkomen eens was met wat hoofdredacteur Hendrik Algra in het christelijke *Friesch Dagblad* stelde: aardse lotsverbetering is niet de hoofdzaak. Maar mooi meegenomen is het wel. Won in Sid Harkema de koopman het dan van de dominee? Of kunnen dominee en koopman zich in een en dezelfde persoon manifesteren, zodat het op remise uitliep?

'The Lord blessed mij hier,' zegt hij. 'Ik multi-miljonair? Wel, ik kan jaarlijks best een paar miljoen dollar voor een goed doel missen, dat wel. Dat geld geef ik om weer een paar vliegtuigen vol joden uit bijvoorbeeld de Oekraïne naar Israël te laten vliegen. Opdat Gods Zoon op Davids troon zal komen te zitten.'

In Tzummarum verfde Sid al voor zijn vader de klompen. Zo gaf hij de handel kleur en toegevoegde waarde. 'Als immigrant moest ik eerst een jaar lang bij de boer werken. Voor vijftig dollar in de maand. Nou, dan heb je niet snel een eigen dak boven je hoofd. Op een namiddag zag ik bij een boerderijtje van een orthodoxe mennoniet een Friese klomp hangen. Naast de voordeur. Mooie bloemetjes erin. "Oh, what beautiful," zeg ik tegen de mennoniet.

"Yeh," riepen hij en zijn buurlui in koor. "Als je ooit eens een reis terug naar Friesland maakt, naar de geboortegrond van Menno Simonsz, neem dan voor ons ook zo'n prachtige Friese klomp mee. We zullen je er royaal voor belonen."

Het wemelde daar van de mennonieten, dus nog diezelfde avond liep ik naar het postkantoortje om pa een telegram te sturen. "Zend me z.s.m. 1000 paar klompen." De ouwe heer heeft kennelijk handel in me zien zitten, want hij stuurde niet eens een telegram terug met "Waarom". Een week of wat later werden me duizend paar klompen geleverd. Tjonge, wát een handel! En wat waren die mennonieten dankbare klanten.'

Sid verkocht de klompen niet per paar maar per stuk. Eerst de linkers, dan de rechters. 'Alsof ik benauwd was dat ze er op zouwen weglopen.

De zomer van 1947 was nog niet voorbij, toen had ik al zevenduizend dollar schoon aan klompenwinst binnen. Voor vader reden genoeg om met de rest van het gezin over te komen. Voor zevenduizend dollar kon je in die dagen de wereld aan land kopen.'

Sid Harkema was voor zijn vijftigste een gerenommeerde internationale vrachtwagentransporteur in Canada en Amerika. Zijn kolossale vloot trucks denderde over de highways van Montreal tot Vancouver en van Boston tot Los Angeles. Toen het bedrijf een waarde vertegenwoordigde van vele miljoenen dollars en het personeel onder leiding van een grote vakbond dreigde te gaan staken, verkocht hij in één klap de hele zaak. 'Geen vakbondsdictators de baas.' Zoveel hadden Hendrik Algra en de zijnen hem wel bijgebracht.

Jelte Posthumus, die zo vol van emigreren zat dat hij 'Canada' las in plaats van 'Kanaän', ziet het dorp van woensdagmorgen 5 september 1951 nog heel precies voor zich. Met zijn jonge vrouw Geke en de beide jongetjes nam hij de bus naar Schiphol. Nog éénmaal keek hij om. Dat was het dan. Er stapten die keer zoveel Friezen tegelijk in die ene KLM-Dakota dat op hun verzoek naast het Nederlandse het Friese volkslied uit de luidsprekers daverde. Jeltes tweede afscheidsserenade, en ditmaal hoefde hij zelf niet mee te spelen.

Hoe verklaart Jelte Posthumus, die per se weg wilde, zijn tranen van dat moment? Hoe kan het dat hij nu weer volschiet? Hoe brengt hij zijn hoofdmotief onder woorden? Had hij dan zó'n hekel aan de in het dorp heersende omstandigheden dat hij, als enig kind van de in nederigheid levende weduwe Stevens' Tryntsje, zijn eigen afscheid op de bes-bas begeleidde? Zijn metgezel Geke Ypkes de Haan probeert met kalmte de draad vast te houden. Zo hebben ze altijd samen in Ontario het hoofd boven water weten te houden: wanneer de een het niet meer zag zitten, schraapte de ander alle moed van de wereld bijeen.

'Op een herfstige dag – de strenge winter van 1929 was in de maak – zei heit tegen mem: "Ik geloof, ik ga dood, ik kan in enen niet meer." Hij was de laatste tijd al zo moe, en nu kroop moeder naast hem over het bouwland om aardappels te rapen. Zij had een schoonheidsfoutje: haar hoofd zat altijd scheef. Zo kroop ze al oogstend naast mijn vader, en wel aan die zijde dat ze automatisch vaders kant op keek. Dat scheve hoofd had ze opgelopen bij de geboorte. De dokter kwam zo laat en zo dronken als een kanon bij het kraambed en heeft toen veel te hard aan het hoofdje getrokken. Zodoende.

Tweede kerstdag 1929, ik was negen jaar, stierf vader. Vanaf dat moment regende het drie dagen en nachten. 's Avonds hoorde ik tussen regenbuien de hagelstenen kletteren. Toen kwam de dag van de begrafenis. Je kon je nog amper tussen de graven begeven, zo nat en glibberig was alles. Toen ze de kist lieten zakken, ging het mis. Nog zie ik de mannen aan de touwen trekken; ze konden heit niet houden. De kist kwakte in een kuil vol water. Ik voelde zoiets als haat in me opkomen.'

Geke: 'Jelte! De boer is goed geweest voor jou en je moeder, boer Wybren Oosterbaan. Hij kwam elke zaterdagavond bij je moeder in het dorp om haar een vol weekloon te brengen. Dat was in die tijd geen usance. Jullie woonden bijna voor niets in het arbeidershuis van de boer.'

Hij: 'Ik had zo graag naar de ambachtsschool gewild, maar je werd gewoon van de lagere school geplukt omdat je moeder het alleen niet langer kon bolwerken. Ze was niet sterk genoeg om de volle kar te duwen. Mee venten. De lange Alddyk en Seedyk langs, de Mieden door en dan helemaal naar Minnertsga. We kregen een hondenkar, nou zeg, dat was een vooruitgang. Koffie, thee en crisis. Ik hoor een klant nog gemelijk zeggen: "Nou, vooruit dan maar jong, doe dan maar een half pond zout."

En zo liep ik weer diep dankbaar verder met de hondenkar. Nero, zo heette de hond; een betere Tzummarumer dan Nero is er nooit geweest.'

'Maar later kreeg je het beter, kwam er een bakfiets,' zegt Geke.

Hij: 'Toen kwam de oorlog, ja. 'k Liep Frans, de vader van Sid Harkema, tegen het lijf. Frans raadde me aan hele zakken zout in voorraad te nemen. "Als het zout straks krap wordt, is het goud, jongen." Maar mem wilde het niet hebben, dat was hamsteren, vond ze. "Straks draait het nog uit op zwarte handel, en dat mag niet." Ze was zo vroom, zo eerlijk. "Wij zijn maar gewone mensen," vond ze, "zoiets kunnen wíj niet doen." Later in de oorlog kon je inderdaad veel geld voor zout vangen.

Toen de oorlog voorbij was, werd het rechtvaardige winkelmannetje nog eens gepakt met twee procent belastingverhoging op al zijn producten. En dat mocht je niet aan de klant doorberekenen. De Canadezen en Amerikanen bliezen de aftocht met hun fantastische materieel en de regering zag ons liever weer met de hondenkar verder hobbelen. Wat een bevrijding. Op dat moment wist ik al dat ik niet wilde blijven.'

Geke: 'Toen mijn vader hoorde dat Jelte en ik gingen emigreren, werd hij ziek van akeligheid. Op het bruggetje hield hij dominee Schelhaas aan. "Waarom, waarom, dominee, moeten wij nu ook onze Geke met de kinders kwijt!"

'Wij kwamen hier in de buurt aan en het was alsof ik meteen een klap voor m'n kop kreeg.' Jeltes stem valt weg. Dan: 'We waren samen met een ander Fries stel gereisd. Die werden door familie van de trein gehaald. Wij moesten dezelfde kant op, konden met gemak mee in die grote auto, maar de man achter het stuur zegt: "Eigen gaat hier voor, iedereen moet zich in dit land zelf maar zien te redden." Wat ben ik daar beroerd van geweest.

Geke: 'Wij hebben nog een hele tijd met onze twee kleine kinderen op dat stationnetje rondgehangen.'

'Een ogenblik van twijfel en eenzaamheid,' zegt hij aangedaan. 'Die vreemde taal, we hadden in drie dagen en nachten amper geslapen, ik had het gevoel dat we van de regen in de drup waren gekomen.'

Geke weet nog dat ze zowat midden in de nacht bij Reinder en Anne Kuiken, ook van Tzummarum, aankwamen. 'In Mount Bridges was dat, een streek waar veel tabak wordt verbouwd. "Het kon vannacht weleens gaan vriezen," zei Reinder, "ik moet naar het tabaksland. Kom je niet even mee, Jelte!" Toen is Jelte meteen meegegaan. Aan het werk. Tot zo ongeveer de volgende avond. We waren stuk. Het was een zware aankomst.'

Hij: 'Norman Mar was mijn eerste boer. Van Schotse afkomst. Vijfenzeventig dollar per week beurde ik. Plus vrij wonen en vrij melk. Dat was niet slecht, dat was vooruitgang.'

Zij: 'Maar bij Norman kreeg je zelden een vrije dag en we hadden toen nog geen car, we hadden helegaar niks. Maar Jelte heeft altijd overeind gehouden dat ik als vrouw niet hoefde mee te werken. Dat deden de boerinnen van Tzummarum ook niet.'

Hij: 'Ik kreeg werk in een wasserij, verdiende vierenvijftig dollar in de week. Dat zette zoden aan de dijk.'

Zij: 'Maar dan stond je wel zeventig uren per week. 's Morgens om halfvijf op de fiets naar de cleaning. Laat thuis.'

Hij: 'Toen de jongens wat groter waren, hebben we het met farming geprobeerd. Een eigen boerderij, dat was het ideaal van de meeste immigranten van het platteland. Je wilde worden wat vroeger je baas was. Ik kocht achteraf bezien de farm te duur, onderwijl donderden de landbouwprijzen in elkaar. De hele handel moest weg. Dat was me wat. Toen ben ik er diep doorheen gezeild.'

Zij: 'Jelte deed zijn werk op de cleaning weer met plezier. Met onze John maakte hij nog dertien jaar lang 's avonds een grote school schoon. Dat was een beste bijverdienste. Onze John doet dat nog steeds, school schoonmaken.'

Hij: 'Ik was vierenzeventig jaar en de galblaas moest eruit. Toen kon ik het school schoonmaken niet langer aan.'

Zij: 'Toen John trouwde, heeft hij ons op de bruiloft toegesproken, daar waren veel mensen, het was een mooie bruiloft. En John zei: "Ik wil hier heit en mem bedanken voor alles wat ze voor ons hebben gedaan en betekend. Jullie hebben altijd zo jullie best voor ons gedaan, jullie hebben gemaakt dat ik nu zo gelukkig ben."'

Jelte: 'Dat zei onze zoon John. Hiermee willen we maar zeggen dat we aardig tevreden kunnen zijn over wat we bereikt hebben. Wij zijn o zo gelukkig.'

Een andere getuige van het Tzummarumer front van na de oorlog is de vierennegentigjarige Steven Sippes Harkema, die in het bejaardendorp Amsterdam Village in Jenison (Michigan, USA) woont.

'Het gaat de laatste tijd niet goed met me,' zegt hij. 'Helemaal blind en bijkant doof, opgezwollen benen, toe maar.' Zijn kinderen haalden hem niet lang geleden uit het verpleeghuis. Terug naar zijn kleine villa in Amsterdam Village. 'De zusters wilden de baas spelen, maar er heeft nog nooit een over mij de baas gespeeld. Ik kan niet meer horen en zien en lopen, maar het verstand is dik in orde. En dan wil ik ook dat ze naar me luisteren. Op een gegeven moment dacht ik: mijn nakomelingen kunnen mij ook verzorgen, ik heb toch niet voor niets zes kinderen, vierendertig kleinkinderen en drieënzestig achterkleinkinderen voortgebracht.'

Toen Steven Harkema in 1950 in Amerika arriveerde, had hij nog nooit een verfkwast in zijn handen gehad, maar hij zou een bloeiend schildersbedrijf opzetten. 'In Tzummarum had ik een beste baan bij de plantkundige dienst, hier zou ik er ook voor zorgen dat er in ieder geval geld was om de kinderen te laten leren. Neem mijn zoon, die heeft een supermarktketen op poten gezet van-heb-ik-jou-daar. Er rijden weet-ik-hoeveel wagens met mijn achternaam door Canada.

Op de vraag waarom hij met een beste baan het dorp verliet, komt er behalve overtuiging ook wrevel. Ja, waarom lachten sommigen hem uit toen hij pleitte voor emigratie? Als bestuurslid van de Christelijke Emigratie Centrale wees hij eind 1946 al op het opkomende heidendom van de bolsjewieken. Er vlogen immers al spionagevliegtuigen van de Sovjets boven Friesland. Waren ze soms blind? Toen kwam nog het alarmerende nieuws dat ook het Kremlin over de atoombom beschikte. Dat deed de deur dicht.

'De Duitser was tenminste nog een christen, de Rus een anti-christen, een barbaar. Als het Rode Leger kwam, werden vast en zeker als eersten de gereformeerden gepakt. En de Friese taal zouden ze ook meteen om zeep helpen. Kijk maar naar wat ze in de Sovjet-Unie met de minderheidstalen hebben uitgevreten. Alles kapotgemaakt.'

Met zijn vrees voor het communisme zou Steven Sippes Harkema van Tzummarum op de voorlichtingsavonden van de Christelijke Emigratie Centrale heel wat Friese aspirant-emigranten over de streep trekken.

Maar er was nog wat. Hoe zat het ook alweer tussen Harkema en dominee Schelhaas? 'Dominee was geleerd zat, maar zijn preken waren zo droog als de heide. Kwam nog bij dat hij ontzettend autoritair was. Als de man door het dorp liep, zwaaiend met zijn wandelstok en de hoge hoed op zijn geheven hoofd, beefde gereformeerd Tzummarum. Maar ik beefde dus niet. Een arbeider in werkplunje groette dit heerschap al niet meer. Zo ver was hij boven de aardse schepselen verheven.

Ikzelf was toch ook niet stom? Ik werkte in de Friese Beweging samen met kanjers als Hendrik Twerda en Sjoerd Bonga. Door mijn Friesgezindheid moest ik als voorzitter van de Gereformeerde Jongelingsvereniging het wel met deze kwast aan de stok krijgen. Dominee stond er namelijk op dat er op mijn bijeenkomsten geen Fries zou worden gesproken. "Nu zal ik u eens wat vertellen!" begon ik, "Er wordt hier Fries gesproken zo vaak en zo veel als wij dat willen. Want wie de taal van een volk kortwiekt, kortwiekt in feite ook Gods woord!"

Vanaf dat moment ging het tussen ons beiden hard tegen hard. Al kwam ik zondags twee keer in de kerk, die Schelhaas liet mij en mijn gezin volledig links liggen. Diezelfde man zou ervoor zorgen dat ik nooit ouderling werd. Man, dat steekt mij nog dwars door alles heen.

Hier in Amerika waren wij ten minste vrij om ons geloof ook in onze eigen taal te beleven. Ik kwam hier met Friesgezinde mannen als professor Berend Fridsma in het bestuur van een bloeiende Friese vereniging. In Grand Rapids zaten er in de Friese diensten soms wel vijfhonderd mensen in de kerk. Die preken waren hoogtepunten, dan kwamen er emoties los die met geen pen te beschrijven zijn.

Jammer genoeg gaat overal, zelfs hier in de buurt van Grand Rapids, de christelijke moraal achteruit. Vrouwen op de kansel, dat lijkt al nergens op, maar nu willen ze ook nog de zwarten op één lijn met de blanken stellen. Dat mag natuurlijk niet. In Genesis 9 staat onder "Noach en zijn zonen": "Vervloekt zij Kanaän; een knecht der knechten zij hij zijnen broederen." Daarmee heeft God de zwarten hun plaats gegeven. Zo stokoud als Noach is geworden, word ik niet, ik leg zeer binnenkort mijn moede hoofd neer. Maar als de Opstanding daar is, zal er meer nationaal besef zijn dan nu. Alleen met meer nationaal besef krijgen we een betere wereld.'

Het blijkt dat Steven Harkema met een aantal bestuursleden van de Christelijke Emigratie Centrale hard geprobeerd heeft tot groepsemigratie te komen van christenen die de duivel achter het IJzeren Gordijn op de loer zagen liggen. Het blijken er heel wat te zijn geweest. 'Het waren immers onze manier van geloven én de Friese eigenheid die gevaar liepen. Dat hebben toen verscheidene mensen in Friesland beseft. Maar toch nog te weinig. Ons doel was om met een groot passagiersschip vol gelijkgestemden tegelijk te emigreren en als één groep ons te settelen. We kregen heel wat namen op papier, maar uiteindelijk mislukte het plan toen er in de Emigratiecentrale te veel hervormden met andere ideeën de kop opstaken. Zij wilden de communistische gevaren maar niet onderkennen.'

'Heit is moe van het praten, heit moet nu rusten,' zegt dochter Tryntsje zorgzaam. Zij was elf toen ze met vader Steven Harkema en moeder Rinske Hoitema, haar vijf zusjes en een broertje in een zware onweersbui de Afsluitdijk over reed naar Rotterdam. 'Er kwam zo'n vreselijke onweerslucht op ons af, boven Harlingen was de bliksem niet van de lucht.

"Heit," zei ik, "het lijkt wel de tocht van Mozes door de woestijn." Toen zei vader: "Als we de andere kant halen, zijn we gered."'

***

Het is een halve eeuw later. De wereld veranderde van een onmetelijk grote planeet vol verborgen oorden in een reisgebied met overzichtelijker afstanden. Afscheidsserenades raakten uit de mode, maar in de levensverhalen van de oude landverhuizers uit Barradeel telden de onmetelijkheden nog geducht mee. Mannen en vrouwen, met in hun kielzog de kinderen, waagden zich in een oneindige ruimte. Ze wisten amper waar op de wereld hun reis naar toe ging. De achterblijvers ondergingen het afscheid van hun naasten als een levende begrafenis. Voor de emigrant zelf liep het soms uit op een graf in de golven. Immers, ooit dreven voor de kusten van Virginia de klompen van onze landverhuizers.

***

Zomer 1998. Het is feest in het dorp Tzummarum. Twee met goud, zilver en brons behangen vaandels dansen voor de fanfares De Bazuin en Crescendo uit. Beide korpsen vormen nu één formatie. De kinderen van Tzummarum houden voor het eerst op dezelfde dag hun schoolreisje. Een ode aan de jeugd, een serenade voor de toekomst. De muziek klinkt massief en bevrijdend.

***

Dit was de eeuw van het gebroken dorp. De eeuw van Reintje Pasma, Uilke Lautenbach en Steven Harkema, van Sybe en Sytske Sijbesma, de Haagsma's, de Terpstra's en al die anderen uit al die andere verhalen. Of ze nu het dorp verlieten of er bleven, altijd en overal torsten ze het dorp mee waar ze een haat-liefderelatie mee onderhielden. In de gaten die er vielen, bloeiden weer nieuwe bloemen, voor de stemmen die wegvielen, kwamen weer nieuwe akkoorden. De Bazuin groeide uit tot een toporkest met een kleine zestig leden en wint op het Wereldmuziekconcours eerste prijzen in de super-ereafdeling.

Albert, zoon van Tjitte Bonnema die zo zuiver de bugel blies en Tzummarum trouw bleef, diezelfde Albert staat nu in de Semper Oper van Dresden *Die Meistersinger von Nürnberg* van Wagner te zingen. Zo vinden de kinderen van achter de Zeedijk hun weg over brede en smalle wegen.

En op het pleintje bij de Skûtebuorren stopt weer een bus. Nu niet om mensen uit Tzummarum op te halen, maar om mensen te brengen. Asielzoekers. De pijn van de ontheemding staat hun op het gezicht geschreven.

Verantwoording

De hele wereld zwierf ik rond om het levensverhaal van de emigrant te kunnen schrijven. Op alle continenten stonden de deuren en harten voor me open. De gesprekken werden momenten van grote intimiteit en het vertrouwen dat me geschonken werd, was groot. Later, toen ik de verhalen uitwerkte in de woorden van de verteller en soms ook een beetje in de woorden van mezelf, benauwde die openheid me soms. Immers, het vertrouwen mag niet beschaamd worden.

Het waren lessen in gastvrijheid, doorzettingsvermogen en volharding. Het waren lessen in de kunst van het verliezen en het winnen. Dikwijls waren het ook getuigenissen van liefde, trouw, aanvaarding en levenswijsheid.

***

Dank ben ik verschuldigd aan het Fonds Bijzondere Journalistieke Projecten, dat mij in staat stelde de continenten te bezoeken.

***

Hoeveel steun ondervond ik niet in Nieuw-Zeeland, waar Anne en Sypke Bajema mij de weg naar de dankbaarheid wezen; waar Leo en Joukje Bult alle optimisme van de wereld bij elkaar hadden geharkt om rijk en dankbaar van hun oude dag te genieten. En waar Piet en Trudy Huitema ons beider geboortedorp Tjerkwerd opnieuw tot leven wisten te brengen.

Zo kwam ik op het Nieuw-Zeelandse Noordereiland, waar Nick en Alie de Jong in hun bloemenparadijs tegen de hellingen van Te Aroha de bomen lieten spreken en waar Marten Dijkstra en Simone Koornstra zich op de weg van de onzekerheid hadden moeten begeven. Hoeveel baat vond ik niet bij de goede raad en levenswijsheid van Wolter en Harmanna Kalma in Waitoa en Janco en Nynke Piebenga in Pironigia. Gerben en Gerbrich Muntendam ontvingen mij met open armen op de hoogten van Te Puke. De gastvrijheid van Ruth en Melis van der Sluis in Hamilton was hartverwarmend. Uit de aarde waarop hij leeft en werkt toverde Melis prachtige kunstobjecten. Zo gaf hij op kunstzinnige wijze levenslaag na levenslaag gestalte.

In Auckland vond ik mijn dood gewaande oudoom Hantsje Joukes Speerstra terug. Aan het einde van de akker wilde hij nog alles kwijt over zijn zware levensreis. Teatske Wester-Zijlstra in Kawerau wil ik bedanken voor de zoveelste getuigenis van het wonder dat de werkelijkheid de fantasie overtreft.

***

Hartverwarmend was ook de bereidwillige medewerking van de landverhuizers in Australië en Tasmanië. Mijn toegewijde vriend Okke Jansma in Highton-Victoria stond er borg voor dat mijn zoektocht slaagde. Sprekend onder de sterren van het zuidelijke omgekeerde firmament groeven we dieper en dieper in de motieven die de mens tot landverhuizen beweegt.

Zonder de Australische avonturier Samuel McKinsey, die mij in zijn postvliegtuigje over de fatale kust vloog, had ik op dit continent nooit alle doelen bereikt. Zo belandde ik in het dorre land achter Gosford om de ontroerende levensverhalen van Henny en Wietske Westerdijk aan te horen. Openheid en medewerking ondervond ik ook van Piet en Anneke Braaksma; Anneke die als geen ander kon verwoorden dat de emigrantenvrouw 'een sterk hoofd' moet hebben. Een nuttige les in relativeren ontving ik van Jan Velstra in Canberra. Ook kreeg ik wijze raadgevingen van Wabe Roskam in Melbourne en Ype Koopman in Perth.

Met weemoed en mededogen denk ik terug aan de gesprekken met de eenzame ontheemden in de Australische bejaardencentra Huize Abel Tasman, Avondrust en het multiculturele verzorgingshuis in Geelong. Vaak waren de herinneringen al niet meer te verwoorden, dan sprak alleen nog de stem van het hart.

***

Hoe had ik al die Zuid-Afrikaanse vertellers gevonden, als er niet vooraf speciaal voor mij bijeenkomsten van Friese immigranten waren geregeld. Zo kwamen in de West-Kaap en het oude Transvaal de verhalen los. Wietze en Willy de Boer verschaften mij onderdak in Pretoria; Gerben en Maaike Draaier deden hetzelfde in Mooreesburg. En dan waren er in de West-Kaap mijn oude helden en heldinnen Anne en Johanna Bootsma van Klein Driefontein en Willem en Aaltje van Dijk in Durbanville.

Tiemen Groen van het Kaapse Franschhoek bleek van een meedogenloze tempobeul veranderd te zijn in de kampioen van de gastvrijheid. Bij Wietse en IJbeltje Rekker op Kromdraai was het alsof de jacaranda speciaal voor mij stond te bloeien. De in Zuid-Afrika geboren grijze emigrantenzonen Jan en Jeep Veenstra toonden aan hoe taai en duurzaam een kleine taal als het Fries kan zijn. Arend en Diny Wijma in Middelburg en Petrus Wgabe van Perdekop zorgden ervoor dat ik almaar verder in het mysterieuze Afrika kon doordringen.

De goede raad van mijn naaste buren Ronald en Elma Brand in Paarl werkte inspirerend. Verder ben ik in Zuid-Afrika geholpen door Inne Nieuwenhuis uit Rietfontein, Andrys van der Walt in Potchefstroom, Ate Gerbens Draaijer uit Stellenbosch, Pieter van Straten, Theunis van der Laan en Ugo Hiddema uit Pretoria, Tymen van Essen uit Malmesbury en Gabe W. en Linse W. van Dijk uit Durbanville. Ik wil al deze mensen hartelijk bedanken.

***

In het onmetelijke Canada zou ik ergens tussen Nova Scotia en British Columbia zijn blijven hangen als mijn trouwhartige gids Dick Boersma en zijn gastvrije vrouw Henny Fokkema mij af en toe niet een steun in de rug hadden gegeven. Zij immers zetten mij op het spoor van grote groepen landverhuizers. Er waren rasvertellers bij: Wolter Feenstra, Bob en Lea Boonstra in Norval, Jaap Bottinga in Binbrook, Stan van der Goot in London (Ontario), Piet en Geertje de Groot in Goderich (Ontario), Reintje Haagsma-Pasma en Jan en Hannie Haagsma in London (Ontario), Sidney Harkema in Owensound (Ontario), Oene en IJbeltje Krist in Langley (British Columbia), Lute en Freerkje Miedema in Waterford (Ontario), Gjalt en Corrie Mulder in Woodstock (Ontario), Frits en Anne Nieuwland in Richmond (Ontario), Jelte en Gé Posthumus en Ate en Griet Stelpstra in London (Ontario), Jelke en Eky Tigchelaar in Bawlf (Alberta), Sam Tilstra in Brampton (Ontario) en Jacob en Riek Wesselius in River Glade (New Brunswick).

Aan de stamtafel van Holland Christian Home in Brampton (Ontario) bracht ik gouden uren door met de vertellers Jetse Andringa, Anne de Boer, Simon Boersma, Frenk Bruining, Sietse Douma, Hank Kloosterman, Albert Mulder en Yde en Murkje Straatsma.

***

In Grand Rapids in Noord-Amerika heb ik dankbaar gebruik mogen maken van de kennis en adviezen van Henry James Baron en de grijze eminentie van Fries Amerika, professor Bearend Joukes Fridsma. Indrukwekkend was ook de wijze waarop Steven Sippes Harkema mij in Jenison (Michigan) aan zijn ziekbed ontving.

De openhartigheid en vriendschap van Rinze Piso in Florida, die zo'n dynamisch bestaan in Manhattan (New York) achter de rug had, werkte al even inspirerend. Ook Klaas en Maris van der Ploeg in Ithaca (Michigan), Anna Postma-Wielenga in Oakdale (Californië) en Johan en Susan Reitsma in Jerome (Idaho) ben ik veel erkentelijkheid schuldig.

Terug in Grand Rapids wist vertelster Hetty Seif-Lettinga, bijna zesennegentig jaar oud, de tijd van voor de Eerste Wereldoorlog tot leven te brengen. Bij Obe Veldman in Corsicana (Texas) vond ik veel verloren verhalen terug uit Canada, Alaska, het voormalige Rhodesië en – niet te vergeten – Gaasterland. In Tampa (Florida) vertelde James Jelle Wildschut-Wilson onomwonden over de lotgevallen van zijn ouders.

***

Wanneer ik in Zuid-Amerika naar de weg vroeg, had ik een verhaal. Hoe hebben de bewoners van de Braziliaanse immigrantengemeenschappen van Carambeí, Castrolanda en Arapotí mij niet bijgestaan. In de fazendatuinen en onder de pinheirobomen van de campo bestonden geen geheimen meer. Veel ondersteuning ontving ik van de gastvrije familie Dijkstra: Auke en Mila, Foppe en Henny en Franke en Greet. Ter gelegenheid van mijn komst organiseerden ze Friezen-reünies.

Zonder de kennis van zaken en bereidwilligheid van Foppe de Jong uit Carambeí was ik in Paraná niet verder gekomen dan Curitiba. Wimmie, Siebe en Teake Greidanus droegen mij bij wijze van spreken op handen door de kolonie Castrolanda. Wat Brazilië betreft ben ik tevens veel dank verschuldigd aan Geertje Lolkes Dijkstra, Gooitsen Jacobi, Douwe Groenwold, Piet en Juanita Haagsma, Aant en Kine de Jong, Grietje Keegstra, Hans Keimpeszoon van der Meer en Dieuwertje Meijer.

In de wonderbaarlijke kerkdienst in de menistenkerk van Die Evangelische Mennoniten Gemeinde in Witmarsum-Paraná werd ik diep getroffen door de woorden van voorganger Sieghard Thiessen. Hij wist al de vertellingen en ervaringen samen te vatten in dat ene tijdloze verhaal.

Dank ook voor de gastvrijheid en openheid van Wiebe Merkuur in La Caja Seca in Venezuela en Jan Haaijes Haisma in het paradijselijke land van Balcarce in Argentinië.

***

Als de dorpsgemeenschap van Tzummarum niet zo enthousiast had meegewerkt, zou ik er nooit in geslaagd zijn een kleine geschiedenis te schrijven over een dorp dat vertrok en tegelijk achterbleef. Anderhalf jaar lang waren Sybe en Sytske Sijbesma en Kees Jouwersma er mijn steun en toeverlaat. Ook voorzitter Klaas Jelles Walda van de christelijke muziekvereniging De Bazuin en zijn leden dank ik voor hun niet-aflatende hulpvaardigheid. Al even hartelijk trad Theo Draaijer van Dorpsbelangen Tzummarum-Firdgum mij tegemoet.

Voorts zijn het de volgende (oud-)Tzummarumers die mij stapje voor stapje dichter bij hun dorp brachten: Sybren Althuisius, Albert Tjittes Bonnema, Haarlem; Boukje Boonstra-Harkema, Simon Hoornstra, Anna Kamstra, Zwolle; Klaas Gerrits Kuiken, Uilke Lautenbach, Jacob U. Lautenbach, IJlst; Pieter Pasma, Luttelgeest; Bindert Posthumus sr., Steenwijk; Jan Smidts, Sybe A. Travaille, Berg Eyck; Teije Pieters Travaille en Leo en Hannie Vogels.

Verder heb ik bij het schrijven van dit boek mogen profiteren van de kennis, ervaring en ideeën van Tom Ammerlaan, Nijmegen; Jan de Boer, Oudkerk; Pier de Boer, IJsbrechtum; Teake de Boer, Oppenhuizen; Jaap Castelein, Wirdum; Griet van Duinen, Goutum; Jetske Folmer, Eindhoven; Sent en Sijke Gorter, Joure; Brechtje Hoekstra, Groninger Opende; Herre Kingma, Oranjewoud; Harry Knip, Jonkersland; Jack Kooistra, Leeuwarden; Henk Kroes, Bozum; Henk Kuipers, Harkema; Geert Mak, Amsterdam/Katlijk; Jan Overzet sr., Groninger Opende; Reinder Politiek, Kimswerd; Rommert Politiek, Heerenveen; Atze Reidinga, Goutum; Ype Schaaf, Dokkum; Tjamke Schaafsma, Makkum; Wiebe en Richtje Wijnja, Oosthem; Baukje Wytsma, Reduzum; Dominicus Zeinstra, Dronrijp en Gjalt Zondergeld, Diemen.

Allen dank ik uit het diepst van mijn hart.

Heerenveen-Paarl (Zuid-Afrika), 1997-1999

Literatuur

Advies emigratiebeleid. Den Haag, 1985. (Publicatie Sociaal-Economische Raad)

Auf den Spuren der Väter. Eine Jubilaeumsschrift der Kolonie Friesland in Ostparaguay 1937-1987. Montevideo, 1987

Baines, Dudley (samenst.), *Emigration from Europe, 1815-1930.* Basingstoke, 1991

Banda, Gerlinda, *De oogst van de tegenspoed. Emigratie van Friese landarbeiders naar Argentinië (1888-1890).* Leiden, 1993

Alvin, Calvin en Gloria Bandstra, *The life and family history of Paulus & Geertje Bandstra,* 1992

Banta, Elsa M., *Banta pioneers, and records of the wives and allied families.* Soldiers Grove, Wisconsin, 1983. Met supplement, 1987

Beelen-Driehuizen, Liesbeth, en Jan H. Kompagnie, *Landverhuizers. Aanwijzingen voor het doen van onderzoek naar Nederlandse emigranten en transmigranten (2e kwart 19e eeuw-1940).* Den Haag, 1996

Binnen- en buitenlandse migratie van Friesland in 1948. Leeuwarden, 1951

Brinks, Herbert J., *Schrijf spoedig terug. Brieven van immigranten in Amerika, 1847-1920.* 's-Gravenhage, 1978

Broeze, E., *The Dutch in Australia.* Melbourne, 1987

Colenbrander, H.T., *De afkomst der Boeren.* Kaapstad, 1964

Cronjé, G., *Kultuurbeïnvloeding tussen Blankes en Bantoes in Suid-Afrika.* Pretoria, 1968

Dassen, Annelies, Christine van Eerd en Karin Opelland (red.), *Vrouwen in den vreemde. Lotgevallen van emigrantes en immigrantes.* Zutphen, 1993

Elich, Johannes H.W., *Aan de ene kant, aan de andere kant. De emigratie van Nederlanders naar Australië, 1946-1986.* Delft, 1987. Proefschrift Leiden

Emigratie- en remigratieregelingen. Bewerkt door E.J.F. Schaake. Deventer, 1990-heden

Erickson, Charlotte (red.), *Emigration from Europe, 1815-1914. Select documents.* Londen, 1976

Galema, Annemieke, *Frisians to America, 1880-1914. With the baggage of the fatherland.* Groningen, 1996

Ganzevoort, Herman, *A bittersweet land. The Dutch experience in Canada, 1890-1980.* Toronto, 1988

A goodly heritage. By the Churchill-Amsterdam Society. Churchill-Amsterdam, Montana, z.j. [1978]

Gasselte, Klaas van, *De fazenda van Castrolanda, Brazilië.* Bedum, 1989

Groot, Cornelia de, *When I was a girl in Holland.* Arnhem, 1991

Hartland, J.A.A., *De geschiedenis van de Nederlandse emigratie tot de Tweede Wereldoorlog.* Den Haag, 1959

Hinte, J. van, *Nederlanders in Amerika. Een studie over landverhuizers en volksplanters in de 19e en 20e eeuw in de Verenigde Staten van Amerika.* Groningen, 1928

Hoogeveen, Jan, *Lieve vrouw en kinders. Brieven van een Urker onderwijzer op zoek naar een nieuwe toekomst in Zuid-Afrika.* Baarn, 1983

Hoogstraat, Jürgen, *Von Ostfriesland nach Amerika. Aus dem Leben ostfriesischer Auswanderer des 19. Jahrhunderts.* Norden, 1990

Hoor, Marten ten, 'Frisians in the United States. The contribution to our country of one small national group', in: *Michigan alumnus Quarterly review,* 8 december 1951

Hughes, Robert, *De fatale kust. Het epos van Australië.* Amsterdam, 1988

Kappert, F., *Verre bekenden? Een onderzoek naar etnische identiteit onder tweede generatie Nederlandse emigranten in Auckland, Nieuw-Zeeland.* Nijmegen, 1988

Kiers-Pot, C.H.L., *Castrolanda 40 jaar, 1950-1991.* Castro-Paraná Brasil, z.j.

Kooy, Hendrik Adrianus, *Carambeí 75 jaar, 1911-1986.* Carambeí, 1986

Kroes, Rob, *Naar het beeld van de vrijheid. Immigranten en Amerika.* Amsterdam, 1986

Kroes, Rob, *Nederlandse pioniers in het Amerikaanse westen. De geschiedenis van Amsterdam, Montana.* Amsterdam, 1989

Kroes, Rob, en Henk-Otto Neuschäfer (red.), *The Dutch in North-America. Their immigration and cultural continuity.* Amsterdam, 1991

Lagerwey, W. (samenst.), *Neen Nederland, 'k vergeet u niet. Een beeld van het immigrantenleven in Amerika tussen 1846 en 1945 in verhalen, schetsen en gedichten.* Baarn, 1982

Lautenbach, Jacob, *Zij durfden het aan – Gereformeerden in Tzummarum.* Tzummarum, 1990
Lieverson, Stanley, *A piece of the pie. Blacks en white immigrants since 1880.* Berkeley, 1980
Manitoba en het Noord Westelijk gebied (Noord Amerika). Verslag omtrent het klimaat, den bodem, de producten en bronnen van inkomst. Voor kapitalisten, landbouwers, ambachtslieden, arbeiders, dienstboden enz. Met bizondere betrekking op Hollandsche en Vlaamsche kolonisten. Liverpool, 1886
Mak, Geert, *Hoe God verdween uit Jorwerd.* Amsterdam, 1996
Mak, Geert, *De eeuw van mijn vader.* Amsterdam, 1999
Martin, J., *The Migrant Presence. Australian Responses, 1947-1977.* Sydney, 1978
Pietersma, Arend (red.), *Friezen en Amerikanen.* Leeuwarden, 1982
Ploeger, Jan, *Nederlanders in Transvaal 1850-1950.* Pretoria, 1994
Posthumus-Zandstra, Geertje, *Retour Canada. Een waar verhaal uit het begin van deze eeuw.* Buitenpost, 1977
Raalte, A.C. van, C. van der Meulen en S. Bolks, *De toestand der Hollandsche kolonisatie in den staat Michigan, Noord-Amerika in het begin van het jaar 1849. In drie brieven aan C.G. de Moen.* Amsterdam, z.j.
Rodenhuis, Sieger, *Friese pioniers in Amerika. 'O, ik ben zoo verblijd, dat wij in Amerika zijn'.* Leeuwarden, 1998
Sherington, Geoffrey, *Australia's immigrants, 1788-1988.* Sydney, 1990
Smits, Mari, *Holambra. Geschiedenis van een Nederlandse toekomstdroom in de Braziliaanse werkelijkheid, 1948-1988.* Nijmegen, 1990
Smits, Mari, *Met kompas emigreren. Katholieken en het vraagstuk van de emigratie in Nederland (1948-1972).* Nijmegen, 1989
Stigt, K. van, *History of Pella, Iowa and vicinity.* Pella, z.j. [1985]
Swierenga, Robert P. (red.), *The Dutch in America. Immigration, settlement and cultural change.* New Brunswick, 1985
Taylor, Philip, *The distant magnet. European emigration to the USA.* Londen, 1971
Terpstra, N.P., *Dutch immigrants in New Zealand.* Denudin, 1971
Vanhemelrijk, A.W.M., *Bibliografie van publikaties voor en over Nederlandse emigranten naar Nieuw-Zeeland.* Deel I en II, Nijmegen, 1991
Vandermey, Albert, *To all our children. The story of the postwar Dutch immigration to Canada.* Jordan Station, 1983
Walt, A.J. van der, en C.M. van der Walt, *Stamregister van die familie Van der Walt,* Potchefstroom-Zuid-Afrika, 1998

Wildeboer, J.D., 'Friesland verliest zijn kinderen', in: *It Beaken, tydskrift fan de Fryske Akademy*, jaargang 16, nr. 3/4, 1954
Wit, Pedro de, *Wegen wijzen overzee. 65 jaar christelijk emigratiewerk*. Kampen, 1993
Zee, Sjouke de, *Myn twadde Amerika-reis*. Heerenveen, 1929